BASTEI
LÜBBE

Marie de Jourlet

Wetterleuchten über Windhaven

Aus dem Amerikanischen
von Rosemarie Hundertmarck

BASTEI
LÜBBE

BASTEI-LÜBBE-TASCHENBUCH
Band 10 135

1. Auflage 1981
2. Auflage 1983
3. Auflage 1987

Titel des Originals: TRAILS OF WINDHAVEN

Printed in Great Britain 1987
Umschlagzeichnung: Bruce Minney
Einbandgestaltung: Klaus Blumenberg
ISBN 3-404-10135-9

Der Preis dieses Bandes versteht sich
einschließlich der gesetzlichen Mehrwertsteuer

Prolog

Am 18. Oktober 1869 lag heller Sonnenschein über dem Creek und jenseits davon, über dem Nueces-River, der nahe der Windhaven-Ranch vorbeifloß. Für Luke Bouchard war es in der Tat ein strahlender Morgen. Er saß an dem langen Eßtisch des Ranchhauses, hielt seinen Sohn Lucien auf dem Schoß und fühlte sich ungeachtet seiner dreiundfünfzig Jahre jünger und kräftiger denn je.

Der dreieinhalbjährige Junge war von Männern entführt worden, die seines Vaters Feind, der ruchlose Henri Cournier, zu diesem Zweck gedungen hatte. Sie hatten Lukes junge Frau Laure vergewaltigt und den kleinen Lucien aus seiner Heimat, der Windhaven-Plantage im fernen Alabama, entführt.

Das Kind war zuerst nach New Orleans verschleppt worden. Cournier hatte eine junge Frau aus guter Familie wegen der Spielschulden ihres verstorbenen Bruders in der Hand. Er zwang sie, die Frau seines Kammerdieners Roger Benson zu werden, und beauftragte das Paar, den kleinen Lucien nach Kalifornien zu bringen.

Der Komantschenhäuptling Sangrodo hatte Luke Bouchard einst einen großen Türkis, den Talisman seines Stammes, geschenkt. Geraume Zeit vor der Entführung ließ Luke von dem Stein zwei Stücke abspalten und in Kinderhalsketten einsetzen. Der kleine Lucien und Lukes zweiter Sohn Paul, der ein Jahr alt war, trugen sie von da an ständig. Eine Jagdgesellschaft der Penateka-Komantschen hatte Roger Benson und seine Frau überfallen und getötet, und dann entdeckten die Krieger Lucien im Wagen. Sie erkannten seinen Türkis als ein Stück des Sangrodo gehörenden Talismans. Deshalb war einer der Krieger mit dem Kind über die mexikanische Grenze zu Sangrodo geritten, und der Häuptling selbst hatte Lucien sicher zur Windhaven-Ranch gebracht.

In der Zwischenzeit war Luke Bouchard nach New Orleans gereist und hatte Henri Cournier mit den Geständnissen der Männer, die Laure vergewaltigt und das Kind entführt hatten, konfrontiert. In einem Säbelduell mit Cournier wurde Luke schwer verwundet, doch er tötete seinen Feind. Damit beendete er die Vendetta einer Familie, die über Jahre hinweg entschlossen gewesen war, die Bouchards zu vernichten.

Der Haß der Courniers reichte in die Zeit der Französischen Revolution zurück, als Lukes Großvater Lucien nach Amerika gekommen war. Seine erste Liebe Edmée de Courent hatte sich entschlossen, Jean, den älteren Bruder Luciens, zu heiraten. Der Schmerz über diesen Verlust und die Empörung über ihren Vorschlag, er könne nach der Heirat ihr Liebhaber werden, hatten Lucien in die Neue Welt getrieben.

Dort angekommen, verkaufte Lukes Großvater sein Pferd an einen Bankier. Mit dem Geld kaufte er sich Vorräte und ein Packpferd. Er reiste nach Mobile und von dort weiter nach Econchate, das damals ein befestigtes Dorf der Creeks war und später Montgomery, die Hauptstadt von Alabama, werden sollte.

Als die Französische Revolution ausbrach, gingen Jean de Bouchard und Edmée nach Haiti und gründeten dort eine Zuckerrohrplantage. Edmée ließ sich in eine Liebelei mit dem Großvater von Armand und Henri Cournier ein. Als ein Diener ihres Mannes sie verriet, versuchte sie sich mit der Behauptung zu retten, Auguste Cournier habe sie gezwungen, ihm zu Willen zu sein. Jean de Bouchard forderte Auguste Cournier und verwundete ihn in einem Duell schwer. Der verbitterte Kreole hatte seine Enkel verpflichtet, die Schande zu rächen, die ein Bouchard über seine Familie gebracht hatte.

Eine Generation vor der Entführung von Lukes Sohn war

Edouard Villiers, ein Vetter Armand Courniers, auf die Windhaven-Plantage gekommen und hatte Arabella Bouchard den Hof gemacht. Seine Absicht dabei war jedoch, durch eine Heirat mit ihr die Herrschaft über das fruchtbare Land zu erlangen, das die Creeks Lucien Bouchard geschenkt hatten. Luke, damals ein junger Mann, entdeckte die Verbindung zwischen Villiers und Pierre Lourat, einem Spieler und Sklavenhändler, hinter dem insgeheim die Cournier-Brüder standen. Er warf Villiers hinaus und machte sich den Courniers dadurch noch verhaßter.

Aber der Sezessionskrieg verhinderte zunächst die Durchführung ihrer Rachepläne. In den letzten Tagen des Kampfes brannten Unionstruppen die Windhaven-Plantage nieder. Die Bouchard waren gezwungen, sich eine neue Existenz aufzubauen. Luke und seine erste Frau Lucy reisten mit den anderen Mitgliedern der Bouchard-Familie nach New Orleans. Von dort zogen sie weiter nach Texas, wo sie die Windhaven-Ranch gründeten.

In New Orleans suchte Luke Bouchard den Bankier John Brunton auf, den Nachfolger Jules Ronsarts, mit dem der alte Lucien bei seiner Ankunft in Amerika sein erstes Geschäft getätigt hatte. Brunton hatte sich mit der schönen Laure Prindeville verlobt. Eines Nachmittags setzte Laure alles daran, Luke zu verführen, und sie teilten eine Stunde heimlicher Leidenschaft miteinander.

Bald nachdem Lucy während eines Banditenangriffs auf die Windhaven-Ranch den Tod gefunden hatte, erhielt Luke einen Brief von Laure. Sie berichtete ihm, John Brunton sei gestorben und sie habe einen blauäugigen, hellhaarigen kleinen Jungen geboren, dem sie im Einverständnis mit ihrem Mann zu Ehren von Lukes Großvater den Namen Lucien gegeben habe. Luke wußte, daß es sein Kind war. Er kehrte nach New Orleans zurück, warb um Laure und gewann sie schließlich. Während dieser Zeit leitete er unter ihrem Namen die Brunton-Bank.

Nun trat Armand Cournier auf den Plan. Er versuchte,

die Aktienmehrheit der Bank zu bekommen, um sie unter seine Kontrolle zu bringen. Er verleumdete Laure und beschuldigte Luke, einer der verhaßten Bouchards zu sein, die den Namen seines Großvaters geschändet hätten. Luke wurde zu einem Duell mit Pistolen gezwungen. Armand Counier feuerte, bevor der Befehl dazu gegeben worden war. Lukes Sekundant schoß Armand Cournier nieder, und Luke mußte Courniers Sekundanten töten, um seinem Freund das Leben zu retten.

Doch an diesem sonnigen Morgen schienen alle Schatten der Vergangenheit für immer gebannt zu sein. Luke Bouchard drückte den kleinen Lucien an sich und lächelte ihm zu. Dann wanderte sein Blick zu seiner Stiefmutter Sybille Bouchard-Forsden, jetzt siebenundsechzig, die er immer wie seine eigene Mutter verehrt hatte. (Nach dem Tod von Lukes Vater Henry hatte Sybille ihren Aufseher Matthew Forsden geheiratet.) Neben ihr saßen sein Sohn Lucien Edmond, der mit gerade einunddreißig Jahren Boß der Windhaven-Ranch war, und seine Frau Maxine, noch keine dreißig. Auch Lukes Tochter Mara, zweiunddreißig, und ihr Mann Ramon Hernandez waren anwesend. Sie erwarteten ihr zweites Kind im Dezember. Für alle Familienmitglieder, die er jetzt in seiner Nähe hatte, sandte Luke Bouchard ein stummes Dankgebet zu Gott.

Luke wandte sich Maybelle Belcher zu, der jüngeren Schwester seiner verstorbenen Frau Lucy, die mit seinem Halbbruder Mark Bouchard verheiratet gewesen war. Mark hatte Maybelle bald nach der Geburt ihres einzigen Kindes Laurette im Jahr 1837 verlassen. Er war ausschweifend und wild gewesen wie Lukes eigener Vater Henry und hatte ein gewaltsames Ende genommen. Aber nun hatte Maybelle endlich ihr Glück gefunden. Sie war die Frau Henry Belchers, eines Witwers, geworden, und seine Kinder – den sechzehnjährigen Timmy und die vierzehnjährige Connie – liebte sie ebenso, als wären sie ihr eigen Fleisch und Blut.

Luke Bouchard konnte jetzt, da er in mittleren Jahren

stand, mit Wohlgefallen auf das, was er vollbracht hatte, zurückblicken. Er hatte sich stets bemüht, die Lehren zu verwirklichen, die er von seinem Großvater empfangen hatte. Sein Leben war beinahe so ereignisreich gewesen wie das des alten Lucien, besonders in den letzten Jahren. Nach dem Ende des tragischen Bürgerkriegs hatte er neu angefangen und seine Familie sicher nach Texas geführt. Er hatte den kriegerischen Komantschenhäuptling Sangrodo zum Freund gewonnen, indem er unbewaffnet in das befestigte Dorf kam und ihm den vermißten Sohn Kitante zurückbrachte. (Der Junge war, bewußtlos von einem Schlangenbiß, in der Nähe der Windhaven-Ranch gefunden und gesundgepflegt worden.) Von da an war der Frieden zwischen den Komantschen und den Leuten der Windhaven-Ranch für alle Zeiten gesichert.

Die Angriffe von Banditen und Raubgesindel hatte Luke erfolgreich zurückgeschlagen, doch hatte es ihn das Leben seiner Frau Lucy gekostet. Nach ihrem Tod übergab er die florierende Ranch seinem Sohn Lucien Edmond, kehrte nach New Orleans zurück und heiratete Laure. Schließlich zog er nach Alabama, um die Windhaven-Plantage wieder zu dem zu machen, was sie in ihrer Anfangszeit gewesen war. Und jetzt wollte er den kleinen Lucien, sein und Laures erstes Kind, nach dem schrecklichen Erlebnis der Entführung nach Hause bringen.

Doch selbst in diesem Augenblick der Freude wanderten Lukes Gedanken zu Dr. Ben Wilson, dessen Frau Fleurette, Sybille Bouchard-Forsdens jüngere Tochter, in diesem Jahr im Alter von erst siebenunddreißig in Pittsburgh an Diphterie gestorben war. Nach ihrem Tod brachte Ben seinen kleinen Sohn und das Töchterchen auf die Windhaven-Ranch. Er selbst lebte seitdem bei den Creeks in ihrer Reservation auf dem Indianerterritorium, um die Kranken dieses einstmals stolzen Stammes zu pflegen und dadurch seinen Kummer zu überwinden. Für den vier Jahre alten Thomas und die ein Jahr alte Sybille sorgte ihre Großmutter.

Luke dachte auch an Laurette, Maybelles einziges Kind. Sie lebte mit ihrem jungen Ehemann Charles Douglas in Chicago. Charles war Eigentümer eines gutgehenden Kaufhauses. Sie hatte ihrem Mann die Zwillinge Arthur und Kenneth, jetzt vier, und Howard, jetzt ein Jahr alt, geschenkt.

Ein Mitglied der Bouchard-Familie fehlte bei diesem glücklichen Familientreffen: Die kokette Arabella, Lukes Halbschwester, die mit ihrem Mann James Hunter, einem Baumwollkaufmann, in Galveston lebte. Sie war die Mutter von Melinda, siebzehn, und Andrew, fünfzehn. Bald würde sie, die jetzt fünfundvierzig war, einem dritten Kind das Leben schenken.

Luke nahm sich vor, Arabella und James zu bitten, in den nächsten Monaten einen Besuch auf der Ranch zu machen. Er hatte bemerkt, daß Sybille Bouchard-Forsden heute morgen ungewöhnlich abgespannt und blaß aussah. Nun, sie hatte ein langes, aufregendes und erfülltes Leben hinter sich, und sie war, wie er wußte, nicht so leicht unterzukriegen. Trotzdem sollte Arabella lieber bald kommen.

Luke neigte den Kopf und küßte den kleinen Lucien auf die Stirn. Dann rief er plötzlich aus: »Guter Gott, in meiner Aufregung, Lucien hier zu finden, als ich gestern angeritten kam, habe ich ganz vergessen, der armen Laure die Sorge um unsern Sohn zu nehmen . . . «

»Das habe ich bereits erledigt, Vater«, fiel Lucien Edmond ein. »Ein paar Stunden vor deinem Eintreffen hatte ich Joe Duvray mit dem Auftrag nach Austin geschickt, sie telegrafisch zu benachrichtigen. Das Telegramm geht nach Montgomery, und ich bin sicher, ein Kurier wird es sofort nach Lowndesboro bringen.«

»Das war sehr aufmerksam von dir, Lucien Edmond. Gott segne dich. Ich glaube, ich kehre so bald wie möglich mit Lucien zur Windhaven-Plantage zurück. Es ist eine lange Reise, und ich weiß, wie besorgt Laure um ihn ist. Aber der Junge hat ein schreckliches Erlebnis hinter sich. Er sollte sich wenigstens noch einen oder zwei Tage ausruhen.«

Sangrodo, der große Komantschenhäuptling, der mit seiner Frau Catayuna ebenfalls an dem langen Tisch saß, ergriff das Wort. »Laß mich mit dir reiten, *Taiboo Nimiahkana*. Ich kann dich und deinen kleinen Sohn sicher nach Corpus Christi bringen, und ich habe dir viel zu sagen.« Er wandte sich an seine schöne mexikanische Frau und setzte lächelnd hinzu: »Es wird dir guttun, dich hier zu erholen, Catayuna, und ebenso Inokanti, unserm Erstgeborenen.«

»Wenn mein Gatte es wünscht, wird es geschehen«, erwiderte Catayuna und sandte ihm schnell einen Blick tiefer Zuneigung.

»Inokanti – das bedeutet soviel wie ›Der-der-geliebt-wird‹, nicht wahr, Sangrodo?« fragte Luke Bouchard.

»Das ist richtig, *Taiboo Nimiahkana*«, erwiderte Sangrodo. »Der Große Geist ist gut zu uns gewesen. Als Catayuna den *bandido* Carlos Macaras tötete, kostete es sie das Leben von ›Ihm-der-in-seines-Vaters-Fußstapfen-wandelt‹. Aber dafür sind wir mit einem prächtigen, starken Sohn gesegnet worden.«

I

Zwei Tage nach diesem Gespräch begann die lange Reise, zuerst zu Pferde bis Corpus Christi – der kleine Lucien zeigte sich der Anstrengung überraschend gut gewachsen – und dann weiter mit dem Paketboot. In Galveston besuchte Luke Bouchard seine Halbschwester Arabella und ihre Familie. Wohlbehalten erreichten Vater und Sohn New Orleans, wo Luke ein eingehendes Gespräch mit Jason Barntry über die Angelegenheiten der Bank führte. Dann ging er mit dem kleinen Lucien an Bord des Flußdampfers *Alabama Belle*.

Der alte Kapitän Horace Tenby schnaufte vor Überraschung auf und drängte: »Lassen Sie mich Ihnen den Jungen abnehmen, Mr. Bouchard. Ist das heute ein Freudentag für mich, daß ich Sie an Bord willkommen heißen und flußaufwärts zur Windhaven-Plantage bringen kann!«

Der kleine Junge wurde in der Kapitänskajüte untergebracht, und der Kapitän grub für ihn aus einer Schublade Pfefferminzplätzchen aus. Er und Luke Bouchard stießen mit feinem altem Madeira an. Nachdem einige höfliche Redensarten getauscht waren, erklärte Kapitän Tenby mit Nachdruck: »Wissen Sie, Mr. Bouchard, wir alle hier aus dieser Gegend haben uns richtig gefreut, als wir erfuhren, was mit diesen Verbrechern passiert ist, die Ihr kreolischer Feind aus New Orleans gedungen hatte. Und ich habe in der *Times-Picayune* gelesen, daß Sie ein Duell mit diesem Kreolen hatten, und obwohl er Sie verwundete, gaben Sie ihm, was er verdiente. Gut, daß er tot ist, sage ich, und auch der Mann, der es wagte, Ihrer Frau etwas anzutun! Wissen Sie schon, Mr. Bouchard, daß der Richter in Montgomery Jack Stallman zu zwanzig Jahren Zwangsarbeit im Staatsgefängnis verurteilt hat? Da kann er das Fett unter seiner dreckigen Haut abschwitzen!«

»Ich bin dankbar, daß alles vorüber ist, Kapitän Tenby. Und ich werde mein Bestes tun, es zu vergessen – ich bete darum, daß es auch meiner Frau möglich sein wird. Doch nun – ich bin mehrere Monate von Lowndesboro weg gewesen, vielleicht können Sie mir berichten, was sich hierzulande inzwischen ereignet hat.«

Kapitän Tenby kniff die Augen zusammen und zupfte an seinem weißen Bart. Sein Gesicht verdüsterte sich. »Sie werden sich erinnern, daß ich Ihnen schon einmal erzählte, der Klan und die Schieber aus dem Norden und die Konjunkturritter fügten Alabama großen Schaden zu. Und das tun sie immer noch, Mr. Bouchard. Mir gefällt gar nicht, was ich so sehe und höre.«

»Aber ich habe mit dem Klan keine Schwierigkeiten mehr gehabt, seit ich die Bande, die meinen Vorarbeiter Marius Thornton umbringen wollte, vertrieben habe. Ich dachte, der Spuk sei endgültig vorbei«, erwiderte Luke besorgt.

Kapitän Tenby schüttelte den Kopf. »Bestimmt nicht, Mr. Bouchard. Vielleicht lassen sie es bei Ihnen sein, aber sonst machen sie sich im ganzen Staat bemerkbar. Sie wollen einfach nicht, daß ein Republikaner gewählt wird, und dieser Gouverneur Smith, den kann man bei allem Respekt nur als einen verdammten Opportunisten bezeichnen. Komisch ist es schon: Vor etwa zwölf Jahren gehörte er der Demokratischen Partei an, und jetzt ist er ein republikanischer Gouverneur und macht gemeinsame Sache mit dem Norden. Hören Sie, er hat nicht einmal um Bundestruppen zur Bekämpfung des Klans gebeten. Als die Gesetzgebende Versammlung ihn bevollmächtigte, eine Miliz zu organisieren, zögerte er, weil er meinte, sich damit die weiße Bevölkerung von Alabama zu Feinden zu machen. Eine in Alabama rekrutierte Miliz würde so gut wie hundertprozentig schwarz sein, weil wir in diesem Staat nicht viele weiße Republikaner haben, wie Sie selbst wissen, Sir. In Tennessee hat man es getan, das ist Tatsache, aber vergessen Sie nicht, daß Gouverneur Smith der erste republikanische Gouverneur ist, den wir je hatten.« Bekümmert schüttelte er den Kopf. »Ich kann mir nicht vorstellen, daß er nächstes Jahr wiedergewählt wird, und es wird viel Blutvergießen geben, wenn der Klan es darauf anlegt, die Republikaner so einzuschüchtern, daß sie nicht zu den Wahlurnen gehen.«

»Ich danke Ihnen, daß Sie mir das erzählt haben. Aber können wir nicht beim Präsidenten selbst durchsetzen, daß die anständigen Bürger Alabamas besser behandelt werden, Kapitän Tenby?«

»Nun, Sir, wir haben zwar Senator George E. Spencer, der mit dem Präsidenten in Washington auf recht gutem Fuß zu stehen scheint. Doch denken Sie daran, Mr. Bouchard, Spencer kam aus New York hierher und organisierte ein Regiment Bundeskavallerie unter den Sympathisanten der Union in Nord-Alabama. Muß man ihn, wenn man ehrlich ist, nicht zu den Schiebern rechnen? Er stopft sich die Taschen voll mit allem, was er kriegen kann, Sir, das ist meine Überzeugung. Nein, wenn nächstes Jahr die Wahlen stattfinden, wird es zwangsläufig zu Unruhen in Alabama kommen.«

»Das sind wenig erfreuliche Aussichten, Kapitän Tenby. Doch nun möchte ich auch etwas über die Windhaven-Plantage hören. Haben Sie während meiner Abwesenheit an der Anlegestelle Fracht entgegengenommen?«

»Und ob, Mr. Bouchard!« strahlte Kapitän Tenby. »Ihr Vorarbeiter ist ein prima Kerl – ich bin bestimmt kein Rassist, Mr. Bouchard, aber ich muß sagen, wenn alle Schwarzen wie Marius Thornton wären, hätten wir nicht den Ärger, der uns jetzt das Leben schwer macht. Also, Sir, er hat zweimal flußabwärts nach Mobile Obst und Gemüse gebracht, das letzte Mal war auch noch ein halbes Dutzend Kälber dabei. Und bald, Mr. Bouchard, werden Sie nun bei allen Ihren Lieben zu Hause sein. Ich weiß, Sie sind glücklich, Ihren prächtigen Jungen wieder da zu haben, wo er hingehört.«

Als die großen Schaufelräder der *Alabama Belle* sich langsamer zu drehen begannen, empfand Luke Bouchard die freudige Erregung, nach Hause zu kommen, vielleicht stärker als je zuvor. Er stand an der Reling, hielt Lucien in seinen Armen und trank den zauberhaften Anblick der Flußbiegung in sich hinein. Mit einem leisen Freudenschrei begrüßte er den aufragenden roten Felsen, auf dessen Gipfel sein Großvater, die Geliebte Frau und ihr kleiner Sohn, auf ewig vereint, schliefen. Und dann kam das Château in Sicht. Seine roten Ziegelsteine leuchteten unter der milden Novembersonne, die nach zwei Stunden Regen zum Vorschein gekommen war.

Der Dampfer stieß drei kurze und einen langen Pfiff aus, das Signal, daß das Schiff an der Anlegestelle der Windhaven-Plantage halten werde. Luke Bouchard küßte seinen Sohn und flüsterte: »Jetzt sehen wir Mama wieder, Lucien, und deinen kleinen Bruder. Es ist alles überstanden, und du wirst schon sehen, wir werden es an dir wiedergutmachen. Beinahe ungeduldig schritt er zur Laufplanke, die vier kräftige Stauer auslegten. »Danke für die sehr angenehme Reise und alle Freundlichkeit, die Sie meinem Sohn erwiesen haben, Kapitän Tenby«, sagte er.

»Es war mir ein Vergnügen, Mr. Bouchard. Gott segne Sie und Ihre Familie. Ich freue mich schon darauf, Sie wieder einmal in glücklichen Zeiten an Bord der *Alabama Belle* begrüßen zu dürfen.«

»Dazu sage ich amen, Kapitän Tenby. Leben Sie wohl.« Luke Bouchard schritt über die Laufplanke. Er lächelte, als er Marius Thornton, Dan Munroe und Hannah Atbury warten sah. In diesem Augenblick öffnete sich die Tür des Châteaus. Mitzi Vourlay schoß heraus, und hinter ihr kam die goldhaarige Laure, die den kleinen Paul auf dem Arm trug.

»Gott sei Dank, daß Sie mit dem kleinen Burschen wieder hier sind, Mr. Bouchard!« rief Marius Thornton aus. Freudestrahlend streckte er Luke die Hand entgegen.

»Ich danke dir, Marius. Geht es dir und Clemmie gut?«

»Mehr als das, Mr. Bouchard – wir haben vor zwei Wochen ein Mädchen bekommen. Sheba haben wir sie genannt.«

»Das ist eine gute Neuigkeit, Marius. Nachher möchte ich mit dir über unsere Anbaupläne und die Aussichten für das nächste Jahr sprechen. Bitte komm in zwei Stunden in mein Arbeitszimmer.«

»Gern. Die Berichte habe ich für Sie fertig.«

»Nochmals Dank, Marius. Und du, Hannah, wie geht es dir und Phineas?«

Hannahs mütterliches Gesicht wurde ernst. »Phineas geht es gar nicht gut, Sir. Ich möchte Sie nicht beunruhigen, aber er ist nie wieder richtig gesund geworden, nachdem diese schrecklichen Menschen ihm auf den Kopf geschlagen haben.« Dann aber erhellte sich ihre Miene. »Dank jedoch sei dem lieben Gott, daß er Sie und Lucien heil und gesund nach Hause geführt hat – da kommt Miß Laure. Jedes Mal, wenn sie das Dampfboot pfeifen hörte, rannte sie zur Anlegestelle, weil sie hoffte, Sie könnten mit dem Jungen zurückgekehrt sein, Mr. Bouchard.«

»Ich bin dir sehr dankbar für deine Anteilnahme, Hannah. Und den armen alten Phineas werde ich aufsuchen, sobald ich etwas Zeit habe. Du kannst dir gar nicht vorstellen, wie schön es ist, wieder zu Hause zu sein.« Lukes Augen glitzerten verdächtig. Er nickte Dan zu und reichte dem drahtigen Schwarzen die Hand. Dann stand Laure vor ihm. Tränen liefen ihr über die Wangen. Sie hatte Mitzi Vourlay den dunkelhaarigen Paul übergeben und streckte die Arme nach Lucien aus. Der Junge rief: »Mama! O Mama, ich bin so froh, daß ich wieder bei dir und Daddy bin.«

»Du süßer Engel! Luke, gib ihn mir – o mein Liebling, mein Liebling! Gott hat meine Gebete erhört!« schluchzte Laure. Sie nahm den blauäugigen Jungen in ihre Arme und küßte ihn heiß. Lucien, die Arme um seiner Mutter Hals geschlungen, erwiderte ihre Küsse eifrig. Luke spürte seine eigenen Tränen rinnen, während er Zeuge des Wiedersehens seiner jungen Frau mit ihrem entführten Sohn war.

Plötzlich begann Lucien leise zu weinen. »Ich habe dich so vermißt, Mama, so schrecklich vermißt!«

»O mein Liebling, du weißt nicht, wie sehr ich dich vermißt habe!« flüsterte Laure, heiser vor Tränen, und küßte seine Augen. Sie richtete den Blick auf Luke. »Komm, Liebster, ich möchte mit dir allein sein und alles erfahren, was geschehen ist. Ich fiel auf die Knie und dankte Gott, als ich das Telegramm erhielt und erfuhr, daß du dich mit diesem schrecklichen Henri Cournier duelliert hattest und dich von deinen Wunden erholtest. Es war eine furchtbare Qual für mich, nicht zu wissen, wo der arme kleine Lucien steckte, und nicht an dein Bett eilen zu können, um dich gesundzupflegen. O Luke, komm jetzt mit mir!«

Luke drückte ihr die Hand und nickte. Er wandte sich den Arbeitern zu, die sich respektvoll zurückgezogen hatten.

»Bitte, entschuldigt mich vorerst. In etwa einer Stunde komme ich zu euch. Dann können wir alles Notwendige besprechen. Nur jetzt laßt Laure und mich bitte allein.«

»Selbstverständlich, Mr. Bouchard, Sir«, antwortete Hannah Atbury sofort. »Wenn es Ihnen recht ist, möchte ich für Sie beide ein paar Sandwiches und ein erfrischendes Getränk herrichten. Miß Laure – entschuldigen Sie, Mr. Bouchard – hat kaum etwas gegessen, seit ihr der arme Kleine geraubt wurde.«

»Das ist sehr aufmerksam von dir, Hannah. Wir essen gern eine Kleinigkeit, aber mach dir keine allzu große Mühe. Komm, meine Liebste.« Luke nickte Hannah dankbar zu. Den Arm um Laures Taille gelegt, ging er zum Haus. Mitzi folgte mit dem kleinen Paul auf dem Arm. So schritten sie durch die Tür des Châteaus, mit dem sich sein Großvater vor beinahe einem Jahrhundert einen Traum verwirklicht hatte.

Verständnisvoll bot Mitzi an, Paul und Lucien ins Kinderzimmer, das gegenüber Laures Schlafzimmer lag, zu bringen, damit das Ehepaar allein sein konnte. Sobald sich die Tür hinter ihnen geschlossen hatte, nahm Luke seine goldhaarige Frau in die Arme und küßte sie zärtlich auf beide Wangen und auf den Mund. »Unsere Gebete sind erhört worden, meine liebste Laure. Und auf die merkwürdigste Weise. Du erinnerst dich sicher, daß die alte Ellen, die in die Zukunft sehen kann, mir riet, ich solle unsern Kindern ein Zeichen geben, woran sie im Fall eines Unglücks zu erkennen seien? Und du erinnerst dich an die Halsketten, in die ich Splitter des großen Türkis einsetzen ließ, den ich von Sangrodo, dem Komantschenhäuptling, erhielt?«

»Ja, Darling. Komm, setz dich neben mich auf die Couch. Du siehst so abgespannt und erschöpft aus. Hat dieser böse Mensch dich schwer verwundet, Liebster?«

»Es war nicht so schlimm, Laure. Und nun gibt es keine Courniers mehr, die einen Schatten auf unsere Zukunft werfen könnten. Ich empfand Mitleid mit ihm und seinem

Bruder, vor allem aber mit ihrem unglücklichen Großvater Auguste Cournier, der von einem Mädchen, das mein eigener Großvater einmal zu lieben glaubte, so heimtückisch betrogen wurde. Alles Leid, der über Generationen andauernde Haß ist von dieser herzlosen, unbeständigen Frau verursacht worden. Aber lassen wir das. Als ich mit Henri Cournier kämpfte, befand sich ein Mädchen in seinem Büro. Sie war die Gefährtin eines der Männer gewesen, die der Kreole für seine schmutzige Arbeit gedungen hatte. Später kam sie zu mir ins Hospital und berichtete mir, Cournier habe etwas davon gesagt, Lucien solle zu neuen Eltern in den Westen gebracht werden.«

»O Gott, das hätte irgendwo sein können, und wir hätten ihn vielleicht nie gefunden!« Vor Aufregung grub ihm Laure die Fingernägel in den Handrücken.

»Mir fiel nichts Besseres ein, als zur Ranch zu reisen und Lucien Edmond zu bitten, mir bei der Suche nach ihm zu helfen. Aber als ich dort ankam, war ein Wunder geschehen. Du mußt wissen, der Mann und die Frau, die unsern kleinen Jungen im Auftrag Henri Courniers in den Westen bringen sollten, wurden von Penateka-Komantschen überfallen und getötet. Der Anführer der Jäger erkannte den Türkissplitter als ein Stück des großen Talismans, der Sangrodos Stamm gehörte. Er sandte einen seiner Krieger mit unserm Sohn zu Sangrodo nach Mexiko. Und Sangrodo und seine schöne Frau Catayuna brachten Lucien zur Windhaven-Ranch. So geschah es, daß, als ich, krank im Herzen, dort eintraf, Lucien schon auf mich wartete.«

»O mein Liebster, ganz sicher wacht Gott über uns!« Laure versagte die Stimme. Sie legte den Kopf an seine Brust und brach in heftiges Schluchzen aus. Luke tröstete sie sanft.

Jemand klopfte diskret an der Tür. Luke runzelte die Stirn. »Entschuldige mich einen Augenblick, meine Liebste«, flüsterte er, stand auf und ließ Hannah Atbury mit einem Tablett voll Sandwiches, einer zerteilten Melone und zwei hohen Gläsern Limonade ein. »Vielen Dank, liebe Hannah.« Er nahm ihr das Tablett ab und kehrte zu seiner Frau zurück. »Das wird dich stärken, Liebste. Hannah ist berühmt für ihre Limonade. Und jetzt, wo ich wieder da bin, mußt du auch essen.«

»O ja, das werde ich, Luke! Ich möchte Gott auf meine Weise dafür danken, daß er dich und unsern kleinen Jungen gesund zu mir zurückgebracht hat!« rief Laure aus.

»Braves Mädchen. Du hast abgenommen, Laure.« Lukes Gesicht verdüsterte sich, als er an das andere schreckliche Ereignis dachte. Taktvoll fügte er hinzu: »Ist Dr. Medbury bei dir gewesen?«

»O ja, erst letzte Woche.« Laure schluckte einen Bissen hinunter, lachte leise und errötete dann heftig. »Ich habe auch über mich selbst gute Neuigkeiten. Das, was dieser Mann mir angetan hat, wird keine Folgen haben, mein Liebster. Überhaupt keine. Ja, Gott hat uns wahrhaft beigestanden.«

»Und Marius«, fiel Luke in fröhlichem Ton ein, »ist , wie ich höre, wieder Vater geworden.«

»Es ist ein so entzückendes kleines Mädchen! Ich weiß zwar nicht, warum sie sie Sheba genannt haben, das geht nämlich auf die biblische Königin von Saba zurück, und du wirst dich erinnern, daß sie eine schwarze Königin war. Ihr Baby jedoch ist hellhäutig, ebenso wie die Eltern. Doch süß ist sie. Auch sehr brav. Sie gluckst und lacht den ganzen Tag.«

»Und Klein-Paul?«

»Nun, ich hatte ihn gerade um die Zeit – du weißt schon – entwöhnt. Er ist gesund und kräftig, und Dr. Medbury ist sehr zufrieden mit ihm.«

»Wundervoll! Jetzt werde ich noch einen Schluck von dieser Limonade nehmen und dir einen Kuß geben. Dann möchte ich mit all unseren treuen Freunden hier sprechen. Du mußt dich ausruhen, liebe Laure.«

»Aber Luke«, protestierte sie halb lachend, »so schwach

bin ich nicht, und ich habe nur etwas an Gewicht verloren, weil ich dich und Lucien vermißte. Jetzt, wo ihr wieder da seid – du siehst, wieviel ich bereits von diesem großen Sandwich gegessen habe –, da wird es nicht lange dauern, und du schimpfst mit mir, daß ich zu fett bin.«

»Das niemals, in tausend Jahren nicht«, meinte er und zog sie eng an sich. Diesmal verflochten sich Laures Finger, als er sie auf den Mund küßte, in seinem langen Haar. Sie drückte sich, die Augen geschlossen, fest an ihn und überließ sich ganz der Wonne des Zusammenseins.

Luke schritt über die Felder zu Ellens kleiner Hütte. Die Gesundheit der bejahrten Seherin schien sich beträchtlich gebessert zu haben, auch wenn sie, wie immer, zerbrechlich wirkte. Luke sah schon von fern, daß sie eifrig in ihrem Garten Unkraut jätete und das Beet für die Süßkartoffeln fertigmachte. Leise rief er: »Ellen, ich bin wieder da, und ich habe ein Geschenk für dich mitgebracht.«

»Gott sei mir gnädig!« Sie ließ die Hacke fallen und drehte sich erschrocken um, doch dann verzog sich ihr runzeliges Gesicht zu einem strahlenden Lächeln. »Oh, Sie sind es, Mr. Bouchard, Sir! Wie freue ich mich, Sie wiederzusehen!«

»Danke, Ellen. Weißt du, eigentlich verdanke ich es dir, daß ich meinen kleinen Jungen wiederhabe.«

»Moses Turner hat es mir erzählt, als sie im Haus das Telegramm erhielten, Mr. Bouchard, Sir! Daß Ihr kleiner Junge Lucien gefunden wurde und alles – ich bin sehr froh darüber, daß ich für ihn gebetet habe, als er entführt wurde, Mr. Bouchard –, und wie ich gebetet habe!«

»Ich weiß, Ellen, und ich bin dir sehr dankbar. Wenn du diese Vision nicht gehabt und mir geraten hättest, ich solle meinen Söhnen ein Zeichen geben, dann hätte ich ihnen wohl niemals die Halsketten umgelegt – und allein dieser Kette wegen haben Indianer Lucien zur Ranch meines ältesten Sohnes gebracht, wo ich ihn gefunden habe. Dank dir, liebe Ellen.«

»Es macht mich glücklich, Mr. Bouchard, wenn ich einem noblen Gentleman wie Ihnen irgendwie von Nutzen sein konnte. Sie haben die alte Ellen mächtig gut behandelt. Niemand auf dieser Welt hat sie jemals besser behandelt, ehrlich.«

»Ich habe das hier für dich in New Orleans besorgt, Ellen. Es ist ein Glücksarmband mit Granaten und Turmalinen, und da ist ein kleines Kreuz.« Er nahm ein Schmucketui aus der Tasche seiner Wildlederjacke, öffnete es und reichte es ihr.

»Gott sei mir gnädig – das soll für mich sein? O nein, Sir, das ist viel zu kostbar für eine alte Niggerfrau wie mich, Mr. Bouchard, Sir!« protestierte sie.

»Nein, auf keinen Fall. Es ist nur eine Kleinigkeit, um dir Dankeschön und ›Gott segne dich‹ zu sagen, liebe Ellen. Bitte, ich möchte, daß du es trägst. Tu es für mich. Das Kreuz ist schließlich das Zeichen Gottes, zu dem wir alle beten, wenn wir Hilfe brauchen. Ich weiß, er wird dich segnen für das, was du mir und meiner Familie getan hast, Ellen.«

Ihre Lippen zitterten, sie kämpfte mit den Tränen. Zögernd streifte sie das Armband über. »Und wie genau es paßt, Mr. Bouchard, als ob Sie Maß genommen hätten – es ist wie ein Wunder.« Ihr Lächeln verblaßte, sie ergriff seine Hand mit beiden Händen und stammelte: »Sie sind ein guter Mensch, Mr. Bouchard, und Gott kennt die guten Menschen und segnet sie. Ich bin so glücklich, daß ich ein bißchen helfen konnte – das Unglück hat mein Herz in Stücke gerissen. Vor Ihnen und Ihrer Frau und dem kleinen Jungen müssen jetzt einfach wundervolle Jahre liegen, ich weiß es, Mr. Bouchard.«

»Ich bete zu Gott, daß du recht hast, liebe Ellen. Höre, ich habe für die Leute hier noch verschiedene andere Dinge in New Orleans bestellt. Mit dem Dampfboot wird in ein paar Tagen ein brandneues Kalikokleid kommen, das für dich bestimmt ist. Und Hannah erzählte mir, daß du so gern Kaffee trinkst.«

»Das schon, aber er ist so teuer, und hierzulande gibt es keinen guten Kaffee mehr, deshalb komme ich auch ohne ihn aus.«

»Nun, ich habe in New Orleans erstklassigen kreolischen Kaffee gekauft, der ist ebenfalls für dich bestimmt. Sobald diese Sachen eintreffen, bringe ich sie dir, Ellen. Noch einmal danke ich dir von ganzem Herzen, und meine Frau ist dir genauso dankbar wie ich.« Er nahm ihre Hand, führte sie an seine Lippen und küßte das Armband. Ellen, überwältigt von ihren Gefühlen, brach in Schluchzen aus.

Schließlich hob sie die Schürze an die Nase, schneuzte sich, wobei sie merken ließ, daß sie ärgerlich auf sich selbst war, und erklärte mit fester Stimme: »Was wahr ist, muß wahr bleiben, Mr. Bouchard, Sir. Es schickt sich nicht für einen feinen weißen Gentleman wie Sie, eine arme alte Niggerfrau zu behandeln, als sei sie etwas Besonderes. Sie haben mich so durcheinandergebracht, daß ich gar nicht mehr weiß, wie weit ich mit dem Jäten gekommen bin.«

Luke lachte vor sich hin und klopfte ihr auf die Schulter. »Du bist aber etwas Besonderes, Ellen. Und hier«, er trat an eine Pflanzenreihe und zeigte mit dem Finger darauf, »hier ist die Stelle, wo du aufgehört hast. Nun arbeite heute nicht mehr zu lange. Hannah soll dir zum Abendessen ein gutes Gumbo und gebackenes Maisbrot bringen. An diesen Novemberabenden wird es kühl, weißt du. Ich möchte, daß du gut auf dich aufpaßt.« Er bückte sich und hob ihr die Hacke auf. Ellen hatte das Schmucketui in die Tasche ihres abgetragenen Baumwollkleids gesteckt. Sie schluchzte von neuem auf, als sie die Hacke nahm. Um ihre Gefühle zu verbergen, begann sie mit großer Energie zu jäten. Luke sah ihr einen Augenblick zu, und dann kehrte er ins Château zurück.

Hannah Atbury hatte ihm oft gesagt, sie und ihr an den Folgen des Überfalls leidender Mann sollten eigentlich in einer Hütte draußen auf den Feldern statt im Château selbst untergebracht werden. Doch der Enkel des alten Lucien hatte darauf bestanden, daß sie beide im Herrenhaus lebten. Seiner Meinung nach hatten sie sich dieses Recht verdient, weil sie es in John Bruntons Auftrag mutig gehütet hatten, damit es eines Tages in den Besitz der Bouchards, der ursprünglichen Eigentümer, übergehen konnte. In Gedanken daran, daß sowohl Hannah als auch der alte Phineas durch den von Hurley Parmenter angeführten Ku-Klux-Klan Entsetzliches hatten leiden müssen, hatte Luke bestimmt, die Atburys sollten es auch weiterhin im Château bequem haben. Von Ellen ging er sofort in das große, hübsch möblierte Zimmer, das Hannah und Phineas bewohnten, um sich nach dem Befinden des alten Mannes zu erkundigen.

Noch an Bord der *Alabama Belle* hatte Luke den Kapitän gebeten, er möge in Montgomery einen Stauer zu Dr. Jonas Medbury schicken und ihm die Botschaft überbringen lassen, Luke Bouchard bäte ihn, so bald wie möglich zur Windhaven-Plantage zu kommen. Jetzt runzelte Luke tief besorgt die Stirn, als er Phineas, zwei dicke Kissen im Rücken, mühsam atmend und mit verzerrtem Gesicht vor sich sah. »Ich bin wieder da, Phineas, und ich habe den kleinen Jungen mitgebracht«, sagte er leise.

Phineas Atbury öffnete die Augen und wandte langsam den Kopf. Er starrte den großen, bärtigen Mann neben seinem Bett an. Dann erkannte er seinen Herrn, zwang ein müdes Lächeln auf sein Gesicht und murmelte: »Wie schön, Sie zu sehen, Mr. Bouchard. Ist Ihr kleiner Junge auch ganz gewiß heil und gesund wieder hier?«

Luke nickte. »Ja, Phineas. Er ist jetzt bei meiner Frau. Es ist alles wieder gut. Nur eins bekümmert mich, nämlich daß du im Bett liegst, bevor Zeit zum Schlafengehen ist. In ein oder zwei Tagen soll der Doktor dich untersuchen. Er wird dir ein Stärkungsmittel verschreiben, damit du dich wieder besser fühlst.«

Phineas Atbury schüttelte den Kopf und stieß einen Seufzer aus. »Mr. Bouchard, ich bin ein alter Mann. Ich habe viel

Mühsal erlebt, und ich bin müde, richtig müde. Es gibt kein Stärkungsmittel, das mich wieder jung machen kann – auch wenn ich es wünschte. Aber ich habe viel geruht, und meine gute, treue Hannah hat für mich gesorgt. Mir geht es so gut, wie es mir in meinem Alter gehen kann, Mr. Bouchard. Was will ich mehr.«

»Trotzdem, du wirst auf Dr. Medburys Rat hören und mir zum Gefallen bald gesund werden, Phineas. Ich werde nie vergessen, wie du zugerichtet wurdest, nur weil du versuchtest, meine Frau und meine Söhne zu schützen. Solange du lebst, Phineas, gehörst du für mich zu meiner Familie, ebenso deine Frau Hannah. Ruh dich nur aus. Kann ich für dich im Augenblick etwas tun?«

»Nein, danke, Sir. Ich bin einfach müde, wie gesagt. Vielleicht, wenn Frühling oder Sommer wäre, würde ich so etwas wie einen Lebensfunken spüren. Aber es ist kalt und regnerisch, und solch ein Wetter habe ich noch niemals leiden können.«

»Es wird schneller wieder Frühling werden, als du meinst, Phineas. Warte nur ab, dann bist du gesund wie ein Golddollar. Jetzt gehe ich und vergewissere mich, daß Hannah etwas Gutes für dich zu essen hat, wenn du aufwachst.«

»Danke, Mr. Bouchard. Ich fühle mich auch schon ganz stark, wenn ich höre, wie Sie mit einem alten Schwarzen sprechen.«

»So habe ich nie an dich gedacht, Phineas. In meinen Augen gibt es nur gute und schlechte Menschen, und du gehörst zu den guten, glaube mir. Und jetzt schlaf ein bißchen.« Er drückte Phineas' Hand, zog die Decke etwas höher über die Brust des alten Mannes und verließ das Zimmer. Hannah stand draußen im Flur. Ihr Gesicht war ernst. »Er wird jetzt etwas schlafen, Hannah. Ich habe ihm gesagt, du würdest für ihn etwas Gutes kochen, bis er aufwacht.«

»Gott segne Sie, Mr. Bouchard. Ich habe nie einen Mann

gesehen, der sich mit Leuten wie uns so viel Mühe macht. Für uns beide war es ein glücklicher Tag, als Sie meinen Brief erhielten und herkamen, um nachzusehen, was uns so viel Kummer machte. Ich bin für immer in Ihrer Schuld, und Phineas auch.«

»Nein, Hannah, ihr schuldet mir nichts. Im Gegenteil, ich bin euch verpflichtet, weil ihr hier gelebt und es verhindert habt, daß der Besitz Schiebern und Profitjägern anheimgefallen ist. Es tut mir nur leid, daß ihr einen so hohen Preis dafür zahlen mußtet. Ich weiß, mein Großvater würde euch ebenso dankbar sein, wie ich es bin. Übrigens, ich habe Dr. Medbury eine Botschaft überbringen lassen und um seinen Besuch gebeten. Er soll Phineas einmal gründlich untersuchen. Er hat ziemlich abgenommen, und das macht mir Sorge.«

»Mir auch, Mr. Bouchard. Ich koche ihm nur, was er früher gern gegessen hat, aber er hat keinen Appetit mehr. Von dem schrecklichen Tag an, als der kleine Junge entführt wurde, grämte er sich, als glaube er, es sei seine Schuld.«

»Das mußt du ihm ein für allemal ausreden, Hannah«, verlangte Luke Bouchard mit Nachdruck. »Ich glaube, selbst wenn ich rings um das Château bewaffnete Posten aufgestellt hätte, wäre dem gerissenen Schurken, der hinter der Entführung stand, eine Möglichkeit eingefallen, um seinen Racheakt durchzuführen. Ich danke dir, Hannah, und bis Phineas wieder gesund ist, habe ich nur den einen Auftrag für dich, nämlich daß du deine ganze Zeit darauf verwendest, ihn zu pflegen. Er ist ein wunderbarer Mensch, und ich möchte, daß es ihm bald bessergeht.«

»Ich gebe mir die größte Mühe, Mr. Bouchard, Gott weiß es.« Aufschluchzend drehte Hannah das Gesicht zur Seite. Luke nickte verständnisvoll und begab sich in sein Arbeitszimmer, wo Marius Thornton ihn erwartete.

Der junge Vorarbeiter sprang auf, als Luke eintrat. Er hielt ein zusammengefaltetes Blatt Papier in der Hand.

»Setz dich, Marius, du brauchst nicht so förmlich zu sein«, begann Luke, nahm ihm gegenüber am Schreibtisch Platz und lehnte sich zurück. »Aus der Art, wie du dieses Blatt hältst, schließe ich, daß du einen umfassenden Bericht für mich ausgearbeitet hast.«

»Jawohl, Mr. Bouchard, und ich glaube, der Inhalt wird Ihnen gefallen. Sie werden sich erinnern, daß Sie mir sagten, ich solle den Gewinn in Prozentsätze und Dollar-Anteile für alle Arbeiter aufteilen.«

»Das ist die einzige vernünftige, anständige Art, Marius. Das habe ich von Anfang an gesagt. Und wenn der Gewinn hoch genug ist, werde ich zusätzliche Prämien verteilen. Das ist deshalb möglich, weil ich mich auf die Loyalität von euch allen hier auf der Windhaven-Plantage verlassen kann. Wir können glücklich darüber sein, aber ich fürchte, im ganzen Staat gibt es das nicht noch einmal.« Er beugte sich vor. »Marius, was ich hier zu verwirklichen suche, ist eine Weiterführung der Ideen meines Großvaters. Sie waren damals, zur Zeit der Sklaverei, nicht populär, und er mußte seinen Abscheu vor dieser Unterdrückung gegenüber den benachbarten Plantagenbesitzern geheimhalten. Jetzt, da Freiheit herrscht, ist das Profitsystem die einzig praktikable Art, einen größeren Landbesitz wie diesen hier zu bewirtschaften. Unglücklicherweise zwingt uns die rachsüchtige Politik des Nordens immer noch, unsere Methoden für uns zu behalten. In vielen angrenzenden Countys wird man schwerlich etwas davon hören wollen.«

»Das ist wahr, Mr. Bouchard. Aber andererseits, denken Sie an Buford Phelps. Wissen Sie noch, wie er vom Freigelassenen-Büro herkam und es sich in den Kopf gesetzt hatte, Sie seien auch so ein Plantagenbesitzer von früher, der die Schwarzen nur ausnützen will? Heute gehört er zu unseren besten Gemüseproduzenten, Mr. Bouchard.«

»Das ist eine wirklich ermutigende Neuigkeit, Marius. Du weißt ja, wir waren in einer sehr günstigen Ausgangsposition, weil die Schwarzen bei der Befreiung je fünfzig Morgen Land und ein Maultier erhielten. So ging ein Großteil des Bodens, der meinem Großvater gehörte, an sie. Ausgenommen waren nur die ursprünglichen fünfzig Morgen, auf denen dieses Haus steht, weil mein Freund John Brunton dafür sorgte, daß Hannah und Phineas Atbury als Käufer auftraten. Die Folge war, daß wir uns – anders als so viele unglückliche und patriotische Konföderierte – nicht vor den seit Ende des Krieges erhobenen Steuern zu fürchten brauchten. Und alle unsere Arbeiter erklärten sich einverstanden, mir das Land später, wenn der richtige Zeitpunkt gekommen ist, zurückzuverkaufen. Ich werde auch dafür sorgen, daß sie einen hübschen Profit dabei machen. Inzwischen erhalten sie ihren Anteil und Zusatzprämien aus meiner eigenen Tasche. Nur gut, daß ich immer noch eine ganze Menge von dem Erbe übrig habe, das mein Großvater für mich bei der Bank von Liverpool in Gold hinterlegt hat, obwohl ich in Texas für den Rest meiner Familie Land damit gekauft habe. Deshalb können wir mit mehr Optimismus in die Zukunft blicken als die meisten unserer Nachbarn, Gott sei es gedankt.«

»Ich muß gestehen, Mr. Bouchard, daß Ihr System mir als Ihren Vorarbeiter die Sache wesentlich erleichtert hat.« Marius Thornton grinste jungenhaft. Er faltete das Blatt, räusperte sich und erklärte: »Wir haben dieses Jahr nicht zu viel Baumwolle gepflanzt, ganz, wie Sie es anordneten. Die Baumwolle hat auch keinen besonders guten Preis gebracht – nur etwa dreizehn Cents das Pfund.«

»Das liegt daran, daß die englischen Fabriken sich in den Kriegsjahren nach anderen Bezugsquellen umgesehen haben. Und wieviel haben wir gepflanzt, Marius?«

»Zehn Tage nachdem Sie aufbrachen, um Ihren Sohn zu suchen, haben wir fünftausend Ballen zu je fünfhundert Pfund nach Mobile verschifft, Mr. Bouchard. Sie brachten uns 3250 Dollar ein, und nach Abzug der Unkosten blieben rund 2900 Dollar übrig.«

»Das ist gar nicht schlecht«, meinte Luke. Er zupfte an

seinem Bart und meinte dann: »Guter Gott, ich fürchte, in der ganzen Zeit habe ich mich überhaupt nicht um mein Äußeres gekümmert. Ich muß mir unbedingt die Haare und den Bart schneiden. Doch weiter im Thema: Sind die Baumwollentkörnungsmaschinen noch in Ordnung?«

»O ja, Mr. Bouchard. Da haben wir überhaupt keine Probleme. Im nächsten Frühjahr müssen wir eine kleine Summe für geringfügige Reparaturen ausgeben, aber sie werden uns nicht mehr als zwei- oder schlimmstenfalls dreihundert Dollar kosten.«

»Buche sie vom Gewinn ab, und stecke sie in den Reservefonds, wie ich es dir gezeigt habe, Marius. Dann ziehst du eine Kommission von zehn Prozent ab, weil ich für die Anlegestelle, die Verschiffung und den Verkauf in Mobile sorge. Der Rest wird zu gleichen Teilen unter den Arbeitern verteilt, welche die Baumwolle gepflanzt, gepflückt und entkörnt haben.«

»Das habe ich bereits getan, Mr. Bouchard.« Wieder grinste Marius. »Nächster Punkt: Wir haben sechshundert Dollar mit dem Verkauf von Vieh, hauptsächlich Kälbern und ein paar Kühen, verdient. Die Hälfte ging nach Mobile, die andere nach Montgomery. Daß Mary Turner oben in Montgomery Milch und Sahne verkauft, hat uns weitere zweihundert Dollar eingetragen, Sir.«

»Auch hier nehme ich die üblichen zehn Prozent«, sagte Luke Bouchard, »den Rest teilst du wieder auf. Aber von Marys Verdienst nimmst du nur fünf Prozent.«

»Jawohl, Sir. Mit Gemüse und Obst haben wir dieses Jahr einen sehr guten Profit erzielt, Mr. Bouchard. Sogar der kleine Garten der alten Ellen brachte hundert Dollar.«

»Ich möchte, daß sie dieses Geld ganz allein bekommt, und bitte, geh morgen zu ihr und sage es ihr. Erkundige dich, ob sie Bargeld haben möchte oder jetzt nur eine kleine Summe, um sich Vorräte zu kaufen. Erkläre ihr, daß wir für sie ein Konto auf ihren Namen eröffnen können, so daß sie Geld abheben kann, wann immer sie Lust hat.«

»Das will ich tun, Mr. Bouchard. Jetzt bin ich auch fast fertig. Hughie Mendicott und Moses Turner haben das meiste an Obst und Gemüse geliefert und zusammen 1150 Dollar verdient – einen guten Teil hat dieser einarmige Bursche gekauft, der Hurley Parmenters Laden in Lowndesboro übernommen hat.«

Bei der Erwähnung dieses Mannes mußte Luke lachen. »Ich würde mich nicht wundern, wenn Mitzi Vourlay indirekt etwas mit dem Interesse von Mr. Sattersfield an unseren Waren zu tun hätte, Marius.«

»Da mögen Sie recht haben, Mr. Bouchard«, grinste der Vorarbeiter. »Ich sollte ja nicht aus der Schule plaudern, aber während Ihrer Abwesenheit hat sie mindestens einmal in der Woche Vorräte für das Haus eingekauft.«

»Du plauderst nicht aus der Schule, weil ich es längst prophezeit habe, daß Mr. Sattersfield und sie in naher Zukunft heiraten werden, Marius. Und sie könnte keinen anständigeren, ehrenwerteren Mann finden, und wenn sie sich mit einem Schießgewehr auf die Jagd nach ihm machen müßte.«

»Da stimme ich Ihnen zu, Mr. Bouchard. Er ist ein sehr höflicher Mann, seine Preise sind angemessen, und er ist anständig gegen jeden, ob schwarz oder weiß.«

»Das sind die Charaktereigenschaften eines echten Gentleman, Marius. Ich wünschte, etwas in der Art würde einmal auf meinen Grabstein geschrieben – aber hoffen wir, daß es damit noch lange Zeit hat. Also, über die Verteilung des Gewinns weißt du Bescheid. Ich nehme an, die Steuern für unsere schwarzen Arbeiter waren viel niedriger als die für meine eigenen fünfzig Morgen und das Haus?«

»O ja, Mr. Bouchard. Ihnen wurde beinahe viermal soviel in Rechnung gestellt. Ich habe einen Scheck eingesandt, kurz nachdem Sie nach New Orleans abgereist waren.«

»Gut. Ich bin froh, daß Jedidiah Danforth, mein Rechtsanwalt, eine Vollmacht ausgestellt hat, so daß du dich solcher Dinge während meiner Abwesenheit annehmen kannst.

Wenn ich mir nun meine eigene Kommission ansehe, bin ich sicher, daß für ein paar Monate reichlich Haushaltsgeld vorhanden ist, und mit deiner Haushaltsführung bin ich sehr zufrieden, Marius. Ich rechne nicht damit, daß wir in den nächsten Jahren riesige Gewinne machen werden. Aber wir können uns über Wasser halten, und, was am wichtigsten von allem ist, die Arbeiter der Windhaven-Plantage brauchen sich keine Sorgen wegen einer Stellung oder um Essen oder Brennstoff zu machen. Ich habe kein Interesse daran, reich zu werden; ich möchte ein gutes, nützliches, sinnvolles Leben führen. Und bis heute bin ich in dieser Hinsicht von Gott gesegnet worden. Grüße Clemmie und die kleine Sheba von mir, Marius.«

»Gern, Mr. Bouchard.« Marius sprang auf, faltete seinen Bericht zusammen und steckte ihn in die Tasche. »Vielleicht könnten Sie und ich uns in ein paar Wochen einmal zusammensetzen und planen, wie wir im nächsten Frühjahr das Land bestellen wollen.«

»Ja, das wäre gut, Marius. Ich möchte wenn möglich, unsern Viehbestand vergrößern. Wir haben hier sehr gutes Gras – in mancher Beziehung besser als auf der Windhaven-Ranch. Vielleicht könnten wir auch Reis anbauen. Der Himmel weiß, daß genug Regen fällt, und der gute alte Alabama-River sorgt dafür, daß wir jederzeit bewässern können. Wir sollten damit in Mobile und besonders in New Orleans gute Preise erzielen.«

»Ja, Sie haben recht, Mr. Bouchard. Nun, dann wünsche ich Ihnen einen guten Abend.«

»Danke, Marius. Du hast mir so manche Last abgenommen, und ich möchte, daß du von meiner Kommission fünfundzwanzig Dollar nimmst und der kleinen Sheba und Clemmie etwas Hübsches kaufst. Das ist ein Befehl.«

»Das ist sehr freundlich von Ihnen, Mr. Bouchard.«

II

Luke hatte seinen Bart und die wirren Locken, die ihm während seiner langen Reise gewachsen waren, geschnitten. Er hatte ein einfaches Abendbrot zu sich genommen und dann gebadet. Um zehn Uhr kam er in Laures Zimmer und wollte mit ihr plaudern.

Der kleine Paul und Lucien waren Mitzis Obhut anvertraut worden. Luke setzte sich neben das Bett seiner Frau. Er hielt ihre Hand, während er ihr die Einzelheiten seines Gesprächs mit Marius Thornton erklärte.

»Es war sehr lieb von dir, Darling, an Ellen zu denken. Du hast ein gutes Herz. Ich habe ja eine Weile gebraucht, bis ich das entdeckte«, meinte Laure mit einem Lächeln. »Jetzt bin ich so glücklich. All dieser Haß, der unser Leben bedroht hat, seit ich hierherkam, ist ausgelöscht, nicht wahr? Weißt du, eine Zeitlang habe ich gedacht, ich hätte dir Unglück gebracht.«

»Wie kannst du so etwas sagen? Du hast mir ein neues Leben, du hast mir zwei prächtige Söhne geschenkt. Mir ist mehr Glück zuteil geworden als den meisten anderen Männern.«

»Ich bin froh, daß du so empfindest. Und von einem Altersunterschied zwischen uns merke ich überhaupt nichts.« Wieder sandte sie ihm das herausfordernde Lächeln zu, das sein Begehren bei ihrer ersten Begegnung in New Orleans entfacht hatte. »Vielleicht liegt es daran, daß du jetzt, wo Haar und Bart geschnitten sind, ein wenig zivilisierter aussiehst. Und viel jünger und sehr vornehm erscheinst du in diesem schönen weißen Leinenanzug – auch wenn ich gestehen muß, daß du in indianischer Wildlederkleidung sehr männlich wirkst. Ich werde nie vergessen, wie Mitzi kreischend angerannt kam und behauptete, es sei ein wilder Indianer vor dem Union House, als du mich das erste Mal nach dem Brief besuchtest, in dem ich dir von Johns Tod und der Geburt unseres Sohnes schrieb.«

»Daran erinnere ich mich ebenfalls noch gut«, sagte er lachend. Er zog ihre Hand an seine Lippen und küßte sie. »Aber im Grunde sind die Indianer keine Wilden, Liebling. Die Creeks, die mein Großvater kannte, waren es gewiß nicht, und ebensowenig kann man Sangrodo und die Krieger seines Stammes so bezeichnen. Doch ich fürchte sehr, da draußen in Texas werden die weißen Siedler weiter an ihrem Vorurteil festhalten, Indianer seien blutdürstige Tiere, die ausgelöscht werden müssen. Und in den nordwestlichen Territorien habe ich ähnliche Meinungen gehört. Ich wünschte nur, Leute, die so reden, würden Männer wie Sangrodo und Tunkamara und Nanakota kennenlernen. Ja, und auch Emataba aus der Creek-Reservation.«

»Ich bin ganz deiner Meinung, Liebster.«

»Hat Hannah dir etwas zu essen gebracht?«

»Ach du meine Güte, nach der Melone und den Sandwiches und der Limonade meinst du, ich hätte noch viel essen können? Außerdem ist mein Herz heute übersättigt von Glück.«

»Das macht mich froh. Wenn es nur eher geschehen wäre, um dir diese schreckliche Zeit zu ersparen.«

»Ja, schrecklich war sie, denn als du mich verließt, wußte ich zwar, du würdest den Mann aufsuchen, der das alles über uns gebracht hatte, aber ich konnte nicht sicher sein, ob du Lucien jemals finden würdest. Und ich hatte solche Angst um ihn. Aber Mitzi gab sich so viel Mühe, mich meine Sorgen vergessen zu lassen. Weißt du übrigens, daß sie sich zum ersten Mal ernsthaft verliebt hat? Das ist kein Flirt, wie sie ihn mit dir beginnen wollte, als du ins Union House kamst.«

Ja, es ist Dalbert Sattersfield. Sogar Marius Thornton weiß schon darüber Bescheid«, erwiderte Luke lachend.

»Aus Mitzis Augen leuchten Sterne, wenn sie von ihm spricht. Er ist so ritterlich, hat ein so gutes Benehmen, ist so ganz und gar Gentleman. Das beeindruckt sie nicht nur, sie liebt ihn aufrichtig. Und es wurde auch höchste Zeit«, kicherte Laure.

»Ich hoffe, wir werden unser wundervolles Kindermädchen nicht gar zu schnell verlieren.«

»Nächste oder übernächste Woche sicher noch nicht, aber ich fürchte, die Heirat wird nicht mehr lange auf sich warten lassen. Dann müssen wir uns nach einem Ersatz umsehen.«

»In der Zwischenzeit wollen wir uns ein besonders schönes Hochzeitsgeschenk für sie ausdenken und Vorbereitungen treffen, daß ihr Hochzeitstag zu einem Erlebnis wird, das sie und ihr zukünftiger Mann niemals vergessen werden«, schlug Luke vor.

»Du bist einfach süß, Darling. Und du nimmst stets so viel Rücksicht auf die Gefühle anderer Menschen.«

»Du hast meinem Leben die letzte Erfüllung gebracht, Laure. Bist du sicher, daß du nichts bedauerst?«

»Gar nichts.« Sie schüttelte den Kopf, daß ihre goldenen Locken auf dem Kissen tanzten. Dann wurde ihr Gesicht auf einmal ernst. Leise fragte sie: »Denkst du jemals an sie . . . ich meine, an Lucy? Versuchst du zuweilen, uns in Gedanken miteinander zu vergleichen?«

»Niemals. Es wird immer einen Platz in meinem Herzen für Lucy geben, aber dies ist ein neues Leben, in dem ich mich manchmal selbst kaum wiedererkenne. Mit dir zusammenzusein, ist für mich so natürlich wie das Atmen. Dann verstärkt die Tatsache, daß du so jung und schön bist, in mir auch den Willen, nicht zu schnell zu altern – und ich glaube, das braucht ein Mann, besonders ein Witwer, wie ich es war. Nein, Laure, du brauchst niemals Grund zur Eifersucht haben oder befürchten, ich könnte einen Teil meines Ichs vor dir zurückhalten. Versteh doch, als ich damals nach New Orleans kam, als ich merkte, daß du mich nicht auf der Stelle heiraten wolltest, als ich dich umwerben mußte, während ich gleichzeitig mit der Übernahme deiner Bank einen völlig neuen Beruf erlernte – das war genauso, als sei ich wiedergeboren worden und als beginne das Leben von neuem.«

»Es macht mich glücklich, daß du es so siehst. Ich hoffe, das wird immer deine Einstellung bleiben, mein Liebster.«

Er erhob sich, beugte sich über sie und küßte sie leicht auf die Wangen und die Lippen. »Ich möchte, daß du dich heute nacht ausruhst, Geliebte. Für dich war es eine anstrengende Zeit, und dann heute die Aufregung, daß Lucien wieder da ist – wir sehen uns beim Frühstück. Gute Nacht, meine Liebe.«

Noch einmal küßte er sie, und dann begab er sich in sein Schlafzimmer.

In der Eingangshalle des Châteaus hatte die alte Großvateruhr soeben den letzten Schlag der Mitternachtsstunde getan. Draußen stand der Vollmond am Himmel, von Schleiern umgeben, die Regen verkündeten. Das Geräusch der Wellen des Alabama, die schneller dahinflossen als gewöhnlich, ließ einen kommenden Sturm ahnen. Aber drinnen im Haus war alles still. Weder Kerzen noch Petroleumlampen erhellten die Dunkelheit.

Luke Bouchard schlief unruhig. Bildfetzen rasten durch sein Gehirn, ohne Logik und Zusammenhang. Er sah sich selbst am Fuß der Treppe im Union House, und John Brunton stieg die Stufen herab, um ihn in New Orleans willkommen zu heißen. Er sah Laure Prindeville zum ersten Mal, und aus Koketterie tat sie, als sei er ihr gleichgültig. Dann ritt er mit Lucien Edmond hinaus und fand Sangrodos kleinen Sohn Kitante, krank vom Biß einer Klapperschlange. Er lernte den großen, heldenhaften Komantschenhäuptling kennen. Noch einmal durchlebte er das Duell mit Armand Cournier, und die letzte Szene blendete über in den wilden Säbelkampf mit Armands älterem Bruder Henri. Es war so intensiv, daß er fast die Spitze des Rapiers in sein Fleisch eindringen fühlte, denn aus Müdigkeit hatte er sich nackt auf sein Bett geworfen und war auf der Stelle eingeschlafen.

Das Duell ging weiter. Wieder berührte Henri Courniers

Waffe seine Haut. Er stieß einen erstickten Schrei aus und erwachte. . .

Erwachte, um eine Frau in einem schwarzen Domino und schwarzem Samtmantel zu finden, deren scharfe Fingernägel sich in seine Schultern gruben, als sie sich über ihn beugte und ihr Mund mit dem seinen verschmolz.

»Wer – was – der Domino –« Sein noch vom Schlaf umfangener Verstand sah den schwarzen Domino als Symbol. Laure hatte ihn getragen, als sie ihm in seinem Junggesellenquartier in New Orleans einen überraschenden nächtlichen Besuch abstattete.

»Laure – Laure«, stammelte er ungläubig.

»Ja, mein Geliebter. Was kann eine vernachlässigte Frau anderes tun, wenn ihr Mann sie, die vor Sehnsucht nach ihm vergeht, allein läßt?« flüsterte sie. Sie setzte sich auf die Bettkante. Er streckte die Arme nach ihr aus, aber mit einem kleinen Lachen entschlüpfte sie seiner Umarmung. »Noch nicht, Darling. Als du mich so leidenschaftslos küßtest und davongingst, ehe ich dich bitten konnte zu bleiben, dachte ich wahrhaftig, du seist zu deinen spießbürgerlichen Gewohnheiten zurückgekehrt.«

»Aber, meine Liebste, du brauchst Ruhe nach allem, was du durchgemacht hast.«

»Schsch!« Sie legte einen Finger auf seine Lippen und schüttelte den Kopf. »Du bist so durch und durch ritterlich, nicht wahr? Du dachtest, weil ich von Arnie Grimes vergewaltigt worden bin, wollte ich meinen eigenen Mann nicht mehr in meinem Bett haben. Ist es nicht so? Aber du vergißt, Liebster, daß ich, ehe ich John Brunton kennenlernte, zwischen einem Unionskorporal und seinen sämtlichen Männern zu wählen gezwungen wurde. Und doch ist es mir gelungen, diese grauenhaften Erinnerungen zu überwinden.«

»Trotzdem –« Er versuchte zu sprechen, und wieder berührte ihr Finger seine Lippen.

»Trotzdem weißt du, was Dr. Medbury gesagt hat. Das,

was geschehen ist, wird keine Folgen haben. Kannst du dir nicht vorstellen, daß ich mir wünsche, mein geliebter Mann möge mir beweisen, wie sehr er mich nach der langen Zeit seiner Abwesenheit noch liebt? Und mehr als das, Luke.« Sie beugte sich vor und flüsterte ihm ins Ohr: »Ich möchte noch ein Kind haben – ein Kind, das all die herrlichen Traditionen von Windhaven, die du mich gelehrt hast, aufrechterhält.«

»Oh, Laure, Laure, das möchte ich auch . . . «

Sie richtete sich auf. Mit einer einzigen Bewegung warf sie den schwarzen Samtmantel zu Boden und stand nackt in Sandalen und dem Domino da. »Laß uns so tun, *mon amour*«, flüstere sie, »als sei ich immer noch das unverschämte Mädchen, das dich im Union House so erbarmungslos herausgefordert hat. So ist Lucien gezeugt worden. Vielleicht werden wir diesmal ein Mädchen haben – hättest du gern ein Mädchen, Luke?«

»So schön, so gut, so liebevoll wie du, ja, meine Geliebte!« Er warf das Laken, das ihn bedeckte zu Seite, und streckte die Arme nach ihr aus. Aufstöhnend warf sich Laure hinein.

Dann erklangen in der Stille und Dunkelheit der Nacht die Seufzer einer hingebungsvollen und erfüllten Leidenschaft, einer Leidenschaft, die gleichzeitig der freudvolle Dank für ihre Wiedervereinigung und das glühende Begehren war, das aus gegenseitigem Verständnis und tiefstem Verlangen nacheinander erwächst.

III

Im Dezember 1869 beobachteten die zeitgenössischen Historiker eine weitere Verschärfung der unbeugsamen »Wiederaufbau«-Politik des Nordens gegenüber dem geschlagenen Süden. Der Kongreß verfügte, Georgia müsse den Fünften Verfassungszusatz ratifizieren und die aus der Gesetzgebenden Versammlung entlassenen Neger wieder aufnehmen, falls es die Wiederanerkennung als Staat wünsche. Etwa zwei Wochen zuvor hatte in Washington eine Tagung stattgefunden, bei der Neger eine nationale Gewerkschaft ins Leben riefen. Die Veröffentlichung dieses Ereignisses stieß im Süden auf Erbitterung. Für die verarmten Plantagenbesitzer des Südens, die auf die Stufe von Kleinbauern herabgesunken waren, wurde es immer schwieriger, die Dienste freier Schwarzer zu erlangen. Diese genossen jetzt den Vorzug, sich das höchste Angebot aussuchen zu können.

Die Bewegung für das Frauenstimmrecht breitete sich aus. Im Laufe dieses Jahres hatte das Wyomin-Territorium den Frauen das volle Stimmrecht verliehen. Einige Beobachter hielten das für eine weitere beklagenswerte Folge des Bürgerkriegs.

Aber im Indianerterritorium (aus dem später das Oklahomaterritorium werden sollte) war von diesen Winden, die nichts als Veränderungen herbeibliesen, nichts zu spüren. Die weit verstreuten Indianerdörfer auf der Ebene, ohne Verbindung miteinander und mit den Vereinigten Staaten, fühlten in diesen kalten Dezembertagen nur die volle Kraft des Winters. Eines der Dörfer, das nur aus einigen wenigen Tipis und Wigwams bestand, war das der Creeks. Dort wohnten 275 Männer, Frauen und Kinder, angeführt von ihrem *mico* Emataba. Sie standen allein, ohne Freunde oder Nachbarn, die ihnen ihr Los hätten erleichtern können.

Dr. Ben Wilson war Anfang Oktober dieses Jahres, nachdem er seinen Sohn Thomas und seine kleine Tochter Sybille in der Obhut seiner Schwiegermutter Sybille Bouchard-Forsden zurückgelassen hatte, zu den Creeks gekommen. Ein paar von Lucien Edmond Bouchards Vaqueros hatten ihn auf der über sechshundert Meilen langen Reise begleitet. Sie hatten einen Wagen mit Ben Wilsons eigenem Vorrat an Medikamenten, Nahrungsmitteln und den von Lucien Edmond gestifteten Decken bei sich. Emataba hieß

Ben Wilson willkommen und bemerkte dann, daß er annehme, der Medizinmann der Bleichgesichter werde nur kurze Zeit bleiben. Zur großen Überraschung des *mico* schüttelte Ben Wilson den Kopf. »Nein, Ematabа, ich werde den ganzen Winter bei euch leben. Lucien Edmond Bouchard hat mir berichtet, daß viele eurer Leute krank sind, daß ihr nicht genug zu essen habt und daß euch der Indianeragent die von der Regierung versprochenen Waren nicht immer bringt.«

»Du willst mit uns leben, in diesem armen Dorf?« fragte Ematabа.

»Ich bin Arzt, Ematabа. Ich habe einen Eid geleistet, den Kranken und den Sterbenden zu helfen, alle meine Kraft und Geschicklichkeit denen zu widmen, die mich brauchen. Ich habe meine Frau verloren, und ich werde sie viele Jahre lang betrauern. Doch wenn ich deinen Leuten von Nutzen sein kann, werde ich mein Leid vielleicht vergessen.«

Der große Creekhäuptling schüttelte den Kopf. »Aber es ist uns nicht möglich, dich für diese Arbeit zu bezahlen.«

»Habe ich Bezahlung verlangt?« erwiderte Ben entrüstet. Seine helle Haut rötete sich. »Wenn es dich stört, kannst du anstelle einer Bezahlung etwas für mich tun. Beauftrage einen deiner Krieger, der Englisch spricht, mich die Creeksprache zu lehren. Dann könnte ich euch von größerem Nutzen sein.«

»Was du vorhast, ist sehr gut«, erklärte Ematabа feierlich. »Der junge Sipanata soll dich in unserer Sprache unterrichten. Er hat vierundzwanzig Sommer gesehen: zwei davon war er Gehilfe bei einem Bleichgesicht in Mobile, wo er gelernt hat, so zu sprechen wie du. Aber seine Sehnsucht, unser Schicksal zu teilen, seine Einsamkeit unter den Bleichgesichtern und die Grausamkeit seines Herrn trieben ihn zu uns zurück. Ja, ich glaube, auch Sipanata wird das für eine gute Sache halten. Er wird dich unsere Worte und unsere Gedanken lehren, und indem er das tut, wird er von neuem Stolz ermpfinden, ein Creek zu sein.«

Sipanata, ein drahtiger junger Mann, der sein Haar demonstrativ in einem langen Zopf und mit der traditionellen Skalplocke trug, betrachtete den sanftmütigen Quäker anfangs mit finsteren Blicken. Emataba wies ihn zornig darauf hin, dieses Bleichgesicht sei ein Freund der Creeks und ein Verwandter Lucien Edmond Bouchards. Sipanata nickte düster. »Ich werde es tun, weil du mein *mico* bist. Doch die Gefühle, die ich in meinem Herzen gegen die Bleichgesichter hege, kannst du nicht ändern. Für mich gehört dieser Mann zu den Leuten, die dazu beigetragen haben, euch alle aus eurer Heimat zu vertreiben und euch jetzt verhungern zu lassen, während sie fett von dem Geld werden, das sie erhalten, um für uns Essen zu kaufen.«

So erhielt Dr. Wilson in Sipanata einen widerwilligen Lehrer, der sich gegen ihn ablehnend verhielt. Dann geschah es etwa zwei Wochen nach seiner Ankunft in der Reservation, daß eine tränenüberströmte junge Mutter mit ihrem zwei Jahre alten Sohn zu ihm geeilt kam. Der Junge hatte sein Essen in einem Bissen verschluckt und drohte daran zu ersticken. Schnell rief der Arzt bei dem Kind Erbrechen hervor, und bald atmete es wieder normal. Die Mutter, die kein Englisch sprach, kniete vor ihm nieder und berührte seine Füße in der Geste verehrungsvoller Danksagung. Sipanata sah schweigend zu. Sein kantiges Gesicht verzog sich vor Neugier und Verwunderung. Ben tröstete die junge Mutter mit den wenigen Creekworten, die er bereits kannte. Er versicherte ihr, was er getan habe, sei keine Magie, und es bereite ihm selbst Freude, daß ihr Sohn wieder gesund sei. Der junge Krieger trat auf ihn zu. »Ich habe gesehen und gehört, wie Leotake dir für die große Medizin dankte, die ihren Sohn rettete. Ich war im Irrtum. Du gehörst nicht zu jenen Bleichgesichtern, die mein Volk von seinem Land vertrieben haben. Von diesem Augenblick an werde ich mir Mühe geben, dich zu unterrichten, und ich will dein Freund sein – wenn du es mir erlaubst.«

»Ich habe in dir immer einen Freund gesehen, Sipanata«,

erwiderte Ben Wilson und streckte ihm die Hand hin. Sipanatas strenges Gesicht wurde weich. Er ergriff die Hand seines neuen Freundes und schüttelte sie heftig.

Ben Wilson hatte, als er Pittsburgh mit seinen beiden kleinen Kindern verließ, sein Bankkonto aufgelöst und 3000 Dollar in Gold sowie eine Tratte über 12 000 Dollar mitgenommen. Er hatte Lucien Edmond gebeten, die Tratte bei der Familienbank in San Antonio zu deponieren. Das Gold hatte er fast alles in die Creek-Reservation mitgebracht. Er hatte von Lucien Edmond gehört, wie schäbig die Creeks von dem Indianeragenten behandelt wurden, und er wollte ihre Leiden lindern, indem er selbst die notwendigen Lebensmittel, Kleidungsstücke und Medikamente einkaufte.

Kurze Zeit darauf erwies Emataba, der mit achtunddreißig Jahren drei Jahre älter war als Ben, dem Arzt ein ungewöhnliches Zeichen der Hochachtung: Er forderte ihn auf, in dem Tipi zu leben, das der alte Schamane Equitaba bis zu seinem Tod im letzten Jahr bewohnt hatte. »Es steht dir zu, daß du in unserm Dorf seinen Platz erhältst«, sagte er zu dem Quäker. »In unserer Religion hilft der Schamane uns, die Geister des Bösen zu bannen, und er vollbringt Zauber, um die Geister des Guten für uns alle herbeizurufen. Und du hast, obwohl du ein Bleichgesicht bist, gelernt, mit den Geistern des Bösen zu kämpfen und sie von uns hinwegzutreiben – deshalb wirst du in gewisser Weise unser neuer Schamane werden.«

Ben Wilson paßte sich völlig dem einfachen, monotonen Leben dieses kleinen Dorfes an. Er teilte das Essen mit den Creeks, achtete aber sorgfältig darauf, nicht mehr als seinen Teil zu nehmen. Oft nahm er weniger, als die Vorräte zu schwinden begannen. Der Bulle und die drei Kühe, die Lucien Edmond im Sommer gebracht hatte, grasten in einem Korral außerhalb des Dorfes, und die Kühe würden im kommenden Frühjahr kalben. Bis dahin konnten sie natürlich keine Milch für die Kinder liefern. Gleich bei der ersten Untersuchung hatte Ben festgestellt, daß mehrere

Kinder des Dorfes Krankheiten hatten, die auf Unterernährung zurückzuführen waren. So war es auch bei einigen der jungen Mütter, die vor kurzem Kinder geboren hatten und sie nicht richtig ernähren konnten, weil sie selbst nicht genug zu essen bekamen. Der Arzt bereitete für sie eine Art Brei aus Wasser und ein bißchen Mehl. Er erkundigte sich bei Emataba, wann die Lieferung von der Regierung fällig wäre. Da zuckte der *mico* die Schultern. »Der Agent sollte nächsten Monat kommen, aber wir erhalten nur, was er für richtig hält, und es nützt überhaupt nichts, wenn wir mehr verlangen.«

Ende der ersten Novemberwoche näherte sich ein Wagen, eskortiert von sechs Soldaten zu Pferde, von Nordwesten her dem Creekdorf. Ben eilte selbst, das wackelige Tor am Eingang des Dorfes zu öffnen. Der Fahrer des Wagens, ein korpulenter Mann Anfang Fünfzig, fast kahlköpfig, aber mit einem buschigen, rötlich-grauen Bart, stieg langsam ab, starrte auf die Tipis und Wigwams und schnitt eine Grimasse des Widerwillens. »Los, Jungs«, rief er, »helft mir, die Sachen abzuladen. Ihr wißt, daß ich nichts heben kann, ich habe ein schwaches Herz.«

»Guten Tag. Ich nehme an, Sie sind der Indianeragent?« fragte Ben.

Der fette Mann grunzte bejahend und schielte den schlanken Quäker mit seinen wässrigen blauen Augen an. »Das bin ich. Mein Name ist Matthias Stillman. Und wer sind Sie? Für gewöhnlich sehe ich an diesem gottverlassenen Ort keine weißen Männer.«

»Ich glaube nicht, daß diese Leute von Gott verlassen sind, Mr. Stillman. Meiner Ansicht nach werden sie eher von kurzsichtigen und habgierigen Menschen betrogen.«

»Jetzt machen Sie mal einen Punkt, Mister!« Matthias Stillman richtete sich in gerechter Empörung auf. »Wo kommen Sie denn her, daß Sie solche bösartigen Dinge äußern? Merken Sie sich, ich kümmere mich pflichtbewußt um diese dreckigen Rothäute. Die Regierung gibt ihnen soundsoviel im Monat, und ich sorge dafür, daß sie es bekommen. Verstanden?«

»Ich brenne darauf, mir genau anzusehen, was Sie ihnen heute bringen, Mr. Stillman«, lautete Bens Antwort.

Die sechs Soldaten waren abgestiegen, hatten sich auf die Rückseite des Wagens begeben und begannen, die Fracht abzuladen. Es waren Mehlfässer, zwei große Zinnbehälter mit Milch, ein Dutzend alte, beinahe kahlgescheuerte Dekken, ein Beutel Salz, mehrere Säcke mit getrocknetem Rind- und Schweinefleisch und einige andere Stapel.

Aus Neugier öffnete Ben eins der Mehlfässer. Er drehte sich zu dem Indianeragenten um. »Mr. Stillman, haben Sie dieses Mehl inspiziert, bevor sie es herschafften?«

»Na klar. Aber was geht es Sie an? Wer sind Sie überhaupt?«

»Mein Name ist Dr. Ben Wilson. Ich bin hergekommen, um mit diesen Menschen zu leben und ihre Kranken zu behandeln. Hier gibt es viele Krankheiten, die von zu wenig Essen verursacht werden, Mr. Stillman. Sehen Sie sich nur das Mehl in diesem Faß an, Sir. Wenn ich mich nicht ganz irre, sind das Kornwürmer. Das Mehl ist alt und schal und zweifellos ranzig, abgesehen davon, daß es voller Ungeziefer ist.«

»Jetzt hören Sie einmal zu, Dr. Wilson – oder wie Sie heißen mögen!« Matthias Stillmans Gesicht lief purpurrot an vor Zorn. »Wir haben die Lebensmittel von Siedlern in der Nähe des Forts gekauft, verstehen Sie? Und wir haben ihnen einen guten Preis bezahlt. Erwarten Sie, daß wir Delikatessen aus Chicago oder New York für diese dreckigen Rothäute besorgen?«

»Sie sind gewiß nicht dreckig, Mr. Stillman. Und es sind menschliche Wesen. Ich würde den Insassen eines Gefängnisses kein solches Mehl geben. Wie frisch ist diese Milch?«

»Ich brauche Ihre Fragen nicht zu beantworten, Dr. Wilson. Und ich werde sie auch nicht beantworten. Ich tue meine Pflicht. Ich werde dafür von der Regierung bezahlt, und das ist alles, was Sie wissen müssen. Wenn Sie irgendwelche Beschwerden haben, schreiben Sie einen Brief an den Kongreß oder vielleicht sogar an den Präsidenten. – Wir sind hier fertig, Jungs, kehren wir zum Fort zurück!« Er maß Dr. Ben Wilson mit einem letzten drohenden Blick. »Sie machen mir hier besser keinen Ärger, Dr. Wilson. Wenn Sie die Rothäute aufhetzen, wenn Sie dafür sorgen, daß sie wieder auf den Kriegspfad gehen, dann wissen Sie, was geschehen wird. Und Sie in Ihrer ganzen Hochnäsigkeit dürfen dann die volle Verantwortung dafür übernehmen.« Damit kletterte er auf seinen Wagen, nahm die Zügel und lenkte die Pferde aus dem Dorf. Als er das offene Tor passierte, spuckte er dem Arzt vor die Füße.

Ben überprüfte die ganze Lieferung gründlich und stellte fest, daß mehr als die Hälfte des Mehls mit Kornwürmern verseucht war. »Ist das immer so gewesen, Emataba?« fragte er den *mico*.

»Immer, seit wir hier sind. Und vielleicht noch schlimmer als die verdorbenen Lebensmittel ist die Art, in der sie uns gegeben werden, so, als ob man einem räudigen Hund einen abgenagten Knochen zuwirft«, erwiderte der große Creekhäuptling.

»Gibt es in der Nähe eine größere Stadt, wo ich anständiges Essen für deine Leute kaufen könnte, Emataba?«

»Sie liegt weit von hier entfernt und wird Wichita genannt. Du würdest sechs oder sieben Sonnen brauchen, sie zu erreichen, und ebenso viele für den Rückweg – für dich, der du an das Reiten nicht gewöhnt bist, wird die Reise wohl noch länger dauern.«

»Gib mir eines deiner besten Pferde, Emataba. Ich will nach Wichita reiten. Dort werde ich einen Wagen kaufen und ihn mit gutem Essen und mit Kleidern für deine Leute füllen.«

»Aber warum tust du das für uns?«

»Weil ich es nicht ertrage, menschliche Wesen wie Tiere

behandelt zu sehen, Emataba. Dieser Matthias Stillman sollte für das, was er tut, ins Gefängnis gesperrt werden. Ich kann mir denken, daß er das meiste Geld, das er von der Regierung erhält, in die eigene Tasche steckt.«

»Ach, Dr. Wilson, meine Leute haben schon lange gelernt, daß das die Art vieler Bleichgesichter ist. Darum ist uns jetzt, wo wir in einem öden Land ausgesetzt sind, so wenig Hoffnung geblieben.«

»Ich möchte auf der Stelle aufbrechen. Du hast gesehen, wie ich den Brei für die Kleinen gemacht habe. Die Squaws können ihn zubereiten. Das getrocknete Fleisch, das der Agent gebracht hat, scheint einigermaßen genießbar zu sein. Verteile es so, daß jeder etwas bekommt, und versuche, so lange wie möglich damit auszukommen. Ich werde sehen, ob ich nicht eine Kuh kaufen kann, die bereits gekalbt hat, damit die Kinder und die Mütter frische Milch bekommen.«

»Ibofanaga wird dich dafür segnen, Dr. Wilson. Und ich, der *mico* der Creeks, sage: Mein Herz ist zu voll, als daß ich Worte finden könnte, dir zu danken.«

Dr. Wilson brauchte sechs Tage, um Wichita zu erreichen. Als er endlich vor dem Kaufhaus abstieg, war er müde bis in die Knochen. Keine Nacht hatte er mehr als vier oder fünf Stunden geschlafen. Er betrat den Laden. Hinter dem Ladentisch stand ein jovialer Mann mit einem dicken Bart, der einen schwarzen Hut und einen Frack trug. Er begrüßte ihn: »Willkommen, Nachbar. So, wie Sie aussehen, müssen Sie einen langen Ritt hinter sich haben.«

»Ja, ich komme aus der Creek-Reservation im Indianerterritorium. Mein Name ist Ben Wilson. Ich möchte ein paar Vorräte für diese Leute kaufen. Ich lebe bei ihnen und betreue sie als Arzt.«

»Dann sind Sie in der Tat ein Freund.«

»Ein Freund? Sind Sie vielleicht ein Quäker?« forschte Dr. Wilson.

»So ist es. Sie auch, Freund?«

Dr. Wilsons sympathisches Gesicht leuchtete auf. Er schritt vor und streckte seine Hand aus, die der bärtige Ladenbesitzer lächelnd schüttelte. »Es ist mir eine Freude und ein Trost, zu hören, daß ich Männer meines Glaubens so weit weg von meiner früheren Heimat finde«, gestand er.

»Und wo war das, guter Freund?«

»In Pittsburgh. Ich war dort Arzt in einem Krankenhaus. Meine Frau starb, und ich brachte unsere beiden kleinen Kinder auf die Ranch meiner Schwiegermutter in Texas, wo sie gut versorgt sind. Damit ich nicht nutzlos herumsitze und mich dem Selbstmitleid überlasse, habe ich mir gelobt, den Bedürftigen zu helfen – und so bin ich der Arzt der Reservation geworden.«

»Gott wird Sie segnen, Dr. Wilson, und Ihre Frau wird wissen, auf welch gottgefällige Art Sie sie betrauern. Doch kommen Sie, Sie werden erschöpft sein. Meine gute Frau und ich würden uns geehrt fühlen, wenn Sie beim Abendessen unser Gast sein wollten. Sie können sogar ein Bad in heißem Wasser nehmen. Vielleicht möchten Sie gleich baden – ich schließe den Laden in einer Minute. Beim Abendessen können Sie mir dann erzählen, was Sie brauchen, und am Morgen habe ich alle Waren für Sie bereit. Übrigens, mein Name ist Jacob Hartmann, und ich bin der Pastor unserer Gemeinde hier in Wichita.«

»Wenn Gott will, werde ich eines Sonntags kommen, um Ihre Predigt zu hören, Pastor Hartmann.« Mit einem Seufzer gab Ben Wilson seine Erschöpfung zu. »Ich gestehe, daß ich wirklich ein bißchen müde bin. Das heiße Bad, das Sie mir angeboten haben, kommt mir wie ein Labsal des Paradieses vor.«

Das Bad, das von Jacob Hartmanns freundlicher Frau Tabitha zubereitete reichhaltige Abendessen und eine ernsthafte Unterhaltung über den Quäkerglauben stärkten Ben Wilson sehr. Am Mittag des nächsten Tages hatte er zwei

Zugpferde und einen Wagen für die Vorräte sowie zwei Kühe, die vor kurzem gekalbt hatten, gekauft. Er schüttelte Jacob Hartmann und Tabitha die Hand, versprach, so bald wie möglich wiederzukommen, stieg auf den Wagen und begab sich mit seinem Gefährt auf den Rückweg zur Creek-Reservation.

Während er über die endlose Prärie dahinfuhr, auf der ein paar leichtverschneite Stellen das Kommen eines harten Winters ankündigten, dachte Ben an Fleurette. Er starrte auf den südlichen Horizont, dem er entgegenfuhr, und konnte ihr süßes Gesicht beinahe vor sich sehen und ihre sanfte Stimme im Wind hören. Er fühlte sich so getröstet wie schon lange nicht mehr, seit er die Heimat verlassen hatte.

Ben Wilson hatte geschätzt, die Rückfahrt werde mindestens zwei Wochen dauern, da die Milchkühe langsam dahintrotteten. Am zweiten Abend schlug er sein Lager nahe bei einem Hügel auf, der durch eine Gruppe von Eichen und Birken vor dem Wind geschützt war. Der Wind hatte aufgefrischt, und am Himmel zogen dunkle Wolken dahin, die den bleichen Viertelmond verdeckten. Aus der Ferne erklang das traurige Heulen eines Kojoten. Meilenweit in der Runde gab es keine menschliche Behausung zu sehen, und unwillkürlich erschauerte der Quäker bei dem Laut, der die Einsamkeit nur um so deutlicher werden ließ. Er trug keine Waffen. Der Quäkerglaube verbot das. Im Herbst, als er sich auf die Reise in das Creekdorf machte, hatte Lucien Edmond ihm einen Karabiner angeboten, aber er hatte ihn abgelehnt. Er hatte nichts als ein kleines Klappmesser, das er benutzte, um sich Stücke von seinem Trokkenfleisch abzuschneiden. Daraus und aus etwas Zwieback von dem freundlichen Ladenbesitzer in Wichita bestand sein Abendbrot. Er spülte es mit Wasser aus einer ledernen Feldflasche hinunter, die er an einem Bach gefüllt hatte.

Ben überzeugte sich, daß Pferde und Kühe für die Nacht sicher angebunden waren, fütterte die Pferde aus einem

Hafersack, wickelte sich in seine Decken und legte sich zum Schlafen nieder.

Er schlummerte schon halb, als ihn das Geräusch von Hufschlägen plötzlich weckte. Ben Wilson richtete sich auf. Er sah drei Männer, die von ihren Sätteln, grinsend und miteinander flüsternd, auf ihn niederblickten.

»Wohin seid Ihr unterwegs, Fremder?« fragte ein langer, pockennarbiger Mann mit einem breitkrempigen Sombrero und zwei sechsschüssigen Revolvern an den Seiten.

»Ich bin Arzt und unterwegs zur Creek-Reservation im Indianerterritorium«, antwortete Ben.

»Ein Arzt – so, so«, kicherte der Pockennarbige. Er wandte sich an seine Spießgesellen zur Linken, einen kleinen, kräftig gebauten, schwarzbärtigen Mann, der an der linken Seite des Halses eine purpurne Narbe von einem alten Messerstich trug. »Fred, ich habe den Eindruck, der Bursche ist total verrückt. Warum wohl sollte ein weißer Mann, noch dazu ein Doktor, sich davonmachen, um mit einer Horde räudiger Indianer zu leben?«

»Vielleicht hat er eine Schwäche für Indianersquaws«, meinte der Reiter rechts von dem Pockennarbigen. Es war ein Mann Anfang Dreißig mit dicken blonden Bartkoteletten und einem gewaltigen Schnurrbart. »Ich habe gehört, sie haben einem weißen Mann, der sie richtig behandelt, allerhand zu bieten.«

»Damit könntest du recht haben, Lance.« Der Pockennarbige grinste hämisch. Er beugte sich im Sattel vor. »Also, wir sind außerordentlich friedfertige Menschen, verstanden, Doc? Werft Euren Revolver, Euer Gewehr, oder welche Waffe Ihr haben mögt, dahin, wo wir sie sehen können, dann lassen wir Euch vielleicht leben. Und dann könnt Ihr immer noch zu Euren Indianern zurückkehren und mit sämtlichen Squaws schlafen. Wir wollen nichts als den Wagen, die Kühe und die Pferde. Mir kommt das als ein mäßiger Preis für Euer Leben vor. Was sagt ihr dazu, Jungs?«

Seine beiden Gefährten stimmten ihm zu. Ben Wilson warf seine Decken ab und stellte sich den Wegelagerern von Angesicht zu Angesicht gegenüber. »Ich habe keine Waffe, meine Herren. Zufällig bin ich ein Quäker.«

»He, Dan!« rief der jüngere Mann, der Lance genannt worden war. »Von denen habe ich gehört. Oben in Wichita gibt es auch welche. Ja, jetzt erinnere ich mich. Wenn man einen Quäker auf die eine Wange schlägt, soll er einem auch die andere hinhalten. Ist das nicht verrückt?« Er nahm seinen Sombrero ab, schlug sich damit gegen den Schenkel und brach in rauhes Gelächter aus.

»Das macht die Sache um so leichter.« Dan, der pockennarbige Anführer, lachte trocken auf. »Der Doktor hier hat also keine Waffe. Das ist von Vorteil für Euch, Doc. Und da Ihr ein so friedlicher Mensch seid, habt Ihr sicher nichts dagegen, wenn wir uns selbst bedienen, nicht wahr?«

»Ich muß Sie höflich bitten, diese Dinge nicht zu nehmen. Die Lebensmittel, die Kleidung und die Milchkühe sind für hungernde Menschen bestimmt, die sie im Winter brauchen«, erklärte Ben ernst.

Mit finsterem Gesicht legte Dan eine Hand an den Kolben des Revolvers auf der rechten Seite. »Fordert Euer Schicksal nicht heraus, Doc«, höhnte er. »Tatsache ist, für diese Indianer wäre es besser, sie wären tot. Zum Teufel, Doc, wenn Ihr Menschen heilen wollt, warum zieht Ihr dann nicht in eine zivilisierte Stadt wie zum Beispiel Wichita? Tut etwas für Weiße, und nicht für dreckige, mörderische Indianer.«

»Diese Indianer haben niemanden ermordet. Sie sind aus Alabama hierher vertrieben worden, wo es niemanden gibt, der ihnen hilft«, gab Ben zurück.

Dan wandte sich im Sattel um und zwinkerte Lance zu. »Den hat es schwer erwischt, Lance. Die Squaws müssen ihn völlig um den Verstand gebracht haben.«

»Sieht ganz so aus«, meinte Lance höhnisch.

Dan zog seinen Revolver und richtete ihn auf die Brust

des Quäkers. »Schluß mit den Späßen, das Palaver hat lange genug gedauert. Ihr verhaltet Euch ruhig und macht keine Dummheiten, und wir verschwinden mit Wagen, Pferden und Kühen.«

»Wenn einer von euch nur einen Funken von Menschlichkeit oder Anstand in sich trägt, bitte ich euch, nicht das Essen von Hungernden zu stehlen«, protestierte Ben tapfer. »Ich habe etwas Gold bei mir. Das könnt ihr haben, wenn ihr mich die Pferde, den Wagen und die Kühe behalten laßt. Sicher wird euch das Geld mehr nützen als die Waren, die ich für die Creeks eingekauft habe.«

»Nun, da Ihr so gefällig seid, Doc«, spottete Dan, »werden wir das Gold mit den anderen Dingen nehmen. Das ist ein guter Fang, Jungs. Bleibt, wo Ihr seid, Doc. Ich will Euch nicht töten, aber ich werde es tun, wenn Ihr mir noch mehr Ärger macht. Ist das klar?«

Er drehte sich zu Lance um und befahl: »Du und Fred, ihr fahrt mit dem Wagen weg. Ich folge euch, sobald ihr euch ein gutes Stück von hier entfernt habt. Vorerst sorge ich dafür, daß der Doc sich friedlich verhält.«

In hilfloser Qual sah der Quäker zu, wie die beiden Reiter abstiegen, ihre Pferde am Zügel auf die Rückseite des Wagens führten und sie neben den Kühen und dem schwarzen Wallach anbanden. Dan lachte. »Blickt nicht so niedergeschlagen drein, Doc. Ihr habt heute abend viel Glück, daß mir so friedfertig zumute ist. Seht Ihr die sechs Kerben auf meinem Revolver?« Er faßte die Waffe beim Lauf und zeigte Ben die in den Kolben geschnittenen Kerben. »Und drei weitere befinden sich auf dem anderen. Nur gegen Euch lasse ich Gnade walten. Gebt mir jetzt das Gold, von dem Ihr gesprochen habt – und zwar schnell. – Jungs, fahrt mit dem Wagen los!« rief er mit erhobener Stimme.

Plötzlich schwirrte ein Pfeil. Der Pockennarbige zuckte im Sattel zurück. Der Revolver fiel ihm aus der kraftlosen Hand. Er starrte auf seinen Bauch, aus dem der Schaft eines befiederten Pfeils hervorragte. Dann rutschte er mit einem Schrei vom Pferd und blieb auf dem Boden liegen.

Seine beiden Spießgesellen hatten den Wagen in westliche Richtung gedreht und wollten gerade abfahren. Da stieß Lance, der zurückgeblickt hatte, überrascht aus: »Halt an, Fred – der Doc hat Dan getötet – der Lügner hat behauptet, er habe keine Waffe. . . «

Er sprang vom Wagen und zog seinen eigenen sechsschüssigen Revolver aus dem Holster, gerade als ein Krieger der Creeks auf einem grauen Mustang zwischen den Bäumen hervorritt, einen Tomahawk zurückriß und ihn mit unfehlbarer Sicherheit schleuderte. Lance stieß einen schrillen Schrei aus. Die Klinge war ihm in die linke Wange nahe dem Ohr gefahren. Der Wegelagerer kippte mit ausgebreiteten Armen vornüber, trat krampfhaft noch ein- oder zweimal mit den Füßen und lag dann reglos da. Fred schoß mit einem schrecklichen Fluch auf den Krieger, verfehlte ihn jedoch. Er lief dem Creek nach und hob die Waffe von neuem. Doch da tauchte ein zweiter Krieger auf, legte einen Pfeil auf die Bogensehne und sandte ihn dem Räuber in den Rücken.

Ganz benommen von dieser plötzlichen Rettung, holte Ben Wilson tief Atem. Er wandte sich den Bäumen zu und erkannte Sipanata, der mit einem breiten Grinsen auf dem hageren Gesicht heranritt.

»Wie konntet ihr nur wissen, daß so etwas geschehen würde, Sipanata?« fragte Ben verwundert.

»Unser *mico* sagte mir, ich solle zwei unserer jüngsten Krieger nehmen, dir folgen und dich sicher wieder zurückbringen. Da du jetzt unser Schamane bist, sagte er, bist du uns teuer, und wir brauchen dich.« Er rief seinen beiden Gefährten zu: »Ho, Nimasike, Bentijo, vergeßt nicht, den Hunden, die unserem Schamanen Übles tun wollten, die Waffen und Munition abzunehmen. Wenn wieder schlechte Menschen kommen, welche die Creeks berauben wollen, können wir uns dann mit ihren eigenen Waffen gegen sie verteidigen statt mit jenen, die zu benutzen wir als Kinder gelernt haben – als es noch keine schlechten Menschen gab, die uns unser Land und die Freiheit nahmen.«

IV

In der ersten Dezemberwoche kehrte Dr. Ben Wilson, begleitet von Sipanata und den beiden jungen Kriegern, die ihn vor den Wegelagererern gerettet hatten, in das einsame Creekdorf zurück. Die Reise hatte nicht nur wegen des Wagens und der daran angebundenen Milchkühe länger gedauert, sie waren auch von schweren Schneefällen und Sturm aufgehalten worden.

Als sie in Sichtweite des Zauns angekommen waren, der die Reservation umschloß, öffnete Emataba das Tor. Neben ihm standen zwei ältere Krieger mit ernsten Gesichtern. Sie machten sich Sorgen wegen der Krankheit der Frauen. Als Folge der bitteren Kälte und der unzureichenden Nahrung war bei mehreren Kindern und den älteren Frauen Bräune aufgetreten. Der Quäkerarzt stieg vom Wagen und eilte auf den großen *mico* zu. »Ich danke Ibofanaga, daß du gesund zurückkehrst«, erklärte Emataba feierlich und drückte Ben Wilson die Hand.

»Ohne deine drei Krieger, Emataba, sowie Gottes Hilfe wäre ich wohl niemals zurückgekehrt – oder mit leeren Händen. Aber jetzt habe ich aus Wichita eine ganze Wagenladung Vorräte mitgebracht, und ich konnte auch zwei gute Milchkühe kaufen. Du kannst alles verteilen, wie du es für richtig hältst.«

»Ich bin dir dankbar, mein weißer Bruder. Du hast wahrlich den Platz Equitabas als unser Schamane eingenommen.« Die Augen des *mico* wurden traurig. »Aber einige der Kinder und alten Squaws sind von Krankheit befallen worden. Sie atmen nicht richtig, sie haben Fieber und schlafen unruhig. Das liegt an der Kälte und auch daran, daß die Decken und das Essen von dem Agenten nicht gut sind.«

»Ich werde mich sofort um die Kranken kümmern, Emataba. Bring mich zu ihnen.«

»Das soll geschehen. Ho, Sipanata!« rief Emataba. »Fahr den Wagen herein, und laß die anderen beiden Krieger damit anfangen, die Dinge, die unser Schamane uns bringt, unter den Bedürftigen des Dorfes zu verteilen.« Er nickte Ben Wilson zu und ging zu einem der Wigwams im Mittelpunkt des Dorfs voraus.

Als er die Eingangsklappen teilte und eintrat, erblickte Ben eine weißhaarige Squaw, die auf einem alten Strohsack und ein paar Lumpen lag. Eine abgeschabte Decke hatte sie um sich gewickelt. Ihre Augen waren trübe vom Fieber. Sie rang nach Atem. Schnell kniete Ben neben ihr nieder und murmelte ihr ein paar beruhigende Creekworte zu. Dann sah er zu Emataba hoch. »Das ist die Bräune. Es ist eine Krankheit, die unter uns Weißen im Winter oft auftritt. Glücklicherweise habe ich, was ich zur Behandlung brauche.«

»Was kann ich tun, um meinem weißen Bruder zu helfen?«

»Besitzt ihr Töpfe oder Pfannen oder Kochgefäße, die wasserundurchlässig sind?«

»Ja, die haben wir im Überfluß«, antwortete Emataba mit ironischem Lächeln, »auch wenn wir nicht genug Essen haben, um es darin zu kochen.«

»Um die Atmung zu erleichtern und den Stau in den Lungen zu verringern, will ich ihr Dampf zu atmen geben«, erklärte Ben. »Wir werden hier ein kleines Feuer anzünden und ein mit Wasser gefülltes Gefäß darüberhängen. Dann nehme ich ein großes Tuch und erzeuge Dampf, das ist feuchte, heiße Luft. Wenn die Frau sie einatmet, wird es ihre Qualen lindern.«

»Das wußte ich nicht. Es ist gut, daß du daran denkst. Was wird sonst noch gebraucht?«

»Sie darf nicht so liegen wie jetzt, sondern ihr Kopf muß höher als ihr Körper liegen. Ich wünschte, ich hätte daran gedacht, Kissen zu kaufen.« Der Arzt runzelte ärgerlich die Stirn. »Aber das macht nichts, wir können etwas improvisieren. Und sie muß viel klare Flüssigkeit trinken. Ich weiß, was ihr guttun wird – eine Rindfleischbrühe. Ich werde Tockenfleisch in Wasser kochen und daraus eine Bouillon, wie wir die Brühe auch nennen, machen.«

»Und das Trinken dieser Brühe wird sie heilen? Erstaunlich!« rief Emataba aus und betrachtete den Arzt mit großem Respekt.

»Mit etwas Glück werden diese Maßnahmen den Stau in ihrer Lunge beenden. Ich werde sie und all die anderen Patienten beobachten, bis die Gefahr vorbei ist.«

»Und ich werde zu Ibofanaga beten, er möge sich allen Kranken gnädig erweisen. Aber jetzt, wo du wieder unter uns bist, habe ich wieder Hoffnung.« Der große *mico* legte seine Hand auf Bens Schulter und berührte dann die Stelle seines Herzens und seine Stirn, die Creekgeste der Dankbarkeit gegenüber einem Verbündeten.

Mit Hilfe Sipanatas, der seine Bitten übersetzte, beauftragte Ben einige der jüngeren Krieger, mit Wasser gefüllte Töpfe herbeizuschaffen und unter ihnen ein kleines Feuer zu entzünden. Er selbst schnitt mit seinem Klappmesser Decken in große Stücke. Sie sollten ihm dazu dienen, den Dampf in die Nasenlöcher der Kranken zu leiten. Er bat Sipanata, die jüngeren Squaws, die noch gesund waren, zusammenzurufen, damit sie ihm bei der Behandlung der grauhaarigen Frau, seiner ersten Patientin, zusehen konnten. »Sipanata, ich werde jeden Kranken selbst besuchen«, erklärte er. »Aber wenn die Gesunden lernen, wie man es macht, können sie die Pflege der Kranken während der Nacht fortsetzen, denn es darf keine Unterbrechung geben.«

»Wir werden dir zusehen und von dir lernen, Schamane«, antwortete Sipanata.

Ein kleines Feuer aus Kohlen, Büffeldung und ein wenig Brennholz begann unter dem wassergefüllten Topf in der Nähe des Bettes zu brennen. Ben Wilson kniete nieder. Als das Wasser kochte, bedeckte er den Topf mit einem der Tücher. Nach Bens Anweisungen redete Sipanata der Patientin zu, sich vorzubeugen und tief einzuatmen. Eine der jungen Squaws kniete neben ihr und hielt sie sanft an den Schultern fest.

In der Zwischenzeit begannen andere Squaws, die ebenfalls von dem Arzt Anweisungen erhalten hatten, die Rindfleischbrühe zuzubereiten. Unter seinen eigenen Sachen hatte Ben mehrere Seihtücher und ein grobes Metallsieb. Er winkte den Squaws, den Topf, in dem die dicke Brühe brodelte, hochzuheben und den Inhalt durch ein Tuch oder das Sieb in ein leeres Gefäß umzufüllen. Verwunderte Ausrufe waren zu hören, als sie sahen, daß die Flüssigkeit klar wurde.

Als Ben Wilson aus dem letzten Wigwam kam, trat Emataba zu ihm und sagte: »Da sind noch zwei, bei denen sich die ersten Anzeichen der gleichen Krankheit zeigen. Gestern ging es ihnen noch ganz gut, aber eben habe ich gesehen, daß auch sie Fieber haben und husten.«

Es wurde schon dunkel. Ben taumelte beinahe vor Müdiqkeit. Bei Sonnenaufgang waren sie zu den letzten fünfzehn Meilen der Rückreise aufgebrochen, und er kümmerte sich jetzt schon drei Stunden um die Kranken. Doch ohne Zögern erwiderte er: »Ich will sofort zu ihnen gehen. Jetzt, wo die Squaws gelernt haben, wie man die Brühe herstellt und Kissen für die Kranken herrichtet, willst du da eine bitten, mir zu helfen?«

»Es soll sofort geschehen, mein Schamane.« Emataba winkte eine der jungen Squaws herhei, eine dralle Frau Anfang Dreißig, und sprach schnell mit ihr in der Creeksprache. Sie vollführte die Stammesgeste des Gehorsams, indem sie respektvoll den Kopf senkte und die Hände mit aufwärts gerichteten Handflächen ausstreckte. Dann eilte sie davon, um die notwendigen Gegenstände zu holen.

Ben zog die Eingangsklappen des Wigwams zurück, das fast am Ende dieses armseligen Dorfs stand, und trat ein. Er sah ein überraschend hübsches Mädchen, nicht älter als neunzehn, mit zarten Gesichtszügen. Ihr schwarzes Haar war zu einem dicken Zopf geflochten, und sie trug Rock und Jacke aus dicken Rehfellen. Sie mußte husten und wandte sich krampfhaft zur Seite, denn sie hielt ein kleines Mädchen von vielleicht zehn Monaten in ihren Armen. Der Arzt bemerkte sofort, daß die Kleine fieberte und daß ihre Pupillen erweitert waren.

Das Mädchen erschrak beim Anblick des weißen Mannes. Sie schrie ängstlich auf, versuchte, sich aufzurichten, und beugte sich schützend über ihr krankes Kind.

Emataba war Ben in den Wigwam gefolgt und versicherte ihr in der Kiowasprache: »Hab keine Angst, Elone. Sein Herz ist gut, er ist jetzt unser Schamane. Er kommt, um dir und dem Kind zu helfen.«

Schnell, mit leiser Stimme erklärte er dem verwirrten Arzt: »Im letzten Sommer griffen viele böse Männer deinen Freund Lucien Edmond Bouchard und seine Vaqueros an. Sie wurden mit schweren Verlusten zurückgeschlagen, aber die Überlebenden überfielen ein Kiowalager, um sich mit Pferden zu versorgen, und töteten alle Bewohner bis auf diese junge Squaw und ihr Kind. Sie ist eine Aiyuta-Sioux; der Häuptling jenes Lagers hatte sie aus ihres Vaters Dorf geraubt und sie gezwungen, seine Frau zu werden. Ich spreche die Siouxsprache nicht und die Kiowasprache nur schlecht, aber sie hat bereits einige Wörter unserer Sprache gelernt. Sie fürchtet sich vor dir, weil es Bleichgesichter waren, die vor ihren Augen ihren Mann und alle anderen töteten.«

In diesem Augenblick trat die dralle junge Frau mit mehreren Wassertöpfen ein. Sie stellte sie auf den Lehmboden des Wigwams ab und trug dann Büffeldung, Holz und ein paar unregelmäßige Stücke schwarzer Kohle herein. Emataba erklärte dem Quäkerarzt: »Nicht weit von unserm Dorf haben unsere Krieger eine Schlucht entdeckt, wo sie über diese schwarzen Steine stolperten. Da sie so etwas noch nie gesehen hatten, brachten sie ein paar mit, und zum Spaß stießen sie sie in unser Kochfeuer. Sie begannen zu brennen und erzeugten große Hitze. Da haben wir sie gesammelt, um uns gegen den Schnee und die beißenden Winde zu schützen, die unser Dorf hier draußen auf der Ebene besonders treffen.«

Elone schrie leise auf. Ben drehte sich zu ihr um. »Sag ihr, sie soll versuchen, sich aufzusetzen. Ich werde ihr Lager so herrichten, daß sie sich anlehnen und bequemer liegen kann«, sagte er zu dem *mico*.

Emataba nickte. Er sprach mit der drallen jungen Squaw, die den Wigwam verließ. Sie kehrte mit zwei dicken Decken aus dem Wagen zurück, der gerade in das Dorf gefahren worden war. Emataba gab die Anweisung des Arztes an sie weiter, und sie kniete neben dem Siouxmädchen nieder und machte ihr klar, sie solle sich aufsetzen.

Immer noch furchtsam und sehr schwach, richtete Elone sich auf. Ihre dunklen Augen ruhten auf dem ernsten Gesicht des weißen Mannes, der dastand und sie beobachtete, und sie drückte ihre kleine Tochter noch fester an sich.

Sobald die Squaw eine roh zusammengezimmerte Holztruhe gebracht hatte, in der einer der Nachbarn Fellstreifen aufbewahrt hatte, wurde eine Rückenstütze improvisiert. Ben Wilson nickte beifällig, als die Squaw die Truhe hinter Elone abstellte und mit dicken Decken polsterte. Sie faßte das Mädchen sanft bei den Schultern und drückte sie gegen die Stütze. Dann machte sie sich daran, ein Feuer zu entzünden, denn es war wichtig, daß so bald wie möglich Dampf erzeugt wurde.

»Das macht sie sehr gut, Emataba«, lobte der Arzt.

»Ihr Name ist Simanora. Im letzten Winter starb ihr Mann an der selben Krankheit«, antwortete der *mico*. »Sie wird alles tun, was du wünschst, um dir zu helfen und Elone und das Kind zu retten.«

»Ich danke dir, Emataba. Bitte sie, mir einen mit Wasser gefüllten Topf zu geben, dann werde ich mich selbst um den Dampf kümmern.«

Emataba sprach mit Simanora, und die Squaw trug einen der größeren Töpfe herbei. Ben nahm ihn ihr ab und hängte ihn über das Feuer, das jetzt munter brannte. Nach ein paar Minuten, als das Wasser kochte, nahm er den Topf vom Feuer und stellte ihn so nahe wie möglich neben Elone und das Kind. Er kniete nieder, hielt die Decke über das Wasser und hob sie hin und wieder an, um dem schönen jungen Siouxmädchen zu zeigen, wie der Dampf aufstieg. Er winkte ihr, das Kind unter die Decke zu halten, und er bewegte sie so, daß der Dampf in Mengen aufstieg. Die Kleine hustete zuerst und schrie ängstlich, aber als Ben eine Pause machte, war ihre Farbe besser geworden, und das Atmen fiel ihr weniger schwer.

»Jetzt bist du an der Reihe, Elone«, sagte er freundlich. Mit einem schüchternen Lächeln beugte sie sich vor und ließ sich den Dampf in die Nase steigen. Ben machte ihr pantomimisch klar, daß sie tief einatmen und damit fortfahren sollte, solange sie konnte, und sie zeigte mit einem Nicken, daß sie verstanden hatte.

Simanora hatte inzwischen begonnen, Trockenfleischstücke in einen anderen, kleineren Wassertopf zu schneiden, den sie ebenfalls über das Feuer hängte. Als das Fleisch lange genug gekocht hatte, legte sie ein Seihtuch über ein leeres Gefäß. Die Hände mit zwei Streifen Rehfell schützend, kippte sie den Inhalt des ersten Topfes vorsichtig in den zweiten.

»Wie ich sehe, hat Simanora eine kleine Tontasse mitgebracht«, bemerkte der Arzt. »Sie sollte in heißem Wasser ausgewaschen werden. Es könnte jemand, der krank ist, daraus getrunken haben, und das heiße Wasser wird die Krankheit, die darin stecken kann, töten.«

Wieder sprach Emataba mit der Squaw, und sie füllte die glasierte Tontasse mit Wasser und setzte sie aufs Feuer, bis das Wasser zu brodeln begann. Sie schüttete es auf den Boden und sah fragend zu dem Arzt hoch. Dieser nickte und lächelte. Nun entfernte Simanora das Seihtuch, tauchte die Tasse in die klare Brühe und hielt sie an Elones Lippen.

Das junge Siouxmädchen trank durstig und seufzte zufrieden. Simanora wusch die Tasse aus, füllte sie nochmals und reichte sie Elone, die sie, den linken Arm um die Schultern des Kindes gelegt, der Kleinen behutsam an den Mund setzte.

»Ihr Kind wird Tisinqua, das heißt Kleines Reh, genannt«, flüsterte Emataba.

»Das ist ein schöner Name. Und was bedeutet Elone, Emataba?«

»Es bedeutet ›Heller Stern‹, mein Schamane«, erwiderte der *mico*.

»Ein Name, der gut zu ihr paßt, Emataba. Willst du jetzt so freundlich sein, Simanora zu sagen, daß ich sie und ihre Freundinnen – diejenigen, die es gelernt haben, Dampf und Brühe zu machen – darum bitte, die Kranken weiter zu betreuen und sie so oft wie möglich den Dampf einatmen zu lassen? Es wird helfen, das Fieber zu vertreiben, und das entfernen, was in ihren Lungen ist und den Husten verursacht. Von der Brühe sollen sie mindestens dreimal am Tag bekommen. Ich werde die Kranken so oft besuchen, wie ich kann. Aber da dieses Kind noch so klein ist, will ich jetzt hierbleiben und es selbst behandeln. Diese erste Nacht kann sehr kritisch sein. Willst du Elone erklären, was ich beabsichtige, und daß es ihr und dem Kind helfen wird?«

Der große Anführer der Creeks nickte. In seinem stockenden Kiowa sprach er langsam auf die junge Mutter ein. Sie hörte ihm mit großer Aufmerksamkeit zu, und manchmal streifte sie das erschöpfte, aber immer noch lächelnde Gesicht des Quäkerarztes mit einem Blick. Dann nickte sie und sagte etwas. Emataba übersetzte für Ben: »Sie versteht, daß du ihr und Tisinqua helfen willst. Sie wird tun, was du wünschst, aber sie bittet dich, vor allem das Kind zu retten. Sie ist an Entbehrungen gewöhnt – das kommt von ihrem Leben mit den Kiowas. Ich kenne den Stamm der Sioux, in dem sie geboren ist. Es sind freundliche Menschen, sie bestellen das Land, und sie haben niemals Krieg geführt, außer wenn sie ihr Land gegen andere Stämme, die es ihnen nehmen wollten, verteidigten. Aber du, mein Schamane, mußt ausruhen. Ich sehe, wie die Reise und die Arbeit, die du für alle unsere Kranken getan hast, dir die Kraft aus den Knochen genommen hat.«

»Es ist meine Pflicht, Emataba. Und sie zu tun gibt mir meine Kraft zurück. So hat man es mich gelehrt.«

Der *mico* starrte Ben lange Zeit an. Dann lächelte er und legte seine rechte Handfläche auf die Brust des jungen Quäkers. »Es war unser guter Freund Lucien Edmond Bouchard, der uns einmal in Anwesenheit unseres toten Schamanen Equitaba sagte, unser Gott und der seine könnten wohl ein und derselbe sein. Jetzt, wo du unter uns lebst, beginne ich zu glauben, daß seine Worte wahr sind. Ich will zu Ibofanaga beten, daß er dich stark und gesund erhält.« Bitter fügte er hinzu: »Ich möchte lieber sterben als es erleben, daß die Soldaten und dieser Indianeragent über uns lachen und sagen, wir seien kranke Hunde, die bald verrecken werden.«

»In der Geschichte unseres Glaubens steht geschrieben, Emataba«, erwiderte Ben Wilson leise, »daß unser Gott seinen eigenen Sohn auf die Erde hinabsandte, damit Er unter uns lebe. Er heilte die Kranken und half den Bedürftigen, und Er vergab den reuigen Sündern. Aber es gab solche, die eifersüchtig auf Ihn waren, und sie brachten Ihn vor einen Richter, der Ihn dazu verurteilte, neben zwei Verbrechern an ein Kreuz genagelt zu werden.«

»Eine schreckliche Art zu sterben.« Emataba schüttelte den Kopf.

»Und doch wünschte dieser Sohn Gottes, den wir Jesus

nennen, Sein Leben hinzugeben, um die Menschen zu retten, und deshalb fürchtete Er diesen grausamen Tod nicht. Die Soldaten, die Ihn an das Kreuz genagelt hatten, verspotteten Ihn und gaben Ihm bittere Galle in einem Schwamm zu trinken, als er um Wasser bat. Doch Er erhob Seine Augen zum Himmel und sprach: ›Vater, vergib ihnen, denn sie wissen nicht, was sie tun.‹ Ebenso ist es mit den Soldaten und dem Indianeragenten, die euch mit Verachtung behandeln und euch verspotten und nicht wissen, wie stolz und frei ihr einmal wart, Emataba. Du mußt dir diese Geschichte merken, denn sie wird dir den Mut geben, deinen Bedrängern standzuhalten.«

»Du hast mich heute abend viel gelehrt, mein Schamane. Dein Gott und mein Ibofanaga mögen auf dich herabblicken und das Maß deiner Güte erkennen. Ich überlasse dich jetzt deiner Arbeit – mit meinem Dank und dem Dank all meiner Leute.«

Damit verließ der *mico* den Wigwam. Ein paar Minuten später brachte Simanora mehrere große Kochtöpfe mit Wasser, Brennstoff für Feuer und auch eine Decke herein. Sie lächelte und nickte. Dann neigte sie ihren Kopf vor Ben und machte mit den Handflächen dasselbe Zeichen wie vor ihrem Häuptling. Mit dem bißchen Creek, das Ben bereits gelernt hatte, dankte er ihr und wünschte ihr eine gute Nacht.

Über eine Stunde lang arbeitete Ben Wilson trotz seiner ihn beinahe überwältigenden Erschöpfung ununterbrochen. Er sorgte dafür, daß der Dampf nicht ausblieb, er entfachte unter neuen Wassertöpfen Feuer, er bewegte die Decken, bis er das Gefühl hatte, die Arme würden ihm vor Müdigkeit abfallen. Endlich ließ er sich seufzend auf seine Fersen zurücksinken. Nun bemerkte er, daß sowohl Elone als auch das Kind viel leichter atmeten und daß Elones Pupillen nicht mehr so stark erweitert waren.

Elone drehte sich zur Seite, um Tisinqua zu betrachten, die in ihren Armen eingeschlafen war. Mit strahlendem

Lächeln nickte sie erst zu Ben, dann zu dem Kind hin.

»Laß sie jetzt schlafen«, sagte er unter Aufbietung all seiner Kenntnisse der Creeksprache. »Ich werde hierbleiben, damit ich zur Stelle bin, falls einer von euch beiden mich braucht.«

Sie ließ sich gegen die improvisierte Rückenstütze zurücksinken und seufzte zufrieden. Sorgsam zog sie das schlafende Kind an ihre Brust und lächelte zärtlich auf es herab. Ben nahm eine der Decken, breitete sie auf dem Boden aus und wickelte sich darin ein. Er legte sich auf die Seite und beobachtete Elone. Eine plötzliche Freude erfüllte sein Herz, ein Gefühl, für das er keinen Namen fand. Hier in dem dunklen Wigwam, wo nur noch ein paar Kohlen des letzten Feuers schwach glühten, kam es ihm so vor, als ähnele das zarte, süße Gesicht Elones dem Bild, das in seiner Erinnerung von seiner geliebten Frau Fleurette lebendig war. Als er sich auf den Rücken rollte und die Augen schloß, flüsterte er Fleurettes Namen. Die Tränen kamen ihm, und er weinte still. Als ihn schließlich der Schlaf übermannte, empfand er irgendwie tieferen Frieden als jemals seit dem furchtbaren Augenblick, da Schwester Emma Persky ihn weckte, außer sich wegen der Nachricht, die sie ihm mitteilen mußte.

V

Als man sich auf der Windhaven-Plantage für das Weihnachtsfest 1869 rüstete, trug Hannah Atbury Schwarz, und ihre Augen waren verschwollen vom Weinen. Phineas Atbury war friedlich eingeschlafen. Für ihn war der Schlag auf den Kopf, den er bei der Entführung des kleinen Lucien erhielt, als er sich kaum von der grausamen Auspeitschung durch den Klu-Klux-Klan erholt hatte, zuviel gewesen.

Luke und Laure hatten Dalbert Sattersfield, den Ladenbesitzer aus Lowndesboro, zum Weihnachtsessen eingeladen.

Danach machte sich Mitzi zur Fremdenführerin und zeigte ihm das Château, und es wunderte niemanden, als die beiden glückstrahlend zurückkehrten und ihre Verlobung bekanntgaben.

Nun war das Jahr 1870 angebrochen, das fünfte Jahr des Friedens nach dem verheerenden Bürgerkrieg. Und doch gab es nur wenige Anzeichen, daß der Norden bereit war, den Südstaaten die Hand zur Versöhnung zu reichen. Die alten Aristokraten des Südens, denen der Sieg der Männer in Blau ihre Bürgerrechte und ihren Besitz genommen hatte, waren immer noch ohne politische Macht. Inzwischen waren in den Kongreß die ersten schwarzen Abgeordneten eingezogen. Virginia erhielt die Erlaubnis, sich von neuem im Kongreß vertreten zu lassen. Prompt wurden Agenten nach Großbritannien und Deutschland geschickt, die Einwanderer in den Staat holen sollten, um ein Gegengewicht zur schwarzen Bevölkerung zu bilden.

In Alabama kündigte sich Anfang des neuen Jahres schon der erbitterte Kampf um den Gouverneursposten an. Wie in den meisten anderen Südstaaten konnten sich viele fähige Leute nicht als Kandidaten aufstellen lassen, weil sie sich geweigert hatten, ihren Stolz zu überwinden und beim Kongreß eine Aufhebung des allgemeinen Verbots für ihre Person zu beantragen. Selbst diejenigen, die sich, obwohl im Süden geboren und entsprechend erzogen, gegen die Sezession ausgesprochen hatten, wollten mit den »Wiederaufbau«-Behörden nichts zu schaffen haben und hüteten sich, einen Schritt zu tun, der sie als Opportunisten brandmarken würde. Statt dessen bekannten sie sich zu ihrer Meinung, die Südstaaten hätten das Recht, sich selbst zu regieren.

Angefangen hatte das alles mit dem am 2. März 1867 gegen die Einwände Präsident Jacksons vom Kongreß erlassenen Rahmengesetz, innerhalb dessen sich die Sympathisanten der Union in Alabama – und in allen anderen Südstaaten – zu bewegen hatten. Es gab den Schwarzen das

Wahlrecht, entzog es aber vielen Weißen, die unter der Konföderation irgendeinen kleinen Posten innegehabt hatten. Sehr oft waren sie lange vor 1860 in ihr Amt berufen oder gewählt worden. Nach den Bestimmungen des Vierzehnten Verfassungszusatzes durften diese Männer kein öffentliches Amt ausüben, da sie ihren ursprünglichen Treueid gegenüber der Bundesverfassung verletzt hätten. Weder die »Wiederaufbau«-Verordnungen noch der Vierzehnte Verfassungszusatz berücksichtigten die Tatsache, daß viele unionstreue Männer solche Positionen nur angenommen hatten, um zu vermeiden, zur konföderierten Armee eingezogen zu werden.

In den Gebieten Alabamas, wo es nie große Plantagen gegeben hatte und die Landbesitzer eher Kleinbauern als Sklavenhalter waren, hatten sich die meisten Weißen heftig gegen eine Sezession Alabamas von der Union ausgesprochen. Jetzt, fünf Jahre nach dem Frieden von Appomattox wurden sie immer noch für ihre Treue zur Union ungerechterweise bestraft, während gleichzeitig die opportunistischen Schieber und ihre eigenen schwarzen Arbeiter die Früchte des Siegs der Union genossen.

Ende Januar verbrachte Luke Bouchard einen ganzen Nachmittag in einer Besprechung mit seinem Vorarbeiter Marius Thornton und den anderen schwarzen Arbeitern, mit denen vereinbart worden war, daß sie ihm zur gegebenen Zeit ihr Land mit ansehnlichem Gewinn für sich selbst zurückverkaufen würden. Der Grund, warum Luke das Land wieder in seinem Besitz bringen wollte, war durchaus nicht Habgier. Es war vielmehr Teil seines Gelübdes, das Château und das Land wieder in den Zustand zu bringen, wie es vor dem Krieg gewesen war. Noch einmal sollten die Träume des alten Lucien Bouchard Wirklichkeit werden, hundert Jahre nachdem ein junger Edelmann die Normandie verlassen hatte, um eine neue Heimat und einen neuen Lebensinhalt zu finden. Luke hatte versprochen, daß alle Arbeiter, auch wenn er das Land gekauft habe, bleiben dürften und Spitzenlöhne erhalten würden. Ihnen und ihren Familien gebührten Frieden und Sicherheit nach all den Jahren der Sklaverei – auch wenn er und sein Großvater die Sklavenwirtschaft niemals gebilligt oder praktiziert hatten.

Im Jahr 1802 war der alte Lucien Bouchard mit seinem sechsjährigen Sohn Henry, Lukes Vater, nach Fort St. Stephens gereist und hatte für 1280 Dollar 640 Morgen Land gekauft. Heute war das Land zwanzig- bis dreißigmal soviel wert. Luke erinnerte sich, wieviel das weite Gebiet fruchtbaren Bodens vor dem Château seinem Großvater bedeutet hatte. Schon an jenem tragischen Tag im Jahr 1865, als das Château niederbrannte und Luke und seine Stiefmutter Sybille die übrigen Familienmitglieder zu überreden versuchten, nach Texas zu gehen, hatte Luke die Vision gehabt, er werde eines Tages wiederkommen und der Windhaven-Plantage ihren alten Glanz zurückgeben. Aber er wollte außerdem Verbesserungen einführen – nicht nur, indem er alle, die mit ihm das Land bebauten, als ihm in der menschlichen Würde Gleichgestellte behandelte, sondern auch, indem er es neben der permanenten Baumwolle, die im ganzen Süden so viel Land ruiniert hatte, mit anderen Kulturen versuchte.

»Da die Einnahmen, die wir für Baumwolle erzielen können, nur geringfügig über unseren eigenen Kosten – in Zeit und Löhnen berechnet – liegen, sollten wir uns gut überlegen, was wir im Frühling und Sommer anbauen wollen, Marius«, sagte er an diesem hellen, kalten Januartag zu seinem Vorarbeiter. »Hundert Morgen mit Baumwolle sind genug, und wir sollten Felder dafür nehmen, auf denen einige Zeit keine Baumwolle mehr gewachsen ist. Dann hat der Boden mehr Kraft, eine gute Qualität hervorzubringen.«

»Ich habe bereits eine Studie über das Land angefertigt, Mr. Bouchard, und ich glaube, ich weiß schon, wo wir dieses Jahr Baumwolle pflanzen sollten«, fiel Marius eifrig ein.

»Ausgezeichnet. Kauf das beste Saatgut, das zu bekommen ist. Kümmere dich auch um die Ersatzteile für unsere

Entkörnungsmaschinen, damit wir, sobald die Baumwolle gepflückt und zum Verschiffen bereit ist, keinen Gewichtsverlust haben.«

»Ich war gestern in Montgomery, Mr. Bouchard. Der alte Mr. Dudley sagt, die im Osten bestellten Teile würden nächste Woche kommen. Er wird einen Mann herüberschikken, der mir beim Einbau hilft.«

»Hab besten Dank für deine Voraussicht, Marius. Nun also, wir haben mit Obst und Gemüse einen derartigen Erfolg gehabt, daß ich es für klug halte, den Anbau im Frühling zu erweitern. Auch mit dem Verkauf von Milch und Sahne haben wir gut verdient. Ich habe deshalb ein Dutzend guter Herefordkühe gekauft, sie werden Ende nächsten Monats von St. Louis aus verschifft werden. Damit sollten wir in diesem Jahr den Gewinn aus der Milchwirtschaft verdreifachen können.«

»So sehe ich es auch, Mr. Bouchard«, fiel Hughie Mendicott ein. Er saß neben Hannah Atbury, und sie blickte zu ihm hin und schenkte ihm ein freundliches Lächeln. Alle waren insgeheim überzeugt, der sympathische Witwer werde wohl bald das Recht erhalten, Phineas' Witwe zu trösten.

»Ich würde sagen, wir sollten dieses Jahr etwa hundert Morgen Mais anbauen, je zur Hälfte süßen Mais für den Tisch und Futtermais – denn einen Großteil des Viehfutters können wir an unsere Nachbarn flußabwärts verkaufen«, fuhr Luke Bouchard fort.

»Das ist eine großartige Idee, Mr. Bouchard, Sir«, meldete sich Moses Turner zu Wort. »Mein Großpapa hatte immer viel Spaß daran, Mais anzubauen. Und was den süßen Mais betrifft, da schmeckt ja nichts besser als ein großer Teller voll mit einer Menge Butter und etwas Salz – vielleicht noch mit ein paar Yamswurzeln und feinem gebackenem Schinken, so wie Miß Hannah ihn macht.«

»Bist du vielleicht still, Moses!« Hannah Atbury lachte leise. »Wenn es nach dir ginge, würdest du den ganzen

Tag am Tisch sitzen und Mais und Schinken essen und keinen Handschlag tun.«

»Sie wissen, das ist nicht wahr, Miß Hannah«, protestierte der zweiundfünfzigjährige arthritisgeplagte Schwarze. »Ich kann immer noch ein gutes Tagewerk leisten, auch wenn mir meine alten Knochen hin und wieder weh tun.«

»Und ob du ein gutes Tagewerk leistest, Moses«, unterbrach Luke Bouchard. »So tüchtig wie ihr seid, du und deine gute Frau Mary, wird es euch dies Jahr noch besser gehen als vorher, das weiß ich jetzt schon. Doch dabei fällt mir ein – Mary, hättest du gern Hühner? Damit könnten wir schönes Geld machen. Brathuhn gehört immer noch zu den beliebtesten Gerichten auf dem Familientisch. Mr. Judpath, der die Metzgerei in Montgomery hat, sagte zu Marius, er bekomme nie so viele Hühner, wie er verkaufen könne. Außerdem hätten wir dann auch selbst genug Huhn zu essen.«

»Ich finde, das ist eine wundervolle Idee, Mr. Bouchard«, antwortete Mary Turner. »Aber Sie wissen, daß ich mich schon richtig darauf gefreut habe, die neuen Kühe zu übernehmen, die Sie herbringen lassen. Vielleicht hätte ich für die Hühner nicht so viel Zeit, wie nötig ist, wenn sie uns richtig Geld bringen sollen.«

»Dann hätte ich die Hühner gern, falls Sie nichts dagegen haben, Mr. Bouchard«, erbot sich Kate Munroe lebhaft. »Mein Tom und meine Elsie sind schon alt genug, daß sie ein bißchen Verantwortung übernehmen können. Ich wette, wir drei zusammen können diesem Mr. Judpath jede Woche so viel Hühner liefern, wie er verkaufen kann, jawohl, Sir!«

Alle lachten über ihre temperamentvolle Erklärung, und Luke nickte zustimmend. »Also gut, Katie. Marius wird in unserm Kontobuch eine neue Seite für die Hühner anlegen, und oben drüber wird dein Name stehen. Jede Woche wird er den Verkaufserlös und die Kosten für die Hühner eintragen, und so erfährst du ganz genau, was du dabei verdienst. Das alles sind sehr gute Aussichten für das neue Jahr. Und ihr könnt sicher sein, daß ich zusammen mit euch auf den Feldern sein und meinen eigenen Anteil an der Arbeit leisten werde. Das ist die Art, wie es mein Großvater gehalten hat, und es ist die Art, die mir gefällt.«

»Ich muß es einmal sagen, Mr. Bouchard«, erklärte Buford Phelps lächelnd, »ich hätte nie geglaubt, einmal den Tag zu erleben, wo ein weißer Plantagenbesitzer mit uns Niggern umgeht, als sei er einer von uns. Es tut meinem Herzen wohl, Mr. Bouchard, und ich bin sehr glücklich, daß Sie mir die Chance gegeben haben, als ich letztes Jahr herkam, um Sie zu kontrollieren. Ehrlich.« Er blickte beinahe herausfordernd in die Runde, als meine er, irgendwer werde ihm widersprechen.

»Es freut mich, daß du dieser Meinung bist, Buford. Ich sehe es so: Wir sitzen alle in einem Boot, und wenn wir als Gemeinschaft zusammenarbeiten, können wir uns gegenseitig helfen, und jeder einzelne kann seine Lebensumstände verbessern. Die Wahrheit ist – und darüber bin ich immer ehrlich zu euch gewesen –, daß ich hoffe, eines Tages in der Lage zu sein, euch euer Land wieder abkaufen zu können, aber nur, damit die Windhaven-Plantage wieder so wird, wie sie zu Zeiten meines Großvaters war. Es wird sich für euch nichts ändern, das versichere ich euch. Ihr werdet alle als Teil meiner Familie hier weiterleben – denn das ist es, was ihr seid und als was ich euch betrachte.«

Er holte tief Atem und wandte sein Gesicht zum aufragenden roten Felsen. »Viele Nordstaatler haben den Süden verurteilt und behauptet, der Mangel an Industrie und unsere Konzentration auf Baumwolle und Tabak hätten uns schwach und von der Sklavenwirtschaft abhängig gemacht. Nun, ich bin immer der Meinung gewesen, wenn die Vorstellungen meines Großvaters über die Gleichheit der Menschen in jedem Südstaat praktiziert worden wären, dann hätte es vielleicht niemals einen Krieg gegeben. Ich sehe die

Windhaven-Plantage als eine Art Modellgemeinschaft an, in der wir unsere Anstrengungen nicht nur zu unserm Nutzen vereinen, sondern auch zu dem unserer Nachbarn. Doch jetzt ist genug geredet. Hannah, ich glaube, es ist Zeit für deine kleine Überraschung.«

Alle Augen wandten sich der hübschen, in den besten Jahren stehenden Witwe zu. Luke fügte lachend hinzu: »Sie hat ein paar von ihren berühmten Brombeertorten gebakken. Dazu gibt es frischen Kaffee mit guter, dicker Sahne. Ich glaube, nach dieser langen Besprechung wird ein Imbiß sehr willkommen sein.«

Kurz nach Weihnachten kam Andy Haskins zu Lucien Edmond Bouchard, um ihm zögernd eine Bitte vorzutragen. Dieser siebenundzwanzigjährige Mann aus Tennessee, der bei Chickamauga seinen rechten Arm verloren hatte, war für Lukes ältesten Sohn auf der Windhaven-Ranch ein unschätzbarer Mitarbeiter geworden. Luke selbst hatte Andy – zusammen mit seinem Freund Joe Duvray – vor beinahe vier Jahren in New Orleans angeworben, als sich die Bouchard-Familie auf den Treck nach Texas vorbereitete. Die beiden jungen Männer hatten unwandelbare Treue bewiesen und mitgeholfen, die Bouchards gegen die Angriffe von Banditen und Räuberbanden zu verteidigen. Trotz seiner Behinderung konnte Andy mit unfehlbarer Sicherheit ein Messer werfen oder eine Schußwaffe abfeuern, wenn das Leben seiner Freunde in Gefahr war.

Heute stand Andy Haskins nervös mit dem Sombrero in der Hand da und starrte beim Sprechen auf seine Füße. »Mr. Bouchard, ich wüßte gern, ob Sie etwas dagegen haben, wenn ich Fronturlaub nähme – Sie wissen schon, so in der Art, wie wir ihn im Krieg nach einer schweren Schlacht bekamen.«

»Sie möchten Urlaub? Nun, es gibt nichts, was dagegen spricht, Andy«, antwortete Lucien Edmond. »Was haben Sie denn vor?«

»Um die Wahrheit zu sagen, Mr. Bouchard«, Andy Haskins lachte nervös auf und kratzte mit der Spitze eines Stiefels in der Erde, »ich glaube, ich bin in letzter Zeit einfach unruhig.« Schnell setzte er hinzu: »Natürlich werden Sie mich für den nächsten Viehtrieb im Frühling brauchen, aber bis dahin bin ich bestimmt wieder da.«

»Sie können ganz unbesorgt sein, Andy.« Lucien Edmond legte ihm die Hand auf die Schulter. »Ramón ist mit Pablo Casares nach Nuevo Laredo geritten, um noch etwa ein Dutzend erstklassiger Vaqueros anzuwerben. Wir brauchen mehr Leute, weil die Herde nach den Kreuzungen mit den Herefords und unsern eigenen texanischen Longhorns größer wird. Und die neuen Brahma-Bullen haben eine Reihe unserer Kühe gedeckt, so daß wir im Sommer prächtige Kälber haben werden, die unsere Aussichten für das nächste Jahr noch weiter verbessern. Wir werden Tiere von erstklassiger Qualität liefern, und bei unserer Herde braucht niemand wegen des Texasfiebers Angst zu haben. Nein, Andy, mir fällt kein einziger Grund ein, warum Sie Ihren Urlaub nicht bekommen sollten. Verdient haben Sie ihn sich gewiß. Aber wohin wollen Sie – nicht, daß es mich etwas angeht.«

»Es hört sich ein bißchen komisch an, Mr. Bouchard, und ich nähme es Ihnen gar nicht übel, wenn Sie sagten, ich sei total verrückt. Weder Joe noch ich haben irgendwelche Verwandte in der alten Heimat zurückgelassen, aber ich sehne mich einfach danach, Tennessee wiederzusehen. Dann, dachte ich, könnte ich vielleicht einen Umweg über Alabama machen und Ihren Vater und der Familie dort meinen Respekt erweisen.«

»Das ist doch eine wundervolle Idee, Andy!« stimmte Lucien Edmond begeistert zu. »Erzählen Sie ihm auch von den Brahmas und welchen Nutzen wir von ihnen haben. Und daß Pablo und Kate das glücklichste Paar sind, das ich je gesehen habe – und daß Kate irgendwann im Sommer ein Baby bekommen wird.«

»All das werde ich gern ausrichten, Mr. Bouchard.«

»Ich bin überzeugt, meine Frau und meine Schwester Mara werden noch mehr Neuigkeiten haben, die sie meinem Vater gern mitteilen wollen. Ich wäre Ihnen dankbar, wenn Sie vor Ihrem Aufbruch einmal mit ihnen plauderten. Und vergessen Sie nicht, mit Mrs. Forsden zu sprechen. Sie hat für meinen Vater bestimmt eine Menge Neuigkeiten. Sie wissen ja, daß sie ihn immer als ihren eigenen Sohn, nicht als ihren Stiefsohn, betrachtet hat. Und er hat ihr gegenüber genauso empfunden. Sie ist eine wunderbare Frau.«

»Ja, Sir, ich weiß.« Andy Haskins trat nach einem nicht vorhandenen Stein. »Sie wissen, Mr. Bouchard, Ihr Daddy war ein bißchen besorgt ihretwegen. Sagte, sie sehe so spitz aus.«

»Ja, das sagte er«, nickte Lucien Edmond. »Aber Celia und Maybelle kümmern sich beide um sie und veranstalten in letzter Zeit in der Küche einen regelrechten Wettkampf, wer die leckersten Gerichte zubereiten kann, die ihr am besten schmecken. Sie können Vater erzählen, die beiden mästeten sie geradezu, und jeder hier sorge für sie mit besonderer Liebe.«

»Das glaube ich gern, Mr. Bouchard. Also, Sir, ich will Ihnen etwas sagen. Ich hole mir morgen meinen Lohn, den Sie für mich aufbewahrt haben – das heißt, falls Ihnen das nicht ungelegen kommt und Sie soviel Bargeld. . . «

»Ich kann Ihnen einen Teil in Gold geben, Andy, und den Rest in einer Tratte auf die Brunton-und-Barnty-Bank in New Orleans. Sie werden auf Ihrem Weg nach Tennessee und der Windhaven-Plantage sowieso über New Orleans reisen müssen.« Er grinste. »Ich empfehle Ihnen, mindestens eine Woche in der Königin der Städte zu verweilen, ein paarmal in den besten Restaurants zu speisen und sich vielleicht sogar nach einem hübschen Mädchen umzusehen. Bei den Restaurants fällt mir ein, was mein Vater mir über das des alten Felix Brissart auf der Eglantine-Straße erzählt hat. Eins der reizenden Mädchen, für die meine

Stiefmutter Laure Arbeit suchte, trat bei Brissart als Sängerin auf und heiratete ihn später. Vater schrieb mir, er habe dort gespeist und das Restaurant halte jeden Vergleich mit jedem anderen in New Orleans aus. Leisten Sie sich dort auf meine Kosten ein gutes Essen mit Wein. Tatsache ist, Andy, Ihnen steht sowieso ein kleiner Bonus zu, und es scheint mir genau der richtige Zeitpunkt zu sein, Ihnen davon zu erzählen. Bei dem Geld, das Sie sich morgen von mir abholen, werden zusätzliche hundert Dollar sein.«

»Das ist sehr, sehr freundlich von Ihnen, Mr. Bouchard.« Andy stieg das Blut ins Gesicht.

»Nehmen Sie sich einen der besten Wallache. Und es kann auch nicht schaden, wenn Sie einen Spencerkarabiner mitnehmen. Übrigens, Sie könnten ein paar Waffenschmiede in New Orleans besuchen und nachsehen, ob gute neue Gewehre oder Karabiner im Handel sind. Ja, das ist eine fabelhafte Idee! Wenn Sie auf Ihrem Rückweg wieder durch New Orleans kommen, schicken Sie mir ein Telegramm, ob Sie etwas gefunden haben. Dann kann ich Jason Barntry immer noch drahten und Ihnen in der Bank das Geld anweisen lassen, das Sie zum Kauf von Waffen und entsprechender Munition brauchen.«

»Das will ich gern für Sie tun, Mr. Bouchard, und ich danke Ihnen nochmals für den Bonus.« Jetzt war Andy Haskins an der Reihe zu grinsen. »Aber ich glaube nicht, daß ich in New Orleans viel Zeit darauf verwenden werde, mich nach einem Mädchen umzusehen. Die Wahrheit ist, Mr. Bouchard, ich bin vor Mädchen so schreckhaft wie ein wilder Mustang.«

»Oh, ich glaube, Sie gäben für jedes Mädchen einen guten Ehemann ab, Andy. Irgendwann möchte ich es erleben, daß Sie sich mit Frau und Kindern hier ansiedeln. Dann könnten Sie den Krieg und die Verluste, die er uns allen zugefügt hat, wirklich vergessen. Ein Mann braucht Wurzeln, Andy. Vaters Einfall, nach Texas zu ziehen, nachdem die Yankees seines Großvaters Haus niederbrannten, war so ungefähr das Beste, was dieser Familie jemals widerfahren ist. Aber ohne Frau und Kinder können Sie keine Wurzeln schlagen, Andy. Denken Sie einmal darüber nach.«

»Das werde ich, Mr. Bouchard. Nur ist es doch so, daß es massenhaft Burschen mit zwei Armen gibt, und da müßte ein Mädchen schon ein bißchen blöde sein, wenn sie sich einen Einarmigen wie mich aussuchte.«

»Das ist Unsinn, Andy!« widersprach Lucien Edmond. »Sie haben Kraft, Mut und Verstand, und Sie leisten mit dem einen Arm mehr als die meisten anderen Männer mit zwei. Außerdem würde ein Mädchen, das Sie deswegen schief ansieht, sowieso keine gute Frau für Sie sein. Nein, merken Sie sich meine Worte, Andy: da draußen irgendwo wartet das richtige Mädchen auf Sie. Und ich wäre gar nicht überrascht, wenn Sie es bei Ihrer Rückkehr schon gefunden hätten.«

VI

Am letzten Januartag dieses neuen Jahres, an dem ein zorniger Wind die Wolken über einen grauen Himmel blies, saß Luke Bouchard an seinem Schreibtisch. Er schrieb einen Brief an Sybille Forsden mit Einlagen für Lucien Edmond, Maxine und Mara. Marius Thornton würde morgen flußaufwärts nach Montgomery reisen und die Briefe für ihn aufgeben. Außerdem wollte er ihn bitten, Jedidiah Danforth aufzusuchen, der die Rechtsgeschäfte der Windhaven-Plantage erledigte, und sich von ihm eine Liste jener Grundstücke im Distrikt geben lassen, die wegen nichtbezahlter Steuern verkauft werden sollten.

Luke wußte, daß viele der weißen Landbesitzer – verarmt durch den Krieg und nicht in der Lage, den Lohn für Feldarbeiter zu bezahlen – entweder ihr Land bereits aufgegeben hatten und in den Westen gezogen waren oder

Gefahr liefen, ihr Eigentum zu verlieren, weil sie die ungeheuerlichen Steuern nicht aufbringen konnten.

Laure hatte eine Nummer des in Montgomery erscheinenden *Advertiser* vom Oktober aufgehoben, die eine Liste der mit ihren Steuerzahlungen im Rückstand befindlichen Grundbesitzer enthielt. Sie zeigte sie Luke, als er aus Texas zurückkehrte. Ein Besitz erregte seine besondere Aufmerksamkeit. Es waren die vierhundert Morgen, die einmal Edward Williamson, dem Vater seiner ersten Frau Lucy, gehört hatten. Sie waren in acht Parzellen von je fünfzig Morgen aufgeteilt worden. Aber der Zeitung war zu entnehmen, daß sechs von diesen ihr Land bereits wieder aufgegeben und sich entschlossen hatten, in der Gegend von Mobile Arbeit anzunehmen, bei der sie mehr verdienen konnten. Es interessierte Luke sehr, wer das Land jetzt kaufen würde. Er war überzeugt, es würde irgendein reichgewordener Schieber sein, und eine Zeitlang spielte er mit dem Gedanken, es selbst zu erwerben und die Windhaven-Plantage zu vergrößern.

Doch dann kam er wieder davon ab. Die Vernunft gebot ihm, als erstes – und selbst dazu war die Zeit noch nicht gekommen – das Land aufzukaufen, das im Augenblick seinen schwarzen Arbeitern gehörte. Auch wenn er die frühere Williamson-Plantage durch einen Strohmann erwerben ließ, vielleicht durch Marius Thornton, würde er in ernste Schwierigkeiten geraten. Schieber gab es überall im Staat. In der Republikanischen Partei hatten sie seit Jahren die Oberhand, und nun fand man sie auch in der Demokratischen Partei, die vor dem Krieg die traditionelle Domäne gebürtiger Südstaatler gewesen war. Einer dieser Demokraten, Hiram Pulford aus New Jersey, hatte bei einem Treffen in Montgomery bereits öffentlich erklärt, er werde persönlich dafür sorgen, daß es keinem der früheren »tyrannischen konföderierten Sklavenhalter und Unterdrücker jemals gelingen werde, in der Absicht, die alten grausamen Methoden wieder einzuführen, einen größeren Grundbesitz in seiner Hand zu vereinigen.«

Luke selbst hatte den Treueid geleistet und weder an Kriegshandlungen gegen die Union teilgenommen noch der Konföderation Waffen geliefert. Doch er wußte nur zu gut, daß auch er von den intoleranten und rachsüchtigen Machthabern aus dem Norden zu den Südstaatlern alter Schule gerechnet werden würde.

In Gedanken versunken, versiegelte er die Umschläge und legte sie an die Kante seines Schreibtisches. Er dachte an seinen ersten Besuch auf der alten Williamson-Plantage. Sein Vater Henry Bouchard hatte ihn gedrängt mitzukommen, weil er von Williamsons Aufseher Amos Greer etwas lernen könne. Sybille hatte nämlich seinen Vater überredet, Luke zum Aufseher der Windhaven-Plantage zu machen. Und gelungen war ihr das aufgrund der Vorgeschichte: Henry hatte bei Pierre Lourat in New Orleans die junge Celia als Sklavin gekauft und sie in der Absicht, sie zu seiner Konkubine zu machen, heimlich in das Château eingeschmuggelt. Mark, damls erst fünfzehn, hatte es herausgefunden und sich in der Nacht in Celias Zimmer geschlichen. Als Henry selbst eintrat, hatte sich Mark des Mädchens schon bemächtigt. In dem darauffolgenden Streit warf Mark seinen Vater die Treppe hinunter, und Henry brach sich das Bein. Sybille pflegte ihren Mann wieder gesund und rang ihm bei dieser Gelegenheit das Versprechen ab, Luke zum Aufseher zu machen.

In jener Zeit, eine Generation vor dem Bürgerkrieg, hatte es noch andere kleine Grundbesitzer in der Nähe der Williamson-Plantage gegeben. Keiner von ihnen war mehr da. Deshalb wollte Luke eine Aufstellung von Jedidiah Danforth haben, denn die im *Advertiser* erschienene Liste war überholt und auch nicht frei von Irrtümern gewesen. Wenn er sich richtig erinnerte, waren die fünfzig Morgen in der Nähe von Lowndesboro, die einmal seinem Vater Henry und vor ihm James Cavendish gehört hatten, im letzten Jahr von einem älteren Mann aus Virginia erstanden worden. Seine Frau war während des Krieges gestorben, und er war daraufhin mit seiner verwitweten Tochter nach Alabama gezogen. Marius Thornton war einmal zu ihrem bescheidenen Fachwerkhaus hinübergeritten, um sie willkommen zu heißen und jede Hilfe anzubieten, die sein Arbeitgeber ihnen leisten konnte.

Luke versuchte sich zu erinnern, was Marius ihm über die Neuankömmlinge erzählt hatte. Bisher war er ausschließlich damit beschäftigt gewesen, Laures Vergewaltigung zu rächen und seinen entführten Sohn wiederzufinden, und so hatte er noch keine Zeit gefunden, über die neuen Nachbarn nachzudenken. Ja – sie hießen Bambach, Horatio Bambach und seine Tochter Jessica. Luke fiel jetzt wieder ein, was Marius berichtet hatte. Horatio Bambach hatte erwähnt, Jessica sei Lehrerin in einer Dorfschule nahe Roanoke in Virginia gewesen. Sie hatte einen Vetter zweiten Grades, der ebenfalls Bambach hieß, geheiratet. Ihr Mann wurde bei Gettysburg aus dem Hinterhalt erschossen, Jessica kehrte daraufhin zu ihren Eltern zurück. Im letzten Jahr des Krieges war Horatio Bambachs Frau an Lungenentzündung gestorben, und plündernde Schwarze hatten das Haus niedergebrannt. Vater und Tochter hatten sich gerade noch retten können.

Offenbar, dachte Luke bei sich selbst, mußte der alte Mann noch irgendwo Hartgeld versteckt gehabt haben, denn sonst hätte er nicht nach Alabama kommen und fünfzig Morgen gutes Land am Fluß kaufen können. Außerdem hatte Marius gesagt, bei den Bambachs arbeiteten zwei junge Schwarze für einen Lohn, den er für sehr hoch halte. Ein paar Morgen waren mit Baumwolle bepflanzt, der weitaus größere Teil jedoch mit Obst und Gemüse. Trotzdem genügten zwei Arbeiter nicht, um so viel Land zu bebauen, und Marius hatte gemeint, der alte Horatio Bambach müsse nach der Art, wie er an einem vorbeistarre und eine ausgestreckte Hand übersehe, wohl fast vollständig blind sein. Wie jeder, der jemals mit der Konföderation in Verbindung gestanden hatte, würde Bambach dieses Jahr in große

Schwierigkeiten kommen. Hiram Pulford sorgte schon dafür, daß jene fünfzig Morgen Land mit einer unbezahlbaren Steuer belegt wurden.

Luke stand plötzlich von seinem Schreibtisch auf und ging zum Fenster hinüber. Es begann zu dämmern, aber es war den ganzen Tag so düster gewesen, daß es kaum einen Unterschied ausmachte. Wie traurig mußte das Leben für den alten Horatio Bambach und seine verwitwete Tochter sein, wenn sie ohne Freunde und Bekannte ein neues Leben beginnen wollten! Er wollte ihnen nächste Woche einen Besuch abstatten und sie zum Dinner ins Château einladen. Vielleicht erfuhr er dann Genaueres über die wirtschaftliche Situation des alten Mannes und konnte Hilfe in einer Form anbieten, die nicht beleidigend wirkte.

Luke wollte sein Arbeitszimmer schon verlassen und Laure aufsuchen, die inzwischen ihren Mittagsschlaf beendet haben würde, als ein lautes Klopfen an der Eingangstür ertönte. Er öffnete. Draußen standen drei Männer mit eleganten Zylindern, mit Mänteln und Schals gegen den kalten Januarwind geschützt. Einen der Männer erkannte er als William Blount, der ein Futtermittelgeschäft in Montgomery besaß.

»Mr. Luke Bouchard?« fragte William Blount, ein korpulenter Mann Mitte Fünfzig, höflich.

»Ich bekenne mich schuldig, Mr. Blount. Das ist ein unerwartetes Vergnügen. Was kann ich für Sie und Ihre Begleiter tun? Kommen Sie doch herein! Ich glaube, bei dieser Kälte könnten Sie alle drei ein Glas Brandy gebrauchen.«

»Das ist sehr gastfreundlich, Mr. Bouchard, wir nehmen Sie beim Wort. Kommen Sie, Ebenezer, und Sie auch, Clarence.«

»Treten Sie bitte in den Salon ein, meine Herren«, sagte Luke Bouchard. »Der Brandy steht auf der Kredenz, und wir haben auch irischen Whisky und Madeira da. Was darf ich Ihnen eingießen?«

»Für mich Brandy, Mr. Bouchard.« Ebenezer Tolman, ein

großer Mann mit knochigem Gesicht, stand etwa im selben Alter wie William Blount. Clarence Hartung, der dritte, klein, mit Brille, fast kahlköpfig und knapp fünfzig, gab zu verstehen, daß auch er Brandy bevorzuge.

Luke bat die Herren, auf der Couch Platz zu nehmen, füllte drei Gläser mit Brandy und reichte sie seinen Gästen.

»Auf Ihre Gesundheit, und danke für Ihre Gastfreundschaft, Mr. Bouchard.« William Blount hob sein Glas und nahm einen großen Schluck. »Ich möchte Ihnen meine Freunde Ebenezer Tolman und Clarence Hartung vorstellen. Ebenezer hat ein Bestattungsunternehmen, und Clarence ist in der Handelsbank von Montgomery angestellt.«

»Ich freue mich, Sie kennenzulernen, Gentlemen.« Luke Bouchard verbeugte sich.

»Ich will gleich zur Sache kommen, Mr. Bouchard.« William Blount beugte sich vor und sah seinem Gastgeber ins Gesicht. »Wir sind Republikaner, Mr. Bouchard; alle drei sind wir in der Wolle eingefärbte Republikaner. Sie wissen sicher, was das in diesem Staat bedeutet.«

»Ich fürchte, ja, Mr. Blount. Es ist ein mühsames Geschäft für Sie.«

»Und es wird dieses Jahr noch mühsamer werden, Mr. Bouchard, weil im Herbst eine Wahl stattfindet und wir erreichen wollen, daß Gouverneur Smith wiedergewählt wird. Natürlich werden wir eine Menge Ärger mit dem Ku-Klux-Klan bekommen. Und die Demokraten – Sie wissen, daß heutzutage fast alle von ihnen Schieber sind – werden den Klan zu den schlimmsten Untaten anfeuern. Es ist doch erstaunlich, nicht wahr, daß sich der Klan und die Schieber aus dem Norden verbünden, sobald es Unheil zu stiften gilt. Da muß einer schon ein mutiger Mann sein, wenn er sich als Kandidat für die Republikanische Partei aufstellen läßt.«

»Ja, davon bin ich überzeugt. Aber mir ist nicht ganz klar, warum Sie mir das alles erzählen, Mr. Blount.«

»Ich will keine langen Umschweife machen, Sir. Wir

hoffen, daß Sie sich als Kandidat für das County Montgomery aufstellen lassen. Ein Sitz ist frei, und für die Demokraten kandidiert ein Schwarzer. Das ist ziemlich ungewöhnlich, aber er wird von ein paar reichen Demokraten aus Massachusetts unterstützt. Nun haben wir herausgefunden, daß er, wenn er gewählt wird, seinen Gönnern gutes, fruchtbares Alabama-Land zu einem Preis verschaffen soll, der weit unter dem eigentlichen Wert liegt.«

»Ich verstehe.« Luke setzte sich in einen Sessel gegenüber der Couch. Sein Gesicht war angespannt vor Konzentration. »Ich fühle mich geschmeichelt und geehrt, aber ich muß Sie fragen, was Sie zu dem Glauben veranlaßt, ich hätte eine Chance, den demokratischen Kandidaten zu schlagen, obwohl Sie wissen, daß er starke Kräfte hinter sich hat.«

»Das will ich Ihnen sagen, Mr. Bouchard«, ergriff Ebenezer Tolman das Wort. »Erstens einmal sind wir so gut wie sicher, daß das County Montgomery sich auf Seiten der Republikaner stellen und Gouverneur William H. Smith wiederwählen wird. Wir glauben, daß wir genug republikanische Stimmen zusammenbekommen können, wenn wir einen wirklich starken Kandidaten präsentieren, der diesen Schwarzen schlagen kann. Verstehen Sie mich nicht falsch, Mr. Bouchard, ich bin kein Rassist, und ich bin auch nicht der Ansicht, daß ein Mann, nur weil er schwarz ist, nicht genug Verstand habe, um ein öffentliches Amt auszuüben. Wir meinen, daß Sie von allen Seiten akzeptiert werden können, weil Sie als ehrlicher und anständiger Mensch bekannt sind. Sie haben den Treueid geleistet; Sie haben sich vor dem Krieg nie mit Politik befaßt; Sie haben auf der anderen Seite niemals die Union unterstützt. Das bedeutet, daß Sie im Herzen ein treuer Südstaatler sind, und doch sind Sie nach den Bestimmungen dieser verdammten Wiederaufbaugesetze nicht angreifbar.«

»So ist es, Mr. Bouchard«, fiel Clarence Hartung mit energischem Nicken ein. »Die Opposition kann versuchen, was sie will, sie kann Ihnen nicht an den Wagen fahren. Darauf wette ich meinen Ruf als Politiker.«

»Nur müssen Sie eins wissen, Mr. Bouchard«, fuhr William Blount ernst fort. »Die eigentliche Gefahr besteht darin, daß George Spencer, dieser verdammte Schiebersenator, der vor zwei Jahren auf eine vierjährige Amtszeit gewählt wurde, ebenfalls Republikaner ist und die Wahl so manipulieren will, daß ihm seine eigene Wiederwahl im Jahr 1872 sicher ist.«

»Meinen Sie, das bringt er fertig?« fragte Luke erstaunt.

»Davon bin ich überzeugt, Mr. Bouchard. Sehen Sie, Spencers republikanischer Kollege – das ist Senator Willard Warner – muß sich dieses Jahr zur Wiederwahl stellen. Spencer rechnet es sich nun folgendermaßen aus: Wenn sowohl Gouverneur Smith als auch Senator Warner von Demokraten ersetzt würden, wäre er als ein Mann, der Präsident Grant sehr nahesteht, der einzige, der bei Bundesmaßnahmen in Alabama ein Wort mitzureden hätte. Und dann könnte Spencer die Männer, denen er Ämter und Einkommen verschafft hat, dazu benutzen, im Wahljahr 1872 jede demokratische Konkurrenz auszuschalten.«

»Es ist ein hundsgemeiner Plan, Mr. Bouchard, und wir loyalen Republikaner müssen etwas dagegen unternehmen«, warf Ebenezer Tolman entrüstet ein. »Sie verstehen, worauf er hinauswill, Mr. Bouchard. Obwohl er selbst Republikaner ist, will Spencer Gouverneur Smith absägen, damit wir einen demokratischen Senator nach Washington entsenden. Ein solcher Mann ist weder seiner Partei noch seinen Kollegen gegenüber loyal, bei Gott!«

Clarence Hartung ergriff das Wort: »Sicher haben Sie auch gehört, Mr. Bouchard, daß Spencer wie so viele andere Schieber hier in Alabama eine Miliz aufstellen und Bundestruppen stationieren will. Er möchte gern Truppen von Washington haben, um seine Wiederwahl in zwei Jahren zu sichern. Einer meiner Freunde in Washington hat mir kürzlich geschrieben, Senator Spencer habe gesagt, die Republikaner hielten Alabama nur an einem dünnen Faden, weil es allen Männern in öffentlichen Ämern an Mut mangele, und politisch wie gesellschaftlich befinde sich unser gesamter Staat in einem beklagenswerten Zustand. Auch das ist hundsgemein, und in meinen Augen ist es Verrat!«

Luke Bouchard verschränkte die Hände auf dem Rücken und trat ans Fenster. Er sah auf den Fluß hinaus. Nach langer Pause erwiderte er: »Ich muß Ihnen im voraus sagen, meine Herren, daß ich wenig von Politik verstehe – vor allem von der Tätigkeit des Gesetzgebers. Ich habe meine Überzeugungen, doch ich fürchte, sie sind zu idealistisch. Ebenso wie Sie beklage ich die von weißen Neuankömmlingen – die Sie Schieber nennen – und von Schwarzen durchgeführten Manipulationen, die darauf zielen, uns zu spalten und derartig zu schwächen, daß sie sich Land, Macht und Geld aneigenen können. Für mich ist das ein Teil der ungerechten Bestrafung, mit der bestimmte Kreise des Nordens nicht aufhören, weil sie uns in die Knie zwingen wollen.«

»Solche Worte, Sir, werden Ihnen viele Stimmen von guten Republikanern einbringen«, erklärte William Blount.

»Ich will nicht behaupten, ich hätte nicht genügend Zeit, falls ich in die Gesetzgebende Versammlung gewählt würde – auch wenn ich nicht glaube, daß es geschehen wird. Sorge macht mir, daß ich ein völliger Neuling bin und das politische Feilschen nicht verstehe. Politiker müssen doch oft einen Handel auf Kosten derer abschließen, von denen sie gewählt worden sind und denen sie eigentlich dienen sollten.«

»Aber gerade weil wir wenigstens einen ehrlichen Mann in unserer Gesetzgebenden Versammlung brauchen, bitten wir Sie inständig, zu kandidieren, Sir.« Clarence Hartung stand auf. »Sagen Sie wenigstens, daß Sie unsern Vorschlag in Erwägung ziehen wollen, Mr. Bouchard.«

»Das will ich, Gentlemen. Ich fühle mich sehr geehrt, daß Sie an mich gedacht und mich aufgesucht haben. Wenn Sie einverstanden sind, will ich die Sache einige Zeit überdenken. Außerdem möchte ich von Ihnen genau darüber informiert werden, welche Ziele Sie verfolgen und von welchen Grundsätzen Sie ausgehen. Falls ich Sie vertrete, müssen Sie auch wissen, daß ich mich Ihnen gegenüber nicht verpflichtet fühlen werde und Sie von mir keine persönlichen Gefälligkeiten für Ihre Unterstützung zu erwarten haben. Ich mag zwar weltfremd sein, aber meiner Ansicht nach ist der Inhaber eines öffentlichen Amtes der Diener der Bevölkerung. Ja, ich bin Republikaner, wenn ich als unpolitischer Mensch das sagen darf, und ich stehe zu den Prinzipien unseres verstorbenen Präsidenten Lincoln. Er hat sein Leben für die Wohlfahrt der Nation geopfert, und er träumte davon, daß sich Norden und Süden nach dem Krieg in Harmonie wiedervereinigen würden. Das ist auch meine Hoffnung. Hier auf meiner Plantage arbeiten wir alle, Weiße und Schwarze, Seite an Seite, und wir bestellen das Land ebenso für die Gemeinschaft wie für uns selbst.«

»Wir wissen ein wenig über die Geschichte der Bouchards Bescheid, Sir«, bemerkte William Blount und ging zu der Kredenz hinüber. »Darf ich mir noch einmal nachschenken?«

»O bitte, bedienen Sie sich, und Sie, Mr. Tolman und Mr. Hartung, lassen Sie sich bitte nicht erst nötigen«, antwortete Luke.

»Danke, Mr. Bouchard.« William Blount goß sich das Glas aus der Karaffe großzügig voll und hob es Luke entgegen. »Dann lassen Sie mich einen Toast auf unseren neuen republikanischen Kandidaten des Countys Montgomery für die Gesetzgebende Versammlung ausbringen.«

»Langsam. langsam, Mr. Blount«, protestierte Luke. »Das ist ein bißchen zu früh. Ich habe noch nicht zugesagt. Aber ich verspreche Ihnen, daß ich ernsthaft darüber nachdenken will. Wenn ich der Bevölkerung dieses Countys von Nutzen sein könnte, würde es mich sehr freuen.«

»Wie ich sagte, Mr. Bouchard, wir wissen einiges über die

Geschichte Ihrer Familie. An den Namen Lucien Bouchard von der Windhaven-Plantage erinnern sich viele Leute hierzulande, die noch etwas auf Ehre und Anstand und harte Arbeit und ein gutes Einvernehmen mit den Nachbarn geben.«

»Ich danke Ihnen. Das ist ein Kompliment, das ich wohl zu schätzen weiß«, erwiderte Luke.

»Ich will Ihnen etwas sagen, Mr. Bouchard«, ließ sich Clarence Hartung hören. »Ich weiß, wir haben Sie regelrecht überfallen, Wir hätten Ihnen ja einen Brief schreiben und um eine Unterredung bitten können. Aber wir kamen durch Lowndesboro und faßten kurzerhand den Entschluß, unser Glück bei Ihnen zu versuchen. Vielleicht sollten wir nächste Woche zu einem Ihnen genehmen Zeitpunkt, Sir, noch einmal wiederkommen und uns mit Ihnen zusammensetzen. Dann werden wir Ihnen über die Republikanische Partei und das Programm berichten, mit dem wir den Wahlkampf gegen den demokratischen Kandidaten führen wollen.«

»Das wäre mir sehr angenehm, Mr. Hartung. In der übernächsten Woche bin ich voraussichtlich in Montgomery. Sollen wir uns dort treffen? Natürlich haben Sie mein Wort, daß ich die Sache in der Zwischenzeit gründlich überlege.«

Luke kam mit seinen Besuchern überein, daß er sie am 10. Februar aufsuchen werde. Er brachte sie zur Tür, schüttelte ihnen die Hand und ging dann zu Laure, um ihr die Neuigkeit zu erzählen.

VII

Am 9. Februar fuhren Dalbert Sattersfield und Mitzi Vourlay mit der *Alabama Belle* nach Mobile. Sie wollten sich dort von einem katholischen Priester trauen lassen und anschließend vierzehn Tage in New Orleans verbringen. Luke und

Laure, Marius und die anderen schwarzen Arbeiter begleiteten das Paar bis zur Anlegestelle. Strahlend vor Glück, winkte Mitzi ihnen am Arm ihres Verlobten von der Reling aus zum Abschied zu.

»Jetzt müssen wir im Ernst nach einem neuen Kindermädchen für Lucien und Paul suchen, Darling«, sagte Laure auf dem Rückweg zu ihrem Mann. »Wenn ich mich nicht völlig irre, haben Mr. Sattersfield und Mitzi die Absicht, sich bald eigene Kinder zuzulegen. Das weiß ich, weil sie gestern abend mit der Bemerkung herausplatzte, sie hoffe sehr, ihr Mann liebe Kinder ebenso wie sie, weil sie sich eine große Familie wünsche.«

»Ich freue mich für die beiden, liebste Laure. Und was das Kindermädchen betrifft, so reise ich doch morgen nach Montgomery, um mit William Blount über den politischen Wahlkampf zu sprechen, an dem ich mich nach seinem und seiner beiden Freunde Wunsch beteiligen soll. Ich werde die Redaktion des *Advertiser* aufsuchen und mir die Liste der Stellengesuche ansehen. Vielleicht finde ich eine passende junge Frau.«

»Das ist eine wundervolle Idee, Luke. Nur . . . «, Laure sah ihn neckend an, »würde ich es vorziehen, wenn du eine aussuchtest, die nicht ganz so attraktiv wie unsere anbetungswürdige Mitzi ist. Nicht, daß ich Grund hätte, eifersüchtig auf dich zu sein. Aber jetzt, wo ich eine abgeklärte Ehefrau mit zwei Kindern bin und ein drittes erwarte, möchte ich sicher sein, daß mein Mann nicht in Versuchung geführt wird.«

»Darüber brauchst du dir niemals Sorgen zu machen, liebste Laure«, versicherte Luke. Er faßte sie bei den Schultern und küßte sie auf den Mund.

»Nicht, wenn du mir auf diese Weise antwortest, mein Liebster«, flüsterte Laure zärtlich. Hand in Hand kehrten sie in das Château zurück.

Andy Haskins war auf seinem Wallach bis Corpus Christi

geritten und dort an Bord der *William Wallace* gegangen. Er schloß bald herzliche Freundschaft mit Kapitän Jamie McMurtrie. Dieser erinnerte sich noch gut an den einarmigen Mann aus Tennessee von der letzten Fahrt vor beinahe vier Jahren her, als er und sein Freund Joe Duvray die Bouchards nach Texas begleitet hatten. Als er hörte, Andy wolle erst ein paar Tage in New Orleans bleiben, dann seinen Geburtsort im Südwesten von Tennessee wiedersehen und zum Schluß Luke Bouchard auf der Windhaven-Plantage besuchen, schärfte Kapitän McMurtrie ihm ein, er solle ja nicht vergessen, Luke und seiner Familie Grüße von ihm auszurichten. Er bestand darauf, daß Andy mit ihm in seiner Kabine zu Abend speiste, und verwöhnte ihn mit dem feinsten schottischen Whisky sowie zahlreichen Anekdoten aus seinem eigenen abenteuerlichen Leben als Paketboot-Kapitän.

In New Orleans begab sich Andy Haskins in die Brunton-und-Barntry-Bank und wurde von Jason Barntry zum Lunch eingeladen. Klugerweise entschied er sich, von seiner Tratte, die Lucien Edmond ihm gegeben hatte, den größten Teil auf der Bank zu lassen. Er blieb eine Woche, genoß die Küche des alten Felix Brissart in dem Restaurant auf der Eglantine-Straße und hörte der reizenden Aurelia Dubois zu. Sie war jetzt mit dem Besitzer des Restaurants verheiratet, sang aber für die begeisterten Gäste immer noch ihre Lieder aus der Auvergne.

Auftragsgemäß besuchte Andy einen Waffenschmied auf der Rampart-Straße. Dort zeigte man ihm die von Colonel Hiram Berdan, dem früheren Kommandeur des im Bürgerkrieg berühmt gewordenen Scharfschützenregiments, erfundenen neuen Zentralfeuerpatronen.

»Ich will Ihnen etwas sagen, Mr. Dennery. Ich setze mich mit meinem Boß in Texas in Verbindung. Er wird mir dann über die hiesige Brunton-Bank Geld anweisen lassen. Nächsten Monat komme ich wieder nach New Orleans, und ich wäre Ihnen dankbar, wenn Sie mir einen guten Vorrat von diesen Patronen und auch von den neuen englischen Laderahmen zurücklegten.«

»Das will ich gern tun, Mr. Haskins.«

»Gibt es etwas Neues an Gewehren oder Pistolen, Mr. Dennery?«

»Nun, Sir, zufällig hat ein sehr erfinderischer Waffenschmied namens Oliver Winchester, der vor drei Jahren die New Haven Arms Company übernahm, ein Spannhebelgewehr herausgebracht. Er nennt es M 1866, und es hat Messingmantelgeschosse Kaliber 44. Ein Schmuckstück!«

»Das ist es ohne Zweifel, Mr. Dennery«, stimmte Andy Haskins ihm zu, nachdem er das Gewehr, das der Waffenschmied ihm reichte, sorgfältig untersucht hatte. »Ich glaube, wir können mindestens ein Dutzend von diesen Winchesters brauchen.«

»Und wir haben ein paar ausgezeichnete Colt-Patronenrevolver mit durchbohrten Zylindern hereinbekommen. Sie sind absolut sicher – anders als die sechsschüssigen Revolver, die zumeist von Cowboys benutzt werden.«

»Als ob ich das nicht wüßte«, gestand Andy. »Manche von diesen Waffen explodieren einem in der Hand, und sie haben öfters Ladehemmung, als daß sie schießen. Mein Boß wird wohl auch ein Dutzend dieser Colts und ausreichend Munition für sie haben wollen. – Ich Dummkopf!« Andy schlug sich mit der Hand vor die Stirn. »Ich habe doch den verflixten Telegrafenstreik ganz vergessen. Warten Sie – ich werde zur Bank zurückgehen und mit dem Direktor sprechen. Er kennt meinen Boß sehr gut. Vielleicht schießt er das Geld auf eigene Verantwortung vor. Ich komme noch heute wieder, Mr. Dennery.«

»Das hat keine Eile, Mr. Haskins. Es ist mir ein Vergnügen, einen Kunden wie Sie, der sich mit Waffen auskennt, zu bedienen. Ich werde mir die Freiheit nehmen, die Lieferung fertigzustellen. Sobald Sie die finanziellen Vereinbarungen getroffen haben, lege ich sie für Sie bereit, und Sie können sie abholen, wann immer Sie Lust haben.«

»Danke, Mr. Dennery, das ist sehr freundlich von Ihnen. Bis später«, verabschiedete Andy Haskins sich.

Er kehrte zur Bank zurück. Zu seiner Freude war Jason Barntry damit einverstanden, für den Einkauf von Waffen und Munition zweitausend Dollar vorzuschießen. »Ich weiß nicht, ob Mr. Bouchard den Telegrafenstreik vorhergesehen hat«, sagte er zu Andy, »aber in dem Brief, den Sie mir von ihm überbrachten, erwähnte er, falls Sie geeignete Waffen für die Ranch fänden, solle ich Ihnen ohne weitere Bestätigung seinerseits diese Summe zur Verfügung stellen. Ich werde eine Tratte, zahlbar an diesen Mr. Dennery, ausstellen.«

Andy Haskins war sehr froh, daß er seinen Auftrag so gut ausgeführt hatte. Er war Lucien Edmond nicht nur für die Gewährung des Urlaubs, sondern auch für den Bonus dankbar und wollte sich seinem Arbeitgeber selbst während seines Urlaubs nützlich machen. Nun schiffte er sich mit seinem Wallach auf dem Fährboot nach Mobile ein, und nachdem er sich dort mit Lebensmittelvorräten eingedeckt hatte, reiste er weiter nach Tennessee.

Es wurde keine besonders glückliche Heimkehr. Die alten Freunde und Nachbarn, die er und sein Vater vor dem Krieg gekannt hatten, waren so gut wie alle gestorben oder aus der kleinen Stadt weggezogen. Und bei seinem Ritt durch den Staat stellte er mit Bitterkeit fest, daß er nicht nur durch den Krieg, sondern auch durch das Regime der Schieber verwüstet worden war. Nach allem, was er in Gesprächen mit Ladenbesitzern und freundlichen Passanten hörte, glaubte er nicht, daß sein Freund Joe Duvray Lust bekommen würde, einen Besuch in Georgia, seiner Heimat, zu machen.

Andy überquerte die Grenze nach Alabama und ritt südwärts nach Anniston, wo er einen Flußdampfer bestieg, der ihn nach Lowndesboro brachte. Sicher würden ihn ein Besuch auf der Windhaven-Plantage und ein Wiedersehen mit Luke Bouchard aufheitern, sagte er zu sich selbst.

Mit finsterer Miene studierte Luke Bouchard die Liste, die Jedidiah Danforth ihm geschickt hatte. Der Rechtsanwalt hatte mit einer Akribie, die seinen würdigen zweiundsechzig Jahren wohl anstand, nicht nur die zum Verkauf stehenden Grundstücke des Countys aufgeführt, sondern dazu auch ausführliche Kommentare über Lebenslauf und gegenwärtige Umstände der jetzigen Besitzer beigefügt.

Es gab keinen Zweifel daran, daß Bambach die fünfzig Morgen Land, die einmal Lukes Vater Henry gehört hatten, verlieren würde. Die Steuerschuld war enorm, und Luke Bouchard hatte den Verdacht, Hiram Pulford habe sie festgelegt, um den Witwer für seine Treue zur Sache der Konföderation zu bestrafen. Wurden die Steuern nicht vor dem 1. Juni bezahlt, kamen die fünfzig Morgen unter den Hammer – und sicher würde sie dann ein guter Freund Pulfords für nicht mehr als den Wert der Steuern erwerben.

Wenn das fruchtbare Land mit dem erforderlichen Arbeitseinsatz kultiviert wurde, konnte es für den alten Mann und seine verwitwete Tochter durchaus den Lebensunterhalt sichern. Lukes erster Gedanke war gewesen, die Steuern zu bezahlen und das Land später wieder auf Bambach und dessen Tochter übertragen zu lassen. Vielleicht konnte er ihnen auch zwei seiner Arbeiter schicken, die stundenweise auf dem Land der Bambachs aushalfen. Aber als weißer Südstaatler konnte er nicht als Käufer auftreten. Nein, die einzige Möglichkeit war, einen Vertreter zu schikken, der keinen Verdacht erregte, so wie John Brunton damals Phineas beauftragt hatte, die Windhaven-Plantage zu kaufen. Phineas war schwarz gewesen, und außerdem hatte damals, zumindest dem Augenschein nach, keine Verbindung zwischen ihm und Lukes Haushalt bestanden. Schickte Luke jetzt aber Moses Turner, Hughie Mendicott, Dan Munroe oder gar Marius Thornton, würde der zuständige Beamte bestimmt Verdacht wittern.

Es mußte eine Möglichkeit geben, zu verhindern, daß der verdiente alte Mann und seine Tochter nach all dem Leid und den Opfern des Krieges von ihrem Land vertrieben wurden. Marius hatte von Bambach gehört, daß er zu Hause in Roanoke ein Dutzend Sklaven besessen, sie aber lange vor der Proklamation Lincolns freigelassen hatte. Das hatte Luke sympathisch berührt, denn genauso hatte sein geliebter Großvater gehandelt.

Er schritt in seinem Arbeitszimmer auf und ab und überlegte, was er tun könne, um Horatio Bambach und seiner Tochter Jessica zu helfen. Er mußte einen Strohmann finden, bei dem keinerlei Verdacht bestand, er könne etwas mit den Bouchards zu tun haben. Aber wer konnte diese Rolle übernehmen?

Es klopfte an der Tür seines Arbeitszimmers, und Luke fuhr zusammen. »Herein!« rief er.

Zögernd trat Hannah Atbury über die Schwelle. In der letzten Zeit war Luke aufgefallen, daß sie wieder lächelte und fröhlich war. Das war ein gutes Zeichen. Allmählich überwand sie wohl ihre Trauer um Phineas, und es konnte gut sein, daß sie schon bald Hughie Mendicotts Heiratsantrag annahm. »Entschuldigen Sie, Mr. Bouchard, Sir, aber da ist ein Mann, der Sie sprechen möchte. Er sagt, er sei den ganzen Weg von Texas hergekommen.

»Von Texas! Das ist doch nicht möglich! Den muß ich unbedingt sprechen!« freute sich Luke. »Nein, du brauchst ihn nicht hereinzuführen, Hannah, ich gehe selbst zur Tür. Oh – natürlich wird er zum Abendessen bleiben. Er soll doch den Leuten in Texas erzählen, daß wir hier die feinste Küche von ganz Alabama haben.«

»Ach du meine Güte, Mr. Bouchard!« kicherte Hannah. »Sie sagen immer die nettesten Sachen. Ich werde ein Abendessen herrichten, auf das Sie stolz sein können.« In beinahe verschwörerischem Flüstern setzte sie hinzu: »Der arme Junge, so wie er aussieht, hat er eine lange Reise hinter sich. Und dann hat er nur einen Arm. . . «

»Das muß Andy Haskins sein!« rief Luke aus und lief zur Eingangstür des Châteaus. Es war tatsächlich Andy Haskins. Er stand, den Sombrero in der Hand, in der weiten Eingangshalle vor der gewundenen Treppe.

»Bei Gott, es ist schön, Sie zu sehen, Andy!« Luke Bouchard streckte dem jungen Mann die Hand entgegen. Andy Haskins setzte sich den Sombrero wieder auf, ergriff die Hand und grinste von einem Ohr zum anderen. »Und wie ich mich freue, Sie zu sehen, Mr. Bouchard!«

»Das ist wirklich eine wundervolle Überraschung. Was führt Sie zur Windhaven-Plantage? Ich hätte gedacht, Sie und Joe Duvray träfen Vorbereitungen für den Viehtrieb im Frühjahr. Nun kommen Sie, kommen Sie in mein Arbeitszimmer. Oh, Hannah, vielleicht hätte Andy gern eine Tasse Kaffee vor dem Abendessen – denn Sie bleiben natürlich, Andy, ob Sie wollen oder nicht.«

»Sie sind immer mein Boß gewesen. Sie haben Joe und mich als erster angestellt, deshalb werde ich bestimmt nicht nein sagen«, sagte Andy Haskins lachend. »Tatsächlich könnte ich einen starken Kaffee gebrauchen. Ich bin dauernd umhergereist, seit ich die Ranch direkt nach Weihnachten verließ, Mr. Bouchard.«

»Ich bringe den Kaffee sofort, Sir«, lächelte Hannah und eilte in die Küche.

Sobald Andy in einem bequemen Sessel untergebracht war, verlangte Luke: »Jetzt erzählen Sie mir alles von Anfang an, Andy.«

»Nun, Mr. Bouchard, ich weiß nicht, wie es kam. Vielleicht hatte ich so etwas wie Heimweh. Jedenfalls meinte ich, einmal Urlaub machen zu müssen. Und Mr. Lucien Edmond war sehr nett und sagte mir, ich könne mir so viel Zeit nehmen, wie ich wollte. Ramón und Pablo Casares – Sie wissen ja, er hat die junge Witwe aus Abilene geheiratet – wollten in Nuevo Laredo noch ein paar Vaqueros für den nächsten Viehtrieb anheuern. Deshalb können sie vielleicht auch einmal ohne mich auskommen.«

»Wenn irgendwer einen Urlaub verdient, dann ganz bestimmt Sie, Andy. Und Joe ebenfalls.«

»Danke, daß Sie das sagen, Mr. Bouchard. Ich werde nie vergessen, was Sie für uns beide getan haben, und Joe auch nicht. Dabei fällt mir ein, ich habe einen Brief von Mr. Lucien Edmond für Sie.« Andy Haskins griff in die Tasche des schweren Mantels, den er sich in New Orleans zum Schutz gegen die winterliche Kälte gekauft hatte. »Hier ist er, Mr. Bouchard. Ja, und Mr. Barntry von der Bank hat mir ebenfalls einen Brief für Sie mitgegeben. Er sagte, er wolle Ihnen und Miß Laure den neuesten Bericht über den Stand der Geschäfte schicken.«

»Vielen Dank, Andy. Ah, da kommt Ihr Kaffee. Hannah war so aufmerksam, zwei Tassen zu bringen. Ich trinke gern eine Tasse mit. Es ist naßkalt, genauso wie in Texas im Winter.«

»Das stimmt, Mr. Bouchard. Danke, Madam«, sagte Andy zu Hannah. Sie hatte das Kaffeegedeck zusammen mit einem Teller selbstgebackener Melasse-Kekse auf ein kleines Tablett gestellt.

»Das ist ja, als käme ich nach Hause.« Er nahm einen Keks, biß hinein und grinste. »Sie schmecken wie bei Mama, und das ist nicht gelogen, Madam.«

»Das ist sehr freundlich von Ihnen. Nun greifen Sie bitte zu. Ist das alles, Mr. Bouchard?« Hannah streifte den jungen Mann, der so geschickt war und sich nicht im mindesten anmerken ließ, daß er seinen rechten Arm verloren hatte, mit einem mütterlichen Blick.

»Ja, danke, Hannah. Andy, wenn Sie ihre Kekse schon so wundervoll finden, dann warten Sie nur erst mal bis zum Abendessen«, meinte Luke lachend.

Nun mußte Andy von seiner Reise erzählen, und schließlich fragte Luke ihn nach seinem Gepäck.

»Ich hatte nicht die Absicht, lange zu bleiben. Deshalb habe ich nur meinen Karabiner und den Wallach, den Mr. Lucien Edmond mir zur Verfügung gestellt hat bei mir. Vielleicht stecken auch noch ein paar Hemden und eine Reservehose in meinen Satteltaschen. Aber ich reise mit leichtem Gepäck.«

»Wo ist Ihr Pferd jetzt, Andy?«

»Draußen am Pfosten angebunden.«

»Ich werde es in den Stall bringen lassen.«

»Danke, Mr. Bouchard. Er ist ein gutes Pferd. Es legt große Entfernungen zurück, ohne zu murren.« Andy lachte ironisch. »Und ganz bestimmt ist es freundlicher als ein Schieber.«

Andy Haskins stieß einen Seufzer aus, legte seine Serviette hin und lehnte sich zurück. »Ich muß mich entschuldigen, Miß Laure, ich habe zugelangt wie ein Scheunendrescher. Aber das Essen war einfach so gut, daß ich nicht anders konnte.«

Laure lachte entzückt, und der Blick, den sie ihrem Mann zuwarf, verriet, daß Andy Haskins ihre Sympathie errungen hatte. Das war schon geschehen, als er Lucien und Paul in ein Gespräch verwickelte, als habe er Erwachsene vor sich. Er hatte mit ihnen gescherzt und sie zum Lachen gebracht. Außerdem hatte er den kleinen Jungen zwei aus Holz geschnitzte Brahma-Bullen geschenkt, die einer der Vaqueros angefertigt hatte.

»Sie brauchen sich nicht zu entschuldigen, Mr. Haskins«, versicherte Laure. »Ganz bestimmt haben Sie mit der Art, wie Sie Ihren Teller leerten, den Weg zu Hannahs Herzen gefunden. Jetzt ist es für mich Zeit, daß ich die Jungen ins Bett bringe. Deshalb möchte ich Ihnen gute Nacht sagen und Sie und Luke zu einem Gespräch unter Männern allein lassen.«

Schnell erhob sich Andy von seinem Stuhl und verneigte sich respektvoll vor Laure. Sie gab Ihrem Mann einen Kuß und verließ mit Lucien und Paul das Eßzimmer.

»Was halten Sie von einem Brandy und einer Havanna, Andy?« fragte Luke.

»Sie werden mich noch so sehr verwöhnen, Mr. Bouchard, daß ich nicht mehr imstande bin, meine Arbeit auf der Ranch zu tun. Aber nur für heute abend sage ich ja«, grinste Andy.

»Gehen wir in mein Arbeitszimmer. Der Brandy steht auf der Kredenz, und die Zigarrenkiste gleich daneben.«

Die beiden Männer nahmen Platz. Luke beugte sich mit ernstem Gesicht vor. »Wissen Sie, Andy, Sie können mir einen Gefallen tun. Nicht nur das, Sie können sich dabei auch etwas Geld verdienen, und obendrein tun Sie ein gutes Werk.«

»Dann bin ich auf der Stelle dabei, Mr. Bouchard. Wie ich sagte, Sie haben mich als erster angestellt, und ich fühle mich Ihnen verpflichtet. Nur habe ich Mr. Lucien Edmond nicht genau gesagt, wie lange ich wegbleiben würde. Ich hoffe, er macht sich keine Sorgen und versucht nicht, Ersatz für mich zu beschaffen.«

»Das wird mein Sohn mit Sicherheit nicht tun. Aber um Sie zu beruhigen, werde ich, da der Telegrafenstreik noch andauert, morgen einen Brief an ihn absenden und ihm mitteilen, daß ich Sie ein paar Wochen hierbehalten möchte, bis Sie die Ihnen zugedachte Aufgabe erledigt haben.«

»Dann ist ja alles in Ordnung. Also, wie kann ich Ihnen helfen, Mr. Bouchard?«

»Sie sollen gar nicht mir helfen, Andy, sondern einem alten Mann und seiner verwitweten Tochter, die weiter flußabwärts wohnen. Sie kamen nach dem Krieg hierher, nachdem sie in Virginia so gut wie alles verloren hatten. Der Mann ist nach allem, was Marius Thornton mir erzählt hat, fast blind, und seine Tochter verlor ihren Mann im Krieg, den er auf der konföderierten Seite mitmachte. Sie haben nur zwei schwarze Arbeiter, deren Löhne, gemessen an ihrem eigenen Einkommen, viel zu hoch sind. Und jetzt habe ich auch noch erfahren, daß ihr Besitz wegen Steuerschulden versteigert werden soll. Es handelt sich um einen Betrag von 438 Dollar. Das ist eine Menge Geld, und sie werden die Summe wohl kaum aufbringen können, nachdem sie das Land gekauft und bis jetzt die Steuern bezahlt haben.«

»Das ist eine verfluchte Schweinerei, Mr. Bouchard. Ich

nehme an, da sie Rebellen sind, lauern die Schieber nur darauf, daß sie das Land aufgeben müssen.«

»Darauf läuft es letzten Endes hinaus, Andy. Deshalb überlege ich mir, ob Sie mir nicht einen großen Gefallen tun und diesen Leuten helfen könnten.«

»Selbstverständlich gern, Mr. Bouchard, wenn Sie meinen, daß ich es kann.«

Luke Bauchard sah einen Augenblick sinnend zum Fenster hinaus. Dann wandte er sich wieder an Andy Haskins. »Ich bin fast überzeugt davon, daß kein Einspruch erhoben wird, wenn mein Rechtsanwalt Jedidiah Danforth die Steuern bezahlt und das Land kauft. Er war niemals an Kampfhandlungen beteiligt, und Tatsache ist, daß er sich von Anfang an gegen eine Sezession Alabamas von der Union ausgesprochen hat. Wegen seiner Ansichten war er während des Krieges in Montgomery nicht sehr beliebt, aber ich habe stets an ihm geschätzt, daß er seiner Meinung treu blieb. Heute zahlt sich seine Prinzipientreue natürlich für ihn aus. Ich stelle mir vor, daß Danforth, wenn er den Besitz gekauft hat, Sie zum Vormann macht. Nach einem oder zwei Jahren, wenn die Schieber ihre Macht eingebüßt haben, könnte er den Bambachs ihr Land wieder übertragen. Und so, wie ich Hiram Pulford, den zuständigen Beamten, kenne, wird er eine kleine Bestechung nicht ablehnen.«

»Ich verstehe, Mr. Bouchard. Ich soll also dort auf dem Land arbeiten und den Bambachs helfen.«

»Genau das habe ich gemeint, Andy. Deshalb werde ich auch meinem Sohn schreiben, daß ich Sie, seine Erlaubnis vorausgesetzt, für eine sehr wichtige Aufgabe brauche. Außerdem hat es Ihnen ja immer Freude gemacht, Ackerbau und Viehzucht zu betreiben, also wären Sie in Ihrem ureigensten Element.«

»Ich würde es sehr gern tun, Mr. Bouchard.« Andys sympathisches junges Gesicht blickte ernsthaft drein.

»Gut! Gießen Sie sich noch ein Glas Brandy ein, und

nehmen Sie sich noch eine Zigarre. Morgen kurz vor Mittag legt ein Dampfer an unserer Anlegestelle an. Ich werde flußaufwärts fahren, den alten Jedidiah besuchen und die Sache in Angriff nehmen. Sie machen vielleicht inzwischen einen Besuch bei den Bambachs und erzählen ihnen, was ich vorhabe.«

»Mit Vergnügen, Mr. Bouchard. Ich freue mich riesig, daß ich Ihnen auf diese Weise helfen kann. Ich verdanke Ihnen so viel, und es nimmt mir eine Last von der Seele, wenn ich Ihnen auch einmal einen Gefallen tun kann.«

VIII

Am Nachmittag des nächsten Tages sattelte Andy Haskins seinen Wallach und folgte dem Pfad, der flußabwärts zu dem alten Cavendish-Land führte. Er hatte etwas über eine Stunde zu reiten. Das Wetter war mild, obwohl der Himmel von einem unheilverkündenden Grau bedeckt war. Andy trank die großartige Landschaft am Alabama-River in sich hinein – die endlosen Flächen fruchtbaren Ackerlandes, und hier und da die Häuschen von Schwarzen, die ihr Land nach dem Krieg erworben hatten. In mancherlei Beziehung erinnerte ihn die Gegend an seine Heimat. Der Boden dort hatte reiche Frucht getragen, und vor dem Krieg war das Leben schön gewesen. Sein eigener Vater hatte nur wenige Sklaven besessen, hatte sie jedoch nie als solche behandelt. Vor seinem Tod – und das war lange vor der Proklamation der Sklavenbefreiung gewesen – hatte Caleb Haskins diese Sklaven freigelassen und ihnen gesagt, er habe über ihre Löhne genau Buch geführt. Sie könnten sich im Laden kaufen, was immer sie benötigten, und es gegen diese Summen verrechnen lassen.

Andy war tief in Gedanken an diese Zeit vor dem Krieg versunken. Seine Mutter war am Flußfieber gestorben, als er zehn Jahre alt war. Sein Vater und eine ältliche Tante, eine ehemalige Schullehrerin, hatten ihn aufgezogen. Tante Cassie hatte ihn Lesen, Schreiben und Rechnen gelehrt. Genau ein Jahr vor der ersten Schlacht von Bull Run war sie verschieden. Als Tennessee sich im Juni 1861 von der Union lossagte, trat Andy der konföderierten Armee bei. Bis zur Schlacht von Chickamauga im September 1863, in der er seinen Arm verlor, hatte er zweimal Fronturlaub gehabt. In dieser Schlacht wäre er verblutet, wenn Joe Duvray ihn nicht in einem Graben liegend gefunden hätte. Eine Granate hatte Andys rechten Arm direkt unterhalb der Schulter abgerissen. Joe schleppte den Bewußtlosen unter ein schützendes Dach und legte ihm eine Aderpresse an, um die Blutung zu stoppen, bis er in ein Feldlazarett gebracht werden konnte.

Ehe Andy seinen Arm verlor, hatte er an vielen Schlachten teilgenommen. Da war die Sieben-Tage-Schlacht im Juni 1862 in Virginia, die Schlacht von Antietam im September, die er ohne eine Schramme überstand, und kurz vor Chickamauga die Schlacht von Chancellorsville.

Nach Chickamauga verbrachte Andy fünf Monate in einem Hospital weit hinter der Front und erholte sich vom Verlust seines Arms. Aber da er dem Süden helfen wollte, flehte er den Chef des medizinischen Stabes an, ihm irgendeine Arbeit zu geben, wenn nichts anderes, dann wenigstens im Büro. Später war er bei Appomattox anwesend, als General Lee kapitulierte und um Schonung für alle seine Männer bat. Dann erst kehrte Andy nach Hause zurück. Er fand das Haus niedergebrannt, und sein Vater war – wie er von seinen Nachbarn erfuhr – an den Wechselwirkungen von mangelnder Ernährung und Lungenfieber gestorben.

Vor dem Nichs stehend, machte er sich nach New Orleans auf, weil er glaubte, er könne dort Arbeit finden, sich etwas verdienen und dann vielleicht in Kalifornien ein neues Leben anfangen. Mit dem Geld, das er bei seiner Abmusterung erhalten hatte, war er nicht weit gekommen: Die grünen Scheine der Konföderation waren wertlos.

Andy überlebte, indem er am Kai den schwarzen Stauern half. Und dann, es war wie ein Wunder, entdeckte er am Hafen Joe Duvray, der genau dasselbe machte. Sie taten sich zusammen. Luke Bouchard und seine Familie kamen eine Woche später an, und jetzt hatte Andy einen guten Job und Geld auf der Bank. Das wenigste, was er tun konnte, war, Mr. Luke Bouchard zu helfen, ganz gleich, wie lange es dauerte.

Andy fiel ein, was Lucien Edmond Bouchard über das hübsche Mädchen gesagt hatte, das er eines Tages finden werde, eines, das nicht auf ihn herabsehen würde, weil der rechte Ärmel seiner Jacke leer war. Er lachte vor sich hin. Tatsache war, daß er nicht viel über Mädchen wußte. Seine Mutter hatte vor ihm ein Töchterchen geboren, aber es war schon nach drei Monaten gestorben. Als Andy sieben oder acht Jahre alt war, fragte er seinen Vater, warum er keine Geschwister habe. Caleb Haskins antwortete ihm liebevoll, derlei Dinge lägen in Gottes Hand.

Später, als er Unterricht bekam, hatte er einfach keine Gelegenheit mehr, Mädchen kennenzulernen. Sicher, da war die kecke Rothaarige gewesen, die, als er fünfzehn war, zu Besuch auf eine benachbarte Farm kam. Ein kokettes Stück war sie und nicht viel älter als er, aber sie bevorzugte ältere Jungen, die über Taschengeld verfügten. Dann wurde Andy Soldat und hatte keine Zeit mehr, an Mädchen zu denken. Lange Märsche von Stadt zu Stadt, dazwischen grub man sich ein, wenn diese Burschen in Blau mit Bajonetten anstürmten, man warf sich auf den Boden, wenn man die Kugeln sausen hörte, man versuchte, nach einem Tag harter Kämpfe ein wenig Schlaf zu finden . . . So war die einzige Zeit, die er in der Gesellschaft weiblicher Wesen verbracht hatte, die auf der Windhaven-Ranch gewesen, wo es Felicidad, Mr. Lucien Edmonds Frau Maxine und seine temperamentvolle Schwester Mara gab, die Ramon Hernandez geheiratet hatte. Vielleicht war es ganz gut, daß es auf der Ranch keine unverheirateten Mädchen gab, denn so brauchte er erst gar nicht darüber nachzudenken, wie einsam er sich manchmal fühlte und wie schön es wäre, wenn eine hübsche Frau sein Leben teilte und ihm einen Grund gäbe, hart zu arbeiten.

Vor Andy tauchte ein baufälliges Fachwerkhaus auf. Es war einmal weiß gewesen, aber die Farbe blätterte ab. Dichtes Gras und verfilztes Unkraut wuchsen auf dem einstmals geschnittenen Rasen davor. Der Fußweg, der bis zu den Stufen einer niedrigen Veranda führte, war kaum noch zu erkennen. Vorne links stand ein Schuppen, in dem die Baumwolle entkörnt wurde. Auch er benötigte dringend einen neuen Anstrich, und einige fehlende Bretter hätten ersetzt werden müssen. Hinter dem Haus und zur Rechten erstreckten sich die Felder, auf denen Andy zwei Schwarze mit Hacken bei der Arbeit sah. Zu beiden Seiten des Hauses war ein kleiner Gemüsegarten angelegt. Andy Haskins schüttelte den Kopf über den Eindruck von Armut und Trostlosigkeit, den das Anwesen machte. Er stieg ab, band seinen Wallach an den Ast einer Lebenseiche neben dem Schuppen und schritt langsam auf das Haus zu.

In diesem Augenblick ging die Tür auf, und eine junge Frau trat heraus. Sie trug ein Baumwollkleid, einen leichten Umhang und schwere Arbeitsschuhe wie ein Mann. Sie hielt eine Hacke in der Hand. Sie war mittelgroß, schlank und geschmeidig. Ihr dunkelbraunes Haar war am Hinterkopf zu einem dicken Knoten aufgesteckt. Ihr ovales Gesicht wirkte empfindsam mit den hohen Wangenknochen, der zarten, gebogenen Nase, dem entschlossenen Kinn und dem vollen Mund. Bei Andys Anblick fuhr sie zusammen und stieß ein überraschtes »Oh!« aus.

»Ich wollte Sie nicht erschrecken, Madam«, entschuldigte sich Andy, zog seinen Sombrero und trat näher. »Mein Name ist Andy Haskins. Mr. Luke Bouchard hat mich beauftragt, bei Ihnen und Mr. Bambach vorzusprechen.«

»Oh, ich – ich verstehe. Das ist als guter Nachbar gehandelt, Mr. Haskins. Mein Vater hält gerade seinen Mittagsschlaf. Wünschen Sie irgend etwas?«

Ihre Stimme war klar und süß, ihr Benehmen geradeheraus, und Andy bemerkte, daß sie sehr große graugrüne Augen mit goldenen Flecken in der Iris hatte. Er geriet in Verlegenheit, da er nicht recht wußte, wie er seinen Auftrag erklären sollte. Schließlich platzte er heraus: »Wie ich höre, kommen Sie und Ihr Daddy aus Virginia.«

»Ja, so ist es, Mr. Haskins. Wir kamen Ende des Jahres 1865 hierher. Mein Vater kaufte das Land und die Baumwollentkörnungsmaschine von dem damaligen Besitzer.«

»Ich verstehe, Madam. War er zufällig ein Rebell – nichts für ungut, Madam, denn ich bin selbst einer. Habe diesen Arm bei Chickamauga verloren.«

Das Gesicht der jungen Frau wurde weich. »Das tut mir leid, Mr. Haskins. Ich glaube, wir haben beide viel im Krieg verloren. Mein Mann fiel bei Gettysburg. Er gehörte zu dem Ersten Freiwilligenregiment von Virginia.«

Andy brachte ein schwaches Lächeln zustande. »Ich war im Ersten Tennessee. Und ich glaube, ich habe Glück gehabt. Ich wollte Sie nicht traurig machen, Madam.«

»Nein, nein, Mr. Haskins, das haben Sie auch nicht. Mein Name ist Jessica Bambach. Aber um Ihre Frage zu beantworten: Nein, der Mann, dem das Land hier gehörte, war kurz vor dem Krieg von Vermont gekommen, um in der Nähe seines Bruders zu leben. Er heiratete, soviel ich weiß, ein Mädchen von hier, aber nach dem Krieg wollte sie nach Kalifornien. Deshalb verkauften sie den Besitz an meinen Vater.«

»Jetzt weiß ich Bescheid, Miß Jessica.« Stirnrunzelnd betrachtete Andy Haskins seinen Sombrero. Er setzte zögernd hinzu: »Mir kommt es vor, als hätten Sie und Ihr Daddy Glück gehabt, daß Sie dies Land kaufen konnten, wo es Sezessionisten wie Sie und ich heute doch so schwer haben.«

Über Jessicas Gesicht flog ein Schatten. Sie biß sich auf die Lippe. »Ich fürchte, Mr. Haskins, es wird uns jetzt schwer gemacht. Wer auch immer über Besitz zu entscheiden hat, vertritt wohl die Meinung, wir seien immer noch Rebellen und müßten von dem Land vertrieben werden. Wir haben einen entsetzlich hohen Steuerbescheid bekommen, und ich weiß nicht, wie wir das bezahlen sollen. Ich weiß es einfach nicht.«

»Ich frage nicht aus eigener Neugier, Miß Jessica. Mr. Luke Bouchard wollte, daß ich herkäme, Sie und Ihren Daddy kennenlernte und fragte, ob er Ihnen helfen könne. Sehen Sie, Madam, vor langer Zeit gehörte dieses Land seinem Daddy, Mr. Henry Bouchard. Da könnte man sagen, er hat Interesse daran, daß dieses Land im Besitz von Leuten bleibt, denen es rechtmäßig zusteht, und das glaubt er von Ihnen.«

»Das ist sehr freundlich von ihm. Ich habe von den Bouchards gehört, Mr. Haskins. Leider haben mein Vater und ich bei der vielen Arbeit keine Gelegenheit, unsere Nachbarn kennenzulernen.« Ihr Blick wanderte über das Land. »Im Anfang konnten wir zehn schwarze Arbeiter beschäftigen, aber jetzt sind es nur noch zwei, und sie verlangen mehr Geld, als wir uns leisten können. Ich sehe keinen Weg, wie wir die Frühjahrsarbeit schaffen sollen.«

»Nun, Miß Jessica, Mr. Bouchard hat das mit dem Steuerbescheid erfahren, und er hat eine Idee, die Sie von allen Sorgen befreien würde, wenn Sie und Ihr Daddy einverstanden wären.«

Jessica lachte nervös auf. »Im Augenblick, Mr. Haskins, mache ich mir solche Sorgen um meinen Vater – er ist vor kurzem krank gewesen –, daß ich so ungefähr alles tun würde, um die schreckliche Steuerfrage zu lösen. Wir hatten vor dem Krieg ein bißchen Gold gespart. Mein Vater hat es in Sicherheit gebracht, als wir in Virginia alles andere verloren. Er hat dieses Land davon gekauft, und mit dem Rest haben wir uns bis zum letzten Jahr über Wasser gehalten. Ich habe vor meiner Heirat in einer Dorfschule unterrichtet und auch hier versucht, Schüler zu finden. Es sind aber nur zwei oder drei. Ihre Eltern sind arm und können es sich nicht leisten, viel zu bezahlen. So weiß ich nicht, wie wir Baumwolle erzeugen sollen, wenn wir zum Pflanzen, Pflücken und Entkörnen nur zwei Männer haben ...«

»Das wäre auch zuviel verlangt, Miß Jessica. Es tut mir leid, zu hören, daß Ihr Vater krank ist, denn ich hätte gern mit ihm gesprochen. Aber wenn er gerade schläft, möchte ich nicht stören.«

»Vielleicht können Sie zum Abendessen bleiben, Mr. Haskins. Er wird in einer Stunde aufstehen. Ich muß mich im voraus entschuldigen, daß es nichts Besonderes gibt, aber wir haben Kartoffeln und Gemüse aus dem eigenen Garten, und es ist auch noch ein bißchen gepökeltes Schweinefleisch übrig.«

»Das hört sich nach einem Festmahl an, Madam. Ich bleibe gern – wenn ich Ihnen nicht lästig falle.«

»O nein! Ich – ich glaube, Vater wird glücklich sein, einen Nachbarn kennenzulernen – und es ist sehr aufmerksam von Mr. Bouchard, Sie zu uns zu schicken.« Sie wandte sich ab, aber Andy hatte das verdächtige Glitzern in ihren Augen bereits gesehen.

»Wissen Sie, Madam«, meinte er fröhlich, »ich habe mich in der letzten Zeit nicht ausarbeiten können, weil ich auf Reisen war. In den letzten beiden Jahren habe ich auf einer Ranch in Texas für Mr. Lukes Sohn Lucien Edmond gearbeitet. Da Sie mich zum Abendessen eingeladen haben, würde ich mir gern Appetit machen. Geben Sie mir die Hacke, und lassen Sie mich das Unkraut hier entfernen. Sie spazieren inzwischen bei dem schönen Wetter zum Fluß und bewundern die Aussicht.«

»Aber Mr. Haskins – Himmel, was müssen Sie von meiner Gastfreundschaft halten? Sie brauchen doch für Ihr Essen nicht zu arbeiten«, stammelte sie errötend.

Andy spürte, daß auch ihm das Blut ins Gesicht stieg, doch nicht nur wegen seiner Tolpatschigkeit, sondern auch, weil ihm nicht entging, daß Jessica Bambach eine außerordentlich attraktive junge Frau war. »Es ist mein Ernst, Miß Jessica«, versicherte er ihr. »Ein Mann rostet ein, wenn er sich nicht hin und wieder ein bißchen Bewegung verschafft. Ich will es Ihnen zeigen. Bitte, geben Sie mir die Hacke, Madam.«

»Nun gut – ich weiß nicht, was ich sagen soll«, stotterte sie und ließ die Hacke los.

Andy grinste, setzte den Sombrero wieder auf und ging das hohe Gras und das Unkraut mit wütender Energie an. Jessicas Augen wurden groß vor Staunen, als sie sah, wie wenig ihn der fehlende Arm behinderte. In zehn Minuten hatte er eine breite Bresche in den verfilzten Unkrautdschungel auf der einen Seite des Fußweges geschlagen.

»Sehen Sie wohl!« Er war außer Atem, aber er grinste wie ein Schuljunge. »Das hat mir gutgetan, Madam. Sie müssen wissen, ich bin auf einer Farm in Tennessee aufgewachsen, da habe ich von Sonnenaufgang bis Sonnenuntergang gearbeitet. Auf der Ranch konnte ich mich in Form halten. Aber in letzter Zeit werde ich behäbig, und deshalb mag ich nichts lieber, als Hacke, Spaten oder Schaufel in die Hand zu nehmen. Die Arbeit auf gutem Boden gibt einem viel Befriedigung, Miß Jessica – Tatsache.«

»Sie – Sie sind wirklich ein erstaunlicher Mann, Mr. Haskins«, gestand Jessica. Sie wandte sich ab, um ihr Erröten zu verbergen, und fügte hinzu: »Es hat mir allein schon neuen Mut gegeben, daß Sie heute zu uns gekommen sind. Ich hatte mir solche Sorgen um Vater gemacht, daß ich schon ganz die Hoffnung aufgeben wollte. Aber jetzt glaube ich, daß es vielleicht doch noch eine Möglichkeit für uns gibt, unser Zuhause zu erhalten.«

»Genau das möchte ich Ihrem Daddy erzählen, Miß Jessica. Haben Sie Lust, mit mir aufs Feld zu gehen und nachzusehen, was die Arbeiter machen?«

Horatio Bambach war ein hochgewachsener Mann Anfang Sechzig. Sein weißes Haar fiel ihm auf der linken Seite in die

Stirn. Andy Haskins saß mit ihm am Tisch in dem winzigen Eßzimmer neben der Küche. Es hatte den jungen Mann aus Tennessee gerührt, daß Jessica ihm den Teller mit bereits geschnittenem Schweinefleisch hingestellt hatte. Als sie sich am Tisch niederließ, warf er ihr einen dankbaren Blick zu, und sie senkte die Augen und errötete von neuem.

»Das wär's dann, Mr. Bambach.« Andy griff nach der Tasse, die Jessica soeben mit Zichoriekaffee gefüllt hatte. »Ich muß Sie zu den Kochkünsten Ihrer Tochter beglückwünschen. Das war eine der besten Mahlzeiten, die ich, seit ich von Texas aufbrach, gegessen habe – ehrlich.«

»Oh, Mr. Haskins, das sagen Sie nur aus Freundlichkeit. Ich wünschte, wir könnten Ihnen richtigen Kaffee vorsetzen, aber . . . « Sie verstummte kläglich und sah traurig auf ihren Teller hinab.

Um das Schweigen nicht peinlich werden zu lassen, sprach Andy schnell ihren Vater an. »Ich habe Ihnen nun erklärt, Sir, wie Mr. Luke Bouchard sich die Sache vorstellt. Sein Rechtsanwalt wird auf Ihr Land bieten und die Steuern bezahlen. Nächstes Jahr oder so, wenn die Schieber wieder in den Norden zurückgekehrt sind, wo sie hingehören, wird er Ihnen den Besitz erneut übertragen. Außerdem meinte Mr. Bouchard, Sie können mich als Ihren Vormann anstellen – ich meine nicht gegen Lohn, weil er mich bezahlen wird, sondern nur, daß Sie mir die Verantwortung übertragen. Ich habe viel Erfahrung in der Landarbeit, wie ich Miß Jessica schon erzählt habe. Ich sehe auch auf den ersten Blick, wer ein guter Arbeiter ist, und ich werde ein paar auftreiben, die Ihnen helfen, Baumwolle und Gemüse anzupflanzen, damit Sie im Herbst ein bißchen Geld verdienen.«

»Ich weiß gar nicht, was ich sagen soll, Sir.« Horatio Bambachs Stimme versagte. Er räusperte sich und gab sich Mühe, fest zu sprechen. »Wir haben immer bezahlt, was wir schuldig waren, Mr. Haskins, und ein Mann fühlt sich in seinem Stolz verletzt, wenn er für seine Familie nicht sorgen kann, wie er möchte. Aber ich muß Ihnen gestehen: Wenn wir dieses Anwesen verlieren, wissen wir nicht, wohin wir gehen sollen. Und ich möchte, daß Jessica ihre Chance erhält. Wenn die Dinge sich zum Besseren wenden, bekommt sie bestimmt auch Schüler. Sie ist eine wundervolle Lehrerin. Sie ist klug und nimmt ihre Aufgabe sehr ernst, und sie liebt Kinder.«

»Bitte, Vater.« Jessica errötete von neuem.

»Aber es ist wahr, Mr. Haskins. Es sind nur noch wir beide übrig. Sie können sehen, daß ich so gut wie nicht zähle, wenn es darum geht, eine Farm zu bewirtschaften. Und Jessica ist allein – Sie haben wohl von ihrem Mann gehört . . . «

»Ja, Sir, und es tut mir aufrichtig leid.«

»Wenn ich nun Mr. Bouchards großzügiges Angebot annehme, dann werden wir versuchen, von dem Geld, das wir dieses Jahr verdienen, etwas auf die Seite zu legen und dem Rechtsanwalt wenigstens die Zinsen für das Kapital zu bezahlen. Anders tue ich es nicht, Sir.«

»Ich verstehe, und ich werde es Mr. Bouchard ausrichten. Wenn es Ihnen recht ist, möchte er Sie besuchen, um das Übereinkommen perfekt zu machen.«

»Ich würde ihn zu gern kennenlernen. Er ist ein echter Gentleman mit einem guten Herzen. Ich bin Ihnen sehr dankbar, Mr. Haskins. Gott segne Sie beide.«

IX

Es wurde Mitte Februar, bis Ramon Hernandez und Pablo Casares mit einem Dutzend erfahrener Vaqueros aus Nuevo Laredo zurückkehrten. Einige von ihnen sollten im Frühjahr an dem Viehtrieb nach Abilene teilnehmen, andere zum Schutz der Ranch zurückbleiben.

Zwei Tage vorher starb Carl, der große Aschanti, im Schlaf. Luke hatte ihn, nachdem er den brutalen Aufseher

Amos Greer entlassen hatte, zum Vorarbeiter auf der Williamson-Plantage gemacht. Von da an hatte Carl den Bouchards treu und redlich gedient und war ihnen nach Texas gefolgt, als das Château von Unionstruppen niedergebrannt worden war. Er war einundsechzig geworden, aber bis zum letzten Tag vor seinem unerwarteten Tod hatte er eifrig im Korral und in der Mannschaftsunterkunft gearbeitet. Bei den Überfällen der Brüder Macaras und ihrer Banden hatte er seine Brotgeber mutig verteidigt. Der alte Harry, drei Jahre älter als Carl, war sechs Monate zuvor gestorben. Jetzt waren von den Schwarzen, die einmal Henry Bouchards Sklaven gewesen und, von Luke freigelassen, diesem nach Carrizo Springs gefolgt waren, nur noch Djamba und seine Frau Celia übrig.

In diesem Jahr erhielt Lucien Edmond Bouchard durch einen Kurier ein Rundschreiben des rührigen Joseph McCoy aus Abilene, der ihn bat, unbedingt seine Herde zu bringen. An den Rand hatte McCoy gekritzelt, die Aufkäufer aus dem mittleren Westen und dem Osten würden bestimmt noch höhere Preise bieten als letztes Jahr.

Lucien Edmond wollte Anfang März mit der Herde aufbrechen, um der sengenden Hitze des Juli und August auf den Ebenen zu entgehen. Dieses heiße Wetter erschöpfte nicht nur das Vieh und die Vaqueros, es bestand in diesen Monaten auch ständig die Gefahr von Sandstürmen und Flächenblitzen, die eine Stampede verursachen konnten. Doch im Augenblick machte ihm Sorge, was er von dem neuen Nachbarn hörte, der sich auf dem einstmals von den Engelhardts gekauften Land angesiedelt hatte.

Die Engelhardts waren im vorigen Jahr von Durwood McCambridge ermordet worden. Er war Mitglied einer Bande, die ehrliche Siedler mit Hilfe gefälschter Landschenkungsurkunden um ihr Land betrog. Norman Cantrell, der Anführer, hatte den Besitz dann an den Schotten Andrew Moultrie und seine schöne spanische Frau Anna verkauft. Moultrie war Schafzüchter und brach beinahe einen Rancherkrieg gegen Lucien Edmond Bouchard vom Zaun. Eines Tages erschein Annas alter Diener Ramon Guitterez auf der Windhaven-Ranch und flehte um Hilfe für seine Herrin, die von ihrem Mann totgeschlagen werde. Lucien Edmond und Joe Duvray ritten sofort hinüber. Der Schotte versuchte, Lucien Edmond zu erschießen, und Lucien Edmond war gezwungen, ihn zu töten, um sein eigenes Leben zu retten.

Die Söhne der Engelhardts, die im Landbüro in Austin ihren Besitzanspruch hatten geltend machen können, entschlossen sich, nach Kalifornien zu ziehen und dort neu anzufangen. Auf dem Land, wo ihre Mutter und ihr Vater ermordet worden waren, wollten sie nicht bleiben. Nun hatte ein neuer Besitzer seinen Einzug gehalten.

Das Land, das an die Windhaven-Ranch anstieß, hatte in den letzten Jahren so oft den Besitzer gewechselt – und das mit so unglücklichen Folgen für die Ranch –, daß Lucien Edmond über seine neuen Nachbarn unbedingt erst Bescheid wissen wollte. Auf jeden Fall würde er auf ihr Tun und Treiben ein wachsames Auge haben.

Es schien dort drüben allerhand im Gange zu sein. Joe Duvray und einige der Vaqueros meldeten, sie hätten etwa zwanzig Mexikaner gesehen, die in der Nähe des neuen Korrals eine Mannschaftsunterkunft bauten, während fünf andere das Fachwerkhaus ausbesserten, in dem die Moultries und die Engelhardts gewohnt hatten. Sie gaben dem verwitterten Gebäude einen neuen braunen Anstrich. Und erst letzte Woche hatte Joe Duvray berichtet, mehrere schwerbeladene Wagen hätten vor einem westlich von dem Haus errichteten Schuppen gehalten, und mindestens ein Dutzend Vaqueros hätte Holzbündel und andere Bündel, die aus der Ferne wie aufgerollte Silberstreifen aussahen, abgeladen. Es stand bereits fest, daß der neue Nachbar Rindvieh züchten wollte, denn Joe Duvray hatte beobachtet, wie einige der Mexikaner wilde Longhorns aus dem Busch im Westen des Hauses trieben. Das wenigstens war für

Lucien Edmond eine Erleichterung. Nach seinem Zusammenstoß mit Andrew Moultrie wegen der Schafe hoffte er, niemals wieder in eine ähnliche Situation zu geraten. Trotzdem riefen die Aktionen der Neuankömmlinge allerlei Besorgnisse hervor, und verschlimmert wurden sie durch die Tatsache, daß der neue Eigentümer offenbar überhaupt keine Eile hatte, dem Brauch unter Ranchern zu folgen und seinem Nachbarn auf der Windhaven-Ranch einen Besuch abzustatten.

Sobald Ramon Hernandez mit Pablo und den neuen Vaqueros zurück war, setzte er sich mit Lucien Edmond zusammen, um die Einzelheiten des Viehtriebs nach Abilene zu planen. »Wir werden vielleicht bis Mitte oder sogar Ende März warten müssen, Ramon«, erklärte Lucien Edmond. »Wenigstens können wir jetzt, wo wir den Weg schon mehrmals gemacht haben, Abkürzungen wählen und besonders schwierige Stellen umgehen. Wenn wir Glück haben, sparen wir damit eine Woche ein und kommen in Abilene fast zum geplanten Zeitpunkt an. Aber bevor ich nicht mehr über diese neuen Nachbarn weiß, Ramon, traue ich mich einfach nicht, die Ranch allein zu lassen.«

»Das halte ich für sehr klug, Lucien Edmond«, stimmte der schöne Mexikaner zu. »Wenn du gestattest, möchte ich dir nachher die neuen Vaqueros vorstellen. So wie letztes Jahr sollten wir insgesamt dreißig gut bewaffnete Männer mitnehmen. Mit den neuen bleiben dann zwanzig, die in unserer Abwesenheit die Ranch bewachen können.«

»Das sollte eigentlich genug sein«, überlegte Lucien Edmond. Er mußte lachen. »Vergiß nicht, daß Henry Belcher mit seiner Whitworth es spielend mit den beiden Banden, die uns bisher angegriffen haben, aufgenommen hat. Er ist so viel wie zwei tüchtige Verteidiger wert, und er ist ein ebenso guter Scharfschütze wie jeder der Vaqueros, ganz gleich, wie alt sein Gewehr ist.«

Es verdad, Lucien Edmond«, stimmte Ramon zu. »Djamba und Lukas werden uns natürlich begleiten, obwohl ich nicht glaube, daß unsere bezaubernde Felicidad darüber sehr entzückt sein wird – du weißt sicher, daß sie ein Kind erwartet.«

»Wundervoll!« rief Lucien Edmond aus. »Lucas und Felicidad sind ein ideales Paar, und jeder merkt, daß sie sich sehr lieben. Aber ich muß gestehen, daß ich das noch nicht wußte.«

»Natürlich hat sich Felicidad meiner Frau Mara eher anvertraut als einem von uns Männern«, grinste Ramon. »Mara meint, Ende des Sommers sei es soweit. Bis dahin wird Lucas von dem Viehtrieb zurück sein. Felicidad wird auch nicht wollen, daß er seiner Aufgabe fernbleibt. Sie ist eine sehr tapfere *mujer.*«

»Das ist sie«, nickte Lucien Edmond.

»Aber wir brauchen dieses Jahr einen neuen Koch, Lucien Edmond«, fuhr Ramon fort. »Jetzt, da Pablo verheiratet ist und ein Haus auf einem eigenen Stück Land hat – das war sehr großzügig von dir, Lucien Edmond –, finde ich, er sollte zum Spitzenreiter befördert werden.«

»Einverstanden«, lächelte Lucien Edmond. »Ich glaube jedoch nicht, daß Pablo es bereut, letztes Jahr den Küchenwagen übernommen zu haben. Denn sonst hätte er Kate Strallis nicht kennengelernt.« Im vorigen Jahr hatte Felicidad als Köchin mitgehen sollen, aber sie war von einer Klapperschlange gebissen worden. Pablo hatte sich freiwillig erboten, ihren Posten zu übernehmen und außerdem für die Zugpferde und Reittiere, die besondere Betreuung brauchten, zu sorgen. Als er sie in Abilene in den einzigen Leihstall der Stadt bringen wollte, war der Besitzer gerade von Desperados erschossen worden. Aus Mitleid mit der jungen Witwe und ihren beiden kleinen Kindern bat Pablo um die Erlaubnis, sie auf die Windhaven-Ranch mitnehmen zu dürfen. Im Herbst waren dann Pablo und Kate von Friar Bartoloméo in der neuen Kapelle getraut worden. Lucien Edmond Bouchard hatte ihnen zur Hochzeit fünfzig Morgen seines Landes geschenkt und den Vaqueros geholfen, ein Häuschen für die beiden zu bauen.

Ramon nickte zustimmend. »Ja, Pablo hat durch seine Tätigkeit als Koch sein Glück gefunden. Aber einer der neuen Vaqueros aus Nuevo Laredo kann ebenfalls gut kochen. Er hat für einen *patrón* gearbeitet, der in Durango Schafe züchtete. Als ich ihn fragte, ob er beim Viehtrieb den Küchenwagen übernehmen könne, führte er Pablo und mich in die *parilla,* die seinen Vettern in Nuevo Laredo gehört, und machte uns die beste *carne asada,* die wir je gegessen haben.«

»Ich muß sagen, der Mann hat ausgezeichnete Referenzen. Jetzt möchte ich ihn und die anderen kennenlernen.« Lucien Edmond erhob sich, legte den Arm um die Schultern seines Schwagers und ging mit ihm zur Mannschaftsunterkunft hinüber.

Die Neuen waren von Pablo Casares schon mit den anderen Vaqueros bekannt gemacht worden. Als Ramon und Lucien Edmond eintraten, kam ihnen Pablo mit breitem Grinsen entgegen. Der früher so grämliche und schweigsame Mexikaner mittleren Alters war zu einem so geselligen und glücklichen Mann geworden, daß er kaum noch wiederzuerkennen war. »*Buenos dias, patrón,* und dir auch, Ramon, *mi amigo*«, grüßte er liebenswürdig. »Ich bin sicher, der *patrón* wird zugeben, daß wir die allerbesten Männer aus Nuevo Laredo mitgebracht haben.«

»Wenn Sie, Pablo, mit diesen Männern zufrieden sind und Ramon auch, werde ich bestimmt nichts an ihnen auszusetzen finden«, erwiderte Lucien Edmond lachend.

Ramon winkte einen stämmigen Mann Mitte Dreißig herbei. »Das ist Tiburcio Caltran, der eine so wundervolle *carne asada* zubereiten kann.«

Verlegenheit erschien auf Tiburcio Caltrans schnurrbärtigem Gesicht. »Es ist mir eine große Ehre, *patrón*«, sagte er respektvoll.

Lucien Edmond schüttelte ihm die Hand und fand für ihn wie für jeden der elf anderen Männer ein paar freundliche

Worte. Der Jüngste, Ignacio Valdez hieß er, war groß und glattrasiert, vierundzwanzig Jahre alt und ein besonders guter Lassowerfer. Er hatte von Kindheit an auf der kleinen Ranch seines Vaters gearbeitet und sich in der Freizeit damit amüsiert, einjährige Bullen einzufangen. Er vertraute Lucien Edmond an, sein geheimer Ehrgeiz sei, eines Tages ein berühmter Stierkämpfer zu werden. Pablo Casares hörte das und rief dazwischen: »*Caramba*, Ignacio, wenn wir auf dem Viehtrieb eine Stampede haben, werden wir ja sehen, was du kannst!«

Der älteste der neuen Vaqueros war Santiago Miraflores, zweiundvierzig, ein untersetzter, fast kahlköpfiger Mann aus Guadalupe, der nicht nur, um Arbeit zu finden, nach Nuevo Laredo gekommen war, sondern auch, um sein Leid zu vergessen. Seine Frau und zwei Söhne waren vom Fleckfieber befallen worden und innerhalb einer Woche gestorben. Der *rico*, von dem Santiago Land gepachtet hatte, teilte ihm mit, einer seiner Freunde wolle es kaufen, doch gewähre er ihm als dem gegenwärtigen Pächter das Vorkaufsrecht. Der arme Santiago Miraflores bezahlte bereits sehr hohe Pacht, und seine geringen Ersparnisse waren für den Arzt und die Medikamente draufgegangen. Er war gezwungen, die kleine Farm aufzugeben und Vaquero zu werden.

Ungeachtet seines Alters und seines kleinen Wuchses hatte Santiago ein außergewöhnliches Talent, wilde Pferde zuzureiten, wovon sich Ramon selbst überzeugt hatte. Deshalb hatte Ramon ihm versprochen, er könne wilde Mustangs für die Remuda trainieren. Die ihm angebotenen fünfundzwanzig Dollar pro Monat, ganz zu schweigen von der Prämie, wenn das Vieh in Abilene verkauft worden war, hatten den leidgebeugten Vaquero sehr aufgemuntert, und er war mit rührendem Eifer bestrebt, seinem neuen *patrón* zu gefallen.

Die anderen neun Männer waren zwischen fünfundzwanzig und sechsunddreißig, und drei von ihnen hatten

Pablo und Ramon bereits bewiesen, daß sie mit Pistole und Gewehr umzugehen verstanden. Lucien Edmond entschied, daß sie zu den zwanzig Mann gehören sollten, die zum Schutz der Ranch eingesetzt wurden. Sie sollten auch die Grenzzeichen der Windhaven-Ranch abreiten und, so schlug Lucien Edmond vor, herauszufinden versuchen, was es mit dem neuen Nachbarn im Westen auf sich hatte. Dabei sollten sie aber nicht zu auffällig vorgehen, damit sie nicht den Eindruck erweckten, sie spionierten.

Joe Duvrays Bemerkung über die Holzstangen und die silbern glänzenden Bündel gab Lucien Edmond zu denken. Konnte es sein, daß sein Nachbar etwas anderes als eine Ranch betreiben wollte? Es war unwahrscheinlich, daß er Ackerbau plante, dafür war das Klima zu trocken. Lucien Edmond wog die verschiedenen Möglichkeiten gegeneinander ab, dachte an den Landschwindel, dem die Engelhardts zum Opfer gefallen waren, und kam zu dem Schluß, es könne wer weiß was geschehen. Sein eigener Besitz war besonders verwundbar und mußte jedem Landräuber – oder auch einem Nachbarn, der es mit den Grenzen nicht so genau nahm – als fetter Bissen erscheinen.

Lucien Edmond hätte sich noch viel größere Sorgen gemacht, wenn er gewußt hätte, wer sein neuer Nachbar wirklich war.

X

»Ich bin so glücklich, dich bei mir zu haben, Margaret.« Robert Caldemare tupfte sich den fleischigen Mund mit der Serviette ab, faltete sie ordentlich zusammen, und legte sie auf seinen Schoß. Er strahlte das junge Mädchen mit dem hellbraunen Haar an, das ihm gegenübersaß und die großen, haselnußbraunen Augen schüchtern auf den eigenen Teller gerichtet hielt.

»Danke, Vater. Es ist schön, bei dir zu sein – und nun

brauchst du hier draußen auf dieser großen Ranch mitten im Nichts auch nicht mehr allein zu sein.«

Er lachte nachsichtig, während er ein Stück Schweinebraten sorgsam mit einem Messer mit Elfenbeingriff zerschnitt, es mit der Gabel aufspießte und zum Mund führte. Er zollte dem Geschmack seine Anerkennung durch ein Schmatzen mit den Lippen, denn gutes Essen und Trinken bereiteten ihm sinnliches Vergnügen. Als er den Bissen hinuntergeschluckt hatte, erwiderte er: »So schlimm ist es gar nicht, liebe Margaret. Texas wird sich schnell entwickeln. Ich hätte mich natürlich weiter nördlich ansiedeln können, wo wir jede Menge Nachbarn gehabt hätten – wenn auch kaum die Art, die für dich passend wäre. Siehst du, meine Liebe, als die Südstaatler geschlagen waren, zogen viele von ihnen nach Texas und nach Kalifornien. Diejenigen, die sich hier in Texas niederließen, waren früher Plantagenbesitzer mit vielen Sklaven. Die können es nicht schlucken, daß ihre früheren Sklaven jetzt frei und ihnen – zumindest theoretisch – gleichberechtigt sind. Deshalb haben sie sich ein gutes Stück nördlich von hier zusammengetan, und sie führen immer noch Krieg und sehnen sich nach den guten alten Zeiten. Nein, ich habe gar kein Interesse daran, mit solchen Leuten Bekanntschaft zu schließen, vor allem deinetwegen nicht, Margaret.«

»Ich verstehe, Vater«, antwortete Margaret Caldemare leise. Dann erklärte sie, verlegen errötend: »Ich war so glücklich, Vater, als du mir in die Schule schriebst, ich solle zu dir kommen. Ich habe dich in all den Jahren so selten gesehen.«

»Deswegen möchte ich ja, daß du von jetzt an bei mir bleibst. Du bist fertig mit der Schule, bist eine schöne, wohlerzogene junge Dame. Sobald wir hier unser Glück gemacht haben, gibt es Orte wie San Franzisko, wo du geeignete junge Männer kennenlernen kannst. Weißt du, ich habe nicht die Absicht, mich hier länger als höchstens ein Jahr aufzuhalten. Ich habe tüchtige Männer angestellt, die mir ergeben und sehr loyal sind. Sie wissen alles über Rinder, und der Markt dafür wächst. Ich habe für das Land nicht viel bezahlt, deshalb werde ich nach dem Viehtrieb gegen Ende des Sommers einen sehr ansehnlichen Profit einstreichen. Dann werden wir darüber nachdenken, wo wir für dich die Umgebung finden, die du verdienst.«

»Ja, Vater«, antwortete Margaret demütig.

»Trinken wir auf die Zukunft, mein Liebes.« Caldemare griff nach einer silbernen Handglocke und läutete. Sofort betrat ein stämmiger Mexikaner mittleren Alters das Speisezimmer.

»*Si, patrón?*«

»*Más vino,* Miguel!« befahl Caldemare. Der Mexikaner nickte, verließ den Raum und kehrte mit einer Flasche Bordeaux zurück, die er schwungvoll entkorkte. Margaret bemerkte zögernd: »Ich habe noch nie Wein getrunken, Vater.«

»Dann wird es höchste Zeit. Zumindest mußt du es für diesen Toast tun, den ich ausbringen will, meine liebe Tochter«, entgegnete ihr Vater munter. Er wandte sich an den Diener. »Laß die Flasche hier, Miguel. Das ist jetzt alles, *gracias.*«

»*De nada, patrón.*«

Caldemare hob sein Glas. »Wie schön es ist, mit dir zusammen zu sein, und wenn Gott will, für eine sehr lange Zeit. Nächstes Jahr gehen wir nach San Franzisko. Oder vielleicht sogar in die Stadt der Engel, nach Los Angeles. Dort ist es immer noch sehr spanisch, es gelten die schönen Sitten der Alten Welt, und die *cabelleros* werden ein Mädchen von deiner Schönheit und deinem Verstand zu würdigen wissen. Auf unsere Zukunft, Margaret!« Wieder hob er sein Glas, dann nahm er einen langen Zug. Margaret führte das Glas an ihre Lippen und nippte nur. Es war ein beinahe schmachtender Blick, mit dem sie ihren Vater betrachtete.

Robert Caldemare war einundfünfzig, robust und mittelgroß. Sein schwarzes Haar war kurz und ohne Koteletten geschnitten. An den Schläfen und am Hinterkopf zeigten sich Spuren von Grau, die ihn noch distinguierter erscheinen ließen. Sein Kopf wirkte löwenhaft mit der hohen, gewölbten Stirn, den dicken Brauen, den nahe beieinanderstehenden, wachsamen blauen Augen und der breiten Römernase. Er war fleischig, aber nicht dick, und er strahlte eine ungeheure Vitalität aus. Er verfügte über ein schnelles, herzliches Lächeln, wie er es jetzt zeigte, als er auf seiner Tochter Zukunft trank. Aber Leute, die im Osten mit ihm zusammengekommen waren, hatten ihn sehr oft mit kalten, verengten Augen und in zorniger Entschlossenheit zusammengepreßten Lippen gesehen. Sie hätten ihn kaum wiedererkannt, vor allem, weil er jetzt weder Bart noch Schnurrbart hatte, auf die er früher mächtig stolz gewesen war.

Caldemare war Pariser von Geburt, der Sohn eines reichen Weinbergbesitzers, der an der Loire ein luxuriöses Haus für Frühling und Sommer und ein elegantes Appartement in Paris besaß. Als sein einziger Erbe war Robert dazu erzogen worden, einmal das Geschäft zu übernehmen, aber Wein interessierte ihn außer zum Trinken überhaupt nicht. Die Folge war, daß der junge Mann nach dem Tod seiner Mutter – er war damals achtzehn – oft Streit mit seinem Vater hatte. Dabei ging es nicht nur darum, daß er keine Lust hatte, in seines Vaters Fußstapfen zu treten, sondern auch um seinen liederlichen Lebenswandel.

Denn Robert Caldemare war ein skrupelloser Wüstling ohne jede Moral. Erst verführte er die Mätresse seines Vaters und ließ sie mit einem Kind zurück (sie war schlau genug, den älteren Mann davon zu überzeugen, es sei sein Kind), und dann tobte sich Caldemare junior in Paris aus. Er hatte reichlich Taschengeld, und die elegante Wohnung seines Vaters stand ihm zur Verfügung. Das prunkvoll eingerichtete Schlafzimmer sah eine ganze Prozession von Frauen aus allen Schichten. Robert Caldemare ergänzte die Ausstattung noch um große Spiegel an den Wänden, um seine erotischen Fähigkeiten durch den Anblick seiner selbst und seiner Partnerinnen zu steigern.

Vor diesen Spiegeln stellten sich nicht nur *midinettes* und attraktive Kunststudentinnen mit ihm zur Schau, sondern auch verheiratete Frauen. Einige von ihnen gehörten den höchsten Schichten der Pariser Aristokratie an. Als er zweiundzwanzig war, hatte er bereits zwei Duelle mit wütenden Ehemännern ausgefochten, wobei er den ersten verwundete und den zweiten tötete. Mit vierundzwanzig verführte er die bisher sittenstrenge Frau eines Grafen, der ein guter Freund des Staatsmannes Guizot war. Guizot selbst verbot es dem Grafen, Rache in einem öffentlichen Duell zu nehmen. Statt dessen schickte er Caldemares alterndem kränkelndem Vater per Kurier die Nachricht, sein Sohn sei in Frankreich *persona non grata.*

Caldemare der Ältere kam nach Paris und stellte seinen verworfenen Erben zur Rede. Dieser war intelligent genug, einzusehen, daß er bei längerem Verbleiben in Paris mittels eines *lettre de cachet* eingesperrt werden könne. Auf diese Art entledigten sich die Könige unliebsamer Bürger. Er konnte ohne Urteil ins Gefängnis geworfen werden und dort sterben, ohne daß jemand davon erfuhr. Deshalb feilschte er mit seinem Vater, der schließlich grollend einwilligte, ihm ein Drittel seines Erbes unter der Bedingung auszuzahlen, daß er nach Amerika ging und niemals mehr zurückkehrte.

Alles in allem war Robert Caldemare gut dabei weggekommen. Er erhielt Geld im Gegenwert von rund fünfundvierzigtausend Dollar in Gold. Das war genug für einen unternehmenden jungen Mann, der in einem jungen Land mit unbegrenzten Möglichkeiten ein neues Leben anfangen wollte. Caldemare begab sich auf ein Schiff nach New York. Da er in der Schule Englisch gelernt hatte, paßte er sich seiner neuen Umgebung schnell an.

Durch Spekulationen und Geldanlagen verdoppelte er sein Vermögen in drei Jahren. Er stellte fest, daß sich

Landspekulationen besonders auszahlten, und verkaufte im oberen New York Parzellen an wohlhabende Einwanderer. Die Tatsache, daß er keine klaren Besitzrechte auf das Land hatte, störte ihn überhaupt nicht. Aber einige seiner Opfer führten Klage über ihn bei den Behörden, und Caldemare kam zu dem Schluß, es sei an der Zeit, sich an einen anderen Ort zu begeben. Seine Wahl fiel auf Boston. Dort begnügte er sich ein paar Jahre mit dem Ein- und Verkauf von Waren, und möglicherweise war das die ehrlichste Periode seines ganzen Lebens. In Boston war es auch, daß er, sechs Monate nach seinem dreißigsten Geburtstag, Margarets Mutter kennenlernte. Sie hieß Marguerite Delmar, war scheu und reizend, die einzige Tochter eines Bostoner Finanzmannes, der als junger Mann bei einer Reise nach Paris ein französisches Mädchen geheiratet hatte.

Margaret kam achtzehn Monate später zur Welt. Es war eine schwere Entbindung, und ihre Mutter starb kurze Zeit darauf. Robert Caldemare hatte seiner Tochter den Namen Margaret, die anglisierte Form des Namens ihrer Mutter, gegeben. Soweit er überhaupt jemanden lieben konnte, hatte er seine Frau geliebt, und er betrauerte sie ehrlich. Der Schicklichkeit wegen mußte er sein Kindermädchen und später eine englische Gouvernante für seine Tochter engagieren. Bei seiner sinnlichen Natur hatte er eine Mätresse nach der anderen, aber er hatte für das kleine Mädchen und die Gouvernante eine eigene Wohnung besorgt, so daß sie keine Ahnung von seinem Lebenswandel hatten.

Seine Mätressen waren teuer, und gelegentlich machte er schwere Verluste im Geschäft. Deshalb entschloß er sich, wieder mit Landspekulationen anzufangen, um sein dahinschwindendes Vermögen zu vergrößern. Ein Jahr bevor der Bürgerkrieg ausbrach, brachte er Margaret, damals elf, in einer exklusiven Schule für junge Damen in Boston unter. Er erklärte ihr, er habe fast sein ganzes Geld verloren, doch für sie sei gut gesorgt. Seine Liebe zu ihr, so sagte er, werde ihm die Kraft geben, trotz seiner Einsamkeit und seiner

Trauer um ihre Mutter weiterzuarbeiten, und eines Tages würden sie wieder zusammensein können. Margaret klammerte sich weinend an ihn und beteuerte, ihr mache es nichts aus, arm zu sein, solange sie nur bei ihrem Vater bleiben dürfe. Wenn es Caldemare jemals eingefallen wäre, zur Bühne zu gehen, hätte er als Schauspieler zweifellos Triumphe gefeiert. Er brachte es fertig, das kleine Mädchen zu trösten und sie mit seiner Behauptung zu beeindrucken, er wolle arbeiten, um ihr alle Möglichkeiten im Leben bieten zu können, auch wenn dies eine lange Trennung bedeutete.

Nach sechs ertragreichen, mit Landspekulationen in Ohio verbrachten Monaten sagte sich Caldemare, der Bürgerkrieg sei die rechte Zeit, Geld zu scheffeln, ohne die Justiz sonderlich fürchten zu müssen. Obwohl seine politischen Sympathien mehr dem Süden als dem Norden gehörten, war er von Anfang an überzeugt, einen langen Krieg werde der Süden nicht durchstehen. Er entschloß sich, mit den Zahlmeistern der Union Geschäfte zu machen, und die Waren, an denen sich offensichtlich am besten verdienen ließ, waren Lebensmittel, vor allem Fleisch.

Caldemare verlegte seine Operationsbasis nach Indianapolis. Er lud einen Schlächter so oft zu üppigen Dinners ein, bis dieser bereit war, sein Partner zu werden. Der Partner war ebenso ausschweifend wie Caldemare selbst, denn obwohl er eine Frau und fünf Kinder hatte, hielt er sich in einer getrennten Wohnung noch eine junge, teure Mätresse. Deshalb ging er nur zu gern auf den Plan ein, für hohe Preise minderwertige Ware zu liefern.

Eine Fleischbeschau war noch nicht in allen Staaten gesetzlich vorgeschrieben, und es kam dazu auch erst lange nach dem Bürgerkrieg, als der Chicagoer Schlachthof eröffnet worden war. Abgesehen von flüchtigen Inspektionen der Herden durch die Einkäufer der Konservenfabriken wurden die Gesundheit der Tiere oder die Qualität des Fleisches so gut wie gar nicht kontrolliert. Caldemare und seinem Partner fiel es nicht schwer, eine große Lieferung

Fleisch zu verkaufen, das zum guten Teil von kranken oder gar verendeten Tieren stammte. William Osmund, der Schlächter, forderte die Farmer des Gebietes auf, ihm »alles zu bringen, was ihr habt, solange es auf vier Beinen laufen kann, und ich werde euch Höchstpreise dafür zahlen.«

Im Laufe des nächsten Jahres wurde Robert Caldemare von dem Zahlmeister, der ihm die Ware abgekauft hatte, informiert, es habe mehrere Beschwerden über die Qualität des Fleisches gegeben. Außerdem erklärte er, er werde sich einen neuen Lieferanten für die Versorgung der Truppen suchen. Caldemare begriff, daß es an der Zeit war, sich einer neuen Unternehmung zuzuwenden. In der Nähe von Richmond, Indiana, machte er den Besitzer einer Gerberei ausfindig, der einen Lieferkontrakt für kleine Mengen von Uniformkoppeln hatte, und ging mit ihm auf achtzehn Monate eine Partnerschaft ein. Auch der Gerbereibesitzer war an einem schnellen Profit interessiert. Caldemare traktierte einen Colonel im Zahlmeisterbüro, und es gelang ihm, einen großen Auftrag zu erhalten. Von dem Leder verrottete das meiste, und innerhalb von acht Monaten wurde Caldemare auch diese Tür vor der Nase zugemacht.

Inzwischen hätte er ein beträchtliches Vermögen ansammeln können, hätten seine Ausgaben nicht genauso Schritt mit seinen Einnahmen gehalten. Obwohl er nicht die Absicht hatte, sich wieder zu verheiraten, hatte er doch niemals längere Zeit enthaltsam gelebt. Er überließ es seinem Partner in Richmond, mit den immer heftiger werdenden Beschwerden des erzürnten Colonels fertig zu werden, und reiste nach Chicago. Dort blieb er ein Jahr und amüsierte sich auf gewohnte Weise.

In der ganzen Zeit korrespondierte er mit Margaret. Er sorgte dafür, daß ihr reichlich Mittel zur Verfügung standen und das Schulgeld pünktlich bezahlt wurde. Seine Briefe waren angefüllt mit glühenden Schilderungen seiner fortgesetzten Bemühungen, ein passendes Heim für sie beide und eine Tätigkeit zu finden, die ihre materielle Sicherheit gewährleistete. Die Direktorin der Schule hatte den Auftrag, ihm regelmäßig über Margarets Fortschritte zu berichten. Sie teilte ihm stets mit, seine Tochter sei höflich, bescheiden und außergewöhnlich intelligent, ohne letzteres jedoch zur Schau zu stellen, und ihren Vater (das freute ihn sehr) verehre sie.

In einem Brief gab die Direktorin eine Unterredung wieder, die sie mit Margaret gehabt hatte:

»Es wird Sie bestimmt freuen, Mr. Caldemare, daß wir mit Ihrer Tochter außergewöhnlich zufrieden sind. Ich habe keine Bedenken, Ihnen mitzuteilen, was das liebe Mädchen erst neulich zu mir sagte, als Ihr Name erwähnt wurde und ich ihr erzählte, ich hätte einen Brief von Ihnen erhalten. Sie seufzte und rief aus: »Vater ist ein so wundervoller Mann, Miß Emmons. Er ist nie über Mutters Tod hinweggekommen; sie starb bei meiner Geburt, und der Grund, warum er mich nicht besuchen kommt, ist, daß er hart arbeiten muß, um den Lebensunterhalt für uns beide zu verdienen.«

Es ist offensichtlich, Mr. Caldemare, daß Margaret Sie anbetet. Mir persönlich tut es leid, daß Ihre geschäftlichen Verpflichtungen Sie daran gehindert haben, unsere Schule zu besuchen, denn ich bin überzeugt, sie hätte Ihre Billigung gefunden. Sie können jedoch überzeugt sein, daß Ihrer Tochter alle Sorgfalt und Aufmerksamkeit zuteil wird, die einer so bezaubernden, intelligenten jungen Dame gebühren. Sie macht Ihnen in der Tat große Ehre.«

In den nächsten paar Jahren – der Bürgerkrieg ging unterdessen zu Ende – gab sich Robert Caldemare mit Börsenspekulationen zufrieden. Da sein Geschäftssinn für gewöhnlich gesund war, gewann er mehr, als er verlor – doch nicht annähernd so viel, wie er haben wollte. Er sah Margaret bei den seltenen Gelegenheiten, wenn er nach Boston reiste. Bei diesen Besuchen führte er sie zum Dinner und ins Theater aus und fühlte sich von ihrer schrankenlosen Bewunderung geschmeichelt. In New York hielt er mehrere kostspielige Mätressen aus, derer er stets nach wenigen Monaten überdrüssig wurde. In Chicago hatte er 40 000 Dollar auf der Bank liegen, aber den Rest seines Vermögens hatte er nach New York überweisen lassen, damit er für seinen Makler immer Geld zur Hand hatte.

Seine Hoffnung auf einen wirklich großen Coup wurde am 24. September 1869 zunichte. Durch die Goldaufkäufe von Jay Gould und James Fisk kam es an dem berüchtigten »Schwarzen Freitag« zu einer Panik in der Wall Street. Über Nacht verlor Caldemare alles bis auf das Konto in Chicago.

Verbittert kehrte er nach Chicago zurück. Jetzt, da der Krieg vorbei war, gab es keine schnellen Profite mehr. Auch die Börse bot wenig Hoffnung für die Zukunft. Da kam ihm der Gedanke, die besten Aussichten habe er, wenn er Viehzucht treibe und ein paar schnelle Verkäufe auf dem ständig wachsenden Markt tätige. Jetzt, da wieder Frieden herrschte, da Eisenbahnen gebaut wurden, um die entferntesten Orte des Landes miteinander zu verbinden, mußte die Nachfrage für Fleisch steigen. Selbst der arme Mann konnte es sich leisten, und nach den Entbehrungen des Krieges würde er es so oft wie möglich genießen wollen.

Der logische Schluß war, sich dahin zu begeben, wo es Rinder im Überfluß gab, und das war der Südwesten. Caldemare hatte in den Zeitungen von New York und Chicago gelesen, die Texaner hätten Schwierigkeiten, ihr Vieh nach Sedalia, Missouri, zu schaffen, weil die Bürger Angst vor dem Spanischen Fieber hatten, das, von den Longhorns eingeschleppt, ihre eigenen gesunden Herden infizieren konnte. Dann las er, Joseph McCoy habe den Markt in Abilene eröffnet und lade die Texaner ein, dorthin zu kommen. Caldemares flinker Verstand begann, die Möglichkeiten abzuwägen. Was er wollte, waren ein paar schnelle, gewinnbringende Abschlüsse, genug, um sein Konto wieder aufzufüllen, damit er und Margaret behaglich in einer Stadt wie San Franzisko zu leben vermochten. Dann konnte er eine neue, aufregende Mätresse für sich und einen Ehemann für seine Tochter finden.

Er reiste zuerst nach Baxter Springs in Kansas, denn auch dort hatte es Streit zwischen der Bevölkerung und den Viehzüchtern darüber gegeben, ob texanische Rinder in die Stadt gebracht werden dürften, und der Ort war voll von Revolverhelden und anderem Abschaum. Hier fand er Jackson Brundiger, einen Desperado, der ebenso auf leichtverdientes Geld aus war wie er selbst.

Jackson Brundiger war groß und hager, hatte ein wettergegerbtes Gesicht, einen Habichtsschnabel als Nase, dünne, grausame Lippen und kalte graue Augen. Er war zweiunddreißig Jahre alt. Mit fünfzehn hatte er einen Mann erschossen, der eine beleidigende Bemerkung über seine Schwester gemacht hatte. Mit zwanzig schloß er sich einer Bande von Buschräubern an, die Viehtreibern ihre Tiere wegnahm und oft einsame kleine Dörfer überfiel. Als er fünfundzwanzig war, heiratete er die Tochter eines Farmers aus Kansas. Ihr Vater erhob heftigen Einspruch gegen die Heirat, aber das verliebte Mädchen lief mit Brundiger davon und ließ sich mit ihm in einer Kleinstadt in Missouri trauen.

Auf seine Art liebte er sie, und so übernahm Brundiger eine Zeitlang ehrliche Arbeit als Vormann auf einer Ranch. Aber das Verlangen nach einem freien, leichten Leben lag ihm im Blut. Seine Frau starb bei der Frühgeburt eines Mädchens, das seiner Mutter drei Tage später ins Grab folgte. Nun kehrte Brundiger zu der Arbeit zurück, die er am besten beherrschte: dem Rauben und Prahlen. Er gewann wenige Freunde, aber er besaß die Fähigkeit, Desperados und *pistoleros* wie ein Magnet anzuziehen, weil er den Ruf hatte, mit seinen Partnern ehrlich zu teilen. Er trug zwei Revolver an den Seiten, und als Caldemare ihn erblickte, wie er sich auf einem Stuhl in einem Saloon von Baxter Springs lümmelte, erkannte er sofort: Das war der Mann, der ihm helfen konnte, das zu erreichen, was er mit all seinen Listen im letzten Jahrzehnt nicht geschafft hatte.

XI

Als das Abendessen beendet war, erhob sich Robert Caldemare und sagte in seinem liebevollsten, väterlichsten Ton: »Es wäre wohl keine schlechte Idee, Margaret, wenn du früh zu Bett gingest. Ich weiß, welch lange ermüdende Reise es von Boston hierher ist, und du bist erst eine Woche da und hast bisher kaum Zeit gehabt, dich an die Umstellung zu gewöhnen.«

»Mir wird es schon gutgehen, Vater, ganz bestimmt«, antwortete das junge Mädchen. »Und wirklich, auch wenn hier nicht viele Menschen sind, so hat das Land doch viel Schönes – es ist so groß, so neu.« Sie kam zu ihm, legte ihm die Arme um den Hals und küßte ihn auf die Wange. »Ich bin so froh, zu Hause bei dir zu sein, Vater, du weißt gar nicht, wie. Ich hatte Freundinnen in der Schule, aber sie alle fuhren in den Ferien zu ihren Eltern heim, und ich hatte nichts anderes als deine Briefe.«

»Ich weiß, mein Liebes.« Mitfühlend klopfte er ihr auf die Schulter und strich über ihr seidiges Haar. »Aber das ist nun alles vorbei. In den zurückliegenden Jahren mußte ich allein arbeiten, um eine sichere Existenz für uns beide aufzubauen. Nun ist es geschafft. Ich werde Vieh züchten, Margaret. Im mittleren Westen und im Osten besteht eine große Nachfrage nach Fleisch. Was ich brauche, ist eine große Herde – dann werde ich wieder reich sein. Wir werden nach San Franzisko gehen, oder wenn dir das nicht gefällt, an einen anderen Ort, der deiner würdig ist. Und ich werde bei dir sein und dich beschützen. Du weißt ja, du bist in einem Alter, wo du daran denken solltest, einen guten Ehemann zu finden und mit ihm eine Familie zu gründen.«

»Darüber habe ich eigentlich noch gar nicht nachgedacht, Vater.« Sie errötete und wandte die Augen ab. »Als erstes möchte ich das Gefühl auskosten, zu wissen, wo ich hingehöre – und das ist zu dir. Es hat mir nie Freude gemacht, mit der Gouvernante zusammen zu leben, und es war mir ein Greuel, den ganzen Winter in dieser Schule eingesperrt zu sein, obwohl alle nett zu mir waren.«

»Ich weiß, Kätzchen.« Wieder klopfte er ihr auf die Schulter. »Wenigstens wirst du hier im Winter nicht eingesperrt sein. Tiefer als jetzt sinken die Temperaturen kaum, und das ist recht angenehm, wenn du an den Schnee und die Blizzards in Boston denkst.«

»O ja – und ich hätte so gern einen eigenen Garten! Darf ich einen haben, Vater?«

»Selbstverständlich, Liebes«, stimmte er lachend zu. »Du kannst Tomaten anpflanzen und sogar Erdbeeren. Wie ich gehört habe, dauert es nicht mehr lange, bis die blauen Lupinen und die Orangenblüten aufbrechen. Doch nun solltest du schlafen gehen. Ich habe mit meinem Vormann noch über geschäftliche Dinge zu reden.«

»Natürlich, Vater. Dann, gute Nacht.« Sie zögerte einen Augenblick auf der Schwelle des Eßzimmers. Impulsiv lief sie zu ihm zurück. Sie umarmte und küßte ihn noch einmal. »Oh, Vater, du hast in all den Jahren so hart gearbeitet, bitte, gib acht auf dich. Du bist alles, was ich habe.« Sie wurde blutrot, und als fürchte sie, zuviel gesagt zu haben, drehte sie sich um und eilte davon.

Robert Caldemare trank seinen Wein aus. Der liebenswürdige Gesichtsausdruck wich kalter Entschlossenheit. Er läutete heftig mit der kleinen silbernen Handglocke. Der mexikanische Diener trat ein, und er fuhr ihn an: »Hol Jackson Brundiger her, *pronto, hombre!*«

»*Al punto, patrón.*« Miguel nickte und ging.

Ein paar Minuten später trat Jackson Brundiger ein. Er stolzierte zu Margarets Stuhl, drehte ihn um, nahm rittlings darauf Platz und betrachtete seinen Chef mit einem zynisch belustigten Blick. »Was gibt's Caldemare?«

»Es ist Zeit, unsere Pläne auszuarbeiten, Brundiger. Ich habe in Austin diese dreitausend Morgen gekauft, weil Sie behaupteten, es sei der beste Platz, wo wir schnell eine große Rinderherde zusammenbringen könnten, die wir diesen Sommer in Abilene verkaufen wollen.«

»Das habe ich gesagt, und es stimmt. Sie erinnern sich doch, daß ich Ihnen in Baxter Springs erzählte, ich hätte meine eigene Methode, Vieh zu erwerben.«

»Ja, ja«, antwortete Caldemare ungeduldig. »Und ich habe in aller Eile die notwendigen Maßnahmen getroffen, damit wir eine Operationsbasis haben! Ich bin auf dieses Land gezogen – ein Glück, daß hier bereits ein Haus für meine Tochter Margaret und mich stand –, und ich habe den Draht und die Pfosten für den Zaun gekauft. Wo bleiben jetzt die Rinder? Sicher, die Vaqueros können Longhorns aus den Büschen treiben, wie es auch dieser Bouchard auf der Ranch neben meiner tun läßt. Aber das geht zu langsam. Das haben Sie selbst gesagt.«

»Richtig, und ich habe mir etwas dabei gedacht.« Brundiger grinste höhnisch. Er faßte die Lehne und kippte den Stuhl ein wenig, gleichsam als zustimmende Verbeugung. »Fangen Sie nicht gleich an zu schwitzen, Caldemare. Bis morgen werden die Jungs, die ich über die Grenze geschickt habe, mit mindestens fünfhundert Stück zurückkommen. Dann ändern wir die Brandzeichen und reihen die Tiere in unsere Herde für Abilene ein.«

»Das wäre ein guter Anfang«, gab Caldemare widerwillig zu. »Aber es ist kaum die Größenordnung, die ich im Sinn hatte. Und welche Rolle spielen der Draht und die Pfosten für den Zaun dabei?«

»Caldemare, wenn Sie wollen, daß ich auf meine Methode Geld für Sie mache, müssen Sie mir vertrauen. Und vergessen Sie nicht, wir haben ausgemacht, daß wir fifty-fifty teilen.«

»Das weiß ich, Mann!« explodierte Caldemare. »Vergessen Sie nur nicht, daß ich die Männer bezahle, die ich auf Ihren Wunsch hin angestellt habe. Sie dagegen haben überhaupt keine Ausgaben.«

Brundiger ließ die Hinterbeine seines Stuhls wieder auf

den Boden sinken. Sein Gesicht nahm einen häßlichen Ausdruck an. »Auf diesem Punkt würde ich nicht herumreiten, wenn ich Sie wäre, Caldemare. Es paßt mir nämlich gar nicht, wenn Sie mich behandeln, als sei ich einer Ihrer Arbeiter. Tatsache ist, wir sind eher Partner als Boß und Vormann, nur daß ich als Vormann zu gelten habe, wenn einer der Bouchard-Reiter anfängt, Fragen über mich und meine Männer zu stellen. Ist das klar?«

»Schon gut! Kommen Sie zur Sache, Brundiger.«

Wieder grinste Brundiger. Er sah zur Decke empor und sprach, als befinde er sich allein im Raum. »Wenn Sie in ein wildes Land kommen, Caldemare, und dort einem Fremden begegnen, können Sie über ihn nichts wissen. Aber vielleicht gefällt Ihnen sein Aussehen oder die Art, wie er mit seinen Revolvern umgeht. Nun ja, in dem Augenblick, als Sie sich in diesem Saloon im Baxter Springs an meinen Tisch setzten, hatte ich Sie schon richtig eingeschätzt. Sie sind ein ebensolcher Halunke wie ich. Der einzige Unterschied zwischen uns ist, daß Sie sich niemals die Hände damit schmutzig gemacht haben, einen Menschen umzulegen, wenn es sein mußte. Sie wollten schnell reich werden, und es ist Ihnen egal, wie. Genauso ist es bei mir. Hier draußen gibt es kein Gesetz, Caldemare. Das bedeutet, ein Mann, der seine Waffen zu gebrauchen weiß und den anderen immer einen Schritt voraus ist, hat die Oberhand.«

»Das weiß ich alles, Brundiger. Sie schweifen vom Thema ab. In Baxter Springs haben Sie behauptet, Sie wüßten, wie man ohne nennenswerte Gefahr an eine große Herde kommen und sie schnell verkaufen könne. Was wollen Sie diesbezüglich unternehmen?«

»Darauf komme ich sofort. Zunächst einmal werden Sie einsehen, daß dieses Land für unsere Zwecke ideal ist: Hier gibt es einige wenige große Rancher, keine Nachbarn in ihrer Nähe und kein Gesetz, das uns im Wege ist. Aber das sind nicht die wichtigsten Gründe, weshalb ich Sie hergebracht habe. Ich will es Ihnen erklären, Partner.« Caldemare zuckte zusammen, und Brundiger lachte boshaft auf. »Es fällt Ihnen schwer, in mir Ihren Partner zu sehen, was, Caldemare? Nun, mir macht es nicht viel aus, wenn Sie mir und meinen Jungs die schmutzige Arbeit überlassen. Wir sind daran gewöhnt. Noch einen Augenblick Geduld! Ich hatte vor einigen Jahren in Kansas einen guten Freund namens Jethro Reedy. Wir beide hatten eine Menge Spaß, bis er sich entschloß, eine eigene Bande zu gründen und auf Raub auszusein. Nun hat dieser Bouchard, der die nächste Ranch besitzt, im vorigen Jahr seine Herde nach Abilene getrieben. Reedy und seine Jungs versuchten, ihn zu überfallen, wurden aber statt dessen ausgelöscht. Nur ein paar überlebten; als sie es auf dem Rückzug nochmals versuchten, bedeutete das das Ende der Reedy-Bande.«

»Langsam verstehe ich Sie, Brundiger«, erklärte Caldemare kalt. »In Wirklichkeit wollen Sie sich nur an diesem Lucien Edmond Bouchard, von dem Sie mir erzählt haben, rächen.«

»Natürlich. Aber dabei wird mehr als nur das eine Ziel erreicht, Caldemare. Ich zahle ihm heim, was er Jethro angetan hat, wir nehmen seine Rinder – er hat eine Menge, und sie können jetzt jeden Tag damit beginnen, die Herde zusammenzutreiben –, wir verkaufen sie in Abilene und teilen uns das Geld. Wenn Sie dann wollen, können Sie Ihre Wege gehen, und ich und meine Jungs gehen unsere Wege. Einverstanden?«

»Solange ich das Geld bekomme, das Sie mir für eine Aktion wie diese versprochen haben, ist es mir verdammt egal, was Sie hinterher tun.« Caldemare stand auf, trat an die Kredenz und goß sich ein Glas Brandy ein. Mit finsterem Blick auf seinen hartgesottenen, höhnischen Verbündeten setzte er hinzu: »Ich will nur eins ganz klarstellen. Letzte Woche ist meine Tochter eingetroffen. Sie ist ein anständiges Mädchen, und ich habe Pläne mit ihr. Ich will nicht, daß einer Ihrer *pistoleros* auch nur mit ihr spricht, das gleiche gilt auch für Sie selbst. Sie darf nicht erfahren, was wir vorhaben. Ich verlasse mich darauf, daß Sie diesen Teil des Handels erfüllen.«

»Sicher. Mit dem Geld, das ich an der Bouchard-Herde verdiene, kann ich mir alle Schnepfen kaufen, die ich haben will, Caldemare. Außerdem ist Ihre Tochter eine feine junge Dame, und mir persönlich ist ein Tanzhallenmädchen lieber. Das ist eher mein Stil, wenn Sie verstehen, was ich meine.«

»Ich glaube, damit haben wir genug über meine Tochter gesagt.«

»Wie Sie wünschen, Caldemare. Sind Sie nun zufrieden, oder haben Sie noch Fragen an mich?«

Caldemare schüttelte den Kopf. Er trank seinen Brandy. Als er sich von dem drahtigen Desperado abwandte, verzog sich sein Gesicht vor Ekel. Ein langes Schweigen entstand. Schließlich drehte er sich wieder zu Brundiger um. »Ich kann mir Ihren Plan jetzt vorstellen. Sie wollen einen Zaun errichten und daran Ihre eigenen Grenzzeichen anbringen. Dabei werden Sie Übergriffe auf das Bouchard-Land machen. Schon kommen seine Reiter und erheben Einspruch. Nun setzen Sie darauf, daß ein Teil der Leute für den Fall, daß es Ärger gibt, hierbleiben muß, wenn es auf den Viehtrieb geht.«

»Sie werden langsam schlau, Caldemare. Sie fangen an, zu denken wie ich.« Brundiger lachte häßlich. »Genauso ist es. Sie nehmen für gewöhnlich dreißig Mann mit. Und sie haben gute Waffen, Repetiergewehre, Spencers. Wir reiten ihnen voraus, sobald wir festgestellt haben, daß sie mit dem Sammeln fertig sind und aufbrechen wollen. Wir überfallen sie, bevor sie den Red River erreichen. Ihn zu überqueren ist eine schwierige Sache, und selbst mit Klasseleuten, wie Bouchard sie hat, dauert es zwei oder drei Tage. Wir überraschen sie und löschen sie aus. Dann nehmen wir ihr Vieh, ändern die Brandzeichen von WR in RC um und treiben die Herde so, als ob nichts gewesen wäre, nach Abilene. Niemand wird etwas ahnen. Das wird meine Rache für den alten Jethro sein, und nach dem Verkauf teilen wir beide uns das Geld.«

Caldemare trank seinen Brandy aus. Er nickte düster. »Ich weiß, daß Sie durchführen, was Sie sich vorgenommen haben, Brundiger. Ich gebe mich damit zufrieden, den stillen Teilhaber zu spielen. Für Gewalttätigkeiten habe ich nichts übrig, und mir liegt absolut nichts an einem Rancherkrieg. Margaret darf auf keinen Fall in Gefahr kommen. Tun Sie, was Sie tun müssen, und ich gebe Ihnen einen gerechten Anteil von dem Geld, wenn Sie die Herde verkauft haben. Aber merken Sie sich eins: Wenn Sie versuchen, sich mit dem Geld davonzumachen, komme ich Ihnen nach. Auch wenn ich Gewalttätigkeit verabscheue, werde ich dafür sorgen, daß Sie aufgespürt und umgebracht werden. Ich habe eine Vorsichtsmaßnahme getroffen. Bevor ich Sie an jenem Tag in Baxter Springs ansprach, hatte ich festgestellt, wer Ihre Feinde sind.«

»Sieh an, ganz so dumm sind Sie also doch nicht, was? Wir sind uns gar nicht so unähnlich. Aber machen Sie sich keine Sorgen, Caldemare. Ich halte mich an unsere Abmachungen, und damit hat's sich. Morgen fangen meine Jungs an, den Zaun zu setzen. Die Vaqueros drüben werden sich den Kopf zerbrechen, was wir vorhaben, und das wird einige von der Ranch abziehen. Es könnte auch nichts schaden, wenn – sagen wir, durch reinen Zufall – ein paar Tiere auf unser Land kämen und zusammen mit unserer Herde eingezäunt würden. Also, dann sage ich Ihnen gute Nacht.« Er stand auf, durchquerte das Zimmer und streckte Caldemare die Hand hin. Widerstrebend ergriff dieser sie. Als der Desperado den Raum verlassen hatte, schüttelte Caldemare sich. Er füllte sich das Glas von neuem und trank es in einem Zug leer.

XII.

In der ersten Märzwoche war es in Carrizo Springs warm und sonnig. Auf Lucien Edmonds Ranch grasten friedlich die Brahmas, Herefords und Longhorns und ließen sich durch einen gelegentlich nach dem Rechten sehenden Vaquero überhaupt nicht stören.Noch weniger kümmerte es sie, was jenseits ihrer Weiden geschah: Der Kongreß hatte das U.S.-Wetterbüro eingerichtet. Das Territorium Utah hatte den Frauen das volle Stimmrecht zuerkannt. Mississippi durfte sich wieder im Kongreß vertreten lassen. Hamilton Fish, der Minister des Äußeren, bereitete die Erklärung vor, daß der Fünfzehnte Verfassungszusatz ratifiziert sei und mit allen – wenn nötig gewaltsamen – Mitteln durchgesetzt werde.

Lucien Edmond Bouchard war weiterhin beunruhigt über die seltsamen Vorkehrungen, die sein westlicher Nachbar traf. Joe Duvray hatte berichtet, das letzte Mal, als er an der Grenze gewesen sei und einen Blick auf die andere Ranch geworfen habe, seien vier- oder fünfhundert Rinder innerhalb eines Zauns aus Pfosten und Draht eingezäunt gewesen und ein paar mexikanische Vaqueros hätten daneben eifrig einen Pferch zum Brandmarken gebaut. Die Tiere seien keine texanischen Longhorns gewesen, soweit er das aus der Entfernung, die er vorsichtigerweise eingehalten hatte, erkennen konnte. Sie wirkten kleiner und etwas bucklig, höchstwahrscheinlich gehörten sie einer mexikanischen Rasse an. Außerdem war eine große Mannschaftsunterkunft beinahe fertig.

Als Joe und sein Gefährte Santiago Miraflores am späten Nachmittag heimkehrten und das erzählten, runzelte Lucien Edmond die Stirn. »Nun ja, es gibt kein Gesetz dagegen, daß ein Mann sein Eigentum einzäunt«, meinte er kopfschüttelnd. »Solange er meine Grenzzeichen nicht versetzt, habe ich keine Veranlassung, Einspruch dagegen zu erheben. Trotzdem, Joe, Sie und Santiago halten weiter ein Auge auf die Westgrenze. Wir wollen doch sichergehen, daß unser neuer Nachbar sich nicht zu seinen Gunsten irrt.«

»Darauf können Sie sich verlassen, Mr. Bouchard«, nickte Joe. »Mir gefallen seine Vaqueros nicht. Sie sehen eher nach *pistoleros* aus. Ich glaube, wenn Ramon und Pablo sie sich einmal genauer ansehen könnten, würden sie mir recht geben. In Nuevo Laredo müssen ihnen Männer der Art begegnet sein. Sie tragen alle sechsschüssige Revolver oder alte belgische Pistolen, und freundlich sind sie ganz und gar nicht. Als Santiago einen von ihnen anrief und ihm einen guten Tag wünschte, klopfte der Bursche mit der einen Hand auf sein Holster und machte mit der anderen ein Zeichen, wir sollten gefälligst verschwinden. Ich sage Ihnen, Mr. Bouchard, ich habe ein unheimliches Gefühl. Wer der neue Besitzer der Nachbarranch auch sein mag, er ist noch nicht hier gewesen, um guten Tag zu sagen oder zu erzählen, warum er sich gerade dieses Stück Land neben dem Ihren ausgesucht hat.«

»Die Tatsache, daß er das Land gekauft hat, macht unsern ungeselligen Nachbarn noch lange nicht zum Kriminellen, Joe«, erwiderte Luke lachend. »Ich war doch in Austin, kurz nachdem Mrs. Moultrie nach Taos zurückgekehrt war. Da hörte ich, die Engelhardt-Söhne hätten ihren Besitztitel zum selben Preis, den ihr armer Vater dafür bezahlt hatte, an das Landbüro zurückverkauft. Deshalb konnte es jeder erwerben, der Lust dazu hatte. Und es ist gutes Land, daran gibt es keinen Zweifel.«

»Das stimmt ja alles, Mr. Bouchard«, gab Joe ihm zögernd recht, »aber mir kommen diese mexikanischen Rinder doch komisch vor. Meiner Schätzung nach könnte er immer noch mindestens tausend Longhorns aus dem Busch westlich seiner Ranch zusammentreiben. Aber seine Männer haben sich auf einige wenige beschränkt. Und das Vieh, das sie bis jetzt haben, hat weder das Gewicht noch den Bau unserer Longhorns. Ich komme einfach nicht dahinter.«

»Halten Sie nur weiter die Augen offen und passen Sie

auf, was Sie Tag für Tag herausfinden können, Joe. Ich muß in zwei Wochen unbedingt nach Abilene aufbrechen, damit wir die schlimmste Sommerhitze vermeiden. Wenn Sie sich jedoch Sorgen machen, unser Nachbar könne etwas gegen uns planen – was Gott verhüten möge –, dann sind wir bereit, ihn zu empfangen. Wir haben ja die neuen Gewehre und die Munition, die Andy Haskins für uns in New Orleans eingekauft hat.«

»Dann hat Andy also neue Gewehre entdeckt, Mr. Bouchard? Das wußte ich noch gar nicht.«

»Ja, sehen Sie, Joe, als es sich ergab, daß Andy einige Zeit bei meinem Vater bleiben würde, um auf der Farm eines Nachbarn auszuhelfen, schrieb Vater an Jason Barntry von der Bank. Dieser sorgte dafür, daß die von Andy ausgesuchten Waffen samt Munition nach Corpus Christi verschifft und von dort mit einem Wagen zu uns befördert wurden. Sie kamen letzte Woche hier an, als Sie und Santiago draußen auf der Ranch waren, und sind zur Zeit in dem Schuppen hinter der Mannschaftsunterkunft verwahrt. Deshalb sind wir sowohl für den Viehtrieb als auch für alles, was diese *pistoleros* aushecken mögen, gut gerüstet.«

Joe Duvray lachte trocken. »Ich hoffe, ich irre mich mit meinem Verdacht, Mr. Bouchard. Aber es erleichtert mich ungemein, daß die neuen Waffen da sind. Trotzdem werde ich in nächster Zeit so oft wie möglich an die Grenze reiten und nachsehen, was der Halunke vorhat.«

In der ersten Märzwoche stellte Dr. Ben Wilson zu seiner Freude fest, daß sich die Gesundheit der Dorfbewohner sehr gebessert hatte. Die Bräune-Epidemie war überstanden. Der einzige Todesfall war eine alte Squaw gewesen, deren Herz während der langsamen Genesung versagte. Noch mehr Lohn für seine Mühen war ihm die Tatsache, daß die Kinder dank der Milch von den Kühen, die er in Wichita gekauft hatte, jetzt besser ernährt waren. Bald würden auch die Kühe, die Lucien Edmond Bouchard im letzten Jahr gebracht hatte, kalben. Dann würde es noch mehr Milch und Fleisch geben.

Matthis Stillman, der Indianeragent, war im Januar und dann wieder im Februar mit den Soldaten dagewesen und hatte mißmutig die von der Regierung gewährten Lebensmittel verteilt. Beim ersten Mal hatte Ben ihm von neuem zornige Vorhaltungen wegen der schlechten Qualität des Mehls und der zerlumpten Decken und Kleider gemacht. Im Februar hatte Stillman ihn sarkastisch aufgefordert, die Waren zu überprüfen, diesmal waren sie zufriedenstellend gewesen. Morgen, am ersten Samstag im März, sollte der Indianeragent wieder kommen, und der Quäkerarzt hoffte, von nun an werde er ehrlicher handeln. Es gab keinen Zweifel daran, daß er ein Gutteil des Geldes, mit dem er Einkäufe für die Creeks hätte tätigen sollen, in die eigene Tasche steckte, indem er die schlechteste Qualität für einen geringen Preis kaufte.

Mittlerweile sprach Ben die Creeksprache dank der vielen mit Sipanata verbrachten Stunden fließend. Der früher so mürrische und argwöhnische Krieger war zu einem der treuesten Verbündeten des Arztes geworden.

Sie führten viele Gespräche, bei denen Ben Englisch sprach, Sipanata seine Worte sofort übersetzte und Ben sie auf Creek wiederholte. Dabei stellte der junge Krieger ihm auch Fragen über sein früheres Leben. Erst gestern hatte er bemerkt: »Du trauerst um deine Squaw, weißer Schamane, und das ist gut. Es zeigt, daß sie dir teuer war und ihr Geist in dir nicht tot ist. Aber jetzt, wo du bei uns lebst, bist du allein, und es wäre an der Zeit, daß du dir eine neue Squaw nimmst.«

»Das ist nicht meine Absicht, Sipanata«, erwiderte Ben. »Die Arbeit, die ich hier tue, nimmt mich ganz in Anspruch. Für eine Squaw habe ich keine Zeit. Aber es ist freundlich von dir, daß du daran denkst. Siehst du, ich bin nicht allein, auch wenn meine Frau tot ist. Ich habe einen kleinen Sohn und eine kleine Tochter, die ich bei der Mutter meiner Frau auf der Ranch des Mannes gelassen habe, der Emataba im letzten Sommer den Bullen und die Kühe gebracht hat. Ich werde meine Kinder hin und wieder sehen, und sie werden mich an meine liebe Frau erinnern. Wenn sie größer sind und ihr eigenes Leben führen, werde ich sie in ihnen wiedererkennen, Sipanata, denn sie war gut und freundlich. Sie liebte alle Menschen und hatte keinen Haß in ihrem Herzen.«

»Ich habe noch nie ein Bleichgesicht wie dich kennengelernt, mein Schamane.« Sipanata redete Ben mit dem Titel an, den ihm jeder im Dorf gab. Es war Ausdruck der Zuneigung ebenso wie der Achtung. »Wir haben oft miteinander gesprochen, und ich habe dir erzählt, daß wir an Ibofanaga, den Geber des Atems, glauben. Du hast mir von Gott erzählt, der freundlich ist und euch lehrt, nicht einmal eure Feinde zu hassen. Das finde ich wirklich seltsam. Vielleicht liegt es daran, daß ich gesehen habe, wie die Bleichgesichter meinen Vater und meine Mutter behandelten, wie das Bleichgesicht, für das ich in Mobile arbeite, auf mich herabblickte, als sei ich ein dressierter Hund, der seinen Befehlen gehorchen muß. Und Emataba hat mir erzählt, wie die Alten des Dorfes aus ihrer Heimat vertrieben und an diesen Ort gebracht wurden. Ich war stolz auf mein Blut, und ich haßte die Bleichgesichter für das, was sie uns allen, die wir Creeks sind, angetan haben.«

»Aber es ist nicht gut zu hassen, Sipanata«, hielt ihm Ben sanft entgegen. »Du kannst einen Mann, der dein Feind ist, nicht ändern, indem du ihn haßt. Aber vielleicht, so hat man uns gelehrt, wird er wenigstens anfangen, dich zu verstehen, wenn du ihm zeigst, daß dir Liebe und Freundlichkeit mehr bedeuten.« Er lächelte. »Ich will zugeben, daß es nicht immer leicht ist, Sipanata, besonders dann, wenn dein Feind Waffen hat, du aber nicht.«

»Ja«, nickte Sipanata, der Krieger, »so ging es dir, als die schlechten Bleichgesichter dich berauben wollten. Ich sah, wie sie dich bedrohten, und ich hörte dich sagen, sie sollten dein Geld nehmen, aber dir den Wagen mit dem Essen und den Decken lassen. Da bekam ich Achtung vor dir, mein Schamane. Ich bin froh, daß Emataba mich wählte, dein Lehrer zu sein.«

»Ich hätte um keinen besseren bitten können, Sipanata. Du bist wahrlich mein Freund geworden.«

»Dann laß mich als Freund zu dir sprechen, mein Schamane. Du hast gesagt, daß du um deine Frau trauerst, und es ist gut, daß du es tust. Aber es ist nicht gut für einen Mann, wenn er sich verschließt und sagt, er wolle keine neue Squaw nehmen. Ich weiß eine, die gern dein Leben mit dir teilen und es hier für dich in unserem Dorf leichter machen würde, wo so wenig Freude zu finden ist.«

»Ich kann mir keine denken.«

»Doch, es ist Elone. Du hast ihr Leben und das ihres Kindes gerettet. Hast du nicht bemerkt, wie sie dir manchmal, wenn du durchs Dorf gehst, nachblickt und wie dann Freude auf ihrem Gesicht liegt?«

»Ich – nein, das ist mir nie aufgefallen, Sipanata.«

»Es stimmt aber. Und ich will dir noch etwas sagen. So, wie du unsere Sprache von mir lernst, lernt sie bei der alten Sabanata. Sabanata ist schon länger bei uns, als ich Jahre zähle. Emataba erzählte mir einmal, Kiowas seien auf der Büffeljagd in diese Gegend gekommen, und einer von ihnen sah Sabanata und wollte sie zu seiner Squaw machen. Er lehrte sie die Sprache der Kiowas, und er kam viele Male her, um sie zu sprechen, aber sie war ihrem Volk treu und wollte nicht mit ihm gehen. Nun, heute hilft sie Elone, die Creekssprache zu lernen. Auch wenn Elone die Sprache der Bleichgesichter nicht beherrscht, so könnt ihr jetzt doch miteinander reden.«

Der Quäkerarzt sah seinen jungen Lehrer verblüfft an. Dann sagte er leise: »Aber im Alter steht sie dir viel näher, Sipanata. Und du hast keine Squaw. Warum nimmst du dir keine Frau, der du nie eine gehabt hast?«

Sipanata lächelte. »Ho, das ist sehr gut. Jetzt fängst du an, beinahe wie ein Creek zu denken, mein Schamane. Ich habe dich gut unterrichtet, und Emataba wird sich freuen. Ich werde dir mit ungespaltener Zunge antworten, weil ich dein Freund bin. Ich habe tatsächlich mit Elone gesprochen, und ich habe ihr gesagt, ich fände sie schön anzusehen und ihr kleines Kind sei mir lieb. Ich fragte sie, ob sie nicht meine Squaw sein wolle, damit ich sie und ihr Kind beschützen könne. Weißt du, was sie darauf erwiderte, mein Schamane?«

Stumm schüttelte der Quäkerarzt den Kopf.

»Sie sagte, es ehre sie, daß ich so zu ihr spräche, aber sie könne keinen Mann nehmen, bevor sie ihre Schuld nicht bezahlt habe.«

»Ihre Schuld?« wiederholte Dr. Ben Wilson erstaunt.

»Ja, mein Schamane. Die Schuld für ihr und Tisinquas Leben. Und daran ist nichts Merkwürdiges, denn auch wenn sie dem Blut nach eine Sioux und durch ihre Gefangennahme eine Kiowa ist, so spricht sie doch wie eine Creek. Weißt du nicht, daß wir glauben, wenn uns jemand das Leben gerettet hat, dann schulden wir ihm dieses Leben? Und es ist eine Schuld, die in Ehren bezahlt werden muß.«

»Ja, das verstehe ich. Ich habe unter meinen eigenen Leuten auch zuweilen von diesem Glauben gehört. Aber ich würde niemals eine Frau an mich binden, nur weil ich ihr das Leben gerettet habe, Sipanata. Du nennst mich euren Schamanen, und du weißt, daß es meine Aufgabe ist, die Kranken wieder gesund zu machen.« Wieder lachte er leise. »Dann würden mir ja alle Dorfbewohner, die ich geheilt habe, ihr Leben schulden – nein, das ist ein Unding. Ich besitze eine Fähigkeit, die Gott mir verliehen hat, und wenn ich sie benutze, um anderen zu helfen, schulden sie mir nichts dafür.«

»Es mag sein, wie du sagst. Aber du kannst nicht ändern, was sie in ihrem Herzen fühlt, und ihrem Empfinden nach gehören ihr Leben und das ihres Kindes dir. Sprich mit ihr.

Du wirst sehen, daß ich recht habe, mein Schamane.«

Ganz aufgestört nickte Ben Wilson. Er drückte Sipanata die Hand und verließ das Tipi des Kriegers. Durch die Reihen von Tipis und Wigwams wandernd, grüßte er die Kinder, die alten Frauen und die Männer, die herauskamen, um ihn zu sehen, in der Creeksprache. Ihre lächelnden Gesichter, die offenkundigen Anzeichen der Achtung, die sie ihm zollten, erfüllten ihn plötzlich mit einem starken Gefühl. Er biß sich auf die Lippen. Wie offen und geradlinig diese Menschen im Vergleich mit Männern wie Dr. Elmer Drawley und George Hardesty waren . . . Die Erinnerung an den letzteren trieb ihm Tränen in die Augen. Er dachte daran, wie beide, Hardesty und seine geliebte Fleurette, an Diphterie erkrankt waren. Er hatte an beiden die gleiche Operation durchgeführt, und doch war Fleurette, die jung und vital und ihm eine echte Helferin war, von ihm genommen worden. Gottes Wille schien den Menschen oft nicht gerecht zu sein, aber dahinter stand ein Mysterium, das sie nicht zu ergründen vermochten. Fast gleichzeitig mit der Erinnerung an seine Qual kam die Reue, George Hardesty verurteilt zu haben. Denn Hardesty hatte dafür gesorgt und bezahlt, daß er mit seinen beiden Kindern zur Windhaven-Ranch reisen konnte. Und Hardesty hatte auch sein früher so korruptes Leben geändert.

Ben wischte sich die Tränen weg. Er sah, daß er bereits vor dem Tipi angekommen war, das von Elone und ihrem Kind bewohnt wurde. Sie kniete vor einem kleinen Kochfeuer, über dem an einem improvisierten Dreifuß ein Metalltopf hing. Eifrig rührte sie in einem Brei aus Maismehl und einem bißchen Milch. Im Innern des Zeltes hörte Ben das glückliche Plappern der kleinen Tisinqua, in das sich hier und da ein verständliches Wort mischte, denn sie war jetzt dreizehn Monate alt. Hingerissen sah er Elone zu. Elone wandte den Kopf nach dem Zelt und rief dem Kind in der Kiowasprache etwas zu. Ben trat langsam näher und sprach sie auf Creek an: »Laß mich das für dich tun, Elone.«

Sie richtete sich mit einem leisen Schreckensruf auf, die Augen groß vor Überraschung. Dann verzogen sich ihre weichen Lippen zu einem scheuen, schnellen Lächeln. Ehe er sie daran hindern konnte, beugte sie den Kopf, kreuzte die Hände vor der Brust und murmelte demütig: »Es ist nicht recht, daß der Schamane Frauenarbeit tut.«

Er antwortete: »Aber das Kind ruft nach dir. Und es ist meine Arbeit, Elone. Außerdem möchte ich nach Tisinqua sehen und mich vergewissern, daß der böse Geist ihren Körper verlassen hat.«

»Das hat er, Schamane, und du warst es, der ihn aus ihr und mir vertrieben hat. Mein Leben und das von Tisinqua gehören jetzt dir. Du hast keine Squaw, die für dich kocht und Feuer macht und dafür sorgt, daß dein Bett warm ist. Ich bitte dich, laß mich es für dich tun, mächtiger Schamane.«

»Elone, dies ist meine Arbeit, für die ich als junger Mann viele Jahre studiert habe. Meine Pflicht ist es, diejenigen zu heilen, die böse Geister in ihren Körpern haben. In meiner Sprache werde ich nicht Schamane, sondern Doktor genannt.« Er verwandte das englische Wort.

Elone betrachtete ihn mit erstauntem Gesicht. »Dok-tor?« wiederholte sie neugierig.

»Ja, Elone. Das bin ich. Unter meinen Leuten wird ein Doktor in Gold und Silber bezahlt, wenn er die Kranken gesund macht. Es ist gar keine Rede davon, daß das Leben der Geheilten ihm gehört. Deshalb darfst du nicht denken, du seist mir irgend etwas schuldig. Doch ich versichere dir, daß ich froh bin, dich und das Kind bei so guter Gesundheit zu sehen. Du hast viel Kummer in deinem Leben gehabt, und ich hoffe, hier unter diesen freundlichen Menschen wirst du glücklicher sein.«

»O ja, Dok-tor.« Zögernd formten ihre Lippen das fremde Wort, und ihre weichen, kupferfarbenen Wangen färbten sich dunkler. »Die Creeks sind gut zu mir, sie behandeln mich wie eine der Ihren. Sie teilen mit mir, was sie haben, aber ich sehe, daß das, was sie haben, wenig ist. Alle erzählen mir, wie gut du bist. Sipanata hat mir berichtet, daß du beinahe dein Leben geopfert hast, um diesen Leuten zu helfen. Aber du hast es nicht für Gold oder Silber getan, nicht wahr?«

»Nein, Elone. Ich habe es getan, weil ich es von ganzem Herzen zu tun wünschte. Ich kann es nicht ertragen, daß diese guten Menschen hungern müssen und daß man sie wie herrenlose Hunde behandelt.«

»Der Brei für Tisinqua ist fertig. Hier ist eine Schüssel dafür, Dok-tor.« Er lächelte entzückt, als sie seinen Titel aussprach. Ihm kam es vor, als habe dieses Wort noch nie so viel Dankbarkeit und Respekt ausgedrückt. Wieder kamen ihm die Tränen.

»Laß mich das Kind füttern, Elone«, bat er mit unsicherer Stimme. Er nahm die Schüssel und füllte den Brei mit einem Holzlöffel hinein. Elone bückte sich, um das Tipi zu betreten, und plötzlich wandte sie sich um und warf ihm einen Blick voller Zärtlichkeit zu.

Ben folgte ihr ins Zelt, hockte sich nieder, blies auf den Brei, um ihn abzukühlen, und rührte ihn mit dem Löffel um. Das kleine Mädchen war in Jacke und Röckchen aus Rehfell gekleidet, die Elone selbst angefertigt hatte. Es lag in einem Holzbettchen, das mit einer dicken Decke ausgepolstert war. Elone kniete sich neben Ben, streichelte der Kleinen über die Stirn und sagte: »Seit du den bösen Geist vertrieben hast, Dok-tor, wird sie kräftig. Sie ist ein sehr braves Kind. Sie weint nicht, und sie schläft die Nacht durch, ohne aufzuwachen.«

»Das ist sehr gut, Elone.«

Elone hob Tisinqua aus dem Bettchen. Sie setzte sich mit ihr auf den Strohsack ihres eigenen Bettes und summte ihr zärtliche Worte vor. Tisinqua blickte mit neugierigen schwarzen Augen auf Ben, der sich, die Schüssel in der einen, den Löffel in der anderen Hand, vor ihr niederhockte.

»Es ist nicht recht, daß der Schamane das Kind füttert«, protestierte Elone mit ihrer sanften Stimme. Die Kiowasprache war härter und enthielt mehr Konsonanten. Doch schon als er sie das erstemal in dieser Sprache reden gehört hatte, war ihm die Sanftheit ihrer Stimme aufgefallen. Jetzt, da sie sich der Creeksprache bediente, kam ihm ihre Stimme fast ebenso süß vor wie die seiner Fleurette. »Nein, Elone, das gehört ebenfalls zur Arbeit eines Doktors. Ich habe eigene Kinder, und ich weiß, wie man das macht. Ich habe Freude daran. Bitte, laß es mich tun.«

Sie nickte schweigend und sah zu, wie er den Löffel in die Schüssel tauchte und ihn, aufmunternd lächelnd, Tisinqua an den Mund hielt. Elone flüsterte dem kleinen Mädchen etwas zu, und Tisinqua öffnete das Mündchen und schluckte den Brei.

»Sie ist ein so süßes Kind. Vielleicht hätte sie gern eine Puppe zum Spielen. Wenn ich das nächste Mal in Wichita einkaufe, werde ich ihr eine mitbringen.«

Er hatte das englische Wort für »Puppe« benutzt, und Elone, die es nicht verstand, legte den Kopf auf die Seite. »Was ist das, womit sie spielen soll, Dok-tor?«

Während er das kleine Mädchen fütterte, suchte er nach den Creekworten, mit denen er es Elone erklären konnte.

»Es ist wie ein kleines Totem oder das Bild einer Person. Es wird ein kleines Mädchen wie sie sein. Sie wird tun, als sei es ihr Kind, wird mit ihm sprechen, es schlafen legen, damit spielen – sie wird tun, als sei sie bereits erwachsen.«

»Das ist ein wundervolles Ding!« strahlte Elone. »Du bist sehr freundlich, daß du daran denkst, Dok-tor.«

»Habt ihr beide denn auch genug Decken, um euch warmzuhalten?« fragte er und führte dem kleinen Mädchen noch einmal den Löffel an den Mund. Sie futterte jetzt begeistert und schmatzte vergnügt.

»O ja, wir haben genug – mehr, als ich bei den Kiowas hatte.« Einen Augenblick lang warfen die bösen Erinnerungen einen Schatten auf ihr zartes Gesicht. Dann erhellte es sich wieder, und sie fügte hinzu: »Aber du, Dok-tor, bist der freundlichste von allen.«

»Das darfst du nicht sagen. Ich bin glücklich, daß es euch beiden gutgeht.«

Schließlich war Tisinqua satt. Elone stand auf und ging, das kleine Mädchen in den Armen, im Tipi hin und her. Sie wiegte es und flüsterte ihm ins Ohr. Ben Wilson war wie verzaubert von der hingebungsvollen Liebe dieser jungen indianischen Mutter. Wie rief ihm das seine liebe Fleurette mit dem kleinen Thomas und später mit dem Baby Sybille ins Gedächtnis zurück! Es war beinahe mehr, als er ertragen konnte. Er wandte sich ab, um seine Gefühle zu verbergen. Als er sich wieder unter Kontrolle hatte, sagte er zu Elone: »Ich werde Tisinqua eine Puppe zum Spielen besorgen, sobald ich kann.«

»Du bist freundlich und gut zu uns, Dok-tor.« Sie sah ihn aufmerksam an. Die Geschichte seiner Familie hatte sie von Sipanata gehört, und jetzt konnte sie seine Gedanken erraten. »Du mußt sie sehr geliebt haben, und ich weiß, sie hat auch dich geliebt. Es war ihr eine Freude, dir Kinder zu schenken. An der Art, wie du mit Tisinqua umgehst, erkenne ich, daß dein Herz voll Liebe ist. Mein Kind und ich werden niemals vergessen, was du für uns getan hast.«

Er wagte nicht zu sprechen. So nickte er ihr nur zu und verließ das Zelt. Er ging bis zum Ende des Dorfes und verließ es durch das wackelige Tor. Draußen blieb er stehen und blickte nach Osten, woher er gekommen war – es schien ihm eine Ewigkeit her zu sein. Jetzt, da niemand zugegen war, der ihn sehen oder hören konnte, bedeckte er sein Gesicht mit den Händen und weinte, ohne sich zu schämen.

XIII

Andy Haskins hatte Luke Bouchard von seinem Besuch bei dem blinden Horatio Bambach und seiner Tochter Jessica berichtet. Er erwähnte, daß, für die fünfzig Morgen Land nur noch zwei schwarze Arbeiter übrig waren, diese seien unzufrieden mit ihrem Lohn und könnten jeden Augenblick auf und davon gehen.

Kurz darauf kehrte Andy zu den Bambachs zurück und zahlte die beiden Männer in Gold aus. Sofort hörten sie auf zu murren, denn sogar das Papiergeld der Union kam der Kaufkraft des Goldes nicht gleich, und es war das erste, das diese ehemaligen Sklaven in die Hand bekamen. Sie wünschten den Bambachs alles Gute und marschierten in der Absicht, einen guten Teil ihres Lohns in Rum und Frauen anzulegen, Arm in Arm davon.

Andy erklärte Horatio, er plane, etwa fünf vertrauenswürdige Männer für die Feldarbeit anzustellen. Einige von ihnen würden Weiße sein, verarmte Kleinbauern, die ihr Land wegen der hohen Steuern verloren hatten. Bei den Schwarzen wollte er darauf achten, daß sie älter waren als die eben entlassenen, denn dann würden sie realistisch genug sein, um den Unterschied zwischen Sklaverei und dem Status eines freien Mannes zu begreifen, der sich auf einem freien Markt um eine sichere und dauerhafte Arbeit bemühen muß.

Jessica bestand darauf, ein einfaches, aber nahrhaftes Essen für ihren Vater und den neuen Vormann herzurichten. Andy machte es verlegen, daß sie so bemüht war, ihre Dankbarkeit zu zeigen. Aber seine anfängliche Zurückhaltung schmolz während des freundschaftlichen, aufrichtigen Gesprächs mit ihr und ihrem Vater dahin. Er ließ sich nicht davon abbringen, mit Jessica in die Küche zu gehen und ihr beim Geschirrspülen zu helfen. Er fühle sich ausgeschlossen, scherzte er, wenn ihm das nicht erlaubt werde. Was nun Jessica betraf, so zeigte sie ihm unverhohlene Bewunderung. Er war so tüchtig und so vertrauenswürdig, daß ihr war, als kenne sie ihn schon seit vielen Jahren. Ihr Vater hatte ihn sofort akzeptiert und ins Vertrauen gezogen, was für die einsame Witwe ein weiterer Beweis war, daß man sich auf Andy Haskins, der wie durch ein Wunder auf ihrer Türschwelle aufgetaucht war, unbedingt verlassen konnte.

»Also, ich sehe es so, Mr. Bambach, Miß Jessica«, erklärte Andy, nachdem er sich eine zweite Tasse Zichoriekaffee hatte einschenken lassen, »die Art von Arbeitern, die Sie für dieses kleine Stück Land brauchen, sind ältere Männer, vielleicht sogar mit Familie. Sie sollen ja nicht von heute auf morgen davonlaufen, wenn ihnen irgendwer einen Dollar pro Woche mehr bietet. Mr. Luke Bouchard hat mir von Männern erzählt, die sein Rechtsanwalt in Montgomery kennt. Ich reise morgen hin und rede mit ihnen. Vielleicht komme ich Ende der Woche mit wirklich tüchtigen Leuten zurück, die Ihre Baumwolle pflanzen und mit dem Obst- und Gemüseanbau beginnen. Oh, dabei fällt mir ein – heute morgen, als ich bei Mr. Bouchard war, sagte er mir, sein Rechtsanwalt werde Ihre Steuern bezahlen. Darüber brauchen Sie sich nun auch keine Sorgen mehr zu machen. Und vergessen Sie nicht, Sie haben Mr. Bouchard gegenüber dadurch nicht die geringste Verpflichtung. Sobald dieses Land für Sie wieder Gewinn abwirft, ist noch Zeit genug, das Geld abzuzahlen. Mr. Bouchard hat mir eigens eingeprägt, ich solle Ihnen das klipp und klar sagen.«

Der alte Horatio schüttelte den Kopf und führte ein Taschentuch an seine zitternden Lippen. Dann hustete er und sagte mit unsicherer Stimme: »Das ist wie Manna vom Himmel, Mr. Haskins. Ich kann nicht glauben, daß noch andere Leute so freundlich und rücksichtsvoll sind. Ich hatte geglaubt, dieser Krieg habe alle Welt dazu gebracht, nur noch für sich selbst zu sorgen und sich den Teufel um andere Menschen zu kümmern. Mr. Bouchard kann ich gar nicht genug danken, und ich bitte Sie, ihm zu sagen, wie dankbar wir ihm sind, Jessica und ich.«

»O ja!« fiel die junge Witwe mit leuchtenden Augen ein. »Und wir möchten Mr. Bouchard unbedingt kennenlernen und es ihm selbst sagen. Können Sie ihn nicht für einen Abend nach hier einladen, wenn er Zeit hat, Mr. Haskins?«

»Das will ich tun, Madam. Ich bin in zwei oder drei Tagen wieder hier, also machen Sie sich keine Sorgen. Und die Arbeiter bringe ich gleich mit.«

Er tupfte seinen Mund mit der Serviette ab, stand auf und errötete plötzlich in heißer Verlegenheit, als er Jessicas Augen auf sich gerichtet sah. »Jetzt muß ich gehen. Kann ich für Sie in Lowndesboro irgend etwas besorgen? Der Mann, dem das Kaufhaus jetzt gehört, ist ein feiner Kerl. Es ist Mr. Dalbert Sattersfield, und er ist gerade aus den Flitterwochen zurückgekommen. Seine Frau hat früher Mr. Lukes und Miß Laures Kinder versorgt. Er ist ein anständiger, ehrlicher Kaufmann und ein richtiger Gentleman.«

»Vater, wäre es nicht herrlich, wenn wir zur Abwechslung einmal richtigen Kaffee hätten?« fragte Jessica.

»Ich bringe Ihnen zwei Pfund besten Kaffee mit«, versprach Andy. »Denn wissen Sie, Madam, ich möchte gern ab und zu eine Tasse mit Ihnen und Ihrem Vater trinken. Das erinnert mich an die Zeit, als ich ein Junge in Tennessee war und mein Daddy und ich nach einem langen Tag auf dem Feld Kaffee tranken und uns besprachen. Sie sind jetzt für mich eine Art Familie – wenn Sie mir verzeihen, daß ich das sage.«

»Nichts zu verzeihen, junger Mann«, fiel Horatio ein. »Sie sind ein guter, anständiger Mensch, Mr. Haskins. Es ist mir eine Ehre, Sie zu kennen, und Sie werden in diesem Haus immer willkommen sein, das versichere ich Ihnen.«

»O ja, Mr. Haskins, ich bin mit meinem Vater einer Meinung«, setzte Jessica hinzu.

Andy hustete, um sich nichts anmerken zu lassen. Er hielt die Lehne seines Stuhls mit seiner einen Hand umfaßt und starrte sie an, als falle es ihm schwer, Abschied zu nehmen. Schließlich erklärte er: »Ich werde Mr. Bouchard sagen, daß Sie ihn gern einmal hier hätten, und ich weiß, er möchte Sie auch gern kennenlernen. Ich gehe jetzt, Mr. Bambach, Madam. Noch einmal vielen Dank für das gute Abendessen.«

»Ich bringe Sie an die Tür, Mr. Haskins.« Jessica stand ebenfalls auf. »Ich bin gleich wieder da, Vater.«

»Schon gut, meine Tochter. Gute Nacht, Mr. Haskins.«

»Gute Nacht, Sir. Sie sehen mich bald wieder.«

Andy blickte der jungen Witwe mit dem hellbraunen Haar entgegen, die lächelnd auf ihn zukam. Plötzlich wünschte er, er hätte das Recht, auszusprechen, was er für sie empfand. Er hatte sich noch nie bei jemandem so wohl gefühlt, und er hätte nie gedacht, daß ihm das bei einer Frau so ergehen könne. Sie war so sanft, so freundlich und dazu noch jung und hübsch – welch ein Jammer, daß sie ihren Mann im Krieg verloren hatte!

»Es hat Vater richtig gutgetan, daß sie so mit ihm gesprochen haben, Mr. Haskins«, flüsterte sie ihm zu, als sie zur Tür des alten Fachwerkhauses gingen.

»Ich habe große Achtung vor ihm, Miß Jessica. Ich verspreche Ihnen, ich werde alles tun, damit dieses Land in kürzester Zeit wieder Gewinn abwirft, und ich werde Seite an Seite mit den Männern arbeiten, die ich Ihnen bringe, darauf können Sie sich verlassen.«

»Mr. Haskins –« Sie legte eine Hand auf sein Handgelenk, und dann ließ sie sie, erschrocken über ihre eigene Kühnheit, plötzlich wieder fallen. »Ich danke Ihnen – und – und – Gott segne Sie. Ich bin so dankbar für das, was Sie für Vater getan haben, daß ich gar nicht weiß, wie ich anfangen . . . «

»Das geht schon in Ordnung, Madam. Ich freue mich, daß ich helfen konnte. Wir sehen uns ja bald wieder, nicht wahr?«

»Ja. Ich – ich hoffe es sehr, Mr. Haskins.« Ehe er ihre Absicht erraten konnte, hatte Jessika ihm die Hände auf die Schultern gelegt und ihn impulsiv auf die Wange geküßt. Errötend trat sie sofort wieder zurück.

Zwei Tage später ritt Luke Bouchard mit Andy Haskins hinüber, um seinen offiziellen Besuch bei den Bambachs zu machen. Er hatte ihn hinausgeschoben, bis er ihnen die Nachricht bringen konnte, daß sie sich über die ungeheuerlichen Steuern, die ihnen auferlegt worden waren, keine Sorgen mehr zu machen brauchten. Andy klopfte an die Tür, und als Jessica öffnete, bemerkte Luke ihre sichtliche Freude beim Anblick des jungen Mannes aus Tennessee. Da hatte er, dachte Luke im stillen, nicht nur den Bambachs geholfen, indem er ihnen Andy Haskins als Vormann schickte, sondern sehr wahrscheinlich auch Andy eine Bekanntschaft vermittelt, bei der sich auf eine glückliche Entwicklung hoffen ließ.

Jessica entschuldigte sich errötend und verlegen, daß sie nicht besser darauf eingerichtet seien, Gäste zu empfangen, und führte sie dann zu ihrem Vater, dem sie soeben das Frühstück serviert hatte.

»Guten Morgen, Mr. Bambach.« Vergnügt stellte Luke sich selbst vor. »Ich bin Luke Bouchard, und ich bin heute mit Andy Haskins gekommen, um Ihnen eine gute Nachricht zu bringen. Ich wollte Sie schon längst einmal besuchen, aber ich habe absichtlich gewartet, bis das Problem gelöst war, von dem ich weiß, daß es Ihnen große Sorge gemacht hat. Und hier, Sir, habe ich eine Abschrift der Steuerquittung. Jedidiah Danforth, mein Rechtsanwalt, hat alle Schulden bezahlt und die Besitzrechte für dieses Land erworben. Aber, wie Andy Ihnen sicher schon erklärt hat, wird er es zum geeigneten Zeitpunkt wieder auf Sie übertragen lassen, dann wird es Ihnen ohne Einschränkung wiedergehören.«

»Oh, Vater, ist das nicht herrlich? Mr. Bouchard, Gott segne Sie! Sie wissen gar nicht, wie besorgt ich Vaters wegen war«, rief Jessica aus. Sie zog ein Taschentuch hervor, wandte sich ab und trocknete ihre Tränen. Dann schalt sie sich selbst: »Oh, es ist schrecklich, daß ich mich ganz und gar vergesse – bitte, entschuldigen Sie, Mr. Bouchard,

Mr. Haskins. Darf ich Ihnen ein paar Scheiben Maisbrot anbieten? Ich habe es heute früh gebacken.«

»Das wäre schön, Miß Bambach. Und ich glaube, Andy hat etwas für Sie, das gut dazu passen würde.«

Nun trat Andy vor und händigte Jessica ein Paket Kaffee aus. »Hier ist Ihr Kaffee, Madam, zwei Pfund, wie versprochen. Ich glaube, er wird gut zu dem Maisbrot schmecken.«

»Oh, vielen Dank, Mr. Haskins.« Jessica eilte in die Küche. Luke und Andy setzten sich zu Horatio Bambach an den Tisch.

Horatio wandte seine blicklosen Augen in die Richtung, aus der Lukes Stimme kam. »Ich – ich weiß nicht recht, wie ich Ihnen danken soll, Mr. Bouchard, Sir. Ich habe mir Sorgen um Jessica gemacht – denn was sollte aus meiner armen Tochter werden, wenn wir dieses Haus hätten verlassen müssen? Als wir unsern ganzen Besitz in Virginia verloren und die Nachricht kam, ihr Mann sei gefallen, da dachte ich, so viel Leid solle eine junge Frau nicht auf einmal tragen müssen. Ich dankte Gott, daß ich ein bißchen Hartgeld in Sicherheit gebracht hatte, damit wir hier einen neuen Anfang machen konnten. Doch dann sah es, wie Sie wissen, ganz so aus, als würde uns das Unglück auch hier verfolgen. Ich weiß nicht, wie ich Ihnen das Geld je wieder zurückzahlen soll.«

»Darüber zerbrechen Sie sich bitte nicht den Kopf. Ich habe im Grunde nur eine Investition in gutes Land und anständige Menschen getätigt. Andy kommt morgen nachmittag mit ein paar neuen Arbeitern, welche die Pflanzarbeit im Frühling und Sommer und die Erntearbeit im Herbst besorgen werden. Es sind gute Männer – das weiß ich, weil er sie selbst ausgesucht hat –, sie stammen aus dieser Gegend und lieben das Land. Was aber das Rückzahlen betrifft, Mr. Bambach, so bin ich zufrieden, wenn Sie Ende des Jahres nach dem Verkauf Ihrer Erzeugnisse einen kleinen Prozentsatz abzweigen und mir mein Geld nach und nach wiedergeben. Sie können versichert sein, daß ich Sie niemals drängen werde.«

Jessica kam mit einer Kanne starkem Kaffee und einem Teller heißen Maisbrotscheiben. Sie stellte beides auf den Tisch. »Die Tassen hole ich sofort«, sagte sie entschuldigend.

»Ich möchte Ihnen gern helfen, Miß Jessica.« Andy schob seinen Stuhl zurück.

»Wirklich, Mr. Haskins, das kann ich doch allein – nun, es wäre nett – ich meine – ach du meine Güte!« Jessica lief aus dem Eßzimmer, und Andy folgte ihr. Sein Gesicht verriet seine Verehrung für Miß Jessica, und Luke lächelte vor sich hin. Zweifellos würden Jessica Bambach und Andy Haskins entdecken, daß sie viel gemeinsam hatten, und das war nach Lukes Vorstellung die ideale Voraussetzung für ein sich anbahnendes Verhältnis. Er hatte das Gefühl, in naher Zukunft werde er Lucien Edmond schreiben müssen, Andy wolle dableiben und eine Familie gründen.

Am nächsten Nachmittag kam Andy wieder zu den Bambachs und brachte fünf Arbeiter mit. Luke hatte ihm eingeschärft, Horatio Bambach frühestens Ende des Sommers zu verraten, daß er ihre Löhne bezahlte. Bis dahin konnte schon abgeschätzt werden, welchen Gewinn dieses fruchtbare Land abwerfen würde. Die beiden Schwarzen, die von Andy bei seinem zweiten Besuch ausbezahlt worden waren, hatten ihre Hütten am Ende der Felder bereits geräumt.

Zwei der neuen Männer – Matthew Rensler, vierunddreißig, rank und schlank und von geselligem Wesen, und Burt Coleman, achtundzwanzig, groß und liebenswürdig – waren weiße Südstaatler, die das Schicksal getroffen hatte. Ihre Frauen waren während des Krieges gestorben; sie selbst waren beide leicht verwundet worden, doch bis zum Frieden von Appomattox aktiv geblieben. Aufgewachsen waren sie auf Farmen im südlichen Alabama. Ihre Eltern waren tot. Die wenigen überlebenden Verwandten hatten den Staat schon lange verlassen und ihr Glück im nördlichen Texas oder in Kalifornien gesucht.

Die anderen drei Arbeiter waren einstige Sklaven. Zwei von ihnen – Cassius und Daniel Ardmore – waren Brüder, die vor einer Woche auf die Windhaven-Plantage gekommen waren. Marius Thornton hatte mit ihnen geredet und ihnen erklärt, alles Land gehöre freien Schwarzen, die mit Luke Bouchard, dem ursprünglichen Eigentümer der fünfzig Morgen, auf denen das Château stand, zusammenarbeiteten. Auf der Windhaven-Plantage, so sagte er, sei keine Arbeit zu vergeben, aber er werde sein Bestes tun, welche für sie zu finden. Die Ardmore-Brüder waren vor dem Krieg zusammen auf einer großen Plantage in der Nähe von Talledega gewesen. Seitdem waren sie von County zu County gewandert und hatten sich mit Gelegenheitsarbeiten durchgeschlagen. Sie kannten sich mit dem Baumwollanbau und auch mit der Bedienung der Entkörnungsmaschinen aus. Diese Information gab Marius Thornton an Andy Haskins weiter. Andy wiederum suchte sie in dem aufgegebenen Schuppen nahe der kleinen Stadt Lowndesboro, wo sie hausten, auf. Nur zu gern willigten sie ein, auf dem Bambach-Land zu arbeiten.

Der dritte Schwarze war Jasper Cooper, einunddreißig, untersetzt und zurückhaltend. Für seinen früheren Herrn, dessen Namen er trug, hatte er hauptsächlich Gartenarbeit verrichtet. Wie Cassius und Daniel gab er kläglich zu: »Die Freiheit ist auch nicht besser als die Sklaverei, wenn ein Mann nicht genug verdienen kann, um sich mal Schweinebauch und Maisbrot zu leisten.«

Da es auf dem Bambach-Land nur zwei Hütten gab, schlug Andy vor, die fünf Neuankömmlinge sollten die ersten Tage dazu benutzen, sich eine Unterkunft zu bauen. Dann zeigte er ihnen die Felder, auf denen bereits mit dem Pflanzen von Baumwolle begonnen worden war, und die anderen, wo Melonen, Mais, Bohnen, Tomaten und Yamswurzeln wachsen sollten. Andy war auch in Dalbert Sattersfields Kaufhaus gewesen und hatte Mehl, Melasse, Bohnen, etwas Speck und Zichorie mitgebracht, so daß die Arbeiter für die erste Woche versorgt waren. Jessica Bambach versprach, für sie zu kochen. Ihre Freundlichkeit beeindruckte die Männer sehr, und alle versicherten, es sei schön, wieder richtige Arbeit, ein Dach über dem Kopf und anständiges Essen zu haben.

Andy stellte fest, daß die Männer mit Eifer zu werken begannen. Sie schwangen die Äxte und errichteten mit vereinten Kräften einfache Hütten, in denen sie vorerst wohnen konnten. Dann sagte Andy dem alten Bambach gute Nacht und band sein Pferd los. Jessica war ihm gefolgt. Sie schaute sich schnell um, ob sie auch nicht beobachtet würden. »Ich bin Ihnen ja so dankbar, Mr. Haskins . . . «

»Wollen Sie mich nicht Andy nennen, Miß Jessica? Ein Mann kommt sich so alt vor, wenn er mit ›Mister‹ angeredet wird. Und ich fühle mich wirklich nicht alt, jetzt, wo es Arbeit für mich zu tun gibt und ich sehe, daß für Sie beide ein echter Fortschritt erreicht wird.«

Sie senkte die Augen, und ihre Wangen färbten sich scharlachrot. Leise antwortete sie: »Gut, dann nenne ich Sie Andy, wenn Sie mich Jessica nennen. Sind Sie einverstanden?«

Andy grinste von einem Ohr zum anderen. »Voll und ganz, Jessica. Ihr Name gefällt mir sehr.«

»Und – und Sie gefallen mir auch, Andy«, gestand sie. Sie sah ihn offen an und setzte hinzu: »Wissen Sie, Andy, ich habe mir solche Sorgen um Vater gemacht, weil er an den Punkt gekommen war, wo es ihm gleichgültig war, ob er lebte oder nicht. Jetzt haben Sie ihm neues Leben und neue Hoffnung gegeben, Sie und dieser wundervolle Mr. Bouchard. Ich – ich weiß einfach nicht, wie ich Ihnen genug dafür danken kann.« Schnell beugte sie sich vor und küßte ihn auf die Wange. Aber diesmal legte Andy, ehe sie sich zurückziehen konnte, seinen linken Arm um ihre Schultern, zog sie an sich und küßte sie herzhaft, allerdings auch nur auf die Wange. »Das mußte ich tun, Jessica«, platzte er heraus und war rot im Gesicht geworden. »Wenn Sie wollen, können Sie mir eine Ohrfeige geben, aber ich mußte es tun. Ich finde, Sie sind die hübscheste und tapferste Frau, die ich je gesehen habe, und das meine ich ehrlich.«

Er ließ seinen Arm sinken und fügte kleinlaut hinzu: »Aber ich wollte mir nichts herausnehmen, Miß Jessica!

»Oh, Andy, Sie würden sich niemals etwas herausnehmen! Sie sind ein prächtiger, wundervoller Mann, und wenn Sie mich fragen, dann sind Sie viel zu bescheiden, so tüchtig, wie Sie sind. Und da wir uns nun geküßt haben, meinen Sie nicht, daß Sie aufhören sollten, mich ›Miß‹ zu nennen?« Ihre Augen blitzten in süßer Schelmerei.

Andy seufzte auf, so bezaubert war er. Dann legte er seinen Arm von neuem um ihre Schultern. Diesmal küßte er sie lange und glühend auf den Mund. Jessica schloß die Augen und schmiegte sich an ihn, bis der Kuß vorbei war.

»Jessica, Jessica, ich bin ein Stinktier«, stieß er plötzlich heiser hervor. »Wie konnte ich vergessen, daß du Witwe bist und um deinen Mann trauerst – ich hätte mehr Verstand haben sollen. Aber mein alter Daddy sagte immer, ich gehöre zu der Sorte, die erst handelt und dann überlegt. Ich muß mich entschuldigen . . . «

»Weißt du, was das dumme an dir ist, Andy Haskins?« Jessica stemmte die Hände in die Hüften und sah ihn streng an. »Du mußt alles Schöne verderben, indem du dich dafür entschuldigst! Wenn ich von dir nicht hätte geküßt werden wollen, hätte ich es nicht zugelassen. Denk einmal darüber nach!«

»Jessica, du meinst wirklich – oh, halleluja!« Mit einem Freudenschrei schleuderte Andy seinen Sombrero in die Luft. Jessica warf den Kopf in den Nacken und lachte. »So ist es schon besser«, sagte sie und wandte sich dem Haus zu. »Ich hoffe, du wirst nicht zu lange warten, bis du wiederkommst und nachsiehst, ob die Männer ihre Arbeit ordentlich tun. Gute Nacht.«

Sie verschwand im Haus. Andy setzte seinen Sombrero auf, band seinen Wallach los und pfiff dabei. Als er das Pferd bestieg, sagte er laut zu sich selbst: »Es sieht ganz so aus, als sollte ich sehr lange nicht mehr nach Texas und zu Mr. Lucien Edmond zurück kommen.

XIV

Am selben Nachmittag war Luke nach Montgomery geritten. Er traf sich dort mit William Blount, Ebenezer Tolman und Clarence Hartung in einem Hinterzimmer von Tolmans Bestattungsunternehmen. Es war seine dritte Zusammenkunft mit diesen drei beherzten republikanischen Politikern seit ihrem Besuch auf der Windhaven-Plantage, als sie ihn gedrängt hatten, sich als Kanditat des County Montgomery für die Gesetzgebende Versammlung aufstellen zu lassen.

Luke hatte sich überzeugt, daß es um eine gerechte Sache ging. Wie sein Großvater war er ein pragmatischer Idealist. Er verabscheute Heuchelei und noch mehr die Terrormethoden, mit denen bestimmte Kreise anständige Bürger daran hindern wollten, zu den Wahlurnen zu gehen. Luke war sich durchaus bewußt, daß die Bekanntgabe seiner Kandidatur die Wut des Ku-Klux-Klan auf ihn ziehen konnte. Besondere Sorge machte er sich in diesem Zusammenhang um Laures Sicherheit, war sie doch kaum über das schreckliche Erlebnis mit den von Henri Cournier gedungenen Verbrechern hinweg. Er sprach mit ihr darüber.

Lächelnd versicherte ihm Laure: »Ich empfinde genauso wie du, Darling. Wenn sich niemand dem Klan und den Schiebern entgegenstellt, werden wir und unsere Kinder niemals die Segnung des Friedens kennenlernen. Mir kommt es ganz so vor, als werde der Krieg weitergeführt, nur daß unsere Feinde keine Gewehre benutzen, sondern die Seelen der Menschen vergiften. Deshalb sage ich:

Kämpfe gegen sie, mache allen ihre Korruptheit deutlich – aber bitte, um meinetwillen sei vorsichtig, Liebster.«

»Ich habe durchaus die Absicht, Darling. Auf den Vorschlag, den Mr. Blount und seine Freunde mir unterbreitet haben, wäre ich ohne entsprechende Vorsichtsmaßnahmen gar nicht eingegangen. Blount versichert mir, von einem Klavern sei in dieser Gegend nichts bekannt. Seit die Bande feiger Schurken, unter Führung von Hurley Parmenter, zersprengt wurde, haben wir nichts mehr über den Ku-Klux-Klan gehört. Ich werde nie vergessen, wie Parmenter und seine Männer Marius gefangennahmen und drohten, ihn lebendig zu verbrennen, falls ich ihrem verabscheuungswürdigen Verein nicht beiträte. Vielleicht haben die damals Beteiligten das County sogar verlassen. Blount ist davon überzeugt.«

»Darüber bin ich sehr froh«, antwortete Laure. »Ich habe im *Advertiser* über Terrorakte des Klans in den Countys Bullock und Macon gelesen. Meist waren sie gegen Schwarze gerichtet. Wie schrecklich das alles ist! Als Lincoln die Sklavenbefreiung durchsetzte, hat er bestimmt nicht daran gedacht, daß sie nach seinem Tod für ihre Freiheit so teuer bezahlen müßten. Deshalb bin ich ja so stolz darauf, lieber Luke, daß du die Prinzipien verteidigen willst, für die Lincoln gelebt hat und gestorben ist.«

»Ich bin sehr glücklich«, erwiderte Luke ernst, zog Laure an sich und küßte sie. »Ich verspreche dir, daß ich vorsichtig sein werde, und unsere Arbeiter hier sind gut bewaffnet.«

William Blount war an diesem erfreulichen Nachmittag der erste, der Luke Bouchard zu seiner Entscheidung gratulierte. »Uns steht ein harter Kampf bevor, Mr. Bouchard«, sagte er, »aber Ihr Mut, Sir, wird uns Kraft gegen diese Schufte von Schiebern verleihen. Wie bereits erwähnt, ist Ihr Gegenkandidat ein schwarzer Demokrat namens Cletus Adams. Er ist vierzig Jahre alt und war bis zum Krieg Sklave im County Tallapoosa. Danach zog er nach Montgomery zu einem Vetter, der als freier Schwarzer eine Schmiede am

Rand der Stadt betreibt. Er ist also lange genug in diesem County ansässig, um als Kandidat aufgestellt zu werden. Im großen und ganzen läßt sich nichts Ehrenrühriges über ihn sagen, aber natürlich über die Leute, die ihn unterstützen, und ihre Pläne für den Fall, daß er gewählt wird. Dem wollen wir einen Riegel vorschieben, Mr. Bouchard.«

Clarence Hartung ergriff das Wort. »In den ärmeren Countys ist uns die Mehrheit republikanischer Stimmen ziemlich sicher, Mr. Bouchard. Aber Sie müssen wissen, Sir, schon lange vor dem Krieg wußten die dortigen Grundbesitzer kaum, wie sie über die Runden kommen sollten, und die Schwarzen, die für sie arbeiteten, waren ihnen praktisch gleichgestellt. Auch wünschten die meisten dieser Leute keine Sezession, sie waren Unionisten und Republikaner. Im Gegensatz zu den vielen Opportunisten in anderen Gebieten dieses Staates sind sie nicht zu den Demokraten übergelaufen.«

»Sie erinnern sich, meine Herren«, erklärte Luke ernst, »als Sie mir bei Ihrem ersten Besuch diesen Vorschlag unterbreiteten, sagte ich Ihnen, daß ich mich keiner Gruppe verpflichtet fühlen würde. Ich hoffe, Sie sind nach wie vor damit einverstanden, daß ich während des Wahlkampfs das Recht habe, meine eigenen Ansichten darzulegen.«

»Selbstverständlich, Sir, das verstehen wir, und wir sind auch sehr dafür«, erwiderte William Blount. »Wissen Sie, was Senator Spencer – *unser* Senator, ein Republikaner – im Senat sagt? Es sei ein ›abscheuliches Verbrechen‹, ein Republikaner zu sein! Und einer seiner Verbündeten greift Gouverneur Smith an. Er macht ihn für die Untaten des Ku-Klux-Klan verantwortlich und wirft ihm – können Sie sich das vorstellen, Sir? – ›kriminelle Nachlässigkeit bei der Durchsetzung der Gesetze‹ vor. Das ist schändlich!«

»Und es kommt noch schlimmer.« Tolman, der eine Zeitung in der Hand hielt, stand auf. »Senator Spencer beleidigt unseren Gouverneur, einen Mann seiner eigenen Partei, indem er ihn als ›kriminell rückständig und der grundlegenden Fähigkeiten, die er für sein Amt braucht, ermangelnd‹ bezeichnet. Das ist ein wörtliches Zitat aus seiner Rede, die der *Advertiser* vor ein paar Wochen abgedruckt hat. Ich hoffe, Sie erkennen daraus, Mr. Bouchard, wie sehr wir einen Mann von Ihrer geraden, ehrlichen Art brauchen. Nur fürchte ich, man wird zu den übelsten Mitteln greifen, um diese verräterischen Pläne durchzusetzen.«

»Ich mache Ihnen einen Vorschlag, Gentlemen«, sagte Luke. »Ich lege meine Ansichten und die Beweggründe für meine Kandidatur schriftlich nieder, und Sie können es im *Advertiser* drucken lassen, wann immer Sie wollen.«

»Ausgezeichnet, Sir! Sie sehen ja, was Spencer tut«, entgegnete William Blount. »Er versucht, weiße Unionisten und Schwarze gegen Gouverneur Smith aufzuhetzen, indem er den Eindruck erweckt, der Gouverneur überlasse sie hilflos den Übergriffen des Klan. Aber ich behaupte, mit einem Mann wie Ihnen, Mr. Bouchard, werden unsere Bürger diese Täuschungsmanöver bald durchschauen und unsern guten Gouverneur wiederwählen.«

In der Woche nach Mitzi Vourlays Heirat mit Dalbert Sattersfield hatte Laure mit zwei jungen Frauen gesprochen, die im *Advertiser* inseriert hatten: Sie suchten Stellungen als Kindermädchen oder Gouvernanten. Luke war bei seinem Besuch in Montgomery die Inserate selbst durchgegangen und hatte von den Angestellten der Zeitung eine erste Beschreibung der Bewerberinnen erhalten. Die erste, Delphine Watson, hatte angegeben, sie habe zwei Jahre an einer Dorfschule unterrichtet. Sie hatte vor dem Krieg ein Pensionat für junge Damen in Tuscaloosa besucht, war neunundzwanzig Jahre alt und lebte zur Zeit bei ihrem älteren verwitweten Bruder. Die zweite, die ein Jahr ältere Moira O'Connor, hatte im Krieg ihre Eltern verloren und ihr Haus wegen der Steuern verkaufen müssen. Hierauf war sie zu einer leidenden alten Tante gezogen. Seit Kriegsende war sie als Kindermädchen in drei verschiedenen Familien tätig gewesen. Ihre letzte Stellung verlor sie, als die Familie sich entschloß, nach Wyoming zu ziehen.

Der Angestellte versicherte Luke, er kenne ihre Familien persönlich und könne sich für beide verbürgen.

Laure entschied sich für Moura O'Connor. Sie war irischer Abstammung, hatte ein sympathisches Gesicht und war adrett angezoggen. Ihr schwarzes Haar war schlicht zu einem dicken Knoten im Nacken aufgesteckt. Laure war von ihrer Zärtlichkeit zu Lucien und Paul beeindruckt und engagierte sie auf der Stelle. Es gab nämlich keinen Zweifel daran, daß Mitzi Vourlay Sattersfield bald Mutter werden würde. Eine Woche nach ihrer Rückkehr aus den Flitterwochen hatte sie Laure besucht und ihr errötend anvertraut: »Es ist wie ein Traum, Madame Laure! Wir lieben uns so sehr, als kännten wir uns schon seit Jahren. Und der liebe Dalbert wünscht sich ebenso wie ich sehnlichst Kinder. Oh, ich hoffe, Sie finden jemanden, der sich um die beiden Jungen kümmert. Aber wenn Sie mich brauchen, schicken Sie sofort nach mir – ich verdanke Ihnen ja so viel!«

Moira O'Connor schien wirklich ein guter Ersatz für die kleine brünette Französin zu sein. Laure hatte nichts an ihr auszusetzten. Sie sorgte dafür, daß die Jungen rechtzeitig ihr Essen erhielten und ins Bett kamen; tagsüber hatten sie großen Spaß an den Geschichten, die Moira erzählte, und an den einfachen Spielen, für die sie sie begeisterte. Eines Nachmittags betrat Laure das Kinderzimmer. Moira häkelte und erklärte dem kleinen Lucien, wie er ihr das Garn halten solle. Sie blickte hoch, sah ihre Chefin und grüßte mit einem respektvollen Nicken. Sie häkele einen Pullover für Paul, sagte sie. Lucien piepste: »Und ich helfe ihr dabei, Mama!«

Luke Bouchards Erklärung nahm am ersten Montag im April eine halbe Seite des in Montgomery erscheinenden *Advertiser* ein. Laure kam in sein Arbeitszimmer und gratulierte ihm. »Ich bin stolz auf dich, Darling.« Sie küßte ihn.

Mit dem unnachahmlichen Lächeln, an das er sich so gut von ihrer ersten Begegnung im Union House her erinnerte, setzte sie hinzu: »Aber, Sir, Sie dürfen nicht glauben, daß Sie der einzige im Haus sind, der etwas Wichtiges anzukündigen hat.«

»So?« Er sah sie mit fragendem Lächeln an.

»Ich glaube, daß wir Anfang Oktober Zuwachs im Kinderzimmer bekommen. Das wäre noch gerade rechtzeitig vor der Wahl im November, nicht wahr? Ich hoffe, es wird dich nicht derartig ablenken, daß du dir den Sieg verscherzt, Darling.«

Luke lachte vergnügt, sprang auf und umarmte sie. »Du weißt, es wird mich eher zu größeren Anstrengungen anspornen«, versicherte er. Er küßte sie auf den Hals und die zierlichen Ohren, streichelte ihr goldenes Haar und trat zurück. Stolz und Liebe leuchteten aus seinen Augen. »Aber diesmal hoffe ich wirklich auf ein Mädchen, Liebste, ein Mädchen, so schön wie du. Die Frauen unserer Familie sind immer starke Persönlichkeiten gewesen. Sie haben Männer von bestem Charakter angezogen und unserm Leben damit noch mehr Kraft gegeben.«

»Ich hätte ebenfalls gern ein Mädchen. Aber dieses Kind ist noch nicht einmal geboren, und du verheiratest es schon!« scherzte Laure. »Einen Nachteil hat ein Mädchen allerdings: Wenn sie heiratet, ändert sich ihr Familienname – oder hat mein fähiger Politiker das vergessen?«

»Natürlich nicht«, erwiderte er lachend. »Lucien und Paul werden den Namen Bouchard weitergeben, das genügt. Aber vergiß nicht, wie gut es beispielweise jenem Zweig unserer Familie getan hat, daß Arabella den klugen, tüchtigen James Hunter geheiratet hat. Und unsere geliebte Fleurette brachte Dr. Ben Wilson in die Familie, während Laurette so viel Verstand hatte, Charles Douglas zu wählen. Da wir gerade von Charles sprechen – vielleicht erleben wir es noch, daß er eine Kette von Kaufhäusern im ganzen Land aufzieht – überraschen würde es mich nicht im geringsten!

Und jetzt, mein Darling, laß uns in die Küche gehen und Hannah fragen, ob sie uns heiße Biskuits mit Honig und einen starken Kaffee macht, damit wir unsere beiderseitigen Neuigkeiten feiern können.«

Arm in Arm, lachend und tuschelnd wie ein junges Liebespaar, schritten Luke Bouchard und seine goldhaarige Laure in die Küche.

XV

Im Hinterzimmer der Billardhalle auf der Thomason-Straße zog ein kleiner, fetter Mann mit einem grauen Bart und einem mächtigen, beinahe kahlen Schädel eine goldene Uhr aus der Westentasche, stellte die Zeit fest, machte ein finsteres Gesicht, murmelte einen Fluch und steckte die Uhr wieder weg. Er trug einen Schwalbenschwanz und karierte Hosen, eine geblümte Krawatte mit einer Diamantnadel und ein Seidenhemd mit Monogramm. Seinen neuen Bowler-Hut hatte er auf einen Schemel neben seinem Sessel gelegt. Jetzt schlug er die Beine übereinander und wackelte mit dem rechten Fuß hin und her. Wieder zog er seine Uhr zu Rate, und diesmal sagte er laut: »Der gottverdammte Nigger kann nicht einmal pünktlich zu einer Verabredung kommen.«

Das Hinterzimmer war mit der Billardhalle durch eine enge Tür verbunden, vor der ein dicker grüner Friesvorhang hing. Von dort waren das Klicken der Kugeln und Queues zu hören sowie die scherzhaften Streitereien von einem halben Dutzend mit diesem alten Geschicklichkeitsspiel beschäftigter Spieler. Das muntere Treiben machte den Mann jedoch nur noch ärgerlicher. Zum dritten Mal sah er auf die Uhr, dann stellte er die Beine wieder gerade, stampfte mit dem rechten Fuß auf und fluchte heftig: »Zum Teufel, wo steckt der verdammte Nigger? Wenn er kein guter Demokrat wäre und wenn ich den Bastard nicht bräuchte, ließe ich ihm vom Klan die Furcht Gottes einbleuen!«

Einen Augenblick später wurde der grüne Friesvorhang beiseite geschoben, und ein sympathisch aussehender Schwarzer trat ein. »Tut mir leid, daß ich zu spät komme, Mr. McMillan, Sir«, entschuldigte er sich. Er war groß und schlank; sein Gesicht hatte hohe Wangenknochen und ein eckiges Kinn. Sein Lächeln wirkte freundlich, seine Stimme klang ehrerbietig leise. »Ich bin sofort aufgebrochen, als ich Ihre Botschaft erhielt, Mr. McMillan.«

»Schon gut, Cletus, jetzt sind Sie ja hier. Gießen Sie sich einen Whisky ein. Da ist auch eine Kiste Zigarren, bedienen Sie sich.«

»Sehr freundlich von Ihnen, Mr. McMillan.« Cletus Adams trat zu dem kleinen Tisch an der Wand, öffnete die Kiste, holte eine Zigarre heraus, nahm ein Streichholz, entzündete es an der Wand und steckte seine Zigarre in Brand. Er paffte ein paarmal, bis sie endlich zufriedenstellend zog. Die ganze Zeit über musterte Barnabas McMillan ihn mit finsteren Blicken. Um seinen fleischigen Mund lag ein fast verächtlicher Zug. Er sah zu, wie der Schwarze sich zwei Fingerbreit Whisky in ein staubiges Marmeladenglas goß. Cletus wandte sich ihm zu, hob das Glas und nickte, bevor er trank – ein Zeichen seiner Ehrerbietung. McMillan nahm es mit einem Grunzen zur Kenntnis. »Kommen wir zur Sache, Cletus.«

»Jawohl, Sir. Ich bin Ihr Mann. Sagen Sie mir einfach, was Sie haben wollen, Mr. McMillan, und ich tue es.«

»Setzen Sie sich dadrüben hin. Der Sessel ist ein wenig wacklig, aber er wird es tun. Ich habe diesen Ort gewählt, weil ich vermeiden wollte, daß die Hälfte aller verdammten Republikaner in dieser Stadt uns zusammen sieht.« Barnabas McMillan lachte spöttisch auf. »Natürlich werden sie nach Ihrem Wahlsieg im November erfahren, wer ich bin, aber bis dahin wollen wir es für uns behalten, daß ich hinter den Kulissen die Fäden ziehe.«

»Natürlich, Mr. McMillan.« Cletus Adams nahm gegenüber seinem politischen Mentor Platz.

»Haben Sie den *Advertiser* der letzten Woche gelesen, Cletus?«

»Nein, Sir. Ich hatte eine Menge zu tun.«

»Nun, ich habe ein Exemplar für Sie aufgehoben. Hier.« Der korpulente Mann faßte in die Tasche, holte ein zusammengefaltetes Blatt heraus und warf es dem Schwarzen zu. Dieser mußte aufstehen und sich bücken, um es aufzuheben. »Lesen Sie es sorgfältig, Cletus. Sie *können* doch lesen, nicht wahr?«

»Jawohl, Sir. Ich habe Unterricht gehabt, wirklich, Mr. McMillan.«

»Dann lesen Sie den Artikel und sagen mir, was Sie davon halten, wenn Sie fertig sind.« Barnabas McMillan lehnte sich zurück und wartete mit düsterer Miene.

Fünf Minuten später sah Cletus Adams hoch. »Das hört sich richtig gut an, Mr. McMillan. Dieser Mr. Bouchard ist ein sehr feiner Mann. Hier in Montgomery haben wir alle schon von ihm gehört.«

»Davon bin ich überzeugt, Cletus. Aber vergessen Sie nicht, er ist der Hurensohn, den Sie bei der Wahl schlagen müssen. Das County Montgomery wird wahrscheinlich republikanisch werden, aber Senator Spencer will das nicht, verstanden? Wir haben einen schweren Kampf vor uns. Vielleicht müssen wir sogar den Klan dazu benutzen, ein paar von den Nigger-Republikanern so einzuschüchtern, daß sie am Wahltag daheimbleiben – nichts für ungut, Cletus.«

»Das geht schon in Ordnung, Mr. McMillan. Ich weiß, worauf Sie hinauswollen, Sir.«

»Für einen Nigger sind Sie recht gebildet. Deshalb habe ich Sie ja auch ausgesucht. Vergessen Sie nicht, es gibt massenhaft andere Nigger in dieser Stadt, die ich gegen diesen Bouchard hätte aufstellen können, aber ich unterstütze Sie. Das bedeutet, daß Sie mir verpflichtet sind.

Sobald Sie Ihren Sitz in der Gesetzgebenden Versammlung haben, werden Sie in den Besitz- und Steuerfragen betreffenden Gesetzen aktiv.«

»Ich werde tun, was mir gesagt wird, Mr. McMillan. Ich weiß die Ehre gewiß zu würdigen.« Der große, schlanke Schwarze lachte vor ich hin. »Oh, oh, wenn doch meine Mammy noch lebte und sehen könnte, daß ihr Cletus Wahlkandidat ist und alle Leute aus diesem County vertreten soll – wie stolz sie wäre!«

»Hören Sie jetzt gut zu, Cletus.« Barnabas McMillan beugte sich vor, die Hände auf die Knie gestützt, die Augen zusammengekniffen. »Ich weiß ebenfalls über diesen Bouchard Bescheid. Er wird ein sehr zäher Gegner sein. Unser Vorteil ist, daß es für einen Menschen in Alabama heutzutage nicht gerade günstig ist, Republikaner zu sein – das gilt übrigens für den ganzen Süden. Ich habe ein paar Freunde, die wissen, wo wir den Klan einsetzen müssen, wenn die Zeit gekommen ist, sagen wir, im Oktober. Den Leuten muß der Schneid abgekauft werden, etwas anderes als die Demokratische Partei zu wählen. Aber machen Sie sich keine Sorgen, Cletus. Der Klan besucht Weiße ebenso wie Nigger, wenn sie sich nicht an ihre erteilten Befehle halten.«

»Ich verstehe, Mr. McMillan, Sir.«

»Es wäre natürlich gut, wenn wir etwas fänden, das wir diesem Bouchard anhängen könnten – etwas, das die verdammten Unionisten und Nigger dazu bringt, demokratisch zu wählen, ohne daß wir dazu den Klan bemühen müssen. Können Sie mir folgen?«

»Das kann ich, Mr. McMillan, Sir.« Cletus Adams nickte und lächelte und paffte an seiner Zigarre.

»Er hat der Union den Treueid geleistet, er hat den verdammten Rebellen im Krieg nicht geholfen, und er hat sogar Nigger auf dem Land, das einmal ihm und seinem Großvater gehört hat. Damit hat er eine weiße Weste – aber das ist nur die Oberfläche, Cletus. Was wir tun müssen –

und das überlassen Sie mir, denn dafür bezahlen mich die Jungs dahinten im Osten –, ist, die Skelette ausgraben, die er in seinem Hinterhof versteckt hat. Keine Bange, ich finde schon welche. Jeder Mann hat etwas zu verbergen, Cletus.«

»Ja, Sir.«

»Braver Nigger! Sie machen weiter, wie besprochen, Cletus, und dabei können Sie sich auch ein bißchen Geld verdienen. Und dann, wenn Sie in der Gesetzgebenden Versammlung sitzen, wenn Sie in das Gerichtsgebäude hier auf der Hauptstraße einziehen und die Leute Sie respektieren und den Hut vor Ihnen ziehen und sagen: ›Da geht der Vertreter unseres Countys‹, dann werden Sie sich erinnern, wer Ihre Freunde sind, nicht wahr?«

»Aber ganz bestimmt, Mr. McMillan!« versicherte Cletus Adams beflissen mit abermaligem heftigen Nicken.

Barnabas McMillan schloß die Augen und strich nachdenklich seinen Bart. Schließlich stand er auf und ging zu dem kleinen Tisch hinüber. Er entkorkte die Flasche, setzte sie sich an die Lippen und nahm einen gewaltigen Schluck. Er rülpste und stellte die Flasche wieder ab. »Jetzt geht es mir besser. Ich habe mir überlegt, Cletus, die beste Möglichkeit, die Skelette eines Mannes zu finden, ist die, in sein Haus zu gehen, mit ihm zu leben und aufzupassen, was er sagt und tut.«

»Wie wollen Sie das denn fertigbringen, Sir?«

»Ich habe meine Methoden, Cletus. Und ich habe nicht gemeint, daß ich es selbst tun will. Ich sagte ja, ich will mich im Hintergrund halten. Sie wissen, ich komme aus Massachusetts, und ich habe mit dem Verkauf von Lebensmitteln und Tornistern an die Armee der Union eine Menge Geld verdient. Natürlich halten mich diese dummen, gottverdammten Rebellen der Gegend für einen Schieber – nun, vielleicht bin ich einer. Aber wenn ein cleverer Junge aus Massachusetts es nicht fertigbringt, einen Rebellen zu überlisten, dann haben wir es nicht verdient, den Krieg zu gewinnen. Richtig, Cletus?«

»O ja, Mr. McMillan, das stimmt, Sir!« pflichtete ihm der große, schlanke Schwarze begeistert bei.

»So gefallen Sie mir, Cletus. Gießen Sie sich noch einen Whisky ein. Die Flasche dürfen Sie nachher mitnehmen. Nun denn, ich will Ihnen ein kleines Geheimnis anvertrauen. Ich habe den alten Hiram Pulford – er stammt selbst aus dem Osten und, was wichtiger ist, er hat über die Landsteuern zu entscheiden – beauftragt, rund vierhundert Morgen gutes Alabama-Land am Fluß zu kaufen. Es liegt nicht weit vom Besitz der Bouchards entfernt. Letztes Jahr habe ich ein hübsches Haus darauf errichten lassen, damit es bereitsteht, wenn ich in diesem County zum Zuge komme. Ich werde also hier sein, um ein Auge auf die Dinge zu haben. Noch etwas, Cletus. Ich habe mich in der Stadt umgehört und erfahren, daß Luke Bouchard mit einem jungen Ding verheiratet ist und mit ihr zwei kleine Jungen hat. Kürzlich erst hat er ein Kindermädchen für die Bälger angestellt. Vielleicht kann ich es so deichseln, daß dieses Kindermädchen plötzlich krank wird und die Stadt verlassen muß. Vielleicht kann ihre Schwester oder Cousine oder so jemand ihre Stelle in dem großen Haus einnehmen. Wenn ich mich nun mit dieser Schwester oder Cousine auf freundschaflichen Fuß stelle – glauben Sie nicht auch, Cletus, daß sie dann so vernünftig sein wird, mir zu erzählen, was sie innerhalb jenes Hauses gesehen und gehört hat?«

»Ich würde es bestimmt tun, Mr. McMillan. Jawohl, Sir.«

»Ich glaube, den Gedanken werde ich weiterverfolgen, Cletus. Ich habe übrigens eine Ansprache niedergeschrieben, die Sie am nächsten Montag auf der Treppe des Gerichtsgebäudes halten sollen. Hier ist sie.« Er gab dem Schwarzen ein Blatt Papier. »Lernen Sie sie auswendig. Und fügen Sie keine Ihrer eigenen Ideen hinzu. Das hier ist genau das, was wir Demokraten den Leuten mit Verstand über unser Programm und über Sie, Cletus, mitteilen wollen. Am Tag darauf wird der Text im *Advertiser* erscheinen. Deshalb tun Sie gut daran, nichts zu verändern oder durcheinanderzubringen, hören Sie?«

»Jawohl, Sir. Ich werde die Rede Wort für Wort auswendig lernen. Sie werden stolz auf mich sein, Mr. McMillan.«

»Das will ich hoffen, Cletus. Es wäre mir sehr unangenehm, wenn ich Ihnen nach dem Wahlsieg die Freundschaft aufkündigen müßte. Jedem Mann kann ein Unfall passieren, noch bevor er in die Gesetzgebende Versammlung einzieht. Seien Sie ein braver Junge, und Sie werden Geld auf der Bank haben und von all den Weißen, die früher auf Sie herabgesehen haben, respektiert werden. Jetzt gehen Sie als erster, und ich folge später durch die Hintertür. Spielen Sie eine Partie Billard, wenn Sie Lust dazu haben. Ich rauche noch eine Zigarre und denke darüber nach, wie dieses Kindermädchen in naher Zukunft krank werden kann.«

XVI

Am 20. März hatte Lucien Edmond Bouchard immer noch nicht mit dem Viehtrieb nach Abilene begonnen. Zehn Tage zuvor hatte der Kongreß erklärt, Texas habe die Bedingungen der Wiederaufbauakte erfüllt und dürfe wieder einen Volksvertreter entsenden. Aber Tatsache war – und es machte Lucien Edmond beträchtliche Sorgen –, daß auf der Nachbarranch im Westen ein ganz besonderer Wiederaufbau vonstatten ging.

Gleich nach dem Lunch ritt der junge Eddie Gentry mit Joe Duvray hinaus. Eddie Gentry war der Cowboy, der Dr. Ben Wilson und seine beiden Kinder von Corpus Christi hergefahren und dann eine Anstellung auf der Windhaven-Ranch bekommen hatte. Beide Männer hatten schußbereite Spencerkarabiner am Sattel hängen. Lucien Edmond hatte zu dieser Vorsichtsmaßnahme geraten, denn die Aktivitäten drüben spielten sich viel zu nahe an seinen hölzernen Grenzzeichen ab, als daß er dabei seine Gemütsruhe hätte bewahren können.

Der schlanke Texaner ritt einen kräftigen geschecken

Wallach, den Ramon Hernandez für ihn aus dem Korral ausgesucht hatte. Auf seinem sympathischen Gesicht lag ein fröhliches Grinsen. Er hatte es nicht vergessen, daß Ben Wilson sich für ihn bei Lucien Edmond Bouchard wegen einer Stellung eingesetzt hatte. Eddie Gentry, der gerade sechsundzwanzig geworden war, stammte aus San Antonio. Als er neun war, hatte er seine Eltern verloren. Aufgewachsen war er bei einem Onkel, der es zwar gut mit ihm meinte, aber dem Trunk ergeben war und den Jungen die meiste Zeit sich selbst überließ. Etwa fünf Jahre lang hatte Eddie in San Antonio als Stalljunge für einen leicht reizbaren alten Witwer gearbeitet. Dort hatte er seine Liebe zu Pferden entdeckt und war ein ausgezeichneter Reiter geworden. Das unkomplizierte, sanfte Wesen der Tiere war ihm lieber als die brutale Grobheit und die heimtückischen Schikanen der vielen Desperados, *pistoleros* und Abenteurer, die Kunden seines Arbeitgebers waren.

Später arbeitete Eddie für einen reichen Mexikaner, der in der Zeit, als Norman Cantrell noch seine kurzlebigen Erfolge als Landschwindler genoß, ein Stück unfruchtbaren Boden in der Nähe von Corpus Christi gekauft hatte. Als der Mexikaner entdeckte, daß man auf diesem Land weder Ackerbau noch Viehzucht treiben konnte, ging er zornig über die Grenze zurück, und Eddie war ohne Stellung. Jetzt war der junge Texaner glücklich, auf der gut organisierten Ranch arbeiten zu dürfen. Er freute sich schon auf das Zusammentreiben der Herde. Lucien Edmond Bouchard hatte ihm zugesichert, sobald es nach Abilene ging, werde er einer der Reiter sein und Ramon bei der Remuda helfen dürfen.

Eddie wandte sich Joe Duvray zu und wies nach Nordwesten. »Sieh mal da drüben, Joe. Ist da nicht eines unserer Grenzzeichen umgeworfen?«

»Ich glaube, du hast recht. Ich könnte schwören, als ich vorige Woche mit Ramon hier vorbeikam, stand es noch. Da haben wir es! Sie haben einen Drahtzaun errichtet. Hol mich der Kuckuck, wenn unser neuer Nachbar sich nicht ein Stück von Mr. Bouchards Land unter den Nagel gerissen hat.«

Im Galopp ritten die beiden Männer auf den Zaun zu. Dort angekommen, stieg Joe ab. Er hockte sich auf den Boden und betrachtete den grasbewachsenen Boden auf seiner Seite des Zauns. Dann stand er auf und spähte über den Zaun hinweg. Er fluchte halblaut. »Sieh mal, Eddie – sie haben unser Grenzzeichen tatsächlich aus der Erde gerissen. Aber sie haben vergessen, das Loch wieder zuzumachen. Es liegt rund fünfundzwanzig Fuß von dieser Stelle des Zauns entfernt. Oh, sie sind schlau! Sie haben eine Menge Land uneingezäunt gelassen, bis auf diese Stelle hier, die ich auf eine Achtelmeile schätze, und das einzig deshalb, daß wir es merken sollen.«

»Was hat denn das zu bedeuten, Joe?«

»Wenn ich mich nicht ganz irre, wollen sie in kleinen Schritten vorgehen. Hier haben sie eins unserer Grenzzeichen umgeworfen. Sie haben ihrem eigenen Grund und Boden ein kleines Stück hinzugefügt und eben dies Stückchen Mr. Lucien Edmond gestohlen. Sie rechnen bestimmt damit, daß wir bald nach Abilene aufbrechen. Dann werden sie alle paar Tage den Zaun ein wenig verlängern. Ich wette, dabei wird eines unserer Grenzzeichen nach dem anderen entfernt. Und unsere Vaqueros, von denen man natürlich nicht verlangen kann, daß sie sich an den genauen Stand jedes einzelnen Zeichens erinnern, werden nichts merken.«

»Ein Zaun! So etwas sehe ich in Texas zum ersten Mal, und du weißt, daß ich geborener Texaner bin, Joe.«

»Das gefällt mir überhaupt nicht, Eddie.« Joe schüttelte voll düsterer Vorahnungen den Kopf. »Verdammt noch mal, es gefällt mir nicht. Wenn es soweit kommen sollte, daß jeder Rancher sein Land einzäunt, dann macht das den Cowboys und Vaqueros die Arbeit so gut wie unmöglich. Und wenn jemand als erster das Land an einem Bach oder Fluß kauft und es einzäunt, nimmt er dem Nachbarn das

Wasserrecht und läßt die Tiere des Nachbarn verdursten. Nein, das gefällt mir überhaupt nicht. Und ich weiß immer noch nicht, wem das Land da drüben gehört. Er hat sich noch nicht die Mühe gemacht, bei Mr. Lucien Edmond vorzusprechen. In Georgia, wo ich herkomme, hält man das für sehr unhöflich.«

»In Texas auch, Joe. He, da reitet jemand auf uns zu. Paß auf, er greift nach seinem Gewehr . . .«

»Und ein zweiter folgt ihm, und er hat Revolver am Gürtel. Von hier aus sieht er richtig gemein aus. Glaub mir, Eddie, das ist ein *pistolero*.« Joe zog seinen Spencerkarabiner aus dem Futteral, spannte ihn und legte ihn quer über den Sattel. Er faßte die Zügel seines Wallachs mit der linken Hand und ließ sie locker, damit das Pferd stehenblieb.

»Nicht notwendig, das Gewehr auf uns zu richten, *amigo*!« rief Eddie dem untersetzten Mexikaner zu, der, eine alte belgische Flinte schwingend, auf den Drahtzaun zuritt. Der andere Mann mit den Revolvern war Jackson Brundiger. Er hatte sich einen schwarzen Sombrero seitlich ins Gesicht gezogen. Seine zusammengekniffenen Augen blickten kalt. Er hielt seinen grauen Hengst an, der schnaubte und sich aufbäumte. Mit einem Fluch und einem bösartigen Reißen am Gebiß zwang Brundiger das Pferd zum Stehen. Die Vorderhufe des Hengstes stampften in ohnmächtiger Auflehnung den Boden. »Ist was, Leute?« fragte er mit kalter, unpersönlicher Stimme und unbewegtem Gesicht.

»Nun ja, wenn Sie danach fragen, Mister«, antwortete Joe Duvray gedehnt. »Eddie und ich sprachen eben darüber, warum in aller Welt ein Mann auf freiem Weideland einen Drahtzaun aufstellt.«

»Das geht Sie, verdammt noch mal, überhaupt nichts an«, erwiderte Brundiger verächtlich. »Das Land gehört meinem Boß, und er hat mir den Befehl gegeben, es abzugrenzen, damit eure Rinder sein Gras nicht fressen. Wollen Sie und Ihr Freund sich jetzt nicht verziehen und sich um Ihre eigenen Angelegenheiten kümmern?«

»Nichts für ungut, Mister«, fiel Eddie mit liebenswürdigem Grinsen ein. »Wir vertreten genau denselben Standpunkt. Wir wollen auch nicht, daß eure Kühe auf unser Land herüberkommen. Wir waren zuerst hier, und unser Boß hat uns niemals gesagt, wir sollten einen Zaun aufstellen. Aber zufällig haben wir Grenzzeichen errichtet.«

»So ist es.« Joe kniff dem schlanken jungen Texaner ein Auge zu, um ihm zu zeigen, daß er das Stichwort verstanden hatte. »Ich meinte doch, ein wenig hinter der Stelle, wo Ihr Mex-Freund mit der alten Flinte auf seinem Pferd sitzt, ein Loch im Boden gesehen zu haben. Dort hatte unser Boß, lange Zeit bevor Ihr Boß in dieses Land kam, ein Grenzzeichen aufgestellt.«

Jackson Brundigers Lippen wurden schmal. Seine rechte Hand stahl sich zu dem Kolben der Pistole. »Mir gefällt nicht, was Sie da andeuten, Mister«, antwortete er langsam. »Wollen Sie damit sagen, mein Boß stehle Land von Ihnen?«

»Das haben Sie gesagt, Mister, nicht ich.« Joe zuckte die Schultern. »Ich will weder mit Ihnen noch mit Ihrem Freund da drüben Streit. Ich wundere mich nur, das ist alles. Ich schwöre, als ich vor ein paar Tagen hier vorbeiritt, stand unser Grenzzeichen noch kerzengerade da, und jetzt ist nur noch ein Loch im Boden zu sehen. Das Grenzzeichen sehe ich nicht, aber das Loch wohl.«

»Hören Sie, Sie reden wie ein Rebell – so einen rieche ich aus einer Meile Entfernung.« Brundiger fletschte die Zähne und betonte jedes einzelne Wort. Seine Hand lag immer noch in der Nähe der Pistole. »Ich sage, da war kein Grenzzeichen. Wenn Sie mich nun einen Lügner nennen wollen, Mister, können wir die Sache auf ehrliche Weise erledigen. Im Augenblick sind Sie mit Ihrem Karabiner im Vorteil. Aber wenn Sie den Mut dazu haben, dürfen Sie jederzeit mit einem sechsschüssigen Revolver oder einem Colt an diese Stelle kommen und zeigen, wie schnell Sie ziehen können. Lassen Sie es sich gesagt sein, ich nehme es einem Mann sehr übel, wenn er hier herumschnüffelt und mich obendrein einen Lügner nennt. Ihr Glück, daß ich heute in so guter Stimmung bin, sonst könnte ich die Gelegenheit wahrnehmen, mir eine weitere Kerbe für meine Pistolen hier zu verdienen. Es sind schon mehrere darauf, Mister. Warum gehen Sie und Ihr Freund jetzt nicht einfach dahin, woher Sie gekommen sind?«

»Eddie, ich glaube, es ist das beste. Ich will keinen Ärger.« Joe wandte sich wieder dem Fremden zu. »Sind Sie der Vormann da drüben?«

»Zufällig ja«, fauchte Jackson Brundiger.

»Dann wären Eddie und ich Ihnen sehr dankbar, wenn Sie Ihrem Boß ausrichten würden, Mr. Lucien Edmond Bouchard möchte gern einmal mit ihm sprechen. Vielleicht könnte er zum Ranchhaus kommen, damit die beiden sich kennenlernen und sich in aller Freundschaft unterhalten.«

»Ich werde es ihm sagen, Mister, aber ich glaube, es wird ihm verdammt gleichgültig sein, was Ihr Boß denkt. Er kümmert sich um seine eigenen Angelegenheiten, er hat geschäftliche Verpflichtungen, und ich leite die Ranch für ihn. War das klar genug ausgedrückt?«

»Na gut, Eddie, reiten wir zurück.« Joe drehte sich im Sattel um und sah die bewaffneten Männer an. »Mein Name ist Joe Duvray, Mister. Macht es Ihnen etwas aus, mir den Ihren zu nennen?«

»Ich will Ihnen was sagen, Duvray.« Brundiger grinste mit dünnen Lippen. »Das nächste Mal, wenn Sie Streit anfangen wollen, dann kommen Sie so, wie ich es Ihnen eben vorgeschlagen habe. Dann werde ich Ihnen meinen Namen nennen. Und es wird das letzte Mal sein, daß Sie ihn hören.« Er dreht sich zu dem Mexikaner mit der Flinte um. »Manuel! *Vamamos!*« Er wandte sein Pferd, schoß Joe einen letzten bösartigen Blick zu und galoppierte mit seinem Begleiter davon.

»Puh!« Eddie nahm seinen Sombrero ab und wischte sich die Stirn mit einem roten Taschentuch. »Ich dachte schon, es würde zu einer Schießerei kommen.«

»Ich fürchte, das wird eines Tages auch der Fall sein«, meinte Joe nachdenklich. »Dieser Vormann ist ein professioneller Killer, wenn ich jemals einen gesehen habe. Das sieht man an der Art, wie er die Augen zusammenkneift und den Blick nie von einem abwendet und die Hand verstohlen auf den Kolben seiner Pistole zuwandern läßt. Und dann diese letzte Bemerkung über die Kerben – ganz bestimmt ist er ein Killer, Eddie. Aber er wußte genau, auf diese kurze Entfernung würden unsere Spencers ihn und seinen Vaquero niedermachen, ehe sie selbst zum Schuß gekommen wären.«

»Rechnest du mit einem richtigen Kampf?«

»Ja, Eddie. Aber ich weiß nicht, wie er ausbrechen wird, und das wird auch Mr. Lucien Edmond beunruhigen. Ich frage mich, ob der da drüben unseren Aufbruch hinauszögern will, indem er uns herumraten läßt, was er als nächstes gegen uns im Schilde führen mag. Nun, Mr. Lucien Edmond ist der Boß, soll er die Schlüsse ziehen. Laß uns sofort zu ihm gehen und es ihm berichten.«

Am Tag nach diesem Zusammenstoß kam Margaret Caldemare zu dem Schluß, das Wetter sei sonnig und warm genug für einen Ausritt. In den vielen Briefen, die sie ihrem Vater aus der Schule schrieb, hatte sie begeistert geschildert, daß sie gelernt habe, im Damensattel zu reiten, und ihr Pferd sogar zierliche Schritte und Bewegungen machen lasse. Natürlich handelte es sich dabei nur um ganz harmlose Manöver, denn Agatha Emmons, die würdevolle Direktorin, lehnte jede weibliche Aktivität ab, die sich nicht unter die Begriffe Anmut und geziemendes Betragen einordnen ließ. Nur weil ihr Margaret in ihrer Einsamkeit so leid tat, hatte sie ihr überhaupt erlaubt zu reiten.

Kurz nach ihrer Ankunft in Texas fragte Margaret ihren Vater schüchtern, ob sie ein eigenes Pferd haben dürfe – auf der Ranch seien doch so viele. Caldemare, der sich wohl bewußt war, seine Tochter vernachlässigt zu haben, hatte nichts dagegen, daß sie bei gutem Wetter ausritt. Er beauftragte Porfirio Costado, einen der von Jackson Brundiger angeworbenen *pistoleros*, für seine Tochter eine sanfte Stute auszuwählen. Costado war ein unverbesserlicher Pferdedieb, und von Pferden verstand er so viel, daß er, hätte er als ehrlicher Vaquero arbeiten wollen, jederzeit eine Remuda hätte zusammenstellen können. Margaret war begeistert von ihrer Stute und besonders von dem hellen, sternförmigen Fleck auf ihrer Stirn. In Miß Emmons Schule war sie im Französischen besonders gut gewesen, und prompt nannte sie die Stute *Belle Etoile* (Schöner Stern). Einen Damensattel hatte sie in ihrem Gepäck mitgebracht. Seitdem ritt sie regelmäßig aus.

An diesem schönen Märznachmittag hatte sie gesehen, daß ihr Vater und Jackson Brundiger nach Westen geritten waren und offenbar ein Gespräch unter vier Augen führen wollten. Margaret sattelte Belle Etoile und ließ sie in gemächlichem Schritt die Richtung zur Windhaven-Ranch einschlagen. Die verschiedenen Teile, auf denen Drahtzäune standen, erweckten ihre Neugier, aber es gab noch genug freien Raum, daß sie reiten konnte, wie es ihr Spaß machte. Sie hatte aus der Ferne die Umrisse eines Ranchhauses und einer Mannschaftsunterkunft, umgeben von einem schützenden Palisadenzaun, gesehen, und plötzlich kam ihr der Einfall, die unbekannten Nachbarn zu besuchen. Das Land hier war schön, aber so weit, daß sie dieselbe Einsamkeit wie in der Schule empfand. Offenbar plante ihr Vater eine sehr wichtige Sache, und sie wußte, er wollte damit Geld verdienen, damit er das ihr gegebene Versprechen halten konnte. Ach, was lag ihr daran, nach San Franzisco oder sonstwohin zu gehen! Sie wünschte sich nichts anderes, als bei ihrem geliebten Vater bleiben und ihn nach all diesen Jahren besser kennenlernen zu können. Die Abstände zwischen den kurzen Besuchen, über die sie sich, seit sie in die Bostoner Schule gebracht worden war, immer so gefreut hatte, waren länger und länger geworden, bis ihr beinahe ihr Vater wie ein Fremder vorkam.

In ihre Gedanken versunken, hatte Margaret kaum darauf geachtet, daß die Stute in einem Winkel nach Nordwesten trottete, der sie ein gutes Stück an der Bouchard-Ranch vorbeiführen würde. Auf einer Strecke von etwa fünfhundert Yards wuchs hier ein wenig Gras, dafür aber um so mehr Mesquitebüsche. Margaret wandte sich im Sattel um und blickte zurück zum Haus ihres Vaters. Bedrückt stellte sie fest, wie einsam und abgeschieden es dalag. Plötzlich hörte sie ein Rasseln. Ihre Stute wieherte entsetzt, sprang zur Seite und warf sie beinahe ab. Eine Klapperschlange, die sich auf einem Stein gesonnt hatte, reckte ihren häßlichen Kopf, zum Angriff bereit.

Margaret schrie und zerrte an den Zügeln. Fast wäre sie aus dem Sattel gerutscht. Aber die Stute, die das giftige Reptil gesehen hatte, warf den Kopf zurück und entfernte sich in Panik vom Ort der Gefahr. »Nein, nein, Belle Etoile! Halt an, o bitte, halt an – bitte!« Margaret zog an den Zügeln und versuchte krampfhaft, sich bei dem wilden Galopp des verängstigten Pferdes auf ihrem unsicheren Sitz zu halten. Jetzt bekam sie es tatsächlich mit der Angst zu tun.

Joe Duvray wollte an diesem Nachmittag noch einmal Lucien Edmonds Grenzzeichen kontrollieren. Er hatte einen weiten Bogen nach Nordwesten geschlagen und sich so dem Land des immer noch unbekannten Nachbarn genähert. Er war wütend, denn seit gestern war wieder ein neues Stück Drahtzaun aufgestellt worden. Wenn das so weiterging, verzögerte sich der Viehtrieb nach Abilene bis zum April und vielleicht noch länger. Das waren schlechte Aussichten, für die Rinder ebenso wie für die Männer, denn dann kamen sie erst Ende August in Abilene an und mußten die Ebenen bei sengender Hitze und Sandstürmen durchqueren.

Margarets Stute raste mit wilden Augen, schweißbedeckten Flanken und Schaum ums Maul dahin. Das Gebiß, das Margaret benutzte, konnte das Maul eines Pferdes nicht verletzen, und so war es ihr unmöglich, das verängstigte

Tier mit den Zügeln zum Halten zu bringen. Von neuem schrie sie laut. Ein plötzlicher Seitensprung der Stute warf sie beinahe aus dem Sattel. Margaret wurde durchgerüttelt, sie bekam keine Luft mehr, und ihr Gesicht war schneeweiß vor Angst.

Joe hörte den schwachen Schrei. Er hielt seinen Wallach an und reckte sich im Sattel hoch. Er entdeckte die Stute, die wie ein Pfeil nach Nordosten raste. Sofort duckte sich Joe auf den Hals seines Wallachs und trieb ihn an, um die in Panik geratene Stute zu überholen.

Margaret erkannte, daß sie ihr Pferd nicht anhalten konnte. Sie fürchtete jeden Augenblick, aus dem Sattel zu fliegen. Schon tat ihr der ganze Körper weh. Sie schloß die Augen und begann zu beten. Dabei zerrte sie mit letzten Kräften immer noch an den Zügeln.

Joe klatschte seinem Wallach mit dem Sombrero auf den Widerrist und trieb ihn zu noch schnellerem Tempo. Der Abstand zwischen ihm und dem jungen Mädchen verringerte sich. Jetzt lag er nur noch hundert Yards hinter ihr. Aber plötzlich sprang die Stute zur Seite und galoppierte westwärts. Margaret stieß einen gellenden Entsetzensschrei aus: »O mein Gott, bitte, bitte, halt an, Belle Etoile! O Gott, hilf mir!«

»Vorwärts, Brazos!« rief Joe seinem Wallach zu. Endlich raste Joes Pferd Seite an Seite mit der fliehenden Stute dahin. Joe rief: »Ich werde Sie zu mir herüberziehen, Lady! Ich zähle bis drei, verstanden?«

Mit tränennassem Gesicht sah Margaret ihn an. Sie nickte. An ihren Handrücken traten die Knöchel weiß hervor. Nur indem sie sich an den Zügeln festklammerte, konnte sie sich im Sattel halten. »Wenn ich drei sage, lassen Sie die Zügel los, verstanden? Eins – zwei – und drei!« brüllte Joe.

Mit geschlossenen Augen ließ Margaret die Zügel fahren. Schaudernd vernahm sie das schrille Wiehern ihrer Stute. In diesem Augenblick ließ Joe seine Zügel auf den Sattelknopf fallen, packte Margaret mit beiden Armen um die Taille, hob sie hoch und setzte sie vor sich. »Ganz ruhig, Lady – schon passiert – halt, Brazos, halt!« Mit dem linken Arm hielt er Margaret fest, mit der rechten Hand griff er nach den Zügeln. Der Wallach wurde langsamer, während die Stute, von ihrer Last befreit, nach Westen davonraste.

»Sicherer wäre es gewesen, wenn Sie wie ein Mann geritten wären, Lady!« keuchte Joe. Er biß die Zähne zusammen, denn im linken Arm, mit dem er Margaret Caldemare festhielt, bekam er einen schmerzhaften Muskelkrampf. »Wenn Sie ein solches Pferd reiten wollen, müssen Sie sich Hosen anziehen, das ist alles, was ich dazu zu sagen habe!«

Anstelle einer Antwort brach Margaret in hysterisches Schluchzen aus und ließ den Kopf sinken. Der Wallach blieb endlich stehen.

Joe glitt aus dem Sattel und hob das weinende Mädchen herab. Er drückte sie an sich, bis das wilde Schluchzen nachließ. »Es ist ja alles vorbei, Lady. Ich wollte nicht grob gegen Sie sein, aber ich muß gestehen, ich hatte eine höllische Angst – verzeihen Sie, aber so war es wirklich.«

Schließlich gelang es Margaret, das Zittern, das ihren schlanken, anmutigen Körper schüttelte, unter Kontrolle zu bringen, sie hielt Joe fest umklammert und vergrub ihr Gesicht an seiner Brust. Die Tränen, die jetzt reichlich flossen, waren Tränen der Erleichterung.

»So ist's recht, weinen Sie sich aus. Sie haben verdammtes Glück gehabt, daß ich zufällig in der Nähe war, Lady – Entschuldigung, wenn es sich anhörte, als schimpfte ich mit Ihnen – vermutlich war es nicht Ihr Fehler . . .«

»War es auch nicht«, schluchzte Margaret, »ich glaube, Belle Etoile erschrak vor einer Klapperschlange – Vater sagte, es gäbe hier draußen welche, und ich solle beim Reiten vorsichtig sein.«

»Das müssen Sie auch. Aber jetzt ist ja alles in Ordnung. Ihre Stute wird sich müde laufen und von selbst in den Korral zurückkehren. Mein Name ist Joe Duvray.«

»Ich d-danke Ihnen, Mr. D-Duvray. Ich – ich bin Margaret Caldemare. Sie – Sie haben mir das Leben gerettet. Gott sei Dank, daß Sie mir zu Hilfe eilten – ich wußte nicht mehr, was ich machen sollte – sie ist ein so sanftes Tier, und ich habe sie schon so oft geritten . . .«

»Machen Sie sich keine Vorwürfe, Miß Caldemare. Das kann dem besten Reiter passieren, wenn plötzlich eine Klapperschlange auftaucht. Wie Brazos sich verhalten würde, weiß ich nicht, er ist noch nie einer begegnet, aber es gibt schließlich immer ein erstes Mal«, sagte Joe grinsend in dem Bemühen, sie aufzuheitern. »Fühlen Sie sich nun ein bißchen besser?«

»J-ja, dank Ihnen, Mr. Duvray. Oh, ich meinte nicht – ich meinte – entschuldigen Sie . . .« Plötzlich kam es Margaret Caldemare zum Bewußtsein, daß sie sich mit beiden Armen an ihn klammerte. Mit flammenden Wangen trat sie zurück. Dann verbarg sie das Gesicht in ihren Händen und begann von neuem zu weinen.

Joe grinste und schüttelte den Kopf. Plötzlich aber verfinsterte sich sein Gesicht. Caldemare – so hieß also der Halunke, der die Nachbarranch besaß! Und sie hatte »Vater« gesagt, offenbar war sie nicht seine Frau. Ein sehr hübsches Mädchen war sie, dachte Joe, groß, schlank, das hellbraune Haar an den Seiten zurückgekämmt und zu einem dicken Knoten aufgesteckt, der den Nacken freiließ. Margaret trug ein modisches Reitkleid mit Humpelrock – nun, er konnte sich für eine Dame, die in diesem wilden Land ausritt, etwas Praktischeres vorstellen. Mit einem solchen Rock konnte sie natürlich nicht rittlings zu Pferde sitzen, wie jeder vernünftige Vaquero es tun würde. Joe grinste vor sich hin, als er an die Zeit vor dem Krieg in seiner Heimat Georgia dachte. Ein Mädchen, das Hosen trug und wie ein Mann ritt, hätte einen Skandal entfesselt.

Als Margaret langsam die Hände vom Gesicht sinken ließ und versuchte, ein wenig präsentabler zu erscheinen, bemerkte Joe, daß sie schöne, große, haselnußbraune Augen mit winzigen grünen Flecken in der Iris hatte, dazu eine zierliche Stupsnase und einen süßen, zitternden Mund, der ihr ein etwas hilfloses, dafür aber sehr weibliches Aussehen verlieh. Sein Blick wanderte hinab zu ihren Stiefeln. Von neuem verzog er das Gesicht. Es waren feine Damenstiefel, die weder lang noch stabil genug waren, um damit die Flanken des Pferdes richtig fassen zu können. Die Neugier ließ ihm keine Ruhe. »Ich möchte nicht aufdringlich sein, Miß Caldemare, aber Sie sind nicht hier draußen geboren, nicht wahr?«

»O nein, Mr. Duvray!« Vergebens rieb sie sich die Augen mit dem Taschentuch. Sie schnüffelte noch einmal. Dann richtete sie sich auf und versuchte, ein liebenswürdiges Lächeln auf ihre Lippen zu zwingen. »Ich – ich bin in Boston geboren. Meine – meine Mutter starb bald nach meiner Geburt, und ich war in einem Internat – bis mein Vater mich vor ein paar Wochen heimholte.«

»Aha. Danke, Miß Caldemare. Ich arbeite für Lucien Edmond Bouchard. Ihm gehört das Land neben dem Ihres Vaters, und da drüben«, er schwenkte seinen rechten Arm, »können Sie das Ranchhaus und die Mannschaftsunterkunft sehen.«

»Ja, ich sehe es. Das ist eine sehr große Ranch, ja?«

»Ziemlich groß«, erwiderte Joe Duvray grinsend. »Größer als alles, was ich je in Georgia gesehen habe – von dort stamme ich nämlich. Ich habe den Krieg mitgemacht und hatte viel Glück. Aber zu Hause war nichts mehr, wohin ich hätte zurückkehren können, als wir Rebellen vor dem alten Ulysses Grant kapitulieren mußten – komisch, daß der General, der uns besiegt hat, jetzt Präsident ist.«

»Wie sind Sie denn hierhergekommen, Mr. Duvray, wenn Sie in Georgia geboren sind?« Margaret fand es interessant und aufregend, mit diesem liebenswürdigen jungen Mann zu plaudern. Er sah gut aus mit seinem schwarzen Haar, den blauen Augen und dem offenen, regelmäßigen Gesicht, viel netter als die düsteren Gestalten auf ihres

Vaters Ranch. Dann jedoch fiel ihr Miß Emmons Lehre ein, eine wohlerzogene junge Dame dürfe einem fremden jungen Mann niemals ins Gesicht starren, und sie senkte die Augen und errötete lebhaft.

»Ja, sehen Sie, Miß Caldemare, als wir Rebellen den Krieg verloren, stellten wir zumeist auch fest, daß uns keine Heimat und kein Besitz geblieben waren. In Georgia konnte ich keine Arbeit finden. So verschlug es meinen Freund Andy Haskins – wenn Sie ihn kennenlernen, Miß Caldemare, wird er Ihnen bestimmt gefallen – und mich nach New Orleans, wo wir uns mit Gelegenheitsarbeiten durchschlugen. Dann kam Mr. Lucien Edmond Bouchard mit seinem Vater Mr. Luke vorbei, und Mr. Luke nahm Andy und mich auf die Ranch hier draußen mit. Das ist beinahe fünf Jahre her. Seitdem bin ich hier, Miß Caldemare, und es gefällt mir. Es ist offenes Land, und ein Mann kann sehen, was seine Arbeit bringt.«

»Ja, das – das glaube ich. Ist Andy Haskins Ihr bester Freund, Mr. Duvray?«

»So ist es, Miß Caldemare. Andy und ich haben den Krieg gemeinsam durchgemacht. Er stammt aus Tennessee. Ich glaube, er hat ebensowenig Lust, dahin zurückzukehren, wie ich jemals wieder nach Georgia möchte. Jedenfalls wurde ihm von einer Granate der rechte Arm abgerissen, und ich habe ihm sozusagen das Leben gerettet. Wir haben also viel zusammen erlebt. Aber das kann ich Ihnen sagen, Miß Caldemare, auch wenn er nur einen Arm hat, kann Andy mit einem Revolver oder Messer und sogar mit einem Lasso so gut umgehen wie einer der Besten. Wenn er wieder hier ist, würde ich ihn Ihnen gern einmal vorstellen.«

»Ich – ich würde ihn gern kennenlernen, Mr. Duvray. Ich – ach du meine Güte, wie soll ich denn je wieder zum Haus meines Vaters kommen?« Margaret war mit einemmal eingefallen, daß ihre Stute spurlos verschwunden war.

»Das ist kein Problem. Ich bringe Sie schon nach Hause. Aber ich hätte Ihnen gern noch ein paar Fragen gestellt, wenn es Ihnen nichts ausmacht. Vielleicht können Sie dazu beitragen, daß mein Boß sich über die Vorkehrung, die Ihr Vater auf seinem Land trifft, beruhigter fühlt.«

»Ich glaube, ich – ich weiß nicht, was Sie meinen, Mr. Duvray, aber – aber wenn ich Ihnen helfen kann, beantworte ich Ihre Fragen gern. Das bin ich Ihnen schuldig, und mehr als das. Oh – ich fühle mich immer noch ein bißchen zittrig.«

Die Nachwirkungen des ausgestandenen Schreckens ließen Margaret von neuem erbeben. Sie legte die Hand auf die Stirn und fühlte sich schwindlig.

»Kämpfen Sie nicht dagegen an, Miß Caldemare. Mir ist selbst ganz schlecht geworden, als Sie dem Tod so knapp entronnen sind. Kommen Sie, legen Sie den Kopf an meine Schulter, bis Sie sich wieder besser fühlen. Das heißt, wenn es Ihnen nichts ausmacht, daß Ihr hübsches Jäckchen ein bißchen dreckig wird. Wenn wir die Rinder aus dem Busch treiben, wird eine Menge Staub aufgewirbelt, und man kann sich nicht eher säubern, bis bei Sonnenuntergang Feierabend ist.« Da sie immer noch zitterte, faßte er sie behutsam bei den Schultern und zog sie an sich. Ihr Kinn ruhte auf seiner Schulter. »Vielleicht hilft das ein wenig – ich will nicht aufdringlich sein, Miß Caldemare.«

»Oh, das weiß ich, Mr. Duvray. Wie kann ich mich nur so anstellen? Sie – Sie sind sehr freundlich.«

»Sie haben schreckliche Angst ausgestanden, daran liegt es. Es ist kein Grund, sich Vorwürfe zu machen. Wenn Brazos die Klapperschlange gesehen hätte«, lachte er, »dann hätten Sie hinter mir herreiten und mich vom Pferd herunterholen müssen.«

»Ach du lieber Gott, das hätte ich niemals geschafft – wenn ich mir vorstelle . . .« Trotz ihrer Erschöpfung begann Margaret zu kichern, und schließlich brach sie in befreiendes Lachen aus.

Das hatte Joe erreichen wollen. »Sehen Sie, jetzt haben Sie den Schrecken überwunden«, grinste er.

»Ich glaube, es geht mir wieder gut – aber meine Stute, die . . .«

»Wenn sie sich müde gelaufen hat, wird sie zurückkehren. Das tut jedes vernünftige Pferd, Miß Caldemare.«

»Ich glaube Ihnen. Doch jetzt muß ich nach Hause, sonst macht sich mein Vater Sorgen.«

»Ich helfe Ihnen auf Brazos. Hopp! Er ist ein gutes, sanftes Pferd und an mich gewöhnt. Er wird bestimmt nicht scheuen.«

»O ja, vielen, vielen Dank, Mr. Duvray.«

Joe Duvray stieg in den Sattel und ergriff die Zügel. Zögernd legte er ihr den linken Arm um die Taille. Der zarte Duft des Fliederparfüms, das sie benutzte, umwehte ihn. Das war für ihn eine ganz neue und überraschende Erfahrung. Während er versuchte, sie so zu fassen, daß es ihr nicht lästig wurde, er sie aber gleichzeitig sicher im Griff hatte, errötete er vor Verlegenheit. »Sitzen Sie gut? Wir reiten jetzt hübsch langsam zurück.«

»Danke. Ich weiß gar nicht, was ich angefangen hätte – es war so nett von Ihnen, Mr. Duvray.«

»Wenn Sie mir wirklich danken wollen, Miß Caldemare, nennen Sie mich einfach Joe. Das tun auf der Windhaven-Ranch alle.«

»Gut.« Sie blickte zu ihm zurück und wandte ihr Gesicht dann schnell wieder ab. »Aber dann müssen Sie mich Margaret nennen.«

»Das ist ein wunderschöner Name, Margaret. Halte ich Sie zu fest?«

»O nein, es ist – es ist gut so.«

Joe gab seinem Wallach die Sporen und hielt auf Robert Caldemares Haus zu. Dabei bemerkte er eine Gruppe von vier Vaqueros, die Pfosten in die Erde rammten, während zwei andere Draht, den sie bereits zugeschnitten hatten, herbeitrugen und befestigten.

Stirnrunzelnd sagte Joe: »Ich verstehe einfach nicht, warum Ihr Vater meint, seine Ranch einzäunen zu müssen.

Es wird sie ihm doch niemand stehlen! Und ganz bestimmt nicht Mr. Lucien Edmond Bouchard. Es gibt in den ganzen Vereinigten Staaten keinen ehrlicheren Menschen, und ich kann mich für ihn verbürgen.«

Margaret maß ihn mit einem schnellen, feindseligen Blick. Ihre Brauen zogen sich zornig zusammen. »Wollen Sie damit andeuten, Mr. Duvray, daß mein Vater nicht ehrlich ist?«

»Nein, nein, Margaret, verstehen Sie mich nicht falsch.« Ihr plötzlicher Stimmungsumschwung verwirrte ihn. »Es ist nur, daß – nun ich habe bisher noch nie gesehen, daß irgendwer in dieser Gegend Draht benutzt. Das Weideland ist offen. Und wenn man Nachbarn hat und ihre Rinder herüberkommen, treibt man sie einfach zurück. Jeder Rancher hat sein Brandzeichen, so daß die Cowboys leicht erkennen können, welche Tiere wem gehören. Wenigstens habe ich das immer geglaubt, und Mr. Lucien Edmond ist ebenfalls dieser Meinung.«

»Ich möchte nicht, daß Sie auch nur ein einziges Wort gegen meinen Vater sagen, Mr. Duvray!« empörte sich Margaret. »Seit dem Tod meiner armen Mutter hat er sein ganzes Leben lang hart gearbeitet, nur damit ich von allem das Beste haben konnte. Ich bin in einem der vornehmsten Internate erzogen worden, übrigens habe ich dort auch reiten gelernt. Und Vater war derjenige, der jeden Monat Geld geschickt hat. Er hat große Opfer gebracht, um mich zu ernähren und zu kleiden und mir eine gute Erziehung zu geben, Mr. Duvray. Deshalb kränken Ihre Anspielungen mich sehr.«

»Ich kann Ihnen nicht folgen, Miß Caldemare.« Joe merkte, daß er sie jetzt nicht mehr beim Vornamen nennen durfte. »Ich habe nicht gesagt, daß Ihr Vater unehrlich ist. Es ist nur so, daß Mr. Lucien Edmond es begrüßen würde, wenn er einmal herüberkäme, guten Tag sagte und sich vorstellte. Das ist alles. In den letzten Wochen haben wir nichts anderes gesehen, als daß die Männer Ihres Vaters

Zäune aufstellen. Und dabei ist gestern einer der Pfosten hinter Mr. Lucien Edmonds Grenzzeichen errichtet worden.«

»Jetzt beschuldigen Sie meinen Vater auch noch, von Ihrem Boß Land zu stehlen, Mr. Duvray. Oh, ich wünschte, ich hätte Belle Etoile zurück! Ich wäre Ihnen dankbar, wenn Sie schneller ritten, damit ich Ihren beleidigenden Äußerungen gegen meinen Vater nicht länger zuhören muß!« fuhr sie ihn an.

»O Gott! Miß Caldemare, sagen Sie doch so etwas nicht – ich habe nichts dergleichen behauptet, ich wollte nur . . . «

»Es kümmert mich nicht im geringsten, was Sie wollten, Mr. Duvray. Würden Sie mich bitte so schnell wie möglich nach Hause bringen? Besten Dank!«

Ihr Ton war eisig, und sie sah sich dabei nicht um. Joe schimpfte sich in Gedanken den größten Idioten aller Zeiten und setzte Brazos in Trab.

XVII

Es war Mitternacht, der erste Donnerstag im April. Der Mond hatte sich hinter dicken Wolken versteckt, und die Nacht war stockfinster und still. Der Alabama-River, der vor zwei Wochen von heftigen Niederschlägen Hochwasser geführt hatte, hatte sich inzwischen wieder beruhigt und ließ nichts als ein leises Murmeln hören. An seinen Ufern quakten Frösche. Gelegentlich mischten sich leise Rufe der Nachtvögel in das Seufzen der Bäume, mit deren Zweigen ein lauer Wind spielte. Die Stadt Montgomery lag finster da. Nur hinter wenigen Fenstern schimmerte eine Petroleumlampe oder eine Kerze. Am Stadtrand standen alte Fachwerkhäuser, die dringend einen neuen Anstrich benötigten, neben den einfachen Hütten der Schwarzen, die zu beweisen versuchten, daß sie ihren früheren Herren jetzt gleichgestellt waren. In der Ferne war das Kläffen eines streunenden Hundes zu hören.

Ein halbes Dutzend Männer zu Pferde kam von Osten her über einen gewundenen Pfad, der durch ein Wäldchen aus Zedern und Lebenseichen führte. Sie trugen weiße Umhänge mit spitzen Kapuzen, die Schlitze für Augen und Mund hatten. Der Mann an der Spitze hatte einen zusammengerollten Ochsenziemer am Sattelknopf. Sein Reittier war ein schwarzer Hengst, der schnaubte und wieherte und von Zeit zu Zeit den Kopf hochwarf. Er wehrte sich vergeblich gegen die harte Zügelführung seines Reiters.

Sie ritten hintereinander in einer langen Prozession, schweigend, ihres Ziels sicher. An der Kreuzung hielt der Anführer seinen Hengst an, hob die rechte Hand und winkte nach rechts, denn in der anderen Richtung ging es nach Lowndesboro. Er bog in den Weg nach Montgomery ein, und seine Gefährten folgten ihm schweigend. Auf dem weichen Pfad waren die Hufe der Pferde kaum zu hören.

Sie erreichten ein altes Fachwerkhaus, das abgelegen von den anderen Häusern war. Kein Licht fiel durch die dicken Chinz-Vorhänge des breiten Vorderfensters. Der Anführer hielt seinen Hengst an, stieg ab und schritt über baufällige Stufen zur Veranda empor. Vor mindestens einem Jahrzehnt waren Veranda, Stufen, Dach und Wände dieses Hauses weiß gestrichen gewesen. Jetzt blätterte die Farbe ab, und hier und da gaben die Bretter der Veranda und der Stufen nach.

Die anderen fünf verhüllten Männer blieben im Sattel, während der Anführer, den Ochsenziemer über dem Arm, gegen die Tür hämmerte und mit lauter Stimme rief: »Esther Murtons, komm heraus! Der Ku-Klux-Klan ruft dich vor sein erhabenes Tribunal, um dich zu belehren und zu warnen!«

Auf der anderen Seite der einsamen Straße schob ein Schwarzer einen zerlumpten Vorhang zurück und spähte in die Nacht hinaus. Hastig ließ er den Vorhang fallen und verschwand. Die weißen Kapuzen sprachen für sich, auch ohne daß er die Worte des Anführers zu hören brauchte.

Einen Augenblick herrschte Schweigen. Dann hämmerte der Anführer der Kapuzenmänner erneut gegen die Tür und rief: »Esther Murtons, versuche nicht, der Gerechtigkeit des Klans zu entfliehen, oder dein Geschick wird fürchterlich sein! Komm heraus!«

Die fünf Männer zu Pferde flüsterten miteinander. Dann rief einer leise: »Ich sehe Licht. Vermutlich hat die Alte fest geschlafen.«

Tatsächlich sah man hinter dem abgenutzten Chinz-Vorhang eine Petroleumlampe aufflackern. Man hörte, wie ein Riegel zurückgeschoben wurde. Die Tür öffnete sich. Eine zerbrechliche grauhaarige Frau erschien, nur mit ihrem Nachthemd und einem hastig übergeworfenen baumwollenen Morgenrock bekleidet. Mit zitternder Hand hielt sie die Lampe in die Höhe, dann stieß sie einen erstickten Schrei aus, als sie den Anführer in seiner unheimlichen Vermummung erkannt hatte. »O Gott – ich habe nichts getan! Warum wollt ihr einer armen alten Frau etwas antun?«

»Bisher hast du nichts getan, Esther Murtons, um eine Bestrafung durch den Klan zu verdienen«, erwiderte der Vermummte. »Aber höre auf unsere Warnung! Wenn du sie in den Wind schlägst, wirst du samt deiner Nichte Moira O'Connor der furchtbaren Gerechtigkeit unserer ehrenwerten Gesellschaft anheimfallen. Also laß dich warnen, Esther Murtons!«

»Um Himmels willen, was meinen Sie? Was verlangen Sie von mir?« stammelte die alte Frau.

»Deine Nichte ist als Kindermädchen bei einem gewissen Luke Bouchard auf der Windhaven-Plantage angestellt, nicht wahr, alte Frau?« fragte der Anführer.

Esther Murtons konnte vor Angst nicht mehr sprechen. Sie nickte bloß.

»Er ist ein verdammter, verräterischer Republikaner. Deine Nichte muß dieses Haus sofort verlassen.«

»Aber – aber wir sind arm, und ich bin krank, und Moira

bezahlt meine Medizin. Es ist doch nichts Schlimmes dabei, daß . . . «

»Wenn du tust, was dir gesagt wird, Esther Murtons, erhältst du Geld aus unserm Hilfsfonds. Aber dafür mußt du sie dazu bringen, daß sie auf der Stelle weggeht.«

»Vielleicht solltest du sie einmal mit der Peitsche kitzeln, damit sie versteht«, warf einer der Reiter mit gemeinem Auflachen ein.

Der Anführer trat näher an die zitternde alte Frau heran und zeigte auf den Ochsenziemer an seinem Arm. »Dir und deiner Nichte würde es sicher nicht gefallen, dreißig Schläge damit zu erhalten. Dreißig für jeden, alte Frau! Wir würden euch draußen im Wald an einen Baum binden, wo niemand euch schreien hören kann. Dann wird heißer Teer auf die Striemen geschmiert.«

»Gott sei mir gnädig! Ich habe Ihnen doch gesagt, daß ich nichts getan habe! Bitte, was wollen Sie von mir?« jammerte sie.

»Hör auf zu winseln! Hör lieber gut zu. Du schickst ihr morgen per Boten einen Brief, verstanden?«

Esther Murtons biß sich auf die Lippen und nickte.

»Du teilst ihr mit, du seist sehr krank und sie müsse sofort zu dir kommen. Ihre Cousine Stacey Holbrook werde bei den Bouchards für sie einspringen.«

»Aber sie hat doch gar keine Cousine . . . «

»Ruhig, dummes Weib! Gleich verliere ich die Geduld mit dir. Du hörst genau zu, oder du bekommst noch heute nacht einen Vorgeschmack auf die Peitsche!« drohte er.

»Ich will es ja tun – sprechen sie weiter, bitte – Moiras Cousine . . . «

»Stacey Holbrook. Du schreibst deiner Nichte, sie solle ihre Cousine mit allem Nachdruck empfehlen, verstanden? Sie soll sofort nach Erhalt deines Briefs in die Stadt zurückkehren, und dann wird sie ihre Cousine schicken. Schweig – das Mädchen wird morgen früh hier sein und bei dir bleiben, bis deine Nichte jenes Schlangennest verlassen hat. Ist das klar?«

»Ja – ja, Sir«, hauchte Esther Murtons.

»Und du, Esther Murtons, du bist eine gute Demokratin. Du wirst im November für die Demokraten stimmen – oder vielleicht nicht?«

»Doch, doch, das wollte ich sowieso, Sir!«

»Bleib dabei, wenn du der Peitsche entgehen willst, alte Frau. Paß auf! Diese Cousine Stacey Holbrook kommt aus New Orleans. Wir wissen, daß Luke Bouchards Frau von dort stammt. Ihre Nichte soll Mrs. Bouchard sagen, das sei ein Grund mehr, Stacey zu engagieren. Das schreibst du in deinem Brief, und vergiß es nicht.«

»Vielleicht sollten wir mit ihr ins Haus gehen und aufpassen, daß sie den Brief schreibt«, sagte der Mann, der zum Gebrauch des Ochsenziemers geraten hatte.

»O nein, ich schwöre, daß ich ihn schreiben werde!« Esther Murtons war fassungslos. Sie taumelte gegen den Türrahmen und hätte beinahe die Petroleumlampe fallen gelassen.

»Sie weiß, was sie zu tun hat – nicht wahr, du dumme Alte?« fragte der Anführer höhnisch. Als die verängstigte Frau mit glasigen Augen von neuem nickte, fuhr er fort: »Wir schicken morgen früh um zehn Uhr einen Boten in dein Haus, dem du den Brief an deine Nichte aushändigst, Esther Murtons. Bis dahin hast du ihn fertig, und er wird so lauten, wie ich dir gesagt habe, denn der Bote wird ihn lesen. Merke dir gut, daß du ihn vorher nicht versiegeln darfst.«

»Ja, ja, Sir, ich verspreche es, ich schwöre es, Sir! Bitte, tun Sie mir nichts – ich werde alles tun, was Sie wünschen!«

»Das nenne ich vernünftig. Wir verlassen dich jetzt, Esther Murtons. Morgen werden wir sehen, ob du es wagst, unserer Warnung zu trotzen. Wenn du es tust, wird das Urteil über dich und deine Nichte schrecklich sein!«

Der Anführer drehte sich um, stieg die Stufen hinab und

bestieg sein Pferd. Mit hohlem Lachen ließ er den Ochsenziemer knallen. Die grauhaarige Frau schrie angstvoll auf. Dann ritten die sechs Vermummten den Weg zurück, den sie gekommen waren.

XVIII

Tränenüberströmt stand Moira O'Connor am nächsten Tag kurz vor dem Abendessen vor Laure Bouchard. »Mit meiner armen alten Tante ist es schlimmer geworden, Mrs. Bouchard, Madam«, schluchzte sie. »Es ist mir so unangenehm, Sie mir nichts, dir nichts zu verlassen, aber sie war alles für mich gewesen. Als meine Eltern starben, hat sie mich aufgenommen und das bißchen, was sie hatte, mit mir geteilt . . . «

»Ich verstehe, Moira, bitte weinen Sie nicht«, unterbrach Laure sie freundlich. »Ich werde Sie sehr vermissen, und auch Lucien und Paul werden Sie fehlen. Die Jungen haben Sie liebgewonnen, und Sie sind ein sehr gutes Kindermädchen gewesen. Ich werde Sie bestimmt wärmstens empfehlen, wenn es Ihnen möglich ist, eine neue Stellung anzunehmen. Aber natürlich –« Laure klopfte sich mit dem Zeigefinger gegen die Wange »– muß ich so schnell wie möglich Ersatz für Sie finden.«

»Nun, Mrs. Bouchard, ich habe eine Cousine. Ihr Name ist Stacey Holbrook. Sie ist letzte Woche aus New Orleans zu Besuch zu meiner Tante gekommen. Aber nun sagt sie, es gefalle ihr sehr in Montgomery, und es wäre ihr nur recht, wenn sie hier Arbeit finden könnte.«

»So? Hat sie denn Erfahrung mit kleinen Kindern, Moira?«

»O ja, Mrs. Bouchard! Sie hat mir selbst erzählt, daß sie bei einer feinen Familie in New Orleans gearbeitet hat. Da mußte sie sich um zwei Kinder im selben Alter wie Lucien und Paul kümmern.«

»Aus New Orleans stammt sie, sagen Sie? Ich bin dort geboren. Vielleicht haben wir manches gemeinsam. Können Sie sie sofort erreichen, Moira?«

»O ja, Mrs. Bouchard! Sie ist ja im Augenblick bei meiner Tante Esther. Ich könnte hinfahren und sie zu Ihnen schikken – ich meine, wenn es möglich ist, daß mich jemand hinbringt und sie abholt«, erklärte die junge Irin eifrig.

»Das wird sich wohl machen lassen, Moira. Dan Munroe soll anspannen und Sie in die Stadt bringen. Nur wird Ihre Cousine vielleicht nicht noch so spät am Abend herkommen wollen – andererseits brauche ich wirklich Hilfe.«

»Oh, ich bin überzeugt, es wird ihr nichts ausmachen, Mrs. Bouchard! Es ist nämlich so: Ich habe ihr einen Brief geschrieben, als sie noch in New Orleans war. Darin habe ich ihr geschildert, wie nett Sie sind und wie entzückend Paul und Lucien. Und in diesem Brief, den mir Tante Esther heute nachmittag per Boten schickte, steht, Stacey brenne darauf, meine Stellung zu übernehmen – das heißt natürlich, wenn sie Ihnen gefällt.«

»Also, dann soll Dan Munroe Sie so schnell wie möglich nach Montgomery bringen, Moira. Ich bin richtig froh, daß ich sofort Ersatz für Sie bekommen kann. Wenn sie Ihre Cousine ist und wenn sie als Kindermädchen Erfahrung hat, werden wir bestimmt gut miteinander auskommen. Dabei fällt mir ein – lassen Sie mich Ihnen den Lohn bis heute geben. Hier, meine Liebe. Ich hoffe sehr, daß es Ihrer armen Tante bald bessergehen wird. Und vielleicht, wenn Ihre Cousine sich hier nicht allzu glücklich fühlen sollte, können Sie dann immer noch zurückkommen. Ich weiß, daß Mr. Bouchard sehr zufrieden mit Ihnen ist.«

»Das ist sehr nett von Ihnen, Mrs. Bouchard, Madam.« Moira O'Connor blickte traurig zu Boden. »Es ist nur so, daß Tante Esther schon alt ist, und sie ist sehr, sehr schwach. Ich weiß nicht, wie lange es dauert, bis sie wieder gesund ist – wenn sie sich überhaupt noch einmal ganz erholt, Madam.«

»Das tut mir so leid, Moira. Bitte, weinen Sie nicht mehr. Ich werde Dan rufen. Aber denken Sie daran: Wenn alles wieder gut wird und Sie zurückkommen wollen – und es mit Ihrer Cousine nicht klappen sollte –, dann stelle ich Sie gern wieder ein«, versicherte Laure ihr.

Stacey Holbrook war neunundzwanzig, groß und geschmeidig. Das kastanienfarbene Haar hatte sie zu einem imposanten Pompadour aufgesteckt. Ihr Gesicht war hübsch, bis auf eine gewisse Strenge um Nase und Kinn. Ihre großen, glänzenden dunkelbraunen Augen waren von sehr kurzen Wimpern umkränzt, was ihrem Blick etwas Offenherziges gab. Ihre Stimme klang weich und heiser mit einem charmanten Hauch des kreolischen Akzents. Gelegentlich verriet sie ihre Abstammung, indem sie in das *patois* von New Orleans verfiel.

Sie hatte sich entschlossen, nicht gleich am selben Abend mit Dan Munroe zurückzufahren. Statt dessen erschien sie am nächsten Nachmittag in einem Wagen mit einem schwarzen Kutscher. Sobald sie mit ihren beiden Gepäckstücken ausgestiegen war, peitschte der Kutscher sein lahmes Pferd und verschwand in Richtung Montgomery.

Laure stellte fest, daß Stacy Holbrook sehr gesprächig war. Aber sie hatte angenehme Manieren und zeigte ihr eine Ehrerbietung, die eigentlich nicht zu ihrer ansonsten sehr selbstbewußten Haltung paßte. Dieses Mädchen, dachte Laure belustigt, mußte huntertprozentig überzeugt sein, den Posten als Kindermädchen zu erhalten, da sie ihr ganzes Gepäck gleich zur Vorstellung mitbrachte. Doch alle Bedenken mußten hinter dem Zwang zurückstehen, schnell einen Ersatz für Moira zu bekommen, und Stacey Holbrook sprach ausführlich – ein bißchen zu gewandt, als habe man es ihr eingepaukt – über ihre Erfahrungen mit kleinen Kindern. Sie wurde also vom Fleck weg engagiert, und Laure selbst brachte sie auf ihr Zimmer im Obergeschoß des Nordflügels.

Am nächsten Morgen beim Frühstück machte Stacey Holbrook auf Luke Bouchard einen ausgezeichneten Eindruck, indem sie Paul und Lucien fütterte und sich mit Begeisterung und Geschick in ihre neuen Aufgaben stürzte. Nach dem Frühstück plauderte er eine oder zwei Minuten mit ihr. Dann küßte er Laure und begab sich in sein Arbeitszimmer, denn William Blount hatte ihn gebeten, einen Artikel über seinen Werdegang und seine politischen Ansichten für den *Advertiser* zu schreiben. Laure blieb mit Stacey am Tisch sitzen. Später folgte sie ihr ins Kinderzimmer und sah eine Weile zu, wie das neue Kindermädchen mit den Kleinen spielte.

»Sie sind also in New Orleans geboren, Stacey?« fragte Laure beiläufig.

»Ja, Mrs. Bouchard. Auf dem Bayou-Weg.«

»Ja, ich weiß, wo das ist. Ich bin ebenfalls in New Orleans geboren.« Die Erinnerung an den Selbstmord ihres Vaters und ihre schrecklichen Erlebnisse mit den siegreichen Unionssoldaten überschatteten einen Augenblick ihr Gesicht. »Aber natürlich, als ich Mr. Bouchard heiratete, bin ich gern von dort weggezogen, und jetzt kommt es mir vor, als hätte ich schon immer auf der Windhaven-Plantage gelebt.«

»Das verstehe ich gut, Mrs. Bouchard, so wundervoll, wie es hier ist. Dieses große schöne Haus ist beinahe wie ein Schloß.«

»Ja, das stimmt. Lukes Großvater, nach dem der ältere Junge genannt ist, träumte immer davon, ein genaues Abbild seiner Geburtsstätte zu errichten. Der Gedanke, daß er lange genug gelebt hat, um sich nach Fertigstellung des Baus viele Jahre daran zu erfreuen, macht mich glücklich.«

»Wo haben Sie denn in New Orleans gewohnt, Mrs. Bouchard?«

»Ehe ich von dort wegzog«, erwiderte Laure, »wohnte ich in der Honorée-Straße.«

»Ach? Ich glaube, ich erinnere mich an diese Straße – stand dort nicht das berühmte Union House?«

»Natürlich. Mein erster Mann, der am Gelben Fieber starb, hatte seine Bank dort – und wenn Sie die Geschichte von New Orleans kennen, Stacey, werden Sie sicher wissen, daß General Benjamin Butler alle Banken der Stadt übernahm und mit seinen Leuten besetzte. Es war sehr klug von John – John Brunton hieß mein erster Mann –, seine Finanzgeschäfte in dieses Haus zu verlegen. Butlers Offiziere hegten nicht den geringsten Verdacht, daß er fortfuhr, für verdiente Bürger aus New Orleans als Bankier zu arbeiten.«

»Das hört sich beinahe wie eine Spionagegeschichte an, so tollkühn und aufregend«, bemerkte Stacey mit leisem, gurrendem Lachen.

»Das kann man wohl sagen! Ja, es gehörte eine gewisse Findigkeit dazu. Natürlich gab es dem Haus guten Schutz, daß es von Unionsoffizieren besucht wurde. Sie hätten dort niemals eine Bank vermutet. Doch nun lasse ich Sie mit den Jungen allein. Mein Mann ist sehr zufrieden mit Ihrer Arbeit, Stacey, und ich bin es auch.«

»Es macht mich glücklich, das zu hören, Mrs. Bouchard. Ich werde mich bemühen, mein Bestes für die Kinder tun – sie sind ja auch so lieb!« schwärmte Stacey.

Laure lächelte ihr zu, verließ das Zimmer und schloß die Tür hinter sich. Stacey blickte ihr nach. Ihre etwas sinnlichen Lippen verzogen sich zu einem schiefen Lächeln.

»Barnabas wird sehr mit mir zufrieden sein«, sagte sie zu sich selbst. »Das ist noch besser, als ich gedacht hatte. Wenn sie im Union House gelebt hat, muß sie eine Hure gewesen sein, ganz gleich, was sie von der Bank ihres ersten Mannes erzählt. Oh, warte nur, bis ich einen Brief an ihn abschicken kann! Bestimmt wird er mir das Halsband kaufen, das ich bei dem alten Juwelier Johanson so bewundert habe.« Ihr Lächeln vertiefte sich, und dann wandte sie sich wieder den beiden kleinen Jungen zu.

Seit zwei Jahren war Stacey Holbrook die Mätresse von Barnabas McMillan. Er hatte sie ein Jahr nach dem Krieg in

New Orleans kennengelernt, als er und verschiedene andere Mitglieder der Volksvertretung den eroberten Süden besuchten, um Pläne für den Wiederaufbau zu machen. Zuvor war Stacey Holbrook zweimal verheiratet gewesen. Die erste Ehe mit einem blutjungen Kadetten, mit dem sie im Alter von siebzehn durchgebrannt war, war für ungültig erklärt worden. Das zweite Mal heiratete sie einen reichen Mann aus Georgia, der mit Schmuggeln von Waren durch die Blockade der Unionstruppen ein Vermögen verdient hatte, bis er kurz vor Ende des Krieges bei einer Wirtshausschlägerei ums Leben kam.

McMillan entdeckte sie in einem der elegantesten Freudenhäuser von New Orleans und begeisterte sich dermaßen für ihre erotischen Talente, daß er ihr das lukrative Angebot machte, seine Mätresse zu werden. Inzwischen hatte sie seine sadistische Art und seine Perversitäten mehr als satt, aber mit dem Versprechen, sie zu heiraten und eine ehrbare Frau aus ihr zu machen, hielt er sie fest. »Tu mir diesen einen Gefallen, Stacey«, hatte er gesagt, »schmuggle dich in das Haus von diesem Bouchard ein und hole für mich die Skelette aus seinem Schrank, und du wirst auch Mrs. Barnabas McMillan werden und all die hübschen Kleider und Schmucksachen bekommen, die du dir wünschst.«

McMillan hatte dafür gesorgt, daß der Schwarze, der Stacey zur Windhaven-Plantage gefahren hatte, unter dem Vorwand, einen Brief des neuen Kindermädchens an ihre Cousine und die kranke Tante abzuholen, jeden Abend um sechs vorbeikam. Stacey konnte den Abend kaum erwarten. Ihre einzige Sorge war, wo sie Papier und Tinte und einen Umschlag finden würde, damit sie ausführlich berichten konnte, was sie über Laure Bouchards Vergangenheit herausbekommen hatte. Es konnte gar keinen Zweifel daran geben. Jeder wußte, daß die Mädchen, die während des Krieges im Union House lebten, unten im Empfangssalon darauf warteten, daß ein Unionsoffizier seine Wahl traf und mit ihnen ins Bett ging. Dieser Luke Bouchard, so dachte Stacey, mußte wirklich ein alter Trottel sein, daß er eine Frau heiratete, die halb so alt war wie er und die Beine für Unionsoffiziere gespreizt hatte. Natürlich hatte sie selbst das auch tun müssen, doch sie hatte es nie gewollt. Sie war nach Geburt und Neigung immer eine treue Südstaatlerin gewesen, aber ein Mädchen mußte irgendwie leben. Und ein kluges Mädchen wußte, auf welcher Seite ihr Brot mit Butter bestrichen war. Nach der Niederlage des Südens war es sinnlos geworden, auf Romantik und den Duft von Jasmin und einen jungen Gentleman zu warten, der sie umwerben und gewinnen würde.

Stacey erzählte den beiden kleinen Jungen die Geschichte von dem Frosch in einem Teich, der sich aufblies, bis er platzte. Dabei dachte sie an Luke Bouchard, und ihre Augen glitzerten vor Schadenfreude, als der kleine Lucien über den Schluß der Geschichte laut lachte.

XIX

Ein paar Tage bevor Joe Duvray Margaret Caldemare davor bewahrte, von ihrem verängstigten Pferd abgeworfen zu werden, reiste Celia von der Windhaven-Ranch in das kleine mexikanische Dorf Maxtime, um ihre Tochter Prissy zu besuchen. Die junge, hübsche Prissy, die Celia von Mark Bouchard empfangen hatte, war die Squaw des Komantschenkriegers Jicinte geworden. Sie wohnten in dem befestigten Dorf, das der Häuptling Sangrodo ein paar Meilen von Maxtime entfernt errichtet hatte.

Zu dieser Zeit lebten Sangrodo und seine Leute in Frieden und bebauten das Land. Die meisten Männer hatten Mexikanerinnen geheiratet. Früher hatte es in Texas viel Kampf und Gewalttaten gegeben. Komantschen wurden ihrer Skalps wegen von Weißen getötet, und aus Rache entführte Sangrodo den *alcalde* eines kleinen Dorfes mit seiner Frau Catayuna Arvilas. Während ihrer Gefangenschaft widersetzte sich Catayuna heldenhaft Sangrodos Bemühungen, sie zu versklaven, und insgeheim bewunderte er ihren Mut und ihre Ehrenhaftigkeit. Dann fielen die Soldaten des ruchlosen Captain George Munson in das Komantschendorf ein, als sich die Männer auf der Jagd befanden, und massakrierten die Frauen. Obwohl selbst schwer verwundet, holte Catayuna Sangrodo und seine Männer, damit sie den Mord an den Hilflosen rächen konnten.

Catayuna war jetzt Sangrodos liebende Frau. Erst vor zwei Jahren hatte sie den Mut einer echten Indianerin bewiesen und den Banditen Carlos Macaras getötet. Als Folge ihres Kampfes verlor sie das Kind, das sie trug. Um so teurer war ihr der später geborene Sohn Inokanti, dessen Name bedeutete: Er-der-geliebt-wird. Sangrodo vergötterte das Kind, und Catayuna war als die »Geliebte Frau« des Komantschendorfes bekannt. Ebenso war ein Jahrhundert vor ihr Dimarte bei den Creeks von Econchate genannt worden.

Einer von Sangrodos Boten hatte zur Windhaven-Ranch die Nachricht gebracht, Prissy erwarte wieder ein Kind. Da entschloß sich Celia, die in letzter Zeit sichtlich gealtert war und deren Gesundheit nachzulassen begann, ihre Tochter zu besuchen und bis nach der Entbindung bei ihr zu bleiben. Kate Strallis und Maybelle Belcher boten sich an, Celias Pflichten als Köchin zu übernehmen, obwohl die junge Felicidad, jetzt die schwangere Frau von Djambas Sohn Lucas, darauf bestand, in der Küche zu arbeiten, solange ihr Zustand es ihr noch gestattete.

Djamba selbst brachte Celia über die Grenze. Am Vormittag des sechsten Tages erreichten sie das Komantschendorf. Sangrodo und Catayuna hießen sie herzlich willkommen, und Prissy kam mit dem ihr treu ergebenen Jicinte aus ihrer Hütte.

Mutter und Tochter begrüßten sich tränenreich. Sangrodo

winkte Djamba, in seine Hütte einzutreten und das Kalumet der Freundschaft mit ihm zu rauchen. »Da ist einer von unsern Kriegern, Djamba, der große Gaben hat«, berichtete er. »Hier sind sie verschwendet. Ich möchte dem *Taiboo-Nimiahkana* eine Nachricht zukommen lassen, denn vielleicht kann er Lopasuta helfen.«

»Mr. Luke wird ihm gern helfen, wenn du so viel von ihm hältst, Sangrodo, davon bin ich überzeugt«, versicherte der Mandingo ihm.

»Meine Squaw Catayuna hat mich gelehrt, in der spanischen Sprache, die sie von Geburt an kennt, zu lesen und zu schreiben«, vertraute Sangrodo seinem schwarzen Freund an.

»Ich glaube, Mr. Luke wird einen spanischen Brief verstehen«, antwortete Djamba. »Und wenn nicht, kennt er bestimmt jemand, der ihn ins Englische übersetzt.«

»Ja, ich möchte ihm schreiben. Oder noch besser – da du genug von der Sprache der Komantschen gelernt hast, um mich zu verstehen, und da du die Sprache meines Blutsbruders sprichst, willst du mir nicht zuhören und es dem Sohn meines Blutsbruders weitersagen, damit er seinem Vater einen Brief in ihrer eigenen Sprache schreiben kann?«

»Das will ich gern tun, Sangrodo. Sag mir, was du Mr. Luke mitteilen willst.«

Sangrodo paffte an dem Kalumet. Dann gab er es an Djamba weiter, der feierlich das Ritual vollzog. Nun schloß Sangrodo die Augen und wählte seine Worte sorgfältig. »In unserer Sprache bedeutet Lopasuta ›Er-der-weise-ist‹. Er zählt zweiundzwanzig Sommer. Seine Mutter und sein Vater starben, als jener *gringo capitán* unser Dorf überfiel und diejenigen tötete, die ihm nie etwas zuleide getan hatten. Catayuna sagt, Lopasuta beherrsche die Sprache meines Blutsbruders ebensogut wie das Spanische.« Hier erlaubte der Komantschenhäuptling sich ein knappes Lächeln. »Er durstet nach Wissen. Ich habe ihn als meinen Sohn adoptiert, aber er sehnt sich danach, seinem Volk zu helfen. Vielleicht kann der *Taiboo Nimiahkana* ihm eine Möglichkeit geben, mehr Wissen zu erwerben. Er kann ihn auf dem Feld arbeiten lassen, damit er in jenem fernen Land seinen Lebensunterhalt verdient. Eines Tages mag Lopasuta für die Indianer sprechen, damit die Bleichgesichter erfahren, daß wir keine grausamen, gewalttätigen Menschen sind. Wir kämpfen nur für das Land, das uns gestohlen worden ist. Wir haben nur mit denen Krieg geführt, die uns belogen haben und Friedensverträge schlossen, die sie von vornherein nicht zu halten beabsichtigten.«

»Ich werde diese Botschaft sofort zur Windhaven-Ranch bringen, Sangrodo. Dann wird Lukes Sohn es seinem Vater schreiben.«

»Das ist gut, Djamba. Lopasuta ist klüger als viele doppelt so alte Männer, und doch rühmt er sich seines Wissens nicht. Komm, genießen wir die Abendluft.« Sangrodo erhob sich mit der Geschmeidigkeit eines jungen Mannes und verließ die Hütte. Djamba folgte ihm. »Sieh, wie friedlich wir geworden sind. Wir pflanzen Obst und Gemüse an, wir halten sogar ein paar Rinder für unseren eigenen Bedarf, und manchmal verkaufen wir Fleisch an die Bewohner von Maxtime und auch an andere. Lopasuta hat hier keine anderen Aussichten, als sich eine Squaw zu nehmen und Kinder zu zeugen, die bessere Möglichkeiten haben werden als er selbst.«

»Ich habe mir jedes Wort, das du gesagt hast, gemerkt, Sangrodo, und ich werde Mr. Lucien Edmond alles berichten.«

»Du bist ein guter Freund, Djamba. Du bist vor langer Zeit in deinem Dorf jenseits des großen Meers Häuptling gewesen wie ich, das hat mir der *Taiboo Nimiahkana* erzählt. Ich achte dich.«

»Und ich dich, Sangrodo.« Die beiden Männer sahen sich an und reichten sich als Symbol ihrer Freundschaft und ihres gegenseitigen Verständnisses die Hand.

Dann ging Sangrodo mit Djamba zu der Hütte Lopasutas.

Der junge Mann war fast so groß wie Sangrodo. Er war drahtig und hatte eine hellkupferfarbene Haut, hohe Wangenknochen, eine gewölbte Stirn und eine scharfe Adlernase. Aber am meisten beeindruckte Djamba der ehrliche Blick seiner dunklen Augen und das freundliche Lächeln auf seinen Lippen. Als Sangrodo ihn dem Mandingo vorstellte, streckte Lopasuta ohne Zögern seine Hand entgegen und sagte: »Mein Häuptling hat mir viel von deinem Mut und deiner Weisheit erzählt, Djamba. Die Familie des *Taiboo Nimiahkana* kann sich glücklich schätzen, dich zum Freund zu haben. Auch ich möchte dein Freund sein.«

»Du sprichst ausgezeichnetes Englisch, Lopasuta. Wie hast du es gelernt?« fragte der Mandingo interessiert.

Lächelnd zuckte Lopasuta die Schultern. Er antwortete bescheiden: »Meine Mutter war ein Mädchen aus einem mexikanischen Dorf nicht weit von hier. Die Komantschen überfielen das Dorf, und mein Vater wählte sie als seine Squaw. Aber sie war nicht die Tochter eines *peón*, sondern eines *rico*, der *alcalde* des Dorfes war. Er hatte sie zur Schule nach Mexico City geschickt, wo sie die englische Sprache lernte. Sie kam in Liebe zu meinem Vater, denn ihr eigener Vater wollte sie mit einem grausamen Grundbesitzer verheiraten, den sie haßte. Sie erkannte sofort, wie ehrenhaft unser Volk ist und wie es Tapferkeit und Wahrhaftigkeit vor allen anderen Eigenschaften respektiert.«

»Genau wie der alte Mr. Lucien Bouchard und sein Enkel Mr. Luke und Mr. Lukes ältester Sohn Lucien Edmond«, fiel Djamba ein. »Sangrodo sagt mir, daß du mehr zu lernen wünschst, damit du deinem Volk helfen kannst.«

»Ja, das wünsche ich mir sehr, Djamba«, erwiderte der junge Komantsche. »Mein Vater hat mir erzählt, wie die Agenten der Regierung die Komantschen – oder ›das Volk‹, wie wir uns in unserer eigenen Sprache nennen – behandelten. Mir scheint, es ist noch kein Komantsche fähig gewesen, für uns zu sprechen und die Agenten daran zu hindern, zu betrügen oder Verträge zu schließen, die sie nicht halten wollen. Ich denke, daß der Komantsche ebenso Rechte hat wie der weiße Mann und wie deine Leute, die schwarz sind.«

»Ja, das ist richtig, Lopasuta.«

»Das Spanische habe ich ebenfalls von meiner Mutter gelernt. Außerdem sprechen wir hier die ganze Zeit Spanisch, da unsere Krieger Mexikanerinnen als Squaws genommen haben. Nun habe ich aber nie eine Möglichkeit gehabt, Bücher zu lesen, und ich hungere danach. Von ganzer Seele wünsche ich mir, zu lernen, soviel ich kann, damit ich meinem Volk zu helfen vermag.«

»Das ist ein guter Wunsch«, wandte sich Sangrodo an Djamba. »Lopasuta ist ein starker junger Krieger, und wir sind stolz auf ihn. Aber hier kann er kaum mehr tun als die Felder bearbeiten und sich um unsere paar Rinder kümmern. Es ist ein eintöniges Leben, es bietet keinen Raum für große Taten. Ich selbst werde alt, aber ich habe mit Catayuna eine starke Frau an meiner Seite und meinen kleinen Sohn Inokanti und meinen Erstgeborenen Kitante, der eines Tages ein guter Führer seines Volkes sein wird. Ja, Kitante wird meine Stelle einnehmen, wenn der Große Geist mir noch genug Jahre gewährt, daß er alt genug ist, um von unseren Leuten respektiert zu werden.«

»Ich bin sicher, Mr. Luke wird eine Möglichkeit einfallen, wie er Lopasuta helfen kann«, versicherte Djamba.

Als er auf die Windhaven-Ranch zurückkam, berichtete er Lucien Edmond über den jungen Komantschen. Noch am selben Tag setzte Lucien Edmond sich hin und schrieb seinem Vater einen langen Brief, in dem er ihn herzlich bat, dem jungen Krieger behilflich zu sein.

Es war am selben Abend im April. Lucien Edmond Bouchard hatte den Brief einem der neuen Vaqueros anvertraut, der nach Corpus Christi reiten und dafür sorgen sollte, daß er mit der *William Wallace* weiterbefördert wurde. Mary Turner verließ die Küche des Châteaus mit einer Schüssel heißem Gumbo, die sie Ellen, der alten Seherin, bringen wollte. Diese hatte in den letzten drei Tagen das Bett hüten müssen, und Luke Bouchard hatte Hughie Mendicott nach Dr. Medbury geschickt. Der Arzt war gekommen, hatte Ellen untersucht und Luke dann beiseite genommen. »Es ist das Alter und eine Vielzahl von Leiden, die sie alle auf einmal überfallen, Mr. Bouchard«, sagte er. »Tatsächlich ist es ein Wunder, daß sie die brutale Auspeitschung durch diese feigen Klan-Leute überlebt hat. Sie soll im Bett bleiben, viel essen und sich über nichts Sorgen machen. Mehr läßt sich nicht für sie tun.«

Als Mary Turner Ellens Hütte betrat, erschrak sie darüber, daß die zarte weißhaarige Frau sich von ihrem Strohsack aufzurichten versuchte. »O nein, Ellen, du darfst dich nicht anstrengen! Leg dich gleich wieder hin, hörst du? Ich habe dir schönes heißes Gumbo gebracht, und ich werde dich füttern, damit du dich nicht zu setzen brauchst. Du hast mir vielleicht einen Schrecken eingejagt! Krank, wie du bist, willst du aufstehen! Was wird Mr. Luke sagen, wenn er hört, was du alles anstellst?«

»Mr. Luke – ja, ich möchte ihn sprechen –, lauf, ruf ihn schnell. Mir bleibt nicht mehr viel Zeit auf dieser Welt – bitte Mr. Luke, sofort zu mir zu kommen!« Ellens runzliges Gesicht verzerrte sich vor Angst, und ihre dünnen Lippen zitterten von der Anstrengung, die ihr das Sprechen bereitete.

»Gut, ich hole ihn – aber du läßt das mit dem Aufstehen, Ellen!« befahl Mary. »Ich stelle nur die Schüssel ab, und wenn ich mit Mr. Luke wiederkomme, ißt du alles auf – das mußt du mir versprechen, oder ich gehe nicht!«

»Beeil dich, bitte! Ich fühle mich so schwach, daß ich kaum noch sehen kann!« Die alte Frau rang nach Atem. Ihre Augen waren tief in die Höhlen eingesunken, und doch glühten sie wie im Fieber.

»Ich gehe ja schon, und ich bin gleich wieder da«, rief Mary ängstlich. Mit einem letzten Blick auf die alte Frau, die zitterte und ihre knochigen Finger in die Handflächen grub, rannte Mary zum Château zurück.

Luke Bouchard hatte sich gerade mit Laure und den beiden Jungen zum Dinner niedergesetzt. Seine junge Frau hatte Stacey gesagt, heute abend werde sie die Kinder selbst füttern und ins Kinderzimmer zurückbringen. Sie wollte gern einmal allein und ungestört mit ihrem Mann plaudern.

Mary Turner betrat das Speisezimmer und erstattete Luke aufgeregt Bericht. Luke erhob sich vom Tisch. »Mit Ellen ist es schlimmer geworden, Liebes. Ich werde sofort zu ihr gehen.«

»Die arme Seele!« seufzte Laure. »Kann ich irgendwie helfen, Darling? Wie du, fühle auch ich mich ihr verpflichtet. Wenn sie nicht gewesen wäre – Gott allein weiß, was Lucien hätte zustoßen können.«

Luke antwortete, er wolle allein gehen, und folgte Mary hinaus. Auf dem Weg durch die Felder fragte er leise: »Wie ernst ist es, Mary?«

»Sehr ernst, glaube ich, Mr. Luke, Sir. Die arme Ellen denkt, daß ihr nicht mehr viel Zeit bleibt.«

»Das habe ich befürchtet nach allem, was mir Dr. Medbury sagte«, meinte Luke, halb zu sich selbst. »Wir wollen versuchen, alles, was wir können, zu ihrer Beruhigung zu tun, Mary.«

In Ellens Hütte zog Luke einen niedrigen Holzschemel ans Bett, nahm die Gumboschüssel und sagte freundlich: »Jetzt bin ich hier, liebe Ellen. Willst du nicht ein bißchen von diesem Gumbo versuchen? Mary hat es eigens für dich gekocht. Es wird dich kräftigen und dir helfen, wieder gesund zu werden.«

Bei seinem Eintritt hatte Ellen bewegungslos dagelegen, an die Decke gestarrt und stumm die Lippen bewegt. Als sie seine Stimme hörte, drehte sie langsam den Kopf, blinzelte und sagte mit schwacher, stockender Stimme: »Dem lieben Gott sei es gedankt, daß Sie gekommen sind, bevor meine Zeit um ist, Mr. Luke.«

Er zwang sich zu einem Lächeln. Es rührte ihn, daß sie das Glücksarmband um ihr rechtes Handgelenk und die Goldkette mit dem Kreuzchen um den Hals trug. Das Kreuz hob und senkte sich jetzt mit ihrem mühsamen Atem. »Nur einen Löffel, liebe Ellen«, drängte er.

»Nein, Sir, habe keine Zeit zu essen – muß Ihnen sagen, was ich in meinem Kopf gesehen habe, als ich hier lag und daran dachte, wie gut Sie und Miß Laure zu mir gewesen sind.« Ihre Stimme wurde schwächer. Mit offensichtlicher Anstrengung versuchte sie, sich auf die Seite zu drehen, damit sie ihm ins Gesicht sehen konnte.

»Du darfst dich nicht bewegen. Lieg still und ruh dich aus, liebe Ellen.« Luke nahm ihre Hände in die seinen und beugte sich über ihr runzliges Gesicht. »Was möchtest du mir erzählen?«

Ihre Augen schlossen sich, ihr Atem ging immer langsamer. Dann öffnete sie mühsam die Augen. »Ich sehe einen Mann – er kommt von weit her, Mr. Luke, Sir – er will Ihre Frau verleumden.«

»Ja, liebe Ellen.« Luke erschauerte unter einem plötzlichen schrecklichen Vorgefühl. Ebenso war es ihm ergangen, als die Seherin ihn drängte, seinen beiden Söhnen ein Zeichen zu geben. Luke neigte nicht zu Aberglauben, und doch konnte das Zusammentreffen von Ellens Vision mit dem, was Lucien widerfahren war, kaum nur mit Logik oder kalter Vernunft erklärt werden. »Ist das alles, was du gesehen hast, liebe Ellen?«

»Nein, Sir – ich habe noch viel gesehen – o Gott!« Ihre Augen rollten nach oben, ihr Atem ging hart und unregelmäßig. »Gott, nur noch ein paar Minuten, bis du mich rufst – ich muß Mr. Luke erzählen, was ich gesehen habe!«

»Ich bin hier, Ellen, ich bin bei dir. Zwinge dich nicht, versuche, dich auszuruhen «, murmelte Luke. Hinter ihm stand Mary Turner, und die Tränen liefen ihr über die Wangen.

Wieder schloß die zerbrechliche alte Seherin die Augen und es herrschte lange Zeit Stille. Dann sah sie Luke an, und ihre Fingernägel gruben sich in seine Hände, als sie sich zum Sprechen zwang. »Sie müssen zeigen, daß er unrecht hat, Sie müssen ihn bestrafen. Miß wird zu leiden haben . . . «

»O Gott – hat sie noch nicht genug gelitten?« Luke Bouchard blickte zur Decke der Hütte hoch, als richte er diesen Ausruf an die Vorsehung. Dann beugte er sich noch näher zu Ellen hinab und drängte: »Du sagst, Laure wird leiden – erzähl mir alles, was du weißt, alles, was du gesehen hast, liebe Ellen!«

»Sie wird nicht sterben – o nein, Sir –, aber mit der guten Nachricht, die Sie sich beide gewünscht haben, muß sie bis zum nächsten Jahr warten – oh, Mr. Luke, es wird so dunkel – ich habe Ihnen noch etwas zu sagen – nur ein bißchen mehr Zeit, lieber Gott, dann will ich gehen! Oh, Mr. Luke!« Ihr Kopf fiel zurück, sie schloß die Augen.

Luke stieß einen erstickten Schrei aus. Er dachte, sie sei tot. Und doch klammerte sich die schwache kleine Frau mit unglaublicher Zähigkeit ans Leben. Als sich diesmal ihre Augen öffneten, waren sie glasig und wanderten hin und her, als könne sie Lukes angstvolles Gesicht, das dem ihren so nahe war, nicht erkennen. Endlich flüsterte sie: »Ja, Sir, im nächsten Jahr wird alles gut werden – und Sie werden jemandem helfen – genauso, wie Sie mir geholfen haben, als der Klan mich ausgepeitscht hatte. Der Mann, dem Sie helfen werden, wird es an Ihnen durch einen Ihrer Freunde wiedergutmachen. Ja, Sir, Mr. Luke, ich habe es alles so klar wie den Tag gesehen, drei Nächte hintereinander, und – und –«

Plötzlich richtete sie sich auf, faßte seine Hände mit unglaublicher Kraft und ließ ihren Kopf mit einem erstickten Seufzer gegen seine Brust fallen.

»Ellen – o Gott, die arme Frau«, stöhnte Luke. Sanft legte er sie auf den Strohsack zurück. Er fühlte nach ihrem Herzschlag und nach ihrem Puls. Langsam, mit feuchten

Augen stand er auf. »Sie ist von uns gegangen, Mary. Arme, unglückliche Frau! Ich hoffe nur, sie hat hier ein wenig Frieden und Freude gefunden.«

»Das hat sie ganz gewiß, Mr. Luke!« rief Mary überzeugt aus. »So oft hat sie mir gesagt, sie werde nie vergessen, daß Sie und Miß Laure sie behandelt haben, als sei sie eine Weiße, Tatsache, Mr. Luke. Und die ganze Zeit war sie so stolz auf das Armband und das Kreuz, das Sie ihr geschenkt haben. Wenigstens hat sie jetzt keine Schmerzen mehr gespürt, nicht wahr, Mr. Luke, Sir?«

»Nein, Mary. Gott war gut zu ihr. Möge er ihrer Seele den ewigen Frieden geben.«

»Amen, Mr. Luke. O Herr, amen!« schluchzte Mary Turner.

XX.

Lucien Edmond Bouchard hatte Mitte März zwei seiner Vaqueros nach San Antonio geschickt. Sie sollten dort Vorräte einkaufen und die Post abholen, denn er erwartete einen Brief von Jason Barntry wegen einer Kapitalanlage, die der Direktor der Brunton-und-Barntry-Bank für ihn getätigt hatte. Lucien Edmond versuchte, sein Geld zu vermehren, damit er weitere Brahmas und ein paar Herefords kaufen und Rinder mit größerem Gewicht und höherer Widerstandskraft züchten konnte. Zu diesem Zweck hatte er fünftausend Dollar aus dem Verkauf vom letzten Sommer investiert. Jason Barntry hatte für diese Summe ein Grundstück in der Nähe der Eglantine-Straße gekauft. Kurz vor Weihnachten schrieb er Lucien Edmond, er könne damit rechnen, den angelegten Betrag zu verdreifachen, denn ein reicher Bankier aus Connecticut, der sich in der Königin der Städte zur Ruhe setzen wolle, sei sehr daran interessiert, auf dem erworbenen Land ein Luxushotel zu bauen.

Als die Vaqueros Ende März zurückkehrten, brachten sie

die erfreuliche Nachricht mit, daß der Verkauf abgeschlossen sei. Jason Barntry schrieb, Lucien Edmond werde bald eine Banktratte über 14 500 Dollar erhalten. Lucien Edmond beschloß, einen Teil dieser Summe als Bonus für die Vaqueros zurückzulegen, allein schon aus dem Grund, weil sie jetzt einem doppelten Risiko gegenüberstanden: dem langen Viehtrieb nach Abilene und dem Unheil, das sich auf der Nachbarranch zusammenbraute.

Außer dem Brief von Jason Barntry erhielt Lucien Edmond auch einen von Arabella Hunter, in dem sie die Geburt einer Tochter namens Joy ankündigte. Lucien Edmond freute sich um so mehr darüber, als diese Geburt zeitlich fast genau mit der von Jaime, Maras und Ramons Jungen, zusammenfiel. Arabella hatte noch mehr mitzuteilen. Ihre Tochter Melinda, jetzt achtzehn, hatte sich mit Lawrence Davis, dem einundzwanzigjährigen Sohn des Schatzkämmerers von Galveston, verlobt. Es war eine Verbindung, mit der Arabella und ihr Mann James mehr als einverstanden waren. Ihr Sohn Andrew, jetzt sechzehn, begann großes Interesse an der Arbeit seines Vaters zu zeigen, der als Buchhalter für die Baumwollfabrik seines Cousins Jeremy tätig war. In den Sommerferien wollte er als Lehrling im Büro arbeiten.

Sosehr ihn all diese guten Nachrichten erfreuten, blieb Lucien Edmond doch äußerst besorgt darüber, daß er den Viehtrieb nach Abilene aufschieben mußte. Er hatte die Vaqueros beauftragt, die Jährlinge und die texanischen Longhorns, die seine Reiter immer noch in Mengen entlang dem Nueces-River und im Busch fanden, mit dem Brandzeichen zu versehen. In dieser letzten Märzwoche hatte es mehrere unerfreuliche Vorfälle gegeben, so daß es ihm nicht geraten schien, den Großteil seiner Männer von der Ranch abzuziehen. Inzwischen hatte er sich vorgenommen, auf die Nachbarranch hinüberzureiten und den Eigentümer geradeheraus zu fragen, was er mit dem Aufstellen von Drahtzäunen beabsichtige. Es waren wieder Grenzzeichen versetzt worden. Luke verstand nicht, worauf dieser Robert Caldemare hinauswollte. Er konnte kaum so dumm sein, daß er glaubte, ihm so ohne weiteres Land stehlen zu können. Solche Aktionen mußten zu Vergeltungsmaßnahmen führen. Aber für Lucien Edmond war ein Rancherkrieg wirklich nur das letzte Mittel.

An dem Tag, als Celia und Djamba von ihrem Besuch in Sangrodos Dorf zurückkehrten, ritt Ignacio Valdez, der jüngste der von Ramon Hernandez angeworbenen neuen Vaqueros, mit zwei anderen Männern hinaus. Sie hatten ihre Lassos um die Sattelhörner geschlungen und hielten nach Tieren Ausschau, die in die Büsche neben dem seichten, gewundenen Flußlauf zurückgegangen sein mochten. Als sie sich der Südgrenze der Windhaven-Ranch näherten, sahen sie drei von Caldemares Mexikanern damit beschäftigt, Pfosten in die Erde zu rammen, während ein vierter danebenstand und Befehle gab und ein fünfter sich der Gruppe mit einer Drahtrolle näherte.

Eddie Gentry, der den Befehl über das Trio hatte, hob sich im Sattel und spähte mißtrauisch zu den Pfosten hinüber. Er hielt seinen Wallach an und sagte zu Santiago Miraflores: »Liegt da drüben in der Nähe des Pfostens, den sie einschlagen, nicht eines von Mr. Lucien Edmonds Grenzzeichen?«

»Si, amigo. Das gehört bestimmt dem *patrón.* Señor Duvray hat mir gezeigt, woran sie zu erkennen sind«, antwortete der untersetzte, fast kahlköpfige Vaquero.

»Dann sieht es mir ganz so aus, als ob diese *hombres* dabei sind, ein Stückchen Land zu stehlen. Meinst du nicht auch!« Eddie ließ seinen Wallach zwanzig Yards weiter nach vorne. Dann hielt er wieder an und winkte seinen beiden Gefährten, heranzukommen. »Seht mal – hier ist ein Loch im Boden. Sie haben Mr. Lucien Edmonds Zeichen herausgerissen und stellen ihr eigenes zehn Fuß diesseits der Grenze auf! Und jetzt ziehen sie den Draht.«

»Que pasa, hombre?« Der schwärzliche Mexikaner, der seinen vier Gefährten Anweisungen gegeben hatte, schritt

auf sie zu. Seine Hand näherte sich dem Waffengürtel und dem Kolben seines Revolvers. »Dieses Land gehört Señor Caldemare. Wir arbeiten hier auf seinen Befehl, verstanden? Und es wäre klug von Ihnen, Señores, wenn Sie auf Ihrem Land blieben.«

»Langsam, *amigo«*, grinste Eddie. »Ich will ja nur wissen, warum ihr das Grenzzeichen von unserm Boß herausgerissen und euer eigenes auf unserem Land errichtet habt. Im allgemeinen sind wir sehr friedfertige Menschen, aber Landdiebstahl am hellichten Tag lassen wir uns nicht gefallen.«

Mein Name ist Jaime Ruiz«, erklärte der bärtige Mexikaner arrogant. »Und ich bin der *jefe* von Señor Caldemares Vaqueros. Diese Bemerkung würde er Ihnen sehr übelnehmen, *gringo.«* Das letzte Wort betonte er sarkastisch. Er deutete damit an, daß Eddie Gentry ein hier unwillkommener, Englisch sprechender Fremder war.

»Wissen Sie was, *hombre*?« Eddie nannte den anderen nicht beim Namen, um ihm die Beleidigung zurückzugeben. »Ihr Boß und meiner sollten einmal zusammenkommen und darüber sprechen. Können Sie nicht sagen, er soll herüberreiten und bei Mr. Lucien Bouchard guten Tag sagen?«

»Das ist sehr freundlich von Ihnen, *gringo«*, höhnte Ruiz, »aber ich glaube nicht, daß der *patrón* Zeit auf einen solchen Besuch verschwenden wird. Wir haben viel zu tun. Reiten Sie auf Ihr Land zurück, und lassen Sie uns unsere Arbeit tun, sonst gibt es Ärger.«

Der junge Ignacio Valdez, der als einer der neuen Vaqueros seine Tüchtigkeit beweisen wollte, war abgestiegen. Er hob das herausgerissene Grenzzeichen auf. Das eingebrannte Zeichen WR war deutlich zu erkennen. Ignacio hielt es hoch und rief erregt aus: »Sie haben unrecht, *compadre!* Ich sehe dort das Loch, aus dem Sie dieses Zeichen entfernt haben, und jetzt stellen Sie Ihre Pfosten und Ihren Zaun weiter östlich auf, als sie hingehören. So handelt nur ein *ladrón*!«

»*Hijo de puta,* niemand nennt mich ungestraft einen Dieb!« brüllte Jaime Ruiz. Er riß den Revolver aus dem Holster, spannte ihn und schoß. Der junge Vaquero stieß einen entsetzten Schrei aus. Mit aufgerissenen Augen taumelte er zurück. Eine Sekunde konnte er sich noch auf den Füßen halten, dann fiel er vornüber und blieb leblos liegen.

Die anderen vier Männer hatten ihre Waffen gezückt, so daß Eddie Gentry und Santiago Miraflores trotz der Spencerkarabiner an ihren Sätteln keine Chance hatten, den Mord zu rächen. Eddie fluchte vor sich hin. Dann erklärte er mit vor Zorn erstickter Stimme: »Sie sind im Vorteil, *hombre,* und das ist ein verdammtes Glück für Sie – zumindest im Augenblick.«

»*Sí,* ich sehe, daß ihr Repetiergewehre habt, *gringo*«, spottete Ruiz. »Aber meine *compadres* und ich sind *pistoleros,* und ehe ihr nach euren Waffen greifen könnt, würden sie euch wie Hunde, die ihr seid, niederschießen. Geht zurück zu eurem *patrón* und sagt ihm, Señor Caldemare wünsche, in Ruhe gelassen zu werden. Er hat mir, dem *jefe,* den Auftrag erteilt, sein Land einzuzäunen, damit euer *patrón* es nicht stehlen kann und seine Rinder nicht das gute Gras fressen, das meinem *patrón* gehört. Und jetzt verschwindet!« Er hatte die Mündung seines noch rauchenden Revolvers auf den Boden gerichtet, aber jetzt erhob er ihn erneut drohend. Sein sinnlicher Mund verzog sich zu einem bösartigen Grinsen.

»Na gut, wir gehen. Aber wir nehmen unsern Kameraden mit – und ich schwöre, Ruiz, wenn Sie versuchen, uns daran zu hindern, lasse ich es darauf ankommen, ob ich meinen Karabiner schneller abfeuern kann, als Sie mich mit dieser Knallbüchse töten können!« erklärte Eddie Gentry fest. Furchtlos stieg er ab, ging zu der Leiche des jungen Vaquero, hob sie auf und trug sie auf der Schulter zu Ignacios Wallach zurück. Er legte den leblosen Körper über den Sattel und sicherte ihn mit seinem Lasso.

»Ihr *compadre* war ein Idiot, *gringo*. Wie ich sehe, sind

Sie klüger. Und alle eure Vaqueros würden klug handeln, wenn sie sich von Señor Caldemares Besitz fernhielten. Das richten Sie Ihrem *patrón* gefälligst aus«, rief ihm Ruiz höhnisch nach. Zu seinen Männern sagte er: »Los, *amigos*, wir haben noch eine Menge Arbeit vor uns!«

Eddie Gentry sandte dem mexikanischen Vormann einen Blick unverhüllten Hasses zu. Er ritt in Richtung der Windhaven-Ranch, das Pferd des toten jungen Vaquero am Zügel führend. Santiago Miraflores bekreuzte sich und murmelte Gebete für den ermordeten Kameraden. Er folgte Eddie im Galopp.

XXI.

Am 10. April erschien im *Advertiser* die Erklärung, die Luke Bouchard den Wählern des Countys Montgomery gab. Sie war mutig und ehrlich, und in der Darlegung seiner Ansichten darüber, wie es nach den verheerenden Folgen des Bürgerkriegs zu einem echten Frieden kommen könne, ging sie weit über die Parteipolitik hinaus. Es war seine zweite Veröffentlichung, und obwohl Blount gewisse Einwände gegen einige Formulierungen gehabt hatte, war Luke seinem Entschluß treu geblieben, seine Mitbürger genau zu informieren, was er dachte und wo er stand.

Er kam sofort zu dem Kernproblem, dem er sich, wie er wohl wußte, noch vor der Wahl im November gegenübersehen würde:

> Es ist mir bewußt, daß man mich, da ich mich als Kandidat der Republikanischen Partei habe aufstellen lassen, einen Opportunisten nennen wird – und zweifellos noch manches andere. Aber lassen Sie uns dieses Wort, das neuerdings in Alabama so häufig verwendet wird, einmal näher untersuchen. Gemeint ist damit ein weißer Republikaner, der im Süden geboren ist oder vor dem

Bürgerkrieg im Süden gelebt hat. Für die meisten Leute hat es eine abwertende Bedeutung. Wenn nicht mehr dahintersteckte, brauchte kein Mann, der seinen Prinzipien treu ist und ein gutes Gewissen hat, diese Bezeichnung zu fürchten. Aber es sind damit beleidigende Assoziationen verknüpft, die man nicht leichtnehmen kann. Für die meisten von uns ist ein Opportunist ein Speichellecker gegenüber der Union, der besonders aus den Wiederaufbaugesetzen, die der Norden für ein geeignetes Mittel hält, um den geschlagenen Süden wieder zu integrieren, seinen Nutzen zu ziehen versucht.

Ich halte nichts von Rachsucht und werde niemals etwas davon halten. Überall, wo der Wiederaufbau uns nur bestrafen soll, erstens, weil wir uns von der Union getrennt, und zweitens, weil wir den Krieg verloren haben, protestiere ich dagegen. Meine republikanischen Ansichten gleichen vielmehr denen des ermordeten Abraham Lincoln, der sagte, ein Haus, das in sich selbst uneins ist, wird keinen Bestand haben. Wäre er am Leben geblieben, hätte er einen ehrenhaften Frieden zustande gebracht, einen Frieden, der die Wunden aus diesem unglückseligen Kampf langsam hätte heilen lassen.

Ich bin auf der Windhaven-Plantage in der Nähe von Lowndesboro geboren. Abgesehen von einer kurzen Zeit, in der ich meinem ältesten Sohn in Texas half, eine Ranch zu gründen, habe ich mein ganzes Leben hier verbracht, und ich beabsichtige, hier zu sterben. Daher kann ich mich einen gebürtigen Südstaatler nennen. Als solcher glaube ich fest daran, daß jeder Fortschritt in diesem Staat und in diesem County nur durch eine vernünftige, unvoreingenommene Einstellung, die frei von Haß ist, erzielt werden kann. Arbeit – in der Landwirtschaft wie in der Industrie – ist das, was uns jetzt not tut.

Für mich als gebürtigen Südstaatler ist es meine unerschütterliche Überzeugung, daß die Männer, die unsere freien Bürger vertreten, nicht nur aufgrund ihrer Verdienste ausgewählt werden sollten, sondern auch nach dem Verständnis, das sie für die Probleme haben, die zum täglichen Leben gehören. Wenn Sie mich also einen Opportunisten nennen, denken Sie daran, daß es zumindest in einem Sinn ein positives Wort ist. Es bedeutet, daß ich hier geboren bin, und das halte ich für einen Vorteil gegenüber jedem erst vor kurzem aus dem Norden Zugezogenen, wenn er zu den Leuten gehört, die wir Schieber nennen und die nur hierherkommen, um unsere Schwäche und unsere Verarmung auszunutzen.

Ich weiß, viele von Ihnen werden sagen, indem ich mich als einen Republikaner bezeichne, stelle ich mich auf die Seite unseres Präsidenten Ulysses S. Grant, in dem die meisten Südstaatler nur den siegreichen General der Union sehen, der die Kapitulation General Lees in Appomattox entgegennahm. Ja, das ist wahr. Aber im selben Atemzug versichere ich Ihnen, daß ich nicht mit allen seinen politischen Maßnahmen einverstanden bin und daß ich ebensowenig sämtliche Männer billige, aus denen sein Kabinett besteht. Manche von ihnen lehne ich genauso ab wie diejenigen, die in seinem Namen in den Süden kommen, um sich die eigenen Taschen zu füllen, und über die Nöte unserer Bürger hinwegsehen.

Mit meiner Kandidatur für die Republikanische Partei will ich zum Ausdruck bringen, daß es an der Zeit ist, den Haß und die Vorurteile zu vergessen, die der Krieg erzeugt hat, und gemeinsam für den wirtschaftlichen Fortschritt dieses Staates zu arbeiten. Besonders denke ich dabei an dieses County, dessen Vertretung anzustreben mir eine Ehre ist. Ich selbst habe – wie vor mir mein Großvater Lucien Bouchard – niemals Sklaven besessen, denn wir hatten ihnen die Freiheit gegeben, lange bevor Präsident Lincoln die Proklamation der Sklavenbefreiung unterzeichnete. Nach den damals in Alabama gültigen

Gesetzen war die Freilassung unserer schwarzen Arbeiter nicht rechtskräftig, aber sie wußten, daß sie frei waren, solange sie auf dem Land der Windhaven-Plantage arbeiteten. Heute bin ich ein einfacher Farmer, der Gemüse und Baumwolle anbaut und Viehzucht betreibt. Ich bin Ihr Nachbar und Ihr Freund, und deshalb bitte ich um Ihre Stimme. Ich werde jederzeit für Ihre Nöte und Ihre Wünsche offene Ohren haben, und ich werde mich voll und ganz für meine Wähler einsetzen.

Das ist das Fundament, auf dem ich stehe: Recht und Gerechtigkeit, die Vertretung der Ärmsten sowie der Reichsten und entschiedener Widerstand gegen alles, was die Entwicklung des Countys Montgomery behindert. Überprüfen Sie meine Vergangenheit, und Sie werden feststellen, daß ich der Union während des Krieges niemals Unterstützung gewährt habe und auch für die Konföderation keine Waffen trug, weil ich es für meine vornehmste Pflicht hielt, den Boden zu bearbeiten und Nahrung zu erzeugen. Ich bitte Sie um Ihre Stimmen, und ich werde alle meine Kräfte und Fähigkeiten einsetzen, um mich Ihres Vertrauens würdig zu erweisen. So wahr mir Gott helfe.

Luke Bouchard

Die Öffentlichkeit reagierte unterschiedlich auf Lukes Erklärung, im allgemeinen aber positiv. Seine schärfsten Kritiker meinten, die Behauptung, er habe keine Sklaven besessen, sei unbeweisbar und ziele nur darauf, die Stimmen der Schwarzen zu gewinnen. Zwei Tage später konterte ein Mann, der als »ein loyaler Konföderierter« unterzeichnete, im *Advertiser* wie folgt:

Wir haben den Verdacht, daß die reinen und edlen Motive Mr. Luke Bouchards, wenn man sie auf den kleinsten gemeinsamen Nenner zurückführt, nur bedeuten, daß er einen Schwarzen zwar für außerordentlich geeignet hält, seine Stimme abzugeben, nicht aber, ein öffentliches Amt auszuüben. Das ist für einen Opportunisten wie ihn typisch. Trotz all seiner Bemühungen, uns zu beweisen, er sei kein Opportunist, ist und bleibt er einer und wird die Quittung dafür im November an den Wahlurnen erhalten.

An dem Tag, da diese hämische Erwiderung erschien, war Luke Bouchard nach Montgomery geritten. Er wollte bei Jedidiah Danforth nachfragen, ob der Rechtsanwalt die juristischen Formalitäten für den Erwerb der fünfzig Morgen Land, auf denen die Bambachs lebten, erledigt habe. Als er das Büro betrat, erhob sich der große, weißhaarige Rechtsanwalt von seinem Schreibtisch und kam ihm mit ausgestreckter Hand entgegen. »Bei Gott, Mr. Bouchard, Sie sind ein Mann mit Mumm in den Knochen, und ich hoffe nur, die Bürger dieses Countys haben genug Verstand, das zu erkennen!«

»Es ist sehr freundlich von Ihnen, das zu sagen, Mr. Danforth. Aber wie steht es mit der Bambach-Sache?«

Jedidiah Danforth lachte trocken. »Alles erledigt. Und zu einem vernünftigen Zeitpunkt, sagen wir Mitte nächsten Jahres, werden wir, wenn Gott und die verdammten Schieber es wollen, das Land wieder auf Mr. Bambach und seine Tochter überschreiben.«

»Ich habe eine noch bessere Idee, Mr. Danforth«, entgegnete Luke. »Sie erinnern sich bestimmt, daß ich Ihnen über Andy Haskins schrieb, den jungen Mann aus Tennessee, der uns geholfen hat, die Windhaven-Ranch aufzubauen? Also, er kam auf einer Urlaubsreise hierher, und ich bat ihn, mir den Gefallen zu tun und ein paar tüchtige Männer für das Bambach-Land anzustellen. Er hat sich in dieser Zeit in Jessica Bambach verliebt, und wenn ich mich nicht sehr täusche, wird es bald eine Hochzeit geben. Ich möchte ihm das Land zum Geschenk machen. Deshalb warten Sie mit der Überschreibung, bis Sie von mir das Neueste gehört haben.«

»Das ist noch besser, Mr. Bouchard. Mit Andy Haskins steigen die Aussichten erheblich, aus dem Besitz ein gewinnbringendes Unternehmen zu machen und die Steuern zu erwirtschaften. Das wäre also erledigt. Übrigens, Sir, ich habe einen Brief für Sie. Kapitän Tenby hat ihn mir von einem seiner Stauer bringen lassen, da er bei seiner letzten Fahrt nicht bei Ihnen anlegen konnte.«

»Danke, Mr. Danforth.« Luke öffnete den Brief und überflog ihn. »Er ist von meinem Sohn Lucien Edmond und enthält eine höchst ungewöhnliche Nachricht, die vielleicht auch Sie angeht.«

»Wie das, Sir?«

»Ich habe Ihnen doch von dem Komantschenhäuptling Sangrodo erzählt. Nun, einer seiner jungen Krieger soll außergewöhnlich begabt sein. Er spricht fließend Spanisch und Englisch und wünscht sich sehnlichst eine Ausbildung, damit er seinem Volk helfen kann. Nach Lucien Edmonds Bericht hatte er eine mexikanische Mutter, die aus einer wohlhabenden Familie stammte und selbst hoch gebildet war. Von ihr scheint sein Wissensdurst herzurühren.«

»Ein junger Mann wie er könnte in der Tat dazu beitragen, daß mit dem dummen Gerede, nur ein toter Indianer sei ein guter Indianer, Schluß gemacht wird, Mr. Bouchard.« Der Rechtsanwalt ließ ein angewidertes Schnauben hören. »Mein Vater pflegte zu erzählen, daß die Creeks hier in Alabama zivilisierter und gebildeter waren als die meisten weißen Siedler, die sich etwas darauf zugute hielten, aufrechte, ehrenwerte Männer zu sein. Aber ich habe noch nicht verstanden, warum Sie meinen, ich könnte diesem jungen Komantschen helfen.«

»Wissen Sie, welchen Einfall ich gehabt habe, Mr. Danforth? Warum soll er nicht bei mir auf der Windhaven-Plantage wohnen? Ich könnte ihn adoptieren, denn seine Eltern sind beide tot. Dann könnte er bei Ihnen Jura studieren. Lucien Edmond schreibt, daß Lopasuta – so heißt er – gerne lernen möchte, wie wir Weißen unser Volk regieren, damit er diese Gesetze, die sein Volk unterdrücken, besser verstehen kann.«

»Das ist ein sehr ehrgeiziges Projekt, Mr. Bouchard.« Die scharfen blauen Augen des weißhaarigen Rechtsanwalts zwinkerten. »Es gibt keinen Grund, warum er nicht als Anwalt bei Gericht zugelassen werden sollte, wenn er Ihr Adoptivsohn ist – bei Gott, Sir, das ist wieder eines Ihrer kühnen Vorhaben, an denen mitzuwirken ich stolz bin! Also gut, lassen Sie ihn kommen, bringen Sie ihn in mein Büro, und wir werden uns ausführlich unterhalten. Wissen Sie, Mr. Bouchard, ich werde auch nicht jünger, und ich muß gestehen, daß ich einen tüchtigen, fleißigen Angestellten brauchen könnte, der nicht dauernd auf die Uhr sieht. Den letzten, den ich hatte, mußte ich entlassen. Er war der verzogene Sohn eines Schiebers aus dem Osten, der sich einbildete, er könne Rechtsanwalt werden, indem er in feinen Anzügen in meinem Büro herumsaß und zur Lunchzeit mit den jungen Damen auf dem Marktplatz Süßholz raspelte. Ja, Sir, ich glaube, es könnte sehr interessant sein, einen jungen Indianer im Büro zu haben. Das muß ich sagen, Mr. Bouchard, die Arbeit, die Sie Ihrem Rechtsanwalt geben, ist niemals langweilig!«

»Dann schreibe ich Lucien Edmond sofort, er soll dafür sorgen, daß Lopasuta zu mir auf die Windhaven-Plantage kommt, Mr. Danforth. Ich danke Ihnen für Ihr Interesse. Was mich betrifft, so stehe ich hoch in Sangrodos Schuld, und es ist nur eine geringe Wiedergutmachung, wenn ich mich um die Ausbildung dieses begabten Jungen kümmere. Sie werden bald von mir hören. Guten Tag, Sir.«

Die beiden Männer schüttelten sich die Hände. Jedidiah Danforth schlug Luke auf den Rücken und rief ihm nach: »Wenn Sie mir den jungen Mann rechtzeitig bringen, daß ich die Adoptionspapiere noch vor der Wahl im November ausstellen kann, werden Sie eine Stimme mehr bekommen, Mr. Bouchard!«

Dann tippte er sich mit der Hand gegen die Stirn, verzog

ärgerlich das Gesicht und rief: »Mr. Bouchard, fast hätte ich doch vergessen, Ihnen eine sehr wichtige Neuigkeit zu erzählen. Wegen Ihrer Erklärung in der Zeitung und der Sache mit dem jungen Indianer hätte ich es fast vergessen – ein weiteres Anzeichen dafür, daß ich alt werde und eine Hilfe in meinem Büro brauche.«

»Was ist denn das für eine Neuigkeit, Mr. Danforth?«

»Die vierhundert Morgen, die früher einmal Ihrem verstorbenen Schwiegervater gehört haben, sind von einem gewissen Barnabas McMillan erworben worden, einem Schieber, wie er im Buche steht, und nach allem, was ich gehört habe, einem ausgemachten Schurken. Es geht das Gerücht, er unterstütze Ihren Gegenkandidaten Cletus Adams.«

»Dann wird er ja fast ein Nachbar von mir. Ja, Mr. Danforth, da kann man nichts machen.« Luke seufzte. »Ich erinnere mich an diesen Besitz, als sei ich erst gestern dort gewesen. Wie oft habe ich die süße, sanfte Lucy Williamson besucht, bis ich sie bat, mich zu heiraten. Und ihr armer Vater, den dieser doppelzüngige Pierre Lourat verführte, höher zu spielen, als es ihm seine Mittel erlaubten . . . Williamson hatte so viele Sorgen, daß er gar nicht mehr merkte, welch ein Biest sein Aufseher Amos Greer war.« Luke schloß, in seine Erinnerungen versunken, kurz die Augen. »Ich war derjenige, der Greer entlassen mußte, und dazu mußte ich ihn erst zusammenschlagen. Er wurde durch eine von zwei Schwestern getötet, die er des Nachts mit einigen Gleichgesinnten in ihrem Haus überfiel. Ich kann nur hoffen, daß dieser Mr. McMillan das Land zu besseren Zwecken nutzt als damals Amos Greer.«

Hannah Atbury war heute nachmittag in bester Stimmung. Sie hatte sich entschlossen, mit Hughie Mendicott über den Besen zu springen und die Mutter seiner prächtigen Söhne zu werden. Sie hatte Davie und Louie sehr gern, zumal sie keine Kinder mit dem armen alten Phineas gehabt hatte. Gott gebe seiner guten Seele Ruhe, dachte sich bei sich. Sie öffnete die Vordertür des Châteaus und wollte, ehe sie mit dem Abendessen begann, in der milden Frühlingsluft einen Spaziergang am Fluß machen.

Direkt unter dem Klopfer war etwas an die Tür genagelt, ein Papier oder so etwas. Stirnrunzelnd sah Hannah es sich an. Dann schlug sie die Hand vor den Mund und riß vor Zorn und Entrüstung die Augen auf.

Es war ein schlecht gedruckter Handzettel, und die verschmierte Druckerschwärze zeigte, daß er noch ganz frisch war. Auf dem Zettel stand:

EINE STIMME FÜR LUKE BOUCHARD
IST EINE STIMME FÜR SEINE HURE!
BOUCHARDS FRAU LAURE
LEITETE DAS BERÜCHTIGTE
UNIONHOUSE IN NEW ORLEANS!
SIE GAB SICH DORT FÜR GELD
UNIONSOFFIZIEREN HIN!
WIR WOLLEN IM NOVEMBER
EINEN ANSTÄNDIGEN FAMILIENVATER
FÜR DAS COUNTY MONTGOMERY!
WÄHLEN SIE CLETUS ADAMS
VON DER DEMOKRATISCHEN PARTEI,
KEINEN OPPORTUNISTEN,
DER MIT EINER HURE VERHEIRATET IST!

Hannah Atbury riß die Schmähschrift ab und zerknüllte sie in der Hand. »Nie in meinem Leben – arme Miß Laure, wie kann man so gottlose Dinge über eine gute Frau wie sie sagen – wartet nur, bis Mr. Luke nach Hause kommt und das sieht –, er wird sehr zornig werden! Aber wer mag das nur getan haben?« murmelte sie vor sich hin.

Sie kehrte in die Küche zurück, wo Mary Turner gerade Kaffee kochte. »Mary, ich glaube, ich brauche auf der Stelle eine Tasse Kaffee. Lieber Gott, habe ich einen Schrecken erlebt!«

»Was ist denn los, Hannah?«

Hannah strich den zerknüllten Zettel glatt und reichte ihn ihr. »Sieh selbst, Mary. Das ist das Gemeinste, was ich je gesehen habe, so etwas über die süße Miß Laure mit ihren beiden lieben Jungen zu sagen – ich verstehe nicht, wie es jemand über sich bringt, eine so infame Lüge zu drucken!«

»Oh, das ist grauenhaft, Hannah!« rief Mary. »Aber wer weiß überhaupt, daß sie aus New Orleans stammt? Du und ich, ja, aber uns geht es nichts an. Und ich würde auf die Bibel schwören, daß eine Dame wie sie nie etwas mit einem Freudenhaus zu tun gehabt hat!«

Von neuem betrachtete Hannah Atbury den Zettel. Mit nachdenklichem Stirnrunzeln meinte sie: »Weißt du, Mary, mir kommt da ein Gedanke. Es ist doch komisch, daß plötzlich das neue Kindermädchen hier angefangen hat. Diese nette Miß O'Connor ist ganz unerwartet verschwunden, stimmt's?«

»So ist es, Hannah. Sie sagte, ihre Tante sei sehr krank und brauche sie dringend. Ihre Cousine wolle gern aushelfen, bis es zu Hause wieder bessser stehe«, ergänzte Mary. »Hier ist dein Kaffee, Hannah, stark und gut. Und ich brauche jetzt auch eine Tasse, nachdem ich dieses Drecksding gesehen habe!«

Dankbar nahm Hannah die dampfende Tasse entgegen, trank und lobte: »Sehr guter Kaffee! Es ist doch jedesmal ein Genuß, wo wir im Krieg schon ganz vergessen hatten, wie er schmeckt. Doch warte – ich versuche, mich zu erinnern.«

»An was denn, Hannah?«

»Das neue Kindermädchen war gerade hier, Mary, da kam abends um diese Zeit immer ein alter Nigger mit einem Wagen vorgefahren. Ja, jetzt weiß ich es wieder! Vor zwei Wochen rannte diese Miß Stacey zur Vordertür hinaus, als ich in der Eingangshalle ein bißchen putzte. Sie sagte, sie wolle ihrer Cousine und ihrer Tante einen Brief schicken.«

»Das ist doch nicht weiter schlimm«, meinte Mary zweifelnd.

»Vielleicht nicht, aber jetzt erinnere ich mich, daß sie Miß Laure erzählt hat, sie stamme auch aus New Orleans.«

»Hannah Atbury! Denkst du dabei dasselbe, was ich jetzt denke?« fragte Mary Turner schnaufend, setzte ihre Tasse ab und starrte die hübsche Witwe an.

»Hm-ja. Findest du es nicht auch sehr seltsam, daß Miß O'Connor ohne jede Kündigung plötzlich davonlief, daß dann ihre Cousine herkam und ebenso wie Miß Laure aus New Orleans stammte, daß sie hinauslief zu dem Nigger mit dem Wagen und ihm einen Brief gab? Vielleicht hat sie mit dem schmutzigen Gerede über die arme Miß Laure etwas zu tun«, vermutete Hannah.

In diesem Augenblick betrat Laure die Küche. Die beiden schwarzen Frauen verstummten und sahen sich schuldbewußt an.

»Ach, Mary, du hast frischen Kaffee gemacht! Ich roch doch so etwas in der Halle«, sagte Laure vergnügt. »Ist für mich auch eine Tasse übrig?«

»O sicher, Miß Laure! Wann, meinen Sie, wird Mr. Luke zum Abendessen nach Hause kommen?« plapperte Mary los, um jeden Verdacht zu zerstreuen.

»Bald, glaube ich. Er war heute nachmittag in Montgomery und wollte rechtzeitig wieder hier sein.« Laure nahm einen Schluck Kaffee. »Wundervoll! Du und Hannah, ihr seid meilenweit die besten Köchinnen.«

»Danke, Miß Laure«, kicherte Mary nervös und warf Hannah einen verstohlenen Blick zu.

Laure fing ihn auf, und als sie die Augen jetzt selbst auf Hannah richtete, bemerkte sie ein zerknülltes Papier in Hannahs linker Hand. »Was hast du denn da, Hannah?« fragte sie ahnungslos.

»Oh, nichts, Miß Laure, überhaupt nichts!« würgte Hannah hervor und versteckte die linke Hand auf dem Rücken.

»Hannah, wir sind schon so lange Freundinnen, wir sollten doch keine Geheimnisse voreinander haben. Was ist es? Komm, gib es mir.«

»Bitte, Miß Laure, zwingen Sie mich nicht«, flehte Hannah. »Ich würde Sie niemals belügen, das wissen Sie, aber bitte, fragen Sie mich nicht.«

»Was kann es denn nur sein, daß du dich so aufregst, liebe Hannah?« forschte Laure. »Jetzt hast du meine Neugier geweckt, und du mußt wissen, daß die Neugier einer Frau durch nichts zu bremsen ist. Komm, ich verspreche dir, alle Folgen auf mich zu nehmen, wenn es etwas ist, das ich deiner Meinung nach nicht sehen sollte.«

»O Gott!« stöhnte Mary Turner. Immer neugieriger griff Laure nach dem Zettel und entfaltete ihn.

Sie hielt den Atem an und wurde scharlachrot. »Das ist abscheulich! Luke anzugreifen, indem man mich verleumdet – das ist schmutzig, das ist feige!« stieß sie mit zitternder Stimme hervor. »Wo hast du das gefunden, Hannah?«

»Es war an die Tür genagelt, Miß Laure. Es tut mir schrecklich leid – ich wollte nicht, daß Sie es sehen – darum wollte ich es Ihnen ja nicht geben, Miß Laure«, schluchzte Hannah.

»Laß nur, ich bin froh, daß ich es gesehen habe. Ich werde es Luke zeigen müssen. Er ist der beste Mann im County, und er verdient es, die Wahl zu gewinnen. Aber es gibt genug Dummköpfe, die eine solche Verleumdung glauben und gegen ihn stimmen werden, das ist die eigentliche Gefahr. Wie in aller Welt hat nur jemand so weit gehen können, daß er das hier gedruckt und verteilt hat – nur um Luke zu treffen?«

Sie faltete den Zettel ordentlich zusammen, und ihre Hände zitterten dabei. Hannah und Mary hatten sich zusammengedrängt und weinten. Mit vor Zorn bebender Stimme erklärte Laure: »Ich will euch die Wahrheit sagen, Hannah und Mary. Ja, ich habe im Union House gelebt – und es ist richtig, es war ein Freudenhaus, und ich habe es geleitet.«

»Sie sollen uns nichts sagen, was Sie nicht sagen wollen, Miß Laure, glauben tun wir es sowieso nicht«, erwiderte Hannah loyal.

»Nein, bitte, hört mir zu. Es ist wichtig. Mein Vater hatte in New Orleans, wo ich geboren bin, eine Bank. Aber als die Yankees und General Benjamin Butler die Stadt einnahmen, verwiesen sie meinen Vater aus seiner eigenen Bank und setzten ihre Männer hinein. Dann kam ein Korporal mit acht Soldaten ins Haus. Er sagte mir, wenn ich ihm nicht zu Willen sei, sollten seine sämtlichen Männer mich haben.«

»Gott schütze uns alle«, schluchzte Mary Turner und bedeckte das Gesicht mit ihren Händen.

»Da gab ich mich lieber dem Korporal als all diesen Tieren hin«, fuhr Laure mit erhobenem Kopf und fester Stimme fort. »Später, als alles vorbei war, beging mein Vater Selbstmord. Meine Schande und den Verlust all dessen, wofür er sein Leben lang gearbeitet hatte, konnte er nicht ertragen. John Brunton, der Luke Bouchards Bankier war, rettete mich. Auch seine Bank war von den Yankees übernommen worden. Da kam er auf die Idee, ein Freudenhaus für die Unionsoffiziere zu eröffnen. Er setzte mich als Leiterin ein, und nun hatte er eine Tarnung, unter der er die Geldgeschäfte Mr. Lukes so wie immer weiterführen konnte. Aber ich schwöre euch, und ich kann auf die Bibel schwören, daß ich niemals einen Kunden gegen Geld mit auf mein Zimmer genommen habe, und ich hatte keinen Mann, bis . . . «

Ehe sie zu Ende sprechen konnte, fiel Hannah unter Tränen ein: »Bitte, liebe Miß Laure, sagen Sie nichts weiter! Wir wußten ja, daß Sie nichts dergleichen gewesen sein konnten. Wir wußten es, und deshalb wollte ich Ihnen dieses schreckliche Papier ja nicht zeigen.«

»So ist es, Miß Laure«, bestätigte Mary.

»Aber mir ist ein Gedanke gekommen – ich sollte nicht darüber sprechen, weil es nur eine Vermutung ist. Aber vielleicht – und nur vielleicht – trägt es dazu bei, herauszufinden, wer Ihnen das angetan hat, Miß Laure«, fuhr Hannah fort.

»Dann sag es mir.«

»Also, ich erwähnte gerade, bevor Sie hereinkamen, Mary gegenüber, es sei doch sehr komisch, daß Miß O'Connor so plötzlich wegmußte, und ihre Cousine, diese Miß Stacey, als Kindermädchen für die Jungen herschickte. Eines Abends vor zwei Wochen lief Miß Stacey aus der Vordertür zu einem alten Nigger mit einem Wagen; mir sagte sie, er solle einen Brief von ihr an ihre Cousine mitnehmen. Und sie stammt auch aus New Orleans, nicht wahr, Miß Laure?«

Laure zuckte zusammen. Sie flüsterte vor sich hin: »Mein Gott, das ist es! Deshalb hat sie sich solche Mühe gegeben, herauszufinden, in welcher Straße ich gewohnt habe, und sie wußte, daß das Union House dort war – o Gott, ob sie eine Spionin für Lukes Gegenkandidaten ist?« Sie wandte sich den beiden schwarzen Frauen zu. »Ich danke euch, daß ihr mir das erzählt habt. Es ist gut, wenn ein Mensch seine Feinde kennt. Ich werde Luke diesen Handzettel zeigen, sobald er nach Hause kommt. Aber auf der Stelle habe ich ein Wörtchen mit Stacey Holbrook zu sprechen.«

Stacey hatte gesehen, daß Laure in die Küche gegangen war. Sie war darauf in Lukes Arbeitszimmer geeilt, hatte sich gesetzt, hastig eine Schublade aufgezogen und ein Blatt Papier und einen Bleistift hervorgeholt. Sie begann einen Brief an Barnabas McMillan zu schreiben: »Ich habe Dir alles mitgeteilt, was ich bisher herausgefunden habe, lieber Barnabas. Aber ganz, wie Du es wünschst, werde ich noch etwas länger bleiben, und vielleicht bringe ich noch mehr in Erfahrung. Vergiß nicht, was Du mir versprochen hast, Darling.«

Laure war inzwischen in das Kinderzimmer gegangen. Zu ihrer Überraschung fand sie Stacey nicht bei den Jungen. So begab sie sich über den Flur in den anderen Flügel des Châteaus. Sie sah, daß die Tür zum Arbeitszimmer ihres Mannes offenstand, und lenkte ihre Schritte dorthin. Der

Atem stockte ihr, als sie Stacey am Schreibtisch sitzen und eilig einen Brief kritzeln sah.

»Darf ich fragen, was Sie hier tun, Stacey? Glauben Sie nicht, es ist ein bißchen ungewöhnlich, daß ein Kindermädchen zwei kleine Jungen sich selbst überläßt und in Ihrer Arbeitszeit Privatbriefe schreibt?« fragte Laure kalt.

Stacey schrie erschrocken auf, ließ den Bleistift fallen und zerknüllte das Blatt.

»Nicht so schnell! Ich möchte den Brief sehen!« Laure kam näher.

»Bleiben Sie mir vom Leib, Mrs. Bouchard! Das ist eine Privatangelegenheit, die Sie überhaupt nichts angeht!« Aus Staceys Augen leuchtete Bosheit. »Sie haben kein Recht, meinen Brief zu lesen.«

»Ich glaube doch. Und wissen Sie, was ich außerdem denke, Stacey? Das ist nicht der erste Brief, den Sie aus diesem Haus abschicken.«

»Na und?« spottete die junge Frau mit dem kastanienfarbenen Haar. »Ich habe schließlich noch das Recht, Moira und ihrer Tante Briefe zu schreiben.«

»Das bestreite ich auch nicht. Doch vielleicht haben Sie in einem dieser Briefe das Union Housc erwähnt – wo ich gewohnt, aber niemals gearbeitet habe, Stacey.« Laure entfaltete den Handzettel und hielt ihn dem jetzt ängstlich gewordenen Kindermädchen hin. »Es ist ein äußerst seltsames Zusammentreffen, Stacey, daß Sie sich für jenen Ort so interessiert haben. Und es ist sehr wahrscheinlich, daß Sie jemandem darüber geschrieben haben, und auf diese Weise ist dieser Jemand auf die Idee zu dieser Verleumdung gekommen.«

»Oh, das glauben Sie also, Mrs. Bouchard?« höhnte Stacey Holbrook. »Tatsache ist, Mrs. Bouchard, daß Sie nicht besser sind als ich. Sie sind eine so feine Dame in diesem großen, schönen Haus geworden, daß Sie ganz vergessen, wie Sie angefangen haben, nämlich genauso wie ich. Der einzige Unterschied zwischen uns ist, Mrs. Bouchard, daß ich mich nicht schäme, es zuzugeben.«

»Dann sind Sie tatsächlich für diesen Zettel verantwortlich!« stellte Laure fest. »Geben Sie mir den Brief! Ich will sehen, wem Sie geschrieben haben. Auch mein Mann wird es wissen wollen, und Sie können sicher sein, daß er die notwendigen Schritte unternehmen wird.«

»Holen Sie ihn sich doch, Sie Hure!« zischte Stacey. Katzengleich schlüpfte sie hinter dem Schreibtisch hervor und wollte durch die Tür, die Laure verstellte. »Gehen Sie mir aus dem Weg! Ich verlasse Sie und Ihre Bälger, und es ist mir verflucht egal, was aus Ihnen allen wird, verstanden?«

»Nein, Sie kommen hier nicht durch. Erst geben Sie mir den Brief«, erwiderte Laure. Sie stürzte sich auf Stacey, faßte ihr linkes Handgelenk und drehte es ihr auf den Rücken. Stacey schrie auf und versuchte, sich loszureißen, aber Laure hielt eisern fest, bis sich Staceys Finger öffneten und das Blatt zu Boden fiel. »Jetzt wollen wir einmal sehen.« Laure bückte sich schnell, um den Brief aufzuheben.

Aber da trat Stacey Holbrook mit dem rechten Fuß zu. Sie traf Laure in den Bauch. Mit einem gellenden Schrei preßte Laure die Hände gegen den Unterleib. Sie sank auf die Knie, kippte langsam nach vorn und rollte zur Seite. Sie krümmte sich unter unerträglichen Schmerzen.

Stacey erschrak über das, was sie getan hatte. Sie dachte nicht mehr an den Brief. Sie lief den Flur hinunter, verließ das Haus und rannte die Straße entlang, die nach Montgomery führte.

Mary Turner und Hannah Atbury, die Lauras Schrei gehört hatten, kamen aus der Küche gerannt. »O Jesus, steh uns bei!« rief Mary. »Sie blutet schrecklich, Hannah. Wir müssen sie auf die Couch legen. Armes Ding, es ist das Baby! Oh, dieses gottlose Mädchen! Was hat es getan – und Mr. Luke ist nicht zu Hause! Hilf mir, Hannah!«

Behutsam hoben die beiden schwarzen Frauen Laure auf und trugen sie zur Couch am Fenster. »Hol schnell heißes Wasser und ein paar Handtücher, Mary«, befahl Hannah. Sie streichelte Laures Stirn und murmelte beruhigend: »Armes Kind, ich werde mich schon um Sie kümmern, Miß Laure, Schätzchen! Es kommt alles wieder in Ordnung, Sie werden sehen.« Vor sich hin knurrte sie: »Oh, wenn ich dieses weiße Pack nur in die Finger bekommen könnte, das der süßen Miß Laure das angetan hat!«

Eine halbe Stunde später kam Luke Bouchard nach Hause. Als er seine Frau weder in ihrem noch im Kinderzimmer fand, ging er zur Küche. Da erschien Mary Turner in der Tür des Arbeitszimmers und rief: »Mr. Luke, Mr. Luke, Sir, kommen Sie schnell, bitte, Sir!«

Er fand Laure auf der Couch, von Hannah umsorgt. Tränenblind blickte Hannah zu ihm auf. »Sie wird wieder gesund, Mr. Luke. Aber das Baby hat sie verloren. Mary und ich haben getan, was wir konnten. Die Blutung hat aufgehört, Mr. Luke. Diese Miß Stacey, das neue Kindermädchen, hat es getan.«

»Ich werde nach Montgomery zurückreiten und Dr. Medbury holen.« Luke war blaß geworden und bebte vor Zorn.

»Nein, Sir, Sie sind erst hin- und zurückgeritten, Sie sind müde«, widersprach Mary ihm couragiert. »Ich hole Dan Munroe. Außerdem, Mr. Bouchard, möchte Miß Laure Ihnen von diesem Blatt Papier hier erzählen. Hannah und ich, wir glauben, daß Miß Stacey eine Menge damit zu tun hat.«

»Was ist denn das?« Luke hatte Staceys fallengelassenen Brief entdeckt. Er hob ihn auf und las ihn schnell. »›Lieber Barnabas‹, so fängt er an – mein Gott, Barnabas McMillan, der Mann, von dem Jedidiah Danforth mit heute nachmittag erzählt hat!« Er nickte und sagte zu Mary: »Gut, Mary

Ich wäre dir dankbar, wenn du Dan bitten würdest, nach Montgomery zu reiten, um Dr. Medbury so schnell wie möglich zu holen. Gott segne euch beide für alles, was ihr für meine Frau getan habt.«

»Und hier ist der Zettel, der Miß Laure so erzürnt hat«, sagte Hannah und reichte ihn ihrem Herrn.

Luke überflog ihn und knirschte vor Wut mit den Zähnen. »Ich glaube«, erklärte er grimmig, »ich werde mit Mr. Barnabas McMillan ein Wort zu reden haben.«

XXII

Lukes erster Gedanke war, Barnabas McMillan sofort mit dem belastenden Beweisstück, das Stacey Holbrooks begonnener Brief darstellte, aufzusuchen. Aber die Sorge um seine junge Frau ließ ihn noch beinahe drei Stunden an ihrer Seite ausharren, bis Dan Munroe mit Dr. Jonas Medbury eintraf. Auch wenn Hannah und Mary ihm beide versichert hatten, trotz der Fehlgeburt sei Laure außer Gefahr, lief Luke vor dem Arbeitszimmer ruhelos auf und ab. Eine Pause machte er erst, als Clementine mit einem Sandwich und einer Tasse Kaffee kam und ihn anflehte, etwas zu essen. Marius Thornton blieb während dieser Wache bei Luke. »Ich weiß, was Sie empfinden, Mr. Bouchard, glauben Sie mir das«, erklärte er leidenschaftlich. »Und ich werde mit Ihnen gehen, wenn Sie diesen Mr. McMillan aufsuchen. Nun sehen Sie mich nicht so an, Mr. Bouchard. Sie haben mir das Leben gerettet, als ich in den Händen des Ku-Klux-Klan war, und das werde ich Ihnen niemals vergessen. Sie können nicht in das Haus dieses Mannes gehen, ohne jemand bei sich zu haben, der aufpaßt, daß Sie nicht von einem seiner Diener oder Freunde angegriffen werden. Nein, Sir, ich gehe mit Ihnen, sobald Sie dazu bereit sind. Diesmal werde ich auf keinen Befehl von Ihnen hören.«

»Du bist ein treuer Freund, Marius. Vielleicht hast du auch recht. So, wie ich mich fühle, möchte ich ihm ins Gesicht schlagen für das, was er Laure angetan hat. In meiner Wut könnte ich sogar so weit gehen, ihn zu töten – ich, der ich mein ganzes Leben gegen sinnlose Gewalttätigkeit und blinden Haß gekämpft habe. Aber dies rührt an den primitiven Kern meiner Gefühle. Meine schöne junge Frau, von einer spionierenden kleinen Schlampe, die offenbar von diesem heimtückischen Schieber bezahlt wurde, des Kindes beraubt, auf das wir uns so gefreut hatten! Rechtsanwalt Danforth hat mir erzählt, dieser McMillan stehe hinter meinem Gegenkandidaten Cletus Adams, und nun kann ich mir alles zusammenreimen. Es ist eine verdammenswürdige Verschwörung, aber die einzige, die darunter hat leiden müssen, ist die arme Laure. Dieser Mann und seine Komplizin sind moralisch verantwortlich für den Mord an umserem Kind.«

Hohlwangig und unrasiert sank er endlich in einen Sessel neben dem Schreibtisch und starrte zu Laure hinüber, die auf der Couch lag. Langsam kam sie wieder zu Bewußtsein. Sie wandte den Kopf nach ihm, und ihre zitternden Lippen flüsterten so leise seinen Namen, daß er es kaum vernahm.

Er sprang auf und trat zu ihr. In diesem Augenblick kamen Dan Munroe und Dr. Medbury.

»Gott sei Dank, daß Sie hier sind, Doktor!« rief Luke aus. »Meine Frau hat eine Fehlgeburt gehabt. Mary und Hannah haben für sie gesorgt und sagen, sie werde davonkommen, aber ich mußte nach Ihnen schicken. Es tut mir leid, daß ich Sie bitten mußte, zu dieser nächtlichen Stunde einen so langen Ritt . . . «

»Bitte, Mr. Bouchard, Sie brauchen sich doch nicht zu entschuldigen. Arme Mrs. Bouchard, erst wird sie vergewaltigt und ihr Sohn entführt, und jetzt berichtet mir der Bote, sie habe ihr Kind verloren. Ich habe sie sehr gern, und das Unglück bekümmert mich ebenso wie Sie. Jetzt setzen Sie sich hin und ruhen sich aus, Mann! Sie sehen aus, als würden Sie gleich umfallen. Ich werde schnell nachsehen, was zu tun ist.«

Dan nickte Luke zu, verließ das Arbeitszimmer und schloß die Tür hinter sich. Unterwegs zu seiner Hütte sprach er ein Gebet für Laures Genesung. Als er seiner Frau Katie erzählt hatte, was geschehen war, kniete sie nieder und betete ebenfalls für Laure Bouchards schnelle Wiedergenesung.

Eine halbe Stunde später sagte Dr. Medbury leise zu Luke: »Ich habe ihr ein Schlafmittel gegeben. Hannah und Mary haben gute Arbeit geleistet, das muß man wirklich sagen, Sir. Sie wird wieder ganz gesund werden. Die beiden haben die Blutung gestillt, welche die eigentliche Gefahr war, und haben den Fötus entfernt, ohne sie zu verletzen. Sie brauchen sich keine Sorgen mehr zu machen, Mr. Bouchard. Wenn sie sich ein paar Monate erholt hat, gibt es keinen Grund, warum sie nicht ein anderes Kind haben sollte, wenn sie es wünscht. Sie ist eine kräftige, gesunde junge Frau.«

»Gott sei Dank, Mr. Medbury!« stieß Luke heiser hervor. Er trat an die Couch, beugte sich nieder und küßte Laure auf die Stirn und die Augenlider. Doch als er sich aufrichtete, war sein Gesicht finster. »Wenn Sie keine anderen Patienten mehr besuchen müssen, Dr. Medbury, möchte ich Sie bitten, heute nacht mein Gast zu sein. Hannah und Mary werden Ihnen einen Imbiß richten, und ich habe einen guten Whisky da – und wenn Sie möchten, können Sie auch Brandy oder Wein haben.«

»Sehr liebenswürdig von Ihnen, Mr. Bouchard. Aber ich hatte eigentlich nicht beabsichtigt, über Nacht zu bleiben«, antwortete der Arzt zögernd.

»Ich würde es als einen persönlichen Gefallen ansehen. Sie sehen ebenso erschöpft aus wie ich. Jetzt werde ich Sie eine Zeitlang allein lassen.«

»Und wohin, wenn ich fragen darf, wollen Sie mitten in der Nacht gehen, Mr. Bouchard?« fragte Dr. Medbury.

»Ich habe eine Angelegenheit zu regeln, die nicht bis morgen aufgeschoben werden kann. Hannah, Mary, ihr macht es Dr. Medbury so gemütlich wie möglich. Seht zu, daß er etwas zu essen bekommt und trinken kann, was er mag. Dann zeigt ihm eines der Gästezimmer in diesem Flügel. Ich hoffe, daß ich vor Mitternacht wieder zurück bin.«

»Hat man so etwas schon erlebt!« Dr. Medbury schüttelte den Kopf. Dann zuckte er mit den Schultern, als wolle er sagen, sogar Luke Bouchard können manchmal unberechenbar sein.

Marius Thornton wartete vor dem Arbeitszimmer auf Luke. »Ich habe bereits zwei Pferde gesattelt, Mr. Bouchard«, sagte er leise. »Ich nehme eine Pistole mit, für den Fall, daß es gefährlich wird. Haben Sie Ihre?«

»Ich werde keine Waffe mitnehmen, Marius. Ich fürchte, in meinem augenblicklichen Zustand wäre sie eine tödliche Versuchung. Nein, ich will die Sache mit meinen Fäusten regeln – es sei denn, er erweist sich als erbärmlicher Feigling. Möglich ist das schon, wenn man bedenkt, daß er eine Spionin hergesandt hat, die sich als Cousine unseres Kindermädchens ausgeben und die schmutzige Arbeit für ihn erledigen mußte. Wir reiten flußabwärts zu der alten Williamson-Plantage, Marius. Das ist ein Ritt von etwa einer halben Stunde.«

So aufgewühlt Luke Bouchard war, es stiegen doch die alten Erinnerungen in ihm auf, als er den vertrauten Weg zu der Plantage ritt, wo er damals um die sanfte Lucy Williamson geworben hatte. Das Land selbst, die Bäume, Büsche und Blumen schienen sich seit jener längst vergangenen Zeit nicht verändert zu haben. Ein bitterer Seufzer entrang sich ihm, als er daran dachte, wie er das erste Mal mit seinem Vater Henry diesen Weg geritten war. Henry Bouchard hatte zu ihm gesagt: »Vielleicht kannst du von Williamsons Aufseher Amos Greer etwas lernen. Sieh dich auf der Plantage um, und halte die Augen offen.«

Wie gut erinnerte Luke sich an jene Tage mit Lucy! Das erste Mal waren sie sich im Dezember 1834 begegnet, als Luke gerade achtzehn und Lucy ein Jahr jünger war. Auch damals schon Idealist, sah Luke in dem selbstlosen, ruhigen, aber hochintelligenten Mädchen die Gefährtin fürs Leben, die seine Träume mit ihm teilen konnte. Ihre Liebe war keine glühende Leidenschaft gewesen. So jung sie beide noch waren, schien ihre Vereinigung doch die reifer Menschen zu sein. Auch nach ihrer Heirat hatte zwischen ihnen eine Zärtlichkeit bestanden, die für wilde Begierde keinen Platz ließ.

Plötzlich hielt Luke Bouchard sein Pferd an. Marius Thornton rief leise zurück: »Stimmt etwas nicht, Mr. Luke?« Luke lachte ironisch auf und schüttelte den Kopf. »Nein, Marius, mir ist nur gerade etwas eingefallen, das ist alles. Wir reiten gleich weiter. Ich habe diesen Weg vor vielen Jahren oft genommen, und er hat die Erinnerungen an damals in mir wachgerufen.«

Zu seinem Schreck war Luke nämlich eingefallen, daß heute sein vierundfünfzigster Geburtstag war. Er dachte auch an seine Mutter, die arme Dora, die Nichte des Landspekulanten Carl Trask aus Georgia. Er hatte versucht, Lukes Vater Land abzukaufen. Seiner Meinung nach betrug sich Ben, ein großer Aschanti, der einer der Arbeiter des Alten war, unverschämt gegen ihn, und er erschoß ihn kaltblütig. Thomas, Bens junger Sohn, rächte seinen Vater. Er riß Carl Trask vom Pferd und schlug ihn mit der Keule tot. Dann zwang Henry Bouchard Trasks Nichte Dora, sich ihm hinzugeben und sich in dem Dorf Econchate nach Creeksitte mit ihm trauen zu lassen. Später wurde die Ehe durch die kirchliche Trauung in Mobile legalisiert.

Luke schloß die Augen und senkte den Kopf. Er sprach ein Gebet für seine unglückliche junge Mutter. Eine Woche nach seiner Geburt hatte sie sich in den Fluß geworfen, um der Grausamkeit seines Vaters zu entrinnen. Der alte Lucien, Lukes geliebter Großvater, hatte diesen Vorfall nur ein einziges Mal erwähnt. Im gleichen Atemzug hatte er hinzugefügt: »Du darfst deinem Vater nicht grollen, Luke. Jeder von uns wird von unkontrollierbaren Leidenschaften getrieben, und Umstände, Vergangenheit und Emotionen lassen einen Mann oft etwas tun, das er später bedauert und bereut. Sieh in die Zukunft. Du besitzt Gesundheit und Verstand, und vor dir liegt ein Leben, in dem du so handeln kannst, wie du es für richtig hältst.«

Wie weise war sein alter Großvater gewesen! Alles, was Luke in den vierundfünfzig Jahren seines Lebens erreicht hatte, war auf Anregungen seines Großvaters, und nicht seines Vaters, zurückzuführen. Luke blickte kurz flußaufwärts zum roten Felsen hin, wo der alte Lucien ruhte. Dann verhärtete sich sein Gesicht. Er rief Marius zu: »Jetzt bin ich bereit, Marius. Reiten wir weiter zu diesem Barnabas McMillan.«

Das Williamson-Haus aus dem Jahr 1834 war nur ein Stockwerk hoch gewesen. Es war aus Holz und Ziegelsteinen erbaut und hatte über der schweren Eichentür einen kleinen Portikus. Die hölzernen Fenster öffneten sich nach innen wie Türen, und bei schlechtem Wetter wurden sie geschlossen und verriegelt und ihre Häßlichkeit hinter Vorhängen versteckt. Das neue Haus von Barnabas McMillan war zwei Stockwerke hoch. Die Fenster hatten Glasscheiben. Das Haus selbst war solide gebaut.

Beide Männer stiegen ab und banden die Zügel ihrer Pferde an einen Pfosten neben dem Schuppen mit der Baumwollentkörnungsmaschine. Luke sah, daß aus einem der oberen Fenster Licht schimmerte. »Wenigstens ist er wach, Marius. Es wäre mir nicht recht, wenn ich ihn aus tiefstem Schlaf wecken müßte. Ich will, daß ihm voll bewußt wird, was er getan hat.« Sie schritten auf die Eingangstür zu. Marius hatte die rechte Hand in der Hosentasche um den Kolben der Pistole geschlossen, die er als Vorsichtsmaßnahme mitgenommen hatte. Wachsam hielt er sich links von Luke ein Stück hinter ihm.

Luke faßte nach dem Messingklopfer, hob ihn an und ließ ihn dreimal heftig fallen. Von oben erklang plötzlich das prahlerische Gewieher eines Mannes, gefolgt von dem beschwipsten Kichern einer jungen Frau. Marius warf Luke einen Blick zu und zuckte die Schultern. Nun waren Schritte zu hören, und eine weibliche Stimme fragte gereizt: »Wer ist da?«

»Ich möchte Mr. Barnabas McMillan sprechen. Mein Name ist Luke Bouchard«, rief Luke.

»Er ist oben im Bett. Er spricht mitten in der Nacht mit niemandem. Sie kommen am besten morgen wieder, Mister«, lautete die Antwort.

Aber Luke war nicht gewillt, sich abweisen zu lassen. Wieder klopfte er dreimal. »Sie sind schrecklich dumm, Mister! Haben Sie nicht gehört, daß Mr. McMillan so spät mit niemandem sprechen wird?«

»Sie lassen mich besser ein. Andernfalls hole ich Polizei aus Montgomery!«

»Schon gut, schon gut, Mister. Ich mache auf. Nur bitte, Mister, sagen Sie Mr. Barnabas nicht, daß Verna Sie eingelassen hat, hören Sie?«

»Ich werde ihm gar nichts sagen. Jetzt öffnen Sie endlich die Tür!« befahl Luke ungeduldig.

»Aber machen Sie mir keinen Vorwurf, wenn Mr. Barnabas böse auf Sie wird!« ließ sich das Mädchen noch einmal hören. Dann ging die Tür auf.

Luke Bouchard drückte sie mit der Schulter vollends auf, und Marius folgte ihm. Sie kamen in ein luxuriös eingerichtetes Foyer. Eine hübsche Mulattin von vielleicht neunzehn Jahren stand vor ihnen. Sie trug Slipper mit hohen Absätzen und Rheinkiesel-Schnallen und ein verwegen ausgeschnittenes schwarzseidenes Kleid. Beim Anblick der beiden Männer wich sie ängstlich zurück, eine Hand vor dem Mund. »Tun Sie mir nichts, Mister, ich habe nichts getan!« Ihre Augen richteten sich auf Marius' Pistole.

»Wo ist Mr. McMillan?« fragte Luke streng.

Mit einem zitternden Daumen wies das Mädchen auf die Treppe. »Oben im Schlafzimmer mit dem alten Cletus und zwei von meinen Cousinen, Lucille und Ednamae.«

In diesem Augenblick erschien Barnabas McMillan selbst am Ende der Treppe. Er hatte einen rotseidenen Schlafrock übergezogen. Mit rotem Kopf brüllte er: »Zum Teufel, was geht hier vor, Verna?« Nun entdeckte er Luke Bouchard, der bis an den Fuß der Treppe vorgedrungen war. »Sieh an, Mr. Bouchard, Sir! Ich hätte nie gedacht, daß ein feiner Herr des Südens zu einer solchen Stunde Besuch machen würde. Oder vielleicht haben Sie von Verna und ihren Cousinen gehört und möchten auch ein gefälliges Mädchen haben, wie?«

»Den Grund, weswegen ich komme, kennen Sie sehr gut, Mr. McMillan«, antwortete Luke kalt. »Es ist der schmutzige, verleumderische Handzettel, der an die Tür meines Hauses geheftet war. Außerdem ist da ein Mädchen namens Stacey Holbrook. Ich bin überzeugt, Sie haben sie als Ersatz für Moira O'Connor in mein Haus geschleust, um dort zu spionieren.«

»Ich weiß gar nicht, wovon Sie reden«, brummte McMillan. Seine unrasierten feisten Wangen bebten vor Ärger. »Sie müssen verrückt sein, daß Sie mich mitten in der Nacht mit einer zusammenphantasierten Geschichte wecken. Ich wundere mich sehr, daß Ihre Partei einen so unausgeglichenen Mann gegen Cletus Adams aufgestellt hat.« Er stieg die Treppe bis zum ersten Absatz herab. Mit schwungvoller Armbewegung brüllte er: »Verlassen Sie mein Haus, ehe ich die Polizei hole, Mr. Bouchard!«

»Nicht so schnell, Mr. McMillan!« Marius Thornton zog seine Pistole ein kleines Stück weiter heraus, so daß der Schieber sie sehen konnte. »Sie werden sich anhören, was Mr. Bouchard Ihnen zu sagen hat. Dann werden wir sehen, wer die Polizei ruft.«

»Großartig!« höhnte McMillan. »Sie überfallen einen Mann, der gerade ins Bett gehen will, und zwingen ihn mit

Waffengewalt, sich einen Haufen Lügen anzuhören. Nicht nur das, Mr. Bouchard, Sie bringen auch noch einen Nigger mit, der die schmutzige Arbeit für Sie erledigen muß!«

»Die Wahl Ihrer Worte erstaunt mich, Mr. McMillan«, erwiderte Luke. »Nach allem, was ich gehört habe, unterstützen Sie meinen Gegenkandidaten Cletus Adams, der ein Schwarzer ist. Nennen Sie den auch einen Nigger? Und was Ihre Behauptung betrifft, er solle die schmutzige Arbeit für mich erledigen, so ist Marius nur deswegen mit einer Pistole hier, um dafür zu sorgen, daß sich niemand in unsere Auseinandersetzung einmischt.«

»Ich verstehe nicht, worauf Sie hinauswollen, Mr. Bouchard. Aber ich bin wirklich sehr müde, wie ich ja bereits erwähnt habe.« Das sagte er mit einem Augenzwinkern und einem lüsternen Auflachen. »Ich habe oben ein paar hübsche Mädchen, zu denen ich schnell zurück möchte. Sollten Sie mir weiter nichts zu sagen haben, wäre ich Ihnen dankbar, wenn Sie die Tür von außen zumachten.«

»Ich habe Ihnen noch eine Menge zu sagen, Mr. McMillan. Nachdem meine Frau diesen schurkischen Handzettel gelesen hatte, der zweifellos in Ihrem Auftrag gedruckt worden ist . . . «

»Sie können wohl nicht dafür!«

»Lassen Sie ihn ausreden, Mr. McMillan«, warf Marius ruhig ein. Er zog die Pistole vollends aus der Hosentasche und richtete sie auf Barnabas McMillans Kopf. Mit einem erstickten Aufschrei klammerte der Schieber sich ans Treppengeländer. Die Augen quollen ihm förmlich aus dem Kopf. Dann nickte er hastig. »Machen Sie schon, machen Sie schon, sagen Sie, was Sie wollen! Aber ich bin unbewaffnet, wie Sie sehen können. Haben Sie die Absicht, mich zu ermorden, Mr. Bouchard?«

»Bringen Sie mich nicht in Versuchung, Mr. McMillan«, erwiderte Luke aufgebracht. »Doch was ich vorhin sagen wollte: Meine Frau las den Handzettel, und dann fiel ihr ein, daß Stacey Holbrook gesagt hatte, sie sei in New

Orleans geboren, und sich höchst interessiert daran zeigte, in welcher Straße dieser Stadt meine Frau gewohnt hatte. Meine Frau machte sich daraufhin auf die Suche nach ihr und fand sie in meinem Arbeitszimmer. Sie war gerade dabei, einen Brief an Sie zu schreiben.«

»Das ist eine Lüge! Nichts davon können Sie beweisen!« erregte sich der Schieber. Dann begann er zu winseln: »Um Gottes willen, Mr. Bouchard, sagen Sie Ihrem Nigger, er soll die Pistole wegstecken. Ich höre ja zu, ich höre mir alles an, was Sie zu sagen haben. Was wollen Sie denn sonst noch von mir?«

»Die Wahrheit, Sir, und ein Eingeständnis Ihrer Schuld. Und dann werde ich Sie so verprügeln, daß Sie gerade noch mit Ihrem verächtlichen Leben davonkommen! Ihre Miß Holbrook hat den Brief nicht zu Ende schreiben können, aber sie hat den Briefbogen zurückgelassen. Ich habe ihn bei mir. Er beginnt ›Lieber Barnabas‹, und ich glaube, jeder Gerichtshof wird das als Beweis ansehen, daß Sie gemeint sind, Sir.«

»Nun, schon möglich, aber trotzdem . . . «

»Noch einen Augenblick, Mr. McMillan.« Lukes blaue Augen blickten kalt, seine Stimme klang schneidend. »Als meine Frau von Miß Holbrook verlangte, ihr den Brief zu geben, trat diese Kreatur sie in den Unterleib. Die Folge davon war, daß meine Frau ihr Kind verlor, und es ist noch ein Glück für Sie, daß ihr eigenes Leben, Gott sei es gedankt, gerettet wurde. Andernfalls, so fürchte ich, wäre ich selbst mit einer Pistole in der Hand gekommen und hätte Sie abgeknallt. Ihr Vorgehen ist nicht einmal der Verachtung würdig. Wenn Sie, Sir, einen Flecken auf meiner Vergangenheit finden, der Sie zu der Überzeugung bringt, Ihr Kandidat sei der bessere Mann, sagen Sie es mir ins Gesicht! Aber meine Frau auf diese schmutzige Weise anzugreifen ist gewissenlos. Kein anständiger Mann würde eine so gemeine Lüge als politische Waffe benutzen.«

Barnabas McMillan blickte in panischer Angst nach oben,

als hoffe er, irgendwer werde ihm zu Hilfe kommen. Er stammelte: »Ich habe ihr nicht aufgetragen, so etwas zu tun. Ich meine – hören Sie doch, Mr. Bouchard . . . «

»Das ist ein Geständnis. Mein Rechtsanwalt Jedidiah Danforth wird dieses elende Geschöpf vor Gericht bringen. Aber Sie, Sir, sind derjenige, der sie in mein Haus geschmuggelt hat – mit welchen Methoden, weiß ich zwar noch nicht, aber ich werde es herausfinden –, und deshalb sind Sie für mich der Hauptverantwortliche für die Leiden meiner Frau und den nicht wiedergutzumachenden Verlust ihres ungeborenen Kindes.«

»Jesus, Mr. Bouchard – ich schwöre, ich wußte nicht, daß sie schwanger war –, ich habe Stacey nicht gesagt, sie solle so etwas tun. Hören Sie, ich werde Sie entschädigen, ich werde den Arzt bezahlen, ich . . . «

»Wie ein echter Schieber gesprochen«, unterbrach Luke zornig. Er ballte mit ungeheurer Willensanstrengung die Fäuste. »Glauben Sie, Sie können hierherkommen und unter der Bevölkerung Korruption und Lügen verbreiten und sich aus einer Situation wie dieser mit Geld freikaufen? Sie wollen den Arzt bezahlen! Sie sind ein feiges Schwein, und Sie werden im *Advertiser* erklären, daß Sie die Verantwortung für jenen schmutzigen Handzettel tragen und die Behauptung Wort für Wort zurücknehmen. Haben Sie verstanden? Und wenn Sie ein Mann sind, kommen Sie jetzt herunter und stellen sich mir.«

»Aber – aber – Ihr Nigger hat eine Pistole! Er wird mich töten!« keuchte McMillan und blickte von neuem über die Schulter zurück.

»Er wird nicht schießen. Ich will nichts als meine Fäuste benutzen. Und ich gebe Ihnen die Chance zurückzuschlagen. Das ist mehr, als Sie meiner armen Frau zugestanden haben. Kommen Sie herunter!«

In diesem Augenblick erschien oben an der Treppe Cletus Adams, nur mit einer Unterhose bekleidet, den Arm um eine Mulattin geschlungen, die nicht älter als sechzehn sein konnte. Sie trug nichts als ein kurzes Hemd, das ihr bis zur Mitte der Oberschenkel reichte. »Zum Teufel, was hat all der Lärm zu bedeuten, Mr. McMillan?« rief er. »Kann ein Mann sich nicht ein bißchen amüsieren, ohne daß mitten in der Nacht die Hölle losbricht? Was sind das für Kerle da unten? He, du, Verna, komm zu uns nach oben! Und bring eine Flasche mit, hörst du, Mädchen?«

»Das ist also mein Rivale, wie?« Luke Bouchards Lippen verzogen sich verächtlich. »Ihr Kandidat ist betrunken, Mr. McMillan. Sie sollten ihm raten, ins Schlafzimmer zurückzukehren, wohin er gehört. Er braucht keine neue Flasche. Und du, Mädchen, du bleibst, wo du bist«, befahl er Verna. Das verängstigte Mulattenmädchen drückte sich gegen die Wand.

»Wer ist denn das überhaupt?« lallte Cletus Adams und schielte zu Luke Bouchard und Marius Thornton hinunter. Er wollte sein Mädchen fester an sich ziehen und schwankte.

»Halt dich da heraus, Cletus, du schwarzer Idiot!« schrie ihn Barnabas McMillan wütend an. »Geh mit deiner Hure wieder ins Bett! Wenn du Kandidat der Demokratischen Partei bleiben willst, dann tust du, was ich dir sage!«

»Ja, Sir, ich gehe ja schon – komm, Lucille, Schätzchen, wir sind da unten nicht erwünscht. Laß uns wieder ins Bett gehen, ja? Nur macht ihr da unten nicht so viel Lärm!« Er drehte sich um, stolperte, rülpste und verschwand, die kleine Mulattin mit sich ziehend.

»Und jetzt kommmen Sie herunter, oder ich hole Sie, Mr. McMillan!« verlangte Luke mit vor Zorn bebender Stimme.

Barnabas McMillan leckte sich die Lippen, sah nach oben – wo niemand mehr war – und stieg zögernd die Stufen hinab. »Schon gut. Ich will ja im *Advertiser* alles schreiben, was Sie wollen. Es tut mir auch leid, daß Stacey das getan hat, aber dafür können Sie mich doch nicht verantwortlich machen, Mr. Bouchard.« Sein schweißbedecktes Gesicht nahm plötzlich enen listigen Ausdruck an. »Hören Sie, Mr.

Bouchard, ich sage es Ihnen ganz ehrlich – Ihr verdammten Republikaner habt nicht mehr Chancen als ein Schneeball in der Hölle, diese Wahl zu gewinnen. Vergessen Sie nicht, daß der Ku-Klux-Klan vor dem Wahltermin oft reiten wird, und er wird diese blöden Nigger so einschüchtern, daß sie demokratisch wählen. Wir werden Sie schlagen, auch wenn ich tue, was Sie sagen – ich meine diese Veröffentlichung in der Zeitung.«

»Das interessiert mich im Augenblick überhaupt nicht. Ich denke nur an meine Frau und daß Sie das Mädchen als Spionin in mein Haus geschickt haben. Verteidigen Sie sich, und benehmen Sie sich zum ersten Mal in Ihrem Leben wie ein Mann!«

Langsam hatte McMillan eine Stufe nach der anderen genommen. Jetzt stand er Luke gegenüber, leckte sich ängstlich die Lippen und sah verstohlen zu Marius Thornton hinüber, der die Pistole eingesteckt hatte und mit über der Brust gekreuzten Armen zurückgetreten war.

Luke warf seinem Vormann einen schnellen Blick zu. »Ich möchte nicht, daß du dich einmischst, Marius. Wenn uns jemand stören will, dann greifst du ein. Aber das ist alles, verstanden?«

»Passen Sie auf, Mr. Luke!« rief Marius plötzlich. McMillan hatte den Augenblick, da Luke abgelenkt war, zu seinem Vorteil genutzt. Seine rechte Faust traf mit voller Wucht Lukes linke Wange. Der unerwartete Schlag schleuderte Luke zurück. Er versuchte vergebens, das Gleichgewicht zu halten, und fiel schwer zu Boden. McMillan triumphierte: »Es ist also nicht so leicht, wie Sie gedacht haben, was, Mr. Bouchard? Ich werde Sie umbringen, jawohl, Sir, das werde ich tun! Es wird das richtige Ende für einen verdammten republikanischen Opportunisten wie Sie sein!«

Langsam richtete Luke sich auf alle viere auf und sah seinen fetten Gegner lächerlich herumhopsen. Plötzlich sprang Luke in die Höhe und landete seine rechte Faust am Kinn des Schiebers. Mit einem Schmerzensschrei ging

McMillan zu Boden. Er rieb vorsichtig seinen Kiefer und sah voll Furcht und Haß zu Luke hoch. »Stehen Sie auf, wenn Sie soweit sind«, knurrte Luke und trat mit geballten Fäusten zurück.

»Geben Sie ihm auch ein paar für mich, Mr. Luke«, bemerkte Marius. Er spuckte verächtlich auf den kostbaren Orientteppich, der einen Teil des Fußbodens bedeckte, und fuhr fort: »Auf die Füße, du heulendes Faß! Steck ein, was dir zusteht!«

Schwankend richtete sich McMillan auf. Er keuchte bereits von der ungewohnten Anstrengung. Seine zusammengekniffenen Augen blickten rachsüchtig. Die Stelle am Kinn, wo Luke ihn getroffen hatte, begann, sich dunkel zu färben. Mit wütendem Aufheulen stürzte er sich auf seinen Gegner. Bei dem Versuch, ihn zu überrumpeln, hieb er mit beiden Fäusten wild auf Luke ein. Aber dieser sprang zur Seite und rammte ihm erst die rechte, dann die linke Faust in die Rippen. McMillan schrie auf und sank auf ein Knie. Er röchelte. Sein Gesicht war rot und schweißüberströmt.

Wieder trat Luke zurück. »Stehen Sie auf!« befahl er kalt. »Und wenn Ihnen das reicht, vergessen Sie nicht, einen Brief an den *Advertiser* zu schreiben, in dem Sie all diese schmutzigen Anklagen gegen meine Frau zurücknehmen. Wenn Sie das nicht innerhalb einer Woche tun, werde ich zurückkommen und Ihnen mehr von dieser Medizin verabreichen, das schwöre ich. Und wenn Sie dabei draufgehen!«

»Du Bastard, du gottverdammter Opportunist, zuerst bringe ich dich um!« kreischte McMillan. Er taumelte hoch und griff Luke mit gesenktem Kopf an wie ein Stier den Matador. Gleichzeitig zielte er mit den Fäusten nach Lukes Lenden. Aber Luke, der dieses Manöver durchschaute, wich aus und landete seine Faust an McMillans Kinn in einem heftigen Uppercut, der den Schieber zu seiner vollen Länge in die Höhe rieß. Dann fiel der fette Mann rücklings auf den Rand des riesigen Orientteppichs.

»Haben Sie genug, Sir?« fragte Luke verächtlich und blickte auf seinen am Boden liegenden Feind hinab.

»Um Gottes willen, ja – ich kriege keine Luft mehr! Sie haben mich schwer verletzt – schon gut, ich werde Ihren gottverdammten Widerruf schreiben, Sir – und jetzt verlassen Sie mein Haus!« stöhnte McMillan. Ein Blutfaden sikkerte von seiner Oberlippe. Er rollte auf die Seite, wischte sich den blutenden Mund mit dem Handrücken ab und schielte heimtückisch zu dem Mann hoch, der ihn besiegt hatte. »Gehen Sie, habe ich gesagt – ich habe genug – gehen Sie!«

»Gern. Aber denken Sie daran, Mr. McMillan, Sie haben eine Woche Zeit. Wenn ich bis dahin keinen Widerruf im *Advertiser* gesehen habe, komme ich zurück.« Luke Bouchard wandte sich an Marius Thornton. »Ich glaube, das ist für den Augenblick genug. Wenn es noch länger gedauert hätte – ich fürchte, dann hätte ich die Beherrschung verloren und ihn umgebracht.«

»Ich weiß, was Sie empfinden, Mr. Luke – um Gottes willen, passen Sie auf!» rief Marius. Denn McMillan war zu einem kleinen Tisch gekrochen, auf dem die Statuette einer nackten Nymphe aus weißem Marmor stand. Er packte sie am Kopf und stürzte sich damit plötzlich auf Luke. Auf Marius' Warnung hin drehte sich Luke zur Seite, so daß ihn der Schlag nicht am Kopf, sondern am linken Arm unmittelbar über dem Ellbogen traf und den Knochen brach. Luke schrie auf. Doch gleich biß er die Zähne zusammen, ballte die rechte Faust und rammte sie dem Schieber mit voller Wucht in den Bauch.

Barnabas McMillan kreischte und ließ die Statuette fallen. Dann fiel er zu Boden und wälzte sich hin und her, beide Hände auf den Bauch gepreßt. Luke kämpfte seine Übelkeit nieder, die der Schmerz in dem gebrochenen Arm hervorrief. Er faßte mit der heilen Hand nach dem Türknopf und öffnete. Tief sog er die kühle Nachtluft ein. Dann taumelte er aus dem Haus.

»Dieser Hurensohn, am liebsten möchte ich ihn dafür niederschießen, Mr. Luke.« Marius Thorntons Stimme bebte. »Ich will Ihnen aufs Pferd helfen. Nur gut, daß Sie daran gedacht haben, Dr. Medbury im Haus zu behalten. McMillan muß Ihnen den Arm gebrochen haben. Gott sei Dank, daß er Sie nicht umgebracht hat. Dies eine Mal in meinem Leben ist mir danach zumute, einen Mord zu begehen!«

»Nein, Marius, nicht meinetwegen und nicht einmal wegen meiner Frau. In diese Sache sollst du dich nicht einmischen, habe ich dir gesagt. Außerdem glaube ich, McMillan sieht langsam ein, welche Folgen eine solche Schurkerei hat. Gott, tut mir der Arm weh. Laß uns so schnell wie möglich nach Hause reiten.«

XXIII

Lucien Edmond Bouchard stand neben dem Spinett, und seine schöne Frau Maxine spielte eine muntere Gigue von Händel. Maxine hatte, obwohl bereits dreißig, nichts von ihrem aufgeschlossenen Wesen und ihrem lebhaften Interesse an Musik und Literatur eingebüßt – Eigenschaften, deretwegen Lucien Edmonds Vater Luke sie bei ihrer ersten Begegnung im Jahr 1858 auf der Windhaven-Plantage scherzhaft den »Blaustrumpf aus Baltimore« genannt hatte. Schon damals mit achtzehn hatte Maxine entschieden ihre eigene Meinung verfochten und geglaubt, den Frauen sollte nicht nur das aktive, sondern auch das passive Wahlrecht zugestanden werden. Natürlich hatte sie sich sehr gefreut, als bekannt wurde, die Territorien Wyoming und Utah hätten den Frauen das Stimmrecht eingeräumt. Kein Fädchen Grau zeigte sich in ihren kastanienfarbenen Locken, und ihre ausdrucksvollen haselnußbraunen Augen und die weiche, vibrierende Stimme bezauberten Lucien Edmond immer noch so wie an jenem Septembertag, als Ernest

Kendall seine achtzehnjährige Nichte in das Château mitgebracht hatte.

Sie beendete das muntere Stück. Lucien Edmond klatschte und verbeugte sich tief. »Bravo, meine liebste Maxine! Immer, wenn du spielst, bringst du eine andere Welt in dieses staubige alte Ranchhaus.«

»Es ist lieb von dir, daß du mir Komplimente machst, aber ich wünschte sehr, ich könnte noch einmal Stunden bei einem wirklich guten Lehrer nehmen.« Maxine erhob sich und legte ihrem Mann die Arme um den Hals. Beinahe so groß wie er, beugte sie sich vor und küßte ihn zärtlich auf die Lippen. Einen Augenblick vergaßen sie beide, daß sie ein abgeklärtes, zwölf Jahre verheiratetes Ehepaar waren und drei Kinder hatten.

Errötend löste sich Maxine schließlich aus Lucien Edmonds leidenschaftlicher Umarmung und flüsterte: »Sie sind eine ständige Quelle des Entzückens und der Aufregung für mich, Mr. Bouchard.«

»Und du für mich, liebste Maxine. Willst du nicht noch etwas spielen?« Er seufzte bedauernd. »Du weißt, bald muß ich mit dem Viehtrieb nach Abilene beginnen, dann werde ich keine andere Musik mehr hören als das Brüllen der Kühe und Ochsen und das Heulen des Windes.«

»Ich weiß.« Ein Schatten zog über ihr Gesicht. Sie legte ihm leicht die Hand auf die Wange. »Es ist jedesmal eine furchtbar lange Zeit. Und ich mache mir Sorgen, daß du gesund zurückkommst und was all diesen braven Männern zustoßen mag, die mit dir reiten.«

»Eines Tages wird es hier mehr Siedler geben. Dann gibt es in diesem Teil des Landes wieder ein Gesetz und weit weniger Gefahr. Aber Gott hat bisher über uns alle gewacht, Maxine, und ich bete, daß er auch dieses Jahr uns wieder mit seinem Schutz begleitet. Doch ich muß zugeben, daß wir später dran sind, als ich gehofft hatte – hauptsächlich, weil mich unser Nachbar Caldemare beunruhigt.«

»Ist es wirklich so ernst?« Forschend sah ihm Maxine ins Gesicht.

»Möglicherweise. Die Männer, die für ihn arbeiten, sind arrogant und feindselig. Einige meiner Männer haben bereits Zusammenstöße mit ihnen gehabt. Ich bin von dem Gedanken abgekommen, hinüberzureiten und ihn aufzusuchen, denn rein juristisch gesehen hat er das Recht, so viele Grenzzeichen aufzustellen, wie er will. Und auch Zäune, obwohl ich im Prinzip dagegen bin. Wenn man einen Teil des Weidelands sperrt, ist eines Tages überhaupt kein offenes Land mehr da, und die Vaqueros haben keine Arbeit mehr. Nun ja, wenn die Eisenbahnlinien sich einmal so weit südlich bis ins Indianerterritorium erstrecken, wird alles sowieso zur Routine.«

»Wäre das so schlimm, lieber Lucien Edmond?« Wieder berührte sie seine Wange und ließ einen schnellen Kuß folgen.

Er legte ihr den linken Arm um die Taille und schüttelte lächelnd den Kopf. »Nein, das glaube ich nicht. Es wird gewiß profitabler sein, und ich kann jetzt schon prophezeien, daß wir auf der Ranch immer noch viele Vaqueros brauchen werden. Aber es werden Spezialisten sein müssen, Männer, die die Tiere schnell mit dem Brandzeichen versehen und in Eisenbahnwaggons verladen können. Männer, die etwas von Rassenkreuzungen verstehen und Interesse für die Kälber haben. Doch bis dahin ist noch ein langer Weg. Gegenwärtig müssen wir die Rinder zum Markt treiben, und ich weiß, meine Reiter brennen ungeduldig darauf, daß es losgeht. Sie fürchten, daß wir in die schlimmste Sommerhitze geraten. Letztes Jahr haben wir das vermeiden können.«

»Es ist egoistisch von mir, aber ich bin froh, daß du noch eine Weile zu Hause bei mir bleibst, Darling. Und weißt du was? Ich glaube, wir werden ein viertes Kind haben. Das heißt, eigentlich bin ich mir ganz sicher.«

»Maxine!« Er trat zurück und sah ihr freudig überrascht ins Gesicht.

Maxine warf den Kopf in den Nacken und lachte fröhlich auf. »Ach du meine Güte, du magst der zäheste Rancher in Texas sein, aber im Augenblick bist du wundervoll und liebenswert naiv. Ich habe es erst letzte Woche festgestellt, deshalb brauchst du mich nicht gleich wie eine Porzellanpuppe zu behandeln. Du kannst mich immer noch in den Arm nehmen und drücken – und ich wollte, du würdest es tun.«

»Welcher Ehemann, der rotes Blut in den Adern hat, könnte einer solchen Aufforderung von einer so schönen Ehefrau widerstehen?« Lucien Edmond zog sie an sich. Er küßte sie lange und, von Maxines Standpunkt aus, höchst zufriedenstellend.

Sie hatten die ganze Welt so völlig vergessen, daß sie nicht einmal das laute Klopfen an der Tür des Ranchhauses beachteten. Schließlich flüsterte Maxine: »Du solltest doch einmal nachsehen, wer das ist, Darling.«

Liebevoll zwickte Lucien Edmond ihr in die Nase, küßte ihren Mund und eilte mit elastischem Schritt zur Tür. Sein Gesicht wurde im selben Augenblick ernst, als er Joe Duvray erblickte, der mit finsterer Miene seinen Sombrero in den Händen drehte. »Was ist geschen, Joe?«

»Etwas Schlimmes, Mr. Bouchard. Ignacio Valdez, Eddie Gentry und Santiago Miraflores haben die Grenzzeichen abgeritten. Sie sahen, daß Caldemares Männer auf Ihrem Land neue Pfosten errichtet haben. Eine Gruppe von diesen *pistoleros* näherte sich ihnen, und das nächste, was passierte, war, daß ihr Vormann, der Jaime Ruiz heißt, den armen Ignacio kaltblütig niederschoß. Er behauptet, Ignacio habe ihn einen Lügner genannt – aber er ist einer, bei Gott! Sicher, unsere Männer hatten die Spencers dabei, Mr. Bouchard, doch die anderen hatten ihre Pistolen eher gezogen. Es wäre unklug gewesen, zu feuern. Und jetzt werde ich es diesem Ruiz heimzahlen, egal, was es mich kostet!«

»Nein, Joe, das werden Sie nicht tun! Ich weiß, wie Ihnen zumute ist, aber das würde einen Rancherkrieg entfesseln.

Unsere Männer waren in den Minderzahl; Sie haben recht daran getan, sich zurückzuhalten. Schrecklich! Er war ein so lustiger junger Bursche, so eifrig bei der Arbeit, und jetzt mußte er sein Leben bei einem dummen Streit verlieren, ohne daß er auch nur eine Möglichkeit hatte, sich zu verteidigen.« Lucien Edmonds Gesicht verzog sich vor Zorn. »Ich habe geahnt, daß eines Tages so etwas passieren würde.«

»Sie haben Ignacio hergebracht – sie dachten sich, wir sollten ihn hier begraben, Mr. Bouchard«, erklärte Joe heiser.

»Ja, das werden wir tun. Ich wünschte, Friar Bartoloméo wäre hier, um den Gottesdienst zu halten. Und danach, Joe, holen wir etwa ein Dutzend Männer mit Waffen zusammen. Dann reiten wir hinüber und sprechen mit diesem Robert Caldemare.«

»Ich verstehe das einfach nicht, Mr. Bouchard.« Joe schüttelte den Kopf. »Seine Tochter, von der ich Ihnen erzählt habe, ist ein so süßes Mädchen, und sie hält ihren Vater für den besten Menschen auf Erden. Sie wurde doch, als ich sie von der in Panik geratenen Stute heruntergeholt hatte, fuchsteufelswild auf mich, nur weil ich erwähnte, Sie hätten sich über die Drahtzäune ein wenig geärgert. Man hätte meinen können, ich hätte mich plötzlich in eine Klapperschlange verwandelt. Aber da drüben geht mit Sicherheit etwas vor. All die Männer, die Santiago und Eddie auf der Ranch drüben gesehen haben, hatten Waffen und wußten, wie man damit umgeht, und man könnte wetten, es macht ihnen auch noch Spaß. Das waren keine Vaqueros von der Art, wie wir sie hier haben.«

»Das ist ein weiterer Punkt, den ich klären möchte. Ich komme sofort hinaus, sobald ich mit Maxine gesprochen habe. Fragen Sie Ramon, ob Ignacio ihm die Anschrift irgendwelcher Verwandten gegeben hat. Ich möchte ihnen etwas Geld schicken – das ist das wenigste, was ich tun kann, um ihnen das Schicksal ein wenig zu erleichtern. Der Brief, den ich ihnen schreiben muß, wird mir schwerfallen, das kann ich Ihnen sagen. Er war vierundzwanzig, das

Leben hatte für ihn gerade begonnen, und ein schießwütiger *pistolero*, der sich einbildete, beleidigt worden zu sein, hat ihn ausgelöscht. Er kam hierher, um ein neues Leben anzufangen – jetzt ist es vorbei, und das alles für nichts.«

»Ja, Sir. Er ist auf seinem Pferd festgebunden. Ich will es eben hinter die Mannschaftsunterkunft führen. Dann hole ich Ramon und die anderen.«

Lucien Edmond nickte. Er ging zu Maxine zurück. Sie stand neben dem Spinett, die Hand vor dem Mund, die Augen entsetzt aufgerissen. »Maxine, Darling, es ist etwas Schreckliches geschehen«, begann er.

»Ich – ich konnte ein bißchen von dem, was Joe dir berichtet hat, hören, Liebster. Es ist jemand getötet worden? Wie grauenhaft! Warum will der Mann, der unser neuer Nachbar ist, unsere Arbeiter umbringen?«

»Genau das will ich herausfinden, sobald wir den armen Ignacio begraben haben.«

»Oh, Lucien Edmond, ich habe Angst um dich!« Maxine klammerte sich an ihn; ihre haselnußbraunen Augen füllten sich mit Tränen. »Du willst mit deinen Männern hinüberreiten, nicht wahr? Und ihr werdet Waffen mitnehmen, und es wird zu einer Schießerei kommen . . . «

»Maxine, glaube mir, ich habe das nicht gewollt. Aber, mein Gott, was soll ich denn tun? Soll ich es mir etwa gefallen lassen? Caldemares Männer würden uns zum Hohn immer mehr von unserem Land wegnehmen. Es wird weitere Zwischenfälle geben, wenn wir nicht sofort klarstellen, daß ihre Diebstähle zu einem Rancherkrieg führen können.«

»Ich glaube, du hast recht, Liebster. Aber bitte, gib auf dich acht. Ich liebe dich so sehr, und ich habe mir immerzu gesagt, ich muß tapfer sein, wenn du auf den Viehtrieb gehst und monatelang nicht hier bist – und jetzt das!«

»Nicht weinen, Schatz«, murmelte er zärtlich. Er streichelte ihr Haar und küßte ihre nassen Augen. »Wir werden ihnen keine Gelegenheit mehr geben, unbewaffnete Männer wie den armen Ignacio niederzuschlagen. Sprich ein Gebet für mich, meine Liebste. Ich komme zurück zu dir, hab keine Angst.« Er gab ihr einen letzten Kuß und drückte sie einen Augenblick fest an sich. Dann drehte er sich entschlossen um und verließ das Ranchhaus.

Jackson Brundiger lümmelte sich faul in einem Sessel gegenüber von Robert Caldemares Schreibtisch und betrachtete seinen Partner mit selbstzufriedenem Grinsen. »Es funktioniert genauso, wie ich es geplant habe, Caldemare. Bouchard ist verdammt beunruhigt, daß wir seine Grenzzeichen versetzen. Er schiebt den Viehtrieb hinaus.«

Nervös trommelte Caldemare mit den Fingern seiner rechten Hand auf der Schreibtischplatte. Plötzlich stand er auf. »Das ist ja alles schön und gut, aber ich will keine Gewalttätigkeit vor meiner Haustür. Der Teufel soll Sie holen, Brundiger! Haben Sie Ihre Männer nicht besser unter Kontrolle? Wie konnten Sie zulassen, daß Ruiz den Cowboy von drüben tötete?«

»Jaime Ruiz ist ein *pistolero*, und falls Sie als feiner Herr aus dem Osten das nicht wissen: Es bedeutet, daß er jenseits der Grenze ebenso gesucht wird wie ich in Kansas. Wir leben von unsern Waffen, weil wir das müssen. Es gibt hierzulande kein Gesetz außer dem, das wir machen.« Dabei schlug er die Handflächen gegen die Kolben seiner Pistolen im Gürtel. »Und wenn uns ein Mann ins Gesicht sagt, wir seien Lügner, stecken wir das nicht ein.«

»Er hatte nicht einmal gezogen, nach dem, was Sie mir erzählt haben.«

»Aber er hätte es tun können. Außerdem hatten seine beiden Freunde Spencers, und wenn sie Gelegenheit bekommen hätten, sie zu benutzen, hätten wir vielleicht alle fünf Männer, die an den Grenzzeichen arbeiteten, eingebüßt. Nein, so war es besser. Ich bin überzeugt, Bouchard wird herüberkommen und ein Palaver mit Ihnen abhalten wollen, Caldemare. Und wissen Sie, was ich tun werde? Ich halte das für die beste Gelegenheit, einen Vorsprung vor ihm zu gewinnen. Er muß sein Vieh in den nächsten vierzehn Tagen nach Abilene treiben, oder er verpaßt den Markt, auch wenn Joe McCoy die Einkäufer aus dem mittleren Westen und dem Osten dort festhält, bis die wirklich großen Viehzüchter eintreffen. Bouchard hat so lange gezögert, daß er vielleicht gar nicht mehr verkaufen kann – aber natürlich wissen Sie und ich, daß ja nicht er das Geschäft machen wird.«

»Das haben Sie mir alles erklärt. Und was haben Sie jetzt vor?«

»Ich will Bouchard ein Stück vorausreiten. Ein Dutzend meiner besten Männer nehme ich mit, sie werden alle gut bewaffnet sein. Kurz vor dem Red River warten wir auf Bouchard. Sobald er ihn überqueren will, schlagen wir zu. Er und seine Cowboys werden an dieser Stelle so viel mit den Tieren zu tun haben, daß sie keine Ausschau mehr nach Buschräubern halten können. Und wir sind früh genug da, um festzustellen, wo sie über den Fluß wollen, wo wir zuschlagen müssen und wann sie uns am wenigsten erwarten. Klar?«

»Ja. Nur, wie ich Ihnen bereits gesagt habe, Brundiger, ich will an einer Schießerei nicht beteiligt sein.«

»Das haben Sie gesagt, Caldemare. Allerdings fällt mir seit etwa einer Woche auf, daß Sie ein Holster tragen. Kein schlechter Gedanke in dieser Gegend. Besonders, wenn Bouchard wutschnaubend angeritten kommt und Sie für das, was diesem dummen jungen Mex passiert ist, zur Rechenschaft ziehen will.«

»Sie sprechen, als wollten Sie nicht hier sein, wenn er kommt.«

»Ich werde nicht zugegen sein, *Boß*.« Jackson Brundiger entblößte seine Zähne in einem wölfischen Grinsen. Träge erhob er sich aus seinem Sessel. Er klopfte von neuem auf seine Pistolen. »Aber ich werde Ruiz hierlassen und mindestens sechs gute Männer, damit sie eingreifen können, wenn es Ärger gibt.«

»Und was ist mit den fünfhundert mexikanischen Rindern? Ich dachte, Sie wollten sie nach Abilene treiben.«

»Nein.« Brundiger lachte auf. »Sie waren nur zu Dekorationszwecken hier. Oh, natürlich, wenn wir die Bouchard-Herde erst einmal haben, können die restlichen Männer sie uns immer noch nachbringen. Aber einen guten Preis würden sie in Abilene sowieso nicht bringen, dazu sind sie zu mager. Ich dachte, das hätte ich Ihnen bereits klargemacht. Richtig verdienen werden wir an Bouchards Herde. Das ist Rindfleisch bester Qualität, Caldemare. Er hat verschiedene Rassen gekreuzt, und die Tiere sehen echt nach schönen Dollars aus. Vergessen Sie auch nicht, daß wir, sobald wir die Herde haben, noch die kleine Aufgabe erledigen müssen, die Brandzeichen zu ändern, damit Joe McCoy und seine Einkäufer nicht Lunte riechen. Überlassen Sie das alles nur mir. Ich gehe jetzt lieber, bevor Bouchard und seine Männer kommen. Ich werde Ruiz informieren; er weiß dann, was er zu tun hat.«

»Mein Gott, es könnte eine Schießerei geben, und Margaret ist hier . . . «

»Das ist einfach. Sagen Sie ihr, sie soll in ihrem Zimmer bleiben und sich um ihre eigenen Angelegenheiten kümmern, dann wird ihr nichts geschehen. Nach allem, was ich von diesem Bouchard gehört habe, läuft er den Frauen nicht nach. Aber ich will ihm heimzahlen, was er meinem Freund Reedy angetan hat. Und Ihnen wird die Sache genug Geld einbringen, daß Sie Ihrer Tochter schöne Kleider kaufen können oder was Sie sonst wollen. So war es abgemacht, erinnern Sie sich?«

»Ja. Nur bin ich es nicht gewöhnt, zu töten.«

»Nach dem ersten Mal geht es leicht, Caldemare.« Wieder zeigte Brundiger sein wölfisches Grinsen, und dann schlenderte er aus dem Zimmer.

Eine halbe Stunde später galoppierte Jackson Brundiger mit elf seiner mexikanischen *pistoleros* nach Nordwesten davon. Auf den Kopf der meisten von ihnen war jenseits der Grenze eine Belohnung ausgesetzt. Robert Caldemare trat auf die Treppe vor seinem Haus. Mit einem Gesicht, das einer Maske aus Furcht und Zorn glich, blickte er der Staubwolke nach, welche die Pferdehufe aufwirbelten. Er zuckte erschrocken zusammen, als Margaret seinen Arm berührte. »Was gibt es, Margaret?« Er fuhr sie beinahe an.

»Nichts, Vater, wieso? Ich wollte nur ein bißchen frische Luft schöpfen, das ist alles. Und dann sah ich, daß diese Männer ihre Pferde sattelten und davonritten. Wohin wollen sie?«

»Sie erledigen etwas für mich, Margaret. Du brauchst dir weiter keine Sorgen darüber zu machen.«

»Aber – aber ich mache mir doch auch keine Sorgen, Vater. Ich habe vor einer Weile einen Schuß gehört. Ich hatte geschlafen, und der Schuß weckte mich auf. Da sah ich aus dem Fenster. Jemand lag am Boden neben seinem Pferd, und ein paar von deinen Männern standen da und blickten zu ihm hin. Dann stieg ein anderer Mann vom Pferd, hob den am Boden liegenden Körper auf und band ihn auf einem Pferd fest. Vater, da ist jemand verwundet oder getötet worden – warum? «

»Margaret«, antwortete er gereizt, »das war lediglich ein Unfall. Es geht dich nichts an. Nun bitte, ich habe über wichtige Dinge nachzudenken . . . «

»Ich verstehe das nicht, Vater«, unterbrach sie ihn und sah ihn forschend an. »Du weißt, wie sehr ich mir in all diesen Jahren gewünscht habe, bei dir zu sein. Aber es ist hier so schrecklich einsam. Nur diese wild aussehenden Männer sind da, die alle Waffen tragen. Dieser Mr. Brundiger gefällt mir überhaupt nicht. Er sieht böse aus, Vater. Er sieht aus, als mache es ihm Spaß, Waffen zu tragen, und als wisse er, wie man damit umgeht.«

»Margaret, du bist aus einem Mädchenpensionat in Boston hergekommen«, explodierte er. »Dort hat niemand eine Ahnung, wie es hier in Texas zugeht. Bestimmt hat es in keinem der Bücher gestanden, die Miß Emmons dir zu lesen erlaubt hat. Hier gibt es weder Gesetz noch Ordnung, Margaret. Man schützt sein Eigentum, indem man Männer anheuert, die Waffen tragen und wissen, wie man damit umgeht. Das muß man, oder es wird einem das Land und das Vieh und auch alles andere, was man hat, gestohlen.«

»Aber Mr. Duvray sagte, deine Männer entfernten die Grenzzeichen Mr. Bouchards und stellten Drahtzäune auf seinem Land auf. Würde das nicht bedeuten, daß deine Männer diesem Mr. Bouchard Land wegnehmen?«

»Wer ist dieser Mr. Duvray?«

»Vater, habe ich dir nicht erzählt, daß ich auf Belle Etoile ausritt und daß sie in Panik geriet, als sie eine Klapperschlange sah, und mich beinahe abgeworfen hätte, wenn Mr. Duvray mir nicht nachgeritten wäre und mich gerettet hätte?«

»Ach ja, ich ... « Er strich sich mit der Hand über die Stirn und schloß kurz die Augen. »Ich habe in der letzten Zeit über viele Dinge nachdenken müssen, Margaret. Vermutlich hatte ich es überhört. Es tut mir leid.«

»Nun, Mr. Duvray arbeitet für Mr. Bouchard, und er erzählte mir, deine Männer würden die Pfosten für die Drahtzäune jenseits unserer Grenzen aufstellen. Ist das nicht unrecht, Vater?«

»Sieh mal, Schätzchen, du verstehst das alles nicht. Ich habe das Land in Austin gekauft. In dem Landbüro dort geben sie einem eine Karte und zeigen einem, wie die Grenzen des erworbenen Besitzes verlaufen. Verstehst du? Nun also!« Er wurde wieder sicherer und fuhr zungenfertig fort: »Als ich hier ankam, hatte dieser Bouchard Grenzzeichen aufgestellt, weil er wahrscheinlich nicht damit rechnete, einen direkten Nachbarn zu bekommen. Dabei hat er sich ein bißchen zu seinen Gunsten verschätzt, das ist alles. Jetzt grüble bitte nicht mehr darüber nach.«

»Wenn du es mir so erklärst, Vater.« Sie schlug die Augen nieder und biß sich auf die Unterlippe. »Mr. Duvray war sehr freundlich zu mir. Er hat mir das Leben gerettet. Dann wurde ich sehr böse auf ihn, weil er diese Bemerkung über die Zäune machte. Es hörte sich an, als tätest du etwas Unrechtes, Vater. Du weißt, daß ich dich liebe und dir immer geglaubt habe, was du mir in all diesen Jahren erzählt hast. Du hast meinetwegen schwer gearbeitet, und dafür bin ich dir sehr dankbar. Nur – nur – das, was ich eben aus dem Fenster gesehen habe, gefällt mir nicht, und ich habe Angst, wenn ich all diese Männer mit ihren Waffen sehe.«

»Um Gottes willen, Margaret, ich habe dir doch gesagt, daß das Leben hier draußen anders ist als in deiner feinen Schule in Boston, wo du vor allem, was in der Welt passiert, abgeschirmt warst!« entfuhr es Robert Caldemare. Die Ader an seiner Schläfe pochte. »Hab noch dieses eine Mal zu mir Vertrauen. Ich werde bald wieder reich sein, dann kann ich dir ein schöneres Leben bieten. Ich weiß, du hast es hier draußen unbequem, aber es wird nicht mehr lange dauern, das verspreche ich dir. Vertraue mir, Margaret. Ich habe dich doch noch nie belogen, nicht wahr?«

Nun hob sie die Augen und forschte von neuem in seinem Gesicht, als sehe sie ihn zum ersten Mal. Schließlich antwortete sie mit unsicherer Stimme: »Ich glaube nicht, daß du mich schon einmal belogen hast, Vater. Ich will es nicht glauben. Denn dann bliebe mir nichts mehr, weißt du.« Das letzte flüsterte sie beinahe. »Aber warum haben deine Leute diesen armen Mann niedergeschossen? War es, weil er sie nach den Grenzzeichen gefragt hat?«

»Margaret, du stellst zu viele Fragen, und ich habe Wichtigeres zu tun. Vielleicht hat er Streit angefangen und die Waffe gezogen. Ich war nicht dabei, ich habe es nicht gesehen. Ich habe Jaime Ruiz als Vormann angestellt, und Mr. Brundiger ist mein Partner, ob es dir gefällt oder nicht. Ich vertraue ihnen, und sie werden mich reich machen – uns reich machen, meine ich.«

»Ich möchte nicht reich werden, Vater, wenn das bedeutet, daß unschuldige Menschen sterben müssen.«

»Das ist bestimmt eine Weisheit aus deinem Pensionat«, erwiderte er ironisch. »Hör auf, mir Predigten zu halten, Margaret. Geh wieder auf dein Zimmer und mach dir über nichts Gedanken. In ein paar Monaten können wir, wenn alles gutgeht, hier wegziehen, und du wirst ein schönes Leben haben. Nur vertraue mir, das ist alles, worum ich dich bitte.«

Margaret holte tief Atem. Sie nickte langsam. »Ich habe sonst niemanden, dem ich vertrauen könnte, Vater.« Sie nickte und kehrte ins Haus zurück.

XXIV

Lucien Edmond Bouchard selbst sprach ein Gebet über dem Grab des jungen Ingnacio Valdez. Die Vaqueros der Windhaven-Ranch umstanden es schweigend, mit gesenkten Köpfen, erschüttert über den unvorhergesehenen Tod dieses guten Kameraden. Santiago Miraflores und Eddie Gentry hatten ihnen vor dem Begräbnis erzählt, wie der arrogante Vormann des neuen Nachbarn Robert Caldemare den jungen Mexikaner niedergeschossen hatte, ohne ihm eine Chance zu geben, ebenfalls zur Waffe zu greifen. Als Lucien Edmond das Gebet beendet und das Zeichen des Kreuzes gemacht hatte, drängten sich die Vaqueros zusammen. Drohendes Gemurmel war zu hören. Langsam trat anstelle der Trauer der Zorn über diesen sinnlosen Mord.

»Hombres!« rief Lucien Edmond und hob, Schweigen gebietend, die Hand. »Wir haben einen Freund verloren. Er weilte erst kurze Zeit unter uns, und doch hatten wir ihn alle schon wegen seines Fleißes und seiner Freundlichkeit ins Herz geschlossen. Doch ich muß euch davor warnen, das Recht in die eigenen Hände zu nehmen und seinen Tod rächen zu wollen. Das würde nur zu weiterem Blutvergießen und dem Tod vieler guter, unschuldiger Männer füh-

ren. Ich schlage vor, daß wir jetzt zu diesem Robert Caldemare hinüberreiten. Ich will ihn fragen, warum er seinen Männern den Befehl gegeben hat, Drahtzäune aufzustellen und unsere Grenzzeichen zu entfernen. Ich werde bewaffnet sein, und ich möchte, daß ihr mich begleitet, aber denkt daran, wir wollen keine Schießerei. Wir nehmen nur Waffen mit, damit an keinem unserer Männer ein weiterer kaltblütiger Mord verübt werden kann. Wir wollen uns beherrschen, und wir wollen sehr wachsam sein. Wenn Caldemares Männer einen Kampf wollen, finden sie uns gewappnet, doch wir sind es nicht, die damit anfangen.«

»Señor patrón«, meldete sich Santiago Miraflores zu Wort, wobei er sich mehrmals mit dem Handrücken über die Augen fuhr, »Ignacio war ein Freund, obwohl ich alt genug bin, sein Vater zu sein. Ich bitte Sie um Erlaubnis, diesen *capataz,* der ihn tötete, zu fordern. Auch ich bin nicht schlecht mit der Pistole, und ich werde ihn für den Tod des armen Ignacio büßen lassen.«

Lucien Edmond schüttelte den Kopf. Er wählte seine Worte sorgfältig. »Nein, Santiago. Es wird keine Duelle oder Vergeltungsmaßnahmen geben. Ich hoffe, ich kann Mr. Caldemare dazu bringen, daß er mit mir spricht und mir erklärt, was er vorhat. Außerdem hoffe ich, daß wir ohne weiteres Blutvergießen zu einer Verständigung kommen können.«

»Lucien Edmond«, warnte Ramon Hernandez, »es ist möglich, daß wir in einen Hinterhalt reiten. Vielleicht haben sie Ignacio nur erschossen, um uns hinüberzulocken, und liegen mit ihren Pistolen und Flinten schon auf der Lauer, wenn wir angeritten kommen.«

»Was du sagst, ist durchaus möglich, Ramon«, stimmte Lucien Edmond seinem Schwager ernst zu. »Aber wir müssen es riskieren. Du hast mir erzählt, deiner Schätzung nach hätten sie etwa fünfundzwanzig Männer. Wenn wir mit ebenso vielen anrücken, bleiben nicht mehr genug zurück, um das Ranchhaus zu verteidigen. Außerdem denke ich, daß zehn gute Männer mit Spencerkarabinern und Gewehren und den neuen Waffen es bestimmt mit allem aufzunehmen vermögen, was Caldemare uns entgegenwerfen kann. – Joe, Sie sind an einige dieser *pistoleros* nahe herangekommen. Was halten Sie von ihren Waffen?«

»Nach allem, was ich gesehen habe, Mr. Bouchard«, antwortete der schwarzhaarige Mann aus Georgia prompt, »scheinen die meisten sechsschüssige Revolver zu besitzen. Dann haben sie noch ein paar belgische Flinten, und mir sind ein oder zwei Winchestergewehre aufgefallen. Aber Spencers haben sie nicht, da bin ich sicher. Ich würde sogar mein Leben darauf wetten.«

»Soweit könnte es kommen, Joe.« Lucien Edmonds Blick wanderte von einem entschlossenen Gesicht der um ihn versammelten Vaqueros zum anderen. »Wer meldet sich freiwillig? Nein, weder Sie, Pablo, noch du, Ramon. Auf keinen Fall möchte ich verheiratete Männer mit Familien dabeihaben. Nein, auch ihr könnt nicht mit, Lucas und Djamba«, fügte er hinzu, als der grauhaarige Mandingo und sein Sohn die Hand hoben und eifrig vortraten.

»Ich möchte mit Ihnen reiten, Mr. Bouchard«, erklärte Joe Duvray. »Ich auch.« Eddie Gentry, der neben ihm stand, nickte entschieden.

»Gut, Joe und Eddie. Und Sie, Santiago, aber denken Sie daran, daß Sie sich nicht auf eigene Faust an diesen *capataz* heranmachen dürfen. Ist das klar? Die Befehle gebe ich. Es wird so etwas wie eine militärische Operation sein; bei einer solchen bedarf es der Disziplin, besonders was die Schußwaffen angeht. Ich bin nicht der Meinung, daß sämtliche Männer Caldemares an dem, was Ruiz getan hat, mitschuldig sind, und ich will nicht, daß einer von euch den Kopf verliert und erschossen wird, weil ihn der Zorn über den Tod unseres armen Ignacio hinreißt. Habt ihr verstanden?«

Sechs andere Vaqueros waren bereits vorgetreten. Lucien Edmond nickte. Dann sagte er zu Ramon: »Bewaffne diese Männer mit Spencerkarabinern und Gewehren und reichlich Munition. Laß sie die Pferde satteln. In einer halben Stunde reiten wir. Bis dahin kommt die Dämmerung, und wenn wir drüben eintreffen, können sie uns nicht mehr gut erkennen. Das verringert die Gefahr des Hinterhalts, von der du sprachst. Wir werden nach Norden reiten, dann ein Stück hinter der Caldemare-Ranch nach Westen und dann wieder nach Süden, so daß wir aus der entgegengesetzten Richtung kommen, aus der sie uns bestimmt nicht erwarten. Dann sehen wir gleich, wie viele sich draußen aufhalten.

»Señor patrón«, unterbrach Santiago Miraflores noch einmal, »was ist, wenn sie als erste auf uns schießen? Erwidern wir dann das Feuer?«

»Ja. Aber nur dann. Wir sind nicht von der Sorte, die erst schießt und hinterher Fragen stellt. Außerdem hat Caldemare eine Tochter, und wir führen keinen Krieg mit Frauen. Zweifellos wird sie sich im Haus aufhalten. Deshalb denkt daran, Männer, daß Querschläger durch die Fenster gehen können.«

»Ich wünschte, ich könnte sie als erstes zu fassen kriegen und sie überreden, daß sie ihren Daddy dazu bringt, mit Ihnen zu sprechen, Mr. Bouchard.« Joe Duvray rückte seinen Sombrero zurecht. »Ich habe den Verdacht, daß sie ihren Vater für einen großen Mann hält und nicht die leiseste Ahnung hat, was er wirklich im Schilde führt. Es wäre eine Schande, wenn sie entdecken müßte, daß er ein ganz gewöhnlicher Landräuber ist, der es auf einen Kampf abgesehen hat.«

»Das ist richtig, Joe. Ich wünschte, ich wäre an diesem Tag bei Ihnen gewesen, als Sie sie von ihrer Stute herunterholten. Vielleicht hätte ich sie bitten können, mich zu ihrem Vater zu bringen. Dann würde der arme Ignacio möglicherweise jetzt noch leben«, antwortete Lucien Edmond. Er holte tief Atem. Dann nickte er den neun Freiwilligen zu. »Holt euch bei Ramon Gewehre und Munition und sattelt eure Pferde. Ich warte auf euch vor dem Palisadenzaun.«

Unter den Freiwilligen befand sich auch Manuel Rodriguez, an dessen linkem Handgelenk immer noch die Narbe zu sehen war, wo ihn vor drei Jahren eine Kugel getroffen hatte. Damals hatte Bud Larkin mit seiner Bande Lucien Edmond und seinen Reitern am Red River eine Falle stellen wollen. Außerdem gehörten der halbindianische Scout Simata und vier mexikanische Vaqueros, die ihren Mut viele Male im Kampf mit Buschräubern und feindlichen Indianern und bei den Gefahren einer Stampede bewiesen hatten, dazu. Als sie sich bewaffnet hatten, ritten sie durch das Tor des Palisadenzauns hinaus. Lucien Edmond erwartete sie auf seinem grauen Wallach. Er hob sich im Sattel, musterte sie und wies mit einer weiten Armbewegung nach Norden. Die untergehende Sonne begann den Himmel in Rot- und Orangetönen zu färben. So gemächlich, als wollten sie nur die Grenzen der Windhaven-Ranch inspizieren, ritten die Männer davon. Lucien Edmond hoffte, daß jeder, der sie beobachten mochte, den Verdacht fallenließ, sie beabsichtigten eine Vergeltungsmaßnahme.

Sie wandten sich wie geplant erst nach Westen und dann nach Süden. Schließlich lagen Robert Caldemares Haus und links davon die Mannschaftsunterkunft vor ihren Augen.

Joe Duvray rückte zu Lucien Edmond Bouchard auf und zeigte nach Westen. »Sehen Sie mal dahin, Mr. Bouchard! Das sind die mexikanischen Rinder, von denen ich Ihnen erzählt habe, rund fünfhundert mögen es sein. Er hält sie alle in einem großen Pferch. Das ist an sich schon komisch, würde ich sagen. Normalerweise würde jedermann sie draußen weiden lassen, bis es Zeit für den Viehtrieb wird.«

»Ja, Joe. Allmählich frage ich mich, ob diese Rinder nicht nur dazu dienen, uns vorzutäuschen, er sei ein harmloser Viehzüchter«, meinte Lucien Edmond.

»Aber aus welchem Grund er diese Täuschungsmanöver durchführt, möchte ich gerne wissen«, knurrte Joe. »Was hat der Mann bloß vor?«

»Genau das hoffe ich heute abend herauszufinden, Joe.

Sind es denn so geheime Operationen, daß sein Vormann den armen Ignacio niederschießen mußte, bloß weil dieser eine Bemerkung über die versetzten Grenzzeichen machte? Ein ehrlicher Mann, der nichts zu verbergen hat, würde seinen Vormann nicht anweisen, sofort zu schießen, wenn jemand eine einfache Frage stellt. So denke ich wenigstens.«

»Das ist auch meine Meinung, Mr. Bouchard. Sehen Sie – da kommen ein paar Vaqueros aus der Mannschaftsunterkunft. Fünf oder sechs, so sieht es von hier aus. Jetzt, da die Sonne untergeht, wird es ziemlich neblig.«

»Ja, aber im Haus rührt sich nichts. Sie haben die Zahl der Männer doch auf rund fünfundzwanzig geschätzt, nicht wahr? Die übrigen müssen also entweder in der Mannschaftsunterkunft oder im Haus sein. Es arbeiten keine draußen an den Drahtzäunen«, stellte Lucien Edmond fest. »Wir wollen langsam reiten. Und denken Sie daran, es wird nicht geschossen, außer sie greifen uns an. Ich suche ein Gespräch mit Caldemare, und das ist unser Ziel, nicht etwa eine Schießerei.«

»Ich habe den Männern gesagt, sie sollen aufpassen und die Gewehre griffbereit halten, sonst nichts, Mr. Bouchard. Aber glücklich bin ich nicht bei dem Gedanken, daß ich wie eine sitzende Ente von irgendeinem schießwütigen Mex abgeknallt werden kann«, brummte Joe.

»Glücklich bin ich auch nicht darüber«, entgegnete Lucien Edmond. »Doch nach allem, was Sie und die anderen Reiter gesehen haben, besitzen Caldemares Männer fast nur Revolver und europäische Pistolen, dazu noch ein paar Gewehre. Das bedeutet, sie müssen schon ziemlich nahe herankommen, wenn sie treffen wollen, und wenn sie das versuchen, merken wir es beizeiten.«

»Da ist noch etwas, das mich juckt, Mr. Bouchard.« Joe Duvray spähte mit zusammengekniffenen Augen zu dem Ranchhaus hin und schüttelte den Kopf. »Der Kerl, der den armen Ignacio erschossen hat, war nicht derselbe, mit dem

Eddie Gentry und ich den Zusammenstoß hatten. Das war ein richtig gemeiner *hombre*, und ich schätze, er stammt aus dem Indianerterritorium, vielleicht aus Kansas oder Missouri. Erinnern Sie sich, daß ich Ihnen erzählte, wie er sich weigerte, uns seinen Namen zu nennen? Ich fragte ihn, ob er der Vormann sei, und er sagte ja. Aber Ruiz hat sich ebenfalls als Vormann bezeichnet. Nun frage ich mich, wer ist der Angeber, mit dem ich zusammengeraten bin, und warum hat Caldemare einen Mann wie ihn angestellt? Das ist ein kaltblütiger Killer, wenn ich je einen gesehen habe, Mr. Bouchard.«

»Auch das möchte ich heute abend herausfinden. Ich binde ein weißes Taschentuch an den Lauf meiner Spencer. Wenn wir näher kommen, halte ich es hoch. Sogar Mexikaner wissen, was eine weiße Fahne bedeutet.«

»Ich halte mich dicht hinter Ihnen und gebe Ihnen Dekkung, Mr. Bouchard«, erbot sich Joe Duvray.

Lucien Edmond hielt seinen Wallach an, befestigte das Taschentuch an seinem Gewehr, nahm die Zügel in die linke Hand und ritt mit der improvisierten weißen Fahne weiter. Sie waren jetzt bis auf fünfhundert Yards an das Ranchhaus herangekommen. Der junge Scout Simata beugte sich im Sattel vor und versuchte, Nebel und Dämmerung mit den Augen zu durchdringen. »Ich erkenne sechs Männer, die an der Tür der Mannschaftsunterkunft stehen, Mr. Bouchard«, rief er. »Sie stehen einfach da und beobachten uns, und ihre Hände liegen an den Holstern.«

»So weit, so gut. Ich reite ein Stück voraus«, kündigte Lucien Edmond an. Er setzte seinen Wallach in Trab und hob das Gewehr hoch, damit die Mexikaner das weiße Taschentuch sehen konnten. Jetzt bemerkte er, daß auch die Mannschaftsunterkunft und das Ranchhaus von einem festen Drahtzaun umgeben waren und daß dem Hauseingang ein breites, niedriges Holztor gegenüberlag. Davor angekommen, schwenkte Lucien Edmond das Gewehr und rief: »Ich möchte mit Mr. Caldemare sprechen!« Das halbe

Dutzend Mexikaner kam langsam näher, und Lucien wiederholte seine Bitte auf Spanisch, damit sie ihn verstehen konnten. Er fügte hinzu: *»Vengo como amigo.«* (Ich komme als Freund).

Jaime Ruiz löste sich von der Gruppe der Vaqueros und schritt auf das Tor zu, die rechte Hand nahe bei seiner Pistole. »Einen kleinen Augenblick, Señor«, sagte er laut. »Ich bin hier der *capataz*, und Sie müssen mit mir sprechen. Sie haben viele *hombres* bei sich, Señor, und sie haben gute neue Gewehre, die viele Male schießen können, ohne neu geladen zu werden. Warum rücken Sie so gegen meinen *patrón* vor?«

»Du dreckiger Halunke«, murmelte Joe Duvray unhörbar mit einem wütenden Blick. Aber Lucien Edmond erwiderte ruhig: »Sind Sie nicht Señor Ruiz? Mir wurde gesagt, daß Sie einen meiner Vaqueros erschossen haben. Ehe Sie gehen und Ihrem *patrón* Señor Robert Caldemare melden, daß ich ihn zu sprechen wünsche, sagen Sie mir vielleicht, warum Sie es für notwendig hielten, einen harmlosen jungen Mann zu töten.«

»Weil er den Fehler beging . . .«, Jaime Ruiz betrachtete Lucien Edmond herausfordernd von oben bis unten, »mich einen Lügner zu nennen. Das lasse ich mir von niemandem bieten – nicht einmal von Ihnen, Señor.«

»Mein Name ist Lucien Edmond Bouchard, und ich bin der Besitzer der Ranch östlich von Ihnen.«

»Es freut mich, daß der *patrón* selbst uns endlich einmal besuchen kommt. Bisher haben wir nur Ihre Vaqueros gesehen. Und zwei Ihrer Männer kenne ich bereits – den neben Ihnen und den da.« Ruiz wies auf Eddie Gentry.

»Dann haben Sie jetzt auch mich kennengelernt, Señor Ruiz. Und Sie sagen, Sie hätten Ignacio Valdez getötet, weil er Sie einen Lügner nannte. Aber hatte er seine Waffe gezogen?«

»Ich warte nicht darauf, daß einer die Waffe zieht. Wenn hierzulande einer dumm genug ist, einen anderen, der *pistolas* im Gürtel trägt, einen Lügner zu nennen, dann hat er die Folgen zu tragen, Señor Bouchard.«

»Ich kann Ihrer Auslegung der Sitten dieses Landes nicht zustimmen, Señor Ruiz. Aber lassen wir das. Würden Sie jetzt so freundlich sein, Ihrem *patrón* zu sagen, daß ich mit ihm sprechen möchte?«

»Sehr wohl. Es wird Ihnen nichts nützen, das versichere ich Ihnen. Aber da Sie sagen, Sie kämen in Frieden, und da Sie alle so gut bewaffnet sind, während es sich bei uns nur um arme Mexikaner handelt, welche die Arbeit tun, für die sie bezahlt werden, will ich Ihren Wunsch erfüllen, Señor Bouchard – dieses eine Mal.« Jaime Ruiz sprach langsam und mit dick aufgetragener Ironie. Dann drehte er Lucien Edmond den Rücken zu und schlenderte zur Tür des Ranchhauses.

»Ich hoffe, der liebe Gott verzeiht mir, was ich am liebsten auf der Stelle tun möchte«, zischte Joe Duvray Lucien Edmond zu. »Mir kribbelt es in den Fingern, meine Spencer herauszuholen und es dem dreckigen Killer zu zeigen.«

»Ich bin sicher, Gott wird Ihnen verzeihen, daß Sie das denken, Joe, aber Sie werden der Versuchung nicht nachgeben, solange ich die Leitung habe. Nehmen Sie Ihre Hand von Ihrem Gewehr! Wenigstens hat Ruiz verstanden, daß wir in Frieden kommen, daß wir nichts als eine Unterredung wünschen. Geben Sie es an die Männer weiter, daß sie achtgeben sollen, aber geschossen wird nur, wenn Caldemares Leute anfangen«, warnte Lucien Edmond streng.

Jorge Feliz und Louis Garcia, zwei der Vaqueros, die mit Lucien Edmond nach Abilene geritten waren, sahen einander bedeutungsvoll an. Luis murmelte Jorge zu: »*Cuidado, muchacho.* Auch wenn diese *hombres Mejicanos* sind wie wir, traue ich ihnen nicht. Sie sehen aus wie Männer, denen das Töten Spaß macht. Ist dein Gewehr geladen, *amigo?*«

»Pero sí, mi compadre«, flüsterte Jorge Felix mit einer Grimasse zurück. »Hältst du mich für ein Kind? Auch mir gefallen ihre Gesichter nicht, Louis. Aber seltsam ist es, daß

sich hier draußen nicht mehr Männer aufhalten. Ich glaube nicht, daß dieser *ranchero* zu arm ist, um genug Vaqueros anzustellen. Habe ich recht?«

»Da ist er, Mr. Bouchard«, sagte Joe Duvray mit einer vor Spannung heiseren Stimme. »Das muß Caldemare selbst sein, der mit dem *capataz* kommt. Und sehen Sie, da in der Tür steht Margaret. Er sagt ihr, sie soll zurück ins Haus gehen.«

Tatsächlich hatte Margaret ihren Vater begleiten wollen. Doch er wandte sich ärgerlich um, schüttelte den Kopf und sagte etwas, das die Bouchard-Männer nicht hören konnten. Sie sah ihn lange und forschend an, beugte sich vor, um ein paar eindringliche Worte zu sprechen, und verschwand dann schnell. Caldemare machte ein finsteres Gesicht und flüsterte mit Jaime Ruiz. Langsam näherten sie sich dem Tor, vor dem Lucien Edmond wartete. Caldemare trug neue Reithosen, glänzende schwarze Stiefel mit silbernen Sporen und ein plissiertes weißes Seidenhemd mit einer bauschigen Krawatte, auf der eine Diamantnadel schimmerte, ein Überbleibsel seiner früheren finanziellen Erfolge. Jaime Ruiz schlenderte neben ihm her, ein herablassendes Lächeln auf seinem schwärzlichen Gesicht, die Hände in der Nähe des Gürtels. Joe Duvrays Augen verengten sich bei diesem Anblick. Er sah, daß sich die rechte Hand des Mexikaners bedrohlich nahe an der Waffe im Holster befand.

»Mein Name ist Robert Caldemare, Sir. Wie mir mein Vormann sagt, möchten Sie mich sprechen. Sie stören mich gerade in dem Augenblick, da ich mich mit meiner Tochter zum Abendessen setzen wollte, Mr. Bouchard. Ich hoffe, Sie werden mich nicht lange aufhalten. Meine Tochter ist erst kürzliich aus dem Osten zu mir gekommen, Sir, und in dieser einsamen Gegend bin ich froh über ihre Gesellschaft.«

»Ich werde versuchen, Sie nicht zu spät zu Ihrem Abendessen kommen zu lassen, Mr. Caldemare«, erwiderte

Lucien Edmond Bouchard mit leiser Ironie. »Natürlich hatte ich gehofft, Sie hätten, sobald Sie hier eingezogen waren, mir die Höflichkeit Ihres Besuchs erwiesen, da Sie mein nächster Nachbar sind.«

»Den *nächsten* Nachbarn kann man es kaum nennen, Mr. Bouchard.« Robert Caldemare zuckte die Schultern. »Es liegt eine Menge Land zwischen Ihnen und mir, und ich habe wirklich kein Interesse an Ihren Angelegenheiten, da die meinen mich voll in Atem halten.«

»Das habe ich bereits gehört. Doch ich habe den Eindruck, Mr. Caldemare, daß Sie sich sehr viel Mühe machen, unsere beiden Besitzungen recht genau gegeneinander abzugrenzen. Unglücklicherweise haben Ihre Männer Zäune an Stellen errichtet, die Sie für Ihr Land zu halten scheinen, die aber in Wirklichkeit zu meinem Land gehören. In den letzten Wochen ist mir von meinen Männern mehrmals berichtet worden, daß meine Grenzzeichen entfernt wurden und daß die Löcher, in denen sie gestanden haben, noch sichtbar sind – sie liegen innerhalb Ihrer neuen Zäune.«

»Versuchen Sie, damit anzudeuten, daß ich Ihr Land stehle, Bouchard?« höhnte Robert Caldemare. Er bedachte Jaime Ruiz mit einem schnellen Lächeln und einem Schulterzucken. Dann wandte er sich wieder Lucien Edmond zu. »Als ich dieses Land in Austin gekauft habe, ließ ich mir von einem Angestellten des Landbüros eine Karte zeichnen, auf der die genauen Grenzen meines Eigentums eingetragen sind. Ich habe das Gefühl, Sir, daß Ihre Männer beim Aufstellen Ihrer Grenzzeichen ein bißchen großzügiger verfahren sind, als sie durften – einfach weil Sie sich als erster hier angesiedelt und vielleicht nicht damit gerechnet haben, jemals einen Nachbarn zu bekommen.«

»Das ist überhaupt nicht wahr. Ich habe mein Land ebenfalls in Austin gekauft, und ich habe dort wie Sie eine sehr genaue Karte erhalten. Tatsache jedoch ist, daß Ihr Land zwei Vorbesitzer gehabt hat, Mr. Caldemare. Keiner von beiden hat die Grenzen in Frage gestellt. Auch Zäune sind keine aufgestellt worden. Es ist Weideland genug da, und niemand braucht sich aufzuregen, wenn die Tiere des Nachbarn gelegentlich auf das eigene Land geraten. Sie können aussortiert werden, wenn sie für den Viehtrieb gesammelt und gebrandmarkt werden. Das sollten Sie wissen.«

»Wollen Sie mich belehren, was ein Rancher wissen muß, Bouchard?« Robert Caldemare maß Lucien Edmond mit hochmütigem Blick und reckte sich, bis er (so dachte Joe Duvray bei sich) wie eine Kropftaube aussah. »Kein Gesetz verbietet mir, Zäune aufzustellen, Sir, und ich beabsichtige damit nichts anderes, als mein Eigentum zu schützen.«

»Es ist richtig, daß es kein Gesetz dagegen gibt, Mr. Caldemare. Aber was mich empört – und das ist der Hauptgrund, warum ich heute abend zu Ihnen komme –, ist die Tatsache, daß einer meiner Vaqueros von Ihrem Vormann kaltblütig erschossen wurde.« Lucien Edmond zeigte mit der linken Hand auf Jaime Ruiz.

»Ruiz hat mir den unglücklichen Vorfall berichtet. Ich bedauere das, Mr. Bouchard. Aber offenbar hat Ihr Vaquero meinen Vormann beleidigt, ihn einen Lügner genannt und dann nach seiner Waffe gefaßt.«

»Das ist eine Lüge!« rief Joe Duvray wütend dazwischen und durchbohrte die beiden Männer mit seinen Blicken.

»Lassen Sie ihn aussprechen, Joe«, mahnte Lucien Edmond. »Sie sehen, Mr. Caldemare, die Beschreibung, die Sie mir eben von dem Geschehen gegeben haben, deckt sich nicht ganz mit den Beobachtungen meiner Männer. Zwei von ihnen – Santiago Miraflores, der hinter mir steht, und Eddie Gentry, der den braunen Wallach reitet – hatten Ignacio Valdez begleitet und sahen, wie Ihr Vormann ihn tötete. Sie haben einwandfrei bezeugt, daß er keine Bewegung zur Waffe hin gemacht hat.«

»Es tut mir leid, Bouchard. Ich kann Ihnen versichern: Es hat nicht in meiner Absicht gelegen, daß einer Ihrer Männer zu Schaden kam. Aber jetzt, wo Sie einmal hier sind und bewaffnete Männer als Rückendeckung mitgebracht haben, ist vielleicht der richtige Augenblick, Ihnen zu sagen, daß ich meine Zäune und meine Grenzen nicht antasten lasse.«

»Ich hielte es für eine gute Idee, Mr. Caldemare, wenn Sie und ich uns zusammensetzten und unsere Karten in allen Einzelheiten verglichen. Vielleicht würden Sie dann einen durchaus entschuldbaren Irrtum Ihrerseits entdecken. Denn ich will Ihnen gern zugestehen, daß Sie mit dem Aufstellen Ihrer Zäune keine illegalen Ziele verfolgt haben.«

»Wie anständig von Ihnen, Bouchard! Aber ich fürchte, ich kann Ihnen den Gefallen nicht tun. Meine Männer und ich bereiten einen Viehtrieb vor. Es wird keine tödlichen Zwischenfälle mehr geben, wenn Ihre Männer bei einem Zusammentreffen mit den meinen nur ein wenig Zurückhaltung zeigen.«

Es kostete Lucien Edmond Mühe, sich den wachsenden Zorn über die unverschämte Art, mit der Caldemare seinen Beschwerden begegnete, nicht anmerken zu lassen. »Auch ich bereite einen Viehtrieb vor, Mr. Caldemare«, antwortete er schließlich. »Und ich will offen zu Ihnen sein. Ich habe den Viehtrieb dic ganze Zeit hinausgeschoben, weil mir nicht ganz klar war, was Sie vorhatten. Aber da Sie auf hohem Roß sitzen und mein Angebot einer friedlichen Beilegung zurückweisen, will auch ich Ihnen etwas mitteilen, Sir: Wenn noch einmal einer Ihrer Männer auf meine Leute schießt, fordern Sie damit Vergeltungsmaßnahmen heraus.«

»Besten Dank für Ihre Warnung, Bouchard. Und ich wiederhole, Sir, wenn Ihre Männer die meinen an der Ausführung meiner Befehle hindern, übernehme ich für nichts die Verantwortung. Und nun sage ich Ihnen gute Nacht.« Damit wandte sich Caldemare um und ging zu seinem Haus. Jaime Ruiz folgte ihm.

Blaß vor Zorn und mit zusammengepreßten Lippen, zog Lucien Edmond an den Zügeln, wendete sein Pferd und gab seinen Männern das Zeichen zum Aufbruch. In diesem

Augenblick fuhr Jaime Ruiz herum, duckte sich, riß die Pistole aus dem Holster und feuerte einen Schuß ab. Joe Duvray stieß einen Schrei aus, wankte im Sattel und faßte mit der Hand nach der linken Schulter. Dann zog er seinen Spencerkarabiner aus dem Futteral, legte den Kolben an die rechte Schulter und drückte ab. Der schwärzliche mexikanische Vormann, der gerade zum zweiten Mal schießen wollte, fuhr in die Höhe, taumelte ein paar Schritte rückwärts und fiel zu Boden.

»Nehmt euch vor seinen Vaqueros in acht, Männer!« rief Lucien Edmond. Auch er hatte seine Spencer genommen und richtete sie auf das halbe Dutzend Vaqueros, die, erschrocken über den unerwarteten Schußwechsel, noch nicht reagiert hatten. »Wenn einer von euch zur Waffe greift, schießen wir!«

Jorge Feliz und Luis Garcia sezten ihre Pferde am Zaun entlang in Marsch und hielten ihre Spencers auf die Mexikaner gerichtet. Luis rief: *Abajo las pistolas, muchachos, pronto!«* Ihre Kameraden wiederholten diesen Befehl. Caldemares Männer beeilten sich, ihre Waffengürtel zu lösen und fallen zu lassen. Sie hoben die Hände und riefen den Bouchard-Männern zu, sie sollten nicht schießen.

Joe Duvrays Schulterwunde blutete heftig. Er steckte seinen Karabiner wieder ins Futteral, stieg ab, lehnte seine Stirn gegen den Sattel und kämpfte gegen eine Schmerzwelle an. Die rechte Hand hielt er auf die Wunde gepreßt. Lucien Edmond war einen Augenblick lang unentschlossen, was er jetzt unternehmen solle. Er rief ihm zu: »Joe, glauben Sie, Sie schaffen es bis zur Ranch? Wenn unsere Männer Caldemares Vaqueros in Schach halten, will ich versuchen, Ihre Wunde zu verbinden.«

»Es – es ist nur eine Fleischwunde, Mr. Bouchard. Aber ich blute wie ein abgestochenes Schwein«, antwortete Joe mit hohler Stimme. Der Schmerz drohte ihm das Bewußtsein zu rauben.

»Simata, Santiago, Luis und Jorge, haltet die Gewehre

weiter auf diese Männer und auf das Haus gerichtet!« Lucien Edmond wollte vom Pferd steigen. »Ich werde versuchen, die Blutung zu stillen, Joe, damit wir zurückreiten können.«

Aus dem Innern des Hauses war Margarets Stimme zu hören. Sie klang tränenerstickt und vorwurfsvoll. »Nein, Vater! Was willst du tun? O nein, keine Revolver – es war doch nicht ihre Schuld! Ich lasse es nicht zu, Vater!«

Sie schrie auf, und dann erhob sich Robert Caldemares Stimme heiser und bebend in sinnloser Wut: »Geh mir aus dem Weg, Mädchen! Sie haben alles verdorben – und dafür werden sie büßen!« Er erschien wieder in der Tür, in jeder Hand einen Revolver. Er ließ sich auf ein Knie nieder, hob den Revolver in seiner rechten Hand, zielte auf Lucien Edmond und drückte ab. Lucien Edmond, der gerade vom Pferd stieg, stieß einen erstickten Schmerzensschrei aus. Die Kugel hatte seinen rechten Arm getroffen. Im Fallen hielt er seinen Karabiner fest. Unter sein Pferd hindurch spähte er nach Caldemare, der sich schnell drehte und den zweiten Revolver abfeuerte. Jorge Feliz wurde im Sattel zurückgeschleudert. Seine Spencer fiel zu Boden. Er rutschte langsam aus dem Sattel und blieb tot liegen.

Margaret war aus dem Haus gekommen, eine Hand vor dem Mund, das Gesicht tränenüberströmt, und sah Jorge gerade noch fallen. »O Gott! Vater, bist du wahnsinnig geworden? Hör auf! O bitte, bitte, warum willst du sie töten?«

Lucien Edmond hatte sich flach auf die Erde gelegt. Er biß die Zähne vor Schmerzen zusammen, legte den Kolben seiner Spencer gegen die linke Schulter und zielte. Robert Caldemare sprang mit überraschender Behendigkeit auf und rannte zu Margaret zurück. Er steckte einen Revolver in die Hosentasche und faßte das Mädchen mit dem linken Arm um die Taille, während er gleichzeitig den anderen Revolver hob und auf Lucien Edmond schoß. Die Kugel bohrte sich einen Fuß links von ihm in die Erde.

»Nicht schießen, Männer, ihr werdet das Mädchen treffen!« rief Lucien Edmond. »Caldemare, werfen Sie Ihre Waffen weg, ziehen Sie Ihre Tochter nicht mit hinein! Ich will Sie nicht verletzen!«

»Gehen Sie zum Teufel, Sie gottverdammter aristokratischer Südstaatler! Sie sind es, der mein Land stehlen und meine Männer erschießen will, Sie mit all Ihrem schönen Gerede über eine friedliche Einigung!« Caldemares Gesicht war rot vor Wut. Er hob den Revolver in seiner rechten Hand, wirbelte nach links und schoß auf Simata, dessen Schulter die Kugel beinahe streifte. Mehrere Pferde wieherten und bäumten sich auf, und ihre Reiter hatten Mühe, sie wieder zu beruhigen.

»Caldemare, wenn Sie fortfahren, auf meine Männer zu schießen, muß ich Sie töten!« rief Lucien Edmond, die Waffe weiter auf Margarets keiner Vernunft mehr zugänglichen Vater gerichtet.

»Zuerst töte ich Sie, Bouchard!« brüllte Caldemare. Er zog seine Tochter mit sich vorwärts und feuerte von neuem. Diesmal pfiff die Kugel an Santiago Miraflores vorbei.

»Nein, Vater, o mein Gott, du hast den Verstand verloren! Bitte, wenn du mich liebst, laß das sein! Sie haben dir nichts getan, du bist im Unrecht, Vater!« schrie Margaret hysterisch und versuchte, sich loszureißen. Caldemare hob erneut seinen Revolver, da griff sie an ihm vorbei und packte sein Handgelenk. Sie riß den Revolver nach oben, gerade als er abdrückte.

»Du dummes Ding, laß mich los! Ich regle das hier auf meine Weise!« schrie er sie an und stieß sie mit der linken Hand brutal zurück. Margaret fiel auf die Schwelle des Hauses. Caldemare faßte mit der linken Hand in die Hosentasche, zog den zweiten Revolver heraus, drehte sich Lucien Edmonds Männern zu und feuerte beide Waffen auf einmal ab. Luis Garcia, der mit seinem Pferd zu tun hatte, fluchte halblaut, als eine Kugel seinen rechten Oberschenkel durchschlug, und Manuel Rodriguez zuckte zusammen. Ihn hatte die andere Kugel am rechten Ellbogen gestreift.

»Gott möge mir verzeihen«, stöhnte Lucien Edmond. Ohne Rücksicht auf den pulsierenden Schmerz in seiner Wunde drückte er den Kolben fest an die Schulter und feuerte. Caldemare taumelte zurück, die Augen weit aufgerissen. Dann starrte er auf den roten Fleck, der sich auf seinem weißen Seidenhemd ausbreitete. Er tat einen Schritt vorwärts. Beide Revolver entfielen seinen Händen. Er ließ den Kopf sinken und brach tot zusammen.

Langsam kam Lucien Edmond auf die Füße. Er hielt die linke Hand auf die Wunde in seinem rechten Oberarm. Joe Duvray lag am Boden. Der Blutverlust hatte ihm das Bewußtsein geraubt. Benommen richtete sich Margaret Caldemare auf. Sie blickte ungläubig auf den Leichnam ihres Vaters. Dann bedeckte sie das Gesicht mit den Händen und begann zu weinen. Schluchzen schüttelte sie.

»Ich mußte es tun, Miß Caldemare. Verzeihen Sie mir«, sagte Lucien Edmond mit heiserer Stimme und trat zu dem weinenden jungen Mädchen. Er sah auf die Leiche hinab und stieß die Revolver mit der Stiefelspitze weg. »Sind Sie verletzt?«

»N-nein. Ich – ich hätte nie geglaubt, daß er so sein könnte – in all diesen Jahren schrieb er mir immer, wie schwer er arbeite und welche Opfer er bringe – alles für mich, sagte er immer und immer wieder – o mein Gott, jetzt habe ich niemanden mehr . . .«

»Eddie«, wandte sich Lucien Edmond an den freundlichen jungen Cowboy, »führe sie ins Haus zurück. Ich muß Joes Wunde verbinden, bevor er noch mehr Blut verliert. Du, Simata, gehst ins Haus und suchst alles zusammen, was sich zum Verbinden verwenden läßt. Und mach schnell!«

»Ja, sofort, Mr. Bouchard!« Der Halbindianer stieg vom Pferd und eilte ins Haus. Eddie Gentry redete Margaret beruhigend zu und half ihr auf die Füße. Ihr Gesicht war bleich, und sie zitterte heftig. Den Kopf an seine Schulter gelehnt, ließ sie sich von ihm ins Haus führen.

Einige Augenblicke später kam Simata mit einem seidenen Tischtuch zurück, das er vom Eßtisch gezogen hatte. Er machte sich daran, es mit seinem Klappmesser in Streifen zu schneiden. Lucien Edmond eilte zu dem bewußtlosen Joe Duvray. Er nickte Simata zu. Der Halbindianer kniete sich neben dem jungen Mann aus Georgia nieder und bandagierte ihm die Schulter so fest wie möglich, um die Blutung zu stoppen. Als er fertig war, verband er auch Lucien Edmond. Dessen Wunde war zwar weniger gefährlich, mußte aber ebenfalls versorgt werden, wenn Lucien Edmond nach Hause zurückreiten wollte.

Santiago Miraflores trat zu ihnen und bot ihnen eine Lederflasche mit *aquardiente* an, während Simata und Lucien Edmond Joe in sitzende Haltung aufrichteten. »Das ist besser als Wasser, *Señor patrón*«, erklärte der wohlmeinende Mexikaner. »Als ich das letzte Mal in Nuevo Laredo war, habe ich zwei Flaschen gekauft. Höchst selten, verstehen Sie, erlaube ich mir einen oder zwei Tropfen . . .«

»Sie brauchen sich nicht zu entschuldigen, Santiago«, grinste Lucien Edmond. »Ein Glück, daß Sie daran gedacht haben, die Flasche mitzunehmen. Es ist ein feuriger Stoff, und er wird ihn wieder zu sich bringen. Nicht zuviel! Er ist noch nicht bei Bewußtsein, und ich will nicht, daß er erstickt.«

»Nur ein paar Tropfen auf die Lippen, *Señor patrón.*« Santiago zog den Stöpsel aus der Flasche, setzte sie Joe Duvray an den Mund und kippte sie sehr vorsichtig, so daß ein paar Tropfen die Lippen befeuchteten.

Joe erschauerte, dann öffneten sich langsam seine Augen. Sie waren glasig vor Schmerz. »Was – was ist geschehen?« murmelte er schwach.

»Ah, *bueno,* du bist ins Leben zurückgekehrt. Gelobt seien alle Heiligen!« rief Santiago. »Trink einen Schluck hiervon, es wird dir neues Leben geben, *hombre*! Du hast viel Blut verloren. Aber jetzt ist es vorbei.« Behutsam hielt der untersetzte Mexikaner die Flasche an Joes Lippen. »Schluck es nicht zu schnell hinunter, *amigo*. Darin steckt das Feuer einer zornigen Frau. Nur ein kleines bißchen, *por favor*.«

Joe Duvray nahm einen kleinen Schluck von dem Schnaps und hustete. Seine Augen wurden klar. »Puh! Man kann wohl sagen, daß das Feuer ist, Santiago.«

»Gott sei Dank, daß Sie sich besser fühlen, Joe. Wir müssen zur Ranch zurück, damit wir uns um Ihre Schulter kümmern können. Simata hat den Verband so straff gemacht, daß er die Blutzirkulation unterbindet. Ich wollte, wir hätten einen Arzt in dieser Gegend. Aber machen Sie sich keine Sorgen, Joe, wir alle werden Ihnen helfen«, versicherte Lucien Edmond.

»Mr. Duvray – o Gott, ich habe ihn fallen sehen – ist er schwer verletzt?« Das war Margaret Caldemares Stimme, von Schluchzen unterbrochen. Gefolgt von Eddie Gentry kam sie aus dem Haus. Sie sah, daß Joe aufrecht saß. Lucien Edmond hatte einen Arm um seine Schultern gelegt, und Simata und Santiago beugten sich zu ihm hinab. Margaret schrie auf und lief zu ihm. »Sind Sie schwer verletzt, Mr. Duvray? Ich werde mir das nie verzeihen – ich war so grob zu Ihnen, nachdem Sie mir das Leben gerettet hatten – o bitte, will mir nicht jemand sagen, ob er am Leben bleiben wird?«

»Ganz bestimmt, Miß Caldemare«, erwiederte Lucien Edmond. »Es ist nur eine Fleischwunde. Er hat zwar viel Blut verloren, aber jetzt bringen wir ihn sofort nach Hause.«

»Bei einem so weiten Ritt könnte die Wunde von neuem zu bluten anfangen – bitte, wollen Sie ihn nicht hier im Haus lassen? Ich – ich werde für ihn sorgen. In Miß Emmons Schule haben wir ein bißchen über Erste Hilfe gelernt. Außerdem schulde ich es ihm – o mein Gott, es ist wie ein Alptraum gewesen . . .« Sie blickte auf Joe hinab, brach von neuem in Tränen aus und ließ sich auf die Knie sinken. Mit einer zitternden Hand berührte sie seine Wange. »Bitte, verzeihen Sie mir, Mr. Duvray!«

»Da ist nichts zu verzeihen, Miß Caldemare. Ich hätte wenig Achtung für Sie gehabt, wenn Sie nicht für Ihren Vater eingetreten wären. Aber Sie sind ja ganz aufgelöst – Santiago, willst du ihr auch etwas von deinem *aquardiente* geben? Trinken Sie, Miß Margaret, es wird Ihre Nerven beruhigen.« Joe Duvray verstummte verlegen, und obwohl sein Gesicht schmerzverzerrt war, wurde es doch ganz rot.

»Nein, nein, mir geht es gut – und Ihnen, Mr. Duvray?«

»Es ist ja nichts Schlimmes, Miß Margaret. Und ich muß sagen, ich hätte gar nichts dagegen, wenn ich ein bißchen hierbleiben und mich umsorgen lassen könnte. Im Augenblick freue ich mich nicht gerade auf einen langen Ritt.« Er brachte ein schwaches Lachen zustande. Lucien Edmond grinste und klopfte ihm auf den Rücken.

»Helfen wir ihm ins Haus, Simata, Santiago.« Die drei Männer stellten Joe vorsichtig auf die Füße. Nach den ersten stolpernden Schritten verständigten sie sich mit einem Blick, hoben ihn hoch und trugen ihn. »He, setzt mich ab, ich bin kein Baby!« protestierte Joe vergeblich.

Margaret Caldemare hatte ihnen folgen wollen, doch dann blieb sie bei der Leiche ihres Vaters stehen. Langsam schüttelte sie den Kopf. Sie kniete nieder und berührte zögernd seinen Hinterkopf. »Warum hast du das getan, Vater? Immer hast du darüber gesprochen, du wolltest reich werden und mir ein schönes Leben bieten. Aber ich wünschte mir nichts anderes, als bei dir zu sein, und es hätte mir nichts ausgemacht, wenn wir kein Geld gehabt hätten. Jetzt habe ich niemanden mehr. Statt mit den Leuten zu reden und dich mit ihnen zu verständigen, hast du versucht, sie zu töten . . . Das verstehe ich nicht . . . Ich werde es nie verstehen.«

Nach langer Zeit erhob sie sich, blickte noch einmal auf ihn hinab. Dann ging sie, das Gesicht mit ihren Händen bedeckend, ins Haus.

In düsterem Schweigen hoben Eddie Gentry und Santiago Miraflores den Körper des toten Jorge Feliz auf das Pferd und banden ihn fest.

XXV

Genau eine Woche nach dem Tag, als der verleumderische Handzettel an die Tür des Châteaus genagelt worden war, erschien ein Widerruf im *Advertiser*. Es war nicht genau das, was Luke Bouchard erwartet hatte, denn unterzeichnet war er von seinem politischen Gegner Cletus Adams, und nicht von dem wahren Schuldigen Barnabas McMillan. Doch da die Formulierung mit Sicherheit nicht von dem nicht sonderlich gebildeten Schwarzen, sondern von seinem Hintermann stammte, gab Luke sich damit zufrieden.

Cletus Adams begann damit, daß er jede Verantwortung für eine aus der Luft gegriffene Verleumdung ablehne, die sich gegen die Gattin seines republikanischen Gegenkandidaten richtete. »Ich versichere den Wählern des County Montgomery, daß sie nicht von mir stammt und ich sie zutiefst bedauere. Ich beabsichtige nur, Mr. Luke Bouchard aufgrund unserer unterschiedlichen politischen Programme bei der Wahl zu schlagen. Deshalb wiederhole ich, er ist trotz all seiner gegenteiligen Behauptungen ein Opportunist der schlimmsten Sorte, der sein Ziel zu erreichen sucht, indem er sich an Präsident Grants Rockschöße hängt. Was seine Frau betrifft, so erkläre ich, daß sie über jede Anschuldigung erhaben ist – aber sie ist schließlich nicht der Kandidat, und in der Zeit bis zur Wahl werde ich Ihnen beweisen, daß ich Ihrer Stimmen würdiger bin als Mr. Luke Bouchard.«

Weit mehr Befriedigung gewährte Luke der heitere Kommentar des alten Jedidiah Danforth, der am Tag nach der Veröffentlichung von Cletus Adams' Widerruf höchstpersönlich einen Besuch auf der Windhaven-Plantage machte. Er fand Luke als Patienten. Dr. Medbury hatte den beim Kampf mit McMillan gebrochenen Arm eingerenkt und dem ruhelosen Luke streng befohlen, mindestens ein paar Wochen zu Hause zu bleiben.

In Lukes Arbeitszimmer nahm Jedidiah ein Glas Brandy an, hob es seinem Gastgeber entgegen und kicherte: »Es hätte Ihrem Selbstbewußtsein gutgetan, Mr. Bouchard, wenn Sie diesen fetten Schieber, der Cletus Adams unterstützt, hätten sehen können. Ich wollte, wie es meine Gewohnheit ist, den Lunch bei Moseby einnehmen, da kam er gerade die Straße herunter. Er hinkte, Sir, sein Gesicht war geschwollen und mit blauen Flecken übersät. Er sah so sauer aus wie ein Mann, der in eine Melone beißen will und statt dessen eine Zitrone erwischt. Er machte sich nicht einmal die Mühe, die Grüße seiner Schieberfreunde zu erwidern, die an ihn herantraten. Er stieß sie einfach beiseite und verschwand in dieser Billardhalle, als könne er ihren Anblick nicht ertragen. Ich hätte die Honorare eines Jahres dafür gegeben, wenn ich Zuschauer hätte sein können, als Sie ihn verprügelten, Mr. Bouchard.«

»Ich hätte ihn beinahe umgebracht – wenigstens hatte mich der Zorn eine Weile so übermannt, daß es möglich gewesen wäre«, gestand Luke. »Aber, Gott sei Dank, erholt Laure sich schnell. Wir haben darüber diskutiert, ob ich Sie bitten soll, Anklage gegen Stacey Holbrook zu erheben. Sie scheint verschwunden zu sein, jedenfalls im Augenblick.«

»Auch da kann ich Ihnen Auskunft geben, Mr. Bouchard«, antwortete der Rechtsanwalt. »Ich habe aus sicherer Quelle erfahren, daß sie Barnabas McMillans Geliebte ist. Höchstwahrscheinlich versteckt sie sich in seinem Stadthaus, das er bewohnte, bevor er diesen bestechlichen Hiram Pulford beauftragte, das Williamson-Land für ihn zu kaufen. Als er sich das neue Haus hier draußen bauen ließ, haben bestimmt ein paar grüne Scheine den Besitzer gewechselt. Denn der alte Hugo Montrose, der Pulfords

Posten vor dem Krieg innehatte, hätte es niemandem erlaubt, ein Haus auf Grund und Boden zu errichten, für den er noch nicht bezahlt und auch noch keine Besitzrechte erworben hatte.«

»Was Hiram Pulford betrifft, so bin ich froh, daß es Ihnen gelungen ist, ihn wegen des früheren Cavendish-Landes zu täuschen«, erklärte Luke Bouchard lächelnd. »Andy Haskins arbeitet mit den fünf Männern, die er ausgesucht hat, auf dem Feld, und ich sehe ihn so gut wie gar nicht mehr. Vergessen Sie nicht, nächstes Jahr um diese Zeit übertragen Sie das Land auf Andy. Ich bin sicher, daß es nicht mehr lange dauert, bis er Jessica Bambach heiratet.«

»Das überlassen Sie nur mir, Mr. Bouchard«, gab Jedidiah augenzwinkernd zurück. Dann schürzte er nachdenklich die Lippen und fügte hinzu: »Ja, Grund genug haben Sie, McMillans Bettgefährtin zu verklagen, aber der Schuß könnte nach hinten losgehen und Ihnen und Ihrer Frau noch mehr Kummer machen.«

»Wie meinen Sie das?«

»Nun, Mr. Bouchard, da Sie auf der republikanischen Seite in die Politik eingetreten sind, haben Sie die Geschichte dieses Landes inzwischen bestimmt so gründlich studiert, daß Sie wissen: Die Waffe, welche die demokratischen Schieber gegen jeden einsetzen, der sich ihnen in den Weg stellt, ist der Ku-Klux-Klan. Angenommen, ich setze die Klageschrift gegen diese bösartige junge Frau auf und übergebe sie dem County-Sheriff, dann erhält sie für das, was sie Ihrer Frau angetan hat, mindestens ein Jahr Gefängnis. Aber so sicher, wie Sie geboren sind, Mr. Bouchard, wird Barnabas McMillan dann dafür sorgen, daß der Klan Sie und Ihre Arbeiter heimsucht. Sie werden eines Morgens aufwachen und feststellen, daß Ihre Anpflanzungen untergepflügt sind oder daß der Schuppen mit der Baumwollentkörnungsmaschine lichterloh brennt. Vielleicht versuchen sie sogar, einen Ihrer schwarzen Arbeiter zu entführen, wie sie es mit Marius Thornton gemacht haben, als Sie ihrem Klavern nicht beitreten wollten.«

»Daran hatte ich nicht gedacht. Ich fürchte, Sie haben recht. Dann werde ich Stacey Holbrook der Strafe einer gerechten Vorsehung überlassen. Außerdem«, Luke lachte ironisch auf, »möchte ich behaupten, daß es schon Strafe genug ist, McMillans Mätresse zu sein.«

»Damit haben Sie den Nagel auf den Kopf getroffen, Mr. Bouchard«, rief der gewitzte Anwalt aus. »Dann und wann höre ich nämlich ein bißchen Klatsch von einem meiner alten Freunde oder auch von den weniger vornehmen Bürgern der Stadt, denen ich in der Vergangenheit einmal aus der Klemme geholfen habe. Anscheinend rechnet Miß Holbrook damit, daß McMillan eine ehrbare Frau aus ihr macht, wenn es ihm gelingt, Cletus Adams im November in die Gesetzgebende Versammlung zu manövrieren.«

»Sie würden in jeder Beziehung gut zueinander passen«, meinte Luke. »Doch jetzt zu einem erfreulicheren Thema. Der junge Komantschenkrieger, von dem ich Ihnen vor ein paar Wochen erzählt habe, wird in Kürze eintreffen. Ich werde ihn bei mir aufnehmen, und wenn Laure und ich ihn ein wenig näher kennengelernt haben, komme ich mit ihm in die Stadt und stelle ihn Ihnen vor.«

»Gut, Mr. Bouchard. Wie gesagt, ich könnte einen guten, fleißigen Angestellten brauchen. Und machen Sie sich keine Gedanken, ich werde ihn nicht nur auf Botengänge schikken und meine Bücher abstauben lassen, sondern auch aus dem Blackstone unterrichten. Innerhalb eines Jahres habe ich ihn auf das Examen vorbereitet, dem Richter Tollefson alle jungen Bewerber um die Zulassung beim Gericht unterzieht. Es ist Ihnen wirklich ernst damit, daß Sie ihn als Ihren Sohn adoptieren wollen, Mr. Bouchard?«

»Das ist ja die einzige Möglichkeit, ihm hier in Alabama die Zulassung zu verschaffen, Mr. Danforth. Und Laure wird es von dem tragischen Verlust unseres Kindes ablenken.« Luke Bouchard grinste wie ein Junge. »Ich höre sie schon, wie sie mir in ihrer schelmischen Art vorwirft, ich hätte ihr Alter dem meinen angeglichen, indem ich ihr einen erwachsenen Sohn präsentiere!«

Es war Mitte Mai geworden, als Lopasuta an der Anlegestelle der Windhaven-Plantage die *Alabama Belle* verließ und mit offenem Mund auf das imposante Château mit seinen Zwillingstürmen starrte. Der alte Kapitän Tenby hatte in dem jungen Komantschen einen besonders interessanten Passagier gesehen und ihn von dem Augenblick an, als Lopasuta in Mobile an Bord kam, unter seine Fittiche genommen. Der kräftige, kupferfarbene junge Mann in einer Wildlederjacke, knallig grünen Hosen (die ihm ein Ladenbesitzer in New Orleans angedreht hatte) und glänzenden schwarzen Schuhen, die offensichtlich kniffen, hatte sofort die Neugier des Kapitäns erweckt. Als er hörte, Lopasuta wolle zu Luke Bouchard, kannte sein Interesse keine Grenzen mehr. Er überschüttete den jungen Krieger nicht nur mit Geschichten über Luke, sondern erzählte ihm vom alten Lucien, dem Gründer der Bouchard-Dynastie. Jetzt klopfte er Lopasuta auf die Schulter, reichte ihm selbst den Koffer, der ebenfalls in der Königin der Städte erworben war, und sagte: »Vergessen Sie ja nicht, Mr. Luke und seiner Frau die besten Grüße von Kapitän Tenby auszurichten, Lopasuta! Das sage ich Ihnen, Sie werden niemals einen feineren, ehrlicheren und gottesfürchtigeren Mann als ihn finden.«

Es war Marius Thornton – er kontrollierte gerade die reparierte Baumwollentkörnungsmaschine –, der den Fremden als erster zu Gesicht bekam. Lopasuta hatte seinen Koffer abgestellt, stand da und betrachtete das Haus. Freundlich trat Marius näher und fragte: »Sie wollen zu Mr. Luke Bouchard, nicht wahr? Er erwartet Sie. Zur Zeit ist er gerade in Montgomery, aber kommen Sie nur herein und fühlen Sie sich wie zu Hause. Wir haben ein Zimmer für Sie vorbereitet. Ich werde Hannah bitten, Ihnen etwas zu essen zu machen. Sie müssen nach der Reise sehr hungrig sein.«

»Sie sind sehr freundlich. Mein Name ist Lopasuta.«

»Und ich heiße Marius Thornton. Ich freue mich, Sie kennenzulernen.« Der junge Vormann streckte dem Indianer die Hand entgegen. Lopasuta lächelte schüchtern, und dann schüttelte er sie herzlich. »Es ist gut, an einem neuen Ort einen Freund zu haben. Danke«, sagte er leise.

Sobald Laure sich von der Fehlgeburt etwas erholt hatte, war Luke Bouchard nach Montgomery geritten, um sich nach einem neuen Kindermädchen umzusehen. Durch Vermittlung seines Rechtsanwalts Jedidiah Danforth hatte er eine sympathische braunhaarige Frau Anfang Dreißig gefunden. Sie war Deutsche von Geburt und mit einem Veterinär aus Montgomery verheiratet gewesen. Jetzt war sie Witwe, ihr Mann war im letzten Jahr des Bürgerkriegs bei Shiloh gefallen. Ihr kleiner Sohn kränkelte und starb sechs Monate nach der Geburt. Die Frau hatte sich den Lebensunterhalt mit Näharbeiten und der Herstellung von Konserven und Marmeladen verdient, die sie für bescheidene Beträge an einen Gemüsehändler auf der Hauptstraße verkaufte. Luke hatte sie engagiert und gleich mitgebracht. Laure war mit seiner Wahl sehr zufrieden. Der Name der jungen Frau war Clara Mathies. Von Anfang an war es jedem klar, daß sie Lucien und Paul liebte, als seien sie ihr eigen Fleisch und Blut.

Gerade als Marius sich mit Lopasuta der Eingangstür des Châteaus näherte, kam Laure zu einem Spaziergang heraus. Sie war eben noch im Kinderzimmer gewesen, wo Paul und Lucien mit ihrem neuen Kindermädchen spielten. Erstaunt betrachtete sie den hübschen jungen Mann, dessen Wildlederjacke in einem schreienden Kontrast zu der geckenhaften Hose stand. Doch dann fiel ihr ein, was Luke ihr erzählt hatte, und sie rief: »Sie müssen Lopasuta sein, der Krieger aus Sangrodos Dorf!«

»Das bin ich, und Sie sind sicher die Frau des großen *Taiboo Nimiahkana*. Sangrodo hat mir viel über Sie beide erzählt, und es ist freundlich von Ihnen, mich herkommen zu lassen.«

»Mein Mann ist in Montgomery, Lopasuta, aber er wird zum Abendessen wieder hier sein. Bitte, kommen Sie herein. Marius, du weißt ja, welches Zimmer er bekommt, nicht wahr?«

»Ja, Mrs. Bouchard«, antwortete Marius lächelnd. »Ich werde Hannah bitten, ihm nach der langen Dampferfahrt einen kleinen Imbiß zu richten.«

»Ausgezeichnet! Bitte, treten Sie näher. Ja, Sie kommen wirklich von weit her.« Laure öffnete die Tür.

»Aber jeder Tag hat mich etwas Neues gelehrt, denn ich sah, wie die Bleichgesichter leben und wie sie auf der Straße gehen und miteinander sprechen. Und die Läden mit den schönen Dingen, welche die meisten meiner Leute noch nie gesehen haben – und das Dampfboot und dann die Fähre von New Orleans nach Mobile – über all das muß ich unserem großen Häuptling berichten.« Lopasutas Gesicht glühte vor Begeisterung.

»Mein Mann und ich möchten heute abend alles über diese Reise hören, Lopasuta«, ermutigte Laure den jungen Komantschen. »Aber sagen Sie mir, wo in aller Welt haben Sie diese Hose aufgetrieben?«

Lopasuta blickte erst verständnislos drein. Dann grinste er verlegen. »Der Sohn des *Taiboo Nimiahkana,* der in Texas ist, gab mir einen Brief an den Mann in der Bank in New Orleans . . .«

»Das wird Jason Barntry gewesen sein«, unterbrach Laure.

»Ja, das ist sein Name. Ich kam in Wildlederkleidung, wie meine Leute sie täglich tragen, und mit Mokassins. Mr. Barntry brachte mich in einen Laden und sagte, der Mann dort werde mir Kleider und Schuhe geben, die ich hier anziehen soll.« Er blickte auf seine glänzenden neuen Schuhe und verzog das Gesicht. »Aber die Mokassins waren viel bequemer. Diese Schuhe tun mir beim Gehen weh.«

Laure verbiß sich ein Kichern. Sie wollte ihn nicht verletzen. »Das kommt daher, weil sie noch neu sind. Warten Sie ein paar Tage, dann werden sie Ihnen richtig passen und nicht mehr weh tun.«

»Ich hoffe, das ist wahr«, erwiderte Lopasuta ernst. »Sonst ziehe ich meine Mokassins wieder an, die ich mitgebracht habe. Aber die Jacke möchte ich weiter tragen. Denn sehen Sie, eine der Squaws aus unserm Dorf hat eine Geschichte über mich in farbigen Perlen darauf erzählt. Sie erinnert mich daran, daß ich ein Komantsche bin, meinen Leuten viel verdanke und fleißig arbeiten muß, um ihnen zu helfen.«

»Das werden Sie, Lopasuta, ich weiß es«, meinte Laure freundlich. »Jetzt wird Marius Sie auf Ihr Zimmer bringen und es Ihnen gemütlich machen. Dann zeigt er Ihnen die Küche, und Hannah, unsere wundervolle Köchin, gibt Ihnen etwas Gutes zu essen. Sie können sich bis zum Abendessen ausruhen, bis dahin wird der – wie sagten Sie, Lopasuta?«

»Taiboo Nimiahkana«, wiederholte Lpasuta. »In unserer Sprache heißt das: ›Das Bleichgesicht, das gerufen wird‹. Diesen Namen erhielt Ihr Mann, so sagte es mir Sangrodo, weil er uns half, als wir in Not waren. Und ich verspreche, ich werde niemals vergessen, was ich ihm schuldig bin. Er hat mich herkommen lassen, damit ich lerne, was die Bleichgesichter wissen, und später den Komantschen auf meine Weise helfen kann.«

»Sie sind bei uns herzlich willkommen, Lopasuta«, versicherte Laure Bouchard ihm.

Luke Bouchard freute sich an diesem Abend, als er den jungen Krieger kennengelernt und ihn von seiner Reise hatte erzählen hören, daß er seiner ersten Eingebung gefolgt war. Nun konnte er nicht nur diesem intelligenten jungen Indianer zu einer aussichtsreicheren Stellung im Leben verhelfen, er konnte auch ein klein wenig von der Dankesschuld abzahlen, die er gegenüber Sangrodo hatte.

XXVI

Porfirio Costado zügelte seinen braunen Hengst und drehte sich mit fragender Miene auf seinem dunklen, bärtigen Gesicht zu Jackson Brundiger um. »Ich verstehe das nicht, Señor Brundiger. Sollten wir die Rinder, die jetzt schon auf der Ranch sind, nicht nach Abilene bringen und sie mit der Bouchard-Herde vermischen?«

Die schmalen Lippen des Desperados aus Kansas verzogen sich zu einem kargen, spöttischen Lächeln. »Mit diesen dürren Kühen hat es keine Eile, Porfirio. Wir haben sie auf die Ranch gebracht, damit Bouchards Vaqueros glauben, auch wir seien im Viehgeschäft und bereiteten uns auf einen Viehtrieb vor. Eigentlich sind wir nur hinter den erstklassigen Rindern her, die Bouchard nach Abilene schicken wird.«

»*Comprendo*. Aber wenn Sie der wirkliche *capataz* sind, Señor Brundiger, warum sollte dann Jaime Ruiz den Bouchard-Männern sagen, er sei es?«

»Weil es ihnen weitere Rätsel aufgegeben hat, Porfirio. Du und ich wissen, daß Bouchard es sich nicht leisten kann, seine Tiere noch lange zurückzuhalten, wenn er sie in erstklassigem Zustand auf den Markt bringen will. Wartet er noch länger, wird er in Abilene feststellen, daß die großen Einkäufer ihre Geschäfte bereits abgeschlossen haben und nach Hause gegangen sind. Nein, ich bin überzeugt, er muß in dieser oder spätestens in der nächsten Woche aufbrechen. Und ganz bestimmt wird Bouchard in diesem Augenblick mit einigen seiner Boys zu Señor Caldemare reiten und Stunk machen, weil einer seiner Vaqueros, der den Mund zu weit aufgerissen hatte, erschossen wurde.«

»Ach so.« Porfirio Costado, der immer noch nicht ganz verstanden hatte, kratzte sich mit düsterer Miene die Stirn. »Aber wenn es nun zu einer Schießerei kommt und der *patrón* und die anderen Vaqueros, die bei ihm zurückgeblieben sind, von Señor Bouchard und seinen Männern getötet werden?«

Brundigers grausames Lächeln vertiefte sich. »Dann, *amigo,* brauchen wir mit Caldemare und den anderen Männern nicht mehr zu teilen, stimmt's?«

Sí, es verdad!« lachte der Pferdedieb und nickte. Doch sein Gesicht verfinsterte sich von neuem, als ihm etwas anderes einfiel. »Señor Brundiger, es wird aber viele Wochen dauern, bis Señor Bouchards Herde den Red River erreicht. Was sollen wir denn in der ganzen Zeit tun, da wir auf sie warten müssen?«

»Ja, es sind über vierhundert Meilen, Porfirio, da hast du recht. Und ich glaube nicht, daß Bouchards Kühe mehr als acht oder zehn Meilen pro Tag schaffen, nicht bei der Hitze, in die sie geraten werden. Er wird achtgeben, daß sie nicht zu viel Gewicht verlieren, bis sie Abilene erreichen. Also werden sie bis zum Red River zwei Monate brauchen. Aber für uns wird die Zeit schnell vergehen, Porfirio. Sind wir nicht alle tapfere Männer mit Waffen und viel Munition?«

»Seguro«, grinste der Mexikaner.

»Auf unserm Weg werden wir ein paar einsame Höfe finden. Dort wird man uns Gastfreundschaft gewähren. Ich bin überzeugt, wir können die Siedler dazu überreden. Und dort mag es auch einige *mujeres lindas* geben, die Männer wie uns willkommen heißen. Meinst du nicht auch, Porfirio?«

Bei dieser angenehmen Aussicht kicherte Porfirio Costado lüstern. »Meine *compadres* werden gern einmal Gringafrauen haben, Señor Brundiger. Seit wir Durango und Nuevo Laredo verlassen haben, um für Sie und Señor Caldemare zu arbeiten, haben wir nicht einmal eine einzige *puta* gehabt, um uns nach der Arbeit zu erholen. Und das ist nicht gut für einen Mann mit richtigen *cojones,* Señor Brundiger.«

»Keine Bange, Porfirio, du und deine *compadres,* ihr werdet auf dem Weg zum Red River so viele Frauen haben, wie ihr wollt. Wir werden die Städte umgehen und uns die Lebensmittel von den draußen wohnenden Siedlern besorgen. Über das Gesetz brauchen wir uns keine Gedanken zu machen, nicht in diesen Gegenden.« Wie der Blitz fuhr seine rechte Hand ans Holster und riß die Pistole heraus. Er schoß auf ein Kaninchen, das zwanzig Fuß vor seinem Pferd über den Weg lief. Das Kaninchen schien in die Luft zu springen, dann blieb es tot liegen.

»Magníficio!« rief Porfirio Costado aus. »Señor Brundiger, ich fange an zu glauben, daß wir bis zu dem Augenblick, da wir Señor Bouchard und seine Vaqueros am Red River angreifen, eine Menge Spaß haben werden.«

»Und ob, Porfirio! Ich schätze, Bouchard wird drei- bis viertausend Rinder nach Abilene treiben. Das schwierigste Stück des Weges ist die Überquerung des Red River. Wir schlagen zu, wenn er gerade mittendrin steckt. Wenn es dabei Nacht ist, um so besser.«

»Andererseits«, meinte Porfirio Costado zweifelnd, »wird er bestimmt fünfundzwanzig bis dreißig Vaqueros mitnehmen. Und wir sind nur dreizehn – ich bete zu *todos los santos*, daß wir nicht wie Hunde niedergemetzelt werden.«

»Du machst dir zu viele Gedanken, Porfirio. Überlaß das alles mir. Ich bin der *jefe*, vergiß das nicht. Selbst wenn wir bei hellem Tageslicht zuschlagen, gibt es so viel Verwirrung und todsicher eine Stampede, daß die Bouchard-Leute gar nicht wissen, wie ihnen geschieht. Sie sind nicht auf uns vorbereitet, und wir löschen sie aus, bevor sie zu den Waffen greifen können. Ich kenne das Land, Porfirio. Es gibt viele verkrüppelte Bäume und Büsche und hohes Büffelgras jenseits des Red River. Daraus brechen wir schießend hervor.«

»Aber wenn es eine Stampede gibt, wird es Schwerstarbeit sein, die Tiere wieder zusammenzutreiben«, überlegte der Pferdedieb.

»Du redest wie ein altes Weib, Porfirio!« Brundiger maß ihn mit kalten grauen Augen. »Ihr habt doch schon mit

Rindern gearbeitet, und mit Pferden auch. Deshalb habe ich euch ausgesucht und Caldemare veranlaßt, euch anzustellen. In Abilene warten mindestens dreißigtausend Dollar auf uns, wenn wir die Bouchard-Rinder verkaufen. Dazu kommt das Gold, das wir bei den Siedlern finden, die wir überreden wollen, uns zu beherbergen. *Comprende?* Ja, Porfirio, es wird dich und deine *compadres* ein wenig Schweiß kosten, das Gold zu erlangen. Aber vergiß nicht, das ist immer noch besser, als für den Lohn eines *peon* zu schuften. Reiten wir etwas schneller. Ich möchte bis Sonnenuntergang eine möglichst große Entfernung zwischen mich und Bouchard gelegt haben, damit er nicht mehr auf den Einfall kommt, nach uns zu suchen.«

»Ich ziehe meinen Sombrero vor Ihnen, Señor Brundiger.« Grinsend schwenkte der Pferdedieb seinen Hut und beugte den Kopf vor dem Desperado aus Kansas. »Meine *compadres* und ich werden Ihren Befehlen gehorchen. Es wird uns guttun, wieder einmal *dinero* in den Taschen zu haben.«

»Eins hast du noch vergessen, Porfirio«, lachte Brundiger. »Bestimmt finden wir ein paar Gewehre und Pistolen bei den Siedlern. Viele Rebellen, die sich nach dem verlorenen Krieg hier niederließen, haben sehr gute Schießeisen mitgebracht, Whitworths zum Beispiel. Sie sind jetzt zwar schon alt, aber man kann damit immer noch einen Mann auf tausend Yards treffen, wenn man zu zielen versteht.«

Porfirio Costado pfiff beeindruckt. »Ich würde sehr viel darum geben, ein solches Gewehr zu haben, Señor Brundiger.«

»Ein paar finden wir sicher. Und vergiß nicht, Porfirio, sobald wir die Bouchard-Männer ausgelöscht haben, fallen uns auch ihre Waffen zu – all die Repetiergewehre, die guten neuen Spencers. So bewaffnet, können wir eine Menge mehr ausrichten als der arme alte Jethro Reedy mit seinen Buschräubern.«

Der bärtige Pferdedieb betrachtete den Desperado aus

Kansas beinahe mit Ehrfurcht. Er erkannte, welchen Vorteil es bot, einem so ehrgeizigen Anführer treu zu sein. »Dann wollen Sie, daß wir zusammenbleiben, wenn wir die Bouchard-Herde genommen und in Abilene verkauft haben?«

»Wenn ihr euch gut benehmt, Porfirio. Ich habe einige Pläne. Gerade ist mir eingefallen: Es wissen ja nicht alle Leute in Texas, daß der alte Jethro bei dem Zusammenstoß mit Lucien Edmond Bouchard abgekratzt ist. – Bouchard!« Brundiger spuckte auf den Boden, um seine Verachtung für diesen Namen auszudrücken. »Wer soll uns daran hindern, Porfirio, daß wir, wenn wir einsamen Siedlern einen Besuch abstatten, uns für die Reedy-Bande ausgeben? Und wir werden wie sie damals Masken tragen, damit die Siedler uns nicht identifizieren können – nicht, daß wir beabsichtigen, zu viele von ihnen am Leben zu lassen, verstehst du?«

Porfirio Costado zeigte seine gelben Raffzähne in einem grausamen Grinsen. »Ich verstehe sehr gut, *mi jefe.*«

»Erzähle deinen *compadres,* wie die Dinge stehen. Und denke daran: Wie du selbst gesagt hast, bin ich der Boß, und was ich sage, gilt. Jetzt wollen wir noch ein paar Meilen zwischen uns und die Bouchards legen!«

Lucien Edmond verursachte seine Wunde nur noch wenig Schmerz, und die Bandage, die Simata ihm angelegt hatte, verhinderte weiteres Bluten. Sie würde halten, bis sie zu Hause angekommen waren. Aber ehe er in sein eigenes Haus zurückkehrte, sprach Lucien Edmond mit Simata, Eddie Gentry, Manuel Rodriguez und Luis Garcia. Er trug ihnen auf, um das Caldemare-Haus, in das der verwundete Joe Duvray gebracht worden war, Wache zu halten. Sie waren alle gut bewaffnet, doch Lucien Edmond machte sich Sorgen um mögliche Racheakte der Mexikaner, die aus der Mannschaftsunterkunft gekommen waren und ihren Vormann und den *patrón* bei der Schießerei hatten sterben sehen.

Daher ging er auf die Mexikaner, die ihre Waffengürtel fallen gelassen hatten und mit erhobenen Händen dastanden, zu. Er fragte sie auf Spanisch: »Was wollt ihr jetzt tun, wo euer *capataz* und euer *patrón* tot sind?«

Ein kleiner Mann mit dickem Bart – er mochte Anfang Vierzig sein – trat vor und antwortete mit philosophischem Schulterzucken: »Was können wir schon tun, Señor? Wir gehen über die Grenze zurück und versuchen, bei einem anderen *patrón* Arbeit zu finden.«

»Und diese Rinder im Pferch«, Lucien Edmond zeigte auf die ausgemergelten mexikanischen Tiere, »wer wird sich um sie kümmern? Wollt ihr nicht bleiben und sie zum Markt treiben?«

»*Pero,* Señor, wer wird uns den Lohn zahlen, wenn wir bleiben? Die Tochter ganz gewiß nicht.«

Lucien Edmond dachte einen Augenblick nach. Dann erklärte er: »Gut, ich werde das Vieh übernehmen und zusammen mit meiner eigenen Herde nach Abilene bringen. Das Geld wird der Tochter eures toten *patrón* ausgezahlt werden. Das heißt, falls ihr keinen Einwand dagegen habt.«

Der kleine Mexikaner schüttelte lachend den Kopf. »Tun Sie mit den Tieren, was Sie wollen. Meine *compadres* und ich haben diesen Ort satt. Wir wurden als *pistoleros,* nicht als Vaqueros angestellt, aber wir haben gesehen, daß Ihre Männer die besseren Waffen besitzen. Sie schießen viele Male, und treffsicherer sind sie auch. Da wir also nicht grundlos und ohne Gewinn sterben wollen, sagen wir *adios.*«

»Wenn das euer Wunsch ist, *amigo*«, erklärte Lucien Edmond, »dann nehmt eure Sachen und geht. Diese vier Männer werden bleiben und achtgeben, daß ihr keinen Ärger macht.«

»Für uns gibt es nichts zu verdienen, wenn wir einen Kampf mit Ihren Vaqueros anfangen, Señor.« Wieder zuckte der Mexikaner die Schultern. »Wenn Sie uns ein bißchen Zeit lassen, holen wir unsere Pferde und reiten in unsere Heimat jenseits des Rio Grande zurück.«

»Ihr könnt euch so viel Zeit nehmen, wie ihr braucht, *hombre*«, erwiderte Lucien Edmond. »Aber warum sind nur fünf von euch hier?«

»Miguel Amangar ist im Ranchhaus«, gab der Sprecher der Mexikaner Auskunft. »Er war – wie nennen Sie das, Señor? – der Majordomus für den *patrón* und seine Tochter.«

»Ich verstehe.« Plötzlich fiel Lucien Edmond noch etwas ein. »Aber meine Vaqueros haben mir berichtet, daß noch viele andere Männer hier arbeiten. Wo sind die übrigen?«

»Das weiß ich nicht, Señor. Sie sind fortgeritten, bevor Sie und Ihre Männer hier eintrafen.«

Diese Antwort gab Lucien Edmond zu denken. Mit leiser Stimme sagte er zu Simata: »Die Frage ist: Werden sie zurückkehren? Sie können nicht wissen, was Caldemare und Ruiz zugestoßen ist. Und einer der Abwesenden ist der Mann, den Joe Duvray für einen Killer hält und der ihm seinen Namen nicht nennen wollte.«

»Die Spuren ihrer Pferde sind noch gut zu erkennen«, antwortete der junge Scout. »Sobald diese Männer hier fort sind, werde ich sehen, ob ich sie finden kann. Dann komme ich zum Ranchhaus und sage Ihnen, was ich erfahren habe.«

»Sehr gut, Simata. Es wäre wohl klug, wenn einer von euch in die Mannschaftsunterkunft ginge, um sich zu vergewissern, ob sich keine weiteren Männer dort verstecken. Aber seid äußerst vorsichtig.«

»Das werde ich selbst tun«, erbot sich Simata. Er hielt seinen Spencerkarabiner in Hüfthöhe, duckte sich und rannte auf die Mannschaftsunterkunft zu. Er öffnete die Tür und sprang schnell nach links. Dann rief er zurück: »Alles leer!«

»Danke, Simata. Ich reite jetzt nach Hause und erwarte dich dort.« Lucien Edmond Bouchard bestieg seinen Wallach und winkte den anderen Männern zu, die ihn begleitet hatten.

Im Caldemare-Haus hatte sich Margaret wieder gefangen, so daß sie dem finster blickenden Diener Miguel auftragen konnte, ein Becken mit heißem Wasser und saubere Handtücher zu bringen. Aber Miguel schüttelte den Kopf und gab verbissen zurück: »Ich nehme keine Befehle von Ihnen entgegen, Señorita. Jetzt, da der *patrón* tot ist, werde ich zu meinen Leuten zurückkehren. Hier habe ich nichts mehr verloren.« Er wandte dem erstaunten jungen Mädchen den Rücken zu und verließ das Haus.

Joe Duvray lag bewußtlos auf der Couch, zwei Kissen unter dem Kopf. Unschlüssig stand Margaret einen Augenblick da, dann rang sie die Hände und eilte nach draußen. Sie erblickte Simata und rief ihm unter Tränen zu: »O bitte, Miguel will nicht bleiben, es ist niemand da, der mir bei Mr. Duvray helfen kann. Ich kann nichts tun, als ihn waschen und die Wunde verbinden, aber ich weiß nicht, wie ich ihn pflegen oder die Kugel entfernen soll.«

»Das kann ich tun, Miß«, erwiderte der Halbindianer. Er blickte zum Korral hinüber, wo Miguel einen Mustang auswählte, ihn sattelte und ohne einen Blick zurück davonritt. Dann wandte sich Simata dem verzweifelten jungen Mädchen zu. »In New Orleans habe ich einem Freund, der von einem Kreolen angeschossen worden war, einmal eine Kugel aus dem Arm geholt.«

»Er ist bewußtlos – o bitte, tun Sie, was Sie können – ich bin so besorgt – es ist alles meine Schuld – o Gott, wenn ich doch nie hierhergekommen wäre!« Margaret bedeckte das Gesicht mit den Händen und schluchzte.

»Es tut gut zu weinen«, sagte Simata freundlich und trat zu ihr. »Aber ich brauche Ihre Hilfe. Ich glaube nicht, daß es zu schwierig sein wird. Und es ist gut, daß er bewußtlos ist, denn so spürt er den Schmerz nicht, wenn ich nach der Kugel suche. Kommen Sie, Sie werden mir helfen, Sie sind sehr tapfer.«

Margaret richtete sich auf und seufzte tief. »Ich will versuchen, es zu sein. Er darf nicht sterben. Er hat mir das

Leben gerettet. Das wenigste, was ich tun kann, ist, mich zu bemühen, das seine zu erhalten. Ich bin wieder ganz in Ordnung, und ich werde Ihnen helfen.«

Simata drehte sich zu den anderen um, die auf Wache blieben. »Überzeugt euch, daß diese Männer wirklich fortreiten. Haltet die Waffen auf sie gerichtet, damit sie euch nicht überrumpeln können. Wenn das alles vorbei ist, wird Mr. Bouchard mit dem Viehtrieb beginnen wollen. Er hat schon länger gewartet, als ihm lieb war.«

Dem jungen Mädchen erklärte Simata: »Zuerst erhitze ich mein Jagdmesser, damit es sauber ist, wenn ich ihm in die Schulter schneide. Sie können mir helfen, indem Sie noch mehr Wasser heißmachen. Währenddessen werde ich den Stoff seiner Jacke über der Schulter wegschneiden.«

Margaret bezwang ein neues Aufschluchzen und eilte in die Küche. Simata begab sich ins Wohnzimmer und ließ sich neben der Couch nieder, auf der Joe lag. Vorsichtig fuhr er mit drei Fingern der linken Hand in den Ausschnitt von Joes Baumwolljacke und hob sie von der Wunde ab. Dann schnitt er den Stoff schnell ab und legte Schulter und Brust des bewußtlosen Mannes bloß. Er betrachtete die Wunde und kam zu dem Schluß, daß die Kugel, wenn auch aus kurzer Entfernung abgefeuert, nicht genug Wucht gehabt hatte, um tief in das Fleisch einzudringen. Mit etwas Glück, so dachte er, würde er sie nicht tiefer als zwei Zoll finden.

Margaret kam mit heißem Wasser und weiteren Handtüchern zurück. Ängstlich sah sie zu, wie Simata sein scharfes Messer an dem beinernen Griff faßte und die Klinge tief in das dampfende Wasser tauchte, um sie zu sterilisieren. Dann beugte er sich über Joe, zog die Wunde mit Daumen und Zeigefinger der linken Hand sehr behutsam auseinander und begann, mit der Messerspitze zu bohren.

Margaret drückte die Hände gegen ihren Busen. Ihre Augen waren tränennaß, ihr Gesicht angespannt vor Angst. Simata arbeitete sehr behutsam und achtete darauf, nicht zu tief zu schneiden, um keine Blutung hervorzurufen. Nach etwa fünf Minuten stieß er einen triumphierenden Schrei aus, zog langsam das Messer aus der Wunde und entfernte die Bleikugel mit den Fingern der linken Hand. »Es ist ausgestanden«, verkündete er. »Jetzt werde ich die Wunde mit heißem Wasser waschen und sie fest verbinden. Der Blutverlust ist nicht so groß, wie ich befürchtet hatte, und Joe ist jung und stark. Ich danke dem Großen Geist, daß die Wunde nicht tiefer und nicht näher am Herzen war, sonst hätte ich das nicht geschafft.«

»Gott sei Dank, daß Sie ihn gerettet haben – lassen Sie mich die Wunde auswaschen, ich möchte auch helfen!« erklärte Margaret mit zittrigem Lächeln. Sie sank auf die Knie und nahm sich des immer noch bewußtlosen Mannes an. Simata beobachtete sie scharf. Ein kleines Lächeln spielte um seine Lippen. Es war gut, dachte er. Sie war eine feine Frau, sehr schön und jung, und sie hatte ihren Vater vor ihren Augen sterben sehen. Sie liebte diesen Mann, daran konnte es keinen Zweifel geben. Das würde das Leid über den Verlust ihres Vaters lindern.

»Sie machen das sehr gut, Miß, lobte er sie. »Wenn Sie jetzt das eine Ende dieses Handtuchs halten wollen, wikkeln wir es unter dem Arm her und um die Schulter, und dann mache ich einen Knoten um den Arm – ja, so ist es richtig. Das wird für einige Zeit eine Blutung verhindern. Später wechseln wir den Verband und waschen die Wunde von neuem. Und jetzt lassen wir ihn ruhen. Wenn er aufwacht, sollte er etwas zu essen bekommen.«

»Ich glaube, in der Küche ist noch ein Topf mit Suppe«, stammelte Margaret.

»Gut. Und vielleicht etwas Kaffee, wenn Sie welchen haben.«

»O ja. Ich koche sofort frischen! Ich danke Ihnen – aber ich weiß nicht einmal Ihren Namen . . . «

»Ich heiße Simata. Mein Vater war ein Kiowa. Ich lebte bei meiner Mutter in New Orleans. Der schwarze Mann, der auf Mr. Lucien Edmond Bouchards Ranch arbeitet, und seine Freunde retteten mir das Leben, als betrunkene weiße Männer mich töten wollten. Ja, Miß, der Mann, dem die Ranch neben der Ihres Vaters gehört, hat ein gutes Herz, und er spricht mit ungespaltener Zunge, ebenso wie sein Vater. Wir alle, die für ihn arbeiten, achten ihn.«

»Ich verstehe.« Margaret senkte die Augen. Mit bebender Hand berührte sie Joe Duvrays Stirn. »Er – er scheint kein sehr hohes Fiber zu haben.«

»Das ist gut. Bringen Sie ihm Suppe und Kaffee, und sorgen Sie für ihn. Ich bleibe hier und bewache Sie während der Nacht. Aber ich glaube nicht, daß die anderen Männer zurückkommen werden. Wissen Sie irgend etwas über sie? Einer der Männer Ihres Vaters sagte, sie seien davongeritten, bevor wir kamen.«

Das junge Mädchen schüttelte den Kopf. »Nein, mein Vater hat mir nichts darüber gesagt. Ich weiß nur, daß er mit diesem schrecklichen Menschen, diesem Jackson Brundiger sprach. Ich konnte einfach nicht verstehen, warum Vater ihn angestellt hatte. Er betrug sich so – so unverschämt gegen Vater, als sei er der Herr.«

»Ah«, nickte Simata, »das muß der Mann sein, von dem Joe Duvray erzählte, der ihm seinen Namen nicht nennen wollte und ihn und die anderen Reiter bedrohte, als sie ihn wegen der versetzten Grenzzeichen zur Rede stellten.« Simata stand auf und lächelte Margaret zu. »Ich muß nach den Spuren der verschwundenen Männer suchen, bevor es zu dunkel wird. Aber bald komme ich zurück. Bis dahin werden Sie die Suppe und den Kaffee sicher fertig haben.«

»O ja – ach du meine Güte, ich hätte beinahe vergessen, daß Sie ja auch ein Abendessen brauchen, wenn Sie zurückkommen – oder möchten Sie sofort etwas?«

»Nein, ich danke Ihnen. Aber später nehme ich gern etwas zu essen. Lassen Sie Joe schlafen, das ist die beste Medizin für ihn.«

»Ja, Simata – und vielen Dank. Er muß wieder gesund werden, er muß!« sagte Margaret halb zu sich selbst. Simata nickte, dann ging er. Er blickte noch rechtzeitig zurück, um zu sehen, daß sich das junge Mädchen besorgt über Joe Duvray beugte und ihm mit ihrer weichen Hand sanft über die Stirn strich. Simata lächelte von neuem.

Draußen war es mittlerweile dunkel geworden. Wenn Simata die Hufabdrücke der Pferde sehen wollte, brauchte er Licht. Er hielt Umschau und entdeckte einen Ast am Boden vor der Veranda. Er ging damit in die Küche und hielt ein Ende in die glühenden Kohlen, bis es Feuer fing. Dann verließ er das Haus wieder und bestieg seinen Wallach. Er hing auf der einen Seite und umfaßte mit dem linken Arm den Hals des Pferdes, während er mit der rechten Hand die improvisierte Fackel so nahe wie möglich am Boden hielt.

Die sechs Mexikaner hatten inzwischen ihre Habseligkeiten gepackt und waren davongeritten. Eddie Gentry, der auf seiner Wache langsam das Ranchhaus umrundete, rief Simata dies zu. Ein paar Minuten später entdeckte Simata eine Stelle, wo das Gras von vielen Hufen niedergedrückt war, und auf dem nackten, sandigen Boden dahinter zeichneten sich die Abdrücke klar ab. Es waren viele Reiter gewesen, und sie hatten sich nach Nordwesten abgesetzt. Simata runzelte die Stirn. Warum hatten sie sich nicht wie die anderen Mexikaner, die gerade aufgebrochen waren, in südlicher Richtung entfernt? Wohin waren sie gegangen, und warum waren sie immer noch nicht zurückgekehrt? Ganz bestimmt hatten sie keine Rinder getrieben, denn die waren noch in ihrem Pferch. Simata konnte ihr Muhen hören. Ob sie nach San Antonia geritten waren, um Vorräte einzukaufen? Aber doch bestimmt nicht in so großer Zahl, und es waren keinerlei Spuren von den Rädern eines Wagens zu sehen, den sie für die Waren bräuchten. Das war in der Tat sehr seltsam.

Simata kehrte zu den Bouchard-Männern zurück und berichtete ihnen, was er gesehen hatte. »Ich muß es Mr. Bouchard mitteilen«, sagte er zu Eddie Gentry. »Ihr anderen solltet die ganze Nacht hierbleiben, damit Joe Duvray und dem Mädchen nichts passiert. Mir gefällt das alles überhaupt nicht. Schlaft abwechselnd, damit immer wenigstens zwei auf Wache sind. Nach allem, was ich von dir und Joe über die Vaqueros des Mannes, der heute gestorben ist, gehört habe, halte ich sie nicht für gute, ehrliche Männer, die sich ihren Lebensunterhalt wie wir mit der Arbeit auf einer Ranch verdienen. Mein Vater pflegte zu sagen, wer sich gegen einen Feind wappnet, läuft nicht leicht in eine Falle. Jetzt reite ich zur Ranch hinüber.«

»Wir werden auf der Hut sein, Simata, mach dir keine Sorgen«, versicherte Eddie Gentry ihm. Der Halbindianer nickte, hob grüßend die Hand und ritt auf dem Weg zur Windhaven-Ranch davon.

XXVII

Als der korpulente Matthias Stillman in der ersten Märzwoche die Creek-Reservation wieder besuchte, kam es zu einem neuen Streit mit Dr. Ben Wilson. Diesmal ging es nicht nur darum, daß der Quäker ständig die Qualität der Nahrungsmittel und Kleidung, die Stillman den Dorfbewohnern lieferte, beanstandete. Vielmehr hatte Ben sich über die Sache so aufgeregt, daß er einen Brief an das Büro für indianische Angelegenheiten in Washington schrieb und darauf drang, man möge an Stillmans Stelle einen ehrlicheren und mitfühlenderen Menschen zum Indianeragenten ernennen.

Mit rotem Kopf schüttelte Stillman die Faust vor Ben Wilsons Gesicht. Die Soldaten hatten eben begonnen, die Waren abzuladen. »Sie verdammter squawliebender Einmischer, Sie! Sie machen mir das Leben schwer, seit Sie hier sind, und ich habe es satt, hören Sie? Ich tue die Arbeit, für die ich bezahlt werde. Die Regierung gibt mir jeden Monat so und soviel Geld für diese stinkenden Rothäute, und für

Sie ist es leicht, Ihre feine Nase über das zu rümpfen, was ich mit diesem Geld kaufen kann. Versuchen Sie doch einmal, Essen und Kleidung für die Summen zu kaufen, welche die Regierung mir für die Reservation zugesteht. Das möchte ich gern erleben!«

»Ich habe es bereits getan, Mr. Stillman, von meinem eigenen Geld. Ich bin in Wichita gewesen – zweimal schon –, und ich habe die Preise für die Waren, die ich kaufte, nicht besonders hoch gefunden. Vielleicht sollten Sie Ihre Einkäufe irgendwoanders tätigen, Mr. Stillman«, entgegnete Ben ruhig.

Diese Antwort machte den Indianeragenten noch wütender. »Sie verdammter Wichtigtuer! Lassen Sie sich gesagt sein, ich mache diese Arbeit jetzt drei Jahre, und Sie sind der einzige, der an mir etwas auszusetzen hat.«

»Natürlich, denn wie können arme, verhungernde Indianer sich gegen Sie wehren, wenn Sie der einzige sind, der ihnen Essen und Kleidung bringt, so schlecht die Sachen im allgemeinen auch sein mögen?« fragte Ben kühl.

Stillman ballte mit einem Fluch die Fäuste und hätte beinahe der Versuchung nachgegeben, den ernsthaften jungen Quäkerarzt zu schlagen. Mühsam beherrschte er sich und knurrte: »Ich habe Freunde in Washington, Dr. Wilson. Glauben Sie nur nicht, es nütze Ihnen etwas, wenn Sie hinter meinem Rücken versuchen, einen anderen Agenten zu bekommen. Ich vergesse Ihnen Ihre Einmischung niemals, Sie Grünschnabel. Jeder weiß, daß Sie Ihre Zeit hier nur aus dem Grund vergeuden, weil Sie mit den Squaws schlafen. Kommt, Männer, wir haben ihnen ihre Rationen gegeben. Ich will diesen lausigen Ort einen Monat lang nicht mehr sehen.« Stillman wandte Ben den Rücken, erteilte den sechs Soldaten, die mit ihm gekommen waren, einen Befehl und bestieg seinen Wagen. Doch noch einmal drehte er sich um und sandte Ben einen Blick unverhüllten Hasses zu.

Ben war tatsächlich ein zweites Mal in Wichita gewesen.

Dort hatte er nicht nur Essen und Kleidung für die Creeks eingekauft, sondern auch eine Puppe für Tisinqua und ein Kleid für Elone. Er hatte bereits begonnen, Elone Englisch zu lehren, und es entzückte ihn, welch intelligente Schülerin sie war. Da sie ein wenig Creek verstand und er die Sprache jetzt gut beherrschte, fiel ihm der Unterricht verhältnismäßig leicht. Er sagte ihr das Creekwort und dann das entsprechende englische. An vielen Abenden lauschte er hingerissen dem Klang ihrer Stimme, denn sie war so sanft und süß, daß sie ihn an seine geliebte Fleurette erinnerte. Mehr als das, er empfand auch tiefe Rührung über ihre hingebungsvolle Liebe zu ihrem Kind.

Ben kannte ihre Geschichte, und sie hatte von Anfang an sein Mitgefühl besessen. Ein scheues, noch sehr junges Mädchen war von einer plündernden Bande nomadischer Jäger aus einem friedlichen Indianerdorf geraubt und vor die schreckliche Wahl gestellt worden, sich dem Häuptling hinzugeben oder die Konkubine aller Krieger zu werden. Sie hatte das kleinere Übel gewählt, aber ein Übel war es trotzdem gewesen. Ben war überzeugt, daß nur wenige andere Mütter dem einer erzwungenen Vereinigung entsprossenen Kind eine solche Zärtlichkeit erwiesen, wie Elone sie für ihr kleines Mädchen hatte. In dieser verarmten Reservation, wo es kaum Hoffnung auf eine bessere Zukunft gab, sprach Elone zu ihm von ihrer Dankbarkeit, daß sie eine Heimat für sich und ihr Kind gefunden habe, von der Freundschaft, welche die aus ihrer eigenen Heimat vertriebenen Creeks ihr und Tisinqua erwiesen. Ihr bescheidenes Wesen, unter dem sich ein starker Charakter verbarg, bezauberte ihn.

Manchmal, wenn er den ganzen Tag Kranke behandelt und abends noch Medikamente ausgegeben hatte, die er teils dem korrupten Agenten hatte abringen können, teils selbst in Wichita besorgt hatte, dachte Ben darüber nach, was aus Menschen wie Elone und der kleinen Tisinqua letzten Endes werden sollte.

Die Winter waren hart, die Sommer grausam heiß, und meilenweit war kein anderes menschliches Wesen zu erblikken. Innerhalb der baufälligen Umzäunung – ein Symbol für die Haltung der Regierung, welche die Creeks gleichzeitig einsperrte und vernachlässigte – gab es für keinen der Dorfbewohner eine Hoffnung, nicht einmal für die stärksten und tatkräftigsten jungen Krieger. Viele Stunden lang grübelte Ben über diesen Problemen. Der Unterricht, den er Elone erteilte, brachte ihn auf den Gedanken, auch für die anderen jungen Leute eine Art von Schule einzurichten. Es konnte ihnen nur von Nutzen sein, wenn sie die englische Sprache lernten. Vielleicht gab eine freundlichere und verständnisvollere Verwaltung den jungen Männern dieses Stammes einmal die Möglichkeit, Arbeit zu finden, mit der sie ihren Lebensunterhalt verdienen und ihre Menschenwürde zurückgewinnen konnten.

Ben erwähnte diesen Plan im Gespräch mit Emataba. Dieser war ganz begeistert von dem Projekt und sprach noch am selben Abend vor den versammelten Dorfbewohnern über den Vorschlag. Beinahe alle Kinder erklärten sich bereit, Schüler des fremden, freundlichen Bleichgesichts zu werden, von dem ihre Mütter und Väter mit der größten Hochachtung redeten. Für viele Creeks war es das erste Mal, daß sie ein lobendes Wort für einen weißen Mann fanden. Auch viele junge Krieger, die anfangs eine feindselige Haltung gegen Ben Wilson eingenommen hatten, meldeten sich, denn jetzt hatten sie selbst gesehen, daß der Arzt sich mit ganzem Herzen für den Stamm einsetzte.

Das Kleid, das Ben in Wichita für Elone gekauft hatte, war aus grünem Kaliko mit einem Volant am Saum und Puffärmeln; er hatte nämlich entdeckt, daß Grün Elones Lieblingsfarbe war. Für Tisinqua hatte er nicht nur eine Stoffpuppe mit Flachshaaren gefunden, sondern auch eine kleine Wiege. Elone klatschte mit einem Freudenruf in die Hände, als er ihr die Geschenke gab. Sie hielt sich das Kleid an und schenkte ihm einen langen Blick voller Dankbarkeit. Tisinqua war ebenso entzückt. Sie drückte die Puppe mit leuchtenden Augen an sich. Ben stellte die Wiege auf den Boden, legte die Puppe hinein und begann sie zu schaukeln. Das kleine Mädchen verstand sofort, kniete sich hin und tat es ihm nach. Ben lachte vor Freude über diese bezaubernde Szene, und als er aufblickte, sah er, daß Elones Augen in Tränen schwammen. Er stand auf und bemühte sich, in leichtem Gesprächston zu sagen: »Ich hoffe, es paßt dir, Elone. Die Frau in dem Laden sagte, es werde ganz bestimmt passen. Ich kenne ja deine Größe und dein Gewicht – du weißt, als Arzt muß ich diese Dinge wissen.«

»Du bist sehr gut zu uns. Tisinqua und ich werden nie vergessen, was du alles getan hast, um unser Leben wieder glücklich zu machen. Gott segne dich dafür, Dok-tor.«

»Ich bete darum, daß er uns alle segnen wird, Elone«, antwortete er, und wieder einmal traute er der Festigkeit seiner Stimme so wenig, daß er nicht weitersprach. Er nickte ihr kurz zu und verließ dann das Tipi. Bei sich dachte er, es sei ein Glück, daß in wenigen Minuten der Englischunterricht begann: da wurden ihm viele Fragen gestellt, und er wurde von dem Bild in Elones Zelt abgelenkt, das ihn völlig in Bann geschlagen hatte.

Das Wetter war im April wärmer geworden, und dank der aufopfernden Sorge des Arztes um die Alten, Leidenden und Kinder war der allgemeine Gesundheitszustand in dem Creekdorf besser als je zuvor. Für die Kinder gab es täglich frische Milch von den beiden Kühen, die Ben in Wichita gekauft hatte, und jetzt hatte auch eine der Kühe von Lucien Edmond gekalbt und würde in einer oder zwei Wochen Milch liefern. Frisches Fleisch gab es ebenfalls, denn Sipanata und zwei seiner Freunde waren mit Lanzen, Bogen und Pfeilen hinausgeritten und hatten mit viel Glück eine kleine Büffelherde gefunden. Sie hatten ein Dutzend der zottigen Bullen und Kühe erlegt. Wie es bei allen Indianern der Großen Ebenen Brauch ist, waren die Creekfrauen den Männern zu Pferde gefolgt und hatten das

Fleisch auf Schleifen zurückbefördert. Die Häute würden in den Wigwams für Wärme sorgen, wenn der Winter kam. Sie hatten getrocknetes Fleisch und Talg in Fülle. Und die Beeren, die sie im Herbst gepflückt und getrocknet hatten, sollten dazu benutzt werden, Pemmikan zu machen. Dazu wurden dünne Scheiben Büffelfleisch getrocknet, gekocht und fein gestampft und dann mit geschmolzenem Fett und Kirschen oder Beeren gemischt. So hielt Ematabas Stamm eine Zeitlang wahre Festschmäuse ab und konnte den mageren Tagen, die Herbst und Winter bringen würden, mit größerer Zuversicht als früher entgegensehen.

Matthias Stillman kam erst am 10. April wieder. Er fuhr den Wagen selbst und war diesmal nur von vier Soldaten begleitet. Es waren ältere Männer, die kurz vor der Pensionierung standen, und sie wirkten gelangweilt und erschöpft von den monotonen Pflichten und langen Reisen, für die sie abkommandiert worden waren. Als der Wagen vor dem Zaun ankam, hielt Ben gerade seinen täglichen Unterricht für rund dreißig Kinder, junge Männer und Frauen ab. Emataba hatte von seinen Kriegern eine Hütte bauen lassen, die etwa vierzig Personen fassen konnte. Sie stand am hinteren Ende des Dorfes und wurde von Ben als Klassenzimmer benutzt.

Elone hatte am frühen Nachmittag eine Stelle mit Brombeeren entdeckt und die kleine Tisinqua der Obhut einer alten, kinderlosen Squaw übergeben, die das Tipi ihr gegenüber bewohnte. Sie trug das grüne Kalikokleid, das Ben ihr aus Wichita mitgebracht hatte. Obwohl er einigermaßen verlegen gemeint hatte, dieses Kleid sei nur für besondere Gelegenheiten, gefiel es Elone so gut, daß sie es täglich trug und sich immer wieder daran freute.

Matthias Stillman war in übelster Laune. Er hatte gerade erst einen Brief aus Washington erhalten, in dem ihm kurz mitgeteilt wurde, ab September werde ein anderer Agent namens Douglas Larrimer die Creeks betreuen. In dem Brief stand, Larrimer sei als Captain in der Unionsarmee wegen

Tapferkeit ausgezeichnet worden; er erwähnte jedoch nicht, daß Larrimers Urgroßvater ein Cherokeemädchen geheiratet hatte und er dieses Erbes wegen eine freundlichere und mitfühlendere Einstellung zu den Indianern hatte als die meisten anderen Verwaltungsleute. Dr. Ben Wilsons Brief hatte Früchte getragen. Aber bis zum Herbst konnte der rachesüchtige Matthias Stillman die Creeks immer noch schikanieren. Er war überzeugt, daß er die demütigende Entlassung dem Quäkerarzt zu verdanken hatte, und fest entschlossen, noch mit ihm abzurechnen.

Er hielt die Pferde an, kletterte vom Wagen, pustete und wischte sich die schweißbedeckten Stirn. In diesem Augenblick sah er Elone. Ein listiges Grinsen verzog seinen Mund. Er befahl den Soldaten, den Wagen abzuladen und die Vorräte zu verteilen. Sipanata öffnete das Tor und sah mit finsterer Miene zu, wie die Soldaten die Mehlfässer und Bohnensäcke, das Salz, den Zucker, ein paar Kleidungsstücke und Decken hereintrugen. Stillman hatte diesmal dafür gesorgt, daß die Sachen von der besten erhältlichen Qualität waren. Allerdings war es ihm trotzdem möglich gewesen, eine beträchtliche Summe des für die Reservation bestimmten Geldes in die eigene Tasche zu stecken.

»Ich werde einen kleinen Spaziergang machen, während ihr das Zeug ins Dorf bringt«, sagte er beiläufig zu dem grauhaarigen Korporal, der die kleine Truppe befehligte. »Laßt euch Zeit. Der Rückweg ist lang, trocken und staubig. Vielleicht haben die Rothäute etwas Kühles zu trinken. Fragt mal. Das ist das mindeste, was sie für euch tun können.«

»Wir könnten's brauchen, Tatsache«, antwortete der Korporal.

Stellman sah, daß niemand auf ihn achtete. Er drückte sich am Wagen entlang und schlug verstohlen den Weg nach Westen ein, wo Elone, den Rücken ihm zugewandt, eifrig Beeren pflückte. Neben den Brombeerbüschen standen hüfthohe Büschel von Büffelgras. Stillmans Augen glitzerten bei der Aussicht, sich mit diesem hübschen jungen Indianermädchen zu amüsieren.

Er hielt den Atem an, um ja kein Geräusch zu verursachen, und schlich sich auf Zehenspitzen hinter sie. Plötzlich flüsterte er: »Wage nicht zu schreien, Mädchen, sonst muß ich dich zum Schweigen bringen, und das würde dir gar nicht gefallen. Es wird sowieso Zeit, daß ihr rothäutigen Squaws einmal einen weißen Mann habt. Du bist gar nicht so schlecht, du bist jung und hübsch.«

Elone erstarrte vor Entsetzen. Sie verstand nur wenige Wörter, aber der wollüstige Klang seiner Stimme ließ keinen Zweifel daran, was er vorhatte. Triumphierend über die Wirkung, die er erzielt hatte, legte Stillman ihr die linke Hand über den Mund. Gleichzeitig faßte er sie an der Schulter und drehte sie zu sich herum. Elone stieß einen erstickenden Schrei aus. Stillman fuhr sie an: »Laß das, du rothäutige Schlampe, sonst ergeht es dir schlimm! Leg dich ins Gras und gib dir Mühe, mich zufriedenzustellen, oder du wirst dir bald wünschen, du hättest es getan!«

Er packte sie bei den Schultern, warf sie auf den Rücken und stürzte sich auf sie. Elone entwand sich ihm behende und versuchte, auf die Füße zu kommen. Sie schrie laut. Fluchend sprang Stillman auf, faßte sie an ihrem dicken Zopf und riß sie brutal zurück. Wieder schrie sie, aber er kniete sich hin und preßte ihr die linke Hand auf den Mund, während er mit der rechten ihr Kleid aufriß. Elone verging vor Angst und Scham. Unter dem Kleid trug sie nur ein hemdähnliches Kleidungsstück und einen Unterrock aus Wildleder. Sie wand sich und trat und versuchte, ihn zu schlagen.

Ben Wilson hatte den Unterricht beendet und verließ die Hütte, als er einen schwachen Schrei Elones hörte. Er wandte den Blick zum Tor des Zauns und sah die Soldaten, welche die Vorräte hereintrugen. Ihm kam ein schrecklicher Verdacht.

Wieder hörte er eine Schrei, diesmal schriller und voller Qual, und er rannte auf das Tor zu.

Auch Emataba hatte Elones Schreie gehört und war aus seinem Wigwam gekommen. »Wer ist das, wer ruft da um Hilfe?« rief er Ben zu.

»Es ist eine Frau – ich weiß nicht, wer, aber ich kann mir denken, wer sie bedrängt – und ich werde ihr helfen!« rief der Quäkerarzt zurück.

Inzwischen hatte Matthias Stillman Elones Hemd aufgerissen und griff gierig mit seiner freien Hand nach ihren Brüsten. Er hielt ihr immer noch den Mund zu. Sie versuchte, ihn in die Hand zu beißen, doch es gelang ihr nicht, weil er ihre Lippen grausam gegen ihre Zähne drückte, bis sie bluteten.

Ben Wilson blieb neben dem Wagen stehen und hielt hastig Umschau. Da hörte er den letzten erstickten Aufschrei. Er knirschte vor Zorn mit den Zähnen, lief in die Richtung, aus der er den Schrei gehört hatte, teilte das hohe Büffelgras mit beiden Händen und sah, wie der Indianeragent seine Hose aufzuknöpfen begann.

»Laß sie los, du verächtliches Vieh!« forderte er mit bebender Stimme.

Benommen vor Begierde, mit rotem, verzerrtem Gesicht, wandte Stillman den Kopf und sah zu ihm auf. Dann höhnte er: »Zum Teufel, Doc, wen kümmert es, was mit einer kleinen roten Hure geschieht? Ich brauche ein bißchen Spaß nach all der Arbeit, die ich für diese lausigen roten Teufel leiste – was ist denn nur los mit Ihnen? Sie haben doch auch eine Squaw, wahrscheinlich sogar mehrere, was, Doc?«

»Halten Sie Ihren dreckigen Mund, Stillman! Lassen Sie das Mädchen los!« Bens Gesicht war bleich vor unterdrücktem Zorn.

»Und wer wird mich dazu zwingen? Sie vielleicht, Sie bibelschleudernder Quäker? Ich habe gehört, wenn man einem Quäker ins Gesicht schlägt, bietet er einem die andere Wange! Warum verschwinden Sie nicht und lassen mir mein Vergnügen? Sie haben Ihres in all den Monaten gehabt!«

Einen Augenblick lang starrte der junge Quäker den Indianeragenten nur an. Die Muskeln seines Kiefers verkrampften sich, so kämpfte er um Selbstbeherrschung. Aber dann, als Matthias Stillman sich wieder der um sich schlagenden Elone zuwandte und mit seiner dicken Hand ihre bloßen Brüste berührte, trat Ben einen Schritt nach vorne, faßte ihn unter den Armen, zog ihn von dem Mädchen weg und schleuderte ihn zu Boden. Elone schluchzte auf. Sie kroch zu Ben und blieb auf den Knien liegen, die Arme über den Brüsten verschränkt. Angstvoll blickte sie zu Stillman.

»Du dreckiger kleiner Wichtigtuer!« brüllte Stillman. Er rappelte sich hoch und stürzte sich auf den Arzt. »Ich werde dich lehren, dich nicht mit Matthias Stillman anzulegen! Du hast schon genug angerichtet, du bist schuld, daß ich meinen einträglichen Job verloren habe. Jetzt wollen wir doch sehen, ob du die andere Wange hinhältst – au!« Noch während er sprach, hatte er mit seiner schweren Faust nach Bens Kopf gezielt. Doch Ben duckte sich und rammte dem Indianeragenten seine eigene Rechte in den Bauch. Stillman krümmte sich und taumelte zurück.

Nach Luft japsend, richtete er sich wieder auf. Mit wildem Gebrüll stürmte er auf Ben los, umklammerte ihn und warf ihn zu Boden. Mit der linken Hand versuchte er, seinen Gegner zu erwürgen, und mit der rechten wollte er ihm, die Finger wie Klauen gekrümmt, die Augen auskratzen.

Bei diesem Anblick schrie Elone von neuem. Aber Ben faßte Stillmans rechtes Handgelenk und drückte es zurück, bis der Indianeragent ein Schmerzgeheul ausstieß. Gleichzeitig gab Stillmans Griff um seine Kehle nach. Es gelang Stillman jedoch, sich zur Seite zu rollen und aus seiner ungünstigen Lage zu befreien. Gleich sprang er wieder auf.

Der grauhaarige Korporal war an den Wagen zurückgekehrt, hörte den Lärm, zog seine Pistole und rannte herbei. »Aufhören!« brüllte er Ben zu. »Mr. Stillman, soll ich ihn festnehmen?«

»Du läßt sie kämpfen!« erklang eine gutturale Stimme. Der Korporal fuhr herum und erblickte Sipanata, der die Sehne seines Bogens bis zum äußersten Punkt gespannt hatte. Die Spitze eines Pfeils zeigte auf die Brust des Korporals. Mit drei weiteren Kriegern, die ebenfalls schon die Bogen gespannt hatten, stand er auf der anderen Seite des Zauns.

»Schon gut, ihr verdammten Rothäute, ich werde nicht schießen, legt die Bogen weg, um Himmels willen!« rief der Korporal. Er steckte seine Pistole ein, zuckte die Schultern und ging langsam zum Wagen zurück.

»So ist es richtig!« höhnte der Indianeragent und drohte mit der rechten Faust. »Ich hätte mir ja denken können, daß dir deine rothäutigen Freunde zu Hilfe kommen! Und ich nehme an, wenn ich dir etwas tue, werden sie mich mit Pfeilen spicken.«

»Nein, sie sind viel zivilisierter, als Sie ihnen zutrauen, Mr. Stillman. Wenn Sie einen Kampf wollen, stehe ich Ihnen zur Verfügung, und Hilfe brauche ich keine. Ich benutze kein Waffen, das stimmt, aber diesmal muß Ihnen eine Lektion erteilt werden. Ich werde nicht danebenstehen und zusehen, wie Elone von einem Vieh wie Ihnen mißbraucht wird.«

»Oho, von daher weht der Wind!« wieherte Stillman und warf einen schnellen Blick zu dem am Boden kauernden halbnackten Mädchen zurück. »Diesmal wollen Sie kämpfen, weil das Ihre Squaw ist. Jetzt verstehe ich, warum Sie so böse auf mich sind, Doc. Und wissen Sie, was ich tun werde? Ich werde Sie töten, und dann kann ich mich immer noch mit Ihrer Squaw amüsieren!« Mit wirbelnden Fäusten griff er den Quäker von neuem an. Bens Kopf flog in den Nacken, als ein Schwinger Stillmans ihn am Kinn traf, aber er blieb auf den Füßen. Mit beiden Fäusten gab er es ihm zurück. Er schlug dem Agenten die Nase blutig, und mit einem wuchtigen Uppercut in den Speckbauch des korpulenten Mannes warf er Stillman zurück. Dieser schrie auf, versuchte, mit rudernden Armen das Gleichgewicht zu halten, fiel zu Boden und blieb liegen.

Aus den glasigen Augen des Indianeragenten funkelte eine wahnsinnige Wut. Er wischte sich die blutige Nase mit dem Ärmel und stand langsam wieder auf. »Sie haben einfach Glück gehabt, Doc. Aber jetzt töte ich Sie«, prahlte er mit heiserer Stimme. Langsam kam er näher, und diesmal trat er plötzlich mit dem rechten Fuß nach Bens Lenden. Aber der behende Quäker, dessen Füße ständig in Bewegung waren, wich aus, packte Stillmans Knöchel mit beiden Händen und stieß ihn zurück. Wieder ging der Indianeragent zu Boden. Er krümmte sich vor Schmerzen.

Doch er stand noch einmal auf. Sein Atem ging schwer, sein Gesicht war eine Maske schwarzen Hasses. Blindlings schlug er auf den Quäker ein, aber es gelang ihm nicht, ihn voll zu treffen. Ein Schlag von Ben schloß ihm das linke Auge und warf ihn erneut um. Mit blutüberströmtem Gesicht mühte sich Stillman langsam hoch. Er leckte sich die Lippen und prüfte vorsichtig mit der Zunge, ob seine Zähne noch festsaßen.

Plötzlich zog er ein Klappmesser aus der Jackentasche, schwang es in der Luft, drang auf den Arzt ein und versuchte, wie mit einem Dolch zuzustoßen. Wieder fing Ben seinen Angriff ab. Er trat zur Seite, faßte Stillmans rechtes Handgelenk mit beiden Händen und drehte es um. Das Messer fiel dem vor Schmerz aufkreischenden Indianeragenten aus den Fingern. Er wich zurück. Bens beide Fäuste prasselten in sein Gesicht und gegen sein Zwerchfell. Stillman sah ein, daß er geschlagen war. Er sank wimmernd in die Knie, ließ den Kopf sinken und schüttelte ihn, wie um den betäubenden Schock seiner Niederlage zu vertreiben. Seine Lippen waren aufgeschwollen, sein Kinn mit dem aus der Nase fließenden Blut beschmiert.

»Sie sollten lieber aufgeben, Mr. Stillman«, sagte Ben ruhig. »Ich habe Ihnen gesagt, daß ich niemals Waffen benutze. Aber in der Schule habe ich das Boxen gelernt. Ich habe es nicht vergessen, wie Sie sehen. Jetzt werden Sie sich bei Elone entschuldigen, zu Ihrem Wagen gehen und von hier verschwinden, falls Sie nicht noch mehr von der Art abbekommen wollen.«

»Nein, nein, um Gottes willen, ich habe genug – von mir aus können Sie Ihre verdammte Squaw für sich behalten! Und ich gebe den Job sofort auf – mit einem hinterhältigen Bastard wie Ihnen will ich nichts mehr zu tun haben!« Unsicher stand Stillman auf. Er drückte ein Taschentuch gegen die heftig blutende Nase, hinkte zum Wagen, stieg mühsam hinauf und blieb mit gesenktem Kopf sitzen. Mit einer Hand rieb er sich den Bauch.

»Hat er dich verletzt, Elone?» fragte Ben besorgt.

»Nein, Dok-tor. Aber ich hatte solche Angst um dich. Er ist so ein so großer Mann, so stark – wieder hast du mich gerettet. Jetzt gehört dir mein Leben für immer, Dok-tor.«

Und dann murmelte sie sehr leise und schüchtern, und ihre Wangen röteten sich ihrer Kühnheit wegen: »Wärst du es gewesen, hätte es mir nichts ausgemacht. Er nannte mich deine Squaw. Ich bete zum Großen Geist, daß ich das sein darf, wenn du mich nur haben willst, Dok-tor.«

Ben hatte sich zur Seite gewandt und seine Jacke ausgezogen. »Hier, Elone, leg dir das über. Ich schenke dir ein neues Kleid – das Schwein hat das hier zerrissen.«

Er hatte seine Augen geschlossen, denn ihr reizender halbnackter Körper rief ein Begehren in ihm hervor, von dem er geglaubt hatte, es sei durch Fleurettes frühen Tod für immer zum Schweigen gebracht. Elone stand auf, faßte schüchtern mit beiden Händen seinen linken Arm, lächelte unter Tränen und murmelte: »Bin ich denn so häßlich anzusehen, Dok-tor?«

»Nein, Elone, o nein, du bist nicht häßlich! Du – du bist schön.«

»Um das Kleid tut es mir nur leid, weil du es mir geschenkt hast. Ich liebte es so. Aber du hast mich jetzt gewonnen. Als ich ein kleines Mädchen in meinem Heimatdorf war, pflegten zwei Krieger miteinander zu kämpfen, um zu entscheiden, wer eine Jungfrau zur Squaw haben sollte. Du hast den Mann geschlagen, der mich genommen hätte, Dok-tor. Ich habe dir schon gehört, seit du mir und Tisinqua das Leben gerettet hast, und jetzt gehöre ich dir doppelt.«

Er zitterte, hilflos den in ihm tobenden Gefühlen ausgeliefert. Sein Glauben lehrte, daß Gewalt um jeden Preis zu vermeiden war. Aber als er gesehen hatte, wie Matthias Stillman versuchte, Elone zu vergewaltigen, hatte er an nichts anderes mehr gedacht, als sie zu retten und den gierigen, schlechten Mann, der die Creeks als wilde Tiere ansah, zu bestrafen. Das in ihm aufgestaute Leid um Fleurette hatte in dieser primitiven Schlägerei mit Stillman ein Ventil gefunden, und jetzt hatte er sich davon befreit. In dem einsamen kleinen Dorf mitten in der Wildnis hatte er die Freude erfahren, anderen helfen zu können und seiner Fähigkeiten wegen geachtet zu werden, und nun entdeckte er, daß eine Frau aus einer Welt, die ihm früher völlig fremd gewesen war, für ihn die tiefste Liebe und Zärtlichkeit empfinden konnte?

Lange Zeit konnte er nicht sprechen. Er legte nur seine Hand auf Elones Hände. Schließlich sagte er: »Elone, ich will dich meinen Glauben lehren, damit du erfährst, was ich bin und wie ich denke. Und wenn du es gelernt hast und immer noch willst, werden wir nach Wichita gehen und uns im Quäkerglauben trauen lassen. Komm jetzt. Ich bringe dich in dein Tipi. Die kleine Tisinqua wird sich nach dir sehnen.«

»O ja, Dok-tor Ben! Und sie sehnt sich auch nach dir als ihrem Vater. O ja, ich will gern lernen, was dein Glaube ist, wenn das bewirkt, daß du mich nimmst«, hauchte sie. Anbetend zu ihm aufsehend, schmiegte sie sich an ihn. Er legte ihr den Arm um die Schultern und führte sie ins Dorf zurück.

XXVIII

Lucien Edmond Bouchard hatte den 20. April zum Aufbruch für den Viehtrieb bestimmt. Nach seinem Besuch bei Robert Caldemare und der darauffolgenden Schießerei war keine Spur mehr von den nach Nordwesten davongerittenen Männern zu sehen gewesen. Als Simata ihm von der Fährte berichtet hatte, beschloß Lucien Edmond, sechsundzwanzig gutbewaffnete Männer mit nach Abilene zu nehmen. Ein Dutzend sollte das Ranchhaus bewachen, acht weitere sollten auf dem Caldemare-Besitz bleiben. Zu diesen würde Joe Duvray gehören, der sich dank Margaret Caldemares hingebungsvoller Pflege von seiner Schulterwunde erholt hatte. Am Tag vor dem Aufbruch kam der junge Mann aus Georgia auf die Windhaven-Ranch geritten, um mit Lucien Edmond für den Fall, daß die verschwundenen *pistoleros* plötzlich zurückkehrten, einen Verteidigungsplan zu entwerfen. Es war ja durchaus denkbar, daß die Kerle das Eigentum ihres toten Arbeitgebers übernehmen wollten.

»Ich kann mir kaum vorstellen, daß diese Männer Interesse daran haben, auf dem Land Vieh zu züchten«, erklärte Lucien Edmond. »Und da Caldemare offenbar außer seiner Tochter keine Erben hat, steht der Besitz ihr zu – nur daß das Gericht ihn ihr nach den gültigen Gesetzen kaum übertragen wird. Wie ich die Sache sehe, werde ich wohl, sobald ich von Abilene zurück bin, nach Austin gehen und mit dem Leiter des Landbüros sprechen müssen, was am besten zu tun ist. Vielleicht kann ich selbst das Land kaufen und – sollten Sie Interesse haben – es Ihnen gegen Ratenzahlungen abtreten.« Lucien Edmond musterte Joe wohlwollend. »Was halten Sie davon, Joe?«

»Aber, Mr. Bouchard, Sie wissen doch, daß ich nicht so viel Geld habe. Natürlich habe ich mir von meinem Lohn ein hübsches Sümmchen gespart – hier kann man ja nirgends Geld ausgeben –, aber wie soll ich drei- oder viertausend Morgen Land kaufen, selbst wenn der Morgen nur fünfzig Cents kosten sollte?« rief Joe verstört.

»Sehen Sie es einmal so, Joe. Angenommen, ich kaufte es in Ihrem Namen und gäbe Ihnen ein paar Herefords und Brahmas. Dann hätten Sie reichlich Land für Weiden und Kreuzungen, nicht wahr?«

»Bestimmt, Mr. Bouchard. Ich glaube, Caldemares Besitz ist noch größer als Ihrer. Wenigstens von der Westgrenze her sieht es so aus.«

»Ich habe keinen Zweifel daran, daß das stimmt. Natürlich werde ich es nachprüfen, wenn ich nach Austin komme. Aber wenn wir es so machen und Sie mir jedesmal, wenn Sie Ihr Vieh verkauft haben, einen Teilbetrag zurückzahlen? Natürlich hätten Sie das Land in Wirklichkeit in Treuhandverwaltung für Margaret Caldemare.«

»Ja, sicher.« Joe blickte auf seine staubigen Stiefel und runzelte nachdenklich die Stirn.

»Nun machen Sie kein so finsteres Gesicht«, meinte Lucien Edmond lachend. »Ich habe den nagenden Verdacht, daß Sie in das Mädchen ebenso verliebt sind, wie Margaret es in Sie ist. Und Tatsache ist, Joe, sie braucht Ihre Hilfe, da ihr Vater tot ist und sie sonst niemanden hat. Nach allem, was Sie mir von Ihren Gesprächen mit ihr erzählt haben, nehme ich an, daß sie das einzige Kind war, in einem Internat im Osten lebte und von ihrem Vater selten besucht wurde.«

»So ist es.«

»Dann hat sie also keinen Ort, wohin sie gehen kann. Auch scheint es, da sie das Haus nach Briefen oder Unterlagen über Aktien oder Banknoten durchsucht und nichts gefunden hat, daß ihr Vater alles, was er besaß, in das Land und die Vorbereitung seines eigenen Viehtriebs steckte.«

»Das ist auch meine Meinung, Mr. Bouchard. Das einzige, was mir nicht einleuchtet, ist, daß er die mexikanischen Rinder angeschafft hat, denn gutes Fleisch bringen die nicht. Und ich könnte mir vorstellen, daß die Einkäufer sofort Texasfieber oder etwas Schlimmeres vermuten, wenn sie die Tiere sehen.«

»Haben Sie sich die Rinder gut angesehen, während Sie dort waren, Joe?«

»Ja, Mr. Bouchard.« Joe erhob sich aus seinem Sessel und blickte so finster drein wie zuvor. »Ich habe so eine Ahnung, als wären sie aus Mexiko gestohlen. Einige tragen ein Brandzeichen, aber es ist unkenntlich. Und bei anderen sieht es so aus, als sei ein Brandzeichen unter dem RC, das sie jetzt haben.«

»Sie mögen recht haben«, überlegte Lucien Edmond. »Aber warum sollte Robert Caldemare sich mit fünfhundert mexikanischen Rindern zufriedengeben? Wenn er hierherkam, um eine Ranch aufzuziehen, muß er sich vorher über die Gegend, das Weideland, die Rassen und andere Dinge erkundigt haben. Er konnte nicht damit rechnen, daß er an Tieren wie diesen Geld verdienen würde.«

»Nein, das nicht, Mr. Bouchard. Ich verstehe das einfach nicht. Margaret weiß natürlich nichts darüber. Sie ist nur froh, daß die *pistoleros* nicht zurückgekommen sind, weil ihr das Aussehen dieser Kerle von Anfang an nicht gefiel.«

»Mitsamt dem Killer, der Ihnen seinen Namen nicht nennen wollte.« Lucien Edmond kam hinter seinem Schreibtisch hervor, trat ans Fenster und sprach seine Gedanken laut aus. »Simata hat mir berichtet, daß er die Spuren von mindestens einem Dutzend Pferden, die in nordwestlicher Richtung verliefen, gesehen hat. Diese Männer sind davongeritten, bevor Caldemare und sein *capataz* Jaime Ruiz getötet wurden, so daß das nicht der Grund für ihren schnellen Aufbruch sein kann. Sehen wir das zusammen mit Ihrem Verdacht, die Rinder könnten jenseits der Grenze gestohlen worden sein, dann kommen mir ein paar sehr unerfreuliche Gedanken.«

»Mir geht es genauso, Mr. Bouchard«, pflichtete Joe Duvray ihm bei.

»Wir wollen morgen mit rund 3800 Stück Vieh aufbrechen, und ich will sechsundzwanzig Männer mitnehmen, von denen alle schon einmal mit in Abilene gewesen sind. Wir haben unsere Spencers und die neue Munition, so daß wir diesen *pistoleros* mehr als gewachsen sind, wenn wir einmal annehmen, sie hätten den verrückten Plan, uns anzugreifen.«

»Ich habe auch daran gedacht, Mr. Bouchard. Aber liegt es in der Art solcher Männer, vorauszureiten und zwei Monate lang darauf zu warten, daß Sie mit der Herde kommen?«

»Nur dann, wenn mehr dahintersteckt, als Sie und ich uns zusammenreimen können, Joe«, gestand Lucien Edmond. »Es könnte ja auch sein, daß sie mit dem Verlauf der Dinge auf der Caldemare-Ranch unzufrieden waren und sich deshalb entschlossen haben, sich selbständig zu machen oder sich eventuell einer Bande von Buschräubern anzuschließßen.«

»Wie die Reedy-Bande, die wir im letzten Jahr zerschlagen haben?« meinte Joe.

»Es könnte sein.« Lucien Edmond strich sich über das Kinn. Vor dem Fenster jagte der alte Jubal seinen eigenen Schwanz. »Es gibt einen auf unserer Ranch, der sich überhaupt keine Sorgen macht, ausgenommen vielleicht die, wie er das Ende seines Schwanzes zu fassen bekommt. Sehen Sie sich an, wie der alte Jubal draußen seinen Spaß hat. Was ist er für ein wundervoller alter Hund, und wie tüchtig hat er sich als Wachhund erwiesen, als die Macaras-Brüder uns angegriffen haben.«

Joe stellte sich neben seinen Boß und lachte über die Kapriolen des Hundes. »Es steckt immer noch viel Leben in

Jubal, Mr. Bouchard. Wenn Sie nun möchten, daß ich in dem Caldemare-Haus bleibe, so soll es mir recht sein. Sieben unserer Vaqueros werden in der dortigen Mannschaftsunterkunft wohnen, nur für den Fall, daß es sich diese *pistoleros* in den Kopf setzen, zurückzukommen und nachzusehen, was sich tut. Richtig?«

»So ungefähr, Joe. Und denken Sie darüber nach, was ich Ihnen über Margaret Caldemare gesagt habe. Sie könnten etwas Dümmeres tun, als ein solches Prachtmädchen zu heiraten.«

»Als ob ich das nicht wüßte, Mr. Bouchard!« Joe wurde auf einmal ganz redselig, und gleichzeitig stieg ihm vor Verlegenheit das Blut in sein sonnengebräuntes Gesicht. »Aber sie stammt aus einer sehr viel höheren Gesellschaftsschicht als ich, das wissen Sie, Mr. Bouchard. Trotzdem habe ich sie sehr gern, das ist die reine Wahrheit.«

»Ich bin überzeugt, sie empfindet für Sie genauso, Joe. Schließlich haben Sie ihr das Leben gerettet, und das war der bestmögliche Anfang für eine Romanze.«

»Sicher, aber ich war auch dabei, als ihr Vater getötet wurde. Das einzige Gute daran ist, daß sie darüber nachzudenken beginnt, ob er vielleicht nicht ganz das gewesen ist, was sie sich unter ihm vorgestellt hat. Er hat ihr eine Menge Briefe geschrieben und ihr alle möglichen Versprechungen gemacht, und als sie dann zu ihm kam, mußte sie feststellen, daß er ein ganz anderer Mensch war, als sie gedacht hatte.«

»Das ist ein Grund mehr, warum Sie ihr beistehen müssen. Verkaufen Sie sich nicht unter Ihrem Wert, Joe. Sie sind für die Windhaven-Ranch ein sehr wertvoller Freund und Mitarbeiter geworden, Sie haben eine Menge über Viehzucht gelernt, und Sie haben gesehen, wie ich die Herde in Abilene verkaufe. Sie haben die Fähigkeit, die Caldemare-Ranch zu leiten, und wenn Sie einmal Margaret Caldemares Mann sind, gibt Ihnen das einen besonderen Ansporn.«

»Ich würde mein Bestes tun, Mr. Bouchard. Himmel, als

Sie Andy Haskins und mich auf dem Kai in New Orleans sahen, hätte ich mir nie träumen lassen, daß mir so etwas begegnen könnte.«

»Andy erlebt auch allerhand, Joe«, entgegnete Lucien Edmond. »Vater schreibt mir, daß Andy einen Besitz flußabwärts wieder in Schwung bringt und bald eine sehr nette junge Witwe heiraten wird, die dort mit ihrem blinden Vater wohnt. Andy werden wir auf der Windhaven-Ranch wohl nicht wiedersehen. Aber Sie werden mein nächster Nachbar, wenn Sie Margaret Caldemare heiraten. Und wenn es Ihnen recht ist, werde ich Ihr Partner sein.«

»Ich weiß nicht, was ich sagen soll, Mr. Bouchard.« Joes Stimme wurde unsicher. Er hustete, um seine Gefühle zu verbergen. »Verflixt, mir sitzt wohl ein Frosch in der Kehle. Nun, jedenfalls, wenn Sie meinen, ich könnte es schaffen, dann will ich es versuchen. Aber ich weiß nicht einmal, ob Margaret sich vorstellen kann, mich zu heiraten. Wenn man einem Mädchen das Leben rettet, folgt daraus ja nicht ohne weiteres, daß – Sie wissen schon, was ich sagen will, Mr. Bouchard.«

Lucien Edmond Bouchard nickte und klopfte Joe Duvray lächelnd auf den Rücken. »Übereilen Sie nichts, es wird sich alles ganz von selbst ergeben. Sie kümmern sich also um alles, solange wir fort sind. Und die Vaqueros, die hier auf der Ranch bleiben, reiten ab und zu hinüber und besuchen Sie, um sich zu vergewissern, daß alles in Ordnung ist.«

»Ich werde wachsam sein, Mr. Bouchard. In gewisser Weise tut es mir jedoch leid, daß ich morgen nicht mit Ihnen reiten kann.«

»Sie übernehmen eine große Verantwortung, Joe. Auf Ihnen ruht unsere Verteidigung, und das ist ebenso lebenswichtig wie das Bewachen der Herde, die wir nach Abilene treiben. Vielleicht hängt sogar noch mehr davon ab, je nachdem was diese *pistoleros* unternehmen. Wir sehen uns wieder, wenn ich zurückkomme. Wünschen Sie mir Glück.«

»Alles Glück der Welt, Mr. Bouchard. Und Gott segne Sie

für alles, was Sie für mich getan haben.« Joe faßte Luciens Hand und drückte sie kräftig. Schnell verließ er das Ranchhaus, bestieg seinen Wallach und ritt zu Margaret Caldemare zurück.

Kurz nach Sonnenaufgang am 20. April ertönte das protestierende Brüllen der Rinder. Darunter mischten sich die anfeuernden Rufe der Vaqueros und das Rasseln des schweren Küchenwagens, den Tiburcio Caltran fuhr. Wie schon früher hatte Ramon Hernandez die Verantwortung für die Remuda. Er hatte seiner schönen Frau Mara und ihren beiden kleinen Söhnen bereits Lebewohl gesagt. Lucien Edmond Bouchard hatte Maxine lange und liebevoll geküßt, Carla und Hugo an sich gedrückt und dann die zweijährige Edwina auf den Arm genommen, sie geküßt und ermahnt, gut auf ihre Mutter aufzupassen.

Die hochschwangere Felicidad eilte aus dem Haus, um Abschied von ihrem geliebten Lucas zu nehmen. Der weißhaarige Djamba lächelte von seinem schwarzen Wallach wohlwollend auf das junge Paar hinab. Celia, die sich nach der Rückkehr aus Sangrodos Dorf eine Erkältung zugezogen hatte, war wieder gesund. Sie lächelte ihrem Sohn und seiner mexikanischen Frau zu. Der stattliche Mandingo, den sie ebenso achtete und bewunderte sowie wegen seiner Treue zu den Bouchards liebte, bekam eine Kußhand von ihr.

Pablo Casares war gekommen, um allen Lebewohl zu sagen. Seine schwarzhaarige Frau Kate stand neben ihm, einen Arm um ihn geschlungen, und die beiden kleinen Jungen klammerten sich an seine Hände. Sie flüsterte ihm zu: »Tut es dir leid, daß du diesmal nicht mitreitest, lieber Pablo?«

»Nein, *mi querida*«, flüsterte er zurück. »Hier bei mir habe ich alles, was ich mir je im Leben wünschen kann. *El Señor Dios* sei gepriesen für die Güte, die er mir erwiesen hat.«

»Eine Güte, die du dir wohlverdient hast, Darling. Und weißt du auch, daß du Ende des Jahres Vater werden wirst, Pablo?« flüsterte sie ihm ins Ohr. Dann errötete sie heftig, als er zusammenfuhr und sie mit großen Augen ansah.

»Was hast du gesagt, *mi corazón*?« fragte er fassungslos.

»Daß ich im November dein Kind bekommen werde, wenn ich richtig gerechnet habe, Darling«, gab sie neckend zurück.

Pablo seufzte tief auf. Seine Augen leuchteten. »Manchmal fürchte ich, ich werde aufwachen, und es ist alles nur ein Traum gewesen, *querida*«, murmelte er. »Du – du bist dir wirklich sicher, meine Süße?«

Kate Casares lächelte. »Eine Frau weiß so etwas, Pablo. Wenn es ein Sohn ist, möchte ich ihn nach seinem Vater nennen.«

»Aber wenn es ein Mädchen ist – und das würde mir sehr gefallen –, dann möchte ich sie gern Catarina nennen, nach dir.«

»Wir werden abwarten müssen, nicht wahr, mein Liebster? Jetzt weißt du es, und ich denke, um so lieber wirst du hierbleiben und dich um mich und die beiden kleinen Jungen kümmern und auch um die Ranch, solange Mr. Bouchard und die Männer fort sind.« Sie hob die Hand und winkte Lucien Edmond zu, der das Signal zum Aufbruch gab.

Die weißhaarige Sybille stand mit Maybelle Belcher in der Tür. »Das ist die größte Herde, die wir je gehabt haben, nicht wahr, Mutter Sybille?« fragte Maybelle.

»Das ist es bestimmt. Ich hoffe, die Männer haben keine ungewöhnlichen Schwierigkeiten damit. Heute abend werde ich in der Kapelle für sie beten. Zeit habe ich ja, da ich nicht für Bens Kinder zu sorgen brauche. Ich bin dir dankbar, daß du Timmy und Connie diese Verantwortung hast übernehmen lassen. Macht es ihnen Spaß, mit den Kindern umzugehen?«

»Oh, Mutter Sybille, sie kommen einfach wunderbar mit ihnen aus. Der arme Ben – wie mag es ihm in dieser

Reservation ergehen?« seufzte Maybelle.

»Er arbeitet, er denkt an andere, und das wird seinen Schmerz um Fleurette mildern, Maybelle. Die Arbeit und die Zeit. Wenn man jung ist, macht man sich das nicht so recht klar, und manchmal kämpft man dagegen an. Aber nach und nach lernen wir, daß Liebe, Arbeit und der Zusammenhalt einer Familie auch die tiefste Trauer überwinden können«, murmelte Sybille.

Sie war dünner als gewöhnlich, denn sie hatte sich bei Celia angesteckt und mit einer Grippe eine Woche im Bett gelegen. Heute war sie zum ersten Mal aufgestanden. Sie blickte zu dem sonnigen Himmel hinauf und lächelte. »Die Luft ist warm und angenehm. Es ist ein schöner Tag, ein gutes Omen für den Viehtrieb.«

»Du hast recht, Mutter Sybille«, versicherte Maybelle ihr. »Ich gehe heute abend mit dir in die Kapelle zum Beten.«

»Und du, Maybelle, bist du glücklich hier draußen?«

»O ja!« strahlte Maybelle. »Ich habe lange gebraucht, bis ich über Mark hinweggekommen war, das weißt du, Mutter Sybille. Als ich herkam, hatte ich das Gefühl, nichts mehr zu haben, wofür sich zu leben lohnte. Dann kam der liebe altc Henry mit seinen prächtigen Kindern. Und jetzt ist mir, als wäre ich nie in Alabama gewesen, als hatte ich Mark nic kennengelernt – nun, so habe ich das nicht gemeint . . . «

»Ich weiß schon, was du sagen willst, Liebes«, unterbrach Sybille freundlich. »Ich bin glücklich für dich. Ich habe Mark, mein eigen Fleisch und Blut, geliebt, und doch hat er mir so viel Kummer gemacht. Wie habe ich darum gebetet, er möge endlich einsehen, daß er bei seiner wilden Art zu leben nie das eigentliche Glück finden werde! Aber irgend etwas trieb ihn, etwas, das ich nicht verstehen konnte. Vielleicht habe ich Luke deshalb immer als meinen eigenen Sohn angesehen, Maybelle. Er liebt das Leben so sehr, auch jetzt noch, wo er in den Fünfzigern ist. Er hat so viel Schwung, er glaubt an Wahrheit und Ehrenhaftigkeit und daran, daß Geben seliger ist als Nehmen. Du siehst, ich bin gesegnet, und ich bin Gott dankbar. Alles Leid, das mir widerfahren ist, hat mich um so dankbarer gemacht für die Liebe, die mir entgegengebracht wurde, und die Liebe, die ich geben konnte. – Da reiten sie, Maybelle. Möge Gott mit ihnen sein und auf allen Wegen über sie wachen!«

»Amen, Mutter Sybille.«

Eine Woche nach Lopasutas Ankunft auf der Windhaven-Plantage ritten Luke Bouchard und der junge Komantsche nach Montgomery zu dem alten Jedidiah Danforth. Der Rechtsanwalt war von dem zweiundzwanzigjährigen Krieger sehr beeindruckt. Er unterhielt sich eine Stunde mit Lopasuta, dann sagte er strahlend zu Luke: »Es ist lange her, daß ich das letzte Mal einen jungen Mann mit so viel Unternehmungsgeist und gesundem Menschenverstand gesehen habe. Ich nehme ihn mit Freuden in meiner Kanzlei auf. Und nicht nur das. Sie wissen ja, Mr. Bouchard, daß ich ein einsamer alter Mann bin; deshalb möchte ich auch, daß er in meinem Haus wohnt. Die alte Mrs. Cantwell, die seit fünfzehn Jahren meine Haushälterin ist, bemuttert mich wie eine Glucke. Habe ich Lopasuta bei mir, sind wir Männer in der Überzahl, und vielleicht bekomme ich dann ein bißchen Ruhe vor ihr.«

»Das ist sehr freundlich von Ihnen, Mr. Danforth«, sagte Luke. »Und Sie halten Lopasuta nicht für zu jung, um Rechtsanwalt zu werden?«

Jedidiah Danforth maß ihn mit einem entrüsteten Blick. »Mr. Bouchard, da muß ich Ihnen sagen, daß ich meine Praxis hier in Montgomery eröffnete, als ich genau in seinem Alter war. Keine Bange, bis Ende des Jahres habe ich ihn so weit, daß er Fragen aus dem Blackstone beantworten und mit Sachkenntnis über Beleidigungsklagen und Verträge reden kann. Danach braucht er nur noch vor Richter Tollefson zu erscheinen und sein Examen abzulegen.«

»Das ist großartig!« rief Luke aus. Er wandte sich dem Komantschen zu. »Wird dir das Freude machen, Lopasuta?«

»Ich werde Ihnen mein ganzes Leben lang dankbar sein, Mr. Bouchard«, erwiderte der hochgewachsene junge Komantsche. Er sah den Rechtsanwalt an und fügte hinzu: »Aber ich möchte mir meinen Lebensunterhalt verdienen, besonders wenn ich bei Ihnen wohnen soll, Mr. Danforth.«

Der alte Rechtsanwalt kicherte, zeigte mit dem Finger auf Lopasuta und erklärte: »Sie werden mehr als Ihren Lebensunterhalt verdienen, Sir. Mr. Bouchard hat mir erzählt, daß Sie, wie alle Komantschen, sehr gut mit Pferden umgehen können. Nun, Sir, wenn wir von meinem Haus zur Kanzlei fahren, benutzen wir Pferd und Wagen, und meiner Stute würde es guttun, wenn sich jemand um sie kümmerte. Ich wäre Ihnen dankbar, wenn Sie das übernähmen.«

»Es wird mir eine Freude sein, Mr. Danforth.« Lopasuta nickte.

»Außerdem«, fuhr der Rechtsanwalt trocken fort, »werde ich Sie des Abends mit dem Lesen von Gesetzbüchern beschäftigen, und am Tag müssen Sie alle anfallenden Arbeiten verrichten, Botengänge übernehmen und unangemeldet erscheinenden Klienten sagen, ich sei gerade beschäftigt und sie müßten warten, bis sie an der Reihe wären. Oh, Sie werden sich Ihren Lebensunterhalt ganz bestimmt verdienen.«

»Das ist gut, Mr. Danforth. Ich werde fleißig arbeiten, um Ihnen und Mr. Bouchard zu vergelten, daß Sie mir diese Chance geben«, versprach Lopasuta.

»Und was hältst du davon, Lopsuta, daß ich dich als meinen Sohn adoptieren möchte?« warf Luke plötzlich ein.

Der junge Komantsche fuhr erstaunt auf. Seine Augen wurden groß. Er antwortete mit ernstem Gesicht: »Das wollen Sie für einen Komantschen tun? Ich habe noch nie gehört, daß ein Bleichgesicht einen Indianer als seinen Sohn angenommen hat. Es hat schon viele Bleichgesichter gegeben, die indianische Squaws genommen und mit ihnen Kinder gezeugt haben, aber sie erkennen sie nicht an. Manchmal schämen sie sich ihrer sogar.«

»Ein Grund dafür ist, Lopasuta, daß du als Komantsche keine Anwaltspraxis eröffnen kannst. Ich bin jedoch überzeugt, daß Mr. Danforth, der alles weiß, was es über die Gesetze von Alabama zu wissen gibt, dir versichern wird, daß du als mein Sohn keinerlei Schwierigkeiten haben wirst. Außerdem weißt du, wie stark ich mich Sangrodo verbunden fühle. Er hat so viel für meine Familie und mich getan, daß ich ihm mit dieser Unterstützung nur einen kleinen Teil meiner Schuld abzahle.«

Lopasuta schwieg eine Weile. Er versuchte, seine Gefühle hinter einem unbewegten Gesicht zu verstecken. Schließlich sagte er: »Dann habe auch ich eine große Schuld, und ich muß danach streben, mich einer solchen Ehre würdig zu erweisen. Ich wäre stolz darauf, Ihr Sohn genannt zu werden, Mr. Bouchard. Sangrodo hat mir oft erzählt, daß Sie ein wahrer Freund der Komantschen sind und daß er auf Ihr Wort mehr vertraut als auf einen von Ihrem Großen Häuptling unterzeichneten Vertrag.«

»Damit liegen Sie gar nicht so falsch, Lopasuta«, gackerte Jedidiah Danforth belustigt. »Unser Präsident war ein recht guter General, das will ich einräumen. Aber die Ratgeber, die er jetzt, wo er im Weißen Haus sitzt, um sich versammelt hat, machen einen alten Rechtsanwalt wie mich sehr mißtrauisch, jawohl, Sir. Also, Mr. Bouchard, soll ich die Urkunden für die Adoption ausstellen?«

»Sofort, Mr. Danforth.« Luke trat zu dem jungen Komantschen und streckte ihm die Hand hin. »Ich habe nicht den geringsten Zweifel daran, daß du dich als würdig erweisen wirst, Lopasuta. Laure und ich werden dich mit Stolz unseren Sohn nennen.«

Lopasuta ergriff Luke Bouchards Hand und sah ihm in die Augen. »Ich schwöre es Ihnen bei dem Großen Geist, daß ich Ihrem Namen niemals Schande machen und mich bemühen werde, ihm Ehre zu erweisen, wie Sie es in Ihrem Verhalten gegenüber meinem Volk getan haben.«

XXIX

Es war die bei weitem größte Herde, die Lucien Edmond Bouchard jemals auf den Markt gebracht hatte, und vernünftigerweise hatte er von Anfang an beschlossen, im Durchschnitt nicht mehr als fünf bis sechs Meilen pro Tag zurückzulegen. Aus Erfahrung wußte er, daß er Zeit für die unvermeidlichen Stampeden einkalkulieren mußte. Außerdem mußten drei Flüsse überquert werden, der seichte San Antonio, der ungestüme Colorado und der stets tückische Red River, auf dessen anderem Ufer das Indianerterritorium begann. Es war ein mühsamer Weg von über achthundert Meilen, und jederzeit konnte es zu Zwischenfällen kommen. Die größte Sorge machte Lucien Edmond jedoch, daß er, da er so spät aufgebrochen war und neue Rancher als Konkurrenten auftreten würden, zu spät zu Joseph McCoy kommen könne, um den Preis zu erzielen, den er sich erhoffte.

Er hatte bereits darüber nachgedacht, wie er das Geld verwenden wollte. Vielleicht zahlte ihm Ed Dade, der Einkäufer von Armour in Chicago, ganze zehn Dollar pro Stück. Das machte rund vierzigtausend Dollar, vorausgesetzt, er verlor unterwegs nicht zu viele Tiere durch Stampeden oder, wie es im letzten Jahr passiert war, durch das Zusammentreffen mit einer Büffelherde, mit der eine beträchtliche Zahl seiner Kühe auf Nimmerwiedersehen verschwand. Fünftausend Dollar aus dem Erlös würde er brauchen, um in Austin Robert Caldemares Land zu kaufen, das Joe Duvray für Margaret Caldemare verwalten sollte. Sobald Joe den Kredit zurückgezahlt hatte, würde das Besitzrecht auf ihn übergehen. Das war eine gesunde Kapitalanlage, sagte sich Lucien Edmond. Seine Westgrenze wäre dann durch einen loyalen Verbündeten und Nachbarn geschützt. Und da Joe über die Viehzucht genauso dachte wie er selbst, konnten sie in größerem Umfang Kreuzungen vornehmen, bis die Windhaven-

Ranch eines Tages die reichste Rinder-Ranch in ganz Texas sein mochte.

Lucien Edmond brauchte ferner Geld für die an seinem Ranchhaus fälligen Reparaturen und Umbauten, denn die letzten Winter waren außergewöhnlich streng gewesen. Es sollte Maxine und den Kindern mehr Bequemlichkeit bieten, und für Mutter Sybille wollte er eine dieser neumodischen Nähmaschinen anschaffen, von denen er in einer Zeitung aus New Orleans gelesen hatte. Auch die Mannschaftsunterkunft war zu klein geworden. Die Zahl der Vaqueros war gewachsen, und die hart arbeitenden Männer brauchten ein angenehmes Quartier. Für Eddie Gentry und Simata, den halbindianischen Scout, der der Herde wie immer vorausritt, müßten Häuschen anstelle der Erdhütten, die sie jetzt bewohnten, gebaut werden.

Natürlich brauchte er auch weitere Brahmas, vielleicht noch zwei Bullen und acht Kühe. Einen Bullen und zwei Kühe würde er Joe Duvray zur Verfügung stellen. Dazu wollte er mehr Herefords anschaffen, denn das günstige Ergebnis der Kreuzung dieser Rasse mit den Longhorns hatte er bereits vor Augen. In diesem Frühling hatte es keine Epidemie gegeben wie bei anderen Herden. Die Furcht vor Rinderkrankheiten war ja auch der Grund zu den blutigen Zusammenstößen gewesen, als die ersten Rancher aus Texas gleich nach dem Bürgerkrieg versuchten, ihre Tiere nach Sedalia oder Baxter Springs zu bringen. Wenn Lucien Edmond an die Zukunft dachte, war er überzeugt, daß die Eisenbahnen nach Süden vorrücken würden, wie es im Westen bereits der Fall war. Dann wurden das Halten und Verladen von Rindern zu einem Geschäft mit einem Minimum an Risiko. Die Zeit der Viehtriebe mit ihren Gefahren, im allgemeinen aber ein sorgenfreies, glückliches Leben, das besonders Männern ohne Heim und Familie zusagte, würde dann zur Legende werden. Das Vieh kam nach dem Brandmarken sofort in die Eisenbahnwaggons, bis zu denen es vielleicht nur zehn oder zwanzig Meilen Weg war.

Ja, das alles war angesichts der ungeheuren industriellen Expansion, die im Osten begonnen hatte und sich nun über den mittleren Westen langsam nach Süden und Westen ausbreitete, durchaus möglich. Die Grenzen wurden immer weiter zurückgeschoben. Abenteuer, die Bewältigung von Schwierigkeiten, Initiative – all das, was einem Mann, der auf einem Stück Land bescheiden anfing, so viel Zufriedenheit gewähren konnte – mußte zu einem Blatt im Buch der romantischen Vergangenheit werden. Auch wenn in Zukunft größere Gewinne erzielt werden konnten, war das irgendwie traurig, dachte Lucien Edmond. Und er wußte, sein Vater, der einen so guten Blick für zukünftige Entwicklungen und so viel Verständnis für die Schwächen seiner Nachbarn und seiner Feinde hatte, dachte genauso wie er über das, was die Zukunft für die Bouchards bereithalten mochte.

Reichtum würde sich anhäufen, vielleicht mehr, als der alte Lucien sich je hätte träumen lassen. Mit dem Reichtum kamen neue Sorgen und Verantwortung und auch die Gefahr der Korruption durch Geld und Macht. Aber Lucien Edmond glaubte nicht, daß er selbst oder Luke jemals von Habgier oder Machtgelüsten versucht werden würde. Er nahm an, daß Robert Caldemare sich von seiner Habgier hatte leiten lassen, und er hatte mit seinem Leben dafür bezahlt. Lucien Edmond schwor sich, Carla, Hugo und die kleine Edwina sollten in dem Glauben an die unveränderlichen Werte von rechtschaffener Arbeit, Ehrenhaftigkeit und Verbundenheit mit der Familie aufwachsen. Das war das Credo des alten Lucien für ein erfülltes Leben gewesen.

Lucien Edmond wußte nicht, warum er sich in Gedanken so intensiv mit der Zukunft beschäftigte. War es eine Vorahnung, hervorgerufen durch die immer noch nicht geklärte Frage, was Robert Caldemare mit seinen taktischen Maßnahmen bezweckt hatte? Er hatte Simata gebeten, auf Spuren der Art zu achten, wie der Scout sie zuerst von Caldemares Besitz in nordwestlicher Richtung weiterführend entdeckt hatte. Denn Lucien Edmond war überzeugt, daß der hastige Aufbruch der Haupttruppe der *pistoleros* etwas mit dieser Frage zu tun hatte.

Als an diesem Abend das Lager aufgeschlagen wurde, verbrachte Lucien Edmond geraume Zeit mit seinem Schwager Ramon Hernandez, mit Djamba und Lucas. Ramon hatte aus den Erfahrungen des letzten Jahres viel gelernt und eine ausgezeichnete Remuda zusammengestellt. Der schöne junge Mexikaner hatte selbst ein Dutzend guter Wallache ausgebildet. Auf diese Pferde konnte man sich bei der Arbeit mit unruhigen Rindern verlassen, sogar bei einer Stampede. Wenn ein Reiter sein Lasso nach einem von der Herde abgekommenen Tier auswarf, blieben diese Pferde auf seinen Befehl hin mitten im Lauf stocksteif stehen. Von der Zuverlässigkeit der Reittiere und ihrer Fähigkeit, Befehle sofort zu befolgen, hingen Menschenleben ab. Ramon hatte in der Tat gute Arbeit geleistet.

Zu Djamba fühlte sich Lucien Edmond noch mehr hingezogen als früher. Dieser weißhaarige Mandingo besaß so viel Würde, und obwohl er die langen Tage des mühsamen Ritts immer noch mit Begeisterung auf sich nahm, schien er doch ruhiger und besinnlicher geworden zu sein. Es war, als denke er an die Vergangenheit, als er bei Pierre Lourat in New Orleans auf dem Auktionsblock gestanden und Henry Bouchard ihn gekauft hatte. Henry hatte aus Djamba einen Boxer machen wollen, auf den er Geld setzen konnte. Aber als Henry an einem Herzanfall starb, war Djamba von Sybille Bouchard freigelassen worden. Sie hatte auch Celia freigelassen, die Mulatten-Schönheit, die Henry ebenfalls bei dem kreolischen Sklavenhändler gekauft und für sein eigenes Bett bestimmt hatte. Von Sybille dazu ermutigt, hatten Djamba und Celia geheiratet. Sybilles zweiter Mann war Matthew Forsden geworden, zuvor Aufseher über die Windhaven-Plantage. Als das Chateau in den letzten Kriegstagen von Unionstruppen in Brand gesteckt wurde, fand Matthew durch die Kugel eines Soldaten den Tod. Und

Paul, Matthews und Sybilles Sohn, war im frühen Alter von dreiundzwanzig in der Schlacht von Shiloh gefallen. Für Djamba und Celia in ihrer unwandelbaren Treue zu Sybille war es selbstverständlich gewesen, daß sie die Bouchard-Familie nach Texas begleiteten.

An diesem feuchten Maiabend dachte Lucien Edmond immer wieder an Sybille. Ihm war es ebenso natürlich, sie Großmutter zu nennen, wie sein Vater Luke sie Mutter nannte, obwohl sie seine Stiefmutter war. Was war sie doch für eine erstaunliche Frau, welch ein ereignisreiches Leben hatte sie geführt und wie tapfer war sie allen seinen Herausforderungen begegnet! Jetzt war sie achtundsechzig. Sie hatte Henry Bouchard geheiratet, als sie noch nicht ganz siebzehn war. Sie hatte seine Treulosigkeit, seinen Jähzorn und seine Habgier ertragen, sie hatte nach Henrys Tod Luke geholfen, die Windhaven-Plantage zu leiten, sie hatte ihren zweiten Mann und den einzigen aus dieser Ehe stammenden Sohn verloren. Und doch hatte sie mit dem strahlenden Optimismus einer jungen Frau an Lukes Seite gestanden und die Ängste der anderen beschwichtigt, als das Château brannte. Gemeinsam hatten sie die übrigen Familienmitglieder davon überzeugt, das beste für die Bouchards sei es, nach Texas zu ziehen und einen neuen Anfang zu machen.

Lucien Edmond erinnerte sich daran, wie Sybille auf der langen Wagenfahrt quer durch Texas nach Carrizo Springs einen mexikanischen Banditen getötet und zwei andere verwundet hatte, darunter den Anführer der Bande, die den Wagenzug hatte überfallen wollen. Und als Carlos Macaras (der Bruder des Mannes, dem sich Ramon Hernandez einstmals in dem Glauben, er unterstütze die Sache Benito Juarez', angeschlossen hatte) die Windhaven-Ranch angriff, kämpfte Sybille Forsden wiederum wie ein Frontsoldat. Kein Wunder, daß Luke sie anbetete, ebenso wie er, Lucien Edmond, es tat. Doch am ergebensten von allen war ihr Djamba. Er war der junge König seines Volkes gewesen und von seinem schwachen Bruder und dessen böser Frau verraten und in die Sklaverei verkauft worden. Sybille aber hatte ihm die Freiheit zurückgegeben.

Lucien Edmond legte die Hand auf Djambas Schulter und fragte freundlich: »Wie geht's, alter Freund?«

»Durchaus nicht schlecht, Mr. Lucien Edmond«, erwiderte der Mandingo lächelnd. »Sie haben einen guten Koch angestellt. Auch wenn die Männer Pablo vermissen, wissen sie Tiburcio doch zu schätzen. Er macht ein sehr gutes Stew, und er bittet Simata, nach wilden Zwiebeln Ausschau zu halten, gerade wie es meine Frau Celia bei unserm ersten Viehtrieb getan hat.«

»Ja, das ist jetzt drei Jahre her, als wir unsere erste Herde in Santa Fe verkauften«, sann Lucien Edmond. »Es tut mir leid, daß wir dieses Jahr erst so spät aufbrechen konnten. Da wir diesmal so viele Rinder haben, kann es Mitte August oder sogar noch später werden, bis wir Abilene erreichen.«

»Das geht schon in Ordnung, Mr. Lucien Edmond«, lachte Djamba. »Diese Arbeit macht mich wieder jung und hält meinen Verstand scharf. Außerdem ist mein Sohn Lucas dabei, und sein alter Vater muß es mit ihm aufnehmen können, wenn er mich, und nicht mein weißes Haar, respektieren soll.«

»So ist es«, stimmte Lucien Edmond ihm zu. » Lucas, ich fürchte, wir kommen nicht mehr rechtzeitig zur Geburt deines ersten Kindes nach Hause. Das tut mir leid.«

»Es ist ja nicht Ihr Fehler, Mr. Bouchard«, erwiderte Lucas grinsend. »Ich weiß, Felicidad hätte es gern, wenn ich bei ihr wäre, aber hier gibt es für mich Arbeit zu tun. Außerdem werde ich mir um so mehr Mühe geben, die Herde nach Abilene zu bekommen, damit ich meinen Sohn so früh wie möglich sehen kann – ich bin sicher, es wird ein Sohn sein, sie hat es mir versprochen.«

»Sie ist ein sehr gutes Mädchen, Mr. Lucien Edmond«, versicherte Djamba. »Sie ist süß, und sie ist tapfer, genau wie Mrs. Forsden.«

»Ja, das ist sie. Weißt du, Djamba, ich finde es schön, daß

Großmutter dir ihren Namen gegeben hat, damit du das Bankkonto in San Antonio eröffnen konntest. Es war ein Ausdruck dafür, wie sehr sie dich achtet und wie sie dir für deine in all diesen Jahren bewiesene Treue danken möchte. Und ich danke dir auch in meinem Namen. Jedesmal, wenn du mit uns geritten bist, warst du für uns wie von Gott gesandt.«

»Das ist sehr freundlich von Ihnen, Mr. Lucien Edmond.« Der Mandingo senkte den Blick. »Aber es ist meine Pflicht. Ihr Vater hat mir einmal das Leben gerettet, und Sie retteten es, als wir von den Apachen angegriffen wurden. Damals habe ich Ihnen geschworen, bis ans Ende meiner Tage Ihr Gefolgsmann zu sein. Und der Gefolgsmann Ihrer Großmutter bin ich schon seit langer Zeit. Sie wissen, daß Sie mir meine Freiheit zurückgegeben hat.«

»Ja, Djamba, daran habe ich heute abend erst wieder gedacht. Alte Erinnerungen steigen in mir auf, als sei mir plötzlich ein Buch übergeben worden, das unsere ganze Vergangenheit beschreibt und uns zeigt, was wir bis jetzt erreicht haben«, antwortete Lucien Edmond langsam. »Vielleicht sollen wir daraus lernen, nicht zu stolz zu werden, damit wir uns nicht einbilden, wir hätten viel vollbracht. Statt dessen müssen wir immer daran denken, daß noch viele unbeschriebene Seiten vor uns liegen.« Lucien Edmond ging zum Küchenwagen zurück, wo Tiburcio jedem, der wollte, einen Nachschlag Stew und heißen Kaffee ausgab. »Das war ein gutes Stew heute abend«, sagte Lucien Edmond zu dem freundlichen Koch. Dieser nickte und grinste erfreut über das Kompliment. »Ich möchte noch etwas Kaffee, *por favor.*«

»Sí, patrón. Muchas gracias!«

»De nada, amigo.« Lucien Edmond nickte dankend und kehrte zu Djamba, Lucas und Ramon zurück. »Ja, Tiburcio macht seine Sache gut. Diesmal haben wir genug Vorräte mitgenommen, auch für Emataba und seine Creeks, die wir aufsuchen wollen. Aber was meint ihr, sollten wir

irgendwo, sagen wir in Mineral Wells, haltmachen und noch ein paar Einkäufe tätigen?«

»Ich glaube, wir kommen zurecht, Lucien Edmond«, erklärte Ramon. »Wir werden in dieser Jahreszeit massenhaft wilde Beeren und Zwiebeln und vielleicht auch Gemüse finden. Und wir haben für die nächsten drei bis vier Wochen reichlich Bohnen, Melasse und Mehl. Tiburcio hat seine Pflichten als Koch sehr ernst genommen und dafür gesorgt, daß die Vaqueros genug Lebensmittel auf seinen Küchenwagen geladen haben.«

»Er ist ein tüchtiger Mann. Nun, ich hoffe, wir schaffen über fünf Meilen pro Tag, sonst könnte es uns blühen, daß die Einkäufer der großen Firmen bereits wieder fort sind, wenn wir in Abilene ankommen.«

»Wir können ja Simata vorausschicken und Josepf McCoy ausrichten lassen, daß wir mit der größten Herde, die wir je hatten, unterwegs sind«, schlug Ramon vor.

»Das ist eine gute Idee, Ramon! Ja, das wollen wir tun. Nach diesem starken Kaffee fühle ich mich noch gar nicht schläfrig. Ich möchte noch ein bißchen hier sitzen bleiben und plaudern – es sei denn, ihr sehnt euch nach euren Decken.«

»Ich nicht«, erwiderte Ramon lachend.

»Auch ich bin in der richtigen Stimmung für eine Unterhaltung, Mr. Lucien Edmond«, meinte Djamba lächelnd. Zwinkernd wies er auf Lucas. »Natürlich ist dieser Grünschnabel hier noch zu jung, um viel zu sagen, aber wir Älteren wollen ihn von unserem Gespräch profitieren lassen, oder?«

»Daddy, du kannst zuweilen nervtötend sein! Ich bin ein verheirateter Mann und werde bald Vater, und du siehst in mir immer noch einen kleinen Jungen«, beschwerte sich Lucas in scherzhaftem Protest, und alle lachten. Lucien Edmond fühlte sich glücklich unter diesen guten Freunden, und das gab ihm die Kraft, die er zu Beginn des anstrengenden Viehtriebs so notwendig brauchte.

Nach weiteren neun Tagen erreichten sie den Colorado-River. Hier war es bereits feucht und drückend. Nachts blitzte und donnerte es gelegentlich, und das war für Männer, die gerade eine Rinderherde auf ebenem Boden für die Nacht untergebracht hatten, immer beunruhigend. Die Vaqueros, die schon seit drei Jahren für Lucien Edmond arbeiteten, kannten die Gefahr einer Stampede nur zu gut. Mehrere ihrer *compadres* hatten ihr Leben verloren, als ihre Pferde sie unter die donnernden Hufe der dahinrasenden Rinder warfen. Dazu kam die Bremsenplage. In schwarzen Schwärmen ließen sie sich auf den Widerristen der Kühe, Ochsen und Kälber nieder und machten sie so wild, daß sie zum nächsten Wasser rannten. Zwei Kühe gerieten dabei in Treibsand. Sechs Vaqueros arbeiteten beinahe eine Stunde, um die Hinterbeine der gefangenen Tiere freizubekommen. Derartige lästige Vorfälle behinderten das Vorankommen, und Lucien Edmond rechnete immer noch mit durchschnittlich fünf bis sechs Meilen pro Tag.

Simata, der immer mindestens eine Viertelmeile vorausritt und das Gelände erkundete, hatte eine bessere Stelle zum Übersetzen gefunden als im letzten Jahr. Sie lag etwa drei Meilen weiter ostwärts. Der Fluß war dort seichter, und das gegenüberliegende Ufer stieg allmählich an, so daß die Tiere es leicht erklimmen konnten. Auch wuchs dort saftiges Gras, und nachdem die Rinder sich satt getrunken hatten, grasten sie friedlich. Lucien Edmond und seine Männer machten Rast und genossen Kaffee und Biskuits. Der Platz, wo für die Nacht gelagert werden sollte, war noch mindestens vier Stunden entfernt.

Simata hielt ständig nach der Fährte von Caldemares *pistoleros* Ausschau, doch vergeblich. Jackson Brundiger und seine elf gewissenlosen Gefährten hatten den Colorado bereits an einer Stelle fünf Meilen weiter östlich überquert und waren auf der eigenen Spur zurückgeritten, um eventuelle Verfolger irrezuführen. Inzwischen waren sie bis Mineral Wells gekommen. Sie überfielen ein kleines Gehöft, das von zwei Brüdern und ihren Frauen bewohnt war, schossen die Männer auf der Stelle nieder und ermordeten die Frauen, nachdem sie sie vergewaltigt hatten. Als Beute nahmen sie zweitausend Dollar in Gold und vier kräftige Pferde mit. Sie ergänzten ihren Fleischvorrat, indem sie zwei Kühe schlachteten, und eigneten sich die beiden Henrygewehre an, zu denen die Brüder nicht mehr rechtzeitig hatten greifen können.

Zwischen der Furt des Colorado-River, die Lucien Edmond und seine Männer benutzt hatten, und Mineral Wells lagen beinahe zweihundert Meilen. Die Bouchard-Herde brauchte dazu einen ganzen Monat. In dieser Zeit gab es keine besonderen Schwierigkeiten. Allerdings liefen in der ersten Woche einige Kühe mit einer kleinen Büffelherde davon, und es kostete die Vaqueros einen halben Tag, sie zu verfolgen und zurückzubringen. Die Männer waren in bester Stimmung, denn Lucien Edmond hatte versprochen, ihnen in Abilene eine hohe Prämie auszuzahlen. Die Reiter, für die es schon der dritte Viehtrieb war, sollten zusätzlich fünfzig Dollar erhalten. Lucien Edmond vertraute darauf, daß sie nicht auf feindliche Indianer stoßen würden. Das Wort des einflußreichen Komantschenhäuptlings Sangrodo hatte sich inzwischen wie ein Buschfeuer über ganz Texas und das Indianerterritorium ausgebreitet.

Ende Juni erreichten Lucien Edmond und seine Männer Mineral Wells und zogen in nordwestlicher Richtung weiter nach Wichita Falls. Dort wollten sie ihre Vorräte an Mehl, Speck, Bohnen, Melasse und Kaffee ergänzen, damit sie für die mehr als vierhundert Meilen, die dann noch vor ihnen lagen, gut gerüstet waren.

Ramon Hernandez freute sich diesmal besonders auf Abilene, denn bei der Herde waren hundert seiner eigenen Rinder. Er selbst hatte vor dem Aufbruch alle schlechtentwickelten Kälber, magere und zu alte Tiere ausgesondert. Wenn wirklich zehn Dollar pro Stück dafür bezahlt wurden, wie Lucien Edmond meinte, wollte Ramon 500 Dollar dazu verwenden, Geschenke für Mara und seine beiden kleinen Söhne zu kaufen. Jedesmal, wenn sie Lager machten, dachte er an Mara. Sie war eine so liebevolle und zärtliche Frau geworden, und doch hatte sie nichts von dem Temperament verloren, das dem seinen entsprach. Es hatte manchen Sturm zwischen ihnen gegeben, bis sie sich fanden. Aber alle Streitigkeiten und ebenso die Unterschiede in Herkunft und Rasse hatten das Band zwischen ihnen um so fester gemacht. Besonders glücklich war Ramon darüber, daß Lucien Edmond ihn von ganzem Herzen als Schwager und Freund, dem er vorbehaltlos vertrauen konnte, akzeptierte. In den Jahren auf der Windhaven-Ranch war in dem jungen Mexikaner das Verständnis für die tiefverwurzelte Loyalität der Bouchard-Familie erwacht, und mit Stolz konnte er sich jetzt dazuzählen.

Hier draußen auf den Ebenen, wo das Weideland um so besser wurde, je weiter sie nach Norden kamen, gab es keine Neuigkeiten. Es gab nichts als die langen Stunden im Sattel, das ständige wachsame Ausspähen nach Anzeichen von Gefahr. Von Mineral Wells bis Wichita Falls waren es auf der nordwestlichen Route hundert Meilen, aber dieses Stück schien leichter zu sein, und es kam zu keinen Verzögerungen. Lucien Edmond und fünf seiner Männer ließen die Herde östlich von der aufblühenden kleinen Stadt zurück und fuhren mit dem Reservewagen, den sie für Vorräte mitgenommen hatten, nach Wichita Falls hinein. In einem halben Tag hatten sie ihre Einkäufe erledigt und kehrten zu der Herde zurück. Bis Wichita Falls hatten sie zehn Tage gebraucht. Das waren zehn Meilen pro Tag, und diese Tatsache munterte Lucien Edmond sehr auf. Ein paar Tage gingen ihnen verloren, überlegte er, um wieder auf den ursprünglichen, nach Norden verlaufenden Weg zu kommen. Doch er hoffte, wenn das Wetter gut blieb und es zu keiner Stampede kam, den Red River in der ersten Juliwoche zu erreichen. Hatten sie den Fluß überquert, wollte er Simata nach Abilene vorausschicken. Vielleicht traf er schon unterwegs auf einen der von Joseph McCoy ausgesandten Reiter, oder er konnte McCoy selbst mitteilen, daß die Bouchard-Herde – die bisher größte und von erstklassiger Qualität – unterwegs zum Markt war.

Es war zehn Meilen nördlich von Wichita Falls und am Nachmittag des zweiten Tages nach dem Einkauf, daß Simata zu Lucien Edmond zurückgaloppiert kam und ihm mitteilte, der Himmel im Nordosten sei unheilverkündend schwarz und der Wind habe sich meilenweit in der Runde plötzlich gelegt. Es herrschte eine Art unirdischer Stille. Lucien Edmond befahl den Vaqueros, die Rinder in das tiefgelegene Bett eines ausgetrockneten Creek zu treiben. Bereits um vier Uhr nachmittags war es finster geworden. Djamba und Lucas rasten auf ihren Pferden noch einzelnen Ochsen und Kühen nach, bis endlich so gut wie alle Tiere an diesem Zufluchtsort vor dem zu erwartenden Sturm versammelt waren.

Mit einem lauten Ruf wies Lucas zum Horizont hin. Dort schien sich ein schwarzer Trichter zu erheben und auf sie zuzuwachsen. Die Männer sprangen aus dem Sattel, warfen sich am Rand des Trockenbetts nieder und duckten sich, so gut sie konnten. Ein grauenhaftes Winseln klang auf, und mit ihm kam feiner Sandstaub geflogen, der die Männer beinahe blendete. Sie hielten sich ihre Sombreros vors Gesicht und holten tief Luft, um sich auf den plötzlichen Ansturm des Zyklons vorzubereiten.

Der Trichter schwenkte eine halbe Meile nach Südwesten, und dann erreichte er die Bouchard-Männer und ihre Tiere. Das Gras wurde flachgedrückt, Gräser und Zweige wirbelten durch die Luft. Ein leises Donnergrollen war zu hören, ein Blitz fuhr im Zickzack über den schwarzen Himmel, und dann fegte der Zyklon über sie hinweg. Wie durch ein Wunder wurde der Himmel im Norden plötzlich hell, die pfeifenden Sandkörnchen wurden weniger. Dann herrschte plötzlich wieder Stille.

Hustend von dem Staub, hob Lucien Edmond den Kopf. Ein paar Fuß von ihm entfernt lagen Djamba und Lucas, die sich umschlungen hielten. Er lächelte schwach und meinte: »Das war nur knapp vorbei.«

»Vor langer Zeit in meinem Land«, sagte der weißhaarige Mandingo heiser, »bedeutete ein solcher Sturm, daß böse Geister auf einen lauerten. Jetzt sind sie verschwunden, und das ist ein gutes Zeichen.«

»Gott sei dafür gedankt!« keuchte Lucien Edmond. »Und die Herde – ich kann es kaum glauben, aber es hat keine Panik, keine Stampede gegeben!«

»Ich weiß, es ist ein Wunder, Mr. Lucien Edmond«, rief Djamba zurück. »Hätte ich die Gewohnheit zu wetten, wäre mir kein Penny von meinem Lohn übriggeblieben. Die Tiere sind immer noch sehr unruhig, aber bald werden sie wieder friedlich sein.«

»Das ist eine Erleichterung. Djamba, hol ein paar Männer zusammen, die sie langsam aus dem Creek hinausführen und beruhigen. Im Nordosten kann ich eine Ebene sehen. Dort wollen wir Lager machen. Laß einen der Männer den Tieren etwas vorsingen. Im letzten Jahr haben wir sie abends mit Musik beruhigt. Das haben wir diesmal noch nicht ausprobiert.«

»Ich glaube, Pedro Dornado hat seine Gitarre dabei, Mr. Lucien Edmond«, berichtete Lucas.

»Das ist der Mann, den wir jetzt brauchen. Sag ihm, er soll ein paar Wiegenlieder singen. Und ich bete darum, daß es keinen weiteren Zyklon mehr gibt. Bis jetzt haben wir sehr viel Glück gehabt, Lucas«, sagte Lucien Edmond.

»Das kann man wohl sagen, Mr. Lucien Edmond«, gab Djambas Sohn mit schiefem Grinsen zurück. »Wenn uns das Glück am Red River treu bleibt, wird das ein Viehtrieb, von dem wir unseren Enkelkindern erzählen können.«

»Und du wirst eine Menge Enkelkinder haben, Junge, das spüre ich in den Knochen.« Der weißhaarige Mandingo klopfte seinem Sohn auf die Schulter. »Ich glaube, wenn wir zur Windhaven-Ranch zurückkommen, hast du einen Sohn, und wenn der alt genug ist, eine Frau zu nehmen, bist du immer noch ein kräftiger Mann. Nur habe ich das Gefühl, ich werde nicht mehr da sein, um all das zu erleben, Lucas.«

»Rede doch nicht so«, protestierte Lucas. »Ich bin abends müder als du, und dabei bin ich so viel jünger. Nein, ich wette darauf, du wirst zur Taufe meines Enkels und lange Zeit danach noch bei uns sein.«

Djamba lächelte. Er stand auf und blickte zum fernen Horizont im Norden. »Nein, Junge«, murmelte er. »Ich habe das Gefühl, Gott wird mich bald zu sich rufen. Aber dich wird er noch eine ganze Weile hierlassen, Lucas. Und deine süße Felicidad wird dir noch viele Söhne schenken, warte es nur ab.«

Lucas sah verwundert erst zu seinem Vater, dann zu Lucien Edmond hin. Er schüttelte den Kopf. »Was du eben gesagt hast, ergibt für mich keinen Sinn. Ich werde so tun, als hätte ich es gar nicht gehört. Nun wollen wir die Rinder zum Lager bringen. Donnerwetter, du wirst noch bei vielen Viehtrieben mit mir zusammen sein, und jedes Mal wirst du mir vorhalten, was ich alles falsch mache. Das kannst du doch nicht lassen, Dad.«

XXX

Dieser Juni 1870 war unerträglich heiß gewesen. Das Thermometer stand bis Sonnenuntergang auf über hundert Grad Fahrenheit, wenn auch die Nächte angenehm kühl waren. Seit Februar war nur spärlich Regen gefallen. Aber dank dem tiefen Brunnen und der reichlichen Versorgung durch den Creek und den Nueces-River mangelte es der Windhaven-Ranch nicht an Wasser. Die Mesquitebüsche standen üppiger denn je in all den Jahren, welche die Bouchards in Carrizo Springs lebten, und es gab stachlige Kaktusdikkichte und Massen von Salbei. Nie hatten die blauen Lupinen und Organgenblüten verschwenderischer geblüht oder betäubender geduftet. Maybelle Belcher war außer sich vor Entzücken über ihren kleinen Garten, in dem Tomaten, Erdbeeren und Okraschoten wuchsen. Felicidads Zeit war fast gekommen, und sie betete jeden Abend in der kleinen Kapelle, ihr Lucas möge rechtzeitig zur Geburt seines Sohns zurückkehren. Und Maxine Bouchard war ebenfalls schwanger.

Es gab Neuigkeiten von jenseits der Grenze. Vorige Woche kam einer von Sangrodos Kriegern angeritten und berichtete, Prissys kleiner Tochter gehe es gut, und Catayuna, die Frau Sangrodos, erwarte wieder ein Kind. Celia, die genug von der Komantschensprache gelernt hatte, um sich verständlich machen zu können, führte Mintagre, den Krieger, eifrig in die Küche und stopfte ihn mit Rindfleisch, Biskuits und Kaffee voll, während sie ihn über ihre Tochter ausquetschte. Mintagre erzählte auch mit einiger Belustigung von Kitante, Sangrodos ältestem Sohn, der jetzt fast fünfzehn war. Die Aufmerksamkeit, die dem kleinen Inokanti gezollt wurde, hatte in ihm das Gefühl erweckt, unwichtig zu sein. Catayuna hatte gesagt: »Nun sei nicht enttäuscht, Kitante. Du wirst doch für deinen kleinen Bruder wie ein weiser Onkel sein. Du weißt so viel, und du kannst so gut mit Pfeil und Bogen sowie mit der Lanze umgehen, daß du beinahe schon ein Krieger bist. Da mußt du mir helfen, Inokanti zu einem so prächtigen jungen Mann zu erziehen, wie du jetzt einer bist.« Mintagre fügte hinzu: »Aiyee, wir wagten nicht zu lachen, als wir Kitante im Dorf herumstolzieren sahen, die Brust geschwellt wie ein Ochsenfrosch, seiner eigenen Meinung nach unserem mächtigen Sangrodo fast gleichgestellt. Aber es ist gut, wenn ein Junge Verantwortung übernimmt, denn eines Tages soll Kitante unser Häuptling sein.«

Celia hatte diesen texanischen Sommer drückender als frühere empfunden. Sie hatte abgenommen, war sonst jedoch bei einigermaßen guter Gesundheit. Mehr als um sich selbst sorgte sie sich um Sybille Forsden. Diese weißhaarige Dame war mit achtundsechzig immer noch auf dem Posten und nahm regen Anteil an den täglichen Geschehnissen auf der Windhaven-Ranch. Trotzdem gefielen Celia die Anzeichen nicht, die sie in den letzten Wochen an ihr wahrgenommen hatte. Gelegentlich war Sybille lustlos, dann wieder wurde ihr der Atem knapp. Sie wäre entrüstet aufgefahren, hätte Celia ihre geheimen Gedanken ausgesprochen. Aber Celia war immer eine gute Diplomatin gewesen und liebte die Frau, die ihr die Freiheit geschenkt hatte.

Sybille selbst war sich wohl bewußt, daß ihre Gesundheit nachließ. Vor zwei Nächten hatte ein scharfer Schmerz in der Brust sie gezwungen, sich aufzusetzen. Der Schweiß war ihr ausgebrochen, und sie hatte die Zähne fest zusammengebissen. Der Anfall war vorübergegangen, aber länger als eine Stunde hatte sie nicht wieder zur Ruhe kommen können, bis sie schließlich in den Schlaf der Erschöpfung fiel. Sie dachte nicht im Traum daran, Maxine oder Celia oder Maybelle davon zu erzählen. Schließlich, so sagte sie zu sich selbst, muß man im Alter von achtundsechzig damit rechnen, gelegentlich Schmerzen zu haben, und das ist kein Grund, daß ich meine Lieben ängstige.

Sie hatte sich nie vor dem Tod gefürchtet, und sie dachte jetzt gar nicht daran. Der Schmerz war einen Augenblick lang schrecklich gewesen, und dann war es plötzlich vorbei, als habe ihr nie etwas gefehlt. Sie dachte an ihre Ehe mit Henry Bouchard und die Seelenqual, die seine Habgier, sein Egoismus und vor allem seine Treulosigkeit sie gekostet hatte. Nach der Auffassung der damaligen Zeit war nichts dabei, wenn der Herr einer Plantage sich ein Sklavenmädchen nahm. Die Heiligkeit einer Ehe zwischen Weißen wurde davon nicht berührt.

Doch in gewisser Weise hatten Henry Bouchards Abenteuer mit schwarzen Frauen Sybille mehr verletzt, als wenn er eine Affäre mit einer Frau seiner eigenen Gesellschaftsschicht gehabt hätte. Denn eine Sklavin mußte ihm zu

Willen sein, und daß es ihm freistand, hilflose Frauen nach Lust und Laune zu mißbrauchen, hatte in ihm eine egozentrische Unbarmherzigkeit erzeugt, gegen die Sybille mit all ihrem Mut und ihrem Verstand und ihrer Weiblichkeit nicht hatte ankommen können. In der Nacht, mit ihren Gedanken allein, während alle übrigen Mitglieder des Haushalts schliefen, dachte Sybille Forsden an die zweiten Flitterwochen, die sie und Henry erlebt hatten. Das war gewesen, als sein eigener Sohn Mark ihn die Treppe hinunterwarf und Henry sich das Bein brach. Nur in dieser kurzen Zeit, als er völlig von ihr abhängig war, hatte sie ihren Mann leiten und beeinflussen können und Frieden und Freude kennengelernt.

An diesem heißen Abend hörte Sybille vor ihrem Fenster das Zirpen der Grillen und die leisen Rufe der Nachtvögel, und es wurde ihr warm ums Herz, als sie an Luke und seinen ältesten Sohn Lucien Edmond dachte. Bei Luke hatte sie immer das Gefühl, er sei von ihrem eigenen Fleisch und Blut. Er war immer der Sohn gewesen, den sie geliebt hatte, auch wenn sie nur seine Stiefmutter war. Und jetzt gewährte es ihr tiefe Befriedigung, zu sehen, wie der hochgewachsene blonde Lucien Edmond die aufblühende Viehranch leitete und mit allen sich daraus ergebenden Problemen fertig wurde. Sie war sich sicher, daß der Einfluß, den sie auf den jungen Luke Bouchard ausübte, und ihre Liebe ihn zu dem Mann gemacht hatten, der er heute war. Der Gedanke, daß er mit Laure und mit den kleinen Kindern, die Ansprüche an sein Herz und an seine Energie stellten, ein neues Leben gefunden hatte, machte sie glücklich. Jetzt würde er nicht alt werden, sondern jung und tatkräftig bleiben, um den Kindern aus seiner zweiten Ehe dieselbe gesunde Lebenseinstellung zu vermitteln wie Lucien Edmond, Ramon und Mara.

Trost gab Sybille auch der Gedanke, daß ihre kecke, kokette Tochter Arabella schließlich doch die Erfüllung in Ehe und Mutterschaft gefunden hatte. Und dann wanderten Sybilles Gedanken zu der süßen, sanften Fleurette, der von allen ihren Kindern (Paul Forsden ausgenommen) die kürzeste Lebensspanne zubemessen gewesen war. Die Liebe, die er von seiner Frau empfangen hatte, würde Dr. Ben Wilson in jeder Krise, die das Leben für ihn noch bereithalten würde, Mut und Kraft geben. Fleurette hatte sie ihre geliebten Enkelkinder, den fünfjährigen Thomas und die zweijährige Sybille, zu verdanken.

Es war ein reiches, gutes Leben gewesen, und der Schmerz war ein Teil davon. Er hatte die Liebe und das Wissen um die Erfüllung um so teurer gemacht. Sie hatte so viele Erinnerungen, und in letzter Zeit stiegen sie alle in ihr auf, sogar die Erinnerungen an den Tag, als ihr Vater, der Rechtsanwalt Grover Mason, ihr einen dynamischen, schwarzhaarigen jungen Mann namens Henry Bouchard vorgestellt hatte. Sie lächelte in Gedanken an ihre Hochzeitsnacht. Wie schockiert war Henry gewesen, als er in ihr, obwohl sie Jungfrau war, keine scheue, verängstigte Braut fand. Jetzt noch, so viele Jahre später, konnte sie darüber lachen, daß sie ihm sozusagen die Verhaltensregeln diktiert hatte, denen sie als Mann und Frau folgen würden. Es war ein kleiner Triumph gewesen, an den sie sich in schweren Zeiten hatte halten müssen. Aber vor allem waren da die Kinder und das Wissen, wie sie sich entwickelt hatten. Ihr Leben lag noch vor ihnen. Ihnen standen noch so viele Freuden und Überraschungen bevor – und vielleicht sogar noch weitere Kinder. Es war doch gut, daß sie in die Bouchard-Familie eingeheiratet und Nachkommen wie Fleurette und Arabella gehabt hatte. Und trotz allem – auch den unglücklichen Mark, dessen Feindschaft mit seinem Vater viel zu tief ging, als daß sie zwischen ihnen hätte vermitteln können. Sie war froh, daß sie Maybelle, Marks im Stich gelassener junger Frau, hatte helfen können, wieder Mut zu fassen und hier in Texas ein neues Leben zu beginnen. Mit ihren beiden Stiefkindern und ihrem treuergebenen Mann war Maybelle Belcher mit Fünfzig eine glückliche Frau, die ihre Selbstachtung wiedergefunden hatte.

Ja, es war ein erfülltes Leben gewesen. Über den Schmerz in ihrer Brust dachte Sybille nicht viel nach. Vielleicht wäre es ganz gut, wenn Ben zurückkäme und sie untersuchte, aber Angst hatte sie nicht. Trotzdem, sie sollte es jetzt etwas langsamer angehen. Sie war immer noch, ungeachtet ihrer Jahre, im Haus tätig gewesen. Aber natürlich, wenn Felicidad ihr Kind gebar, und das würde im August sein, mußte sie die junge Frau vertreten. Es konnte nicht schaden, sich jetzt ein wenig auszuruhen.

Sybille Forsden schloß die Augen, legte sich zurück und lauschte den Nachtvögeln und den Grillen. Es waren beruhigende Laute, die sie an die Nächte auf der Windhaven-Plantage erinnerten, wenn sie wach lag und auf das Murmeln des Alabama-River hörte. Sie dachte an all die Menschen, die sie dort gekannt hatte. Denn sie hatte die Schwarzen nie als Sklaven betrachtet, sondern als Menschen, deren Leben mit dem ihren verbunden war: Ben und sein Sohn Thomas, die wundervolle alte Mammy Clorinda, ihre erste Köchin, und dann Betty und der alte Harry, der Betty so sehr geliebt hatte. Und vor allem Celia, von Henry als seine Konkubine in das Château gebracht, und dann hatte der frühreife Mark sie vergewaltigt . . . Sybille dachte an die Nacht nach der Geburt Prissys, als sie Celias Zimmer betrat und ihren Mann Henry vorfand, der endlich seine so lange unbefriedigt gebliebene Begierde stillen wollte. Henry war außer sich geraten, daß seine Frau es wagte, ihm das Recht abzustreiten, das er als Sklavenbesitzer zu haben glaubte, und hatte einen Herzanfall bekommen, an dem er starb.

Und dann war da Djamba. Djamba, der kraftvolle Mandingo, immer treu und loyal, der ihr das Leben gerettet hatte. Nach einem Streit mit Henry, der sich weigerte, Celia freizugeben, war sie aus dem Haus gelaufen und davongeritten. Das Pferd war mit ihr durchgegangen, und Djamba hatte sie gerettet. Und jetzt war Lucas, Djambas hübscher, zuverlässiger Sohn, mit der süßen Felicidad verheiratet ... O ja, sie hatte viele Menschen gekannt, deren Leben mit dem ihren verbunden und vielleicht durch ihren Einfluß verändert worden war. Es tat gut, jetzt über diese Dinge nachzudenken. Mit einem zufriedenen Seufzer schloß Sybille die Augen und schlief ein.

Lucien Edmond Bouchard und seine Männer waren am Nachmittag des 6. Juli bis auf eine Meile an den Red River herangekommen. Die Sonne ging unter, aber sie konnten noch erkennen, daß dieser stets unberechenbare Fluß nicht zu viel Wasser führte. Hier und da schimmerte eine weiße Sandbank auf. Es war ein herzerfreuender Anblick nach einer Reise von mehr als zwei Monaten und über vierhundert Meilen. Doch bisher hatte das Glück ihnen zur Seite gestanden. Kein Reiter war verletzt worden, nicht einmal bei der Verfolgung der Kühe, die sich der Büffelherde angeschlossen hatten. Sie waren nirgendwo feindlichen Indianern begegnet. Die Herde war ungewöhnlich folgsam gewesen. Nur gelegentlich hatte ein Ochse oder eine Kuh den langsam fließenden Rhythmus des gemächlichen Dahinwanderns durcheinandergebracht.

»Am besten lagern wir hier, Ramon«, entschied Lucien Edmond. »Mit zweitausend Stück Vieh haben wir zwei Tage für die Überquerung des Flusses gebraucht. Diesmal ist die Herde doppelt so groß. Wir sollten lieber vier Tage dafür rechnen.«

»Das ist sehr klug, Lucien Edmond. Gut, daß wir heute vormittag den Bach gefunden haben, aus dem die Tiere trinken konnten. Andernfalls würden sie jetzt losrennen, und für uns wäre es eine höllische Arbeit, sie zusammenzuhalten. Vielleicht würden ein paar sogar ertrinken«, meinte der junge Mexikaner.

»Falls Simata bis morgen früh keine bessere Furt gefunden hat, werden wir es hier versuchen«, fuhr Lucien

Edmond fort. »Vor drei Jahren waren wir schon einmal an dieser Stelle. Sie hat sich nicht verändert. Meilenweit gibt es nichts zu sehen. Aber wenigstens ist das Gras besser als im vorigen Jahr. Die Rinder haben an Gewicht zugenommen. Selbst die fünfhundert mexikanischen Kühe, die wir für Miß Caldemare mitgenommen haben, sehen jetzt besser aus als vor ein paar Monaten.«

»Das stimmt«, antwortete Ramon etwas zweifelnd, »aber ich rechne nicht damit, daß Ed Dade für sie einen guten Preis bezahlt. Er wird vorsichtig sein, weil sie aus Mexiko stammen und vielleicht sogar die Krankheit verbreiten können, vor der sich alle so fürchten.«

»Die nicht. Wir haben sie gründlich untersucht, bevor wir sie mit unseren Tieren vermengten«, widersprach Lucien Edmond. »Sei unbesorgt, wir werden für Miß Caldemare und ihre Zukunft schon ein hübsches Sümmchen zurückbringen.«

»Eine Zukunft mit Joe Duvray, wenn alles so kommt, wie wir es wünschen«, setzte Ramon lächelnd hinzu.

»Ja, ich bin sicher, die beiden lieben sich. Und ich werde alles tun, um ihnen zu helfen. Ich werde in Austin das Land kaufen und dann auf Joe übertragen lassen, sobald Miß Caldemare sich entschlossen hat, ihn zu heiraten. Ramon, das ist eine Kapitalanlage für unsere eigene Zukunft auf der Windhaven-Ranch. Wir brauchen uns dann keine Sorgen mehr um Landräuber oder Schwindler wie den Baron oder streitsüchtige Schafzüchter wie Andrew Moultrie zu machen. Dann können wir uns vergrößern, können weitere Kreuzungen vornehmen und das beste Rindfleisch auf dem amerikanischen Markt erzeugen. Das ist mein Traum, und ihr alle werdet daran teilhaben, auch Joe und Miß Caldemare.«

»Ich werde Simata das Ufer östlich von uns abreiten und nach einer seichteren Furt Ausschau halten lassen«, versprach Ramon. »Wir sind jetzt ein kleines Stück hinter der Stadt Sherman. Dennison, wo wir letztes Jahr übersetzten, liegt etwa zehn Meilen weiter östlich. Vielleicht stellt Simata fest, daß die Stelle dort besser ist. Inzwischen sollen die übrigen Männer dafür sorgen, daß die Tiere sich hinlegen, und Tiburcio kann mit dem Abendessen anfangen. Wir haben heute eine Menge geschafft, Lucien Edmond.«

»Um so besser wird uns das Abendessen schmecken.« Lucien Edmond stieg ab, streckte sich und blickte zum Himmel empor. »Kein Anzeichen von Regen oder Sturm, Gott sei es gedankt! Ich möchte nicht einmal daran denken, was uns eine Stampede an dieser Stelle antun könnte. In einer Stunde treffen wir uns am Küchenwagen.«

Jackson Brundiger schickte Luis Aldemar auf dem gegenüberliegenden Ufer des Red River nach Osten und Porfirio Costado nach Westen. Sie sollten feststellen, wo sich die Bouchard-Leute befanden. Auf die Nachricht seiner Kundschafter hin, daß sie Wichita Falls verlassen hatten, waren er und seine Männer über den Fluß gegangen und hatten ihr Lager in einem dichten Wäldchen aus Lebenseichen und Zedern aufgeschlagen. Es lag etwa vier Meilen nordöstlich von der Stelle, wo Lucien Edmond jetzt stand und sich mit seinem Schwager unterhielt. Porfirio Costado entdeckte die ruhenden Tiere, das Feuer des Küchenwagens und die Vaqueros, die sich auf seiner Rückseite drängten und ungeduldig auf das Abendessen warteten. Sofort galoppierte er zu dem Wäldchen zurück und berichtete.

»Mi jefe«, stieß er aufgeregt hervor, »warum greifen wir sie nicht jetzt an, wo sie schlafen? Wir können sie schnell töten, und dann gehört die Herde uns.«

»Warum nicht? Weil du nicht der Anführer bist, Porfirio.« Brundigers rechte Hand schob sich auf sein Holster zu. »Aber ich will dir ein paar gute Gründe nennen. Erstens werden sie während der Nacht Wachen aufstellen. Das ist für jeden Cowboy, wenn er nicht als Trottel geboren ist, selbstverständlich. Die Posten würden das Platschen hören, wenn wir den Fluß überqueren, und die anderen wecken.

Vergiß nicht, sie sind doppelt so viele wie wir. Wir müssen sie überrumpeln. Nein, laß sie morgen nur so viele Rinder wie möglich über den verdammten Fluß bringen. Um so weniger Arbeit habt ihr damit. Dann, kurz vor Sonnenuntergang, wenn sie den ganzen Tag geschuftet haben und müde sind, greifen wir an. Es wird eine Stampede geben, aber die Tiere werden in Richtung Abilene laufen. Vom südlichen Ufer aus könnten sie ebensogut umkehren und sich in westlicher und östlicher Richtung zerstreuen. Bei einer Stampede geraten die Tiere außer sich. Also, ein wenig Krips, Porfirio, und alles wird gelingen.«

»Si, mi jefe.«

»Wir wollen gut essen und ausschlafen. Morgen abend geht es dann los.« Brundiger klatschte mit der Hand auf die Pistole im Holster. »Und als erstes morgen nach dem Frühstück sagst du deinen *amigos*, sie sollen sich mit Gewehren ausrüsten. Jeder soll mindestens zwei Revolver am Gürtel tragen. Wenn ein Gewehr oder ein Revolver leergeschossen ist, brauchen sie keine Zeit mit dem Laden zu verlieren. Und du sorgst auch dafür, daß die Magazine der Gewehre voll sind.«

»Verstanden, *mi jefe.*« Porfirio grüßte ehrerbietig und gesellte sich zu seinen Landsleuten.

Die Sonne brannte den ganzen Tag über erbarmungslos vom Himmel, und Lucien Edmond Bouchards Vaqueros hatten schwere Arbeit zu leisten. Simata hatte eine Furt zwei Meilen weiter östlich gefunden, die noch seichter zu sein schien, und sie erwies sich als ausgezeichnete Wahl. Die Männer riefen und schwenkten ihre Sombreros, um die Herde beisammenzuhalten. Hin und wieder geriet ein junges Tier in Panik und brach aus. Dann bedurfte es der ganzen Geschicklichkeit der Reiter, es zum Ufer zu bringen. Dieses Ufer war nicht besonders steil, und die Rinder konnten es leicht erklimmen. Dahinter gab es gutes Gras zum Weiden. Als die Sonne zu sinken begann, rief Lucien

Edmond seinem Schwager Ramon zu: »Es ist besser gegangen, als ich erwartet hatte, Ramon! Ich glaube, fünfzehnhundert Stück haben wir schon drüben. Vielleicht schaffen wir die Arbeit in drei Tagen statt in vier. Das wäre wirklich ein Segen. Vergiß nicht, wir wollen einen Tag in Ematabas Dorf verbringen. Ich freue mich schon darauf, Dr. Ben Wilson wiederzusehen und ihm zu sagen, wie gut es seinen Kindern geht und daß wir ihm alle das Beste für seine aufopferungsvolle Arbeit wünschen.«

»Ich freue mich auch schon darauf, Lucien Edmond. Jetzt sage ich den anderen Vaqueros, sie sollen den Rest der Herde zurückhalten und dafür sorgen, daß sich die Tiere zur Ruhe legen. Zehn Männern sollen auf dieser Seite und die übrigen bei der bereits übergesetzten Herde drüben bleiben. Bist du damit einverstanden?«

»Das sollte genügen.« Lucien Edmond blickte in der nebligen Dämmerung den Fluß hinauf und hinunter. »Es sieht so aus, als werde das Wetter in den nächsten Tagen gut bleiben. Darüber bin ich sehr froh. Ja, und auf das Abendessen müssen die Männer am Nordufer eben warten, bis die anderen fertig sind, dann können sie über den Fluß gehen und sie ablösen. Das sollten wir ihnen lieber erklären, damit es kein Murren gibt. Ich weiß, wie müde und hungrig jetzt jeder ist. Ich bin es schließlich auch.«

»Ich ebenfalls«, bemerkte Ramon grinsend. »Ich reite hinüber und sage es ihnen. Djamba und Lucas sind drüben. Djamba sieht zum ersten Mal erschöpft aus.«

»Er hat die Kraft von fünf normalen Männern, trotz seines Alters«, lachte Lucien Edmond. »Und er weiß, was Hunger ist.« Für einen Augenblick überschattete sich sein Gesicht. »Ich fürchte, der arme Lucas wird die Geburt seines Kindes nicht miterleben. Wir werden nicht rechtzeitig genug zu Hause sein, weil wir dieses dummen Caldemares wegen zu spät aufgebrochen sind.«

»Ja, es ist schade. Bis nachher, Lucien Edmond. Für die Pferde der Remuda haben wir mit Stricken einen Korral abgegrenzt.«

»Gute Arbeit!« Lucien Edmond winkte Ramon nach, der sein Pferd bestieg und durch den Fluß zu den Vaqueros auf der anderen Seite ritt.

Es war jetzt dunkel, und die Bäume warfen lange, seltsame Schatten über das Büffelgras und das Wasser. Die Luft war still, und noch war nichts von einer nächtlichen Abkühlung zu spüren, die nach der sengenden Hitze des Tages ein Labsal sein würde. Die Vaqueros am Südufer waren abgestiegen und sorgten dafür, daß die Rinder sich hinlegten. Beinahe verzweifelt sehnten sie sich danach, selbst Ruhe zu finden und sich mit einer guten Mahlzeit zu stärken. Nachdem Ramon die Männer am Nordufer über Lucien Edmonds Plan informiert hatte, kehrte er zurück, um den Männern am Südufer zu helfen.

Jackson Brundiger hatte vor zwei Jahren in Laredo bei einer Wirtshausschlägerei einen Ex-Offizier der Konföderation getötet und dessen starken Feldstecher an sich genommen. Er hatte ihn in einem Lederetui mitgebracht und ließ seine Männer, als sie bis auf eineinhalb Meilen an das Bouchard-Lager herangekommen waren, ausschwärmen. Die Pferde der *pistoleros* waren an dicke Mesquitebüsche oder kleine Bäume entlang dem Flußufer angebunden worden. Brundiger selbst und fünf seiner Männer wagten sich weiter vor, bis er trotz der Dunkelheit mit seinem Feldstecher das große Feuer hinter dem Küchenwagen und hier und da am Südufer kleinere Feuer erkennen konnte, die Lucien Edmonds Männer angezündet hatten, damit sie im Falle eines unvorhergesehenen Ereignisses etwas sehen konnten.

Bei Brundiger waren Porfirio Costado, Diego Suarez, Paco Ruberoso, Luis Aldemar und Augusto Herrador. Alle waren mit Gewehren und Pistolen bewaffnet, und jeder Mann hielt in der linken Hand einen geladenen sechsschüssigen Revolver. Die anderen sechs *pistoleros,* die noch zu Pferde saßen, warteten auf das Signal, auf das Südufer überzusetzen. Es sollte der erste Schuß sein. Als Brundiger und seine fünf Mexikaner in Reichweite des kleineren Teils der Herde und der zehn Männer kamen, die Lucien Edmond Bouchard am Nordufer stationiert hatte, krochen sie auf dem Bauch weiter. Das hohe Büffelgras gab ihnen Deckung, und der Mond war plötzlich hinter einer Masse flockiger Wolken verschwunden.

Der Desperado aus Kansas bevorzugte Pistolen, weil er damit schneller ziehen konnte. Doch auch er trug ein Gewehr, eine der guten alten Whitworths aus dem Bürgerkrieg mit dem speziellen Zielfernrohr. Er drückte den Kolben gegen die Schulter, spähte durch das Visier und erkannte einen hochgewachsenen, drahtigen Mann, der dicht am Nordufer stand und mit einem der Vaqueros sprach. Brundiger hielt den Atem an und drückte ab. Manuel Rodriguez schrie erstickt auf, drehte sich und fiel, mit einer Kugel in der rechten Schulter, zu Boden. Doch er besaß so viel Geistesgegenwart, laut zu rufen: *Bandidos, guardese!* Er rollte sich auf den Bauch und faßte nach seinem Karabiner, den er hatte fallen lassen, als ihn die Kugel traf.

Die zu Pferde sitzenden sechs mexikanischen *pistoleros* hörten den Schuß, ritten den sanften Abhang zum Fluß hinunter und setzten zur anderen Seite über. Sie hielten die Zügel ihrer schwimmenden Pferde mit der linken Hand, drückten die Gewehrkolben mit der rechten gegen die Schulter und eröffneten das Feuer auf die Männer, die zusammen mit Lucien Edmond und Ramon Lager gemacht hatten.

Manuel Rodriguez, dem die Kugel in der Schulter steckte, biß die Zähne zusammen, hob seinen Karabiner und schoß zurück. Paco Ruberoso, der in geduckter Haltung zu laufen begonnen hatte, fiel mit ausgebreiteten Armen zurück. Seine toten Augen starrten zu dem dunklen Himmel empor. Mit einem gräßlichen Fluch kniete Diego Suarez, sein bester Freund, nieder, zielte auf die Stelle, wo das Mündungsfeuer des Karabiners aufgeblitzt war. Die Kugel traf Manuel Rodriguez in den Kopf.

Verwirrung und Panik griffen um sich. Die verängstigten Rinder auf beiden Seiten des Flusses brüllten. Die fünfzehnhundert am Nordufer rannten in wirrem Durcheinander nach Nordwesten. Djamba und Lucas, die beim ersten Schuß von ihren Pferden gesprungen waren und sich auf den Boden geworfen hatten, schossen jetzt mit ihren Karabinern auf die schattenhaften Gestalten. Diego Suarez wurde an der linken Wade verwundet. Der *pistolero* zog beide Revolver und feuerte. Er tötete einen von Lucien Edmonds Männern und verwundete einen anderen am rechten Arm.

Lucien Edmond und Ramon riefen ihren Männern eine Warnung zu, eilten zu dem Küchenwagen und gingen dahinter in Deckung. Sie richteten die Repetiergewehre auf die herangaloppierenden *pistoleros,* welche die Herde eingekreist hatten und auf Mensch und Tier schossen, um den Tumult zu vergrößern. Da sie sich in der Minderzahl befanden, waren ihre Chancen bei einer Stampede viel größer.

Der liebenswürdige Koch Tiburcio hatte eine kleine Fleischwunde an der Seite abbekommen, aber tapfer schoß er auf den Mann, der auf ihn zustürmte, und warf den *pistolero* von seinem galoppierenden Pferd. Eine plötzlich umkehrende Gruppe von Rindern zertrampelte ihn.

Aber der Überraschungsangriff der berittenen *pistoleros* erwies sich im Anfang als mörderisch wirksam. Die kleinen Lagerfeuer gaben für Männer, die auf kurze Entfernung schnell und treffsicher schießen konnten, gute Ziele ab. Vier von Lucien Edmonds Vaqueros wurden getötet oder schwer verwundet, bevor sie sich formieren, ihre Karabiner oder Gewehre ergreifen und die erste verheerende Salve der Buschräuber zurückgeben konnte. Zwei weitere Männer Jackson Brundigers wurden aus dem Sattel geschossen und gerieten unter die Hufe der aufgescheuchten Rinder. Ein dritter, der eine Kugel ins Rückgrat bekommen hatte, hing bewußtlos über dem Hals seines Pferdes, das sich in seiner Angst vor den dahinrasenden Rindern nach Südosten in

Sicherheit brachte. Eine Meile entfernt fiel der Reiter zu Boden und starb.

Da Jackson Brundiger seine Gang für die alte Reedy-Bande ausgeben wollte, trugen er selbst und alle seine Männer Tücher über dem unteren Teil der Gesichter, wie es diese berüchtigten Buschräuber zu tun pflegten. Brundiger, der immer noch neben einem Mesquitebusch auf dem Bauch lag, ließ die Whitworth fallen, zog seinen Revolver und feuerte auf jeden Gegner, den er in der Dunkelheit erkennen konnte. Ramon zielte sorgfältig mit seinem Karabiner und schoß auf Brundiger. Er verfehlte ihn, tötete jedoch Luis Aldemar, der an die Seite seines Anführers herangekrochen war.

Porfirio Costado hatte sich nach Norden zurückgezogen und hinter eine durch einen Blitzschlag verdorrte Zeder gestellt. Mit dem Gewehr tötete er einen der jüngeren Vaqueros, und dann zog er schnell beide Revolver und feuerte zweimal über die Köpfe der davontrabenden Rinder hinweg, um sie noch mehr aufzuregen. Dann legte er sich wieder auf die Lauer nach Lucien Edmonds Männern.

Djamba und Lucas lagen immer noch flach auf dem Boden und sandten die Kugeln ihrer Spencers in die Richtung, aus der das Gewehrfeuer kam. Sie lagen etwa fünfzig Yards vom Flußufer entfernt neben einer grasbewachsenen Anhöhe. Zu ihrer Linken stand ein kleiner Mesquitebusch und gab ihnen ein wenig Deckung. Augusto Herrador machte sich mit einer Verwünschung Luft über den Tod seines Gefährten Luis Aldemar und rannte geduckt in weitem Bogen nach Norden. Er hoffte dort einige der Vaqueros überrumpeln zu können. Er duckte sich hinter einer Lebenseiche und verwundete einen Vaquero mit einem Gewehrschuß. Nun leerte er beide Revolver. Einen Vaquero streifte eine Kugel am Arm, aber sonst wurde kein weiterer Schaden angerichtet. Lucas hörte die schnelle Schußfolge, drehte sich zur Seite, zielte mit seiner Spencer und ließ eine Salve los. Eine Kugel traf Augusto Herrador in die Schläfe.

Die leeren Revolver noch fest umklammernd, lag er tot neben dem Baum.

Ramon und Lucien Edmond schossen weiter, aber Porfirio Costado und Jackson Brundiger hatten es Augusto gleichgetan und diesen Teil des Lagers in einem noch weiteren Bogen umgangen. Das wilde Brüllen der Rinder und das Donnern ihrer Hufe erfüllten die Nacht. Dazu kamen die Schreie der Verwundeten und Sterbenden, das Knattern der Gewehre und Revolver. Der Mond blieb hinter Wolken verborgen. Diese Seite des Red River lag in völliger Dunkelheit.

Der Desperado aus Kansas und der schwarzbärtige Pferdedieb lagen jetzt Seite an Seite, hinter dichtem Salbei verborgen. Sie hörten die Rufe und die Schüsse auf der gegenüberliegenden Seite des Flusses, konnten daraus jedoch nicht entnehmen, welchen Erfolg die andere Hälfte ihrer Bande hatte. Vorsichtig holte Brundiger seinen Feldstecher hervor und setzte ihn an die Augen. Er murmelte: »Es sind zwei Nigger dabei. Siehst du sie, Porfirio? Sie haben Spencers, verdammt sollen sie sein! Sieh zu, ob du ihr Feuer auf dich lenken kannst. Ich schleiche mich inzwischen in die kleine Bodensenke neben ihnen. Bleibe in Deckung, damit sie nicht sehen, woher deine Schüsse kommen, und feuere nicht zu schnell, damit sie das Aufblitzen nicht bemerken.«

»Si, mi jefe!« Der mexikanische Pferdedieb hob einen Revolver, drückte ab und warf sich sofort flach zu Boden. Lucien Edmond, der das Mündungsfeuer gesehen hatte, schoß mit seiner Spencer in diese Richtung. Die Kugeln pfiffen harmlos über Porfirio Costados Kopf hinweg. Er fluchte halblaut und rief alle Heiligen um Hilfe an, damit sie ihm beistünden, die verdammten *gringos* zu töten.

Jackson Brundiger nutzte die Dunkelheit und die anderswohin zielenden Schüsse Lucien Edmonds und kroch schnell in die Bodensenke. Mit wölfischem Grinsen zog er sein zweites Paar Revolver aus dem Holster, das er um den

Hals trug. Zwölf Schüsse hatte er. Jeder konnte einen Mann töten, wenn er gut zielte. Zuerst die Nigger, dann den Hurensohn, welcher der Boß hier war. Dann noch den mexikanischen Schmutzfinken, der mehr als ein einfacher Vaquero sein mußte, weil er so vertraut mit dem Boß umging. Noch einmal benutzte er seinen Feldstecher. Lucas und Djamba waren hundert Fuß von ihm entfernt. Brundiger leckte sich erwartungsvoll die Lippen, hob die Waffe in seiner rechten Hand und schoß. Lucas schrie auf, fuhr mit der Hand an den linken Oberarm und ließ seine Spencer dabei fallen. Mit zornigem Knurren zielte Djamba sorgfältig und drückte ab, doch seine Spencer hatte Ladehemmung. Der Mandingo arbeitete verzweifelt an dem Magazin, konnte die Kugel jedoch nicht lösen. Er warf das Gewehr weg und griff nach dem seines Sohns.

In diesem Augenblick rannte Brundiger tief geduckt los und feuerte dabei seine Revolver ab. Lucas wurde noch einmal getroffen, diesmal in die Schulter. Ehe Lucien Edmond seine Lage ändern und seine Spencer auf Brundiger richten konnte, hatte Brundiger den verwundeten Lucas genau vor sich. Der Desperado entblößte die Zähne und hob den Revolver in seiner linken Hand. Djamba, der sich gerade über seinen Sohn beugte, um dessen Gewehr zu nehmen, erkannte, daß er den Angreifer nicht mehr daran hindern konnte, den tödlichen Schuß abzugeben.

Ohne den Bruchteil einer Sekunde zu zögern, warf er sich vor seinen Sohn, riß die Spencer hoch und feuerte im selben Augenblick, als sich der Schuß aus Jackson Brundigers Revolver löste.

Der weißhaarige Mandingo gab einen würgenden Laut von sich. Seine Augen rollten nach oben. Die Kugel hatte ihn in die Kehle getroffen. Aber Brundiger taumelte zurück. Beide Revolver entfielen seinen Händen. Djambas Kugel hatte mitten in seiner Stirn ein blutiges Loch hinterlassen.

Porfirio Costado hatte es gesehen. In der Meinung, jetzt

sei alles verloren, wandte er sich zur Flucht. Der Mond kam wieder hinter den Wolken hervor, und Ramon Hernandez erkannte die fliehende Gestalt deutlich. Er tötete den *pistolero* mit einem gutgezielten Schuß.

Lucien Edmond Vaqueros am Südufer hatten die Stellung trotz anfänglich schwerer Verluste gehalten. Die sechs *pistoleros,* die sie angegriffen hatten, waren tot oder lagen im Sterben. Geisterhaftes Mondlicht fiel auf die verrenkten, leblosen Körper an beiden Ufern des Flusses und auf die fliehende Rinderherde.

Sybille Forsden war an diesem Juliabend früh zu Bett gegangen. Es war sehr schwül gewesen, und sie hatte das Gefühl, alle Energie verloren zu haben. Nun träumte sie.

Sie wollte auf ihrer Stute Dulcy ausreiten, denn gerade hatte sie von ihrem Mann Henry Bouchard verlangt, er solle Celia freigeben, und dieser hatte sich geweigert. Es war ihr nicht möglich gewesen, ihn zu überzeugen, und so hatte sie ihm gesagt, ein Ritt in der frischen Luft werde sie vielleicht auf andere Gedanken bringen.

Der Himmel hatte ein unheilverkündendes Grau angenommen. Der Wind wurde stärker und zerrte an ihrem langen, weiten Rock, aber sie achtete nicht darauf. Der Stalljunge Jimmy, ein Kru, kam aus dem Stall. Sie befahl ihm, so schnell wie möglich Dulcy zu satteln. Sie hatte ihre Reitpeitsche mitgenommen. Dann lenkte sie die Stute auf den schmalen Pfad, der in die Wildnis führte. Sie grübelte über die Kluft nach, die sich zwischen Henry und ihr aufgetan hatte, und es war ihr bewußt, daß ihr Sohn Mark in Ausschweifungen mit seinem Vater wetteiferte. Sie war wieder dreiunddreißig, immer noch lebenssprühend und attraktiv, und in ihr schlummerten Wünsche, die Henry Bouchard ignorierte.

Plötzlich hörte sie Donnergrollen. Der Himmel verdunkelte sich, die ersten Tropfen fielen. Dulcy wurde nervös. Da zerriß ein Blitz den Himmel. Die Stute bäumte sich auf.

In ihrem Traum schrie Sybille vor Angst. Mit aller Kraft zerrte sie an den Zügeln, aber Dulcy reagierte nicht.

»O mein Gott!« stöhnte Sybille. Überhängende Zweige streiften sie und rissen ihr die Reitpeitsche aus der Hand. Ihre Lippen bewegten sich in stummem Gebet. Sie schloß die Augen und konnte sich beinahe selbst sagen hören, was sie vor fünfunddreißig Jahren gesagt hatte: »Bitte, lieber Gott, laß es schnell geschehen!«

Plötzlich klang ein Ruf neben ihr auf. Es war Djamba, der kraftvolle Mandingo, auf dem schwarzen Hengst Midnight. Mit beiden Händen faßte er sie um die Taille und riß sie aus dem Sattel. Er setzte sie vor sich auf sein Pferd und rief etwas, das sie nicht verstehen konnte. Der große Hengst verlangsamte gehorsam seinen Lauf und blieb schließlich stehen.

»Oh, Gott sei Dank – oh, Djamba, du – du hast mir das Leben gerettet!« keuchte sie, die Arme um seinen dunklen, schwitzenden Körper geschlungen.

»Sie sind jetzt sicher, Missy. Dulcy kann sich austoben, sie wird sich bald beruhigen«, tröstete er sie. Behutsam löste er ihre Arme, glitt von dem Hengst und half ihr herunter. Sybille schwankte. Es blitzte. Sie stieß einen Entsetzensschrei aus und klammerte sich an ihn.

»Wir stellen uns hier unter, Missy«, drängte er und führte sie zu einer Stelle, die Schutz vor dem Sturm bot. Sybille schmiegte sich an ihn. Sie wußte, auch wenn er ein Sklave war, so war er doch einmal der König seines Stammes gewesen, und immer noch war er ein Mann von unbezwinglichem Mut und großer Kraft.

»Djamba – Djamba!« rief Sybille laut, als ihre Augen sich öffneten. Dann durchfuhr sie ein heftiger Schmerz, und ihre Augen blieben offen, aber sie sahen nichts mehr.

XXXI

Unter der gleißenden Sonne des heißen Julimorgens begruben Lucien Edmond Bouchard, Ramon Hernandez und die trauernden Vaqueros ihre Toten. Sie hatten insgesamt sieben Männer verloren, doch die Trauer um Djamba war am tiefsten. In all diesen Jahren hatte der unermüdliche Mandingo frohen Mutes alle Mühsal mit ihnen geteilt, und es war kein Mann unter ihnen, der an ihn nicht als an einen Freund und Kameraden zurückdachte. Seine letzte Handlung, mit der er seinen Sohn gerettet und die Lucas zugedachte Kugel aufgefangen hatte, rührte sie zu Tränen. Jeder Vaquero versuchte, seine Gefühle vor seinen *compadres* zu verbergen. Aber sie verstanden einander.

Lucas hatte trotz seiner Schwäche darauf bestanden, etwas für das Andenken seines Vaters zu tun. Er hatte mit der Axt ein Kreuz gezimmert, es mit Lederriemen zusammengebunden und am Nordufer des Red River aufgestellt, um seines Vaters Grab zu kennzeichnen. Dort kniete er und schämte sich seiner Tränen nicht. Er murmelte ein Versprechen, sein ganzes Leben der Lehren seines Vaters eingedenk zu sein und sich ganz besonders um seine Mutter Celia zu kümmern, nun, da Djamba nicht mehr da war. Er gelobte dem Mandingo, wenn Felicidad ihm einen Sohn schenke, wolle er ihn Djamba nennen, damit dieser stolze Name, der einmal einem König der Mopti gehört hatte, niemals sterbe.

Danach ging es an die anstrengende und scheinbar endlose Arbeit, der ausgebrochenen Herde nachzuspüren und die beiden Gruppen, die in unterschiedliche Richtungen entflohen waren, wieder zusammenzutreiben. Es dauerte drei Tage, bis das geschafft war. Dann brauchten die Männer noch einmal zweieinhalb Tage, um die Überquerung des Flusses zu Ende zu führen. Hierauf machten sie sich auf den Weg zur Creek-Reservation.

Lucien Edmond schätzte, daß er von den beinahe viertausend Rindern, die fünfhundert mexikanischen von der Caldemare-Ranch eingerechnet, etwa vierhundert verloren hatte. Aber die Geschenke für die Creeks durften deswegen nicht geschmälert werden. Als sie das Creek-Dorf erreichten, begrüßte er Emataba als seinen Blutsbruder und wies seine Männer an, fünf Ochsen, vier Kühe und sechs Färsen in den Pferch zu führen.

Er und Ramon freuten sich sehr über das Wiedersehen mit Dr. Ben Wilson. Ein wenig verlegen teilte der Quäkerarzt ihnen mit, daß er und Elone im nächsten Monat nach Wichita gehen würden, wo er sie vor ihrer Trauung dem Quäkerpastor und den Diakonen vorstellen wolle.

»Wenn wir von Abilene zurückkommen, Ben«, schlug Lucien Edmond lächelnd vor, »möchtet ihr dann nicht mit uns zurückreiten, so daß Elone deine Kinder und sie Tisinqua kennenlernen können?«

»Das würde ich gerne tun, ja, und ich weiß, auch Elone käme gern mit. Wann meinst du, wirst du wieder hier sein, Lucien Edmond?«

»Bei diesem Tempo kommen wir wohl nicht vor Anfang September nach Abilene«, antwortete Lucien Edmond. »Aber auf dem Rückweg geht es um so schneller. Mitte September sind wir wieder hier. Dann schaffen wir den Rest des Weges bis zur Windhaven-Ranch in einem Monat, vielleicht sogar in kürzerer Zeit.«

»Im September sind wir schon verheiratet.« Ben streifte das schlanke junge Mädchen in Wildleder an seiner Seite mit einem schnellen, liebevollen Blick. »Aber danach würde ich gern noch eine Zeit bei den Creeks bleiben. Ich bin sicher, Mutter Sybille wird es nichts ausmachen, für Thomas und ihre Namensschwester zu sorgen.«

»Bestimmt nicht, Ben. Wie schön wird es sein, nach Hause zu kommen«, seufzte Lucien Edmond. »Morgen ziehen wir weiter. Gott segne dich und Elone und ihr kleines Mädchen. Emataba hat mir bereits erzählt, wie viele Leben du gerettet und wieviel Glück du seinem Volk gebracht hast. Ich bin stolz darauf, daß du einer von uns bist. Ramon und ich wünschen dir und deiner Frau und den Kindern ein langes Leben und viel Glück.«

»Wenn wir das Glück in unseren Herzen haben, Lucien Edmond, und an die Gerechtigkeit Gottes glauben, wird dein Wunsch in Erfüllung gehen. Für mich ist es ein Segen, daß ich Elone gefunden habe. Ich werde Fleurette dennoch nie vergessen, weil Elone so viel von Fleurettes Güte und Freundlichkeit und Sanftmut hat.« Er faßte Elone bei der Hand und streckte die andere Lucien Edmond und Ramon entgegen, die sie herzlich schüttelten.

Simata ritt nach Abilene voraus und meldete Joseph McCoy, die Bouchard-Herde sei unterwegs. Als Lucien Edmond und seine Vaqueros die Tiere in die Pferche neben der Eisenbahn trieben, erwartete der überschwengliche Ire mit seinem wohlbekannten Bowler-Hut und seiner Zigarre sie schon, Ed Dade von Armour ebenfalls. Die 500 mexikanischen Rinder wurden für 2500 Dollar verkauft, ein gutes Anfangskapital für Margaret Caldemare. Lucien Edmonds Herde, rund 3600 Stück, erzielte 37 000 Dollar. Wie bereits früher bat Lucien Edmond den Einkäufer Ed Dade, ihm einen Teil der Kaufsumme in Gold auszuzahlen, damit er seinen Vaqueros den Lohn und den ihnen versprochenen Bonus geben konnte. Auch die Familien der sechs toten Vaqueros würden Geld bekommen, sobald er zur Windhaven-Ranch zurückkehrte.

Wegen der Verzögerungen beim Viehtrieb und dem tragischen Geschehen am Red River ritten Lucien Edmond und seine Männer diesmal schon am nächsten Tag nach Texas zurück. Sie hatten keine Lust, die Beendigung des Viehtriebs in den überfüllten, lauten Saloons – es waren jetzt schon mehr als zwanzig – zu feiern, wo berufsmäßige Spieler und grell geschminkte leichte Mädchen darauf warteten, ihnen das sauer verdiente Geld aus der Tasche zu ziehen.

Auf dem Heimweg schafften sie im Durchschnitt dreißig Meilen pro Tag. Einen Zwischenaufenthalt gab es nur in dem Creekdorf, wo sich ihnen Dr. Ben Wilson, seine schöne junge Frau Elone und die kleine Tisinqua anschlossen, denen der Reservewagen zur Verfügung gestellt wurde. Am 10. Oktober trafen sie wieder auf der Windhaven-Ranch ein.

In dieser Zeit hatte es viele wichtige Ereignisse in der Geschichte der jungen Nation gegeben: Als letzter Staat hatte Georgia die Erlaubnis erhalten, sich von neuem im Kongreß vertreten zu lassen; der erste durchgehende Zug von der Pazifikküste erreichte New York am 24. Juli 1870; Präsident Grant hatte im Krieg zwischen Preußen und Frankreich strikte Neutralität erklärt. Aber all das lag zu weit von der Welt der Vaqueros entfernt. Ihre Gedanken kreisten um die schrecklichen Ereignisse am Red River. Und im Ranchhaus fanden sie wiederum Trauer und Leid vor, denn Sybille Forsden lebte nicht mehr.

Doch es gab auch gute Nachrichten. Felicidad hatte einen Sohn geboren, und als die Vaqueros sich dem Tor im Palisadenzaun näherten, lief sie ihnen entgegen und hielt nach Lucas Ausschau. Das Baby hielt sie in ihren Armen, ihre Augen leuchteten vor Freude und Stolz. Aber als sie bemerkte, wie ernst Lucas' junges Gesicht war und er sie küßte und leise sagte: »Mein Daddy ist von uns gegangen«, brach sie in Tränen aus. »Oh, *Dios mi amor*, was sollen wir deiner Mutter sagen? Sie hat das Flußfieber und ist in den letzten Wochen sehr krank gewesen.«

Felicidad und Lucas gingen zusammen in Celias Zimmer. Die kranke Frau richtete sich auf. Ihr Gesicht war ausgemergelt vom Fieber, ihre Augen forschten angstvoll in dem Gesicht ihres Sohnes. »Wo ist Djamba, Junge?« fragte sie mit versagender Stimme.

Lucas war nicht fähig zu sprechen. Er konnte nur den Kopf senken und ein Schluchzen unterdrücken. Mit einem herzzerreißenden Stöhnen fiel Celia auf ihr Kissen zurück.

Ihre Augen schlossen sich. Ihre Lippen bewegten sich wie im Gebet. Sie murmelte mehrmals Djambas Namen, und dann befreite sich ihr Geist mit einem leisen Atemzug, und sie war bei ihm.

Lucas begrub seine Mutter in der Nähe der tapferen Sybille Forsden, denn er wußte, wie eng das Geschick der beiden Frauen seit dem Abend, als Henry Bouchard heimlich die Sklavin Celia in das Château brachte, miteinander verbunden gewesen war. Ebenso wußte er, daß er frei war, weil sein Vater und seine Mutter von dieser unbezwinglichen weißhaarigen Frau, die die Sklaverei ebenso haßte wie der alte Lucien und Luke Bouchard, die Freiheit erhalten hatte.

Die Nachricht von Sybilles Tod traf Lucien Edmond schwer. Sofort suchte er ihr Grab auf. Doch es milderte seinen Kummer, daß Maxine bei ausgezeichneter Gesundheit war und sich auf ihr viertes Kind freute. Als er dann zum Caldemare-Haus hinüberritt, um Margaret die 2500 Dollar zu bringen, kamen ihm Joe und Margaret bis zum Tor entgegen und erzählten ihm glückstrahlend, sie wollten Ende des Monats heiraten.

Ben Wilson und Elone knieten an Sybilles Grab nieder. Er erzählte seiner Frau von der Freundlichkeit, Güte und Heldenhaftigkeit seiner Schwiegermutter.

Eine Woche später reisten Ben, Elone, Tisinqua und Bens Kinder Sybille und Thomas wieder ab. Ben hatte seiner jungen Frau versprochen, mit ihr in dem Creekdorf wohnen zu bleiben, bis er die Gewißheit hatte, daß der neue Indianeragent den Bewohnern nicht nur einwandfreie Waren lieferte, sondern sich auch um ihren Gesundheitszustand kümmerte.

Die Nachricht vom Tod seiner Stiefmutter erreichte Luke Bouchard erst Mitte August durch einen Brief von Maxine, der Frau seines Sohnes. Marius Thornton war an der Anlegestelle gewesen, um Post und Waren in Empfang zu nehmen, welche die *Alabama Belle* mitgebracht hatte, und übergab ihn Luke zusammen mit zwei anderen Briefen von Jason Barntry aus New Orleans. Luke ging in sein Arbeitszimmer, verschloß die Tür, setzte sich an seinen Schreibtisch und las Maxines Brief. Dann bedeckte er das Gesicht mit den Händen und weinte laut. Sybille war ihm eine echte Mutter gewesen, die ihn geleitet und inspiriert hatte. Wie oft hatte ihre Tapferkeit ihn aufgerichtet, wenn er unter der Verachtung und Gleichgültigkeit seines Vaters litt! Sein Großvater, der alte Lucien, hatte viel von ihr gehalten, und Luke war sich klar über den guten Einfluß, den sie auf Maybelle Belcher und ihre eigenen Töchter Arabella und Fleurette gehabt hatte. Sie würde, dachte Luke bei sich, zur Legende werden wie der alte Lucien: ein Zweig der Bouchard-Familie, der ewig blühte und jede neue Generation an die Liebe zur Familie, den Glauben an Ehre und Gerechtigkeit und das Vertrauen in die Zukunft erinnerte – an all die Eigenschaften, die Sybille besessen hatte.

Dimarte wäre wie sie geworden, dachte Luke, wenn die schöne junge Creekfrau des alten Lucien Bouchard am Leben geblieben wäre. Beide waren durch und durch aufrichtig gewesen, beide hatten Verständnis für die Schwächen der Männer gehabt und zu ihrer Überwindung beigetragen. Luke wünschte nur, Sybille hätte Laure noch kennengelernt. Dann hätte sie um so besser verstanden, aus welchem Grund er nach Lucys Tod den Entschluß gefaßt hatte, nach New Orleans zurückzukehren und mit Laure an seiner Seite ein neues Leben zu beginnen. Ein tröstliches Gefühl war es für ihn, obwohl er noch um ihren Tod weinte, daß er ebenso mit ihrem Geist vereint sein konnte, wie es der alte Lucien so viele Jahre lang mit dem seiner geliebten Dimarte gewesen war. Die Geister dieser beiden starken Frauen, so betete er, sollten alle Zeit die Geschicke der Bouchards, die nach ihm kommen würden, leiten.

Es tat Luke sehr leid, daß er bei Sybilles Begräbnis nicht hatte anwesend sein können. Jetzt hatte es keinen Sinn mehr, nach Carrizo Springs zu reisen, obwohl er sich im stillen gelobte, ihr Grab noch vor Weihnachten zu besuchen. Auf der Windhaven-Plantage stand die Ernte kurz bevor, und es hatte bereits zwei Überfälle der weiß verhüllten Verbrecher gegeben, die sich selbst Ku-Klux-Klan nannten. Der letzte war in der vorigen Woche um zwei Uhr morgens erfolgt. Hughie Mendicott, Hannahs neuer Ehemann, war von einem geisterhaften Stöhnen aufgeweckt worden. Er spähte aus der Tür seiner Hütte und erblickte das brennende Kreuz der berüchtigten Nachtreiter. Sie hatten ein Dutzend Morgen Baumwolle angezündet. Hughie hatte seine Pistole auf einen von ihnen abgefeuert und ihn verwundet. Moses Turner, Dan Munroe und Buford Phelps wurden von dem Schuß wach, eilten mit ihren Waffen herbei und vertrieben die Klanleute. Dann löschten sie das Feuer. Luke Bouchard wußte genau, wer die beiden Terrorakte veranlaßt hatte: der Schieber Barnabas McMillan. Nach dem ersten Überfall hatte Luke vor dem Rathaus in Montgomery eine Ansprache gehalten. Er erklärte, durch Terror lasse sich der Frieden nicht herbeizwingen, und solange freie und anständige Männer es zuließen, daß Furcht und Tyrannei herrschten, hätten sie kein Recht, über ihr Geschick selbst zu bestimmen. Er appellierte an alle Republikaner, ihre Angst vor dem Klan zu überwinden und entsprechend ihrer inneren Überzeugung zu wählen.

Am selben Tag schrieb er einen Brief an Jason Barntry und bat den Direktor der Brunton-und-Barntry-Bank, ein silbernes Kreuz mit dem Namen Sybille Forsden und den Daten 1802 – 1870 gravieren zu lassen. Es sei für die Kapelle der Windhaven-Ranch bestimmt, solle ihm in Rechnung gestellt und auf die sicherste Weise nach Carrizo Springs befördert werden. In dieser Nacht kniete er im Gebet nieder und kommunizierte mit der Frau, die ihm eine wirkliche Mutter gewesen und die Quelle all seiner Bewunderung und Achtung für das andere Geschlecht war. Danach richtete er die Augen auf den hoch aufragenden roten Felsen, wo sein Großvater und die Geliebte Frau beerdigt waren. Noch einmal murmelte er ein Gebet für ihre Seelen und die Seele Sybille Forsdens, die sich mit den ihren vereinen möge, um über die Bouchards, wo sie auch weilten, zu wachen.

Dieser Tag war auch insofern bedeutungsvoll für ihn, als Lopasutas Adoption rechtskräftig wurde. Am Morgen war Jedidiah Danforth mit allen Beteiligten vor Richter Tollefson erschienen und hatte ihm die Dokumente vorgelegt. Es dauerte nur ein paar Sekunden, dann drehte Lopasuta sich um und streckte seinen Adoptiveltern Luke und Laure Bouchard mit strahlendem Gesicht die Hände entgegen. »Ich verspreche euch, daß ich ein Leben führen werde, das euer und des Vertrauens, das ihr in mich setzt, würdig ist. Ich danke euch, daß ihr mir euren Namen gebt, und ich werde ihm niemals Schande machen. Das schwöre ich bei den Gesetzen meines Volkes und beim Großen Geist«, gelobte der junge Komantsche feierlich.

Für Jedidiah Danforth würde es in Zukunft weitere Arbeit geben, denn Andy Haskins und Jessica Bambach waren am ersten August in der kleinen Baptistenkirche am Rande von Montgomery getraut worden. Der Rechtsanwalt hatte der Zeremonie beigewohnt. Als sie zu Ende war, traten er, Luke und Laure zu dem glücklichen Paar. Luke sagte leise zu Andy: »Im nächsten Jahr wird Mr. Danforth, wenn es möglich ist, das Land auf Sie übertragen, Andy. Dann brauchen Sie, Ihre Frau und Ihr Schwiegervater niemals mehr zu fürchten, daß es Ihnen weggenommen wird. Laure und ich wünschen Ihnen beiden von ganzem Herzen ein langes und glückliches Leben.«

XXXII

Im Oktober 1870, einen Monat vor der Wahl, war es offensichtlich, daß den Republikanern ein schwerer Kampf bevorstand. Dabei ging es nicht allein um die Wiederwahl von Gouverneur Smith in Alabama, sondern auch um das Prestige des Präsidenten. Am 3. Oktober trat Jacob D. Cox, Minister des Inneren, unter dem Druck von Männern zurück, die Parteiämter als Einkommensquelle betrachteten. Grant selbst hatte ihm keine Rückendeckung gegeben. Schon war das Kabinett des Präsidenten sehr geschwächt, und Gerüchte über Schiebung und Korruption unterhöhlten die Popularität des siegreichsten Unionsgenerals, der hauptsächlich wegen seiner spektakulären Erfolge im Bürgerkrieg ins Weiße Haus katapultiert worden war.

Luke Bouchard war sich der Schwächen der von ihm vertretenen Partei wohl bewußt. Trotzdem machte ihn sein Streben nach einem vernünftigen Gleichgewicht zwischen den politischen Kräften seines eigenen Heimatstaates fest entschlossen, seinen Gegenkandidaten zu schlagen. Er hielt im ganzen County Wahlreden, erschien in Schulen und Kirchen der Schwarzen und besuchte sogar Wohnungen in den ärmeren Gegenden von Montgomery. Aber seine Verantwortung für die Windhaven-Plantage vergaß er darüber keinesfalls. Tatsächlich verbrachte er so manchen Vormittag oder Nachmittag auf den Feldern und arbeitete Seite an Seite mit den schwarzen Miteigentümern dieser ungewöhnlichen Kommune. Auf dem Sektor von Ackerbau und Viehzucht wollte Luke Bouchard zeigen, daß Menschen aller Rassen zusammenarbeiten konnten, wenn sie ein gemeinsames Ziel verfolgten.

Jedes Wochenende in diesem Sommer und Herbst kam Lopasuta von Montgomery herübergeritten, um den Samstag und Sonntag bei seinen Adoptiveltern zu verbringen. Luke genoß das Beisammensein, das am Mittags- oder

Abendbrottisch oft zu lebhaften Diskussionen über Politik und Recht und sogar über gesellschaftliche Strömungen führte. Auch Laure trug viel zu den Gesprächen bei, und man merkte, daß sie den jungen Komantschen seines Fleißes und seiner Hingabe wegen bewunderte.

Sie betrachtete Lukes Debüt in der trügerischen Welt der Politik jedoch mit gemischten Gefühlen. Hatte er Erfolg und wurde in die Gesetzgebende Versammlung gewählt – würde ihn das nicht ermutigen, höhere Ämter anzustreben und sein Leben in den Dienst vieler statt nur einiger weniger zu stellen? Das mußte tiefgreifende Änderungen mit sich bringen. Laure hatte gefährliche Krisen mit ihm durchgestanden, hatte ihm zwei Söhne geschenkt und ein weiteres Kind durch die von Stacey Holbrooks Fußtritt hervorgerufene Fehlgeburt verloren. Jetzt liebte sie ihren Mann nicht nur wie eh und je von ganzem Herzen, sie hatte ihn auch nach seinem echten Wert zu schätzen gelernt. Wenn sie jetzt zurückblickte, erkannte sie, daß ihre Ehe mit John Brunton fast ausschließlich auf der Dankbarkeit beruht hatte, die sie ihm für seine Hilfe nach dem Selbstmord ihres Vaters und ihrer Vergewaltigung durch einen Unionskorporal schuldig war. Sie wußte, Luke besaß die Tugend des Heroismus und der Selbstverleugnung. Fast unbarmherzig gegen sich selbst, versuchte er, in jeder Beziehung sein Bestes zu geben, obwohl er seine eigenen Schwächen nicht leugnete. Er hatte physischen Mut bewiesen, und das in weit größerem Ausmaß, als sie es einem Intellektuellen, der Gewalttätigkeit und unbeherrschte Leidenschaft instinktiv ablehnt, jemals zugetraut hätte.

Seit sie den mondänen Firnis hatte ablegen können, der in New Orleans zum Überleben notwendig gewesen war, fühlte Laure heitere Zufriedenheit über ihr Leben mit Luke. Der Altersunterschied bedeutete ihr überhaupt nichts. Keine Frau, sagte sie sich oft mit heimlichem Lächeln, konnte sich einen zartfühlenderen und rücksichtsvolleren und dazu leidenschaftlicheren Liebhaber wünschen, und sie war fest entschlossen, sein Interesse an ihr immer lebendig zu halten.

Aber das Rampenlicht, in dem ein Mann in einer offiziellen Position stand – besonders wenn dieser Mann danach strebte, eine wichtige Rolle in der Politik zu übernehmen – war wohl geeignet, Änderungen in dem glücklichen Leben, das sie miteinander führten, hervorzubringen. Das fürchtete Laure mehr als alles andere.

Aber Luke dachte trotz seines Idealismus praktisch. Seine Erfahrungen im Leben hatten ihn gelehrt, daß er seine Träume mit gesundem Menschenverstand zügeln mußte. Er hatte gesehen, wie sein Vater Henry Bouchard mit Bluffs und Tricks, mit Habgier und Egoismus versucht hatte, Land zu gewinnen und seine Nachbarn auszumanövrieren. Er hatte erlebt, wie das friedliche Leben auf der Windhaven-Plantage ein jähes und tragisches Ende fand, als Unionstruppen das Château in Brand steckten und seinen Stiefvater Matthew Forsden erschossen. Er, der weder ein Rebell noch ein Sklavenhalter gewesen war, hatte den Haß der Nordstaatler gegen einen Gentleman des Südens zu spüren bekommen, als er in New Orleans Vorbereitungen für die Reise zur späteren Windhaven-Ranch traf. Er hatte in zwei Duellen mit den Cournier-Brüdern, deren Fehde gegen die Bouchards an den Grundfesten der Windhaven-Plantage gerüttelt hatte, auf Leben und Tod kämpfen müssen. Und schließlich hatte er nach dem Tod seiner Frau Lucy in einem Alter, wo die meisten Männer es vorgezogen hätten, sich auf ihren Lorbeeren auszuruhen, sich noch einmal ein neues Leben aufgebaut. Die Wechselfälle des Lebens hatten ihn gestählt, und obwohl er in der Politik ein Neuling war, hatte er ein außerordentlich klares Bild von dem, was im ganzen Staat Alabama und in dem County, das er vertreten wollte, vorging.

Wie er William Blount einmal auseinandergesetzt hatte, beschwor Gouverneur William Hugh Smith die Gefahr, nicht wiedergewählt zu werden, selbst herauf. Der Republikaner James T. Rapier war als Minister des Äußeren nominiert worden. Er war der Sohn eines wohlhabenden schwarzen Geschäftsmanns und hatte in Nashville Privatunterricht gehabt, bevor er sieben Jahre lang eine Schule in Kanada besuchte. Er hatte Jura studiert und war bei Gericht als Anwalt zugelassen, doch hatte er nie praktiziert. Als er nach Beendigung des Bürgerkrieges nach Florence heimkehrte, wurde er zu einem der erfolgreichsten Baumwollpflanzer im Tennesseetal. Luke war es nun nicht entgangen, daß Gouverneur Smith im Wahlkampf niemals zusammen mit Rapier auftrat und ihn bei Ansprachen in weißen Countys nicht einmal erwähnte, obwohl von ihm sämtliche republikanischen Stimmen in den Countys des »Schwarzen Gürtels« – das waren Dallas, Perry und Marengo und auch Madison im Tennesseetal – abhingen.

Es war aber noch schlimmer. Wenn Rapier selbst durch den Staat reiste und Wahlreden hielt, bereiteten ihm die weißen Republikaner einen alles andere als freundlichen Empfang. John C. Stanton, der Generalsuperintendent der New Alabama and Chattanooga Railroad Company, war bereits beschuldigt worden, er habe Rapier zehntausend Dollar geboten, wenn dieser auf seine Kandidatur verzichte. »Daraus geht ganz klar hervor«, hatte Luke zu William Blount gesagt, »daß die weißen Republikaner glauben, wenn Rapier verliert, wird sich kein anderer Schwarzer mehr zu kandidieren trauen. Das ist eine der schrecklichen Ungerechtigkeiten, die von anständigen Menschen beseitigt werden müssen. Verdienstvolle, fähige Männer müssen die Chance bekommen, das Volk zu vertreten, egal ob sie nun weiß oder schwarz sind.«

»Sie und ich, wir sehen die Schwierigkeiten, Mr. Bouchard«, antwortete Blount düster. »Doch Tatsache ist, daß die Weißen so, wie die Dinge im Augenblick stehen, einem Schwarzen einfach ihre Stimmen nicht geben, ganz gleich, welcher Partei sie angehören. Sie können es Fanatismus oder Mangel an Bildung oder sonst etwas nennen, Sir.

Meine Ansicht ist, daß die Einwohner dieses Staates generationenlang daran gewöhnt waren, Schwarze als Sklaven und minderwertige Rasse anzusehen, und es paßt ihnen nicht, daß ein schwarzer Mann für ein öffentliches Amt kandidiert. Sie meinen, die Schieber aus den Nordstaaten versuchen damit, ihnen Dreck ins Gesicht zu reiben – wenn Sie den Ausdruck entschuldigen wollen.«

»Dessen bin ich mir wohl bewußt, Mr. Blount.« Luke nickte ernst. »Und Rapier ist sogar ein Schieber genannt worden, was wahrscheinlich ebenso ungerecht ist, wie wenn man mich einen Opportunisten nennt. Ich habe ihn kennengelernt, und ich finde, er ist ein hochgebildeter und verständiger Mann. Ob wir wohl noch den Tag erleben werden, an dem die Leute einen Mann nicht nach seiner Farbe, sondern nach seinem Charakter beurteilen? Jedenfalls werde ich den Wahlkampf nach besten Kräften führen, und wenn es nur aus dem Grund wäre, gegen die Übergriffe des Klan zu protestieren.«

»Sie sind ein mutiger Mann, Mr. Bouchard. Das ist einer der Gründe, warum wir Sie als Kandidaten haben wollten. Und Sie werden sich erinnern, daß ich Sie von Anfang an vor Vergeltungsmaßnahmen gewarnt habe. Wie ich hörte, sind die Klanleute bereits zweimal bei Ihnen gewesen.«

»Ja, Mr. Blount. Sie haben einen Teil meiner Baumwolle vernichtet, aber trotzdem ist es ein gutes Jahr gewesen. Meine kleine Kommune hat an Gemüse und Rindfleisch und Milchprodukten und sogar an Hühnern ganz schön verdient. Die Miteigentümer des Landes sind mit meiner Arbeit und der meines Vormanns Marius Thornton recht zufrieden.«

»Ich habe Ihren Artikel im *Advertiser* der letzten Woche gelesen, in dem Sie am Beispiel Ihrer eigenen Erfahrungen auf der Windhaven-Plantage darlegen, wie gut Weiße und Schwarze miteinander auskommen können«, bemerkte Blount.

»Ja, das sollte ein völlig unpolitischer Artikel sein. Sehen

Sie, Mr. Blount, im Juni fragten drei ehemalige Soldaten der Konföderation bei mir nach Arbeit, und ich bot ihnen die Chance, sich ein Stück Land zu verdienen, ein Häuschen darauf zu bauen und einen gerechten Anteil an den Nahrungsmitteln und auch am Gewinn zu erhalten. Was meinen Sie, wie wir es praktiziert haben? Drei meiner schwarzen Miteigentümer – Moses Turner, Hughie Mendicott und Dan Munroe – verpachteten diesen Männern einen Teil ihres eigenen Besitzes. Als wir dann alle unsere Verkaufserlöse zusammenlegten und teilten, erhielten auch diese drei neuen Arbeiter ihr Geld, und davon bezahlten sie ihre Pacht. Das hört sich ein bißchen kompliziert an, aber die Grundidee ist, daß alle zum größeren Nutzen der Gemeinschaft zusammenarbeiten. Das ist wie bei einem Team, und wir haben damit sehr viel Erfolg gehabt.«

»Sie sind von einem Opportunisten über einen Niggerfreund bis zu einem Spinner schon alles genannt worden, Mr. Bouchard.« Blount lächelte mitfühlend.

»Ich rechne damit, daß man mir noch viel schlimmere Namen geben wird, bevor ich sterbe«, gab Luke launig zurück. »Außerdem weiß ich, woher das meiste von diesem Gift stammt: von keinem anderen als Barnabas McMillan. Ich bin überzeugt, er hat die Klanleute beauftragt, mich heimzusuchen. Aber meine Männer sind bewaffnet, und wenn der Klan in diesem letzten Monat vor der Wahl irgend etwas versucht, sind wir bereit, ihn zu empfangen.«

Als Luke Bouchard von diesem Treffen mit William Blount nach Hause zurückkehrte, aß er mit Laure, den beiden kleinen Jungen und Lopasuta zu Abend. Er und Laure hörten sich mit großem Vergnügen die Schilderungen des jungen Komantschen über seine Erfahrungen als juristischer Embryo in der Kanzlei von Jedidiah Danforth an. Mittlerweile war Lopasuta überredet worden, nicht nur die im Laden gekauften Schuhe zu tragen – er bemerkte allerdings gelegentlich, sie kniffen ihn immer noch –, sondern auch Jacket, Hemd und Krawatte. Seit er bei dem alten Rechtsanwalt als Lehrling begonnen hatte, war er noch sympathischer und gesprächiger geworden. Sein Wissensdurst entzückte Luke stets von neuem. An vielen Abenden führten die beiden lebhafte Diskussionen in Lukes Bibliothek. Lopasuta legte ernsthaft dar, daß das Gesetz des weißen Mannes, wenn es nur gerecht interpretiert werde, die Lage aller Indianer, die aus ihrer Heimat vertrieben worden waren und arm und vernachlässigt in Reservationen wie der Ematabas lebten, verbessern könne. Es belustigte den jungen Komantschen, daß die meisten Weißen, die er in Montgomery bei Botengängen für Jedidiah Danforth kennenlernte, ihn für einen Mulatten und nicht für einen Indianer hielten. Lachend erwiderte Luke: »Ich glaube, für die meisten von ihnen wäre es ein Schock, wenn sie erführen, daß ein echter Komantsche zum ersten Mal in der Geschichte Alabamas nicht nur unser Adoptivsohn ist, sondern auch gute Aussichten hat, als Rechtsanwalt bei den Gerichten des Staates Alabama zugelassen zu werden.«

»Ja, irgendwie ist das schon lustig«, räumte Lopasuta ein. »Das einzige Problem ist: Wenn ich soweit bin, eine Praxis zu eröffnen, wird es hier überhaupt keine Indianer mehr geben, die ich verteidigen kann.« Sein Gesicht wurde ernst. »Aber vielleicht werde ich dann Schwarze verteidigen, die immer noch unterdrückt werden, obwohl man sie als Freie bezeichnet.«

»Damit würdest du auf bewundernswerte Weise zeigen, daß du an Rechtschaffenheit und Anstand glaubst, Lopasuta«, meinte Luke herzlich.

Anfang Oktober saß Luke mit Marius Thornton in seinem Arbeitszimmer und sah die Konten für Verkäufe und Kosten durch. Im Vergleich zum letzten Jahr war der Gewinn der Windhaven-Plantage beträchtlich gestiegen. Auch wenn ein Dutzend Morgen Baumwolle verwüstet worden war, hatten die Milchprodukte, das Rindvieh und die Hühner das mehr als wettgemacht, und jeder Arbeiter würde einen schönen Anteil bekommen. Selbst die drei weißen »Pächter«, wie Luke sie humorvoll nannte, schnitten in Anbetracht der kurzen Zeit, die sie hier arbeiteten, gut ab.

Zwei Wochen vor der Wahl ging Laure mit ihrem Mann durch die Felder spazieren. Hand in Hand wie junge Verliebte lächelten sie den Arbeitern zu und blieben stehen, um mit ihnen zu plaudern. Von Zeit zu Zeit blickten sie wie auf Verabredung zu dem roten Felsen hinauf, wo der alte Lucien und seine Dimarte lagen. Als sie sich dem Abhang näherten, den sie so oft zu diesen Gräbern hinaufgestiegen waren, wandte Laure sich an Luke und fragte leise: »Wenn du die Wahl gewinnst, Darling, wirst du dann dieses bukolische Leben gegen das eines Politikers eintauschen?«

»Himmel, nein«, gab er lachend zurück. »Abgesehen von dem Amt, für das ich im Augenblick kandidiere, habe ich überhaupt keinerlei politischen Ehrgeiz. Ich habe mich nur damit einverstanden erklärt, mich aufstellen zu lassen, weil ich meine Stimme gegen die Terrorakte des Klan und die Mißachtung unserer Rechte durch die Siegerstaaten erheben wollte. Was ich mir am meisten wünsche, und nicht nur für diesen Staat, sondern für den ganzen Süden, ist, daß alle Menschen guten Willens Seite an Seite arbeiten, so, wie sie es hier auf unseren Feldern tun, meine Liebste. Ich möchte, daß sie den Krieg vergessen. Dieses Land ist zu reich, dieser Boden ist zu fruchtbar, um zuzulassen, daß sich Fanatismus und Haß und Fehden erneuern. Wenn der Bürgerkrieg überhaupt etwas Gutes gebracht hat, dann ist es meiner Meinung nach die Chance, daß wir unsere Differenzen beilegen und daß der Norden Verständnis für den Charakter des Südens als Agrarland gewinnt. Ich hatte auch gehofft, der Süden werde vom Norden lernen, daß man auf seinem Land nicht ausschließlich Baumwolle oder Tabak anbauen kann, ohne die Wirtschaft zu ruinieren. Wir haben so viel von ihnen, sie haben so viel von uns zu lernen – und doch sieht es aus, als sei noch nicht einmal ein Anfang gemacht. Darum kandidiere ich bei dieser Wahl. Aber selbst wenn ich im nächsten Monat siege, kannst du sicher sein, daß ich die Verantwortung, die ich hier habe, nicht von mir weisen werde – und erst recht nicht die Verantwortung, die ich für dich habe, meine Geliebte.«

Mit strahlendem Gesicht wandte sie sich ihm zu. »Das wollte ich von dir hören, Luke. Ich habe gedacht – und ich habe es in all diesen Monaten vor dir geheimgehalten –, daß ich dich vielleicht verlieren würde, daß du zu ehrgeizig werden könntest. Du bist so gut, du hast einen so scharfen Verstand, du überragst alle anderen Männer in der Politik so sehr, daß ich befürchtete, du könntest Gouverneur werden wollen und dann . . . «

»Nein. Vergiß nicht, ich bin ein Intellektueller, und damit bin ich von Anfang an verurteilt. Die Masse des Volkes ist immer mißtrauisch gegen einen Mann, der zu gut spricht und gebildeter zu sein scheint als sie. Sie fürchten, er könne ein Tyrann oder Diktator werden. Das könnte ich niemals sein. Nein, mein Schatz, ich bin realistisch genug, um einzusehen, daß ich durchaus unterliegen kann. Wir Republikaner haben den Klan nicht auf unserer Seite, wie du weißt. Und der Klan führt eine solche Schreckensherrschaft in den schwarzen Gemeinden, daß ich fürchte, wir werden die Wahl haushoch verlieren.«

»Ist es wirklich so schlimm, Luke?« fragte Laure besorgt.

»O ja. William Blount berichtet mir, daß der Klan seit mehr als einem Jahr in den Countys Greene und Sumter einen regelrechten Feldzug gegen die Republikaner führt. Und erst vor ein paar Tagen zettelten Demokraten bei einer republikanischen Versammlung in Eustaw, der Hauptstadt von Greene, einen Aufruhr an. Alle Schwarzen wurden vom Marktplatz vertrieben, und als sie sich ihrerseits empörten, wurden Bundestruppen gegen sie eingesetzt.«

»Das ist schändlich und schrecklich!«

»Das ist es wirklich. Morgen wird im *Advertiser* meine empörte Stellungnahme zu diesen Ereignissen erscheinen. Wenn wir fortfahren, die Schwarzen zu unterdrücken und mit Gewalt zu behandeln, wie es viele Sklavenhalter mit der Peitsche und dem Brandeisen taten, wie können wir dann jemals darauf hoffen, daß die Schwarzen uns vertrauen? Ich bete zu Gott, daß nicht am Ende versucht wird, sie ebenso zu vertreiben wie die unglücklichen Creeks.«

»Dazu sage ich amen, mein Liebster.«

Am Abend vor der Wahl hielt Luke Bouchard auf den Stufen des Rathauses in Montgomery eine leidenschaftliche Ansprache. Er wiederholte seine Bitte um Toleranz und Ehrlichkeit, er drängte die Wähler, sich dem Terror des Ku-Klux-Klan zu widersetzen, indem sie alle republikanisch stimmten. Denn wenn die Republikaner den Wahlsieg errangen, war das eine Antwort auf Einschüchterungen und Gewalt und machte dem Klan klar, daß Männer von ernster Überzeugung den Staat vertraten. Der neue republikanische Staat werde sich auch gegen die Maßnahmen zu wehren wissen, mit denen der Norden den besiegten Süden immer noch knebeln wolle.

Diese Rede gewann ihm viele Anhänger, aber nicht genug, um Cletus Adams zu schlagen. Mit dem knappen Vorsprung von 119 Stimmen wurde der schwarze Demokrat als Vertreter des Countys Montgomery in die Gesetzgebende Versammlung Alabamas gewählt. Luke Bouchard nahm seine Niederlage philosophisch hin, aber am nächsten Abend meinte Laure beim Dinner lächelnd: »Ich persönlich bin froh, daß es vorbei ist, lieber Luke. Und die Stimmenzahl, die du beim ersten Versuch bekommen hast, zeigt doch, daß es viele gibt, die ebenso denken wie du. Das sollte dir neuen Mut geben.«

»Es war nicht nur mein erster, sondern auch mein einziger Versuch, liebe Laure«, berichtigte Luke sie freundlich. »Doch ich beabsichtige nicht, meine Prinzipien aufzugeben, und ich werde weiter Artikel für den *Advertiser* schreiben, in denen ich gegen Ungerechtigkeit und politische Korruption zu Felde ziehe. Wenn mehr Männer wie ich ständig gegen das Böse ankämpfen, mag es uns noch zu unsern Lebzeiten gelingen, einen Teil davon auszulöschen – das ist alles, was ein Mann von Ehre erwarten kann.«

»Ich glaube,« murmelte Laure – denn Lopasuta hatte sich entschuldigt und machte einen Spaziergang am Fluß –, »daß ein Mann von Ehre noch etwas anderes verdient. Du wirst noch einmal Vater werden, und zwar im Mai, wenn Dr. Medbury sich nicht irrt.«

»Laure, Darling!« Luke sprang auf und eilte zu ihr. Er faßte sie bei den Schultern und küßte sie heiß. »Das ist bestimmt eine bessere Neuigkeit, als wenn ich die Wahl gewonnen hätte.«

»Ich bin sehr froh, daß du so empfindest, mein Liebster«, flüsterte seine Frau und gab ihm den Kuß zurück. »Ich war mir über das Kind nämlich schon ziemlich sicher, als wir unser Gespräch draußen auf den Feldern führten. Und ich fragte mich, ob du, wenn du politischen Ehrgeiz entwickeltest, ein weiteres Kind nicht als Bürde betrachten würdest.«

»Als Bürde?« wiederholte er. Dann schüttelte er den Kopf. »Als Segen! Es ist der schönste Beweis, den du mir geben kannst, daß du mich liebst und zufrieden mit mir bist. Und gewiß wird ein weiteres Kind verhindern, daß ich alt werde. Ich kann mich erinnern, daß du mir einmal vorgeworfen hast, ich sei ein Spießbürger.«

Laure legte ihm die Arme um den Hals und lachte leise. In ihren grünen Augen leuchtete das Glück über seine Freude an ihr. »Ich wünschte, du würdest das Wort vergessen. Ich habe es vergessen, Luke. Von dem Tag an, als ich einwilligte, dich zu heiraten, habe ich in dir keinen Spießbürger mehr gesehen. Das ist die reine Wahrheit. Hättest du gern noch einen Jungen, Darling?«

»Nein, denn es scheint heute der Abend der Wahrheit zu sein«, lachte er. »Ich hätte sehr gern ein Mädchen, so schön wie du.«

»Ich werde mein Bestes tun, Mr. Bouchard«, sagte sie mit

so bezaubernder Schelmerei, daß er schallend auflachte, sie auf die Füße zog und mit seinen Küssen erstickte.

Robert Burns Lindsay, der neue demokratische Gouverneur, traf am 19. November in Montgomery ein, um sein Amt anzutreten. Die Auszählung hatte ergeben, daß er 79 670 Stimmen, der gegen ihn unterlegene Gouverneur Smith insgesamt 77 760 Stimmen errungen hatte, so daß also weniger als 2000 Stimmen den Ausschlag gaben. In den schwarzen Countys hatte Gouverneur Smith besser abgeschnitten, aber in den weißen erhielt Lindsay 18 315, Gouverneur Smith dagegen nur 7215 Stimmen. Gewalt, Einschüchterungen, Betrug und die Stärke des Ku-Klux-Klan waren für die Niederlage der Republikaner verantwortlich.

Aber die Republikaner waren nicht willens, Alabama den Demokraten kampflos zu überlassen. Sie bestanden darauf, daß Wahlergebnis sei verfälscht und der rechtmäßig gewählte Gouverneur sei Smith. Eine gerichtliche Verfügung verbot es dem republikanischen Senatspräsidenten, die Stimmzettel für die Wahl des Gouverneurs und des Schatzmeisters zu kontrollieren, aber die für die Wahl des stellvertretenden Gouverneurs, des Ministers des Äußeren und des Staatsanwalts wurden neu gezählt. Es stellte sich heraus, daß in alle drei Ämter Demokraten gewählt worden waren.

Edward H. Moren, der neue stellvertretende Gouverneur, wurde auf die Tribüne des Vorsitzenden geführt und legte den Amtseid ab. Dann kündigte er an, Robert Burns Lindsay habe William Hugh Smith bei der Wahl um das Amt des Gouverneurs geschlagen und J. F. Grant bei der Wahl um das Amt des Schatzmeisters den Republikaner Chester Arthur Bingham. Aber Smith weigerte sich, die Niederlage anzuerkennen. Zusammen mit dem republikanischen Schatzmeister Bingham verbarrikadierte er sich in seinem Büro und rief Bundestruppen zu Hilfe, die das Regierungsgebäude besetzten.

Zwei Wochen lang hielten die beiden Männer die Stellung. Essen wurde ihnen durch die Fenster gereicht. Dann traf ein Richter namens James. Q. Smith in Montgomery ein, der als Opportunist galt und ein alter Feind von Gouverneur Smith war. Er ordnete an, der Wahlverlierer habe innerhalb einer halben Stunde vor ihm zu erscheinen. Das geschah am 10. Dezember 1870. Lindsay wurde der zweiundzwanzigste Gouverneur von Alabama.

Offensichtlich hatte Senator Spencer sehr geschickt manövriert, indem er dafür sorgte, daß sein republikanischer Parteifreund die Wahl verlor. Seine eigene Zukunft war gesichert. Aber politische Fehden würde es noch auf Jahre hinaus geben.

Am Abend des Tages, an dem Gouverneur Lindsay offiziell sein neues Amt antrat, gab Barnabas McMillan eine Siegesfeier in seinem eleganten neuen Haus auf dem früheren Williamson-Land. Stacey Holbrook war nicht eingeladen. Aber sie kam nach Mitternacht und stellte ihren Liebhaber zur Rede. Jetzt müsse er sein Wort halten und sie heiraten, verlangte sie. Sie erinnerte ihn daran, daß er es ihr versprochen habe, wenn sie ihm helfe, Luke Bouchard zu schlagen, und das habe sie doch getan.

Der korpulente Mann aus dem Osten starrte sie an und brach in wieherndes Gelächter aus. »Du bist doch wirklich noch dümmer, als ich gedacht hatte, Stacey.« Dabei zog er ein hübsches Mulattenmädchen auf seinen Schoß und begann es zu streicheln. »Ich soll eine Hure wie dich heiraten? Nun, sieh mich nicht so an, Schätzchen. Sicher, wir hatten eine schöne Zeit miteinander, aber du hast doch nicht im Ernst geglaubt, ein Mann von meinem Einfluß in diesem Staat würde sich so weit erniedrigen, daß er angeschmutzte Ware wie dich zur Frau nimmt, nicht wahr? Doch ich werde dafür sorgen, daß du eine hübsche Summe erhältst – die hast du dir verdient, das will ich zugeben. Was – was tust du denn da – o mein Gott, nein . . . «

Stacey hatte aus ihrem Ridikül einen kleinen Derringer

mit Perlmuttkolben gezogen und auf McMillan gerichtet. Das Mulattenmädchen warf sich mit einem Entsetzensschrei zu Boden. Stacey drückte ab. Mit offenem Mund, die Augen ungläubig aufgerissen, starb Barnabas McMillan auf der Stelle.

Stacey Holbrook drehte sich um und rannte aus dem Haus. In dem Aufruhr, der entstand, entkam sie, und man hat nie wieder etwas von ihr gehört.

XXXIII

Seinem sich selbst gegebenen Gelübde getreu, stieg Luke Bouchard den Weg zu dem hohen Felsen hinauf, der den Alabama-River überblickte. Jedes Jahr, das er auf der Windhaven-Plantage verbrachte, wollte Luke am 18. Dezember, dem Geburtstag des alten Lucien, die Gräber seines Großvaters und Dimartes besuchen, und das tat er auch im Jahr 1870. Diesmal ging er allein, denn Laure, jetzt im vierten Monat ihrer Schwangerschaft, litt unter einer sich hinschleppenden Erkältung. Deshalb hatte Luke darauf bestanden, daß sie im Bett blieb und sich ausruhte, bis sie vollständig gesund war.

Dieses Jahr war so reich an Ereignissen gewesen wie kein anderes. Während Luke vor den fast nicht mehr zu erkennenden Gräbern seines Großvaters und der Geliebten Frau kniete, fragte er sich, ob dies ein Omen dafür sei, daß das neue Jahr noch unberechenbarer werden würde. Erst gestern morgen war der alte Horatio Bambach von seiner Tochter Jessica tot in seinem Bett gefunden worden. Offenbar war er an einem plötzlichen Herzanfall gestorben, friedlich und im Schlaf. Luke hatte bereits am Vormittag für die Seele dieses freundlichen Mannes gebetet, der hier mit seiner Tochter nach allem Leid, das der Bürgerkrieg ihnen gebracht hatte, ein neues Leben hatte beginnen wollen und der sein Nachbar und Freund geworden war. Wenigstens, dachte Luke bei sich, fand Jessica in ihrer Trauer Trost bei ihrem Mann. Andy Haskins würde sie in ein glücklicheres Leben führen.

Es lag ein Trost in dem Wissen, daß der ewige Zyklus weder von Gewalt noch Schlechtigkeit und nicht einmal von Krieg durchbrochen werden konnte. Es gab immer einen neuen Anfang, immer ein neues Ziel, nach dem man sich ausrichten konnte, und die Vorsehung hatte für jeden Verlust einen Ausgleich bereit. Laure und er hatten ihr ungeborenes Kind durch einen Akt der Gewalt verloren; verantwortlich dafür war ein Mann, der in höchstem Ausmaß die Schlechtigkeit repräsentierte, die heutzutage im Süden umging. Aber Laure würde ein neues Kind gebären, und der Mann, der eine schwache, verwundbare junge Frau als sein Werkzeug benutzt hatte, war durch die Hand derselben Frau getötet worden. Irgendwie mußte selbst ein Atheist erkennen, dachte Luke, daß die Waagschalen des Lebens und des Todes im Gleichgewicht waren. Es stand ein Plan dahinter, welchen Namen man ihm auch geben mochte. Für Luke war es ein weiterer Beweis der Allmacht des Gottes, zu dem er jetzt betete, desselben Gottes, den die Creeks Ibofanaga, den Geber des Atems, nannten.

Er sprach zu dem alten Lucien und zu Dimarte mit einer Ausdruckskraft und Zärtlichkeit, die aus dieser mystischen Stimmung erwuchsen, einer Stimmung, die zurückschaute in die Vergangenheit, die Gegenwart sah und die Zukunft freudig willkommen hieß. Ja, es gab ein ewiges Gleichgewicht. Für Dr. Ben Wilson, der seine süße Fleurette verloren hatte, gab es das Indianermädchen Elone und ihre kleine Tochter Tisinqua. Sybille war tot, und doch mochte der Tod Djambas und Celias mit dem ihren verknüpft sein. Alle drei waren in den unruhigen Tagen der Sklaverei zusammengeführt worden. Sybille hatte dem verderblichen Einfluß der damaligen Anschauungen widerstanden, indem sie beide freigab und sie ermutigte zu heiraten. Gemeinsam waren sie zur Windhaven-Ranch gezogen, und ihre Freiheit und ihr Mut hatten dazu beigetragen, aus diesem neuen Heim der Bouchards einen Ort der Liebe, des Vertrauens und der Loyalität zu machen. Sie waren tot, aber die Erinnerung an sie würde noch lange leben.

Ja, es stand alles gut mit den Bouchards. Luke hatte soeben einen Brief von Arabella erhalten, in dem sie die Heirat ihrer Tochter Melinda anzeigte. Luke hatte vor sich hin gelächelt, und dann hatte er Laure den Brief mit der Bemerkung gereicht: »Wenn Melinda das erste Kind bekommt und Arabella zur Großmutter macht, wird Arabella wohl sehr nachdenklich werden und zu der Erkenntnis kommen, daß sie im Laufe der Zeit zu einer sowohl milderen als auch stärkeren Persönlichkeit herangereift ist. In James Hunter hat sie den richtigen Mann gefunden. Er duldet keinen Unsinn bei ihr, aber er liebt sie von ganzem Herzen.«

In der letzten Woche war auch ein Brief von Laurette gekommen, in dem sie ausführlich über die Neuerungen plauderte, die ihr Mann in seinem Chicagoer Kaufhaus einführte. Die Kinder gediehen wie Unkraut, schrieb sie, und sie hatten eine Perle von einem Kindermädchen. Ihr neues Haus war sehr bequem, es hatte einen großen Hof und einen Garten und hinten eine kleine Remise für Pferd und Buggy.

In dieser Woche war ein Brief von Lukes Tochter Mara Hernandez eingetroffen. Mara schrieb, Lucien Edmonds Frau Maxine habe soeben ein Mädchen geboren, das Maxine nach ihrer eigenen Mutter Diane genannt habe. Kate Casares hatte im November ebenfalls ein Baby bekommen, fügte Mara hinzu, eine Tochter, und sie hatte Pablo Casares dringendem Wunsch nachgegeben, das Kind Catarina zu nennen. Und schließlich, schrieb Mara, erwarte sie selbst im nächsten Sommer ein Kind.

Ja, die Bouchard-Familie wuchs, und ebenso war es bei den anderen Familien, die mit Windhaven verbunden waren. Luke machte es Freude, sich auszudenken, wo und wie diese Nachkommen ein nützliches Leben beginnen würden, das nicht nur ihren eigenen Familien zum Segen gereichte, sondern auch den Gemeinden, in denen sie lebten. Er berührte die Erde, unter der der alte Lucien lag, und sagte leise: »Großvater, jetzt bist du ein Teil unserer Geschichte, der Vorkämpfer für uns alle. Du bist der Begründer einer Familie, die oft durch merkwürdige und unerwartete Wendungen des Schicksals entstanden ist. Diese Familie wurzelt tief im Boden der Freiheit und Ehre. Du wachst über all ihre Mitglieder, während sie aus ihrem Leben etwas machen, ganz wie du es getan hast. Ich verehre dich, wie ich sie verehre, die als erste in diesem jungen Land dein Leben teilte. Vielleicht wird uns das kommende Jahr dem Frieden näherbringen, den du für möglich hieltest, wenn Menschen aller Rassen und Religionen als Brüder zusammenarbeiten. Und ich denke heute, an deinem Geburtstag, daß du dich darüber freust, daß mein Adoptivsohn Lopasuta, in dessen Adern das starke Blut der Komantschen rinnt, nächstes Jahr Rechtsanwalt wird und die Unterdrückten und Hilfsbedürftigen verteidigen kann, wie du es vor langer Zeit getan hast. Er war selbst schon hier und hat dich besucht, denn das war sein Wunsch, nachdem ich ihm die Geschichte deines Lebens erzählt hatte. Er sehnt sich nach Wissen und hat sein Leben der Wahrheit und Toleranz geweiht. Das sind Tugenden, die du besessen hast, Großvater, und wieviel Mühe hast du dir gegeben, sie in meine Seele zu pflanzen. Was ich heute bin, verdanke ich dir und Mutter Sybille – und jetzt sind deine und ihre Seele für alle Zeit beieinander. Gott segne dich, Großvater. Schlafe und träume, und leite uns in den Tagen, die noch kommen.«

Luke Bouchards Gebet um Frieden schien ein ermutigendes Zeichen für die Zukunft hervorgerufen zu haben: Noch im selben Monat kam der einundvierzigste Kongreß zu seiner dritten Sitzung zusammen, und zum ersten Mal seit 1860 war wieder jeder Staat vertreten. Außerdem rief Präsident

Grant in seiner jährlichen Botschaft an den Kongreß zu einer Reform der Zivilverwaltung auf und erklärte, er habe Korruption unter seinen eigenen Beamten entdeckt. Jetzt, da die ehemaligen Sezessionsstaaten erneut ihre Stimmen im Kongreß erheben konnten, gab es ein schwaches Hoffnungslicht, daß die Vorschriften des tyrannischen Wiederaufbauprogramms, von rachsüchtigen Männern wie Thaddeus Stevens aufgestellt, gelockert würden.

Im März 1871 bevollmächtigte der Kongreß eine Kommission zur Reform des Zivildienstes, und George William Curtis wurde von Präsident Grant zu ihrem Vorsitzenden ernannt. Am selben Tag faßte der Kongreß den Beschluß über die Jahrhundertausstellung. Sie sollte 1876 in Philadelphia stattfinden und den hundertsten Geburtstag dieser jungen Nation feiern. Doch noch ein Gesetz wurde an diesem Tag verabschiedet, das nach Luke Bouchards Meinung Unheil heraufbeschwören würde. Es war die Akte, welche die Indianer zu Mündeln des Staates erklärte und alle Verträge mit den Stämmen aufhob. In Lukes Augen wurden damit den ersten Bewohnern Amerikas, denen ihr Land weggenommen worden war, die ihnen zustehenden Rechte vorenthalten. Sie standen nun nicht viel besser da als vernachlässigte Waisen, deren Wohlergehen von herablassenden Regierungsagenten überwacht wird. Er sprach sich mit seinem Adoptivsohn Lopasuta darüber aus, als das neue Gesetz im *Advertiser* veröffentlicht worden war.

»Gerade deswegen muß ich bei Dr. Danforth besonders fleißig lernen, Mr. Bouchard«, erwiderte der intelligente junge Komantsche, »damit ich, sobald sich eine Gelegenheit dazu bietet, das Gesetz des weißen Mannes zum Vorteil meines Volkes anwenden kann.«

Seit seiner Adoption benahm sich Lopasuta Luke gegenüber mit der größten Ehrerbietung und Dankbarkeit. Er sprach ihn ständig mit »Mr. Bouchard« statt mit »Vater« an. Aber Luke erkannte, daß Lopasutas offene Bewunderung für seinen Adoptivvater und sein unermüdlicher Fleiß bei seinen Studien viel mehr ausdrückten, als wenn er ihm den Lippendienst geleistet hätte, ihn »Vater« zu nennen. Luke sagte zu seiner Frau Laure, im Gedankenaustausch mit dem jungen Komantschen sei es oft Lopasuta, der ihn auf neue Ideen bringe, und es sei bewunderungswürdig, mit welcher Hingabe er sich seinem Jurastudium widme.

Zu Beginn des Frühlings berieten sich Luke und Marius Thornton wieder über die Feldbestellung. Marius war soeben Vater eines Mädchens geworden, welches das Ebenbild seiner Mutter Clementine war. Wie immer vertrat Luke Bouchard die Überzeugung, es müsse eine Vielzahl von Pflanzen angebaut werden, nicht nur, um den Boden fruchtbar zu halten, sondern auch, um für die Miteigentümer und sich selbst den höchstmöglichen Gewinn zu erwirtschaften. Yamswurzeln, Okraschoten, Springbohnen, Kürbisse, Melonen und Tomaten und auch ein Morgen mit Wassermelonen sollten auf dem Land wachsen, wo im Vorjahr Baumwolle gestanden hatte. Für die Baumwolle wurden fünfzehn Morgen bestimmt, auf denen zuvor Gemüse und Obst gewachsen war. Der Hühnerhof sollte vergrößert werden. Luke hatte fünf Milchkühe gekauft, so daß an die Läden in Lowndesboro und Montgomery außer Rindfleisch, das er auf tausend Pfund schätzte, auch Milch, Sahne und Butter verkauft werden konnten.

Im März kam Andy Haskins mit Jessica ins Château. Er wollte seine Frau Luke und Laure offiziell vorstellen und außerdem an Lukes Konferenz mit Marius Thornton teilnehmen. Mit Luke stimmte er völlig darin überein, daß ein Pflanzer, der sich ausschließlich auf Baumwolle konzentrierte, schlecht beraten war und daß Anbau und Ernte von Gemüse und Obst weniger Mühe bereiteten und lohnenden Gewinn brachten. Stolz erklärte Andy, er habe Dalbert Sattersfield in seinem Geschäft in Lowndesboro einen Besuch abgestattet und einen Probeauftrag für seine künftigen Erzeugnisse erhalten. Die Männer waren Freunde geworden. Beide hatten im Krieg einen Arm verloren, und jeder achtete den anderen dafür, daß er sich davon nicht hatte unterkriegen lassen und mit Energie und Optimismus ein neues Leben angefangen hatte.

Mitzi Sattersfield war bereits mehrmals im Château zu Besuch bei ihrer früheren Chefin Laure gewesen. Letzte Woche hatte sie erzählt, sie und Dalbert erwarteten im Sommer ihr erstes Kind. Laure drängte sie, bald einmal mit ihrem Mann zum Dinner zu kommen, und Mitzi versprach, es zu tun. Es war offensichtlich, daß sie bis über beide Ohren verliebt in ihn war, und als Mitzi erfuhr, Laure sei ebenfalls schwanger, umarmten die beiden Frauen sich und weinten Freudentränen.

Am 20. April des Jahres 1871 verabschiedete der Kongreß zwecks Durchsetzung des Vierzehnten Verfassungszusatzes die Ku-Klux-Akte. Sie bevollmächtigte den Präsidenten, das Habeas-corpus-Recht aufzuheben und militärische Streitkräfte zur Unterdrückung von Gewaltakten in den Südstaaten einzusetzen. Die politischen Gegner des ehemaligen Gouverneurs Smith und die Zeitungen schlachteten es jetzt aus, daß er sich geweigert hatte, Bundestruppen gegen den Klan zu Hilfe zu rufen. Smith hatte seinerzeit darauf hingewiesen, gemäß der Verfassung von Alabama könne das Kriegsrecht nur im Falle einer Invasion oder Rebellion ausgerufen werden, und selbst in diesen Fällen sei es Sache der Gesetzgebenden Versammlung. Er war deswegen ein Feigling und sogar ein Verbrecher genannt worden, doch er war bei seiner Meinung geblieben, die von den Klanleuten gepeinigten Bürger sollten ihren Mut zusammennehmen, beschworene schriftliche Zeugenaussagen sammeln und eine Bürgerwehr bilden, um dem Sheriff zu helfen. Er hatte die städtischen Behörden dringend aufgefordert, energischer durchzugreifen, Zeugen zu vernehmen, Haftbefehle auszustellen und jeden zu melden, der sich weigere, ihr beizutreten. Seiner Überzeugung nach wurde der Terror so lange schlimmer, wie die Gemeinden versäumten, die Übeltäter zu bestrafen. Auch sah er voraus, daß eine schwarze

Miliz in diesem Staat gegen den weißen Klan weniger als nichts ausrichten werde. Durch diese Kongreßakte gab es jetzt jedoch ein neues Werkzeug, mit dem den einzelnen Südstaaten weitere Rechte abgegraben werden konnten. In Luke Bouchards Augen war es nichts als ein weiteres Anzeichen dafür, daß die Ära rachsüchtiger Unterdrückung immer noch nicht zu Ende war. Andererseits konnte mit diesem neuen Gesetz – wenigstens in der Theorie – die Aktivität des Klans eingedämmt werden. Luke hoffte, der Nutzen, den dieses Gesetz bringen würde, werde schwerer wiegen als die Gefahren, die aus der Schmälerung der Rechte des Staates erwuchsen.

Aber wenigstens, so sagte sich Luke in Gedanken, hatte es auf der Windhaven-Plantage keine Heimsuchungen durch den Klan mehr gegeben. Seine politische Niederlage hatte ihm offenbar Immunität eingetragen. Außerdem hatten die Demokraten, nachdem sie die Wahl gewonnen hatten, keinen Grund mehr, das County Montgomery zu terrorisieren. Allerdings wurde das ganze Jahr hindurch immer wieder einmal von Lynchjustiz und Auspeitschungen in anderen Countys berichtet. Luke hoffte inbrünstig, diese Männer würden bald die Strenge des Gesetzes zu spüren bekommen. Ihr Treiben schürte nur die Feindseligkeit zwischen den Rassen, und das allein war schon ein beklagenswertes Hindernis für das Zustandekommen eines dauerhaften Friedens.

Am 8. Mai, dem Tag, da der Vertrag von Washington mit Großbritannien unterzeichnet wurde, begaben sich Luke und Laure in das Gerichtsgebäude von Montgomery, um mitzuerleben, wie ihr Adoptivsohn Lopasuta als Anwalt bei den Gerichten des Staates Alabama zugelassen wurde. Der alte Richter Tollefson nahm Lopasuta den Eid ab, dann stieg er von seinem erhöhten Platz, schüttelte dem jungen Komantschen die Hand und hieß ihn als einen Rechtsanwalt willkommen, der von nun an seine Mandanten vor jedem Gerichtshof des Staates vertreten dürfe. Luke Bouchard freute sich sehr darüber, daß der Richter sich an ihn mit den Worten wandte: »Ich stehe im Herbst des Lebens, Mr. Bouchard, und als ich ein Junge war, hörte ich von den Creeks und der Ungerechtigkeit, mit der sie aus dem Staat vertrieben wurden, nur weil Andy Jackson die Indianer haßte. Vielleicht ist es ausgleichende Gerechtigkeit, daß ich heute Ihrem Adoptivsohn, der Komantschenblut in seinen Adern hat, den Eid abgenommen habe. Die Komantschen sind ein Stamm, den ich persönlich seines Mutes und seiner Reiterqualitäten wegen bewundere. Noch vor zehn Jahren, bis mein Gesundheitszustand es mir verbot, kannte ich nichts Schöneres als einen flotten Trab am frühen Morgen, bevor ich ins Gericht ging. Ja, Mr. Bouchard, der heutige Tag ist ein besonderer für diesen Staat, und Sie haben sehr viel dazu beigetragen. Ich bewundere Sie Ihres Mutes und Ihrer Humanität wegen. Welch ein Jammer, daß es im Kongreß nicht mehr Männer wie Sie gibt. Dann wäre nämlich Schluß mit kleinlichen Streitereien und Verbohrtheit, und wir könnten uns den Dingen zuwenden, die uns auf den Nägeln brennen. Meine Glückwünsche, Sir.«

Dank seiner Partnerschaft mit Joe Duvray konnte Lucien Edmond mit dem Viehtrieb nach Abilene im Jahr 1871 schon am 2. April beginnen. Drei Wochen zuvor war Lukes ältester Sohn nach Austin geritten und hatte sich über die Rechtslage bezüglich des Caldemare-Landes informiert. Wie er befürchtet hatte, sah das Gesetz keine Möglichkeit vor, das Erbe auf eine allein überlebende weibliche Person zu übertragen. Deshalb beriet er sich mit dem Leiter des Amtes, der kein anderer war als Tobias Jennings, derselbe Mann, den der Schwindler Durwood McCambridge so raffiniert mit Einladungen ins Restaurant und mit dem Tanzhallenmädchen Lily Mellers hereingelegt hatte. McCambridge war es gelungen, von Jennings Karten zu erhalten, welche die Gaunerbande zur Herstellung gefälschter Landschenkungsurkunden benutzte. Doch abgesehen davon hatte Jennings im Landbüro gewissenhafte Arbeit geleistet. Er war befördert worden und hatte Lily Mellers, die er für McCambridges Mündel hielt, geheiratet. Und es war eine gute Ehe geworden. Lily Jennings hatte aus ihrem Ehemann einen glücklichen, zufriedenen Menschen gemacht, der nicht mehr verbittert und zynisch, sondern mit Lust bei der Arbeit war.

Das Ergebnis von Lucien Edmonds Gespräch mit Jennings über das Caldemare-Land war, daß Lucien Edmond ein offizielles Angebot über fünftausend Dollar machte. Es wurde ordnungsgemäß eingetragen und einen Monat später angenommen. Bis dahin war Lucien Edmond schon mit achtundzwanzig Vaqueros und dem Scout Simata nach Abilene aufgebrochen. Die Herde bestand aus 4100 Rindern von der Windhaven-Ranch und weiteren 1500 von der Caldemare-Ranch. Lucien Edmond hatte Herefords und Brahmas gekauft, und den Männern, die er Joe Duvray für die Arbeit auf der Caldemare-Ranch zur Verfügung gestellt hatte, war es gelungen, noch einmal tausend wilde texanische Longhorns zusammenzutreiben. Durch Kreuzung mit den kräftigeren Rassen hatte Joe jetzt Tiere erster Qualität, die zusammen mit denen von Lucien Edmond auf den Markt gebracht werden sollten.

Als der Brief vom Landbüro mit der Mitteilung, Lucien Edmonds Angebot auf das Caldemare-Land sei angenommen worden, auf der Windhaven-Ranch eintraf, schickte Maxine Pablo Casares damit zu Joe hinüber. Dieser war zu Hause geblieben, weil seine Frau Margaret das erste Kind erwartete.

Bei diesem Viehtrieb gab es keinen einzigen unerfreulichen Zwischenfall, abgesehen davon, daß ein Sandsturm noch vor dem Red River eine kleine Stampede verursachte, die Lucien Edmond und seine Männer nur einen halben Tag kostete. Wie immer machten sie im Creek-Dorf Halt. Lucien Edmonds Geschenk für die Leute Ematabas bestand aus einem Dutzend Färsen, fünf Ochsen und einem Bullen.

Nun sah Lucien Edmond Ben Wilson und seine junge Frau Elone wieder, die schwanger war. Thomas und Sybille wuchsen und gediehen. Sie trugen die Wildlederkleidung der Creeks und spielten mit den Creek-Kindern, als seien sie in der Reservation geboren.

Mit Eddie Gentry als vorausreitendem Spitzenreiter erreichten Lucien Edmond und seine Männer mit ihrer Herde Abilene am 31. August. Es war das letzte Mal, daß sie diesen Markt besuchten. In den fünf Jahren, da Abilene als Königin der Viehstädte regiert hatte, waren kleine Farmer entlang der Kansas-Pacific-Eisenbahn immer weiter nach Westen vorgedrungen, bis es so gut wie kein offenes Land mehr gab. Die natürliche Feindschaft zwischen Farmern und Ranchern bewog selbst einen so unternehmenden Mann wie Joseph McCoy, den Viehzüchtern zu empfehlen, sich von Abilene fernzuhalten – damit fand der Boom ein jähes Ende. Dazu kam, daß eine weitere nach Westen vorrückende Eisenbahnlinie, die Atchison, Topeka und Santa Fe, Vorbereitungen traf, ebenfalls ins Viehgeschäft einzusteigen. Im Frühjahr 1871 hatte die »Santa Fe« Newton erreicht, fünfundsechzig Meilen südlich von Abilene gelegen.

Als Lucien Edmond mit seiner Herde eintraf, hörte er von mehreren anderen Ranchern vom Entstehen neuer Märkte. Alle rechneten damit, daß es mit den hohen Preisen, die sie hier in Abilene erzielt hatten, vorbei sei, denn nun wurde die Stadt viel von Farmern beliefert, die den Rahm für sich selbst abschöpften. Diese Neuigkeiten bestätigten Lucien Edmonds eigene Überzeugung, daß der Eisenbahnbau die Struktur des Viehmarktes völlig verändern werde. Zu Ramon Hernandez sagte er: »Es könnte sich für uns auszahlen, wenn wir über den Winter einen unserer Männer hier in Abilene ließen, damit wir genau erfahren, was geschieht. Wenn Newton so aufblüht, wie alle glauben, gehen wir nächstes Jahr vielleicht dorthin.«

Diesmal war es nicht Ed Dade von Armour & Co., der die Bouchard-Herde kaufte. An seiner Stelle besichtigte ein neuer Einkäufer aus St. Louis namens Henry Trowbridge Lucien Edmonds Tiere und bot ihm auf der Stelle einen Preis von 10,75 Dollar pro Stück. So wurden für Lucien Edmonds 4000 und Joe Duvrays 1500 Rinder insgesamt 59 125 Dollar erzielt – die höchste Summe, die Lucien Edmond mit seiner Viehzucht jemals verdient hatte. Sofort machte er Pläne für eine Erweiterung der beiden Ranches, die er und Joe Duvray in Partnerschaft betrieben.

Außerdem konnte Joe Duvray, da seine 1500 Rinder 16 125 Dollar erbracht hatten, Lucien Edmond den ihm gewährten Kredit sofort zurückzahlen. Das war ein glücklicher Start für den dunkelhaarigen Mann aus Georgia. Lucien Edmond schlug vor, Joe solle weitere 5000 Dollar dazu verwenden, einige der Herefords und Brahmas zu kaufen, die er der Caldemare-Ranch zur Verfügung gestellt hatte. Dann blieb Joe von seinem ersten Geschäft als Rancher immer noch ein Reingewinn von 5000 Dollar. Es war nur noch eine Formalität, daß das Besitzrecht von Lucien Edmond Bouchard auf Joe Duvray übertragen wurde – gegen Zahlung eines Dollars. Lucien Edmont freute sich, daß er seinem loyalen Mitarbeiter ein so großartiges Hochzeitsgeschenk machen konnte.

Während seines kurzen Aufenthalts in Abilene lernte Lucien Edmond James Butler (Wild Bill) Hickock kennen, der als Scout und Spion in Missouri und Arkansas gegen die Konföderierten gekämpft hatte und Anfang des Jahres Marshal von Abilene geworden war. Hickock war ein großer, würdevoller Mann und ein spektakulärer Schütze, der bei den meisten Cowboys sehr beliebt war. Seine erste Handlung als Marshal war, daß er verfügte, Cowboys dürften ihre Revolver tragen, wo und wann es ihnen beliebte, was eine willkommene Abwechslung zu den Vorschriften war, die sein verstorbener Vorgänger Bear River Tom Smith aufgestellt hatte.

Wenn Hickock die Texas Street von Abilene entlangschritt, hielt er sich immer in der Mitte der Straße. Sein langes kastanienfarbenes Haar hing ihm in Ringellocken über die Schultern, und seine kleinen, schön geformten Hände und Füße gaben ihm ein feminines Aussehen, aber seine außergewöhnlichen Fähigkeiten als Schütze straften diesen Eindruck Lügen. Ständig trug er ein Paar silberbeschlagene Pistolen mit Elfenbeingriff in einer reich bestickten Schärpe, Hemden aus feinstem Leinen und Stiefel aus dem dünnsten Ziegenleder. Sein Gehalt war sehr niedrig, aber er besserte es durch häufiges Spielen auf. Lucien Edmond fand ihn in Benehmen und Rede aufrichtig, und seine Prahlerei machte ihm Spaß.

Ramon und Lucien Edmond blieben nur zwei Tage in Abilene, denn sie fürchteten die mannigfaltigen Versuchungen, denen die Vaqueros und Cowboys in dieser aus dem Boden gestampften Stadt ausgesetzt waren. Mittlerweile gab es hier Biergärten, Tanzhallen und über ein Dutzend Saloons mit so farbigen Namen wie »Applejack«, »Old Fruit« und »Die Perle«. Das »Alamo«, dessen Name die Texaner anlocken sollte, war die luxuriöseste Bar. Sie konnte sich dreier Glasdoppeltüren und einer Theke mit sorgfälig polierten Messingbeschlägen rühmen. Überall an den Wänden hingen riesige Aktbilder, Imitationen von italienischen Malern der Renaissance. Ständig lärmte Musik, erzeugt von einem Klavier, heiseren Hörnern und Baßgeigen. Geschminkte, auffällig gekleidete Tanzhallenmädchen wollten gern an den Löhnen der Cowboys und Vaqueros partizipieren. Viele dieser Mädchen stammten aus Mexiko. Sie waren größtenteils durch grandiose Versprechungen fabelhafter Verdienstmöglichkeiten angelockt oder in vielen tragischen Fällen von verarmten Vätern an Händler von weißen Sklaven verkauft und gezwungen worden, in dieser jetzt reichlich verderbten Kansas-Stadt dem ältesten Gewerbe der Welt nachzugehen.

Auf dem Rückweg zur Windhaven-Ranch unterbrachen Lucien Edmond und Ramon ihren Ritt auch diesmal, um Emataba und seine Creeks zu besuchen. Zu ihrer größten

Freude erblickten sie einen ziemlich kahlen, rundlichen Mann in einer braunen Kutte, der neben dem großen *mico* stand, und riefen gleichzeitig aus: »Friar Bartoloméo!«

»Wie schön, Sie wiederzusehen, meine Söhne.« Der Franziskanerpater eilte ihnen lächelnd entgegen und schüttelte ihnen die Hände. »Seit wir Ihre Kapelle weihten, habe ich immer an Sie und Ihre Männer gedacht. Und wie ist es Ihrem bewunderungswürdigen Vater ergangen, Mr. Bouchard?«

»Er hat inzwischen eine Menge erlebt, Friar Bartoloméo«, antwortete Lucien Edmond. »Er hat für die Gesetzgebende Versammlung des Staates Alabama kandidiert, wurde unglücklicherweise jedoch knapp geschlagen. Er und seine Frau werden bald ein weiteres Kind haben. Ich wünschte nur, er wäre heute bei uns und sähe Sie wieder, denn er hat Ihre Freundlichkeit und Güte nie vergessen.«

»Bitte senden Sie ihm meinen Segen und meine allerbesten Wünsche für ihn und seine Frau, Mr. Bouchard.« Der dicke kleine Mann seufzte und schüttelte den Kopf. »Seit Sie mich das letzte Mal gesehen haben, bin ich in Arizona und dem Pfannenstiel-Teil von Texas gewesen. Ich habe bedürftigen Indianern und einigen Farmergemeinden geholfen, die zu isoliert und zu arm sind, um einen Priester zu haben. Ich habe überall Menschen guten Willens gefunden, trotz meiner nachlassenden Kräfte – ach ja, Sie sehen, daß der liebe Gott mich für meine Gefräßigkeit gerecht bestraft hat.« Reumütig klopfte er seinen Bauch. Lucien Edmond und Ramon konnten sich das Lachen kaum verbeißen. »Aber, was ich sagen wollte, die Belohnung für all meine Arbeit war, daß ich, als ich hier ankam, diesen wundervollen Dr. Ben Wilson traf. Er hat so viel Nächstenliebe, daß ich glaube, er hätte einen großartigen Priester abgegeben, wenn er diesen Beruf erwählt hätte. Er ist mehr als ein Arzt, er ist denen, die ihrem Leid und ihren Bedürfnissen keine Stimme zu geben vermögen, ein Freund und Vertrauter. Der heilige Franz von Assisi, der Stifter unseres

Ordens, hätte ihn bestimmt genauso geliebt wie ich. Es macht mich glücklich, daß er eine junge Frau gefunden hat und daß sie ein Kind erwartet. Wahrlich, unser Herr hat wunderbare Mittel, den Menschen guten Willens seine Liebe zu zeigen!«

»Werden Sie lange hierbleiben, Friar Bartoloméo?« erkundigte sich Lucien Edmond.

»Nein, mein Sohn. Ich werde gehen, wohin der liebe Gott mich sendet. Morgen breche ich zu einem anderen Indianerdorf an der Grenze des Indianerterritoriums zu Kansas auf, woher Sie gerade kommen. Es sind Kiowas, früher stolz und frei und jetzt gezwungen, in einem weit ärmeren Dorf als diesem hier zu leben. Ich habe es von einem der Soldaten erfahren – einem Mann von überraschend freundlicher Einstellung zu diesen verlassenen Menschen –, der Anfang des Monats half, Emataba Lebensmittel zu bringen.«

»Gott sei mit Ihnen, Friar Bartoloméo.« Lucien Edmond schüttelte dem Franziskaner herzlich die Hand. »Ich bete darum, daß Sie eines Tages wieder zur Windhaven-Ranch kommen und in der Kapelle, die Sie geweiht haben, den Gottesdienst für uns alle halten.«

Friar Bartoloméo machte das Zeichen des Kreuzes, als Lucien und Ramon die Köpfe neigten. Mit strahlendem Gesicht blickte er zum Himmel und sprach ein innig empfundenes Gebet.

Tief gerührt bekreuzten Lucien Edmond und Ramon sich und wiederholten das »Amen«. Dann gingen sie, nach einem Gespräch mit dem *mico*, Ben, Elone und Tisinqua begrüßen.

»Ich wollte dich fragen, Lucien Edmond«, meinte der Quäkerarzt, »ob du uns mitnehmen könntest. Ich würde gern an dem Grab von Fleurettes Mutter beten, und Elone möchte dabeisein«.

»Danke, Ben.« Lucien Edmonds Stimme klang heiser vor Rührung. »Ich freue mich, wenn ihr euch anschließt. Aber vielleicht willst du ein wenig länger auf der Windhaven-Ranch bleiben als nur für einen kurzen Besuch?«

»Nein, Lucien Edmond.« Ben schüttelte den Kopf. »Ich werde hier gebraucht. Hier habe ich Elone und die kleine Tisinqua kennengelernt. Thomas und Sybille haben viele Freunde gefunden, und ich lehre sie sowohl Creek als auch Englisch. Diese Erfahrung wird sie zu sehr klugen Kindern machen, und wenn sie groß sind, ein nützliches Leben führen lassen. Außerdem hielte ich es gar nicht aus, mir an einem Ort wie der Windhaven-Ranch für längere Zeit ein bequemes Leben zu machen. Ich habe als Arzt meine Verpflichtungen, und diese Leute haben keinen anderen als mich, der sich um sie kümmert. Sie betrachten mich als ihren Schamanen, ihren Medizinmann.« Er lächtelte. »Das ist der schönste Lohn, den sie mir zahlen können. Ein Arzt kann sich nicht mehr wünschen, als daß er gebraucht wird und daß man ihm für seine Anwesenheit dankbar ist.«

»Hast du wirklich die Absicht, den Rest deines Lebens hier zu verbringen, Ben?« fragte Lucien Edmond besorgt.

Ben zuckte die Schultern. »Das liegt bei Gott, Lucien Edmond. Ich weiß nur, daß ich so lange bleiben werde, wie es notwendig ist. Elone hat noch vier Monate bis zu ihrer Niederkunft, und sie wünscht sich, daß unser Kind an dem Ort zur Welt kommt, wo wir uns kennenlernten. Jetzt kann sie die Reise noch leicht mitmachen, und wenn du genug Platz hast, werden Tisinqua, Sybille und Thomas ebenfalls mitkommen.«

»Das ist doch selbstverständlich. Wir haben ja den Reservewagen. Wenn du soweit bist, Ben, können wir aufbrechen.«

»Wir brauchen nicht lange, Lucien Edmond. Zu packen haben wir nur uns selbst«, erwiderte der Quäkerarzt vergnügt.

Die Männer der Windhaven-Ranch trafen in der vierten Septemberwoche in Carrizo Springs ein. Für Ramon Hernandez war es ein besonders freudiges Heimkommen, denn er war wieder Vater geworden. Felicidad und Maybelle, die im vergangenen November bei Maxines Niederkunft geholfen hatten, waren auch zur Stelle gewesen, um Mara im Juli beizustehen. Mara hatte ihrem Mann ein Mädchen geschenkt, und zu Ramons größter Freude hatte sie ihre Tochter nach Ramons Mutter Dolores genannt.

Es sprach wirklich alles dafür, daß der Zyklus des Lebens sich auf die glücklichste Weise erneuerte, denn in Sangrodos Dorf jenseits der mexikanischen Grenze hatte seine schöne Frau Catayuna ihm im Januar eine Tochter geboren, und Prissys Tochter war nun schon über ein Jahr alt.

An einem warmen Septemberabend nach seiner Heimkehr ritt Lucien Edmond zu Joe Duvray hinüber und übergab ihm einen Scheck über sechstausend Dollar. Außerdem hatte er für Joe die gute Nachricht, der Rest der Summe, die für seine Herde erzielt worden war, habe ausgereicht, um sämtliche Schulden, die Joe noch hatte, zu begleichen. Joe stieß einen Freudenschrei aus und erklärte: »Kneifen Sie mich, Mr. Bouchard, damit ich genau weiß, daß ich nicht träume. Denn, glauben Sie mir, ich komme mir wie in einem Traum vor, weil so viel Glück auf mich herabregnet. Dieses Geld kommt gerade zur rechten Zeit, Mr. Bouchard – besonders, da Margarets Baby in zwei Monaten zur Welt kommt. Ich schwöre, ich bin ein wenig bange, daß ich plötzlich aufwache und feststelle, es ist alles nicht wahr.«

»Nein, Joe, es ist wirklich, und zu kneifen brauche ich Sie nicht«, erwiderte Lucien Edmond lachend. »Sie haben es sich verdient. Und jetzt sind Sie mein Partner. Gemeinsam können wir einen Betrieb aufbauen, der unsern Konkurrenten weit überlegen ist. Meine Rassenkreuzungen haben erstklassige Tiere hervorgebracht, aber weit mehr wert als das ist mir ein Partner wie Sie, auf den ich mich verlassen kann.«

»Das können Sie, Mr. Bouchard.« Joe schüttelte Lucien

Edmond die Hand, und seine Augen wurden verdächtig feucht. »Andy und ich haben es doch sehr gescheit angefangen, daß wir an dem Tag in New Orleans auf dem Kai herumstanden, als Sie und Ihre Familie auf dem Weg nach Carrizo Springs vorbeikamen. Ich kann Ihnen gar nicht genug danken, Mr. Bouchard.«

»Sie haben mir bereits genug gedankt, Joe. Ich bin glücklich für Sie. Ah, guten Abend, Mrs. Duvray«, sagte er zu Margaret, die mit gerötetem Gesicht – sie hatte in der Küche am Herd gestanden und das Abendessen zubereitet – hereinkam, um ihrem Mann zu sagen, alles sei fertig.

»Guten Abend, Mr. Bouchard. Ist das eine Überraschung! Bitte, bleiben Sie zum Abendessen, ja?«

»Ich habe schon gegessen, Mrs. Duvray, aber ich trinke gerne eine Tasse Kaffee mit Ihnen, wenn es Ihnen keine Umstände macht.«

»Ach du meine Güte, das macht doch keine Umstände, Mr. Bouchard!« meinte Margaret fröhlich und streifte ihren Mann mit einem liebevollen Blick. »Aber jetzt, da Sie von dem Viehtrieb zurück sind, Mr. Bouchard, bestehe ich darauf, daß Sie oft herüberkommen und sich zu einem richtigen Abendessen einladen lassen. Ich bin keine schlechte Köchin, müssen Sie wissen.«

»Du bist viel zu bescheiden, Schätzchen«, grinste Joe und legte ihr seinen Arm um die Taille. »Wenn wir die Ranch nicht hätten und ich keine Arbeit bekommen könnte, würde ich mit dir nach New Orleans zurückkehren und ein Restaurant aufmachen. Mit deinen Kochkünsten würden wir ein Vermögen machen.«

»Willst du wohl ruhig sein, Joe Duvray!« kicherte Margaret, über dies Kompliment errötend.

»Nun, Schätzchen, mir fehlt es ja nicht an Arbeit, und ich bin nicht bankrott. Sieh dir diesen Scheck an, den Mr. Bouchard mitgebracht hat. Der ist für die in Abilene verkauften Rinder.« Er entfaltete die Banktratte, die der Einkäufer aus St. Louis auf seinen Namen ausgestellt und

Lucien Edmond übergeben hatte. Margaret hielt den Atem an und klatschte in die Hände vor Freude. »Aber das ist ja wundervoll, Joe! Wir sollten einen Teil davon für das Baby beiseite legen, damit wir . . . « Plötzlich hielt sie inne, wurde scharlachrot, schmiegte sich in entzückender Verwirrung an ihn und stotterte: »Ach du meine Güte, ich wollte nicht so unhöflich sein und vor Mr. Bouchard über Familienangelegenheiten sprechen!«

»Aber ich fühle mich als Teil der Familie«, sagte Lucien Edmond, um ihr aus der Verlegenheit zu helfen. »Jedenfalls hat sich Joe, seit ich ihn in New Orleans traf, so nützlich und unentbehrlich gemacht, daß ich ihn stets zu meiner Familie gerechnet habe.«

»Oh, Mr. Bouchard!« Margaret Duvray errötete von neuem und versteckte ihr Gesicht an der Brust ihres Mannes. Er klopfte ihr auf die Schulter und küßte sie aufs Haar. Dann grinste er Lucien Edmond ein wenig verlegen an.

Lucien Edmond rettete die Situation. »Wissen Sie, diese Tasse Kaffee könnte ich jetzt wirklich gut brauchen – das heißt, wenn ich sicher sein kann, daß ich Ihnen beiden nicht lästig falle.«

»Sie uns lästig? Wie können Sie so etwas sagen! Allein der Gedanke – den Kaffee hole ich sofort!« Mit glänzenden Augen drehte Margaret sich um. »Das Abendessen ist auch fertig. Joe, Lieber, du führst Mr. Bouchard ins Eßzimmer und machst es ihm dort gemütlich, hörst du?«

»Jawohl, Madam, das tue ich«, lachte Joe und zwinkerte seinem früheren Boß zu.

In Galveston wurde am selben Abend Arabellas reizende Tochter Melinda Davis von einem Sohn entbunden. Arabella saß neben ihrem Bett, als die Pflegerin lächelnd das Neugeborene hochhielt. Melinda drehte den Kopf auf dem Kissen und streckte eine Hand zu ihrer Mutter hin. »Bist du böse, daß ich dich so schnell zur Großmutter gemacht habe, liebe Mama?«

Arabella schüttelte den Kopf. Durch Tränen lächelnd, antwortete sie: »Natürlich bin ich nicht böse, du dumme Gans! Ich bin so sehr stolz auf dich, und ich wünsche dir und Lawrence ein langes, wundervolles Leben in Glück und Freude.« Sie zog ein Taschentuch aus ihrem Ridikül, tupfte sich schnell die Augen ab und fügte etwas wehmütig hinzu: »Schätzchen, um dir die Wahrheit zu sagen: Du machst einen viel besseren Anfang als ich damals. Als ich in deinem Alter war, verliebte ich mich so ungefähr in jeden hübschen jungen Mann, der in der Nähe war, weil ich nichts über die wahre Liebe zu dem richtigen Mann wußte. Du aber hast den richtigen Mann früh im Leben gefunden, und vor euch beiden liegen noch viele Jahre, in denen ihr ständig wundervolle neue Entdeckungen machen könnt. Nein, Melinda, ich beneide dich, wenn du es unbedingt wissen willst. Jetzt gib mir einen lieben Kuß, dann werde ich nach Hause gehen und deinem Vater erzählen, was für ein Prachtmädchen du bist. Und du schläfst jetzt ein bißchen, hörst du?«

»Ja, Mama. Ich habe dich so lieb!«

Luke Bouchard hatte keinen triftigen Grund, zu bedauern, daß er bei seinem politischen Debüt die Wahl verloren hatte. Alles andere in seinem Leben gereichte ihm zum besten. Der fruchtbare Boden der Windhaven-Plantage trug reichere Ernten, als man es sich in den früheren Jahren hatte vorstellen können, und sein Adoptivsohn Lopasuta war in seiner neuen Laufbahn als Rechtsanwalt bereits dreimal vor dem alten Richter Henley erschienen und hatte alle drei Fälle gewonnen. Obwohl es sich dabei nur um einfache Verträge zwischen zwei Einzelpersonen handelte, machte die Art, wie der junge Komantsche vor Gericht zu überzeugen und zu argumentieren verstand, Luke stolzer denn je auf seinen Adoptivsohn. Die Harmonie in der Zusammenarbeit zwischen Luke und den anderen Mitgliedern seiner originellen Kommune vertiefte sich. Luke war der Meinung, er habe den höchsten Gipfel seines Ehrgeizes erreicht. Am glücklichsten war er darüber, daß Laure im Mai ein kleines Mädchen geboren hatte. Es war goldhaarig wie sie und hatte den Namen von Laures Mutter Celestine erhalten.

Doch die wirtschaftliche Lage des Staates war katastrophal. Die Alabama and Chattanooga Railroad hatte die Zinsen für ihre Schuldverschreibungen nicht zahlen können. Gouverneur Lindsay versuchte jedoch vergeblich, die Gesellschaft zu überreden, ihr Eigentum dem Staat Alabama zu verkaufen. Diese Eisenbahnlinie war von Republikanern kontrolliert worden, aber jetzt war auch die South and North Railroad, die unter demokratischer Leitung stand, in finanzielle Schwierigkeiten geraten. Gouverneur Lindsay fällte schließlich eine Entscheidung, die zu einem Kompromiß führen sollte. Er bürgte für einige der fragwürdigen Obligationen der Alabama and Chattanooga, so daß drei der fälligen Zinszahlungen erfolgen konnten. Doch damit gab sich niemand zufrieden, und seine eigene Partei beschimpfte den neuen Gouverneur als einen Mann, dem es »an Mut, Rückgrat und gesundem Menschenverstand« mangele. Die Republikaner sahen hierin eine große Chance, im Jahr 1872 den Sieg zu erringen, aber erbitterte Streitigkeiten über die Verteilung von Bundesmitteln verdarb sie ihnen wieder. Luke Bouchard hatte für diese Machenschaften hinter den Kulissen nichts übrig. Seiner Meinung nach hatte der Staat es bitter nötig, sich auf den Anbau unterschiedlicher Erzeugnisse und die Entwicklung einer eigenen Industrie zu konzentrieren, um aus seinem Desaster herauszukommen. In der Zwischenzeit blieb ihm nichts anderes übrig, als, wie er philosophisch zu Laure sagte, auf der eigenen Plantage ein Beispiel zu geben, von dem er hoffe, daß andere es sehen und nachvollziehen würden. »Darum ist es so wichtig, daß die Windhaven-Plantage mit ihrer Zusammenarbeit von freien Weißen und Schwarzen finanziell gesund bleibt«, betonte er.

Dalbert Sattersfields Geschäft in Lowndesboro ging ausgezeichnet, und Luke sorgte dafür, daß der ehemalige konföderierte Offizier Gemüse und Milchprodukte erster Wahl erhielt. Seine Preise waren angemessen, und er hatte im Umgang mit seinen Kunden eine besonders höfliche und aufmerksame Art. Seine Frau Mitzi, die im Sommer Zwillinge geboren hatte, war vor zwei Wochen zum Dinner bei Luke und Laure gewesen und hatte ihre Kinder mit verständlichem mütterlichem Stolz vorgeführt. Abgesehen von den zufriedenstellenden Gewinnen, die Luke Bouchard in diesem Jahr auf der Windhaven-Plantage erwirtschaftet hatte, würde ihm weiteres Geld zufließen, womit er seine aufblühende Kommune erweitern konnte. In der letzten Septemberwoche erhielt er einen Brief von Jason Barntry, in dem es hieß, einige der in Grund und Boden getätigten Investitionen, für die der Bankdirektor gesorgt hatte, würden im nächsten Frühjahr eine schöne Dividende abwerfen. In derselben Woche kam auch ein ausführlicher, fröhlicher Brief von Laurette aus Chicago. Charles, so hatte es den Anschein, wurde von Tag zu Tag ehrgeiziger. Jetzt sprach er schon davon, eine Kaufhauskette zu gründen. Als ideale Städte für diese Expansion hatte er St. Louis, New Orleans und San Antonio ausgesucht. Den Kindern ginge es ausgezeichnet, und Laurette hoffe, Laure habe ein ebenso liebevolles und aufmerksames Kindermädchen gefunden wie sie selbst in ihrer Polly Behting.

Doch Laurettes Meinung nach arbeitete Charles viel zu intensiv und hart, und beide bräuchten wirklich einmal Ferien. An Charles' Erschöpfung war vor allem die Hitze schuld; den ganzen Sommer lang hatte im gesamten mittleren Westen und in großen Teilen des Westens Dürre geherrscht. Schon im Juli begannen die Bäume ihre Blätter abzuwerfen. Zwischen Juli und Oktober war fast kein Regen gefallen. Laurette hatte ihrem Brief einen Ausschnitt der *Tribune* beigelegt, in dem es hieß, man habe Tausende von toten Rindern neben Schlammlöchern gefunden. Es hatte auch eine ungewöhnlich hohe Zahl von Bränden gegeben, besonders in den Slumgebieten Chicagos, wo überwiegend Hütten und Schuppen aus Fichtenholz standen. Natürlich, erklärte Laurette, konnte ein solches Feuer in einer Umgebung wie der ihren nicht ausbrechen. Trotzdem war das alles sehr beunruhigend.

XXXIV

Im Oktober 1871 gab es außer der verheerenden Feuersbrunst in Chicago noch andere bemerkenswerte Ereignisse. Am 2. Oktober wurde Brigham Young, das Oberhaupt der Mormonen, unter der Anklage der Polygamie in Salt Lake City, Utah, verhaftet. Drei Wochen später gab es einen Rassenaufstand in Los Angeles, wobei fünfzehn chinesische Arbeiter gelyncht wurden. Ein paar Tage später nahm die korrupte Herrschaft von »Boß« William Tweed in New York City ein jähes Ende. Bis zu seiner Festnahme hatte er die Stadtkasse mit einen Betrag zwischen dreißig und zweihundert Millionen Dollar fast leergeplündert. Jay Gould, der durch seine Goldaufkäufe für den berüchtigten »Schwarzen Freitag« verantwortlich gewesen war, stellte den größten Teil der Kaution in Höhe von einer Million Dollar für den Politiker. Aber am 7. November machte die Wahl von Reformkandidaten in New York City endgültig Schluß mit dem Tweed-Ring und dem Würgegriff, in dem er die Stadt gehalten hatte.

Laurette Douglas und ihr Mann Charles, die drei kleinen Jungen und das Kindermädchen Polly Behting weilten zu Besuch im Château. Sie waren Ende Oktober eingetroffen und wollten weiter nach Carrizo Springs, damit Laurette und ihre Mutter Maybelle Belcher sich endlich einmal wiedersehen konnten.

Charles Douglas war am Donnerstag nach dem Großbrand in Chicago aus Indianapolis zurückgekehrt und hatte Laurette, die Kinder und das Mädchen in einem Lager gefunden, das für Obdachlose an der Nordgrenze der Stadt errichtet worden war. Laurette hatte sich weinend an ihn geklammert. Sie glaubte, es sei alles verloren. Aber Charles Douglas schüttelte den Kopf. »Nein, mein Schatz. Ich habe die *Tribune* von heute bei mir. Darin schreibt Joseph Medill in einem Leitartikel, Chicago werde wiedererstehen. Ich glaube daran, und ich habe so eine Ahnung, daß Medill unser nächster Bürgermeister sein wird. Sicher, mein Kaufhaus ist bis auf die Grundmauern abgebrannt, aber ich bin bereits bei meinem Bankier gewesen, und der versichert, binnen einer Woche werde mindestens ein Dutzend Banken bereit sein, Guthaben auszuzahlen. In der Stadt wird schon wieder gekauft und verkauft. Die Hälfte der Geschäftsleute, die ich kenne, hat irgendeine Übergangslösung gefunden. Einer von ihnen benutzt sogar einen alten Pferdestall, der von den Flammen verschont geblieben ist, als Geschäftslokal. Du siehst, mein Liebling, daß wir nicht völlig vernichtet sind.«

»Aber unser Haus – wohin sollen wir gehen?« schluchzte Laurette.

»Nun, Schätzchen, es kann vielleicht sechs Monate dauern, bis mein Kaufhaus neu erbaut ist. Ich habe bereits mit meinem Bankier über einen Kredit gesprochen. Und du hast dir doch immer gewünscht, deine Mutter in Texas wiederzusehen. Das ist jetzt der richtige Zeitpunkt für einen Besuch. Es wird so etwas wie Ferien für uns sein. Außerdem habe ich dir doch erzählt, daß ich Ideen für ein Kaufhaus irgendwo in Texas, vielleicht in San Antonio habe. Das ist eine goldene Gelegenheit, zwei Fliegen mit einem Schlag zu treffen. So mußt du die Sache sehen, Laurette. Nur Mut, du feuriger Rotkopf. Bist du nicht immer diejenige gewesen, die den meisten Unternehmungsgeist gezeigt hat?«

Die Douglas' und ihr Kindermädchen verbrachten zwei Wochen bei Luke und Laure Bouchard. Dann fuhren sie mit der *Alabama Belle* nach Mobile. Von dort sollte es mit der Fähre nach New Orleans und mit dem Dampfer *William Wallace* nach Corpus Christi weitergehen. Luke schickte von Montgomery ein Telegramm an Jason Barntry und bat ihn, Vorkehrungen zu treffen, daß die Douglas-Familie von Corpus Christi zur Windhaven-Ranch gebracht werde.

Eine Woche nachdem sich die Douglas verabschiedet hatten, fuhren Luke und Laure mit Marius Thornton nach Montgomery, um einer Gerichtsverhandlung beizuwohnen. Ihr Adoptivsohn Lopasuta verteidigte einen schwarzen Zimmermann, der mit einem reichen Schieber einen Vertrag über den Bau einer Kapelle in dessen Haus abgeschlossen hatte. Der Schieber hatte sich die Arbeit angesehen und war damit zufrieden gewesen. Zehn Tage später jedoch schrieb er dem Schwarzen, das Ganze sei Pfuscharbeit, und er werde den vereinbarten Preis nicht zahlen.

Der Schwarze hieß Joseph Trenton. Er war ein Mann Ende Sechzig, groß und drahtig, beinahe gebildet zu nennen. Über fünfzig Jahre hatte er als Sklave auf einer Plantage sechzig Meilen flußaufwärts von Lowndesboro gelebt. Der Name seines Herrn war Trenton gewesen, und er hatte diesen nach der Proklamation der Sklavenbefreiung angenommen. Für den Bau der Kapelle hatte er 125 Dollar berechnet, und Luke Bouchard war der Meinung, das sei etwa ein Fünftel des eigentlichen Wertes. Der alte Joseph Trenton war nach Montgomery gekommen, um ein paar Werkzeuge von einem mit ihm befreundeten Geschäftsmann zu kaufen. Bei dieser Gelegenheit hatte er gehört, Lopasuta sei ein junger Rechtsanwalt, der an die Gerechtigkeit glaube und kein allzu hohes Honorar verlange. Man hatte ihm gezeigt, wo Lopasutas Kanzlei war. Jedidiah Danforth hatte nämlich einen an sein eigenes Büro anstoßenden Raum gemietet und seinen früheren Schüler dort untergebracht.

Der Fall sollte vor einem Geschworenengericht verhandelt werden. Der Rechtsanwalt des Schiebers, ein geschniegelter Herr aus dem Osten, der sich vor sechs Jahren in Montgomery niedergelassen hatte, erhob gegen jeden Geschworenen Einspruch, von dem er vermutete, er werde Joseph Trenton begünstigen, einfach weil dieser schwarz war. Es überraschte Luke Bouchard ein wenig, daß Lopasuta den Einspruch in den meisten Fällen ruhig hinnahm. Als die Jury endlich zusammengestellt war, bestand sie aus zehn Weißen und zwei Schwarzen.

Der Schieber, ein bärtiger Mann Mitte Fünfzig mit einem roten Gesicht, er hieß Clarence Mathewson, betrachtete den jungen Komantschen mit höhnischem Grinsen. Er lehnte sich zurück, damit die Diamantnadel in seiner bauschigen Krawatte gut zu sehen war. Lopasuta begann mit der Feststellung, es sei zwischen den beiden Parteien ein Vertrag abgeschlossen und ein angemessener Preis festgesetzt worden. Nun habe der Käufer die Arbeit, die er mündlich bereits gebilligt hatte, willkürlich und unrechtmäßig abgelehnt und sich geweigert, die vereinbarte Summe zu zahlen. Hier beugte sich Mathewson zu seinem Anwalt hinüber. Der elegante Anwalt erhob sich und machte geltend, es sei keine schriftliche Billigung erfolgt und sein höchst ehrenwerter und allgemein bekannter Mandant habe es ganz deutlich gemacht, er werde für die Arbeit nicht zahlen, wenn sie nicht zu seiner Zufriedenheit ausfalle.

Lopasuta rief Joseph Trenton in den Zeugenstand. Nachdem der Schwarze den Eid abgelegt hatte, veranlaßte Lopasuta ihn mit behutsamen Fragen, den Streitfall Schritt für Schritt von dem Augenblick an zu schildern, als er den Auftrag angenommen hatte, bis zu Clarence Mathewsons mündlicher Billigung. An diesem Punkt erhob sich der gegnerische Anwalt von neuem und machte den Einwand, da Joseph Trenton ein ungebildeter Mann sei, habe er die Bedeutung der von seinem Mandanten benutzten Ausdrücke vielleicht nicht verstanden.

Richter Henley sagte, über diesen Einwand werde er im weiteren Verlauf des Prozesses entscheiden. Darauf rief Lopasuta den Schieber in den Zeugenstand. Clarence Mathewson stolzierte hinüber, hob die Hand, wiederholte den Eid, den der Gerichtsschreiber ihm vorsprach, setzte sich, kreuzte die Beine, zog die Krawatte zurecht, damit jedermann die Diamantnadel sehen konnte, und betrachtete den jungen Komantschen erneut mit deutlicher Verachtung. »Mr. Mathewson, ich möchte gern wörtlich wissen, was Sie zu meinem Mandanten sagten, nachdem Sie die Arbeit inspiziert hatten«, begann Lopasuta.

»Nun, Sie werden verstehen, daß ich mich nach all dieser Zeit nicht mehr an jedes einzelne Wort erinnere. Aber ich teilte ihm mit, das sehe auf den ersten Blick ganz ordentlich aus, ich wolle aber noch eine genaue Kontrolle durchführen, ob die Fugen sauber gearbeitet und erstklassiges Holz verwendet worden sei. Sie wissen ja, der äußere Schein kann täuschen.«

»So ist es, Mr. Mathewson«, stimmte Lopasuta zu. »Würden Sie diesem Gerichtshof und mir schildern, warum Sie die Arbeit jetzt ablehnen und meinen Mandanten nicht bezahlen wollen?«

»Weil es Pfuscharbeit ist – sehr, sehr unfachmännisch ausgeführt. Meiner Frau gefällt das Kreuz überhaupt nicht. Und ordentlich zusammengefügt ist es auch nicht.«

»Ich verstehe. Euer Ehren«, Lopasuta wandte sich an den Richter, »darf ich Sie und die Geschworenen bitten, sich die Arbeit, die mein Mandant in Mr. Mathewsons Haus ausgeführt hat, anzusehen? Offenbar handelt es sich doch darum, wie man diese handwerkliche – und ich möchte sogar sagen, diese künstlerische – Arbeit beurteilt.«

»Einspruch, Euer Ehren! Mein junger Kollege möchte uns auf eine falsche Fährte locken!« Der geschniegelte Anwalt war aufgesprungen. »Die Sache geht nur seinen und meinen Mandanten an. Mein Mandant ist qualifiziert, Zimmermannsarbeit zu beurteilen.«

»Ich glaube, in diesem Fall werde ich Rechtsanwalt Bouchards Antrag stattgeben. Die Verhandlung wird unterbrochen. Heute nachmittag werden die Geschworenen und ich Mr. Mathewsons Haus besuchen und uns die Arbeit ansehen«, erklärte der alte Richter mit einem Schlag seines Hammers.

Am Nachmittag betraten der Richter und die Geschworenen die Kapelle. Kurz darauf rief einer der weißen Geschworenen, selbst ein hervorragender Zimmermann, aus: »An dieser Arbeit ist nichts auszusetzen! Sie ist so gesund wie ein Dollar – ich meine, ein Dollar der Nordstaaten!« – Was bei den anderen Gelächter hervorrief.

Als der Fall am nächsten Vormittag im Gericht weiterverhandelt wurde, forderte Richter Henley die Geschworenen auf, sich zur Beratung über den Urteilsspruch zurückzuziehen. Der Sprecher – es war der Zimmermann – stand auf und erklärte: »Euer Ehren, das ist nicht notwendig. Wir haben bereits für den Kläger entschieden, und wir sind der Meinung, der Beklagte habe auch die Gerichtskosten zu zahlen.«

»Meine Herren, ich beglückwünsche Sie zu dem verantwortungsbewußten Dienst, den Sie diesem County geleistet haben. Der Beklagte wird dem Kläger Josepf Trenton die Summe von 125 Dollar zusammen mit sämtlichen Gerichts- und Anwaltskosten zahlen«, entschied Richter Henley und schlug mit dem Hammer auf den Tisch.

Der Schwarze ergriff mit Tränen in den Augen Lopasutas Hand. »Das haben Sie gut gemacht, wirklich gut, Mr. Bouchard, Sir. Aber trotzdem, wenn ich verloren hätte, dann hätte ich sie auch bezahlt, ganz bestimmt. Sie sind ein feiner Mann, und Sie setzen sich für arme Leute ein, die keine höhere Bildung haben wie zum Beispiel ich oder ihre Rechte nicht kennen.«

»Dazu bin ich Rechtsanwalt geworden, Mr. Trenton«, antwortete Lopasuta ernst. »Und ich bin stolz darauf, daß Sie mein Mandant waren. Eines Tages, wenn ich ein eigenes Haus besitze, möchte ich, daß Sie für mich arbeiten, und ich versichere Ihnen, ich werde Ihnen wesentlich mehr bezahlen als die Summe, um die dieser Mr. Mathewson Sie auch noch betrügen wollte. Ich wünsche Ihnen viel Glück, und bleiben Sie mit mir in Verbindung.«

Es war der 18. Dezember 1871, der Geburtstag des alten Lucien Bouchard. Luke Bouchard, die kleine Celestine auf seinem Arm und Laure an seiner Seite, stieg zu dem roten Felsen hinauf, um dem Gründer von Windhaven den alljährlichen Besuch abzustatten.

Mit ihnen war ihr Adoptivsohn Lopasuta gekommen, und er trug einen ganz besonderen Gegenstand bei sich, den Sangrodo ihm mitgegeben hatte. Lopasuta hatte ihn aufbewahrt bis zum heutigen Tag. Jetzt war der Augenblick gekommen, Lukes Großvater, dessen Tapferkeit und Menschlichkeit den Komantschenhäuptling beeindruckt hatten, Tribut zu zollen.

Es handelte sich um ein Armband aus winzigen Türkisen. In der Mitte befanden sich die Klaue und der große Vorderzahn eines braunen Bären, den Sangrodo selbst vor vielen Jahren mit der Lanze erlegt hatte.

Nachdem Luke und Laure an den Gräbern Dimartes und des alten Lucien gebetet hatten, trat Lopasuta zu ihnen. Er zog das Armband hervor und erklärte: »Sie werden sich erinnern, Mr. Bouchard, daß Sie dem Anführer unseres Volkes erzählten, wie Ihr Großvater auf seinem Weg zu dem Dorf Econchate eine Bärin tötete. Er nahm die Klauen mit, um den Creeks zu beweisen, daß er in diesem fremden neuen Land ohne Furcht war. Als Sie mich kommen ließen, befahl Sangrodo mir, dies Zeichen der Ehrerbietung für Ihren Großvater mitzunehmen und das Armband Ihnen zu übergeben, wenn ich den richtigen Zeitpunkt für gekommen hielt. Das ist heute, am Jahrestag der Geburt Ihres Großvaters der Fall, und dank Ihrer Freundlichkeit kann ich für mein Volk und für alle, die unterdrückt und verachtet werden, sprechen. Nehmen Sie das Zeichen, und begraben Sie es. Ihr Großvater wird dann wissen, daß ein weiterer großer Häuptling eines großen Volkes, so mächtig wie einstmals die Creeks in ihrem eigenem Land, ihn und seinen Geist grüßt.«

Luke nahm das Armband ehrfürchtig aus den Händen

des jungen Komantschen entgegen und zeigte es Laure. Er kniete vor dem Grab des alten Lucien nieder. Mit seinen bloßen Händen grub er die Erde auf, legte das Armband hinein und bedeckte es. Dann blickte er zu dem heiteren, wolkenlosen Himmel hinauf und sagte: »Großvater, dies ist der lebendige Beweis, daß dein Geist niemals sterben wird. Denn diejenigen, die in weit entfernten Ländern leben und wissen, daß dein Leben Ehre, Wahrheit und Gerechtigkeit war, verehren dich, wie es Sangrodo tut, wie ich es tue, wie es alle tun, die zu unserer Familie gehören, und alle, die deine Geschichte gehört haben. Du wirst niemals vergessen werden, solange es Menschen auf dieser Welt gibt, die gegen das Böse kämpfen. Ich bete zu Gott, daß ich dein Vermächtnis immer ehren und es an unsere Kinder und Kindeskinder weitergeben werde.«

Als er zu Ende gekommen war, wandte er sich an Laure, die neben ihm kniete. »Ich erinnere mich an das Gebet von Friar Bartoloméo Alicante, und ich glaube, Großvater würde sich freuen, es jetzt zu hören. Als sie hingerissen nickte, erhob er sein Gesicht zum Himmel und sprach: »Herr, mache mich zu einem Instrument Deines Friedens. Wo Haß ist, laß mich Liebe säen; wo Unrecht ist, Verzeihung; wo Zweifel ist, Glauben; wo Verzweiflung ist, Hoffnung; wo Dunkelheit ist, Licht; und wo Traurigkeit ist, Freude. Denn wenn wir geben, empfangen wir; und wenn wir verzeihen, wird uns verziehen. Allmächtiger Gott, höre mein Gebet und gewähre Deinen Segen allen Männern und Frauen guten Willens, wo sie auch sein mögen. Amen.«